林 芙美子 全文業録 未完の放浪

HAYASHI Fumiko

廣畑研二

HIROHATA Kenji

論創社

まえがき

本書は、林芙美子の詩業を含む全文業に光をあてることを目的とした基礎研究の成果である。本書の第Ⅲ部「林芙美子の文業目録」がその柱である。「作品目録」１６３３点、「対談目録」１０９点、著者生前の「単行本目録」１７０点を掲出した。総計１９１２点。すべて筆者が実査した上での作業である。既刊の林芙美子作品年譜では、難点は多いものの一つの到達点である昭和女子大編『近代文学研究叢書』第69巻（１９９５年）の「著作年表」掲出点数は、没後の編集版を除き約１１８０点。掲出点数で言えば、同書を７３０点も上回る。その７３０点には研究史が見落としてきた作品もあれば、意図的に封印されてきた作品もある。研究史の問題ではなく、戦前の検閲制度により封印されてきた作品もあれば、戦後の被占領下においてＧＨＱ検閲により封印された作品もある。

そして実態は既刊の単行本から取捨選択した選集に過ぎないのに全集の名を冠した名ばかり全集を制作してきた出版界の問題もある。かつて個人全集ブームに出版界が湧いた時代に、小田切進が警鐘を鳴らしたことがある。その警鐘は『讀賣新聞』昭和46年3月10日付に掲載された「個人全集ブームに一言」。諸外国ではシェークスピアほどの作家でなければ、全集らしい全集は滅多に編纂されないというドナルド・キーンの言葉を引いて、ブームの危うさをついている。その要点は、先に触れた、実態は複製選集に過ぎない名ばかり全集が多いこと、本文校訂・解題・索引に意を尽くさない粗雑な編集が多いことの二点である。

小田切は近刊予告の出ている著名な作家・思想家約30人の全集予告を例にあげ、厳密な本文と必要なことがらだけを明記した解題のあるものをぜひつくってもらいたいと締めくくった。その30人のうち女性は二人。一人は伊藤野枝。もう一人が芙美子であった。しかし小田切の警鐘も空しく、その6年後に刊行された、文泉堂版『林芙美子全集』（１９７７年）は残念なものであった。何しろ、著者急逝直後に急造制作された新潮社版全集をそのまま複製し、わずかな作品の追録をしたに過ぎなかった。具体的に言うと、新潮社版全集第1巻と第2巻を貼り合わせてノンブルを付け替えたのが文泉堂版第1巻という構図。新潮社版は全23巻だから、２巻ずつ貼り合わせると第11巻までに新潮社版22巻を収められるが第23巻が浮いてしまう。そこで文泉堂版第12巻は前半に新潮社版第23巻「樺花」（昭和25年）を収め、後半に「北岸部隊」（昭和14年）を新字体で組んだ。その結果、文泉堂版第12巻の前半部は旧字体、後半部は新字体という珍無類な版本になってしまった。同全集は新潮社版の一部組み替えはあるものの、全体の構図は新潮社版の貼り合わせに過ぎない。同全集第16巻「年譜」と「著書目録」掲出点数は、没後の編集版を除き約６５０点。小田切進が指摘した本文校訂・解題・索引など期待すべくもない、名ばかり全集・名ばかり編集であることの証左である。林芙美子は近代女性作家を代表する一人なのに、出版界は、芙美子の文名の高さを利用するだけであって、その文業の内容には無関心であったと言わざるを得ない。そのため本書の全編にわたり、出版界批判が目立つところがある。あくまで著者の文業を正当に評価したいとの思いに発するものだが、筆者の理解に誤りがあればご指摘いただきたい。誤りを改めることはやぶさかではない。

筆者は長く芙美子を研究してきたわけではないけれども、代表作「放浪記」の成立史研究を通して戦争と検閲に翻弄されてきた、著者とその文業を正当に評価する必要性を痛感した。そこで、著者の詩業と文業を1点ずつ辿る作業に着手したところ、先行書を７３０点も上回る作品群が出現したのである。もちろん近年の国会図書館デジタルコレクションなど、各種のデジタルデータベースの飛躍的蓄積や、プランゲ文庫研究の成果に負うところはあるが、冒頭に述べたように、すべて筆者が実査することをあくまで原則とした。先行書の引き写しを戒めるためである。敬すべき資料源は、古書市場と文学館所蔵資料である。各種のデータベースは手がかりとして利用はしても、そのデータを検証もせずに引き写してはいけない。先行書の書誌情報に誤りが多いこともしばしば体験した。

基礎研究と言う以上、第三者が利用できるように、書誌情報に加え、新資料・稀少資料には資料源も示した。北は福島県の草野心平記念文学館から、南は沖縄県立図書館に及ぶ。一般の文学史研究ではあまり利用されないＮＨＫ放送博物館にも、芙美子の書き下ろし直筆原稿が保存されていた。もちろんラジオ放送番組のために執筆された作品である。この作品については本書の第Ⅰ部第5章で概説し、第Ⅱ部第30章において全文を採録する。

第Ⅱ部「林芙美子の作品拾遺」に収めた全30章には著者の未発表作品をはじめ、埋もれていた作品を原文のまま採録して紹介すると共に、その考証たる筆者の作品解説を適宜収めた。【未発表作品】【詩稿】【童話】【小説】【随筆・紀行】【対談】【ラジオ放送】のジャンルに分けて採録したが、どのジャンルから目を通していただいても構わない。各ジャンルの中での配列は、原則として年次順に整えてある。そのほとんどが芙美子研究史において知られていない作品であるだけでなく、掲載誌そのものが文学史研究においても知られていない雑誌であった例もある。例えば、第18章で取り上げた雑誌『法學新潮』がある。今のところ全国どこの図書館、文学館にも所蔵情報がない。そのような稀覯雑誌に秀作と言うべき著者の短篇小説が掲載されていた。他に第17章で取り上げた小説「リヨの場合」の掲載誌は発禁雑誌であった。それゆえ85年間も埋もれていたのだが、著者の代表作たる「放浪記」第三部の原型作でもあった。そのため直筆原稿の撮影写真や稀少雑誌の書影も図版として掲げた。そしてこれらの作品は新資料と言うにとどまらず、著者の詩業と文業全体に新たな光をあてる、意味ある作品ばかりを厳選した。その1篇1篇の作品が、これまでの研究史を覆す問題作もあれば、佳作・秀作もある。たんなる落ち穂拾いではない。よって、第Ⅱ部は「新選　林芙美子作品集」と言い換えてもよい。芙美子の文業全体を概観してもなお、鑑賞と考証に値する新作品群である。

第Ⅰ部「林芙美子の詩業と文業」に収めた5本の評論は、芙美子の文業全体を通覧した上での概論である。そのうち第2章で取り上げた、カナダはバンクーバーで発行された日本語新聞『大陸日報』は、芙美子研究にとどまらず近代文学史研究においても意味ある資料なので、芙美子以外の作品にも言及した。島村抱月、平塚らいてう、堺利彦の3人の作品である。島村抱月の演劇評は、抱月がスペイン風邪で急死する直前の絶筆遺稿でもあり、堺の随筆は日本未発表作でもある。そのような新聞に芙美子の日本未発表小説が掲載されていたのである。第Ⅰ部は芙美子の文業全体の概論でもあれば、本書第Ⅱ部に収めた各論の総括的概論でもある。

第Ⅰ部・第Ⅱ部に収めた筆者の作品評や作家評は、共同通信配信記事、『日本古書通信』『文學界』

などに発表してきたものだが、たんなる再録ではなく最新の知見に基づき新たな考証を重ねたものである。もちろん本書において初めて発表する芙美子の作品や筆者の書き下ろし評論もある。1本ごとの作品評はそれぞれ独立した評論なので、歴史的出来事や人物プロフィールの紹介などに重複するところもある。巻頭から通読すると重複が目立つところもあるが、各論における行論上欠かせない部分は残した。この点についてはご容赦願いたい。また、本書の基礎研究の柱は第Ⅲ部であり、「作品目録」と「単行本目録」には研究史上の新たな知見につき必要な注記を施した。その注記を第Ⅰ部、第Ⅱ部で補足展開することもあれば、第Ⅰ部の概論を第Ⅲ部の目録が詳述する部分もある。巻頭、巻末いずれから目を通されても構わない。

林芙美子は昭和26年6月28日に亡くなった。戦前においては日本政府の検閲を免れないし、日本の独立を見る前に亡くなったから、GHQプレスコードの制約からも免れない。芙美子が検閲から自由であった日は1日とてなかった。作家と作品を検閲との対抗関係の考証ぬきに評することはできないし、版元出版社もまた検閲に縛られる。それは作品の成立史を考える上で忘れてはならない視点なのだが、従来の芙美子研究はその考証を避けてきた。検閲済みテキストの表層をなぞるだけでは、とりわけ芙美子研究は深まらない。

本書には書簡は採録していない。公開書簡は不特定多数の読者を対象にした作品だが、特定個人に対する書簡は非公開性の私信である。私信の公開は発信者・受信者双方の同意が必要である。芙美子は若き日に出した借金申込みの手紙が、その相手先から中央公論社に売り込まれて苦しんだこともある。その事実は『婦人公論』昭和8年8月号において著者自身が述べている。芙美子が受信した書簡も同様に、その扱いには慎重さが求められる。

さて本書の資料源として特記しなければならないのが、1990年に林家遺族から新宿歴史博物館に寄贈された芙美子旧蔵資料である。著者直筆原稿をはじめ著者の単行本、作品掲載誌の切り抜き、書簡など約2800点に上る資料群として『林芙美子資料目録』が編纂されている。本書に採録した作品には、この著者旧蔵資料又はその資料から手がかりを得て所在をつきとめた作品が多数ある。それらは第Ⅲ部の目録に資料源を注記するとともに第Ⅱ部に採録する際にも注記する。その資料群の中で、特に留意すべきは著者の初期の作品掲載誌約200点の切り抜きを編綴した「スクラップ帳」3冊である。その作品の多くは単行本『彼女の履歴』『わたしの落書』『三等旅行記』『清貧の書』に収録された作品なのだが、掲載誌が分からず、他の単行本に収録された形跡のない作品も多数ある。この「スクラップ帳」と夫の緑敏氏が作成した「芙美子年譜」が文泉堂版全集第16巻「年譜」編集のために緑敏氏から提供され、前掲の『近代文学研究叢書』第69巻もまた、この「スクラップ帳」を間接的に利用している。だが両書ともにその事を明記せず、掲載誌不明のまま作品名だけを掲出した例が多数ある。しかも緑敏氏が芙美子没後に「スクラップ帳」台紙に書き込んだ注記には誤記が散見されるのに、両書ともに遺族からの提供資料ゆえに批判的検証をせず、緑敏氏の誤記誤解をそのまま引き写した。筆者は両書の掲出項目についてすべて検証作業を行い、両書の誤記誤解を多数改めた。先行書を全否定するものではないが、目録編集のような基礎研究においては、先行書の引き写しを戒めなければならない。この「スクラップ帳」が早くから適切に公開され、文学史研究者が批判的考証を重ねていれば、林芙美子研究がどれだけ進展していたか、計り知れない。

目次

【凡例】

一、元号と西暦表記を併用する。フランス語の原書に言及する際に日本の元号を使うことはできないし、バンクーバーの『大陸日報』を語る場合も同じである。

二、アラビア数字と漢数字を併用する。年次や月次はアラビア数字が視覚的にも読みやすい。

三、原作のテキストは、原則として原文通りとしたが、文意の読み取りに支障がある誤植は補正した。旧字・旧仮名遣いも原文通りとするが、使用する字体は、人名を除きユニコードの範囲とする。ユニコードにない正字を使用すると、一般のパソコン環境では文字化けしてしまう。本書を利用して二次研究が進展することを期待したいのだが、文字化けする正字はその妨げになる場合もある。願わくば、全ての正字が一般のパソコン環境でも使用できることを希望する。仮名遣いについては、補正が必要な場合とそうでない場合もある。原文の再現にあたり、可能な限りその旨を注記した。

四、図版として使用する著者の肖像写真は、すべて新宿歴史博物館が管理する著者旧蔵写真アルバムだが、キャプションは筆者の調査に基づき、既刊の各種文学アルバムに付されたキャプションは採用しない。

林芙美子全文業録

――未完の放浪――

第Ⅰ部　林芙美子の詩業と文業

第1章　さまよへる放浪記

林芙美子の代表作を1点だけ挙げるとすれば、それは「放浪記」である。本書は、著者の詩業と文業の全体像に新たな光をあてることを目的とするものではあるが、その全体像を概観してもなお「放浪記」を措いて著者の文業を語ることはできないからである。

作品は、貧しい行商人夫婦とその娘が、故郷尾道から新天地を求めて上京した直後、関東大震災に遭遇する。カフェの女給など様々な職と露天商売に就きながらも、芸術と恋を忘れない主人公の青春歌物語であると同時に震災文学でもある。長谷川時雨が主宰する雑誌『女人藝術』昭和3年10月号に連載第1回が発表された。題して「秋が來たんだ―放浪記」。以後全20回に亘り断続的に連載され、昭和5年7月に第一部にあたる改造社版『放浪記』が発売されるや大反響をまき起こし、同年11月には第二部にあたる『續放浪記』も刊行された。正確な発売部数は分からないが、正続あわせて60万部が発売されたと言われている。昭和10年には早くも映画化された。夏川靜江主演、木村荘十二監督作。作品が成立した昭和5年といえば、前年のニューヨークの株暴落に端を発する世界恐慌の渦中。日本もその余波を受け、巷に失業者が溢れた時代。そのような大不況時代だからか、1部30銭の廉価版は大衆の絶大な支持を得た。なお、著者は少女放浪時代に桜島大噴火も体験している。

だが、改造社版刊行の翌昭和6年に満洲事変が勃発し、著者と作品は、戦争と検閲に翻弄されて改作を余儀なくされてゆく。第一部の序章に既にその予兆がある。以下の引用文は序章の初出稿だが、網掛をした語につき、昭和14年の新潮社版で活字そのものを紙面から削り取る伏せ字が施される。


――戰爭でも始まるとよかな。

此淫賣婦の持論は、いつも戰爭の話だつた。人がどんどん死ぬのが氣味がいゝと云つた。此世の中が煮えくり返へるやうになるといゝと云つた。炭坑《やま》にうんと金が流れて來るといいと云つた。

――あんたは、ほんまによか生れつきな。

母にかう云はれると、指の無い淫賣婦は、

――叔母つさんまで、そぎやん思ふとんなはると……。

彼女はいつぱい、、、、、、、を、窓から投げて淋しさうに笑つてゐた。


〈『改造』昭和4年10月号「九州炭坑街放浪記」〉

この少女放浪時代を描いた作品の習作的原型は『文藝戰線』昭和3年3月号の「洗濯板――一つの追憶から――」。その表題は「惨めな追憶を洗濯して昇華する」著者得意の具象表現。それが『改造』掲載稿に結実し、翌年の単行本序章に収録された。この序章なくして「放浪記」の成功はなかったと言えるパンチのある作品の反面、検閲当局の忌諱に触れる作品ともなった。

引用部分の「、、」は言うまでもなく検閲による伏せ字。「指の無い淫賣婦」の独白は昭和14年の新潮社版において活字が削り取られ、紙面に空白が生じた。「□□でも始まるとよかな。此淫賣婦の持論は、いつも□□の話だつた。人がどんどん□□のが□□がい丶」。昭和16年の改造社版で「戰爭」の2文字が旧に復したものの、この描写の3文節69字が抹消された。新聞も含め時局に応じ「戦争」と「事変」を使い分けさせられたことの反映である。活字を削り取る伏せ字は読者にはそれと分かりづらく「××」のような伏せ字よりも陰湿である。作中の「母」キクさんにたしなめられた「淫賣婦」が浮かべる「淋しい笑い」は「戰爭の持論」が本意ではなく、反語であることを示している。

その「指の無い淫賣婦」が「窓から投げた」ものが伏せられた。こちらは安寧秩序紊乱《あんねいちつじょびんらん》とみなされた伏せ字ではなく、風俗壊乱《ふうぞくかいらん》とみなされたことによる伏せ字だが、戦前の改版本は、何を投げたか明かすことはできず「何か投げて」と補正するのが、検閲に許された範囲の修復作業であった。

戦前の検閲から解放された昭和21年10月の改造社復刊版は初版時の伏せ字の半分を復元するも、この序章の完全な復元はできず「淫賣婦」に「涙をためて」淋しい笑いを浮かべさせたにとどまった。翌昭和22年の新潮文庫版は、自社の昭和14年版を底本にしたため、何を投げたかは明かせなかった。

初出初版から80年間この伏せ字を復元した版本はなく『林芙美子 放浪記 復元版』（論創社2012年）において「彼女はいつぱい涙をためた朱い舌」と復元した。作中の「淫賣婦」には「腹をぐるりと、一巻きして、臍のところに朱い舌を出した蛇の文身《いれずみ》」が刻まれている事が伏せ字解読のヒントになった。「淫賣婦の朱い舌」は「文身の蛇の朱い舌」を連想させ、検閲係官に「猥褻」と感じさせたのである。

しかしオリジナル原稿が出現したわけではないにもかかわらず、序章だけでなく「放浪記」全編にわたり全ての伏せ字を復元したことには異論もあろう。その為、先の復元版刊行に続き『甦る放浪記復元版覚え帖』（論創社、２０１３年）において、校訂復元作業の根拠と詳細を示したのであった。あえて復元に挑戦した理由は、著者に代わり、原作を歪めた戦争と検閲に一矢を報いなければならないと思ったからである。単独作業ゆえ、その作業は完璧ではなかろうが、著者に対し恥じるところのない校訂復元作業であったとの自負は持っている。

とはいえ「放浪記」にはまだ解明できない謎と秘密が多い。その謎の代表は、昭和5年の改造社版で成功を収めた「放浪記」が、昭和14年11月に至り版元が新潮社に替わったことの疑問である。この年9月、ナチスドイツのポーランド侵攻から第2次世界大戦が始まり、改造社は後に横浜事件に連座させられ、会社解散の処分を受けた。このことを考えれば、版元交替の背後に検閲当局の介在がないとは思えない。だが、そのことを立証することは難しく、従来の「放浪記」研究は、戦争と検閲に翻弄された成立史の考証を避けて来た。

それには読者を含め、文学史研究者も、どれに依拠すべきか分からないほど多種の版本が制作された複雑な刊行史にも理由がある。初出雑誌に加え、著者没年迄に刊行された版本は15種に上り、その全てに検閲の傷跡を含むテキストの異同がある。

最新の岩波文庫版においても、使用した底本につき、編集部と解説者が別々の版本を掲げる致命的な齟齬があり、過去の版本にはない不可解な誤記・誤植も多数ある。本章を「さまよへる放浪記」と題した所以である。

そこで校訂復元作業の当否はさておき、林芙美子と「放浪記」の為に、生前の全ての版本を始め、検閲の影響を考証した史的書誌解説を試みることとする。なお前掲『甦る放浪記 復元版覚え帖』以降に出現した「放浪記」の原型作とも言える各種の短篇は、本書の第Ⅱ部において採録する。

1 改造社版『放浪記』昭和5年7月

この単行本本編には、雑誌『女人藝術』発表済みの短篇17篇の中から、検閲による伏せ字の少ない14篇が選ばれた。だが『女人藝術』では検閲を通過したのに、単行本では伏せ字された短篇が3篇もある。雑誌の検閲は警視庁・府県警察部、単行本は内務省と担当機関が異なり、改造社には検閲係官の目も厳しい。14の短篇には雑誌初出時のタイトルの他、各章末に年次が付されたことで、歌日記物語短篇集としての体裁が初めて整った。

短篇の配列は雑誌発表順ではなく章末に付された年次順に整えられたが、その年次は必ずしも作品設定の内容とは一致せず、昭和8年の改造文庫版において年次の補正が行われる。収録作「秋が來たんだ」は、渡邊渡主宰《わたなべわたる》『太平洋詩人』大正15年12月号に掲載された「秋の日記」の改題・改稿作。主人公は源氏名「ゆみこ」のカフェの女給。原型作は実名小説ではなかった。だが同誌は検閲による発禁処分を受けたため続稿は発表されず、『女人藝術』昭和3年10月号まで再発表の機会が得られなかったのである。原型作と比較すると、『女人藝術』掲載作は検閲を意識して筆が抑えられている。

2 改造社版『續放浪記』昭和5年11月

ここには『女人藝術』掲載の残る6篇と初出掲載誌不明の7篇計13篇、及び終章が収められた。その終章の前半部は、本書第Ⅱ部第22章に採録する詩誌『南方詩人』昭和5年1月号発表の「故郷」が原型作。後半部は著者の詩業を代表する詩稿「黍畑」が配された。

この続編には検閲との攻防と混乱が目立つ。収録作13篇のうち11篇が伏せ字された。『女人藝術』掲載作は連載後半から興に乗って筆が走り出したため、検閲による伏せ字が増える。前編の大成功、著者の検閲対策、検閲係官の油断がなければ、続編は陽の目を見なかっただろう。何故なら収録作「酒屋の二階」は、正続27篇のうち最大の問題作だからである。これが男性作家の作品であれば、伏せ字どころか発禁処分を免れない。その理由は後述する。平林たい子はこの続編を評して「なかだるみ」があると言うが、その口ぶりには、たい子がこの「酒屋の二階」の当事者ゆえ、前夫の山本虎三との因縁に注目が及ぶ事を避けたい気持ちが感じられる。

関東大震災の東京を酒船で脱出する作品「三白草の花」とは対照的に、東京に居残ったとする作品に『婦人運動』昭和4年7月号・8月号に連載した「職業遭難記」がある。この作品では震災に遭遇した芙美子一家が東京丸の内で「あべかわもち」の露店商を営んだという。その「あべかわもち」の行商は『週刊朝日』昭和11年5月24日号に発表した「あまがら自叙傳」でも語られ、まるで現場を見たかのような清水崑の挿絵が秀逸である。酒船脱出劇はフィクションかも知れない。

その露天商の啖呵売のような二並び、三並びなどの数字遊びは「放浪記」の言葉遊びの一つ。他に「放浪記」で駆使された、黙読では分からない掛け言葉による連想ゲームは、検閲係官を欺く技法でもある。

続編編集時の混乱は日記体の作品に欠かせない月次の書き換えに表れる。収録作「旅の古里」は、労働運動史に特筆される因島の造船工場のストライキが題材。『女人藝術』初出の月次「六月×日」は史実通りなのに、意図あって単行本で「八月×日」に変更した。ところが本文描写は「六月の海」のママ改稿しなかった。ゆえに「八月×日……六月の海」の如く、日記体の作品としてあってはならないミスが生じた。史実・実体験とフィクションの組み合わせ編集ゆえのミスでもある。

3　改造文庫『放浪記・續放浪記』昭和8年5月

この文庫版は初版2冊の単純な合本ではなく、幾つか重要な改作が施された。それは初版の各短篇に付された年次の補正、および抹消をした事。年次が抹消された短篇の一つは前編収録作「赤いスリッパ」の「一九二四」。これは他の短篇年次を補正した事により内容の前後関係に矛盾が生じたためでもあるが、隠れた理由に甘粕事件の報復たる福田雅太郎陸軍大将襲撃事件がある。関東大震災の渦中の大正12年9月16日、陸軍憲兵隊の甘粕大尉らが大杉榮、妻伊藤野枝、大杉の甥にあたる橘《たちばな》宗一《むねかず》を虐殺した大事件に端を発する。翌大正13年9月1日、その報復のため、大杉の薫陶を受けた和田久太郎らが、甘粕の上官にあたる福田雅太郎を襲撃した事件である。この作品中には、その大正13年の夏、五十里《いそり》幸太郎《こうたろう》が芙美子と友谷静榮を伴い、吉祥寺の宮崎光男宅を訪問する場面がある。宮崎は当時、東京日日新聞休職処

昭和8年5月17日
改造文庫版　筆者蔵

分中の記者。後に讀賣新聞社取締役となる。大杉榮、芥川龍之介と親しく、吉祥寺の宮崎の通称アメチョコハウスには福田襲撃を控えた和田久太郎が潜伏していた。村木源次郎が、久太郎に襲撃用の拳銃を手渡したのは、この二階である。芙美子はその宮崎宅を事件前に訪問していたのだ。

芙美子は「放浪記」において久太郎の名は出さないが、他の雑誌において、久太郎との交友関係から襲撃事件後に警察訊問を受けた事も明かしている。『婦人運動』昭和4年3月号「その頃のこと」や『婦人公論』昭和5年6月号「男を嗤ふ」などがある。国家と陸軍に弓をひいた和田久太郎との交友関係を「放浪記」で前面に出すことはできないが、「赤いスリッパ」が描く青春グラフィティの行間には福田襲撃事件が隠されている。だが、年次はそれを隠せない。それゆえ改造文庫版において、年次を抹消したのである。

他に終章の一部も抹消した。それは芙美子の父違いの姉の虐めに関する部分。肉親の虐めを終章のネタにしたのでは、肉親との摩擦が避けられない。大成功を収めたがゆえの「放浪記」の漂流がここから始まる。

4　改造社『林芙美子選集　第五巻 放浪記』昭和12年6月

林芙美子にとって初めての選集。装幀は中川一政。読者サービスとして、扉に芙美子の直筆署名がなされた。全7巻。この選集版「放浪記」は、刊行史上最も大きな改作・改稿が施され、同じ改造社版であるにもかかわらず、初版、文庫版とは異なる作品に作り変えられた。編集構成における大きな改作は二つある。

その一つは各章タイトルと章末年次を全て抹消したこと。正続の区分も取り払ったため、全27章の歌日記物語短篇集が、年次不明の歌日記になってしまった。「放浪記」は関東大震災後の叙事詩的震災文学である。各章タイトルと年次は、その本編内容を補う重要な構成要素である。前編収録作「目標を消す――一九二四――」の「目標」とは、福田雅太郎襲撃事件を暗示するものと読めなくもない。その章題と年次を抹消したため震災文学の性格は後景に押しやられ、抒情詩的作品に変質してしまった。

もう一つは、終章に続き「追ひ書き」を追録したこと。「林芙美子と云ふ名前は少々私には苦しいものになつて來ました」で始まる、なんとも思わせぶりな沈んだ随筆である。この「追ひ書き」は、随筆集『旅だより』（改造社、昭和9年）に収録された「小さき境地」を改作したものだが、その原型作は『婦人公論』昭和8年8月号に発表した「わが身上相談」であった。二段階を経て重要な出来事を抹消した随筆なのである。その重要な出来事とは、この随筆発表の「十年前」に芙美子が友人に出した借金申込みの手紙が、その友人から中央公論社に売り込まれた事である。中央公論社は手紙を買い取り、外部に流出させない替わりに芙美子に執筆を依頼したのが、この「わが身上相談」なのである。掲載誌は『婦人公論』だから手紙売り込み事件は世間周知の事かも知れないが、選集版「放浪記」に追録する際、手紙売り込み事件に触れた描写を抹消したため、原型作を知らない読者には「追ひ書き」に隠された著者の苦衷が分からない。

本編描写の改稿はおびただしい。オノマトペの削除、述語の変更（現在進行形から過去形へ）、単語の置き換え（「活動」を「映画」へ）など、枚挙にいとまがない。「放浪記」の魅力は文法の枠を外れた、いわば破調・乱調にあるのだが、ここで文法と文章作法の型枠、即ち秩序規範性の中に嵌めこまれた。その象徴的な例が「放浪記」全編の主旋律とも言うべき序章冒頭の1節が抹消されたことである。

私は宿命的に放浪者である。

私は古里を持たない。

私は雑種でチャボである。

序章の描写は、この3文節を具体的に補足するリフレインと言えるのに、第3節の「雑種でチャボである」が全文抹消された。たしかに「雑種」とは美しい語ではないが、「貴種」の対語であり、「私」のアウトロー的庶民性を表現している。この語を補足した「四国の父」と「九州の母」は、「四国人と九州人の子」という意味もあるが、「四（死）」と「九（苦）」即ち著者宿命のナンバーとして、「放浪記」には欠かせない言葉なのである。

にもかかわらず、芙美子は「追ひ書き」に加え、屋上屋を重ねるかの如く「あとがき」を加筆し事実に反することを述べた。曰く「放浪記を、こんどこそはじめから書きなほしてみるつもりでしたけれど、讀みかへしてゐるうちに、噴出してゐる文字の力は、これはこれなりに尊いものであり、生活の安定してゐる現在の私が、變な風に手を加へてはいけないと思ひ、私は、この放浪記には、あまり手を入れませんでした」。

この「あとがき」は、後年に曖昧な記憶を頼りに書かれた回想ではなく、リアルタイムで書いたものだから、著者も版元改造社も事実に反することは承知の上のこと。意に反して大幅に改作・改稿したけれども、その理由を書けない苦衷を察してくれと言外に語っているのである。それゆえ、反語としか理解することができない。著者の内発的な改稿ならば、素直に改稿したと書ける筈である。ここで「手を加へさせた」のは、検閲当局以外に考えられるだろうか。昭和8年の改造文庫版から、この選集版制作までの間に、芙美子と「放浪記」の周辺に異変が起きた。その答えは昭和14年の新潮社版にある。

5 新潮社『決定版 放浪記』昭和14年11月

構成上の特徴は、改造社選集版の「あとがき」を抹消し、その替わりに「はしがき」を加筆したこと。曰く「今度決定版として出版するにあたり、不備だつた處を思ひ切り私は書きなほしてみた」。

事実は「はしがき」とは逆に「新たな多数の不備」が発生した。佐藤春夫の作品「車窓残月の記」を「東窓残月の記」とする大誤植を始め、重大な伏せ字が施された。それは、平林たい子の前夫山本虎三の名前と「諒闇」の文言が消されたことである。比較すれば一目瞭然である。文中の「諒闇」とは大正天皇崩御の喪を意味する。

改造社『林芙美子選集 第五巻』341頁~345頁

その青年はキラリと眼鏡を光らせて私を見た。「僕、山本です。」……

今日から街は諒闇である。……

今日は二人のおまつりだ。

新潮社『決定版放浪記』331頁~335頁

その青年はキラリと眼鏡を光らせて私を見た。「僕、××です。」……

今日から街は□□である。……

今日は二人のおまつりだ。

以下、山本の名11ヶ所全てが伏せられた。これらの伏せ字が昭和14年新潮社版の核心である。即ち昭和8年以降に起きた異変とは、山本虎三に不敬罪の前科がある事が検閲当局に知られた事である。山本と平林たい子の夫妻は関東大震災の後、東京を追放され、渡った満洲で山本はスパイの策略に陥り不敬罪に問われ、旅順監獄で2年の懲役に服した。この原作「酒屋の二階」の初出誌『女人藝術』を検閲した警視庁も、改造社版を検閲した内務省も当初は山本の前科に気づかなかった。服役地が旅順だからである。だが山本は「放浪記」をネタにして『婦人サロン』で山本を中傷する飯田徳太郎とたい子に対する怒りの余り、別の女性誌で自らの前科を広言する愚をおかした。その女性誌は『婦人世界』昭和8年1月号。題して「別れた妻平林たい子に與ふ」。

夫婦喧嘩は犬も喰わないのに、それに喰いついたのが検閲当局であった。「放浪記」に11回も名が出る山本に不敬罪の前科があることが分かった以上、当局はそれを許せない。まして、この文脈では「諒闇日」を「今日は二人のおまつりだ」と唄ったと解することも可能である。そのように解釈されれば、発禁処分はおろか、著者自身が不敬罪に問われるおそれもある。だが、著者を不敬罪に問うには刑事裁判という司法手続きが必要になる。そうなると、不敬罪に触れるような描写を見落とした検閲当局の責任もまた問われる。既に流布した改造社版の回収はできず、不敬罪に関わる描写を見落とした大失態を挽回するには、再検閲本を「決定版」として流布するしかない。即ち改造社版の全否定である。版元変更の背後に警察当局の介在がなかったと言えるだろうか。

省みるに、昭和8年は芙美子には多事多難の年であった。初の随筆集『わたしの落書』（昭和8年3月）の版元啓松堂が倒産したため印税が入らず、パリから帰国後に編集した第二詩集『ボクの素描』が予定の8月には実現せず、『面影』と改題再編集して検閲納本したのは11月30日であった。その再編集中に無名時代の借金申込みの手紙が中央公論社に売り込まれたのは前述の通り。9月には治安維持法違犯容疑で中野警察署に8日間も留置され、11月3日に義父が亡くなった。「放浪記」の受難は、日中戦争下の国民の受難でもある。

6　改造社『新日本文学全集第十一巻・林芙美子集』昭和16年2月

装幀は佐野繁次郎。「放浪記」の他に、7篇の短篇を収録した一巻の作品集。「放浪記」のテキストは自社の選集版を用いず、新潮社版を用いただけでなく、新潮社版より踏み込んで時局にそぐわない石川啄木の歌一首がまるごと削除された。到底著者の意思とは考えられず、対米戦争突入直前の出版事情が色濃く反映している。検閲当局が改造社を完全に屈服させたのだろうか、改造社がこの後、横浜事件に連座する事を暗示するかのような異本である。

著者の「あとがき」曰く「現在はこの放浪記の時代から十年以上も歳月が過ぎてしまつて、いま考へてみますと、私の青春の嘔吐を見るやうな淋しいものを感じないではゐられません。だけど、これはこれで、どうしてもと云はれる書店の求めであれば、眼をつぶつて出すより仕方がない。少しばかり加筆してこゝに出すことにしました」。啄木の歌を削除することが「加筆」であろう筈がなく、「眼をつぶつて」出さざるを得ない著者と改造社の苦衷が目に浮かぶ。

7・8　改造社『放浪記』・『續放浪記』復刊版　昭和21年10月・同年12月

装幀は中川一政。横浜事件で解散させられた改造社と芙美子による、復活・復刊版である。底本は昭和5年初版2冊だが、単なる復刻ではなく、初版の伏せ字の多くを復元し、改稿まで施した改訂版

昭和 21 年 12 月 15 日　改造社復刊版

である事が、この復刊版の意義である。章タイトルと年次は復元していないが、昭和14年新潮社版の否定でもある。

前編巻末の「あとがき」曰く「この放浪記は昭和五年に改造社から出版しました。……その當時から、約十六七年たつてゐて、その間に十年もの戰争がつゞいてゐました。全く、こんどの戰争は、私たちを根こそぎいためつけてしまひました。……この日本の敗戰を機會として、これから本當の仕事に没入出來ることをよろこびに思つてをります」。以下のテキストの異同は、誤植ではない。

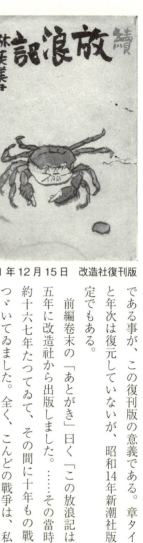

昭和5年改造社版『續放浪記』「八ッ山ホテル」82頁

二人の刑事が小さな風呂敷包みをこしらへてゐた

昭和14年新潮社版『決定版　放浪記』264頁

一人の刑事が小さな風呂敷包みをこしらへてゐた

昭和21年改造社版『續放浪記』82頁（章タイトルはなし）

三人の刑事が小さな風呂敷包みをこしらへてゐた

昭和14年に減らされた刑事の人数を増やしたのは、昭和8年に中野警察署で特高刑事に暴行された意趣返しでもあるし、作中の少女「ベニ」の借間が「三階」だからこそ成立する三並びの数字遊びでもある。

このように、改造社昭和21年版2分冊は、戦争と検閲から解放された復活・復刊版であった。偶然か否か、憲法の公布と付合する。だが第三部が、翌昭和22年5月の憲法施行にあわせて連載が開始されたことは偶然ではない。掲載誌『日本小説』主宰の和田芳恵も、同誌の創刊と「放浪記」第三部の連載開始は検閲の廃止が前提であったと証言している。言うまでもなく検閲を明文否定した憲法第21條の施行にあわせたのである。改造社昭和21年版の普及と、第三部の連載が順調に進めば「放浪記」の漂流に終止符が打たれる筈であった。だが、そうはゆかず、改造社版は再否定される。

9・10　萬里閣『林芙美子選集』昭和22年4月・新潮文庫『放浪記』昭和22年9月

前者は、板垣直子の評論「生と詩の作家—林芙美子の文學—」を中心に編集された。ここに収録された「放浪記」は、原作とはほど遠いダイジェスト版。昭和5年に成立した作品の日記日数は約140日分なのに、僅か43日分しか収録せず、その収録分も検閲に触れた部分を抹消した。板垣の評論は作品論ではなく作家論だが、芙美子の作品履歴が不正確であり、評する作家芙美子に対する敬意がない。

後者は、旧版文庫版。改造社復刊版に対抗するかのように、昭和14年の自社版を底本にして制作された。山本虎三の名は復元したものの、「諒闇」は「りようあん」と平仮名に書き換えられた。ここにおいて改造社版と新潮社版が初めて併立した。「放浪記」刊行史においては著者に替わって付された板垣直子の解説もまた問題。曰く「放浪記の出た當時、私も面白くよんだ一人である。そして、その後批評の仕事の必要上、さらに何度か親んだやうに思ふが、今これをかくためにもよんでみた。さすがに以前のやうな感動は起らない」。

書評誌ではないのに「感動は起らない」と言う否定的な物言いが問題なのではない。まさか再読したのは自身が関わったダイジェスト版だったのか？　改造社初版本と新潮社版とが別物の認識がないなら著者には疎まれるし、認識して書いたのなら新潮社にも歓迎されざる解説。それゆえか否か、この解説は、その後の増刷版において全文抹消され、芙美子の三回忌後に復活する因縁がある。手許の刷り版では、昭和27年5月25日の10刷、昭和28年11月15日の18刷でも抹消され、昭和29年8月8日の21刷で復活している。決して落丁ではない。何故なら板垣の解説は偶数頁から編集されており、落丁なら直前の本編奇数頁も欠落するのに、そうではないからだ。4刷から9刷、及び19刷・20刷は未見。この間の刷り版があれば、ご教示願いたい。

難は多いが、一度は採用した解説を重版で抹消することは稀であろう。内部事情は分からないが、芙美子の三回忌の後迄抹消されたことも事実なら、この解説の復活以降、昭和52年に板垣が亡くなる迄新版編集が先送りされたこともまた事実。80刷を重ねた以上商業的には失敗と言えないが、文学史においては、第三部を30年間採録しない不可解な問題を残した。この時、第三部の連載は既に開始されていた。戦後版新潮文庫シリーズの目玉商品とはいえ、解説者の人選も含め、新潮社は第三部の完結をまつべきだったと、筆者は思う。

11　留女書店『放浪記 第三部』昭和24年1月

表紙絵は小泉八雲の三男、小泉清。扉絵は木村荘八。第三部が『日本小説』に連載されたのは、昭和22年5月創刊号から昭和23年10月号迄の計12章。日数は48日分。同書には11章分が雑誌発表順に収録された。第三部は、たしかに明治憲法下では発表できない。

著者「あとがき」曰く「第三部放浪記は日本小説の和田芳恵氏の好意に甘えて一年續いた。まだ、この後一年位は日本小説に續けたいと思つてゐる。……どうぞ、もう戦争がないやうに、八百屋さんは八百屋さんの業を勵み、作家は小説を書いてゐられる平和を夢みる時もあるけれども、あゝ私には未來の事は判らない。兎に角、私は書く。……共感を持つて下さる讀者があれば私は嬉しいのだ」。

同書全11章には、『日本小説』掲載時と同じく各章タイトルが付されたが、章末年次は付されなかった。「あとがき」が語る通り、この時点では連載継続の意思があり、第四部が実現する筈であった。だが連載は昭和23年10月号を最後に途絶え、第12章が宙に浮いた。『日本小説』は昭和24年4月号を以て終刊する。雑誌の終刊が連載中断の一因ではあるが、文壇における芙美子の名声を以てすれば、発表場所を他誌に求めることは容易であった筈だ。筆者は雑誌連載の中断と東京裁判の終結時期とが一致するところに、著者の心境の機微を感じずには居られない。連載中断直後『サンデー毎日』昭和23年12月10日号に発表した短篇「最後の晩餐」の題材が、もう一つの代表作「浮雲」の題材と同じであり、そのタイトルが東京裁判を暗示する。

自身の健康にも不安が生じ、第四部の完成を断念してでも、残る余力を各種の長篇小説に傾注する選択をしたのだろうと思う。亡くなる2ヶ月前に完成した『浮雲』（六興出版社、昭和26年4月）

昭和24年1月20日
留女書店版第三部

の帯広告は、「第二の放浪記」であった。筆者が、前掲『林芙美子 放浪記 復元版』において、三部及び未完の第四部に再構成したのは、留女書店版第三部の「あとがき」を尊重し、未完の第四部を封印すべきではないと考えたからである。

12　新潮社『林芙美子文庫　放浪記Ⅰ』第一部・第二部　昭和24年2月

同文庫は新潮社版作品集。装幀は宮本三郎。題字は川端康成。全10巻。当初は「選集」と新聞広告もされ、第10巻『夜猿』（昭和25年10月）の背表紙には「新選集林芙美子文庫」とある。版元もシリーズ名の混乱がある。ここで「正続編」又は「前後編」の呼称が「第一部・第二部」に改称された。第三部が発表されたことによる。

新潮社昭和14年版を底本にした事は文庫版と同じだが、奇怪な事に、昭和22年の文庫版で全て復元した山本虎三の名前が、再び「××」と伏せられた。しかも11ヶ所のうち7ヶ所を伏せ、残る4ヶ所を復元する不可解な版本になった。7と4とは刑法第74條不敬罪の暗喩なのか。ＧＨＱが山本の前科に関心があるとも思えず、既に日本政府の検閲は廃止され、刑法第74條不敬罪は昭和22年10月に削除されている。文庫版で一度は復元したのだから、検閲制度と不敬罪が復活したかのようだ。よって、同じ新潮社版なのに、山本の名を復元した文庫版と、名を伏せた選集版の2種が同時併売されたのである。

巻末の「あとがき」にも不可解な言葉が語られている。芙美子曰く「かうした一聯の放浪記が、今日の私の作家生活の根をなしてくれたと云つていゝであらう。だが、私は私の死とともに、かうした放浪記も亦、私の全作品をこめて絶版にするつもりである」。この不可解な「あとがき」は改造社版ではなく、新潮社版「放浪記」に対する「絶版」の遺言なのだろうか。編集上の混乱と芙美子の不可解な言葉には、「放浪記」が再び検閲の亡霊に取り憑かれたかと、感じさせるものがある。

13　新潮社『林芙美子文庫　放浪記Ⅱ』第三部、昭和24年12月

この第三部に『日本小説』に掲載されなかった13章目3日分が追録された。おそらく書き下ろしと思われる。連載中断により宙に浮いた第12章とあわせ、本来は第四部を構成する短篇だが、2章しかないため、第三部に組みこんだのである。留女書店版に付された章タイトルを抹消したのが玉に瑕だが、『日本小説』の「まえがき」に加え書き下ろしの「あとがき」も付された。第四部の完成を断念して、無理に全三部構成にして制作した妥協型である。よって、第三部についても全12章48日分の雑誌連載、全11章46日分の留女書店版、章立てのない51日分の新潮社版、計3種の版本が存在する。

ともあれ、未完とはいえ発禁雑誌『太平洋詩人』大正15年12月号の原型作「秋の日記」から23年を要し、本編全40章の「放浪記」がここに成立した。だが著者没後も検閲の亡霊はつきまとい「放浪記」の漂流は続く。

14　中央公論社『放浪記　全』昭和25年6月

15　新潮社『林芙美子全集第2巻　放浪記』昭和26年12月

前者は、著者生前最後の「放浪記」単行本。新潮社の『林芙美子文庫　放浪記Ⅰ・Ⅱ』を利用して全三部を一巻に編集したものの、疑問の多い異本である。

疑問の一つめは『日本小説』連載第1回に付された第三部「まえがき」を抹消したこと。この「まえがき」曰く「昭和五年に、改造社から新鋭叢書とし、私の放浪記・續放浪記が處女出版として出た。

當時、この放浪記は全部發表できたら四冊位のものにはなつたのだけれども、自由に發表すると云ふ事はむづかしい時代だつたので、發表出來る程度のものを二冊にまとめて出した」。新潮社『林芙美子文庫　放浪記Ⅱ』は、この「まえがき」を収録したにもかかわらず、中央公論社はこれを抹消したため、結果的に「放浪記」から改造社の社名を消してしまった。名前を消すことは存在を否定することである。山本虎三の名も「××」と伏せたママである。

二つめは著者の前書きや後書きなど、書き下ろしの題跋が収められていないこと。著者存命中だから、まさか著者に黙って制作したとまでは言わないが、著者の意思と関与が見えず、使用した底本の注記もない。

三つめは新潮社版に付された第三部「あとがき」まで抹消したため、文献として完結していないこと。

改造社と共に横浜事件に連座した中央公論社が、改造社と新潮社の間に割り込み、書名に反する「不完全な放浪記」を制作した意図が分からない。

後者は、著者急逝後急遽制作された全集。自社の『林芙美子文庫　放浪記Ⅰ・Ⅱ』と中央公論社版とを折衷した編集の結果、第三部「あとがき」は残したものの「まえがき」を抹消し、山本の名も伏せたママ。急造制作のため、自社昭和24年版や中央公論社版より誤植が多く、自社全集を参照した昭和54年の新版文庫版は、旧版で復元した「新興女性新聞」の名を、再び「××女性新聞」と伏せてしまった。新潮社もまた検閲の亡霊に囚われているのである。

昭和52年の文泉堂全集「放浪記」もまた不思議な異本。新潮社全集の複製ゆえ、誤字・誤植・脱字・伏せ字につき一点の補正もしないのに、新潮社版全集第2巻「放浪記」「著者の言葉」だけは抹消し、中央公論社版と同じく、改造社の社名を消した。最新の岩波文庫版につき、同社編集部は文泉堂版全集を底本にしたと言い、解説者は中央公論社版を底本にしたと言う。版元も解説者も「放浪記」の成立史を理解せず、お互いの意思疎通もない。この致命的な齟齬にも気づかない。「放浪記」刊行史上、最も誤植の多い版本になったことは当然の帰結であろう。

戦争に翻弄され歪められた原作を甦らせ、検閲の呪縛を解かない限り、「放浪記」の漂流は終わらない。改造社版「放浪記」と新潮社版「放浪記」は全く異なる別作品なのだが、改造社は横浜事件の痛手が大きく、第三部と第四部を完結させる事ができなかった。筆者が論創社復元版の編集に挑んだ所以である。そして、その後幸運にも、埋もれていた第三部の原型作や、未完の第四部につながる短篇の幾つかを発掘することができた。否、それは筆者が発掘したのではなく、著者芙美子が「放浪記」の完結を促すかのように筆者を導いてくれたのだと思う。それらの短篇は、本書第Ⅱ部第14章から第18章に採録した。あわせて通覧いただきたい。

第2章　文学は波濤を越えて

カナダの西海岸バンクーバーにおいて、かつて刊行された日本語新聞『大陸日報』に、芙美子の日本未発表の短篇小説がある。題して「外交官と女」。掲載されたのは1931年8月12日。著者がパリに渡航する直前のことであった。その短篇を紹介するにあたり、まず『大陸日報』の概要を紹介したい。同紙については断片的な研究しかなされていないからである。

同紙の創刊は1907年。翌年から山崎寧《やまざきやすし》が社主に就き、米日開戦で発行停止処分を受けるまで約35年間、通巻1万号を超えて刊行された。幸いに福岡県出身の梅月高市《うめづきたかいち》ら移民一世が、東海岸への強制移住のもとでも原紙を守り抜いたため、後に日本人の出資をもとに、ブリティッシュ・コロンビア大学がマイクロフィルム化したことにより、日本国内でも容易に閲覧できるようになった。筆者が同紙に関心を持ったのは、日本近代史研究の為によく利用する外交史料館所蔵の「外務省記録」のなかに、カナダ日本人労働組合、鈴木悦《すずきえつ》、田村俊子《たむらとしこ》らの名があることに注意が惹かれたからであった。

数年間をかけて同紙の終刊号までに目を通した結果、創刊から10年を経た18年、『萬朝報』の花形記者であった鈴木悦が編集主筆に招かれ新聞紙面が大きく変わったことが分かった。鈴木は家庭に不幸が続き、大陸日報社の社主山崎寧の誘いを受け、文字通り心機一転、新天地を求めてカナダに渡り、その鈴木を追って太平洋の波濤を越えたのが作家田村俊子であった。鈴木と俊子は同地で結婚し、二人で『大陸日報』の編集に携わるかたわら、日本人移民の地位向上の為に働き、カナダ初の日本人労働組合の創立にも貢献した。

そして二人の参画を機に、『大陸日報』に文芸欄と婦人欄が設けられ、増ページが実現した。二人の経験と人脈が生かされ、日本の作家たちによる小説・詩歌・評論が毎日のように掲載されるようになったのである。もちろん、日本で一度発表された作品の転載も多いのだが、日本未発表の作品も少なくない。その日本からの寄稿のうち、島村抱月、平塚らいてう、堺利彦の作品3篇の概要を紹介した後、芙美子の短篇小説を全文紹介する。

まずは島村抱月の絶筆遺稿を紹介しなければならない。抱月は新劇運動の指導者としての名声だけでなく、その学識は深く業績も高いのだが、一般に新劇指導者としての抱月が特によく知られているのは、女優松井須磨子との恋とその悲劇的結末ゆえであろう。抱月が18年11月5日、スペイン風邪で急死してから2ヶ月後の月命日に抱月を追って須磨子が自死したことで第一次藝術座は頓挫し、新劇運動の一時代が終わったのである。

その抱月が病に倒れる直前に『大陸日報』向けに演劇評論を書いていた。掲載されたのは19年新年号。洋の東西を問わず、新聞社は新年号の特集には力を入れる。日本からカナダに招かれたばかりの鈴木悦にとって、早稲田時代の恩師でもある抱月に、新年号向けの作品執筆を依頼することは自然であろう。鈴木は日本での記者時代、トルストイの「戦争と平和」の翻訳を完成させた際、共訳者として抱月の名を借りるほどに親しかった。

その抱月絶筆評論の論題は「日本演劇の現在及び將來」。副題は「舊劇の全盛／新劇の不振」とある。副題からは新劇の退潮を憂うる評論とも読めるが、新年号にふさわしく、自ら興した新劇運動の低迷を打開する希望を語っている。病床に伏してから書かれた遺稿という印象は受けないが、抱月はこの評論執筆直後に急死し、文字通りの絶筆となった。この新年号には抱月の評論に続き、抱月門下の演劇評論家で当時藝術座脚本部員、楠山正雄の抱月追悼文も掲載された。そして、抱月のカナダでの遺稿発表直後、須磨子が抱月の後を追ったのである。

次は平塚らいてう。らいてうが『大陸日報』に寄稿した随筆評論5点は、日本でも再発表された作品があるが、いずれも初出は『大陸日報』である。女性の政治参加を禁じた治安警察法改正を求める評論「婦人生活の開拓」20年8月10日付に始まり、無心な子どもたちに癒やされる随筆「分裂前の自我」27年9月23日付までの5点がある。22年の新年号に掲載された評論「現代の婦人問題」では、婦人参政権から白蓮問題まで縦横無尽に論じている。同じ新年号には与謝野晶子の評論も掲載されている。伊藤野枝追悼文「野枝さんのこと」23年11月15日付は、カナダでの発表から2年後に日本でも再発表されたが、掲載誌が発禁処分を受け一般には普及していない。掲載誌は『祖國と自由！　大杉榮追悼號』。随筆「分裂前の自我」は6年後、随筆集『雲・草・人』に収録された。

らいてうが日本で発表した伊藤野枝追悼文「自然女伊藤野枝さん」は事件から時をおいて書かれ、感情が抑制されているのに対し、『大陸日報』掲載文には執筆日付（同年10月4日）があり、甘粕事件発覚直後のらいてうの心の動揺がよく分かる。追悼文には似つかわしくない赤裸々な言葉が使われ、自身に替わり『青鞜』の編集を委ねた野枝を悼み、遺児を想い、胸騒ぐ心のままが綴られた。

かつて、たわむれに野枝の姓名判断をしたことを悔いて語る。「伊藤野枝といふのは精神の動揺絶えず、剣難あり、平和な最後が遂げられぬ人……私は「疊の上で死ねさうもありませんよ、用心なさい」と冗談を言つたこともありました……一昔前の姓名判斷がかうもあたつたといふことは不思議なやうなおそろしいことです。悲しいことです。……私は野枝さんがこの世に殘して行かれた大勢の幼い方々の御身の上を思ふとき涙なしには居られません。併しこれも何かしら定められてゐた運命なのでせうか……お子さん達が……幸福に成長されることを祈らずにはゐられません」。鈴木悦は紙面の多くを大杉追悼の記事や、甘粕事件の追及にあてただけでなく、東京駐在記者に大杉、野枝とともに虐殺された橘宗一《たちばなむねかず》の母あやめの談話を取らせ、その在米の夫宛の手紙さえも掲載した。検閲から自由な国外でなければできないことであった。なお新聞寄稿の記名は本名の平塚明子である。

3人目は堺利彦。堺は日本近代を代表する思想家社会運動家の一人であり、かつまた達意の文筆家でもある。その堺による日本未発表の作品が『大陸日報』に掲載されていた。随筆「獄中の月」。掲載日は27年10月10日。堺は前年の26年6月から12月まで、第一次共産党事件（治安警察法違犯）で巣鴨刑務所に収監されていた。この作品は表題のとおり獄中から見た月を題材にした随筆であり、堺が得意とする軽妙な語り口の社会批評でもある。この随筆をバンクーバーで発表した後、同年12月に、改造社から『新版樂天囚人』と題する獄中書簡集を刊行する。この随筆はその書簡集編集時の副産物と見てよい。検閲対策には万端ぬかりのない堺だから、特に検閲に触れる描写や用語はないと思われるのだが、なぜ日本で発表しなかったのだろうか？　その『新版樂天囚人』と、この随筆「獄中の月」とを比較すると、その疑問が解ける。

随筆「獄中の月」で引用した書簡は2通あり、いずれも書簡集掲載作とは、若干異なるのである。うち1通を比較引用する。前者が書簡集。文中の「御身」とは堺の妻、「眞柄《まがら》」は堺の娘である。

「此月は即ち御身と眞柄とがお茶の水橋の上から見た其月と同じ月だ」『新版樂天囚人』

「この月は御身と眞柄とがお茶の水橋の上から見たといふ月と同じ月だ」『大陸日報』

堺の獄中書簡原文を復元した『堺利彦獄中書簡を読む』（菁柿堂）によると、書簡原文は、発表された両者とも少し異なる。よって堺は発表の都度、書簡を再吟味して発表場所に応じて改稿していたのであった。同じ書簡を発表するにあたり、日本向けとカナダ向けとで書き分けていたのだから、この随筆は当初から国内向けではなく、バンクーバーの読者の為に書かれた作品と言える。日本未発表作たるゆえんである。

なお、同じ紙面に、島村抱月にも学んだ大手拓次の詩が3篇掲載されている。3篇とも北原白秋主宰誌『近代風景』27年9月号に発表された作品であり、うち1篇の表題は「お前の耳は新月」。堺の随筆「獄中の月」に掛けた編集の妙である。『近代風景』の版元はアルスだから、堺とも縁は深い。27年時点では無名の詩人であった拓次の詩に着目するところに、担当記者の詩心が窺える。

さて、芙美子の作品は原稿用紙にして約6枚の短篇だが、この作品の設定は、芙美子晩年の代表作「浮雲」の設定と共通するものがある。それは何故かと言うと、林業に携わる外交官が自身の女性関係を物語る独白だからである。だが、作品に挿入された漢詩が作品全体のモチーフとなっており、そしてその漢詩は、白楽天と並び称される唐代の詩人元稹《ゲンシン》作「鶯鶯傳《おうおうでん》」から着想されているのである。作中の漢詩の解釈には、白仁成昭《しらにしげあき》氏のご教示をいただき、漢詩のルールに従い、誤記または誤植と考えられる部分は補正した。

外交官と女　林芙美子

日本へ歸《かへ》つて一ヶ月になりますが、やつぱりいゝですなァ、えゝ？　お芽出度《めでた》うございますつて……いやァ、ちつともお芽出度《めでた》かないんで、今度の任地はまるで隱居《いんきょ》仕事ですよ、あんなのは……大の男があなた、山の中へはいるんですからね。たゞ、月の半分は内地へ歸れるのが、一寸いゝくらゐのもので、なァに、僕なんか霞ヶ關の連中にはあつても無くてもいゝ人間ですからね。猿と一緒にさしとけつてんで、あんなところへ赴任さしたんですよ。

えゝ？　澤山一黨《たくさんいつたう》を連れて行くかつてゞすか、馬鹿らしい……僕ァ一生材木屋になろうとは思つちやゐませんよ。二三年で止《や》めるつもりでゐるのに、若い人達を澤山連れて行つて御覧なさい、僕がやめる時は、やつぱり僕と進退をともにしなきやならない。だから、いつそ一人も連れてかない方が双方にいゝと思つて、この間山へ歸る使《つかひ》の者に『俺が行くからつて、今までの働いてる人間誰一人として馘《くび》らないから安心してボチボチ働いてゐてくれつてね』こんな傳言《でんごん》を頼んでやりましたが、それでいゝんですよ。

えゝ？　なぜロシアの方へ行かなかつたかつて、いやァ僕が酒呑みだものだから、あんなのいらねえぐらゐでせうよハッハッハ……全く、少し今までの借財を、ルーブルでもつて財政整理をやらうと思つてたんですが、いやどうも。

◇

ところでこんなケチな話は止めて、女の話でもしませう。いやァ女の話つていへば、昔僕がアモイへゐたころ、世話になつてゐる家の女中に惚《ほれ》ましてね、てうど僕が二十代の時だつたでせうか、日本女と來たら誰でも美人に見えて、いまから考へると、天草生れの飛んでもない代物なんですがね。それがとても良くつてね。何とかしてものにしたいものと思つてゐると、その女に、もうひとりそこのボーイが惚《ほれ》てゐましてね、えゝよくその男とかちあひやつたものですよ、だけどとうとう二人の男とも彼女にヒヂテツを食ひましたね。その後その女は何でも天草へ歸つて小學教員のかみさんになつてゐるつて聞きましたが、二三年前、東京でアモイ時代の關《せき》さんに會つたところ、冷やかされるのなんのつて、家内なぞは、そのころの寫眞を見せられて、クスクス笑ひ出すやら、いま思ひ出すと、まるでクマソみたいな女なんですからね。

あの時ヒヂテツをもらつたが、實際ありがたいヒヂテツだと思つて感謝狀でも送らうかと笑ひましたがね。天草女ときたら強氣で、それァ氣性が立派なもんだ、僕ァしよつちゆう、天草女にいぢめられてゐたんで、身にこたへたんでせうが、一度こんな事もあつたなァ……歐洲であるとこの書記生をやつてゐた時、もう日本へ引揚げるてんで、大使は毛唐の細君を連れて、毎日みやげ物を買ひに行くんですが、そのワイフと來たらガッチリしてゝ、僕にいつもボロボロの、まるで泥の中へ三週間もつけといたやうなのを持たせるんですからね。『これは大切なものばかりはいつてゐるんですから、一時も手ばなさないやうにしてくれ』つてんで、そのボロボロ鞄《かばん》を二六時中さげて、しかも前からゐる天草生れの女中を僕が連れることになつて、いやァ實際あの時は恨みコッズイに徹したなァ、友人が冷《ひや》かしていつ結婚したいつていふし、せめて、僕が一人者だつて知つてる日本飯屋でゞもうさを晴らさうとすると、こいつがまたすばらしくガッチリして、『いゝえ私は西洋料理の方が大好物なんです』と來るもんだから、そのころ流行した長いスカートの裾をちよいちよい持たせられて、イヤハヤあんな侘《わび》しかつた事はありませんでしたね。外交官なんて派手で面白さうに見えますが、うちの娘なんか、外交官の裏を知つてるんで、外交官へお嫁入りはまつぴらだつていつてますよ。

◇

ところで、この間僕の友人連中が、女の寫眞《しゃしん》の授與《じゅよ》式をやつたんですがね。そのゥ……寫眞をもらふ男つていふのが、日清戰爭のころ、かなり危險なところまで、その女を連れて行つて、隨分皆をうらやましがらせたものですが、間もなく二人とも別れて、女は男から離れると轉々滿洲中を歩いて、今ぢやァ小料理屋のおかみになつて、滿洲の邊土にゐるんですが、それをあなた、物好きな友人が、その皺《しわ》だらけの女の寫眞を送つてよこして、是非盛大な授與式をやつてくれつて、裏にいゝ漢詩を書いて來ましたが、一寸涙つぽくなるいゝ詩でした。よく覺《おぼ》へてゐないが、こんな風なことだつたかな。

龍沙邊塞望悠悠、孤枕入秋空斷腸。
恰好紅燈傾酒盞、何堪翠帳擁哀香。
鴛鴦老去隔風霰、烏鵲時來雲路長。
小肖寄君無限恨、爲郎憔悴却羞郎。

山の中ですが、いつでもいらつしやい。此《この》ほろ苦《にが》い詩の味、わかりますかね。ところで、此《この》ごろ日本の女も美しくなりましたね、日本のケイザイ状態もかういふ風にゆくといゝんですが……。(了)

〈『大陸日報』1931年8月12日〉

作中の漢詩の読み下しは以下の通り。

龍沙《りゅうさ》の邊塞《へんさい》望《なが》め悠悠《ゆうゆう》たり、孤枕秋《こちんあき》に入《い》り空《むな》しく斷腸《だんちょう》す。
恰《あたか》も好《よ》し紅燈《こうとう》のとき酒盞《しゅさん》を傾《かたむ》けんに、何《なん》ぞ堪《た》えん翠帳《すいちょう》の哀香《あいこう》を擁《よう》するを。
鴛鴦《えんおう》老《お》い去《さ》りて風霰《ふうさん》に隔《へだ》てられ、烏鵲《うじゃく》時《とき》に來《きた》るも雲路《うんろ》長《はる》かなり。
小肖君《しょうしょうきみ》に寄《よ》す無限《むげん》の恨《うら》み、郎《ろう》の爲《た》めに憔悴《しょうすい》し却《かさ》ねて郎《ろう》に羞《は》づ。

この詩の前半は、左遷された男の官吏が辺境の地で詠む邊塞詩《へんさいし》と呼ばれるジャンルの歌に見えるのだが、後半は芙美子の作為か「あなたの爲に老いて憔悴したにもかかわらず、その姿をあなたに見せるのが羞ずかしい。替わりに私の肖像を恨めしいあなたに贈る」という女の歌に転じている。そして末尾の結句「爲郎憔悴却羞郎」は以下のとおり、元稹《ゲンシン》作「鶯鶯傳《おうおうでん》」の結びに挿入された手紙から採られているのである。

自從消瘦減容光、萬轉千迴懶下牀。
不爲旁人羞不起、爲郎憔悴却羞郎。

読み下しは以下の通り。

消瘦《しょうそう》して容光《ようこう》を減《げん》じてより、萬轉千廻《ばんてんせんかい》、牀《しょう》を下《け》るに懶《ものう》し。
旁人《ぼうじん》の爲《た》めに羞《は》ぢて起《た》たざるにはあらず、郎《ろう》の爲《た》めに憔悴《しょうすい》し却《かさ》ねて郎《ろう》に羞《は》づ。

この手紙は、若き日の恋人からの再会の申出を拒む言葉である。作中の前途洋々たる青年「張生」が才色兼備の娘「鶯鶯」と一度は結ばれたものの、出世を求めて都《みやこ》に上ったため二人は疎遠となる。ともに異なる相手と結婚したのだが、のちに「張生」が「鶯鶯」に再会を申し込む。その申出を拒絶するのである。「あなたとの恋に破れて憔悴し、痩せ衰えて見る影もないこの姿をあなたに見せたくはない。何度立とうとしても床を離れることができない。今の夫に羞じているのではない。あなただからこそ、今の姿を見せるのが羞ずかしいのです」。

元稹《ゲンシン》の「鶯鶯傳」においても、芙美子の「外交官と女」においても、末尾の結句が持つ意味は、身勝手な男を「恨み」ながらも、容色の衰えた我が身を「羞じる」女心を表している。

この作品は、古くから中国文学と日本文学の双方に大きな影響を与えたとされている。芙美子がこの作品を書いた同時期には、魯迅《ロジン》編集による校訂版『唐宋傳奇集』（１９２７年）に収録されたこともある。

芙美子が上海で魯迅の面識を得て、直筆の色紙まで貰ったのは１９３０年9月のこと。魯迅編集の中国古典の悲恋物語に着想して、この作品を書いた可能性もあろうか。「此ほろ苦味い詩の味、わかりますかね」という謎かけは、作品の由来を解読してみろという芙美子の遊び心を感じさせるものがある。

そして魯迅とは別に、この作品が生まれた背景を想像させるものに、芙美子と親しい複数の日本人外交官との交友関係がある。その一人は芹澤光治良《せりざわこうじろう》の友人。芹澤は、自伝的長篇『人間の運命』において、芙美子との出逢いが芹澤の友人である外交官を介した会食であったと描いている。同書「嵐の前」の巻から抜き書きする。作中の人物「次郎」は光治良、「石田」は外務省文化事業部の市河彦太郎《いちかわひこたろう》、「平森たき子」は平林たい子、「林扶喜子」は林芙美子、「城冬子」は城夏子と言うように分かり易い変名であり、実体験に近い。

その時、石田がはいって来て、二、三分遅参したことを詫びたあとで、平森たき子、林扶喜子、城冬子さんと、親しそうに一人一人呼びかけ、……こちらは旧友の森次郎君ですと、紹介した。次郎はこれが有名なプロレタリアの女流作家の平森さんか、これがダダイズムの散文詩らしい自伝で一躍有名になってから、みごとな叙情的作品を旺んに書く林さんか、これが婦人公論にやさしい随想を書く城女史かと、初めて会う作家に好奇心をもった……

〈芹澤光治良著『人間の運命』「嵐の前」新潮社、1965年〉

作中では外交官の「石田」に対して、「扶喜子」が旅券の取得について相談を寄せる場面もある。芹澤は、この出逢いを、1931年5月の事として描いている。「外交官と女」が『大陸日報』に掲載されたのは同年8月12日だから、この出逢いの後に執筆された可能性もある。芙美子の「外交官と女」における外交官の人物像は架空の設定であろうが、農林省の役人であった芹澤と、現職の外交官市河の経歴にヒントを得た可能性はある。だが実在の芹澤と市河は作中人物のような軽薄な人柄ではない。日本で発表しなかった理由もそこにあろう。作中に挿入された漢詩は「鶯鶯傳」に由来するが、芙美子と芹澤の交友関係も、この作品の背後に感じさせる。

もう一人、芙美子と親しい外交官がいる。芙美子は改造社版『放浪記』の大成功で得た印税を旅行費用にあてて、はじめての中国旅行の旅に出た。満洲の北部ハルビンから南の上海までの縦断旅行である。この旅行でハルビンの総領事であった八木元八《やぎもとや》と魯迅の知遇を得ることになる。八木は翌1931年5月、ハルビン総領事から満洲はアンドンにある材木公司の理事長に転ずる。元外交官で満洲の林業事業を担う人物だから、「外交官と女」の作中モデルとしては八木がふさわしいかも知れない。しかも八木の外交官としての赴任地にはアメリカもあれば、アモイとの縁もある。実在の八木は「外交官と女」の作中人物とはかけ離れた外交官らしい紳士。モデルと言うよりは着想のヒントになったと言うべきであろう。八木については次章で改めて述べる。

『名古屋新聞』
昭和６年11月５日付掲載

芙美子はパリから帰国後も『大陸日報』に寄稿している。随筆「女性美を何に求める／平凡な女が好き」。掲載日は、36年1月31日と2月1日の分載。この作品は、その後日本で「平凡な女」と改題され、随筆集『文學的斷章』（36年4月）に収録された。そのため、日本未発表というわけではないが、掲載日を見れば『大陸日報』が初出である。

芙美子と『大陸日報』との関係には、田村俊子、長谷川時雨などの『青鞜』と『女人藝術』につながる人脈の他に、尾崎翠《おさきみどり》ら鳥取県人との人脈の存在もある。東京駐在の『大陸日報』記者の一人に、鳥取出身の楠本寛《くすもとひろし》という人物が居る。楠本は『萬朝報』でも文芸欄を担当していたことがある。鈴木悦も『萬朝報』の記者であった。『大陸日報』の東京駐在記者として東京で各種の文芸作品を蒐集し、横浜から船便でカナダに発送していた記者が楠本であった。芙美子の第一詩集『蒼馬を見たり』の発行元、南宋書院の涌島義博《わくしまよしひろ》も鳥取出身。そして、尾崎翠、楠本、涌島らは文芸同人誌『水脈』の仲間でもあった。

筆者の調査により、『大陸日報』に作品が掲載された日本人文筆家の人数は5百人を超え、ことに女性作家、評論家が多いことが分かった。これは田村俊子の存在ぬきには語れない。『平林たい子全集』において初出未詳とされる作品「股眼鏡」(32年10月21日付)もあれば、芙美子とともに台湾に講演旅行をしたジャーナリスト北村兼子の評論が30年4月28日から10回連載されている。論題は「日本女性の法律脅威」。法律に詳しい兼子ならではの論題である。この評論が日本未発表作か否かまでは調査が及ばないが、兼子は弱冠25歳で2度の国際女性会議に出席し、ドイツ語と英語の2カ国語で演説をするほど語学に通じていた。そればかりか、飛行機の操縦免許も取得した傑女であった。だが31年に腹膜炎をこじらせ、わずか27歳で亡くなった。芙美子と同年生まれであった。

鈴木悦は24年以降、カナダ日本人労働組合の機関紙『民衆』の編集に専念する。現存紙は少ないが「外務省記録」に田村俊子が同紙に発表した日本未発表の詩と評論の筆写資料もある。詩題は「プロレタリアの賛歌」、評論の論題は「不秩序より秩序へ」。『民衆』25年新年号に掲載された。筆名は俊子がカナダで使った「鳥の子」を用いている。

通巻1万号を超えた『大陸日報』と通巻5千号を超えた『民衆』は、米日開戦で発行停止処分を受け、日系人は西海岸から移住を強制され、カナダ全土に分散させられた。しかしカナダ定住と現地民衆との共存という鈴木と俊子の薫陶を受けた移民一世は、「The New Canadian」なる英日両語新聞を戦時下において創刊した。カナダ政府にとっても、日本人移民一世と二世の双方に、政府命令を伝達できるメディアとして両語新聞は価値があった。この新聞はカナダ全土に孤立させられた日系人をつなぐネットワークの機能を発揮し、20世紀末まで50年間も刊行されつづけた。鈴木悦と田村俊子が果たした役割と功績は小さくない。

第3章　西伯利亜の三等列車とパリ

芙美子は改造社版『放浪記』の大成功で得た印税を、早速海外旅行費用にあてて、同年8月から約1ヶ月間、中国を北から南に縦断した。縦断旅行の北の起点となるハルビンで総領事の八木元八との知遇を得、南の終点になる上海では、新居格《にいいたる》と内山完造を介して魯迅との面識も得た。

翌昭和6年11月のパリ渡航に際して八木には旅券の取得や関係機関への紹介状などの便宜を受け、その途次にも八木宅に逗留し、インド洋経由の帰路でもまた上海で内山、魯迅と再会する。ことに、パリ滞在中には八木から多額の金銭援助も受けた。そのパリで芙美子は3人の人物と出逢う。1人はリヨン大学に留学していた文学青年の大屋久壽雄《おおやくすお》。あと2人はパリの放浪詩人フランシス・カルコと作家アンリ・プーライユである。本章は、これらの国外放浪旅行で出逢った人物達と芙美子の文業との関わりを辿ってみたい。

八木はアメリカ各地と中国各地に赴任した外交官。昭和6年5月、約20年の外交官生活を終え、ハルビン総領事から鴨緑江採木公司の理事長に転じ、約10年間、安東《アンドン》に駐在する。ハルビン総領事時代の部下に、かの杉原千畝が居る。外交官から材木業に転じたキャリアというと、先に紹介した「外交官と女」の作中人物や晩年の代表作「浮雲」における富岡を想起する。八木は彼等の人物造形モデルとは言えないが、職歴設定のヒントになったとは言える。現に、明らかに八木の職歴をそのまま作中人物の職歴にあて嵌めた作品もある。『小説公園』昭和25年4月号に発表した短篇「夫婦仲」がそれ。作中人物の治五郎が敗戦まで安東の採木公司に勤めていたという設定なのである。実在の八木は昭和15年に帰国し、昭和17年に代議士に当選するような有力者だから、これも八木が治五郎の人物モデルとは言えないが、芙美子にとって八木の存在が小さくないことを意味する。

公刊された著者のパリ滞在日記の日付には作為があるが、昭和7年日記に記された「安東のY氏」がその八木である。『日記』第一巻（東峰書房、昭和16年10月）に記されている。

四月十一日……晝、安東のY氏より四百圓送つて來た。床に臥して感謝するなり。
五月二十一日……安東のY氏よりまた三百圓送つて來る。涙が出て仕方がなかつた。
K社より二百圓來る。

この「K社」は言うまでもなく改造社。ここでの「Y氏」はあくまで匿名だが、別の作品で実名を明かしている。それは『新女苑』昭和15年4月号に発表された満洲開拓村のルポルタージュ「凍れる大地」。芙美子は同誌編集長内山基《うちやまもとい》の依頼を受け、満洲を取材旅行する際、やはり安東の八木の官舎に逗留した。このルポの中で、パリ時代に八木から金銭援助を受けたことや、逗留中、八木の書斎で林語堂《リンユウタン》の『我國土・我國民』（昭和13年、新居格訳）を読んだとも述べている。アメリカ在住の林語堂は魯迅の友人。新居格は魯迅と芙美子を仲介した人物。初めての中国旅行で築いた人脈がさりげなく織り込まれたわけである。この「凍れる大地」は検閲によって大幅に削除されたこともあってか、没後の全集や作品集に採録されず、忘れられた作品の一つ。だが、編集長内山基が検閲将校鈴木庫三《すずきくらぞう》に抵抗して睨まれた結果、編集長の任を降りることにもつながる重要な作品である。

それにしても、満洲の材木業を一手に担う官営会社の理事長とはいえ、駆け出しの芙美子に対し「七百圓」もの大金を融通することは、愛読者の域を超えた援助である。事実なら、当時の東京・パリ往復旅費に相当する。八木は帰国後の昭和16年5月、芙美子の仲介により、東峰書房から随筆集『舊雨』を刊行する。装幀及び序文は芙美子。「舊雨」とは「今雨」の対語で「旧友」を意味する。八木の自序には芙美子に対する謝辞があり、芙美子の序文が同書の附録と帯に記されている。芙美子が八木に大きな恩義を感じていたことが分かる。

八木の随筆集『舊雨』は、物資逼迫の時勢には上質な造本。和紙の鳥の子紙を用いている。八木の自序によると、収録された随筆は安東とハルビンの邦字紙に寄稿した「鴨江漫筆」と題した連載の一部だという。アメリカと中国駐在のキャリアが滲み出ている。常に英字紙に目を通し、萩川と号して作った漢詩も多数に上る。ニューヨークでは厨川白村と同宿し、内村鑑三の訃報に接した際の随筆には幸徳秋水、堺利彦に言及もしている。旧稿とはいえ、昭和16年に、秋水と堺に言及して検閲に咎められなかったのは有力者ゆえのことだろうか。

八木の『舊雨』と芙美子の『日記』を相次いで刊行した東峰書房は、元プロレタリア美術家同盟の三ツ木幹人が創業した新興出版社。創業当時のＰＲ誌『東峰』を見ると、芙美子は三ツ木を支援していたようだ。白土三平の父『岡本唐貴自選画集』１９８３年版は東峰書房刊。岡本によると、昭和４

年、第2回プロレタリア美術大展覧会の絵葉書を制作したのも三ツ木だという。岡本との親交はプロレタリア美術家同盟以来50年に及ぶ。三ツ木が手がけた各種版本の装幀・造本が、美術的に優れているこどもうなずける。

さて芙美子のパリ渡航については、常に男性関係が話題にされる。前述の『日記』にも、八木とは別の思わせぶりな匿名の男性が頻繁に登場するからだ。だが、公刊日記はフィクションも混じえた作品であり、ほのめかされた異性関係は、作品に艶を与える手法の一つである。そこにゴシップネタばかりを探して云々するのは、文学史研究ではなかろう。旅で出逢った人物達との交友が、芙美子の文業にどのような影響をもたらしたのかを探ることが、作家と作品研究ではないのだろうか。

このパリ滞在日記の序章とも言えるシベリア旅行記が「西伯利亞の三等列車」（『改造』昭和7年2月）と「巴里まで晴天」（『改造』昭和7年4月）の2篇。後に「私の文學生活」（『改造』昭和12年8月）でも言及される。これらの作品は、戦前の日本警察の検閲に触れたのは僅かな語句にとどまったが、戦後この紀行集を再刊する際にGHQ検閲に触れ、重要な描写が文節ごと抹消された。GHQ検閲は単語の伏せ字ではなく文節単位、段落単位の全抹消ゆえ、どこが忌諱に触れたか探るのは容易ではないが、この場合は再刊なので容易に特定できる。

「放浪記第三部」も戦後作だからGHQ検閲を免れず、著者の対策はあるにしても、実際に検閲で抹消された部分があるか否かは筆者にも分からない。分かっている事は、第一部・第二部では登場しない聖書が引用されたり、大杉榮に言及したり、加えて治安維持法による宗教弾圧で8人もの牧師が獄死したホーリネス教会の名が登場するなどの、戦後作ならではの特徴である。よって、GHQ検閲の傷跡がはっきりと分かる芙美子の作品という意味でも、これらの旅行記の考証は文学史的意味があろう。著者没後の版本も含めて比較する。

1　『三等旅行記』改造社　昭和8年5月　20篇

この紀行随筆集に「西伯利亞の三等列車」を第1章とする計20篇の外国旅行記が収録された。初出は『改造』、『讀賣新聞』、『新潮』などの各種紙誌。うち18篇が滞欧記。大半がパリ、ロンドンで執筆して日本に送られた作品。残る2篇が昭和5年の滞中記。

パリへの往路が「三等客室」、マルセイユからの帰路が「三等船室」。いわば「海外三等放浪記」。第2章「巴里まで晴天」によると、芙美子の往路旅程は、釜山・安東・奉天・長春・ハルビン経由。初出の『改造』にはパリの貧民窟でコミュニストグループの家の前に立つ芙美子のスナップ写真があるが、単行本には収録していない。讀賣新聞社特派員の松尾邦之助が案内して撮影したのだろうか。

これらの旅行記が再録された著者生前の版本は以下のとおり。

2　『林芙美子選集第七巻　私の旅行』改造社　昭和12年7月　36篇

3　『私の紀行』新潮文庫　昭和14年7月　27篇

4　『三等旅行記』方向社　昭和23年9月　20篇

このうち改造社選集版は帰国後の国内旅行記も加え、「西伯利亞の三等列車」を「西比利亞の旅」と改題した。計36篇。初出・初版の伏せ字も一部修復し、面白い加筆がなされたが、第1章掉尾に付された「昭和六年一月」の日付は「十一月」の誤植である。「一月」では、シベリア鉄道通過に10ヶ月を要する。新潮文庫版『私の紀行』は、改造社選集版の抄録。36篇の中から27篇を採録した。そして戦後の方向社版『三等旅行記』が、ＧＨＱ検閲に触れて抹消された。以下の網掛部分である。傍線は改造社選集版での加筆部分。

さて、一週間を送るべきモスコー行きの硬床ワゴンに落ちつくのですけれど、その前に私としてはＸ２７のやうに、初めて小さい役割をすることになつたのです。

○

モスコーへ行く日本人は私一人なのです。マンジウリの領事から、モスコーの廣田大使へ當てゝの外交書類を是非持つて行つてほしいと云ふ事が持ち上りました。

共産軍はもうチ、ハルへ出發したとか、露西亜の銃器がどしどし支那の兵隊に渡つてゐるとか、日本軍は今軍隊が手薄だとか、兵匪の中に強大な共産軍がつくられてゐるとか、風説流々なのです。戰ひを前にしての靜けさとでも云ひますのか、マンジウリの驛は、此風説に反してひつそり閑としてゐました。私はあづかつた、五ッ所も赤い封蠟のついた大きな狀袋をトランクに入れて鍵をかけると、何だか落ちつけない氣持ちでした。もし調べられた場合は……その時の用意に、露文で、外交官としての扱ひをして戴きたいと云つた風な、大した添書も貰つてゐるのでしたけれど、全くにヒヤリッとした氣持ちでありました。愛國心とでも云ふのでせうか、そんな言葉ではまだ當はまらない、酢つぱいやうな勇ましい氣持、――何にしても早く國境を越えてくれるといゝ。

〈改造社選集第7巻〉〈方向社『三等旅行記』〉

改造社選集版で加筆した「X27」とは、第1次世界大戦下のオーストリアとロシアを舞台にしたマレーネ・ディートリッヒ主演のスパイ映画「間諜X27」のこと。随処に登場するピアノ演奏シーンが舞台にふさわしく、主人公の愛猫黒猫が名脇役を演じた。芙美子が新潮文庫版で27篇を選んだのは、「間諜X27」に掛けたのだろうか。

戦後の方向社版に収録した「シベリヤの三等列車」で外交文書携帯の件が全て抹消され、続篇の「パリーまで晴天」でも同じく抹消された。芙美子の自序がなく著者の関与の程度は不明だが、宛字地名をカタカナに変更し、「支那」の語を「満洲」に置き換え、初版の伏せ字を一部だが復元もした。題名・収録作20篇は改造社初版本と同じ。初版の改訂復刊を意図したと言える。その復刊版を、GHQ検閲はこのように抹消したのである。

ドイツ生まれとはいえ、反ナチスのディートリッヒの出演映画がGHQ検閲係官の気に障る筈もなく、民間人の芙美子が外交機密文書を預かり、モスクワに届けた17年前のことが咎められたわけでもない。問題はモスクワ駐在全権大使が廣田弘毅であったことにある。方向社版が編集された時期は、まさに東京裁判の終局時期。文官廣田がA級戦犯として訴追された事の是非はともかく、GHQ検閲係官にとって、判決前とはいえA級戦犯の名前は許容できなかったのである。では芙美子に文書を託したのは誰か?

この旅行記では満洲里《マンチユンリ》領事と読めるのだが、後の随筆「私の文學生活」(昭和12年8月)において実名を明かしている。曰く「いまの、外務大臣廣田さんが、まだそのころはソヴェートの大使でいらつした時だつた。モスコーを通過する日本人は私一人だと云ふので、満洲里で私は清水領事から、何か知らないけれど、外交書類をおあづかりして、モスコーの廣田さんへお渡しする役目をおうせつかった」。

外交史料館の「外務省記録」によると、当時の満洲里領事は空席。チチハル領事が清水八百一。「添書」には領事の署名と公印が必須。ならば「満洲里駅でチチハル清水領事の添書と書類を預かった」と解せば無理がない。初出の旅行記は、リアルタイムの発表ゆえ実名を伏せたのだろう。

旅行日誌「巴里まで晴天」によれば、芙美子は昭和6年11月13日午後ハルビンを発ち、車中で砲弾の炸裂音を聞きながら、翌14日午後、国境の満洲里駅に着きモスクワ行き列車に乗り換えた。ハルビン・満洲里間の距離は950キロ。新聞報道では13日、関東軍と黒竜江省軍衝突から一時はチチハル領事館包囲さえ伝えられ、15日には清水領事と駐在武官は同地を撤退し、総領事館のあるハルビンに逃れた。その距離東に350キロ。機密文書を部外者に託す必要があるのはチチハル領事館である。以下は、推理と仮説。

誰に託すにせよ、廣田大使宛ての機密文書は、モスクワ行きシベリア鉄道で運ぶしかない。そこに14日午後、一人の邦人が満洲里経由でモスクワに行くとの情報が入れば、その人物に託す。何しろその時モスクワ便に乗る邦人はただ一人。それが芙美子であった。清水領事本人でなくとも、文書と添書を携えた領事館員が、戦火の同地を脱して600キロ西の満洲里に向かう。作品に登場する大阪毎日新聞小林記者の仲介であろう。満洲里行き列車はチチハル駅を通過しないにもかかわらず、その小林記者は13日、芙美子がハルビンを発つ前にチチハルとモスクワ駐在の大毎記者に打電しているからだ。間一髪のタイミングであった。

託された機密文書が何であれ、万一に備えて露文の添書まで携帯させるとはただ事ではない。文書を託した領事は、民間人が機密文書を携帯していることが発覚すれば、無事には済まない事を承知していたのである。ディートリッヒ演ずるスパイを引き合いにするのも無理はない。芙美子にとってはあくまで予定外の役割なのだろうが、そこに芙美子と面識のある前ハルビン総領事八木元八の存在がなければ、一女性民間人に機密文書を託す事はなかったのではないか。外交官特権のある領事ですら撤退する北満洲を一人突破する芙美子の度胸には驚嘆する。八木の芙美子に対する金銭支援の源は、この機密文書にあったかも知れない。

なお「西伯利亞の三等列車」では、この文書を「トランクに入れて鍵をかけ」たと言うが、「私の文學生活」では「コルセットの上に巻いて」隠したと言う。ディートリッヒの演技を観て脚色したのだと思う。先に東峰書房社刊『日記』（昭和16年10月）の日付に作為があると述べたのは、ここに記されたシベリアの旅程が実際の旅程とは1ヶ月もずれている為だが、対米開戦前夜に外交機密文書に触れるのは禁秘ゆえ、文書受け渡しの舞台ハルビン・満洲里間の日誌は自主的に削除したか、あるいは削除されたのである。随筆「私の文學生活」は『創作ノート』（酣燈社、昭和22年）に再録されたが、やはり廣田と文書に触れた描写18行分が抹消された。これで方向社版『三等旅行記』が何故GHQ検閲に触れたのかは分かったが、芙美子没後の版本には疑問が多々ある。

5 『林芙美子全集第19巻』新潮社　昭和27年
6 『三等旅行記』三笠文庫　昭和28年
7 『文学的自叙伝』角川文庫　昭和31年

8　『昭和戦争文学全集1』集英社　昭和39年
9　『林芙美子全集第10巻』文泉堂　昭和52年
10　『下駄で歩いた巴里』岩波文庫　2003年

各種の随筆70篇を採録した新潮社全集第19巻は自社昭和14年版「西比利亞の旅」を使用せず、方向社のGHQ削除版「シベリヤの三等列車」を採用した。この第19巻が刊行されたのは芙美子没後の昭和27年11月。日本独立後だから、GHQ検閲を忖度する必要はない。「放浪記」では昭和14年の自社版にあくまで固執したのに、第19巻随筆集で昭和14年の自社版を放棄したのは何故か。それは出版界が独立後もGHQ検閲に囚われているからに他ならない。新潮社は廣田の外交官としての事績と芙美子の作品を再生させる機を逸したのである。

三笠文庫『三等旅行記』は、方向社版『三等旅行記』の複製。廣田の名はない。

角川文庫『文学的自叙伝』採録作は、新潮社全集第19巻からの抜き書き故、当然に廣田の名はない。平林たい子の解説は、いつものゴシップネタであって作品評ではない。

橋川文三の解説による集英社『昭和戦争文学全集1』は、改造社版『三等旅行記』が底本。廣田の名は残るが、注記もせずに原作の3分の1を削除した抄録。しかも原文を勝手に書き換え、作品冒頭に「昭和五年シベリア経由」と注記する致命的ミスまでおかした。「戦争文学全集」が満洲事変の年次を間違えたのでは意味がない。これは橋川のミスではなく版元のミスだろうが、解説者も版元委せにしてはいけない。

文泉堂全集第10巻は、新潮社全集第19巻の複製ゆえ、廣田の名はない。

立松和平編岩波文庫版が改造社選集「西比利亜の旅」を採用したのは一つの正解。だが、立松の解説にはディートリッヒも書誌考証もなく、GHQ検閲を認識して採用した形跡はない。改造社選集の誤植「昭和六年一月」に疑問を示さず、補正校訂もしていない。「放浪記」の漂流史ほどではないにせよ、「西伯利亜の三等列車」もまた、GHQ検閲により迷走させられて来たのである。

芙美子がモスクワの廣田弘毅に届けた文書は果たして現存するのだろうか。現時点では文書を特定するには至らず内容は分からないのだが、満洲事変に関わる文書だろうと想像するにとどめておく。清水領事はチチハルを脱出してハルビンに一時避難した。本国外務省に送るべき文書ならば、ハルビン経由で送ることができる。部外者に託す必要はない。部外者に託す危険を冒してでも、モスクワに届けるべき文書だったのだろう。

旅行日誌「巴里まで晴天」によると、芙美子のモスクワ到着は昭和6年11月20日。モスクワ駅には大毎の馬場記者が待ち受けていた。もちろん廣田大使宛ての機密文書を受け取るためである。ハルビン駐在の大毎小林記者の打電相手が馬場記者であったことがこの日誌で分かる。大使宛ての機密文書だから、本来なら大使館員に手渡すべきところだが、満洲里駅で文書を託された時点で、既に大毎記者が仲介する事を通知されていたと見るべきであろう。なお、方向社のGHQ削除版は、当然にモスクワでの文書受け渡しの場面も抹消されている。

このように、芙美子のシベリア鉄道での道連れは外交機密文書であった。その緊張感から解放されたこともあろうか、ロシアの国境を越えてポーランドに入ったときの日誌は、別世界のようにポーランドの風景を美しく描いている。現実の風景と緊張感から解放された芙美子の心象風景とが重なったのだろう。それがＧＨＱ削除版では読み取れない。

同じく旅行日誌によれば、芙美子がパリに到着したのは３日後の11月23日。ここから約半年間の滞欧放浪旅行が始まる。翌年にはイギリスに渡り、ロンドンにもしばらく滞在した。再びドーバー海峡を越えてフランスに戻り、大屋久壽雄、フランシス・カルコ、アンリ・プーライユと出逢う。

大屋と芙美子の関係に光をあてたのは、高橋治男著『プーライユと文通した日本人―大屋久壽雄のこと―』（中央大学人文研ブックレット、２００８年）である。そして２０１６年に至り、高橋氏と鳥居英晴氏の尽力により大屋の遺稿『戦争巡歴』（柘植書房新社）が没後65年にして初めて公刊された。そしてそれと同時に、大屋宛ての芙美子絶筆書簡が大屋の御遺族から新宿歴史博物館に寄贈され、同年の芙美子命日に公開されたのである。高橋氏の同書は芙美子研究ではなく、あくまでフランス文学者としてプーライユ研究の延長線上で大屋に光を当てたものだが、芙美子研究に多くの材料と新たな視点を提供してくれた。高橋氏と鳥居氏の研究などに従い、大屋のプロフィールと芙美子の作品との関係を概観する。

大屋は明治42年7月、医師の父大屋雄三郎と母ムメの長男として、福岡県嘉穂郡で生まれた。大正13年に父が亡くなった後、母ムメが３人の子を連れて上京し、徳永恕《とくながゆき》の二葉保育園で働く。二葉保育園とその母子寮はキリスト教博愛主義に基づく民間の母子支援施設として名高い。大屋の母ムメは、東京府立第二高女において徳永恕と面識があり、その後福岡県大牟田市の美以教会の女性伝道師として働いたこともある。夫を亡くしたムメを、二葉保育園に呼び寄せたのは徳永恕であった。その後、ムメは終戦までの20年間、徳永の片腕として二葉保育園とその母子寮を支えた。久壽雄の母ムメもまた女性社会事業家として活躍した人物なのである。久壽雄が賛美歌「きよしこの夜」の訳詩者として知られる牧師由木康《ゆうきこう》と『パスカル「パンセ」序説』（長崎書店、昭和10年）を共訳したことも頷ける。なお同書には本名ではなく直方敏の筆名を用いている。

芙美子が戦後の昭和22年8月から『毎日新聞』に連載した小説「うず潮」の作中施設について、著者の念頭にあったのは、この二葉保育園ではないかというのが筆者の仮説。何故なら「うず潮」の作中施設たる保育所の主任保母がクリスチャンという設定であり、しかも、主人公が最初に我が子を預ける施設につき相談をするのが麹町に住む谷村女史というクリスチャンだからである。二葉保育園は麹町で創立された歴史があり、スタッフはクリスチャンである。「うず潮」の作中施設は神奈川県二宮の相模保育所。作中の谷村女史は厚生省が運営する施設だと言う。国立施設の保母がクリスチャンであっても構わないが、被占領下とはいえ登場人物が全員クリスチャンという設定は不自然だし、小説なのに実名施設の名を用いることもまた不自然である。作中施設が実在した相模保育所だからといって、著者の着想モデルがそうだとは言えない。しかも、芙美子は久壽雄の母ムメを知っている。小説「うず潮」の周辺事情については、本書の第Ⅱ部第25章において別に論ずることとする。

それはさておき、昭和5年、大屋は小原國芳の成城高校を卒業して渡欧し、同年秋にリヨン大学に入学した。久壽雄の弟良《かたし》も成城高校に学び、ドイツに留学して外交官となる。大屋家は決して裕福ではなかったが、二葉保育園の徳永らの支援があったようだ。大屋は果たせなかったものの小林多喜二著「蟹工船」のフランス語訳に挑んでいた。パリでプーライユと文通を交わしたことも頷ける。そして昭和7年春のパリにおいて芙美子と出逢い、フランシス・カルコとプーライユに引きあわせるのである。以後、芙美子との文通・交友は亡くなるまで20年間に及んだ。芙美子より6歳下だから弟分のような間柄だが、旅度胸は芙美子と共通するものがある。

久壽雄は帰国後、まず新聞聯合社に記者として勤め、同社が同盟通信社に改組された為、以後終戦まで同社の記者を勤めた。フランス語に堪能な語学力を生かし、世界各地に派遣されるが、昭和13年8月から1年間、仏印と呼ばれたフランス領インドシナ即ち現在のベトナムに長期駐在する初の日本人記者となった。翌昭和14年9月の第2次世界大戦勃発により、ハノイからヨーロッパに派遣されトルコを拠点に各地を奔走取材する。昭和16年7月の日本軍による南部仏印進駐の際には、従軍特派員としてサイゴンに派遣された。この2度の仏印派遣体験をもとに書かれたのが、大屋の『佛印進駐記』（興亜書房、昭和16年10月30日）である。同書は書名から受ける印象とは異なり、最初の長期駐在期間中に仏印各地を歩いた体験が語られ、仏印の気候風土、風俗習慣、人文歴史から林業事情に至るまで、幅広く紹介しようとする仏印手引き書の性格がある。大屋は仏印に最も通じた日本人ジャーナリストなのであった。

ここで、芙美子晩年の代表作「浮雲」との関係を考えなければならない。「浮雲」の舞台が仏印だからであり、そしてその仏印描写が、現地に滞在経験のある者でなければ書けないようなリアリティがあるからでもある。そのため従来の芙美子研究は、芙美子の仏印滞在経験の有無を議論してきたのだが、「浮雲」におけるユエ川の情趣あふれる情景描写は、大屋の『佛印進駐記』を利用したものであることが分かったのである。この点につき詳しくは本書第Ⅱ部第1章で述べる。芙美子晩年の代表作「浮雲」もまた大屋の存在ぬきには考えられないのである。

大屋は戦争末期、同盟通信からＮＨＫ海外局編成部長に出向し、アメリカの終戦工作ザカライアス放送に応答した歴史の証人でもある。昭和20年8月15日、終戦玉音放送妨害の反乱兵に監禁されたこともある。そして同日午後1時から、アジア在留日本人に向けて、30分にわたり敗戦放送を行ったのが大屋であった。

さて、高橋氏の前掲書に掲げられた大屋の肖像はなかなかのハンサムである。リヨン大学留学中にはフランス娘の恋人も居たし、同盟通信記者として駐在した先々で浮き名を流していた。「浮雲」の富岡は仏印ダラットにおいて現地のメイドを現地妻にするが、実在の大屋も仏印では現地妻が複数居たし、イスタンブールの現地妻は、大屋との別れに耐えかね服毒自殺を図ったこともある。芙美子は「浮雲」執筆に際し大屋の著作『佛印進駐記』を利用しただけではなく、大屋の女性遍歴を富岡に重ねていた可能性が高い。事実は小説よりも奇なりである。

だが留学中の文学青年大屋は、真摯に多喜二の「蟹工船」の翻訳に挑み、プーライユと文通していた。芙美子をプーライユに引きあわせたのは昭和7年4月。芙美子のプーライユ印象記を紹介する。

一瞬の歐洲の旅　3　プウライユの微笑

林芙美子

アンリ・プウライユに會つたのは、四月下旬の寒い日だつた。十四區のごみごみした、新開地の靴屋さんの三階に、娘のやうに見える上《かみ》さんと、三ッになる女の子と三人で住んでゐた。まるで、本郷時代の詩人萩原恭次郎の家のやうな感じで、子供もお客さんも主人も上《かみ》さんも一ッ部屋に一緒だ。

貧しいながらも埃《ほこり》まびれなガタガタ蓄音機が一臺置いてあつた。黒表紙の本が壁一面にあふれてゐたし、窓の外には、子供の肌着が旗のやうに干してあつた。

私が尋ねて行つた時は、四五人のプロレタリア作家達が、卓子《テーブル》を圍んで立ち上つて何か激しく議論してゐた。勿論此《この》人達は皆コンミニスト連中だが、その意氣、その若さ、その強さ、二時間あまりも私は部屋の隅で子供と遊びながら、コニャックをなめさせられてゐた。子供はいつも洗濯ばさみをしやぶつてゐる。

小さい灰皿はみるみる吸殻で山になる。議論は果てしもなく續く。時々プウライユは私を見て微笑して見せる。

上《かみ》さんの見せてくれたアルバムには、徳永直氏の「太陽のない町」の浴衣を着た日本女の表紙繪が貼つてあつた。とてもいゝ感じの表紙であつた。

プウライユは、「私の女友達で、もう五十近い人だが、踏切番人をしてゐる女流作家がゐる。會つてみませんか、娘の頃から踏切番人をしてゐて、踏切番から見た汽車だけの小説を何冊も出してゐる人です。出色の一ッに、『踏切番の女』と云ふのがあるが、これはベルダンへ運ばれて行く軍用列車が戰地へ行く時、元氣ハツラツとした若い男をいつぱい乘せて、中には自分の愛人も混つてゐるのだが、幾月が過ぎて戰地から歸つて來る軍用列車には、見る影もない、不具者の若者ばかりで、偶然窓から見えた戀人の顔には兩眼がなかつたと云ふ樣な、踏切から見た汽車ばかりの描寫をもう二十年も書いてゐて、今なほベルギー境の踏切番なのです」で、私は此踏切番の女流作家に添書《そえがき》を書いて貰つ

著者がパリで貰ったプーライユの肖像

て、ひどく會ひに行きたい熱情を持つたのだが、つひに金がなく家に燻《くすぶ》つてしまつた。會つて來なかつたと云ふ事は何としても口惜しい事である。廿年も踏切から見た世界が書けると云ふ熱情には全く參つてしまつた。机にしがみついてゐる私よ拝跪《はいき》しろだ。

プウライユからは『毎日のパン！』と云ふ著書を貰つた。作品はどこか橋本英吉氏に似てゐるところがあつた。

佛蘭西の田舎では、モンモラシイ、バルビゾオン、フオンテンブロウ、ベルダンなぞに行つたが、日本の田舎と同じやうに美しく人情が素直だ。東京だけで日本を論じられないやうに、佛蘭西も巴里だけでは何も分らない。

ベルダンへ握り飯をして行つた思ひ出もあるが……大陸を旅して、田舎の生活が一番私にピッタリしてゐた。さて、今巴里では「働いても食へぬ」と云ふ小唄が流行つてゐたが、ベルダンの茫漠たる廣野の中の記念碑を見て私は、東洋のベルダン滿洲の空を回想して何か身に心に沁むものがあつた。

〈初出『讀賣新聞』昭和7年6月24日〉

作中のベルダンの記念碑とは、第1次世界大戦において70万人が死傷したというベルダンの戦跡に建てられた記念碑のこと。この随筆は改造社の紀行集『三等旅行記』に収録する際、一部だが推敲して改稿された。初出と紀行集を校合して補正した。この随筆は意味ある随筆だが全集には採録されていない。大屋が導いたプーライユとの出逢いが、芙美子の文業に大きく関わるのは、作中で述べられた「踏切番の女流作家」の作風。一つの踏切から車窓の残影を観察する手法は、後の芙美子の作風に大きな影響を与えている。

三島由紀夫が評する芙美子の作風が、この「踏切番の女流作家」とそっくりなのである。その作品評は河出書房市民文庫『晩菊』（昭和26年3月）に付された三島の解説である。三島曰く「氏の短篇小説は人生の一斷面を立體的に構成するといふ行き方ではなしに、多くは人生の流れを一つの窓から覗かせる仕組になつてゐる。人生はこの短篇といふ器の一端から流れ入つて、一端から流れ去り、讀後ほとんど固苦しい形式感を心に殘さない。殘るものは一種異様なほどの強烈なリアリティである」。

三島が言うところの「一つの窓」を「踏切」に置き換えれば、作家という観察者が「踏切」即ち「一つの窓」から列車の車窓の残影を見つめるのが芙美子の作風だということになる。実際に芙美子の短篇の多くは、たしかに著者の思想を基点に作品を構成するのではなく、あるがままの人間世界の現実をひたすら冷静に見つめ、その一場面を写真のように切り取って描く作品が多い。まさしく三島の慧眼喝破と言うべきである。

芙美子はこの「踏切番の女流作家」の名前を明かさないが、パリにおけるプーライユとの出逢いは「放浪記」以後の作風の柱の一つになったと言えるだろう。なおカルコとの出逢いは次章で述べる。

第4章　第二詩集『面影』の謎と幻の第三詩集

林芙美子第一詩集の原題は『火花の鎖』であった。大正期には一度編集されていたのだが、刊行資金がなくて実現せず、昭和4年6月15日、友人松下文子の資金提供により、改題再編集した『蒼馬を見たり』（南宋書院）が実現する。辻潤の序が大正14年12月29日付け、石川三四郎の序が昭和4年3月16日付けであることが、その難産の証しである。

第一詩集の原題が「火花の鎖」であった事実は芙美子自身が述べている。『現代文藝』昭和2年4月号に発表した「野村吉哉と別れるまで」。曰く「私の詩集「火花の鎖」も前から出すつもりでゐたが、色々と、これもわづらはしい事にさまたげられて、去年の秋出すのがのびのびになつてしまつた。……もう近々出す事が出來るだらうと思ふ。せめて自分の詩集でも出たら、どんなに嬉しい事だらうか」。すると原題詩集『火花の鎖』が編集されていた時期は大正15年の秋ということになる。大正15年では辻潤の序文年次と1年のブランクが生じるが、これはどうやら『蒼馬を見たり』に付された序文の年次が誤りであったようだ。何故なら、その序文と同文の辻潤の言葉が『太平洋詩人』昭和2年

1月号に掲載されているからだ。その題名は「火花の鎖—林芙美子の詩集のために—」。よって、辻潤の序文年次は「大正15年」であったかも知れない。しかし詩集そのものが実際に実現するまで3年を要したこともまた事実である。難産であったことには変わりなく、難産であったがゆえに詩人としての芙美子の名声は一挙に高まった。芙美子による詩集の「後記」にも興奮が感じられる。曰く「拾年間の作品の中で、好きなのだけ集めてみました。何だか始めてお嫁入りするやうで恥かしいのです。／此詩集の中の詩は、全部發表したものばかりです。皆働らいてゐる時に書きましたので、この詩稿は眞黄にやけて、私と轉々苦勞を共にして來ました。／何も云はないで只萬歳と叫びませう。……昭和四年・五月・林芙美子」。

この言葉に偽りはないだろうが、収録作34篇のうち7篇の初出掲載誌がいまだに分からない。本章は第二詩集の謎解きをすることが主題なのだが、第一詩集にも解明されていない謎が残っている。

さて本題に入る。パリから帰国後の第二詩集『面影』の謎の第一は、その発行日が奥付に印刷された昭和8年8月15日ではなく、11月30日であった事。この事実は、内務省から旧帝国図書館に交付された検閲用副本の奥付で確認できる。印刷された発行日「昭和八年八月十五日」が「十一月三十日」に手書き訂正されている。この訂正日付が実際の検閲納本日である。これは帝国図書館利用者が落書きしたのではない。当時の図書出版を規律する出版法では、奥付発行日の3日前に検閲用正本・副本あわせて2部を届け出て検閲を受ける。だが3日前という納本期日を守れないことも多く、発行予定日より遅れて納本された場合は、奥付発行日を手書き訂正することが検閲実務の実際作業であった。芙美子の第一詩集も、実際の納本日は10日遅れの6月25日であったが、第二詩集のように3ヶ月も遅

著者自画像　昭和８年　新宿歴博蔵

れる例は稀である。これを謎と言わずして何と言おうか。

謎の第二は、詩集の題名が変更された事。当初の原題は『ボクの素描』であった。この原題を副題に移して改題したのが『面影―ボクの素描』（文學クオタリイ社）である。第二詩集もまた第一詩集と同じく題名が変更されていたのである。原題が『ボクの素描』だと断言する理由は後述する。

謎の第三は、芙美子の詩集としては物足りず、編集に疑問がある事。第一詩集の炸裂するようなパンチ力がないのは何故なのか？　第二詩集は「ボクの素描」の部13篇、「心境風景」の部7篇、「こひうた」の部43篇の3部構成63篇が収録された。作品数が第3部に偏りすぎている。しかもこの第3部収録作は短詩が多く、詩集に収録すべき秀作・佳作が少ない。鑑賞に値する作品は、43篇のうちはじめの10篇と「掌草紙」程度であろうか。全63篇のうち「ボクの素描」が当初の詩集原題だから、本来はこの作品を軸にして編集されていた筈であった。それが「面影」に改題されたのだから、詩集全体の編集方針が変わったのだろう。それは何故なのか？

謎の第四は、装幀と造本の疑問。判型は四六倍判の大判。厚い用紙に、自作の油絵4点の原色版を口絵と挿絵に用いた。口絵の自画像は傑作と評してよい。幸いこの自画像の原画が保存され、新宿歴博が所蔵している。詩集一巻よりも、この自画像の方が価値が高いとすら感じる。詩稿各篇の起句の

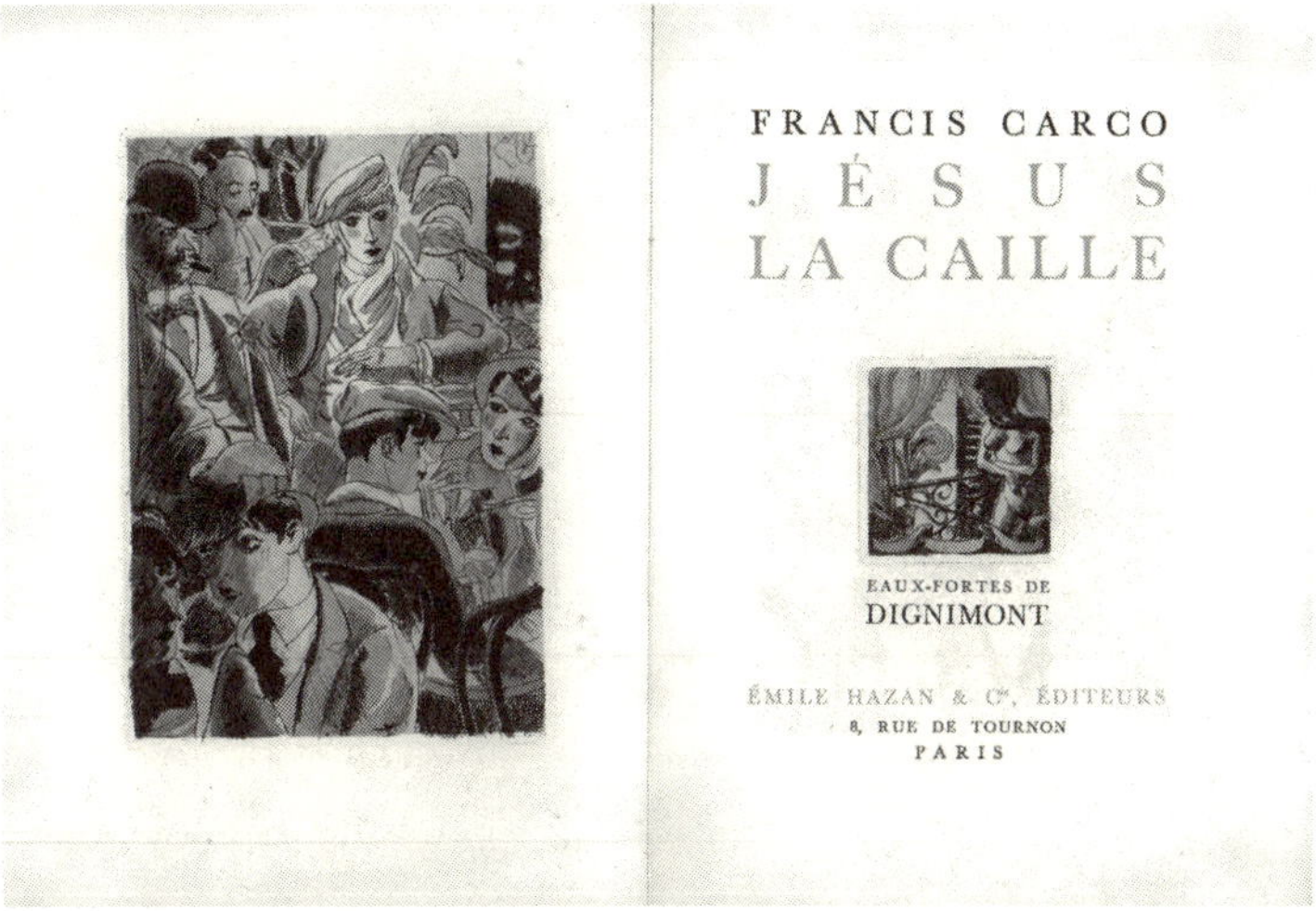

JÉSUS LA CAILLE 1929 年版の口絵　筆者蔵

先頭文字をピンク色に彩色して大文字にした。これは洋書に見られる飾り文字の特徴。つまり贅沢な装幀と造本なのだが、ハードカバーではなく、ソフトカバー。どこかバランスが悪い。四六倍判という大判は芙美子の好みではない。

　これらの謎と疑問のうち、第四の謎は解きやすい。芙美子の自序が語っているからだ。「一生のうち、此様なわがまゝをとほせるのは、最初で最後であらう。…佛蘭西から歸つて、ひどく詩や繪が好きになつた。詩は淋しい時の玩具いじりのやうに、子供のやうな素朴心にかへる。…此詩集を出すにあたり、保高徳藏氏の友情を感謝せずにはゐられない。─此詩集のテイサイ全部は、フランシス・カルコのJÉSUS LA CAILLE をまねた」。

　芙美子が第二詩集制作の造本モデルとしたのは、カルコから献本された小説 JÉSUS LA CAILLE の1929年版であった。これも幸いに原書が保存され、新宿歴博が所蔵している。あまり保存状態がよくなく、本書に掲げた同書の口絵と扉は筆者所蔵本。同書はカルコの代表作の一つでもあるが、日本語訳はまだない。カルコは俗語や隠語を多用するため翻訳が難しいという事情もあるが、カルコの作風は風俗壊乱とみなされやすい。この作品も、内容はゲイと娼婦とそのヒモの物語。画家アンドレ・ディニモンによるエッチングの口絵は一目瞭然、ゲイバーが舞台である。この口絵のゲイのポーズは、芙美子の自画像の左右対称型。芙美子の自画像はディニモンの口絵を参考にして制作したとみてよい。虚空を見つめる眼差しも似ている。詩集の原題が「ボクの素描」であった理由も分かった。詩稿「ボクの素描」はゲイバーを舞台に唄った作品だからである。そして、第二詩集の外観のバランスの悪さは、造本の体裁が洋書、内容が日本語詩集というちぐはぐな版本であることにも起因する。とはいえ、カルコから献本された同書の価値は極めて高い。

同書に付された印刷証明によると、販売用に８３３冊、非売本40冊が制作された。販売用には１から８３３までのアラビア数字、非売本にはⅠからXLまでのローマ数字で付番された。印刷番号1番は日本製の和紙局紙が用いられ、ディニモンの綴じ込みエッチングの他に、オリジナルデッサン7点とモノクロ・彩色の挿絵が添付された。２番から8番も局紙が使われ、モノクロ挿絵とオリジナルクロッキーが添付された。9番から33番の用紙はオランダのヴァン・ゲルダー社製ベラム紙が使われ、モノクロ挿絵が添付された。34番以下の８００冊が、フランスのアルシュ社製ベラム紙が使われた普通版だが、カルコの直筆署名とアルシュ社の社名が透かし刷りされている。筆者が入手した版本には彩色エッチングが6点綴じ込まれている。非売本40冊は各種の用紙を混ぜて制作したという。

ところが芙美子がカルコから献本された原書は印刷番号のない番外本。筆者所蔵本と比較すると、高級和紙を多用しているためか書物の厚みが違う。しかも、ディニモンのエッチングについて、版本に綴じ込まれた彩色版4点の他に、彩色版3点とモノクロ版7点が添えられている。つまり7種の原画のモノクロ版と彩色版が計14点完備しているのである。カルコは東洋から来た放浪詩人と意気投合し、14点のエッチングすべてを揃え、芙美子に献本したのである。芙美子によると、カルコと会った当日に貰ったのではなく、数日後に使いの者が届けに来たという。7種14点のエッチングを揃える為に、カルコ自身が奔走したと見てよい。フランス現地でも入手が難しいのではなかろうか。

そして、この献呈本に、カルコ直筆の芙美子宛献辞が書き込まれた。和訳を添えて紹介する。この献辞はパリの放浪詩人と日本の放浪詩人の共鳴と共感である。

à
Mademoiselle Hayashi,
avec tous les sourires
de
JÉSUS LA CAILLE
et
l'expression de ma vive sympathie
Francis Carco

マドモアゼル　ハヤシに
ジェズュ　ラ　カイユ
の微笑みのすべてと
わが熱烈なる共感の表明とを添えて

フランシス・カルコ

芙美子は、恩地孝四郎主宰の雑誌『書窓』が実施した、作家の愛蔵書をたずねる諸家アンケートに答えた際、一番にこのカルコからの献呈本を挙げている。芙美子旧蔵書のうち、日本人作家からの献呈本は殆ど残っていないのだが、カルコからの献呈本だけは生涯手放さなかったのである。この魅惑の語「わが熱烈なる共感」が著者を生涯パリの虜にした理由の一つとも思われるのである。

さて、第二詩集の原題が「ボクの素描」であった事実は、芙美子が序文で謝辞を述べた保高徳蔵《やすたかとくぞう》が証言する。『文藝首都』昭和8年6月号の広告に曰く「『詩集　ボクの素描』……繪の好きな著者林さんが、自ら描き、自ら思ひの儘に装釘した、垢ぬけのした豪華版。一部毎に著者が自らサインを致します。一般書肆の店頭では發賣いたしませんから、賣切れにならぬ中に購讀を申込みください。五百部限定版　定價二圓五十錢」。

ところが予定の8月には発行できず、再編集がなされ、その際に詩集の題名が変更されたことも同誌10月号の広告から分かる。曰く「『詩集　面影』─『ボクの素描』改題……かねてから、待望されてゐた林芙美子さんの詩集は、林さんの藝術的良心から、既に全部製版されてゐたのに、更に數十篇の新作を追加することになり、そのため世に出ることが數ヶ月遲れたが、今度いよ〳〵美裝を凝らした、しかも內容充實した詩集となつて、タイトルにも「面影」と改題され、本社から版された……尚、この際、申込み先着百五十名の方には、林さんの自筆の色紙を贈呈することにした（保高）」。この色紙は未見だが、著者芙美子自身の手になる「作者の言葉」がようやく掲載されたのが、同誌11月号であった。

検閲納本が当初予定より3ヶ月も遅れたのは再編集の結果であった。これで第一の謎は解けた。3部構成の『面影』のうち「こひうた」の部が偏った収録数になったことは「新作追加」の結果であった。だが、保高の言うような「藝術的良心」の結果とは思えない。追録作に佳作や秀作と言える作品がないからだ。このとき芙美子は昔日の借金申込みの手紙が中央公論社に売り込まれ、直後の同年9月、治安維持法違犯の疑いで中野警察署に8日間も留置された。特高警察の勾留訊問と再編集作業は同時進行だったのである。小林多喜二が特高警察に虐殺されたのは同年2月。女性作家にとって、特高警察による逮捕は青天の霹靂であろうし、多喜二の虐殺はわずか半年前のこと。検閲係は命までは取らないが特高係は手段を選ばない。現に芙美子も特高係に拷問を受けたことを証言している。その恐怖は想像するに余りある。8月には編集済みであったのに、特高警察の捜査と逮捕が原詩集『ボクの素描』を阻み、意に反して改題・再編集を余儀なくされた疑いがある。

それは収録作「ボクの素描」を考証することで見えてくる。「ボクの素描」の原型作は、雑誌『世界の動き』昭和5年1月創刊号に発表された「女の素描」。詩題通り女性の唄なのだが第二詩集に収録する際、大幅に改作して改題された。「ボク」の呼称は、女性的でもなければ男性的でもない中性的な印象を与える。事実、改作された「ボクの素描」はゲイとゲイバーがテーマとなった。芙美子はパリで松尾邦之助をお伴に従え、ゲイバー探検をしたことがある。改作の動機はパリにあった。これは、先に見た著者の自画像がディニモンのゲイの口絵とそっくりであることに通ずる。第二詩集は「ボクの素描」を基調に編集されていたのである。しかも芙美子が真似たカルコの著作JÉSUS LA CAILLEはゲイと娼婦とヒモの物語。CAILLEを直訳すると「うずら」だが、その隠語は「街の女」即ち「娼婦」を意味する。加えてカルコの同書も3部構成。体裁だけでなく構成・内容も真似たのである。さらに同年7月、カルコの邦訳書『をんな一匹』(永田逸郎訳、春秋書房)が風俗壊乱で発禁処分を受けている。よって、原詩集が持つ異端性・尖端性が排除され、凡庸な抒情詩集に変質させられた結果が『面影』ではなかったか。「新作追加」された「面影」が新たな題名に採用されたことは、詩集の基調を転換した結果であった。これで第二の謎も解けるし、第一詩集のような鮮烈な詩集にならなかった第三の謎も解けてくる。

その後「ボクの素描」は、『林芙美子選集第四巻』(昭和12年)に再録する際、作中の主語が中性的な「ボク」から「私」に変更され、詩題も「私の素描」に再改題された。さらに昭和14年に発売された『面影』の廉価版『生活詩集』(六藝社)の序文からカルコの名とカルコの作品名までもが抹消された。『生活詩集』の役割は、カルコの影を消すことだったのか。第二詩集謎解きのキーワードは、カルコとJÉSUS LA CAILLEである。

第二詩集の背景には、手紙売り込み事件、特高警察の弾圧など、成功した作家ゆえの実生活上の困難と、原詩集『ボクの素描』が持っていたであろう異端性が咎められ、凡庸な叙情詩集『面影』に再編を余儀なくされた、詩人の芸術的苦悩の両面がある。再編集と改作が、著者の内発的な作業とは思えない。

その再編集の結果とは断定しないが、原作が大幅に改作された作品の実例を見たい。『面影』を凡庸な叙情詩集と言わざるを得ない所以である。いずれも「放浪記」連載中の作品である。

詩「巡禮者」原題「ルンペンの唄」。初出『女人藝術』昭和5年2月号。

詩「身邊雜記」。初出『讀賣新聞』昭和5年5月3日。

このうち「身邊雜記」の改作理由は分かりやすい。新聞初出・改稿作の順に比較する。

「河つぷちの家に越して來ました。／栗の樹が男の匂ひを放射するので一寸ユカイな空想をします。……少し生活が樂になりかけると――あ丶食つて通るだけぢやつまらない――バクレツダンでも抱かうかしら！」。

「河つぷちの家へ越して來ました／栗の樹と石道と一寸ユカイな住心地です。……生活になれ甘えて來ると――あ丶食べて通るだけではつまらない／何と朱く圓い月夜だらう」。

表現の善し悪しはともかく、改稿作は実につまらない。詩集の原題『ボクの素描』が、つまらない題名『面影』に改題された事と似通っている。ただし、『讀賣新聞』掲載稿を検閲した警視庁の検閲係官が初出作を咎めなかったことが信じられない。

問題は原題「ルンペンの唄」と改変された「巡禮者」。第二詩集に収録された「巡禮者」は、原作「ルンペンの唄」の改稿ではなく改変と言わざるを得ない。原作と詩集収録作とを比較する。この原作「ルンペンの唄」こそ、林芙美子の叙事詩なのだが、抒情詩「巡禮者」に改変されてしまった。

ルンペンの唄　林芙美子

侘しさはいつか流れぬ
縄のれん道化姿なり
今日も雨
けものだよ
俺は何も知らぬ路傍の小石

呑めよ唄へよ濁り酒
夜なり
夜更なり
轟々耳をふさぐ警笛《サイレン》も何のその
ベルトは小指で切り落せ

理くつもへちまもあるものか
氣に入らぬもの
何でもかんでも叩き落せ！

巡禮者

吾が道化姿よ
今日も雨
けものだよ
ボクは何も彼もつかひ果たした路傍の乞食

呑めや唄へよ濁り酒
夜の小石よ
夜更けの並樹よ
ベルトは小指で切り落せ

理窟もへちまもあるものか
氣に入らぬもの
何でも彼でも叩き落せ

あゝ夜更け雨空
鼻汁ものどにはいれば
しがない味覚

呆然と冬の小唄は流れゆけど
ベタ靴
泥靴
穴アキ靴
一カンで買つた！
ワッハ　ワッハ
みんな盲目靴

冬の酒場の腰板に
俺の女房はよい女
酔ひどれの海
酒場はユラリユラリ
秋刀魚も鰯も鮭も八ッ目鰻も
悲しき城の兵士なり。

夜更けの雨空金の月
鼻汁も咽喉にはいれば
しがない味覚だ

痴呆の唄うたはずや
果てもなき今日と云ふ日よ
ベタ靴
泥靴
穴アキ靴
一カンで買つた！
ワッハ　ワッハ
みんな蛙靴　盲目靴

街かげの酒場開きたり
酒場の唄は今日も巡禮歌
酔ひどれの海
ボオドレエルの痴呆者共！
難船だ難船だ　ユラリユラリ

出てはあぶないぞ！
文明の殺人機
あゝ俺の女房に子供よ
お父つあんお母さん
古郷の山河
なつかしい住家よ！

亮々、果なき思ひ出は
ひがん花
ハイ又來ませう――
眞紅な花よ
燃へる花よ

何とかならねえか此野郎
春は春
夏は夏
秋は秋ゆえ

秋刀魚も喇叭も外套も
愛しき城の兵士たち

出てはあぶないぞ
お父さん　お母さん
酒場の天井に描く
ボクの故郷の山河は
なつかしひ魚の序文だ

ひがん花
ハイ　亦來ませう
はるは春故名も惜しく
秋はあき故命せばめて
さて青天井も何のその
冬はリンリと寒い故
何でも彼でも燃してやらう

オーイ醉ひどれのかたつむり共ッ

青天井も何のその
冬はリンリン寒い故
何でも太い奴を燃してやらう

オーイ皆出て來いかたつむり
お天陽様だよ
酒場のお母アー
ギラギラお天陽様だよ
お天陽様だよ
お天陽様だと云ふのによッ！

酒瓶は十二盡きたり、1929.10.29.
――果てしなきカイギの日の私の心――
〈『女人藝術』昭和5年2月号〉

お天陽様の下の
お父さん　お母さん
八百里さきまで巡禮にお出ましだ。
〈『面影―ボクの素描』昭和8年11月30日〉

原型作「ルンペンの唄」掉尾の日付は、ニューヨーク・ウオール街の株暴落に端を発する世界恐慌を意味する。日本も失業者が巷に溢れるルンペン時代に入る。改変作「巡禮者」からは失業者の叫びとこの日付が消され、恐慌の影すら見えなくなった。「放浪記」に通ずるこの作品を換骨奪胎したのが、芙美子の意思とは思えない。原題詩集『ボクの素描』は、再編詩集『面影』とは全く異なる詩集であったと、筆者は思う。

生涯詩人であった芙美子は、第三詩集を切望しながら果たせなかった。その背景には、第二詩集原題作『ボクの素描』が持つ異端性・尖端性が咎められ、凡庸な抒情詩集『面影』に改編させられた苦い記憶があったのかも知れない。中野警察署で特高刑事の手荒い訊問を受けた恐怖と怒りを、芙美子は生涯忘れなかったからである。

だが、第三詩集編集への執着は捨てなかった。芙美子自選の新潮社『林芙美子文庫／夜猿』（昭和25年10月）の「あとがき」曰く「もうあと、一冊、この選集のなかに、私の詩や、小篇をあつめたものを出版して貰ふ事になってゐるけれども、この選集と、いま別れてしまふには、私には心残りなものがあるのだ」。現に新潮社が新聞に出稿した広告においても全11巻と案内されていたのに10巻しか刊行されなかった。芙美子の言に従うならば、最初の選集たる改造社『林芙美子選集第四巻／掌草紙』のような詩文集が想像される。これが実現していれば第三詩集と呼ぶべき作品になっていた筈だ。何故刊行されなかったのか、この謎は解けない。

解けないながらも、第二詩集以後の芙美子の詩業の特徴を概観してみたい。

その一つは小説の作中詩として発表したこと。その代表例が中央公論社『林芙美子長篇小説集第八巻／憂愁日記』（昭和14年）と創元社『一人の生涯』（昭和15年）。前者は昭和6年12月23日から昭和8年12月24日迄の2年間を日記風に綴った小説。その後東峰書房『日記』、『巴里の日記』に再編集される原型。作中には他の詩人や『唐詩選』などの引用詩が11篇。自作の作中詩が34篇もある。第一詩集の『蒼馬を見たり』収録詩篇は34篇。『憂愁日記』作中詩は一巻の詩集に匹敵する。装画は梅原龍三郎。造本は改造社選集とほぼ同じ。後者の『一人の生涯』も亦自伝的小説。作中詩が31篇。これも一巻の詩集に匹敵する。筆者は改造社選集全7巻、中央公論社長篇小説集全8巻、新潮社版選集全10巻の3シリーズは、芙美子自選ゆえ没後の全集より遙かに価値ある選集だと思う。惜しむらくは、新潮社版選集第11巻が刊行されなかった事。これが刊行されていれば、詩人ならぬ筆者が芙美子の詩業を云々する必要はない。

もう一つは連作詩形式の発表が多い事。『改造』昭和9年9月号に、コツクリコの花／風／文體家／聚首／古妻／こほろぎの6篇。『文藝』昭和9年11月号に、日暮れ／魚／可愛い男／憐愍の4篇などをはじめ、改造社の雑誌を舞台に発表され、戦後は鎌倉文庫とひまわり社『婦人文庫』に連作詩を発表した。その『婦人文庫』昭和22年1月号の別冊附録「女流作家小説特輯」では、芙美子一人だけが小説ではなく、5篇の連作詩を寄せた。秋の蟲／物乞ふ人／コレット／ピアノ／李白の詩をたはむれに譯して。芙美子にとって、もはや詩と小説の区別は問題ではなかったのかも知れない。

芙美子の詩業研究も、一から見直しが必要だと思う。

昭和23年3月12日、芙美子が菊池寛の葬儀で読んだ弔詞がある。題は「菊池寛氏の靈にさゝげて」。昭和23年5月号の『モダン日本』と『文藝讀物』に「献詩」と題されて発表された。菊池夏樹著『菊池寛急逝の夜』で紹介された弔詞と同文。書き出しは「献詩／菊池寛氏の靈にさゝげて／自然が揶揄つてゐないことだけはたしかだ」。結びは「時々の貞の中にも／その火把があたゝかくかげりゆらめく……」。だが、新潮社全集第1巻は発表作を採録せず、菊池の名がない未発表の草稿「献詩」を遺稿として採録したばかりか、別作品と見られる10行の別草稿を「献詩」の後半部として追加した。和紙に墨書きされた弔詞の下書き「菊池寛氏の靈に」及び全集が採用したペン書き草稿2枚が、芙美子旧蔵資料にある。全集が追加した2枚目の草稿冒頭には、作詞の後で詩題をつけるために設けた6行分のスペースがあり、別作品の草稿と言わざるを得ない。

芙美子最後の詩業連作詩「マルタプウラア」がある。鎌倉文庫から引き継いだ、ひまわり社の『婦人文庫』昭和25年12月5日の第1号に発表された。9篇の詩稿からなる連作詩。陸軍報道部に派遣された南方で唄った作品をはじめとして、疎開体験を唄った作品、焼け野原の東京を描いた作品、食糧難にあえぐ庶民の生活実感を唄った作品など、敗戦叙事詩的連作詩なのだが、ひまわり社は、うち2篇の作品を組み違える大失策を演じてしまった。通常ならば、次号で組み違えた原作を組み直し、編集部がお詫びの言葉を掲載するのが当然の善後策。だがひまわり社の『婦人文庫』は1号で頓挫し、2号が刊行された形跡がない。それゆえか、この連作詩は芙美子の詩業から洩れ、組み違えた事実すら知られていない。ゆえに本書第Ⅱ部第11章において、その組み違え以前の原作を甦らせることとする。芙美子の詩業研究の見直しを唱える所以である。

第5章　戦争文学と敗戦文学

林芙美子ほど戦争に向きあった女性作家はいない。芙美子の全文業を概観して、そのことを改めて痛感する。その出生もまた宿命的である。戸籍上の出生日は明治36年12月31日。日露戦争開戦直前に生を受けた。実父宮田《みやた》麻太郎《あさたろう》は明治15年生まれと言われている。徴兵適齢を迎え、徴兵検査を受けるのは明治35年。入営を免れた理由は定かでないが、入営していれば芙美子は生まれていない。昭和6年の満洲事変の渦中、砲弾が飛び交う北満洲を突破してシベリアを横断した日本人は芙美子ただ一人であった。本人が意図したものではなかろうが、モスクワ駐在全権大使廣田弘毅宛ての外交機密文書を託されるという巡り逢わせもあった。前年の改造社版『放浪記』の大成功により一躍文名が知られるようになったとはいえ、同年の中国旅行で知遇を得た前ハルビン総領事八木元八との交友関係がなければ、そのような非常手段はとられなかっただろう。芙美子が旅で出逢った人物や出来事には宿命的なものも感じるが、芙美子自身が体当たりで向かって行った結果であろうと思う。

先の第3章、第4章で見たように、パリにおけるフランシス・カルコ、アンリ・プーライユとの出

昭和13年ペン部隊　九江に向かう輸送船

逢いは著者の文業に大きな影響を与えたと思うが、そのパリで芙美子は第1次世界大戦において負傷した傷痍軍人を目の当たりにして、ベルダンの戦跡も訪ねる。プーライユに聞いた「踏切番の女流作家」の作風は、芙美子の後の文業を見る上では欠かせない視点である。『新潮』昭和11年9月号に発表した短篇「呼吸」は、この「踏切番の女流作家」の視点に倣い、幼い日の出征兵見送りの記憶と、その出征兵が傷痍軍人として帰還する情景の暗転を描いた秀作だが、検閲により活字が削り取られ、没後の作品集や全集に収められず埋もれている。

昭和13年8月18日に朗読放送された、NHKラジオ物語「ともしび」の肉筆原稿の出現は、筆者にも驚きであった。これは大阪放送局で制作され全国放送された書き下ろし作品。二人の兄弟を出征させた銃後の母と妻が、二人の無事を祈る物語だが、その出征兵の兄は揚子江が流れる安徽省南部に駐留する。ほどなく弟が負傷したとの電報が銃後の家族に届けられ、母は神棚の燈明をともし、無事を祈り続けて短篇は結びとなる。作中に挿入されたドイツの詩人リリエンクローンの詩は、負傷兵が二日二晩にわたり救護もされず、麦畑で死を迎える情景を唄った作品。作者自身が普仏戦争で戦友を失った体験に基づいている。この翌月に芙美子は内閣情報部のペン部隊に指名動員されるのだが、ラジオ番組執筆時点ではペン部隊の計画は具体化されていない。作者芙美子も執筆を依頼した放送局もまた、ペン部隊の従軍を予期していたわけではあるまい。だが、物語のとおり、芙美子は翌月から揚子江北岸部隊に従軍することになる。行軍は露営が当然。芙美子も麦畑ならぬ綿畑で露営する。露営地は安全な場所ではなく、銃弾が飛び交い中国人兵士の亡骸が放置されたような場所。芙美子もまさか、自分が書いた作品と作中で引用した作中詩の情景が現実のものになろうとは予期していなかっただろう。この作品は本書第Ⅱ部第30章に採録した。台本は現存せず、当時は録音もない。公開放送されながら、80年間も埋もれていた肉筆原稿である。

ペン部隊から帰国後、芙美子はマラリアによる高熱をおして各地を講演し、憑かれたように、従軍記と長篇小説を連続執筆した。その一つに『朝日新聞』に発表した連載小説「波濤」がある。昭和13年12月23日から翌年5月18日まで145回にわたり連載された。ただちに単行本化されたが、戦後に再刊する際、タイトルを『宿命を問ふ女』（尾崎書房、昭和23年3月）に改題しただけでなく、GHQプレスコードに触れる描写につき、抹消と改作が施された。新聞連載第87回（昭和14年3月20日付）は1回分が全文抹消され、細かな抹消・改作は数十ヶ所に上る。作品のあらすじは改作していない。あくまで戦争における兵士の心理描写を中心に改作されたのだが、いわば戦争文学を敗戦文学に改作したとも言える。ペン部隊などの従軍歴を否定する転向的改作と解釈する見方もあろうが、著者が原作を否定したいのなら、全く別の作品を執筆すればよい。タイトルを変えてまで改作して再刊する必要はない。そこに芙美子の戦争文学の特徴があると思う。戦時下で執筆された作品であっても、わずかな心理描写を改作すると、ただちに敗戦文学に転ずる性質を内包している。その改作の具体例を見てみる。負傷兵が現地の病院で交わす会話である。前者が『波濤』、後者が『宿命を問ふ女』。網掛が改作部分。取消し線が抹消部分。

「俺は鐵橋警備の黒い天幕の中で、三日と云ふものは、飲まず食はずの時があつたが、とてもぴんぴんしてゐたもンだ。――内地へ戻つて、まァ、氣がゆるまなきやい丶と思つてるよ」253頁

「俺は鐵橋警備の黒い天幕の中で、三日と云ふものは、飲まず食はずの時があつたが、とても~~ぴんぴんしてゐたもンだ。~~――内地へ戻りてえなア」204頁

前者は負傷してもなお、内地送還後の戦意喪失を自身に戒める心理を語り、後者は素直に内地送還を心待つ心理を語る。作品としてどちらもありうるし、現実の負傷兵の心理もまた、両者の間で揺れ動くことがあろう。このような改作を施したからといって作品と主人公の人物像が変質するわけではない。原作が戦意昂揚プロパガンダ一辺倒の作品ならば、部分的な抹消と改作を施しても敗戦文学に転ずることはない。原作「波濤」の主人公の男女は戦争に翻弄されながらも、釜石の鉱山技術者として生きる道を見つけるのであり、改作改題版もまた1篇の叙事詩的作品として読むことができる。この場合、GHQプレスコードは旧作再生の後押しともなる。だが第3章で見たように、廣田弘毅の存在を否定し、史実の改変を強制したのもGHQ検閲である。

童話についても同じような例がある。昭和16年7月に単行本化された『啓吉の學校』がある。黒崎義介の挿絵が秀逸な著者の童話を代表する1篇だが、これも戦後に再刊する際、GHQプレスコードに触れる描写を改作し、タイトルを『田舎の風はきんいろの風』に改題した。もともと著者の童話は勇ましい軍国少年を主人公にするのではなく、弱く優しい子供を主人公に配置する。『泣蟲小僧』が

その代表例である。成人向けの小説であっても、軍や政府の高官ではなく、徴兵された若い兵士の無事を祈る作品ならば、そのような改作が可能なのだと思う。『田舎の風はきんいろの風』の場合は心理描写ではなく、主にプレスコードに触れる出来事や用語の抹消などである。これも原作が勇ましい軍国少年の物語ならば、改作しようがない。

詩稿の場合には、GHQ検閲とは異なる少し複雑な問題がある。新潮社全集第1巻が遺稿として採録した「只今祈る」という作品がある。戦時下において空襲と飢餓の恐怖の下でも「耐へがたきを耐ふるこゝろ」と、忍耐を唄いひたすら終戦を祈る作品。これは著者が疎開中に唄った作品だが、発表された形跡がない。著者の遺品のなかに直筆詩稿が残されており、それゆえ全集が遺稿扱いで採録したのである。だが、戦後に小説「夢一夜」の作中詩として改作発表され、さらに晩年の連作詩「マルタプウラア」の1篇「雪夜」として完成作が発表されていた。掲載誌はひまわり社の『婦人文庫』昭和25年12月5日第1号。完成作は忍耐を唄うのではなく「耐へがたきに狂ふ」と空襲と飢餓の恐怖を率直に唄った。この場合、全集が採録したのは未発表の草稿だから、前掲の旧作発表済み小説や童話の改作とは性質が異なるのだが、完成発表作は紛れもなく敗戦叙事詩と言える。しかしながら、未完成の未発表草稿「只今祈る」を遺稿扱いで採録し、完成発表作「雪夜」を見落としたことは検閲の問題ではなく、出版界の問題であるし、それに気づかない研究史の問題でもある。これらの問題も、本書の第Ⅱ部第11章で詳しく述べる。

昭和17年10月末からの、陸軍報道部による南方占領地派遣の体験は、ペン部隊従軍のような戦闘の前線ではなかったためか、戦争文学と評する作品は少ない。むしろ、現地で唄ったものの、発表されずに日本に持ち帰った詩稿に厭戦作と言えるものがある。これも本書第Ⅱ部第3章に採録する。これは戦時下で発表できなかった作品である。芙美子は6ヶ月に及ぶ南方派遣から帰国した同年末に養子泰《たい》を迎え、老母キクと共に信州に疎開する。我が子を産むことを諦め、養子の養育に母性愛を向けたことになるが、軍のプロパガンダ利用から距離をおくこともできる。南方派遣中の作品には、そのような厭戦気分を感じさせるものがある。

戦後の芙美子の作品の多くは敗戦文学と言える。その晩年の敗戦文学代表作は「浮雲」だが、その原型作たる未発表の短篇小説が出現した。執筆時期は「浮雲」連載に先行する昭和24年前半期と見られる。この作品の直筆原稿が芙美子旧蔵資料に埋もれていたのである。その作品は本書第Ⅱ部第1章に採録する「この憂愁」。この作品は、先に言及した「波濤」と「宿命を問ふ女」との関係とは逆に、今度はGHQプレスコードが芙美子の前に立ちはだかる。GHQは日本国民の自己批判たる敗戦文学作品は許容しても、米軍に対する沖縄戦批判と原爆投下批判は許さないからである。芙美子の文業歴は、戦前日本の検閲との対抗関係に加え、GHQ検閲との対抗関係も含めて考証されなければならない。

第Ⅱ部　林芙美子の作品拾遺

第1章 「浮雲」原型作「この憂愁」

林芙美子晩年の代表作「浮雲」は、雑誌『風雪』昭和24年11月号に前半部第1回が発表され、後半部は掲載誌を『文學界』に移し、昭和25年9月号から翌26年4月号まで両誌あわせて計18回連載された。単行本は、同年同月に六興出版社が刊行。芙美子が亡くなるのは同年6月28日だから、まさしく最晩年の代表作である。

「浮雲」の主人公は、昭和18年に農林省のタイピストとして南部仏印のダラットに派遣された幸田ゆき子。ゆき子は同地で、妻を日本に残す農林技師富岡兼吾と不倫の恋に陥る。仏印とはフランス領インドシナを意味する日本の呼称で、その領域は現在のベトナム、ラオス、カンボジアに及ぶ。ダラットは、フランス人が開拓した避暑保養地であり、戦争末期には、日本軍の司令部も置かれていた。ゆき子と富岡は、敗戦後、日本に引き揚げて来てもなお、進駐者の立場で味わった異国情緒の追憶に酔ったまま淪落に溺れ、挫折から立ち直れない2人に、戦争と敗戦日本の挫折が重ねられた。

ここで紹介する短篇「この憂愁」は、1990年に林家から新宿歴史博物館に寄贈された林芙美子直筆原稿の一つであり、２０１６年に筆者が同博物館で実査して翻刻したものである。久樂堂の原稿用紙8枚の短篇。現存する「浮雲」の『文學界』掲載原稿も久樂堂の用紙が使われた。執筆日は記されていないが、「浮雲」の雑誌連載初回は昭和24年11月。「この憂愁」の執筆時期は、昭和24年前半期と見られる。作品の主人公は、昭和18年に林業調査の為に仏印に派遣された宇野丈太郎。宇野は日本に妻を残し、現地で敗戦を迎えたが、敗戦から2年を経ても日本に引き揚げていないという設定。宇野の職歴は「浮雲」の富岡と同じである。「浮雲」で描写される仏印の林業事情は、「この憂愁」が描く描写と寸分違わないし、仏印中部に位置する古都ユエの旅情溢れる情景も同じである。男性主人公とはいえ一読して「浮雲」の原型作だと分かるが、発表された形跡がない。

しかも「浮雲」の原型作というにとどまらず、発表作「浮雲」では踏み込んでいない沖縄戦と原爆投下の惨禍に一歩踏み込んでいる。「沖縄の戰ひ八十二日、日本軍死傷九萬人餘」「アトミック・ボンブを廣島に落して街の六割は吹き飛んでしまふ」。沖縄戦の戦死者人数が公式発表されたのは、日本復帰後の昭和51年だから、ここまで踏み込む著者の情報源には驚かされる。さらに昭和24年現在の日本では、一般に殆ど知られていないドイツ占領下のフランスにおける、ナチスドイツに対する抵抗運動のマキザールにまで言及している。

だがこの作品は被占領下では発表できない。ＧＨＱは、フランスのレジスタンスに言及する描写は許しても、沖縄戦批判と原爆投下批判は許さないからだ。たとえ発表できなくとも芙美子は沖縄戦と原爆の惨禍を忘れず、心に刻むために執筆したのだろうか。作品翻刻文につづき筆者の解説を付す。

作品の翻刻にあたり、外国地名の宛字や難読文字にルビを付した。幾つか補足する。

一、仏印の描写には誤りもある。作中の「南部安南の河内《ハノイ》から西貢《サイゴン》の間」という部分がそれ。ハノイは北部仏印だから著者に土地勘がないがゆえの誤記にも見えるが、実は著者が執筆にあたり参考にした文献の一つ、明永久次郎《あきながきゅうじろう》著『佛印林業紀行』74頁の曖昧な記述に誤読の原因がある。

二、原爆投下日付につき「八月八日、廣島」「八月十日、長崎」とした。「六日」と「九日」であることは言うまでもなく、広島、長崎の双方に縁ある芙美子が間違える筈がない。作中主人公が仏印現地でフランス語放送を聴いた日付を意味する。日本国内においても、広島への原爆投下が報道されたのは8月8日であったし、長崎の場合も全国紙では8月11日であった。

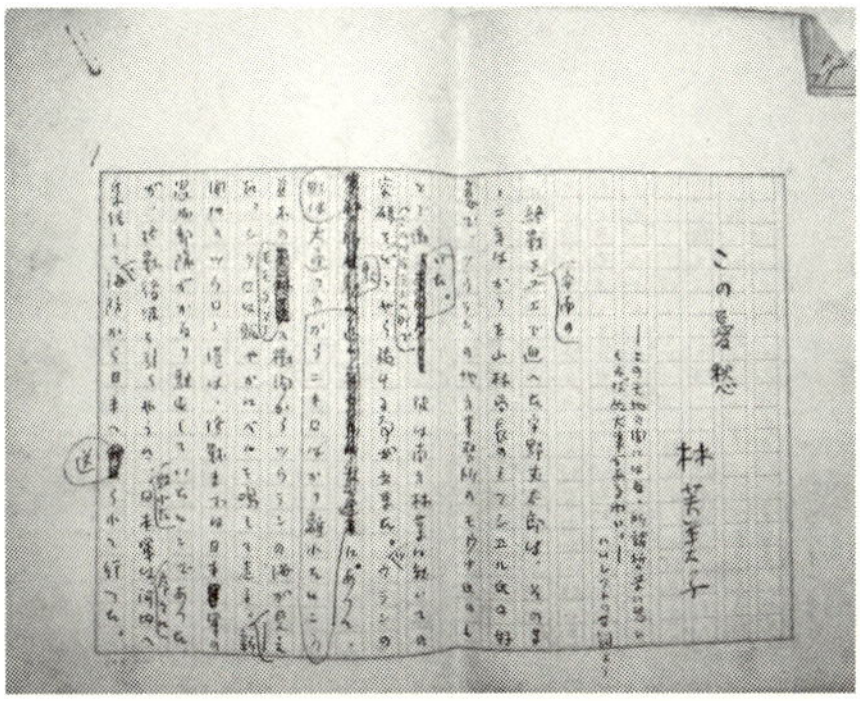

「この憂愁」直筆原稿　新宿歴博蔵

三、作品掉尾に「終」や「完」の結びの語がなく続篇が期待される。発表作「浮雲」の各節分量も原稿用紙約8枚。「この憂愁」もまた原稿用紙8枚。作品は、主人公宇野が仏印現地で敗戦のフランス語放送を聴いた場面で結ばれたが、その後2年間も日本に引き揚げていないという設定。当然にその2年間を描く構想があったとしても不思議ではない。ただし仮に続篇を書き継いだとしても、著者はその続篇を断念したと思われる。なぜなら冒頭のエピグラフは完結した短篇を意味するからである。発表作「浮雲」にも雑誌連載初回にエピグラフはなく、全篇完結の単行本で初めてエピグラフが付けられたのである。

この憂愁

林芙美子

――この天地の間にはな、所謂《いわゆる》哲學の思ひも及ばぬ大事があるわい――ハムレットの臺詞《せりふ》より

終戰を安南《あんなん》(1)のユヱで迎へた宇野丈太郎は、そのまゝ二年ばかりを山林局長のミッシヱル氏の好意で、ツウラン(2)の地方事務所のモウナ氏のもとで働いた。彼は南方林業に就いての研究をこのツウランの町でどうやら續ける事が出來た。ツウランの町は驛から二キロばかり離れたところにあつて、大通りの並木のモモタマナの樹間からツウランの海が見えた。シクロは賑やかにベルを鳴して走る。――新開地のツウラン港は、終戰までは日本軍の混成部隊がかなり駐屯してゐたところであつたが、終戰後波を引くやうに、敗れた日本軍は序々に河内《ハノイ》へ集結して、海防《ハイフォン》から日本へ送られて行つた。

宇野は兵隊ではなかつた。

南方林業の調査團の一員として、昭和十八年の暮に安南へ行き、ユヱといふ町で、宇野は熱病にかゝり、こゝで調査團の一行と別れて、山林局長のミッシヱル氏のひごのもとに一ヶ月をユヱの病院で暮した。熱病がかいふくしてからも、宇野はプノンペンにゐる調査團の一行に追ひつく氣もなく、何とかして、この古雅なユヱの町で落ちついて南方林業に就いての研究をしてみたいと思つてゐた。

ユヱの山林局長ミッシヱル氏は、もう五十年配近いひとで、赧《あか》ら顔のでつぷりと軀《からだ》のいゝ、如何にも外交官にでもむきさうな紳士であつた。一九三〇年に、森林官として佛印《ふついん》に赴任して來たのだ。

佛蘭西《フランス》のナンシー山林學校の出で、夫人との間に、ミミと呼ぶ十二歳になる令嬢があつた。——宇野はミッシヱル氏の人柄に心醉してゐたのは勿論であつたが、渡り鳥のやうに、あらゆるものを眼に廣く淺くかすめて通つて行く調査團の一行に飽き飽きしてゐたし、あらゆる地方の林野局の佛蘭西人に對して、調査團の態度が、何となく勝てる國の偉力を藉《か》りたといつた、たけだけしさが宇野には氣にいらなかつた。すでに日本を旅立つ時に、宇野は日本の不利な戰局に就いての豫感を持つてゐた。出發と同時に、再び日本へは戻れないかも知れないといふ覺悟は持つてゐたのだ。妻の花子は大阪の妻の實家にあづけて、宇野は東京の家は思ひ切りよく友人に空け渡して出發した。

ユヱの病院で、時々妻の夢を見る事もあつたが、遠い距離感は病氣がかいふくして來ると同時に少しづゝ思慕もあせていつた。病院の窓から見える、樟《くす》の街路樹は、魚鱗《うろこ》のやうに暑い太陽にきらきらと葉を光らせてゐた。遠くかすんでみえるユヱ河の遊歩道には、火のついたやうなカンナの花壇が見えたし、ところどころ、ハシドイや、檳榔《びんろう》や椰子《やし》の樹冠が耳かきの羽根坊主《はねぼうず》位に遠く見えた。——戰争で參つてしまつた佛蘭西も、きつと、ナンシーの山林學校なんかはとつくに閉鎖されてしまつて、學生は獨逸《ドイツ》に連れて行かれるか、あるいはマキザール(3)になつてしまつてゐるかだらうとミッシヱル氏は宇野に話した事があつたが、戰争さへなければ、宇野のやうな青年をナンシーの山林學校に紹介出來るのだと、ミッシヱル氏は殘念がつてくれるのである。

日本軍が佛印に進駐してからは、ミッシヱル氏の身柄も或る意味では、山林局の番人のやうな位置にしか考へられなかつた。宇野はこの秀れた紳士に對して、日本の軍政がひどく壓力《あつりょく》を加へてゐるやうでたまらない氣がした。ミッシヱル氏一人ではなく、佛印在住の佛蘭西人すべてが、人柄の下品なジャポネヱのやりかたを心の中では輕蔑してゐたには違ひない。

宇野は病氣がよくなると、づゝとミッシヱル氏のもとで働いた。ミッシヱル氏と四五人の安南人の山林巡視の官吏を連れては、宇野は森林地帯を歩いた。安南のこのユヱ地方の森林は、山岳林、平原森林、高原乾燥地森林、海岸砂地森林と四つに分ける事が出來た。山岳林の森林資源はリムやタガヤサンが多い。北部安南の山岳はボウデ、中部安南はキヱンキヱン、南部安南はサオといつた工合に、この樹林は、佛印の木材の王座をなすものであつた。

平地林は、南部安南の河内《ハノイ》から西貢《サイゴン》の間の、ソンデイ附近の森林が出色のものであつた。高級合板用材としてヨオロッパに輸出されるベンベンやサオの主要森林で有名である。そのほか、人工植栽林で、宇野が興味を持つてゐたのは、海岸林の飛砂《ひさ》防止林で、木麻黄《もくまおう》の植林地帯の雄大な眺めは美事《みごと》であつた。高原乾燥地森林では、南部ダラトの松林は面積が一三五、〇〇〇ヘクタールにもおよんでゐるとミッシヱル氏は説明してくれた。

ミッシヱル氏は森の中を歩きながら、よく小聲で、ヱルプルウ　ダンモンクウル　コムヱルプルウシュウラ……とヹヱルレヱヌの雨の愁ひを口づさんだりしてゐる事があつた。ミッシヱル氏はきつと望郷の思ひで詩をくちづさんでゐるのだらうと、宇野は音色の如何にも美しいミッシヱル氏の小さいつぶやきにうつとりときゝとれてゐる。森のなかの光線の工合で、ミッシヱル氏の袋のやうな瞼《まぶた》のひだにかこまれた眼が、青く透きとほつて宇野には神祕に見える時があつた。連れてゐる安南人の眼は、宇野と同じやうに茶色の眼光である。ミッシヱル氏と同じやうにヘルメットを被つた宇野は、大柄なミッシヱル氏と肩を並べる位の脊丈ではあつたが、脊中が曲り、近視の眼鏡をかけた瘦せつぽちのせゐか、宇野は、時々、自分は何人種でもない継子《まゝこ》あつかひを受けてゐるやうな貧弱な人種感を持つた。連れてゐる安南人でさへ宇野には立派に見える。

山林局に長くゐる安南人は佛蘭西語も正確な發音で、眼から勉強した宇野には、思ひ切つて安南人達と會話が出來るほどの圖々しさも持たなかつた。

昭和二十年の夏、戰局はますますひつぱくして來た。ミッシヱル氏の臺所で、宇野は時々ひそかに佛蘭西のニュース放送を聞いた。——六月十五日、香港、西貢《サイゴン》、大阪が米機の空襲を受けた。日本では、十五歳から、六十五歳までの男子と、十七歳から四十歳までの女子が動員されて、竹槍戰術で本土を守るまでに到つたと放送してゐる。宇野は妻を思つた。大阪が空襲されたとなれば、妻も逃げまどうてゐるに違ひない。六月二十日、沖縄の戰ひ八十二日、日本軍死傷九萬人餘、(4)アメリカは飛行機一千機を飛跳《ひちょう》(5)させられる十ヶ所の飛行場を設營した。目下武器を集中してゐる。

宇野はもう駄目だと思つた。此樣な場所で敗戰になつてしまへば、自分のこゝでの存在は何の意味もなくなつてしまふ。心なしか、ユヱに住む佛蘭西人は少しづゝ陽氣さを取り戻してゐた。ミッシヱル氏は宇野の心をみぬいて、眼にみえないひそやかな友情で宇野をあたゝめてくれた。宇野は、妻さへなければ、ミッシヱル氏に頼んで、こゝの山林局の小使《こづかい》にでも永く置いて貰ひたい氣持ちだつた。日本へ歸へりたい氣は少しもなかつたが、そのくせ敗れかけようとしてゐる、日本の姿を、一目見たい氣がしないでもない。

八月八日、第一彈のアトミック・ボンブを廣島に落して街の六割は吹き飛んでしまふ。

八月十日、長崎に第二のアトミック・ボンブ落ちる。宇野は原子彈の力といふものを珍しい武器が發明されたものと思つたが、その原子彈の力が、本當に怖ろしいものだといふ實感がこの時は來なかつた。かうした放送を聞きながら、宇野は一寸《いっすん》刻みに軀を刻まれるやうな氣がした。

八月十五日、日本は無條件降伏を宣す。

紅の格子のリノリュームをかけた食卓に、宇野は暫くつゝぷしてゐた。ミミだけが、宇野のそばにゐた。涙のたまつたやうな呆んやりとみひらいた宇野の眼をみて、ミミはしきりに可愛く宇野を慰さめてくれた。

（原文ここまで）

【注】

（1）安南は現在のベトナムの旧国名。

（2）ツウランは歴史的地名。現在の名称はダナン。ベトナム中部に位置する。

（3）マキザール maquisard とは、ナチスに抵抗するレジスタンスの構成員。類語にパルチザンがある。ナチスドイツに占領されたパリ解放運動を描いた映画「パリは燃えているか」の冒頭で、レジスタンスメンバーが政治犯としてパリからドイツに貨車で送られるシーンがある。マキザールに言及した最初の日本語文献は、瀧澤敬一著『第六フランス通信』（昭和24年5月、岩波書店）であろう。瀧澤は、横浜正金銀行リヨン支店勤務の経歴があり、戦時下のリヨンに在住していた。俳優滝沢修の実兄。

（4）沖縄戦軍人・軍属の戦死者が９４、１３６人と公式発表されたのは、日本復帰後の昭和51年。

（5）「飛跳」の語は著者の作品では他に見当たらず一般にもあまり使われない語だが、語源は唐時代の詩人韓愈《カンユ》作「病鴟」と思われる。「昨日有氣力　飛跳弄藩籬」（昨日、氣力あり、飛跳して藩籬《はんり》を弄す）。久保天隨註解『韓退之全詩集』下巻を参照されたい。なお、直筆原稿では崩し字を用いており、「飛跳」の語の崩し字判読の責任は筆者にある。

【解説】　秘められた「浮雲」の成立史

著者芙美子が執筆にあたり、主として参考にした文献は、ジャーナリスト大屋久壽雄《おおやくすお》著『佛印進駐記』（興亞書房、昭和16年10月）と農林技師明永久次郎《あきながきゅうじろう》著『佛印林業紀行』（成美堂、昭和18年10月）の2著である。後者の林業調査の描写は専門家ならではのものだが、明永のその他の仏印事情に関する描写は、明らかに大屋久壽雄の著作を下敷きにしている。大屋はパリで芙美子をフランシス・カルコとアンリ・プーライユに引き会わせ、通訳をした人物。リヨン大学に留学していた。帰国後、同盟通信記者として世界中に派遣され、昭和13年夏から約1年間仏印に駐在、昭和16年7月の日本軍南部仏印進駐の際にも同地に特派された経歴がある。日本人ジャーナリストの中で最も仏印に通じた人物。芙美子とは晩年まで文通を交わし、自著を献本しあう間柄。農林技師明永は、昭和16年12月8日の対米開戦後、仏印の林業調査のため約3ヶ月同地に滞在した。他に、先に注記した瀧澤敬一著『第六フランス通信』も、この作品の有力な資料源であろうと思う。沖縄戦の戦死者人数は、沖縄の復帰後まで日本では公式発表されなかったが、瀧澤の同書で既に概数が述べられている。瀧澤はフランス現地で連合軍の戦局ニュースを聴くことができたのである。

大屋は戦争末期、同盟通信からＮＨＫ海外局編成部長に出向した経歴もある。終戦玉音放送妨害の反乱兵に監禁もされ、その8月15日午後1時から海外邦人向け敗戦放送をアナウンスしたのは大屋であった。作品終盤で作中人物宇野がフランス語放送を聴いて戦局を知る場面は、大屋の経歴をヒントにしたと思われる。明永の経歴と著作からは、フランス語放送を聴く設定は着想できない。以下の考証と解説にあたり、引用部分に付した網掛けとルビは筆者による。

一、ヹルレーヌの詩

著者は、作中で山林局長ミッシヱルにヹルレーヌの詩を唄わせた。作中とはいえフランス人にフランス語の詩を唄わせるのだから、訳詩ではなく原語の発音で表記した。これは、日本人を主語にする際に元号を使い、フランス人を主語にする際に西暦を使い分けた配慮に通ずる。また詩題を「雨の愁ひ」としている。この堀口大學の訳詩でよく知られた作品は、Romances sans paroles と題された連作詩の一部だが、芙美子は仮に詩題をつけるとすれば「雨の愁ひ」が適当だと着想したのだろう。この詩題「雨の愁ひ」が、作品名「この憂愁」と照応している。詩題と作品名のどちらを先に着想したのか分からないが、この作品は「戦争の憂い」でもある。原文と芙美子の表記は以下の通り。

Il pleure dans mon cœur
Comme il pleut sur la ville,
ヱルプルウ　ダンモンクウル
コムヱルプルウ　シュウラ……

芙美子はこの作品で日本語訳を提示してはいない。誰の訳詩から着想したのか、芙美子がパリ滞在体験を基にした作品で引用したものをさがしたところ、川路柳虹訳詩であった。堀口は「ヴェルレーヌ」と表記するが、川路は「ヹルレーヌ」と表記する。引用は中央公論社版『憂愁日記』昭和14年。作中日付は昭和6年のこと。堀口の訳詩も参考に付す。

十二月二十三日

…………

巷《ちまた》に雨のふるごとく
涙ながるゝわがこゝろ、
胸のさなかに沁み入りし
このなやみこそなにならむ。

〔堀口大學の訳詩〕
巷《ちまた》に雨の降る如く
われの心に涙ふる
かくも心に滲《にじ》み入る
この悲みは何ならん？

どちらが優れた訳詩か否かではなく、堀口訳の「悲み」よりも川路訳の「なやみ」の方が、芙美子にはこの作品の作中引用詩としてふさわしいのだろう。作品名「憂愁日記」と照応している。すなわち長篇小説『憂愁日記』（昭和14年）の作中引用詩と短篇「この憂愁」の作中引用詩「雨の愁ひ」とは、詩題・作品名が共通し、ともにパリの憂愁につながる作品なのである。

作中人物ミッシヱルの名は、この『憂愁日記』に頻繁に登場する。芙美子のパリの下宿アパートの隣室に住むソルボンヌ大学の学生兄弟の名がミッシヱルという設定。『憂愁日記』の他、パリ滞在経験を基にした芙美子の作品に、ミッシヱル兄弟の名は屡々登場する。実名であったかどうかは別としても、フランス人男性の名前には、ジャンとミッシヱルが多いという。「この憂愁」は舞台が仏印なのだから、芙美子の体験ではなく小説としての設定。ところが同じ小説の発表作「浮雲」でミッシヱルをマルコンに書き換えた。その理由は何か？

二、大屋著『佛印進駐記』と明永著『佛印林業紀行』

仏印を舞台とした「浮雲」着想の源さがしの結果、明永久次郎著『佛印林業紀行』（昭和18年）が着目されてきた。「浮雲」で描かれた仏印描写が同書の描写に似ているからである。だが、さらにその源は芙美子がパリで出逢った、大屋久壽雄とその著作『佛印進駐記』（昭和16年）であった。2人の著作を比較すると、明永が大屋の著作を下敷きにしていたことが容易に分かる。

大屋著『佛印進駐記』「ゴム・香り河・珈琲」197頁～200頁

ユエは、安南帝國の首都である。支那で言へば、北京か蘇州のやうな、古雅な趣きを今でも失つてゐない、……街を二分して貫流するソン・フォン・ジアン（香り高き河）の清い流れ……香り高いリラの並木が、廣々とした縦横の大通りを縁どつてゐる。……旅行《たびゆ》く人にとつては、ソン・フォン・ジアンこそ、忘れ得ぬ想ひ出とならぬものでもないのだ。ソン・フォン・ジアンはその名の如く、香り高き流れであつた。……そして、宵闇が静かに、ユエを繞《めぐ》る山々の山裾から擴がり來《きた》る頃ともなれば、苫屋根《とまやね》の猪牙舟《ちょきぶね》に似た小舟が、いくつとなく、ゆらりゆらりとソン・フォン・ジアンの河面に漂ひ出る。静かに漕ぐ櫓の音に混じつて、淸らかな、若い娘の歌聲が、あの訴へるやうな、すゝり泣くやうな、哀調から哀調へと間斷なく沈み行く安南戀歌のしらべを、河風に乘せて送るのである。炎暑に惱んだ一日の疲れを、清澄な河面に浮べた小舟の中で、微風に吹き拂はせやうとする上流家庭の娘たちでゞもあらうか。……小舟はうすいすだれの幕を下ろし……安南の歌姫にも、純な戀の火がその可憐な胸に、燃え立たぬとは限らぬ……

明永著『佛印林業紀行』「傳統の香高き古都ユエ」68頁〜73頁

ユエの驛から都心へ通ずる街路には、樟《くす》の若芽が燃えるやうにあざやかである。この街路は俗に香水河と呼ばれるユエ河に沿つてゐる。河畔の遊歩道には色彩豊かな花壇が設けられ、椰子《やし》、檳榔《びんろう》、ハシドイの樹が配してある。……日曜日ではあつたが、約束して置いたので、直ちに山林局に局長マルコン氏を訪問して夕刻まで必要な事項に就き聽取した。同氏に關しては夙《つと》にその令名を聞かされてゐたが、會つて見ると評判の通り溫厚な紳士で氣持よく私共に應對してくれた。……私は香水河畔の遊歩道に立つた。この河は他の多くの河の濁水とは事變《ことかわ》り、珍しく清澄な水を湛へて、兩岸の樹叢《じゅそう》や竹林の影を宿してゐる。……夜の香水河に浮ぶサンパンは多くの旅人に忘れ得ぬ思ひ出を殘させたものであらう。宵闇せまる頃ともなれば河心《かしん》に浮び出る多數のサンパンは、網代《あじろ》の苫屋《とまや》を乘せてゐる。苫屋の中にはすだれを通して小さな幻影が揺ぐ。或る舟からは哀調切々たる歌曲が流れてくる。簾中《れんちゅう》灯影《とうえい》に安南娘の清楚な姿が浮ぶ。……安南山林局長マルコン氏は、一九三〇年森林官として佛印に渡航した、佛國ナンシー山林學校の出身である。

引用した通り大屋の描写は日本軍進駐記とは思えないし、明永の筆遣いも農林技師の公務報告の域を超えている。両者ともに現地を実際に歩いたから似たような描写にはなろうが、この宵闇のユエ河の情景描写は、明永が先行書たる大屋の著作を下敷きにしたと言わざるを得ない。それが大屋「リラ」：明永「ハシドイ」、大屋「ソン・フォン・ジアン」：明永「香水河」、大屋「猪牙舟」：明永「サンパン」、大屋「安南の歌姫」：明永「安南娘」のような名称の置き換えに表れている。明永が大屋の著作に倣いながらも、全部引き写しと言われないように置き換えた名称である。大屋がフランス語の「リラ」にこだわるのも元フランス留学生らしい。そして大屋の『佛印進駐記』には昭和13年8月から約1年間の駐在期間中、仏印各地を歩いた体験が語られ、明永らの林業調査行程は、大屋の足跡を辿っている。対米開戦後に公務で仏印に派遣された明永にとり、同盟通信記者による仏印事情の先行書は必読書。筆者は明永の同書を盗作とまでは言わないが、仮にも公務報告なのだから少なくとも大屋の先行書を参考文献に掲げるべきであった。では改めて著者の原型作「この憂愁」抄録と発表作「浮雲」とを比較してみる。

「この憂愁」

終戰を安南のユヱで迎へた宇野丈太郎は、そのまゝ二年ばかりを山林局長のミッシヱル氏の好意で、ツウランの地方事務所のモウナ氏のもとで働いた。……宇野はプノンペンにゐる調査團の一行に追ひつく氣もなく、何とかして、この古雅なユヱの町で落ちついて南方林業に就いての研究をしてみたいと思つてゐた。／ユヱの山林局長ミッシヱル氏は、もう五十年配近いひとで、赧ら顔のでつぷりと軀のいゝ、如何にも外交官にでもむきさうな紳士であつた。一九三〇年に、森林官として佛印に赴任して來たのだ。佛蘭西のナンシー山林學校の出……樟《くす》の街路樹は、魚鱗《うろこ》のやうに暑い太陽にきらきらと葉を光らせてゐた。……ユヱ河の遊歩道には、火のついたやうなカンナの花壇が見えたし、ところどころ、ハシドイや、檳榔《びんろう》や椰子《やし》の樹冠が耳かきの羽根坊主位に遠く見えた。……昭和二十年の夏、戰局はますますひつぱくして來た。ミッシヱル氏の臺所で、宇野は時々ひそかに佛蘭西のニュース放送を聞いた。……六月二十日、沖縄の戰ひ八十二日、日本軍死傷九萬人餘……八月八日、第一彈のアトミック・ボンブを廣島に落して街の六割は吹き飛んでしまふ。……宇野は原子彈の力といふものを珍しい武器が發明されたものと思つたが、その原子彈の力が、本當に怖ろしいものだといふ實感がこの時は來なかつた。かうした放送を聞きながら、宇野は一寸《いっすん》刻みに軀を刻まれるやうな氣がした。

「浮雲」第4節『風雪』昭和24年11月号連載第1回

早い朝食が濟んで、また自動車に乘り、南部佛印での古都である、ユヱへの街を指して、一行は發つて行つた。……都心の街路には、樟《くす》の木の並木が鮮かで、朝のかあつと照りつける陽射しのなかに、金色《こんじき》の粉《こ》を噴いて若芽を萌《きざ》してゐた。

「浮雲」第26節『風雪』昭和25年4月号連載第6回

ふつと、ユヱの街を思ひ出してゐた。驛から、街の中心へ向ふ街路に、樟の若芽が湧きたつやうな金色だつた。香水河と云つたユヱ河に添つた遊歩道には、カンナや鐵線花《てつせんか》が友禪《ゆうぜん》のやうに華かだつた。椰子《やし》、檳榔《びんろう》、ハシドイが到る處《ところ》に茂つてゐる。……ユヱの山林局にゐた局長のマルコン氏は、いまごろは、また、あのユヱに戻つて、悠々と露臺《デッキ》で葉巻でも吸つてゐる事だらう。……マルコン氏は、一九三〇年に森林官として、佛印に渡航して來た。佛蘭西のナンシー山林學校を出た人物である。

「浮雲」第66節『文學界』昭和26年4月号連載最終回

この王宮には、男女の生殖器の接合した、シバの象徴がまつつてあつたが、リンガとか云つたかな……。いろいろと、文明は發達してゆくンだが、このシバの大自在天《だいじざいてん》は、人間最大の文明だね。この自在天のシバの祕密のなかから、アトミックボオンも生れたンだらうからね……

『佛印進駐記』装釘・辻永　筆者蔵

　引用した通り「浮雲」の序盤、中盤、終盤の題材が、すべて「この憂愁」1篇に凝縮されている。「この憂愁」が原型作たる所以である。「浮雲」でミッシヱルをマルコンに書き換えたのは、実在の人物であったからだが、それは原型作執筆時点で承知していたこと。芙美子が明永の『佛印林業紀行』を利用したことは明らかだが、原型作終盤で作中の宇野がフランス語放送により戦局を知る設定は、３ヶ月余り通訳付きで仏印に滞在した明永の紀行からは導けない。これは、フランス語に堪能で世界中に派遣された同盟通信記者大屋の存在がなければ着想できない。ユヱの描写につき、原型作では大屋の著作で用いられた「古雅」の語を使い、「浮雲」で明永の著作で用いられた「古都」の語を使い分けた。よって、原型作の材料は、ジャーナリスト大屋の経歴・著作と農林技師明永の著作の両方にあったのだが「浮雲」では大屋の存在を隠して明永の著作に絞ったのである。

　その理由も説明できる。大屋の『佛印進駐記』はＧＨＱによって没収指定された。題名や陸軍大佐と少佐の序文がＧＨＱの忌諱に触れたのである。仏印進駐が米日戦争の引き金の一つとも言われているから特に睨まれる。引用したように内容は仏印手引き書とも言うべきものだが、禁書に指定された以上、芙美子は大屋の著作を利用したと分かるような描写はできない。原型作「この憂愁」終盤の設定は大屋の存在抜きには考えられないが、発表された「浮雲」ではそれが消され、明永の著作の引用だけが分かるのはそのせいである。否、わざと分かり易くしたのである。そうでなければ、小説なのにパリの思い出につながるミッシエルを、わざわざ実名のマルコンに書き換える必要はない。大屋は戦後、同盟通信社が解散した後、時事通信社幹部に就いた。その大屋の旧作がGHQに禁書指定されたのだから芙美子は大屋の立場に配慮しなければならないし、禁書を利用したことが発覚すれば、芙美子自身にも累が及ぶ。

三、復員・引き揚げの描写と史実

「浮雲」冒頭の描写は、冬支度もなく、南方から引き揚げて来た幸田ゆき子が、初冬の敦賀の街で敗戦日本を実感するシーンから始まる。その描写から、設定年次は昭和21年暮れである。だが、敦賀は引き揚げ港ではなく、ゆき子が引き揚げ港の舞鶴から敦賀に移動したと解するほかないが、史実としての仏印からの復員・引き揚げ港は、敦賀でもなければ舞鶴でもない。仏印は日本のポツダム宣言受諾後、北緯16度以北の北部は中国国民党軍施政下に、南部はイギリス軍施政下に置かれ、日本軍兵士と一般居留民は、北緯16度線を境に、それぞれ北のハノイと南のサイゴン近郊に抑留された。北部からの復員・引き揚げは、ハイフォンから名古屋港へ。南部からの復員・引き揚げは、サイゴンから主に広島県大竹港へ。民間人の引き揚げは、昭和21年夏に完了した。「浮雲」の設定は、あくまで小説上の仮構である。

原型作「この憂愁」では、ツウランに駐屯していた兵士はハノイに集結してハイフォンから復員したと描写している。ツウランは仏印中部とはいえ北緯16度以北だから、この描写は史実に即している。

原型作と同様に史実に重きを置くならば、仏印南部に居留していた幸田ゆき子の引き揚げはサイゴンから大竹港でなければならないのだが、この仮構は「浮雲」の雑誌連載初回が昭和24年11月であった事にその理由があろう。この当時、全国の復員・引き揚げ港の援護事務所はその任務を終了して閉鎖されていたが、舞鶴はシベリア抑留兵の復員のため開設されていたからだ。仏印南部居留者のゆき子を初冬の敦賀に引き揚げさせる設定は、史実との隔たりが大き過ぎる仮構なのだが、シベリア抑留兵の復員が全国民的な関心事であったがゆえの設定と思われる。何故なら、著者芙美子は南方からの引き揚げ港につき、史実を承知していたことが「浮雲」の第28節で分かるからだ。その第28節には、ゆき子と富岡が死に場所を求めて訪れた伊香保温泉で、ボルネオから復員した元海軍兵が営むバーの主人と巡り逢う場面がある。バーの主人曰く「廣島の大竹港へ着いて、棧橋で、キャメルの袋が落ちてました」。すなわち、芙美子は広島県の大竹港が南方からの復員と引き揚げ港である史実を知りながら、読者にシベリア抑留を連想させる為、あえて、ゆき子を初冬の若狭湾に引き揚げさせる仮構を設定したのであろう。

四、国民の戦時動員年齢

原型作「この憂愁」終盤において、芙美子は国民の戦争末期動員年齢につき、「男子は15歳から65歳まで」、「女子は17歳から40歳まで」と書いた。史実としての動員年齢はどうであったかを見ると、次のとおり。

●昭和20年3月23日　閣議決定　國民義勇隊組織ニ關スル件

國民學校初等科修了以上ノ者ニシテ　男子ニ在リテハ六十五歳以下　女子ニ在リテハ四十五歳以下

ノモノトス

●昭和20年6月22日　法律第39号　義勇兵役法

第二條　義勇兵役ハ男子ニ在リテハ年齢十五年ニ達スル年ノ一月一日ヨリ年齢六十年ニ達スル年ノ十二月三十一日迄ノ者、女子ニ在リテハ年齢十七年ニ達スル年ノ一月一日ヨリ年齢四十年ニ達スル年ノ十二月三十一日迄ノ者之ニ服ス

芙美子が「この憂愁」で述べた動員年齢は、この閣議決定と法律を折衷した年齢だから史実に即している。このような史実に即した描写は、発表作「浮雲」では逆に希薄になっている。史実に即した叙事詩的性格を持った発表できない原型作を、抽象的な抒情詩的創作として再構築したとも言える。

五、大屋久壽雄・新庄嘉章共著『安南物語』と森三千代著『金色の傳説』

「浮雲」第43節の描写に富岡が語る安南の伝説がある。これは明永著『佛印林業紀行』「補遺」に採録された民話からの引用だが、その明永の民話は森三千代著『金色の傳説』の丸写しなのである。にもかかわらず、明永はまたしても、三千代の『金色の傳説』を参考文献に掲げなかった。

富岡は林業と植物に就いての、佛印の思ひ出の原稿に向つた。

——檳榔（ビンラウ）と蒟醤（キンマ）については、安南に美しい傳説がのこつてゐる。安南の王であるフン・ヴォン四世の時代である。廷臣カオの家に、タン、カンと云ふ二人の兄弟があつた。小さい時に父を亡くした兄弟は特に仲がよかつたが、偶然身をよせたルウと云ふ家に一人の娘がゐて、兄のタンは娘と相思の仲になり結婚してしまつた。

〈「浮雲」第43節〉

森三千代の『金色の傳説』（昭和17年12月）における登場人物兄弟の名は「タン」と「ラン」。この伝説は安南で慶事の引き出物にされる檳榔の物語。口伝だから、細部が異なる物語が複数ある。それは大屋と新庄嘉章共著『安南物語』（昭和17年6月）の一節「ベテル」。同書における兄弟の名は「リュオン・ヒュイン」と「リュオン・デ」。人名だけではなく細部の設定も異なるのは、大屋・新庄が利用した原書と三千代が利用した原書が異なるからであり、両者の典拠資料は次の2著。前者が大屋・新庄が利用した民話集『金の亀』。

Marguerite Triaire & Trinh-Thuc-Oanh 編 La Tortue d' Or (CONTES DU PAYS D' ANNAM) 1940. Fernand Cesbron 著 Contes & Légendes du pays d' Annam 1938. 即ち「安南の伝説史話」。

大屋・新庄と森三千代はそれぞれ典拠を示した上で、物語も原書に従っている。だが明永は三千代の『金色の傳説』をそっくり利用しながら典拠を示さず、人名を「タン」と「カン」に改変することで自分の採集民話を装ったわけである。これも大屋の『佛印進駐記』と明永の『佛印林業紀行』の関係に同じ。芙美子は、明永が資料源を示さず三千代の作品を利用した事実を再利用して大屋の影を隠したのであろう。「浮雲」作中人物加野久次郎が狂言回しの損な役回りを与えられたのは、明永久次郎の不手際にその原因があったのかも知れない。

六、沖縄への眼差し

芙美子は「浮雲」終盤で、屋久島を舞台にした際「この快適な船は、屋久島までの航路で、それ以上は、今度の戰爭で境界をきめられてしまつてゐるのだ。此の船は、屋久島から向うへは、一歩も出て行けない」（第58節）と語り、鹿児島でゆき子を診察する医師を「琉球出身の比嘉」と設定した。「朝鮮や臺湾や、琉球列島、樺太、滿洲、此の敗戰で、すべてを失つて、胴體だけになつた日本」（第64節）とも書いた。これらの地域で、芙美子が訪れていない唯一の場所が琉球。「浮雲」の叙述は「内地日本人の痛み」は明瞭に述べているが、「沖縄の痛み」は前面に出していない。わずかに、屋久島と奄美大島との間の「境界」の語で、読者の連想と解釈に委ねるだけであった。進駐軍占領下において、アメリカの占領政策の根幹である沖縄の分割占領を批判できないからだ。

ところが原型作「この憂愁」では、沖縄戦の戦死者人数まで具体的に「日本軍死傷九萬人餘」と書いた。住民を除き、沖縄県内出身の戦死者２８、２２８人、沖縄県外出身の戦死者６５、９０８人、計９４、１３６人と公式発表されたのは、日本復帰後の昭和51年。日本内地でも公式発表以前に報道された形跡が見当たらない。著者の情報源は、通信社記者大屋久壽雄と瀧澤敬一著『第六フランス通信』であろう。

従来の「浮雲」研究では、屋久島を終盤の舞台にした設定につき、富岡とゆき子の胸中に南方の仏印があるからだとする解釈がなされてきたが、作者芙美子の眼差しの先にあったのは、沖縄と沖縄戦の惨禍であったのではなかろうか。

七、原子彈の惨禍

芙美子は「この憂愁」が執筆されたであろう昭和24年以前に、原爆投下の惨禍を題材にした小説は発表していない。わずかに作中詩稿のなかに、原爆を連想させる描写があるだけであった。以下に引用する2篇の作品は作中詩なので詩題はない。

冷薄の宇宙に
何処かできのこのやうに開く原子力
支配は雲に針をさすやうなものだ
濟んでしまつたところで
何の支配も受けつけない
只生きるだけだ。

誰かゞ來てまた地を支配する
海に石を投げつけたやうなものだ
しぶとい人間の心はびくともしてはゐない
只生きて這つてゐるだけだ。

説教や思想が流れて來ても
煙草の煙のやうなものだらう
すぐ消えて宇宙はものうく
ゆつくりと寝返りを打つだけだ

『林芙美子文庫／風琴と魚の町』「あとがき」昭和24年8月15日。

人間は放り出される瞬前までも生きる
ぶつくさ云ひながら這ひずりまはる
ローマ人がユダヤを
ヘロデの血から出たガリラヤを…
只それだけの短い歴史だ。

「放浪記／第三部」「泣く女」 冒頭作中詩　昭和22年11月。

宵あかり　宵の島々靜かに眠る
（中略）
兵隊は故郷をはなれ
學生は故郷へかへる。
（中略）
此の世に平和があるものか
岩おこしのべとべとの感觸だ
（中略）
人間はいじめられどほし。
いつかはこの島々も消えてゆくなり
牛と鶏だけが生きのこつて
この二つの動物がまじりあふ

羽根のはえた牛
とさかをもつた牛
角のはえた鶏
尻尾のある鶏。
永遠なんぞと云ふものがあるものか
（中略）
考古學者もほろびてしまふ……。

前者の作中詩は、「浮雲」第37節に投影されている。「歴史は一貫して、数かぎりもない人間を生んで行つた。政治も幾度となく同じ事のくり返へしであり、戰爭も、何時までも同じ事のくり返へしで始り、終る……。何が何だか、悟りのないま丶に、人間は社會と云ふ枠のなかで、犇《ひしめ》きあつては、生死をくり返へしてゐる」。この第37節は昭和25年7月に発表されたものだから、朝鮮戦争を意識した叙述かも知れない。

ともあれ、筆者はこの2篇の作中詩が原爆投下の惨禍をかろうじて暗示する作品と考えてきた。前者の発行日は終戦記念日でもある。広島と長崎双方に縁ある芙美子が原爆投下に無関心である筈がないが、米軍占領下では直截的な原爆投下批判は許されないからだ。ゆえに「アトミックボオン」なる意味不明の語で原爆を暗示するにとどめて来たのだろうと思っていた。「アトミックボオン」を直訳すると「atomic born」即ち「原子の誕生」。ところが原型作は「アトミック・ボンブ」「原子彈」の語を使い、「原子彈の力が、本當に怖ろしい」「一寸《いっすん》刻みに軀を刻まれる」と直截的表現を用いた。この描写は沖縄戦の戦死者数ともあわせ、占領軍は許さない。

同じく原型作における原爆投下日付は、小説としての架空の日付設定ではなく、作中人物宇野丈太郎が現地でフランス語放送を聴いて知ったという設定。日本でも広島への原爆投下が報道されたのは8月8日。長崎の場合も全国紙では、8月11日に「新型爆弾か」と報道されただけ。西部軍管区の発表文は「詳細目下調査中なるも、被害は極めて僅少なる見込み」と言う。逆に報道も出来ないほどの被害にショックを受けた様子が窺える。

よって、日本内地よりも連合軍加盟国のラジオ放送の方が事実を早く伝えることはありうる。この国内報道と海外報道とを対比させることは仏印を舞台に設定した効果であるし、そのような設定の着想には通信社記者大屋久壽雄の存在が欠かせない。

そして「この憂愁」執筆後、「浮雲」では言及しなかった原爆投下の惨禍につき、長篇小説「眞珠《しんじゅ》母《も》」において、初めて長崎原爆の惨禍を作中人物を通して語らせた。長崎医大永井《ながい》隆《たかし》氏の著作を作中人物により復唱させたのである。それは「浮雲」最終回と同時に発表された『主婦之友』昭和26年4月号であった。だが、芙美子がその2ヶ月後に急死したため未完のまま単行本化もされていない。

まとめに

芙美子があえてＧＨＱプレスコードに挑み、その結果発表できなかったのか、それとも発表する為ではなく沖縄戦と原爆の惨禍を心に刻む為に執筆したのか？　現時点ではいずれとも断定できないが原型作「この憂愁」の出現により、「浮雲」の解釈と鑑賞は一変する。敗戦文学と評される「浮雲」

の原型作は、沖縄戦批判と原爆投下批判を内包した反戦的問題作であったが、米軍占領下では発表できず、胸底に秘めざるを得なかった未公開版であった。そこで史実と作者の意図を何重ものオブラートに包み、抒情詩的敗戦文学として再構築した公開版が「浮雲」であったと、言えるのではないか。

大屋久壽雄もまた芙美子を追うように昭和26年12月に亡くなった。没後65年の2016年に至り、大屋宛ての芙美子絶筆書簡が新宿歴史博物館に寄贈され、同年の芙美子命日に公開された。そして大屋の浩瀚な遺稿『戦争巡歴』が同年に刊行されたことと、大屋が着想の源になったであろう「浮雲」の原型作「この憂愁」が、同時に出現したことは因縁としか思えない。

関東大震災を体験した震災文学たる「放浪記」第一部・第二部が成立したのは昭和5年だが、第三部及び未完の第四部が成立したのは昭和24年である。改造社版刊行の翌年に満洲事変が起こり「放浪記」は戦争と検閲により20年間翻弄された。「浮雲」は戦争体験を踏まえて成立した作品だが、そこにつながる作品は満洲事変以前から執筆されていた。最初期の作品は、カナダはバンクーバーの邦字紙『大陸日報』に発表した「外交官と女」。昭和6年8月12日掲載。作品が描いたのは外地で林業に携わる日本人外交官の男女関係だから、「浮雲」に直結する原型的作品と言える。

従来の芙美子研究は、昭和17年10月末からの6ヶ月間、陸軍嘱託として南方に派遣された体験を「浮雲」着想の源と解釈してきた。だが昭和16年から発表された雑誌連載小説「女の復活」には「佛印通信」「森林視察の技師」などの語が登場するし、昭和17年の新聞連載小説「田園日記」にも、サイゴンから内地に引き揚げて来た母子が登場する。前者の雑誌は『日本女性』、後者の新聞は『福岡日日新聞』。南方派遣以前から、芙美子は仏印を題材にしていた。東京裁判終結直後に発表された短篇「最後の晩餐」はインチキ宗教団体が題材。作品名が東京裁判を暗示し、内容は「浮雲」でゆき子が窃盗をはたらく宗教団体に直結する作品。発表誌は『サンデー毎日別册』昭和23年12月10日発行号。

このように見ると、芙美子と「放浪記」が大成功直後から時代に翻弄され、未完とはいえ完成に20年を要したのとは対照的に、「浮雲」は支流とも言うべき多数の原型的作品が、20年をかけて一つの大河に合流するかのような成立過程を辿っている。この20年間は芙美子と大屋久壽雄の交友歴でもある。「浮雲」が芙美子晩年の文業を代表する作品であることに変わりはないが、原型作「この憂愁」は、被占領下で発表できなかった作品として、そこに発表作とは異なる意味と価値がある。芙美子があと十年生きながらえていれば、沖縄戦と原爆投下をテーマにした大作を執筆していたのではないかとさえ感じさせるのである。芙美子が亡くなったのは昭和26年6月。沖縄の日本復帰はおろか、翌年の日本独立すら見ることがなかったのだから。この原型作の出現は、芙美子の文業に新たな光をあてる。

第2章　もう一つの未発表問題作「鶏《にはとり》」

先に紹介した「浮雲」原型作「この憂愁」とほぼ同時期に執筆されたと見られる、林芙美子の未発表小説がもう1篇ある。「この憂愁」と同じく、1990年に、林家から新宿歴史博物館に寄贈された著者直筆原稿の一つ。同じく久欒堂の原稿用紙15枚の短篇。作品名には珍しく、題字に「にはとり」とルビがふられている。そのルビつき題字の印象から、児童向けの童話の類かと思いきや、通読したところ内容はさにあらず、数ある著者の戦後作品の中でも異色な敗戦文学の1篇であった。

仏印を舞台とした未発表作「この憂愁」の主人公は、外地から敗戦日本に思いを馳せる。フランス語放送によって知り得る戦局情報は、日本内地で得る情報より詳しい面もあるが、敗戦から2年を経てもなお外地にとどまる作中主人公に、敗戦日本の現実を語らせることはできない。そこで発表作「浮雲」は、ゆき子が日本に引き揚げて来た場面から書き出されたところに、原型作の構図との違いが表れている。

さて、もう一つの未発表作「鶏」は敗戦後の日本内地を舞台とする。主人公は名前が与えられていない女性の「私」だが、パリ留学経験もある。東京住まいの「私」は、敗戦後の或る秋の日、東海道線沿線のM町に出掛け友人の世話で白いレグホンを求めることができた。その帰途、M駅で上りの汽車を待つ待合室で右脚のない松葉杖の若い娘に出逢う。その娘は湯治に出掛けたS温泉から東京に帰るのだという。だが、敗戦直後ゆえ、列車は超満員。ふと列車の後方に、進駐軍専用車両が連結されていることに気づき「私」はレグホンを入れたバスケットとその女性を抱きかかえ、GIに乗車を願い出る。乗車を許された「私」は、脚を失くした娘の手助けをしたにもかかわらず、障碍を負った娘を利用して乗車したかのように自省する。GI専用車の車中で聞いたその娘の物語るところは、仙台疎開中の空襲で右脚を失くしたのだという。「私」は同じ車中で、かつてパリ行きの際に乗ったシベリア鉄道の思い出がよぎる。一場のロードムービーのような短篇だが、発表された形跡がない。なぜ発表されなかったのか。それが問題作たる所以である。全文紹介のあと筆者の解説を付す。

一、作中で使用された用語には現在では適切でない語もあるが、作品の歴史性を考慮して原文通りとした。二、明らかな誤記・脱字は補正し、旧仮名遣いに整えた。三、作品末尾で使用された「規頂面」の語は、牧野信一著「奇友往來」と「タンタレスの春」に使用例があり原文通りとした。

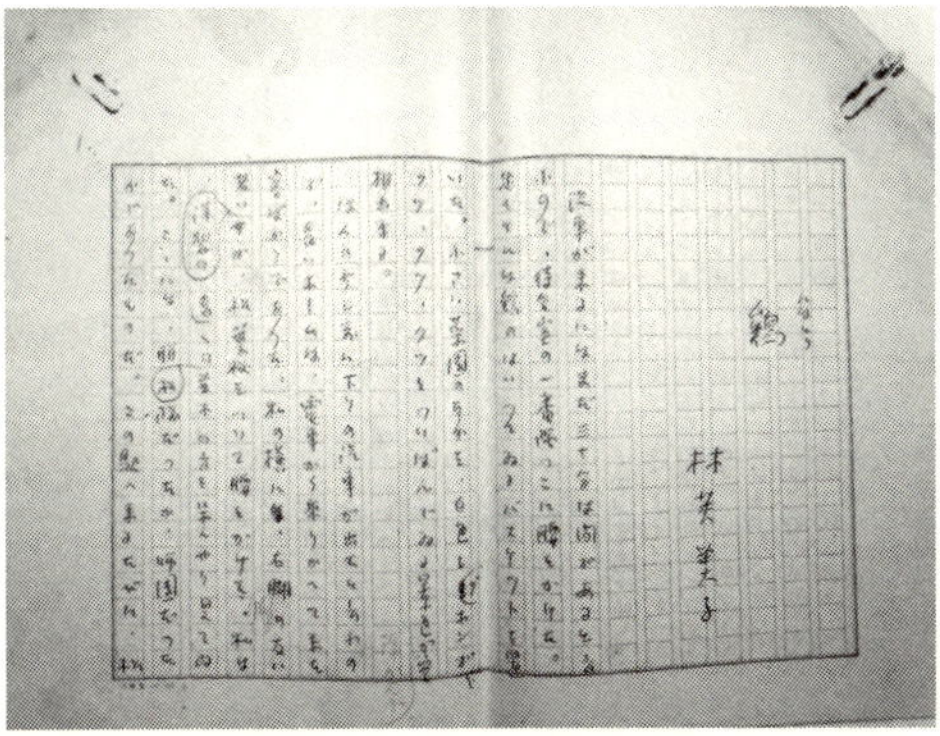

「鶏」直筆原稿　新宿歴博蔵

鶏《にはとり》

林芙美子

汽車が來るにはまだ三十分は間があると云ふので、待合室の一番隅つこに腰をかけた。足もとには鶏のはいつてゐるバスケットを置いた。小さい菜園のなかを、白色レグホンが、クッ、クッ、クッとついばんでゐる景色が浮かんで來る。

ほんの少し前に、下りの汽車が出たと云ふので、長いホームは、電車から乘りかへて來た客ばかりであつた。私の横に、右脚のない若い洋裝の女が、松葉杖をついて腰をかけた。私は、遠くの松並木の方を呆んやり見てゐた。こゝには、聯隊だつたか、師團だつたかゞあつたものだ。この驛へ來るたびに、松並木の堤防のところに、兵隊が群をなしてゐたものだ。堤防の手前は、廣い畑になつてゐた。驛の反對は倉庫や、Sと云ふ溫泉行きの電車のホームが聯絡してゐた。何も彼も以前のまゝである。私はこのM驛へはもう六七年も來なかつたのではないかと思つた。ほんの暫くで、私はまた、この長閑な景色を離れて、東京へ戻つて行くのだけれども、ぢいつと腰をかけてゐると、何だか、づうと以前からこゝに腰をかけてゐたやうな氣持ちがして來た。秋色のこもつた、かあつと乾いた午後の陽が、待合室の半分をくつきりと黃ろく照らしてゐる。魚籃《びく》の網目からでもこぼれるやうな、柔い陽射しに脊中を暖めながら、私はときどき、地をゆすぶるやうな、不氣味な音響に心をとめてゐた。はるかに遠い音だけれども、火藥の破裂するやうな音であつた。空襲以來、私たちはかうした音響には鋭敏になつてゐた。

何時の間にか、向うの腰掛にも澤山人が腰をかけてゐた。その中のサングラスをかけた、下品な若い男が、「何だらう」と遠い音響の方を振りかへつた。待合室にゐるものは、みんな不氣味な音に耳をそばだてゝゐたけれども、もういまは戦爭もない、平和な時代になつたのだと思ひ到つて、誰も皆、すぐ、その音響には注意をむけなくなる。地をゆすぶりながら、荷物列車が這入つて來た。電車が發車してゆく。私はバスケットを持ち上げてみた。鶏があはてゝ動いてゐるらしい様子だ。そおつと、蓋を取つてみると、眞赤な鶏冠《とさか》の上にも魚籃《びく》をもれる秋の陽が射し込んでゐる。白菜の玉にむくむくとよりそつて、もう大分白菜をつゝいてゐた。私ははんの少しの間、このふくふくと白く盛りあがつた家禽の美しさにみとれてゐる。

「まア、鶏ですか?」

隣りの松葉杖の女が、氣がついてのぞき込んだ。私は一寸照れながらあはてゝ蓋をしめてしまつた。「東京までいらつしやるンですか?」蓋をしめてしまつた事に、一寸照れながら、私は隣りの女にたづねた。

「えゝ、品川で降ります」

おみあしはどうなさいましたかと、尋づねたいところだつたけれども、片脚が腰のつけ根からなくなつてゐる姿は、何となく、あまりに大膽にみえて、その上に痛々しい氣も手傳つてか、氣安く尋づねられるものではないと思つた。

化粧品の廣告に出て來る、映畫女優の顔に何處か似てゐた。美しい娘だつたけれども、さだめし大手術をしたであらう、この娘の氣丈さが、まづ私の胸にきびしく突き上げて來る。娘は白い本を持つてゐた。私は眼を病んでゐるので、その本の表題を見ることは出來なかつた。段々人が混みあつて來た。

「隨分混みますね」

娘は不安さうであつた。私も不安であつた。品川で降りると云ふ、この脚のない娘を何とか首尾よく汽車へ乘せたいものだと思つた。娘は小さい風呂敷包みを持つてゐた。灰色の合ひの外套を着て、如何にもこざつぱりとした、ふとつた軀つきであつた。紺のベレーをかぶつてゐる。その娘は問はずがたりにS溫泉へ行つた話をした。行きは小さい弟に食糧をかついで行つて貰つたけれども、歸へりは迎へに來て貰ふのは大變だから、一人で歸へつてみようと思ふのだと云つた。不具者の一人旅を、私は何となく哀れに考へてゐたけれど、本人は結構、愉快に冒險をこゝろみてゐる氣持ちなのであらう。少しも曇りのない微笑であつた。

聽て汽車が來ると云ふので、私は彼女と二人、ホームのはづれの方へ歩いた。さつきまでの照りつけてゐた陽射しは薄れて、冷い風が吹いてゐた。私はホームに雪崩れてゐる、いつぱいの人を見て不安になつてきた。バスケットの鷄は始終むくむくと動いてゐる。力がはいるのでさげ辛くて仕方がない。

聽てごおつと物凄い音響をたて、上りの汽車がはいつて來た。昔のやうに、悠々として乘り込むと云ふわけにはゆかない。走つてゐる汽車の窓々を追ふやうにして、隙間を發見しなければならなかつた。十分近くも遲れて來たせゐか、列車の中も、ホームも人がいつぱいだつた。ふつと後尾を見ると、GIのカーがついてゐる。私はとつさに走つて行つて、窓からなかの樣子をうかがつてみた。がらんとした車内に、二三人しかＧＩがゐない。私は、一人の若いＧＩのゐる窓の下へ行つて話してみようと思つた。

「失禮ですけれど、脚の悪い娘がゐるのですけれど、品川まで乘せていたゞけませんでせうか？」

「どうぞ」

私は急いで、娘のそばへ行つた。すると、そこにも親切なひとがゐて、窓の中から手を出してくれてゐるのだつたけれども、誰も後からかゝへあげてやらうとする者がない。娘は片脚で立つたまゝ眞赤な顔をしてゐた。私は彼女の肩を抱くやうにして、ＧＩのカーまで連れて行つた。もう、汽車が發車しさうであつた。私は、不具者の娘を利用して乘つたやうに考へられてきて、何だか氣がめいつた。隅つこに二人はきちんと寄り添つて腰をかけた。

汽車が動き出すと、脊の高いＧＩがゆらゆらと吊革をつたはつて、私達のところへやつて來た。

「何處まで行くのか？」

「品川まで」

「品川に家があるのか？」

「品川から省線に乘るのです」

突然バスケットの中で、鶏がかなり大きい聲でクックックックッとつぶやきはじめた。私は赧くなつた。鶏が驚いて死んでしまふのではないかと思つた。ＧＩは吃驚した表情で、私の足もとのバスケットを見降した。私はあはてゝ「鶏がはいつてゐる」と云つた。不安になつて、そつと蓋を取ると、鶏はぐうつと首をちぢめて坐りなほしてゐる。

「お丶鷄だね」

ＧＩは笑ひ出して、友達の方へ「鷄だよ」と大きい聲で云つた。鷄冠《とさか》はした丶るやうな赤い色をしてゐた。朝から水も餌もやらないので、かなり參つてゐるのではないかと、私は心配だつた。

ＧＩはくすくす笑ひながら席へ戻つて行つた。美しい不具者の娘に對して、お前の脚はどうしたのだと尋づねるでもなく、向うへ行つてしまつたＧＩの心づかひを、私は美事なものだと思つた。

「お蔭さまで助かりましたわ」

娘は吻つとしたやうによろこんでゐた。――私は遠い以前、シベリアの汽車に乘つた事がある。ガランとした三等のワゴンリーに、如何にもチエホフ型のおばあさんが、大きいボンボン時計の包みと、羽根枕と、やかんをさげてはいつて來た。ノボーシビルスクと云ふあたりへ來た頃、急におばあさんのボンボン時計が、ガアン、ガアン、ガアン、と鳴り出した。私はおかしくなつた。笑ひながらその時計の音色をきいてゐた。あ丶、一場の夢のやうな思ひ出である。シベリアの驛々では、牛乳が五十錢だつた。鷄の丸燒きが六圓位してゐた。隨分高價なものだと思つた。食堂車の卓子かけはぼろぼろだつたし、さじも、ふおくも、片ちんばなものばかり出た。だけど、いま、あのシベリアの汽車をどうして嘲ることが出來よう……。ポーランド近いミンスクでは、新聞紙で屑のやうな煙草を卷いて吸つてゐる男達がゐた。埃の激しい工場街と云つたところで、汚ない服を着た女の線路工夫が澤山乘り込んで來たけれども、みんな元氣のい丶、よく肥つた女たちばかりだつた……。

軈て汽車はトンネルを過ぎると、熱海の海邊を走つてゐた。紺色に近い沁みるやうな海の色である。ＧＩは三人とも海邊の窓硝子に顔をつけて海を見てゐた。葡萄色に煙つた岸邊の圓の中には、白い鳥がハンカチをふつてゐるやうに飛んでゐた。勾配になつた山ぎはの別荘風の庭には、燭火のやうな赤さで、サルビアの花が咲いてゐる。山の上にも黒い鳥が翩《ひら》めいてゐた。

「おうちはどちらですか?」

娘がたづねた。

「高田の馬場の方なの……」

「お家はお焼けになりまして?」

「い丶え、お蔭さまで……、あなたのお家は?」

「焼けましたのよ。仙臺へ荷物を疎開してゐたンですけど、そこでも焼けましたの……」

「まア、大變でしたね、おみあし、その時お怪我なすつたの?」

「え丶……」

私は何だかひやりとした。心の中で、色々な慰さめの言葉をひれきしてゐたけれども、その思ひは言葉にしてはうまく表現出來なかつた。

汽車は、とつぷりと日が暮れてから品川へ着いた。若いGIは横濱で降りて行つた。私はていねいにおじぎをした。

品川で降りると、ホームは芋を洗ふやうだつた。二臺位待つて、やつと空いた電車へ乗る事が出來た。黄昏の窓から東京の街を見ると、まるで街の火が篝火のやうに見えた。娘は澁谷のざつとうの驛へ降りて行つた。電車は滿員だつたので、脚の悪い娘はやつとの思ひで降りて行つた。娘はすぐホームのざつとうの中に見えなくなつた。私は娘のお蔭で、樂々とした汽車に乗れたけれども、何だかづるい事をしたやうで、氣がとがめてゐた。夢か現か、何とない茫つとした現實のなかで、私は、私の現在が少しも判らなくなつてゐるやうな心細い氣がしてきた。昨日、Ｍへ所用で行つて、友人の家へ泊つた。そのかへり、鷄を飼ひたい話をすると、偶然に、友人の家のひとの世話で、レグホンを求める事が出來たのだ。そのかへり……敢然、神に身を托して、死地を踏みこえたと云ふのであらう、脚を失つた美しい娘に逢つて、私は日頃のなまけた氣持ちをふつと呼びさまされたやうな感じがした。剰し得るべき人生的な慾望のなくなつた、人間の見本を、自分のなかにみとゞけたやうな、沈もつた氣持ちで、息苦しい電車に私はゆられてゐた。ひざにかゝへあげたバスケットの中では、時々、鷄がもがいてゐる様子である。日が暮れたせゐか、もう鷄は森として啼かなかつた。

私は、この敗戰を、無慈悲なものだとは思ひたくなかつた。身を沈めてこそ浮ぶ瀬もあれで、私達民族は、一度はかうした日の歴史を識らなければ、素直な人間には戻れないのだと思へる。軍旅の歌ばかりにいさみ立つてゐた子供達も、このごろは自然な歌をくちづさむやうになつてゐるのだ。——遠い、あのシベリアの旅地と云ふものは、いまはもうめるへんのやうに、なつかしい思ひ出だけになつてしまつてゐる。ポーランドのヱハガキのやうに美しい風景。シベリアの荒涼とした廣野を横切つて、國境を越えると、にはかにポーランドの景色は鈴を振るやうに美しく展けた。食堂車は花があふれるやうに飾られてゐた。清潔なのりのきいた卓布、皿や銀器の美しい光り。きやしやな女達。それから……高架線の多いベルリン近い街々の、がつちりした煉瓦の色まで瞼に浮んで來る。あゝ、あれは夢をみたのではないかと思ふ。

私は一年間巴里で暮した。

貧乏な學生生活だつたけれども、一度だつて不運だとは思はなかつた。日本へ戻れなかつたらいつでも自殺しようと考へてゐた。死ぬと云ふ事を、あんなにロマンチックにあこがれてゐた時代はない。巴里で正月を越すと、私は鰊の船に乗つて、霰の降るドオヴアの海を渡つた。倫敦は霧に包まれた寒いいんきな都會だつた。ケンシントンの寡婦の家に部屋を借りて、私は日本へ戻る夢ばかり見てゐた。夜になると、窓の下を通るオルゴールの流しを聽いた。あれは夢ではなかつたのかしらと思ふ……。どすぐろいテームズの河添ひを私はよく當てもなく歩いた。閲歴《えつれき》の濃い、古めかしい、そのくせ、街の中のいたるところが、ひどく田舎臭ひ倫敦の街は、若い私には、息苦しくて生活するに耐へられなかつたものだ。私は巴里へ早くかへりたかつた。あゝ、巴里！　巴里は青春の生れる都會だつた。誰の自由をも尊んでくれた。三月のミカレームの祭の日に、私はまた漁船で巴里に戻つた。サン・ラ・ザールの驛近くの安ホテルで、私は數ヶ月を暮した。メイデーの日は、働いてゐるものがみんな美しく着かざつて、街をねつて歩いた。街にはすみれ賣りの娘が、ビオラ、ビオラと呼び歩いてゐた。日本のメイデーとはすつかり違ふのだ。五月の巴里は、新芽に埋もれてゐるやうなぱアつとした輝きがあつた。テラッスには色どり美しい天幕や、パラソルが開く。四辻のジプシーの馬車の前は、人だかりがして、その人だかりがみんな歌をうたつてゐた。あゝ、巴里！　私は、あのころを夢ではないかと、いまも思ふのだ。

家へ戻ると、私はすつかり疲れてしまつた。古めかしい、大きいバスケットをさげてゐるので、家の者たちは笑つた。お土産よと云つて、電燈の下で蓋をあけると、白い鶏はむくつと首をかしげた。鶏冠にさはると、火のやうに熱い。のぼせたやうな赤い色をしてゐる。

兩手でかゝへあげると、糞で汚れたボール紙の上に、白い陶のやうな卵子が一つ轉がつてゐた。家の者達も、私も、わあつと聲を擧げた。

「何て可愛いンでせう……」

「バスケットの中で卵子を産んでるわ」

ＧＩが私の前に立つた時、クック、クックと啼きたてゝゐた、きつとあの時に、卵子を産んだのに違ひない。そおつと疊に放してやると、鶏は疊の上に立つたまゝ動かなかつた。まるで希臘的スタイルで……、すくつと屹立してゐる。

鶏が來てから私には愉しい朝夕であつた。戰爭が激しくなつてから、私の家に飼つてゐた太郎と云ふ秋田犬を、慶應の醫科の學生にくれてしまつてゐたけれども、その犬小舍を巣にして、いまでは白いレグホンは、毎日一日も休みなく、卵子を産んだ。規頂面に。女一人でりゝしく生活してゐますのよと云はんばかりに、白いレグホンは、時々砂地に腹をこすりつけては、くちばしで胸の毛をやけにつゝきまはしてゐる。（終り）

【解説】　葛藤する敗戦文学

直筆原稿「鶏」を含む、林芙美子旧蔵資料が最初に新宿歴博に寄贈されてから四半世紀を経た２０１３年、残余の芙美子旧蔵資料が林家から新宿歴博に追贈された。その大部分は、草稿・未定稿。原稿用紙1枚に、わずか1行の書きかけで筆が止まったものもある。資料的価値が認められず、廃棄処分寸前であったが、芙美子直筆の遺品ゆえ、遺族が廃棄せずに保存していた資料であった。そのなかに、この「鶏」の草稿が2枚ある。いずれも作品名部分のスペースを空けてあるため起稿1枚目だと分かるが、わずか数行で筆が止まっている。1枚の書き出しは鶏を譲り受けたところから、もう1枚の書き出しは完成作の書き出しに近いが、脚を失った女性はまだ登場しない。作品名もないから、それ以上筆が進まず、改めて作品の構想を組立て直した完成作がこの「鶏」だと言える。しかも掉尾に(終り)の結びが付された首尾まとまった作品であり、なおかつ草稿と完成原稿が揃ったことで、両者の資料価値が高まったのである。

だが、「鶏」の完成原稿には掲載誌のスタンプや編集者の書き込みがまったくない。著者校正のために返却された直筆原稿ならば、編集者による活字級数指定などの注記が必ずあるのに、この原稿には芙美子以外の第三者が関与した形跡がなく、かつ、この作品が発表された掲載誌も見つからない。被占領期の書物について、日本国内において組織的保存が開始されたのは、国会図書館の納本制度が始まる昭和23年5月だが、定着するには相当の年月を要した。この原稿とは別に著者が清書原稿を制作していた場合、あるいは作品名と作品の構図を変えた別稿を執筆していた場合、類似作の掲載誌が出現する可能性がゼロではないが、少なくともこの原稿は、雑誌社には渡らなかった作品と言わざるを得ず、本章では未発表原稿として論を進める。今後、プランゲ文庫などから類似作が出現すれば、そこからまた新たな知見が生まれる。以下、関連作品との比較を通して、この作品の考証を試みるとともに、埋もれていた理由についても考えてみたい。

対照的発表作「鴉」

この「鶏」と表面的な共通点を持つ著者の先行作品が2点ある。1点は『改造』昭和10年5月号の「牝鶏」。主人公の「私」は東京住まい。生活に不自由はないが、10年連れ添った夫との間に子がなく、東北、北海道に侘びしい一人旅をする心理を描く。子のない自分を「卵をうまない牝鶏」に喩えたところが作品名の由来。「鶏」とは作品名と汽車旅の共通点はあるが、昭和10年発表作だから、敗戦文学作品ではない。

もう1点は『婦人文庫』昭和21年8月号に発表された「流星」。独身の主人公加也子が、亡き母の生家がある静岡から東京へ戻る汽車旅の情景を描く。戦死した幻の配偶者を「流れ星」に喩えたのが作品名の由来。戦後作だから当然に超満員の列車に乗らなければならないが、「鶏」のような道連れはなく、自分の身一つゆえ、親切な男性乗客に窓から引き上げて貰い、品川駅・渋谷駅を経て自宅迄の帰途、その男性に荷物まで運んで貰う。舞台設定は「鶏」に似ているが、GIの専用車は登場しないし、戦争の傷跡も「鶏」ほどには強調されない。

両者は「鶏」との表面的な共通点はあっても、同質の作品ではない。対照すべきは『文學界』昭和24年12月号に発表した「鴉」である。「鴉」は原稿用紙にして60枚。分量に長短はあれ、作品名、登場人物、題材等に加え、その心理描写と結びの構図に至るまで、「鶏」を改作したかのような作品になっている。まるで、原作と翻案作なのかと錯覚するほどの類似性が見られるのである。両者を比較してみよう。

作品名「鶏」は白いレグホンに由来し、「鴉」は黒を象徴する。「鶏」の主人公が女性なのに対して、

「鴉」の主人公は男性。「鶏」の主人公「私」にはパリ留学の経歴はあるが、作中名がない。「鴉」の主人公は、谷井守《まもる》の名を持つ早稲田の苦学生。兄の戦死と生家の没落に直面し、学資稼ぎのため上野駅でアイスクリーム売りのアルバイトに就くが、同郷出身の女性みよしとの関係も芳しくない。自身の行く末に、ぼんやりとした自殺願望を抱いて山の湯治場に赴き、戦地で片脚を失くした傷痍軍人や詐欺師に出逢う。「鶏」の主人公が出逢う女性は米軍の仙台空襲で右脚を失ったのだが、「鴉」の傷痍軍人は中国戦線で左脚を失った。「鶏」には慶應の学生が登場するのに対して、「鴉」の主人公が早稲田というのは意図した改作だと感じさせる。おまけに「鴉」に登場する詐欺師には、明治大学卒の経歴詐称までさせている。

場所の設定も対照的。「鶏」の主人公「私」が出逢った女性は、湯治に出かけたS温泉からの帰途であった。芙美子は地名を伏せたが、修善寺温泉との想像はつく。M駅は三島駅であろう。「鴉」の主人公の谷井が向かったのは、信州は下高井郡の湯治場というように、地名も具体的である。同地は著者芙美子の疎開先でもあった。

このように、この二つの作品は、匿名性・抽象性と具体性の書き分け、女性と男性の主人公の書き分け、登場人物が負う障碍の原因を米軍の市街地空襲と中国戦線の別に書き分ける、すなわち戦争の被害と加害の両面を書き分ける対照的な構図を持って執筆されているのである。

だが、「鶏」の主人公が卵を産むレグホンに励まされるように、「鴉」の谷井も湯治場で自殺を翻意し、田舎の父親に生き抜く決意を示した電報を発して作品は結ばれる。設定は対照的でも結びは同質なのである。それぞれの主人公だけではなく、「鶏」の右脚を失くした女性には「少しも曇りのない微笑」を与え、「鴉」の左脚を失くした傷痍軍人にも「精神的な長い苦しみなぞは、いまでは吹き飛ばしてしまつたやうな、澄んだ眼差し」を与えている。そうでなければ、「鴉」の谷井に自殺願望を翻意させる動機はうまれない。

芙美子の敗戦文学作品には総じて救いがない。結論も示さない。かくあるべしという思想も語らない。ただあるがままの人間世界を冷めた目でリアルに描く。ところが、この「鶏」と「鴉」には、作中主人公に、わずかでも救いを感じさせたところに、「骨」や「河沙魚」のような救いのない敗戦文学作品とは異なる特徴がある。

とはいえ、銃後の女性と傷痍軍人とを別作品で書き分けることはありえても、右脚と左脚とを書き分けたことには違和感を覚える。二つの作品をもし同時に発表していたならば、癒やしようのない戦争による障碍を筆先で弄んでいると、読者に非難されかねない。何故なら、二つの作品ともに、障碍を負わない作中主人公が、障碍を負った戦争被害者に偶然に巡り逢い、自らの境遇を自省するという構図だからである。そして発表作「鴉」の傷痍軍人が失くした片脚が右脚なのか左脚なのか、著者は作品の終盤まで明かさない。先行作「鶏」の設定が、著者の筆遣いを躊躇させたことが見てとれる。片脚を失くした女性をつとめて明るく描いてはいるものの、その設定が辛すぎるため発表せず「鶏」を改作した公開版が「鴉」であった可能性もある。

そうであるならば、「鶏」が未発表作として埋もれていたことにも理由がある。現に、芙美子の発表作品において、銃後の女性や戦争未亡人に、片脚を失くした人物を配した作品は、「鶏」以外には見当たらない。

「鴉」の発表から1年後、『改造』昭和25年12月号に発表した作品「冬の海」は、幼児のとき怪我で左眼を失明した義眼の女性が主人公だが戦争による障碍ではない。「鶏」の片脚を失った女性は多くを語らないのに対し、「冬の海」の義眼の女性主人公は自らの来し方を積極的に語る。「鶏」と「冬の海」は異なる構図を持つ別作品だが、「鶏」と「鴉」は同質の作品なのである。よって断定はできないが、「鶏」の発表をとりやめ、改作した公開版が「鴉」であった可能性はある。

もう一つの対照的作品「浮雲」

この「鶏」を考証するためには「鴉」の他に、「浮雲」の第19節と第53節とも比較対照させなければならない。「鶏」と「鴉」は、設定が対照的ではあっても心理描写に共通性があるのに対し、「鶏」と「浮雲」の当該描写は、設定に共通性はあっても心理描写が対照的なのである。

「浮雲」第19節では幸田ゆき子が新宿の街頭で、「ジョオ」という名の「外國人」と出逢い、「外人専用車の省線」に「晴れがましい氣持ち」で乗車する。挫折から立ち直れない富岡を見下し、優越感さえ漂わせる。この「専用車」は、進駐軍のための専用列車や、一般列車に連結された進駐兵のための専用車両だが、「浮雲」は曖昧な「外人専用車」の語を用い、かつその「ジョオ」の素性を明かさず、アメリカ兵とも明記しない。ところが「鶏」ではGIの専用車と明記し、主人公が障碍を負った娘を利用して専用車に乗ったかのように自省する心理描写が優れている。別作品とはいえ、「浮雲」のゆき子の虚無的心理と、「鶏」の「私」の自省的心理描写が、進駐軍専用車両を背景にして対照的に書き分けられた。

第53節では、ゆき子が大日向教から「六十萬圓の金」を持ち逃げし、三島駅から修善寺温泉に向かう途中で伊豆長岡温泉に降り立ち、身を隠す。ゆき子に罪悪感はない。「鶏」の主人公「私」は、M駅で、S温泉の湯治から東京へ帰る障碍を負う娘に出逢い、娘の手助けをしたにもかかわらず、自らを偽善ではないかと自省する謙虚さがある。

地理的設定の類似性はともかくとして、主人公の振る舞いと心理描写の対照性が際だっている。先の対照作品「鴉」の発表が、「浮雲」の連載開始と同時期の昭和24年12月であることを思えば、「鶏」と「鴉」における主人公の自省的心理描写を著者自らが偽善的だと否定し、「浮雲」におけるゆき子の虚無的心理と人物像を造形したと言えなくもない。

だが、その人物造形が著者の内的な葛藤の結果と言い切れないものもある。

なぜかと言うと、「鴉」における進駐軍の影が薄いからである。わずかに、谷井守が訪れた湯治場の情景を描いた部分しかない。「笠ヶ嶽にはもう雪がかぶさつてゐた。十二月の始めである。この四圍は、すつかり枯木の風景になり、……ごくまれに、志賀高原のホテルへ行く、進駐軍の自動車か、炭を積んだトラックが、崖下を通る位のものであつた」。「鴉」における進駐軍の影はこの部分だけ。まるで進駐軍の存在を後景に遠ざけたかのような描写である。「鶏」と「鴉」に共通点は多いのに、進駐軍の存在を強調するか否かに相違点がある。

では「鶏」の描写がGHQのプレスコードに触れるのだろうか。触れるとすれば、若く美しい女性から右脚を奪った仙台空襲と進駐軍の特権を象徴する専用車を描いた部分。超満員の列車にあえぐ日本人を尻目に、たった3人のGIが1両の車両を悠々と占有する情景は、占領政策批判と受け取られる虞が高い。実際にプランゲ文庫に残されたGHQ検閲雑誌を見ると、進駐軍専用車両と日本人車両とを比較描写する記事には検閲による削除の傷跡が明瞭に残っている。そこで検閲を欺くためにGIの態度を「美事」だとまで書いたのだろうが、その筆遣いは卑屈的ですらある。著者がその卑屈な描写に嫌気がさし、進駐軍を後景に遠ざけた作品が「鴉」であった可能性もあるし、進駐軍を前面に出す限り、雑誌社に持ち込んだとしても編集部が敬遠してお蔵入りになることもある。現に、発表作「浮雲」の描写は極めて曖昧な用語「外人専用車」にとどめ、その「外人専用車」と超満員の日本人車両との比較描写もしない。プレスコードに従い、米兵または軍属と想像させる「ジョオ」とゆき子の関係も売春のようには描かない。

つまり「鶏」の描写は、表面的には進駐軍に服従しているかのように見えて、その内実は市街地空襲批判、進駐軍特権批判と解釈もされる踏み込みがある。逆に「浮雲」のゆき子は、「外國人」に対して「ウインドウ・ゲット・アップ」と命ずるような尊大な振る舞いすらするのだが、その内実はプレスコードに従った婉曲表現とも言える。ゆき子の人物像は、プレスコードの制約が生んだものなのかも知れない。この「鶏」は「鴉」との対照性だけではなく、「浮雲」の人物造形における著者の葛藤までもを浮かび上がらせる。

むすびに

この「鶏」が埋もれていた理由について、対照的作品と比較することで、作品に内在する問題性を見てみたが、著者とその作品が原因ではないのに、作品が埋もれる場合もある。本書の第I部第1章「さまよへる放浪記」で紹介したように、「放浪記」初出原型作「秋の日記」の掲載誌が発禁処分を受けていた事実である。芙美子の作品が検閲に触れなくとも、掲載誌そのものが発禁処分を受ければ他の執筆者の作品も埋もれてしまう。そして「放浪記」第一部にとどまらず、第三部の初出原型作もまた掲載誌が発禁処分を受けたために、こんにちまで埋もれていたことが分かった。その作品「リヨの場合」は、本書の第Ⅱ部第17章で紹介する。よって、仮に「鶏」の清書原稿が活字化され、GIを褒める「美事」の語によりGHQ検閲を欺くことができたとしても、その雑誌が他の掲載作が問題となって発行許可が得られなかった場合、未発表と同然に埋もれることもある。

未発表作「鶏」が発表作「鴉」と決定的に異なる点は、芙美子のシベリア鉄道体験とパリの回想が織り込まれたことにある。そのため作中主人公にパリ留学経験を持たせる必要があったのだが、GI専用車の車中でシベリア鉄道の体験を回想させるのにはそれなりの理由がある。

それは、本書の第Ⅰ部第3章「西伯利亞の三等列車とパリ」で述べたように、昭和6年のシベリア鉄道において、廣田弘毅宛ての外交機密文書を託された体験紀行がGHQ検閲により抹消された事実である。それは昭和23年秋の東京裁判終結時期のこと。「鶏」の執筆が推定通り昭和24年の前半期であるならば、著者にはそのGHQ検閲の記憶はなまなましい出来事として刻まれている。進駐軍の被占領下において、その体験記を再現できないのであれば、別作品においてシベリア鉄道体験を語ることは作家の意地でもあろうか。

現存する短篇「鶏」の著者直筆原稿は、雑誌社には渡らなかった作品ゆえに埋もれていた。その原因には、著者芙美子自身の内的葛藤と、GHQ検閲の壁の双方が窺える。いずれか一つに絞ることは難しい。プレスコードとの抵触を避けた「鴉」が「鶏」の改作型である可能性は高いが、戦争の被害と加害の両面に題材を採った別個の作品と言えなくもない。ただし、同時に発表するのは難しい面がある。

たしかな事は「鶏」と強い共通性と対照性を持つ「鴉」が昭和24年12月に発表された後、両者の主人公の自省的な心理描写を否定するような、虚無的心理描写と人物像が「浮雲」のゆき子に造形されていった作品的事実であろう。だがそこに著者自身の人生観と世界観を読み取る自信は筆者にはないし、「浮雲」が著者の作家としての到達点だと言い切る自信もない。何故なら「浮雲」を完成させて筆を折ったのならともかく、著者は「浮雲」完成後に「めし」の『朝日新聞』連載を開始し、『主婦之友』昭和26年4月号の「眞珠母《しんじゅも》」連載第4回において、長崎原爆に踏み込んだものの、未完に終わったのが作家的事実だからである。芙美子はもっと書きたかったのだと思うし、書きながら、たおれたのである。

「鶏」に織り込まれたパリの回想は、題材の厳しさを中和するかのような甘さを感じさせもするが、軍用列車と戦争による障碍の連想がパリでプーライユに聞いた作品に発するものならば、著者には必然的な描写であるし、パリ再訪の執着の表れでもあろう。晩年の複数連載同時執筆に区切りをつけた後、芙美子が叶えたかった願いはパリ再訪の一点。その執着心が滲み出たとも言える。

作家の文業評価は、言うまでもなく発表された作品に基づいてなされるべきである。未発表と見られる作品を俎上にのせる場合は慎重を期さなくてはならないけれども、この作品には発表に値する完成度がある。未発表のまま、封印するには忍びないのである。

【未発表作品】

第3章　南方における未発表詩稿

昭和17年10月31日、林芙美子ら5人の女性作家は、陸軍省報道部の嘱託として南方占領地視察のため、広島の宇品港を病院船で出航した。メンバーは芙美子を含め、窪川稲子、小山いと子、美川きよ、水木洋子の5人。この5人はシンガポールを経由して南方に赴く第一班。フィリピンに向かう第二班のメンバーは、川上喜久子、阿部艶子の2人。芙美子が帰国したのは、翌18年の5月9日。芙美子のこの南方派遣については、望月雅彦編著『林芙美子とボルネオ島―南方従軍と『浮雲』をめぐって』(2008年、ヤシの実ブックス)が詳しく、筆者も同書を利用させていただいたが、同書にも採録されていない未発表の直筆詩稿を著者の文業に加えることが本章の目的である。

望月氏の成果を筆者なりに整理すると三つある。一つ、6ヶ月に及ぶ芙美子の南方における行程を資料に基づいて明らかにしたこと。二つ、陸軍報道部作成の機密文書に基づき、女性作家派遣計画と当初派遣予定メンバーを明らかにしたこと。三つ、マイクロ化されていない『ボルネオ新聞』発表作に光をあてたこと。

その結果、女性作家派遣の目的地に仏印は含まれておらず、芙美子も仏印を訪問した事実がないことが明らかになった。さらに『ボルネオ新聞』に発表した詩稿「マルタプウラア」が後に、ひまわり社の季刊『婦人文庫』第1号に改作再発表された事実も明らかにされた。その陸軍報道部機密文書は水木洋子旧蔵資料。市川市文学ミュージアムに寄贈されている。以下のとおり。

「極秘　新聞、雑誌記者、女流作家　南方派遣指導要領　陸軍省報道部」。

方針

一、大東亞戰争一週年記念日ニ方リ對内宣傳資料ヲ收集セシム

二、現地ニ於テ主トシテ左記事項ニツキ見學セシム

　1，戰蹟ノ見學

　2，軍司令官、軍參謀、司政長官、司政官、現地要人トノ會見

　3，軍政浸透狀況ノ視察

三、現地ニ於ケル行動ノ細部ハ現地軍ニ計畫ヲ委囑ス

（同指導要領別紙其二）

第一班　マレー　窪川稲子／中里恒子……（同盟通信）／林芙美子……（朝日新聞）

　　　　ジャワ　横山美智子／宇野千代……（朝日新聞）

　　　　ビルマ　眞杉靜枝／水木洋子……（讀賣報知）

第二班　フィリッピン　川上喜久子／阿部艶子……（毎日新聞）

一読して分かるように、前年の昭和16年12月8日に「大東亜戦争」と称する対米戦争が開始された。

その戦意昂揚プロパガンダに動員することが女性作家派遣の目的であり、同時に占領地現地における日本語新聞の創刊計画と一体のものでもあった。朝日新聞は『ボルネオ新聞』『ジャワ新聞』、毎日新聞は『マニラ新聞』、讀賣報知新聞は『ビルマ新聞』というように、国別に分担し、派遣する女性作家の経費を各新聞社に負担させる仕組みである。この資料の通り、仏印は目的地に含まれない。

この9人のうち中里恒子、横山美智子、宇野千代、眞杉静枝が参加を辞退したため、小山いと子と美川きよに交替した。その影響とは断定できないが、結果として横山と宇野の2人が揃って辞退したジャワ行きメンバーが欠員になり、芙美子はマレーシアを含めジャワ、ボルネオ、スマトラを6ヶ月の長期に亘り長駆することになる。芙美子の経費負担は朝日新聞だから、現地での寄稿は『ボルネオ新聞』と『ジャワ新聞』であった。なお前掲指導要領に交替メンバーの名簿もある。野澤富美子の名があるが、彼女が参加したか否かは不明。

よって、横山と宇野がもし南方派遣に応じていたら、芙美子がボルネオ、ジャワに派遣されることなく、後の各種のボルネオ紀行、スマトラ紀行も生まれず、はたまた「浮雲」の設定すら違っていたかも知れない。もっとも、参加を辞退したメンバーも陸軍に逆らうことはできない。派遣直前にもたれた座談会が『週刊婦人朝日』昭和17年11月11日号に掲載されている。座談会の題目は「戰ふ日本女性の姿を視る／日華女流座談會」。中国国民政府の張德貞女史を招いた座談会だが、日本側出席者8人は、全員が南方派遣の当初予定メンバーであり、かつ座談会の司会は南方派遣を指揮した陸軍省報道部の平櫛孝少佐。欠席したのは横山美智子ただ一人であった。

結果的に、芙美子とジャワで同行したのは美川きよだが、龍渓書舎復刻版『ジャワ新聞』を見ると、芙美子と美川は行動を共にしていたわけではない。芙美子はまずマレーシアに窪川稲子と赴き、マレーシアから空路、ジャワで美川と合流したのは12月9日であった。ボルネオには芙美子が単独で赴いた。望月氏の研究と筆者の追調査を加えると、南方派遣中に現地で発表した作品は次のとおり。

談話と記事　「美しき緑の島」『ジャワ新聞』昭和17年12月11日。
詩　「マルタプウラア」『ボルネオ新聞』同年12月25日。
随筆　「新年所感」『ボルネオ新聞』昭和18年1月1日。
対談　「ジャワの印象／はらからの再教育」『ジャワ新聞』同年1月1日。芙美子、美川きよ。
談話　「戦ふ日本を思慕」『ジャワ新聞』同年1月9日。
談話と記事　「林女史・サマサマ生活へ」『ジャワ新聞』同年1月16日。
談話と記事　「林さんの新生活を訪ぬるの記」『ジャワ新聞』同年1月19日。
詩　「雨」『ボルネオ新聞』同年1月29日。
詩　「タキソンの濱」『ボルネオ新聞』同年2月2日。
詩　「南の雨」『ボルネオ新聞』同年2月5日。

これら以外の未発表詩稿2篇と「日記」と題する散文詩を以下に紹介する。いずれも新宿歴史博物館所蔵の林芙美子旧蔵資料。なお、ここでは散文詩としたが、随筆のようでもある。筆者の分類が妥当かどうかは別として全文を活字化するのは初めてである。

赤い花

再び會ひ逢ふその日もあらば
きれいな南の赤い花よ
仕事が近づけてくれたこの幸福を
人の世ではかりそめと云へと云ふなり
夜更けてわが閨の螢を眺め
心嚙みしめる苦しみを
一人のひとに責めるなり。

明日はまた雨よ降れ
一人のひとをとゞめる雷雨よ
ブキ・タンガの緣をそめる豪雨よ
きれいな赤い花も螢も
人の心なぞ何も知り申さず候と云ふなり。

（昭和十七年十二月八日）

日記

昭和十七年十二月

ボルネオのバンジエルマシンに着いたのは十二月十五日なり。ジャワのスラバヤを朝十一時半に飛行機で發つて、バンジエルへは三時頃着いた。

滿目すべて綠、固い綠のひろがりの中に飛行場を見出して、アメリカのテキサスとは此樣な處ならんと云ふ頭をかすめる。綠色が荒涼として眼にうつる。

バンジエルは蘭領ボルネオの第一の都會だと云ふけれど、到つて淋しい沼地の街なり。街を抱くやうにして黃ろいバリトの大河あり、マルタプウラはバリトの支流にして、唯一の交通路の如き河なり。

二十三日間をバンジエルで過す。

雨季なので每日雨を見る。豪雨が多く雷鳴も凄まじいのがある。犬の遠吠と食用蛙の氣味の惡いのが夜々旅愁をそゝる。マルタプウラの上流にあるナガラの町、カンダンカンの町、バラバイの町、なつかしいところなり。

十二月二十七八日、月夜なり。朝は八時に夜があけて、夜は八時ごろ暗くなる。

此地にて色々な人にめぐりあふ。大立力男氏、岸海軍大佐を始めとして、忘れがたき知己を見出す。

沼本、河野、下井、三戸、加藤の諸氏なり。

岸大佐はもはや東京に去り、河野農林技師はバリックに轉任、沼本氏はバンジエルの民政部に、加藤氏はインドネシヤの新聞をつくり、下井氏は邦人の爲にボルネオ新聞をつくる。三戸産業課長は後日、スラバヤの山にあるセレクターのホテルにて遊ぶ。大立力男氏はいまはスマトラのメダン駐在と聞くなり。

すべて浮雲の如く、今日再びこれらの美しき友情に、逢ふ人達もなく、これからも亦はかり知られず。身はほろび、名もまたやがて消え去るを思えば、友情熱するばかりなり。人の世はまぼろしとの如しと言へども、その美しきまぼろしに悵恨して歌ふ女あるをいかにせん。行くもの多き人の世なりき。バンジエルにて十八年の正月を迎へ、正月六日豪雨の霽間を見て、晝すぎ五時頃海軍機にてスラバヤに飛ぶ。スラバヤ七時半着。

二月十九日

この二三日朝から雨が降りつゞき、晝間一寸霽れ間をみせて夜更けからまた雨が降る。

十七日にスラバヤからジャカルタへ戻つて來た。

このごろ望郷の念しきりなれど、何ともなく果てゝしまひたいやうな運命的な氣持ちもしばしばあるのはどうした事かと思ふ。

夕方五時頃、ドカアル（馬車）に乗つてバタビアの郊外のカンポンに走らせてみる。

カンポンダリーと云ふところには沼あり、泥の小川あり、馬車屋ありで面白いところであつた。

人間はよく淋しいと云ふことを口にする。かうした旅空にゐると、なほさら多くの人からしばしば淋しさのぐちを聞くけれど、樂しい事が多い處ほど淋しいのかも知れない。ジャカルタの淋しさはゼイタクな淋しさだ。

小さい島々で戰ふ兵隊の淋しさを一日でも味つてみるがよい。ソロモンやニューギニヤ住ひになつてみれば淋しさなぞは吹きとんでしまふ。
ところで、そうは云つても私もなかなか淋しい。緑樹はうつそうとして、小鳥はさえづつてゐても、人間的ないとなみ薄さを嘆じるのみなり。深夜、嵐の如き風の音をきくなり。雨夜。

デス・インデス百十五号室

望郷

（一）

逢ひたいと思ふひとがゐる
何處にどうして住んでゐる人なのだかわからないのだけれど
そのひとに何となく逢ひたい
名前も知らないし
顔も知らない
たゞ何となく逢ひたいと云ふ此思ひは
南の國のこの毎日の雨《ウジャン》のせいであろうか
遠く故郷を離れてゐる淋しさから
ふつとあてもないひとを懐かしがるのかも知れない

（二）

もう一度めぐりあひたいと思ふ景色がある

緑の松に白い砂の續いた海でもよい
遠い故郷の身に沁みるばかりの山と川よ
日本の何處の景色でもよいから
はつきりとその景色のなかに私は復へつてみたい
頭がすつとするやうな爽快な故郷に戻れる日は何時の事であろうか——。

ジャカルタ、二月十九日　雨夜

掉尾の執筆日から現地で執筆された作品と断定できる。「赤い花」は昭和17年12月8日付けの執筆だから、まさしく陸軍省の派遣目的たる「大東亜戦争」一周年記念日だが、発表された形跡がない。望月氏の研究によると、芙美子は11月29日にマレーシア北部の町アロースターに赴き、前掲『ジャワ新聞』の通り、12月9日に空路でジャワに入った。この「赤い花」執筆直後である。作中のブキ・タンガとは、マレーシア最北部のタイ国境に近いカキ・ブキのワン・タンガ渓谷であろうか。芙美子がマレーシア滞在時に使用した地図にもkaki bukitの地名がある。

もう1篇の「望郷」も発表された形跡がない。「望郷」を唄ったジャカルタには『ジャワ新聞』がある。なぜ発表しなかったのか。

散文「日記」のうち十二月の記はリアルタイムで書かれたものではなく、昭和18年2月19日に、ジャカルタでまとめて書かれたものである。「望郷」は、この散文詩1篇を韻文詩1篇に凝縮したかのような作品。芙美子が現地で発表した詩稿を通読すると、その基調は南国の雨の倦怠と望郷にある。

陸軍省嘱託に求められる戦意昂揚作と言えるのは、わずかに『ボルネオ新聞』に発表した「タキソンの濱」1篇であろう。そして、発表されなかった3篇の手稿には、倦怠と望郷の思いがより強く滲み出ている。『ジャワ新聞』に発表された談話や対談とはおよそ対極にある。いわば厭戦詩に近い心情の吐露とも言える。

これらの未発表作品につき、筆者がとりわけても発表すべき必要を強く感じたのは、ここに掲げた詩稿「赤い花」の傷ついた直筆原稿である。使用されたのは林芙美子ネーム入り専用用箋だが、作者の署名部分と用紙のネーム部分が破り取られている。よく見ると「林」の文字の旁が読み取れる。誰が手を下したにせよ、それは作者の痕跡を消すために他ならない。これが発表しなかった、あるいはできなかった理由を説明する証拠とすれば、その理由は戦意昂揚作とは対極の作品だからであろう。陸軍嘱託が「大東亜戦争」一周年記念日に厭戦作を書いていた事実が現地の憲兵隊に発覚すれば、芙美子といえども無事にはすまない。だが作品を廃棄するには忍びず、名前を破り取ることで作品を守ったのか、あるいは詩心の分かる憲兵の示唆であったのか。真相は分からないが、6ヶ月に及ぶ南方派遣から密かに持ち帰り、自身の名前と引き替えにしてでも守り続けた作品を、芙美子の文業に加えずにいられようか。

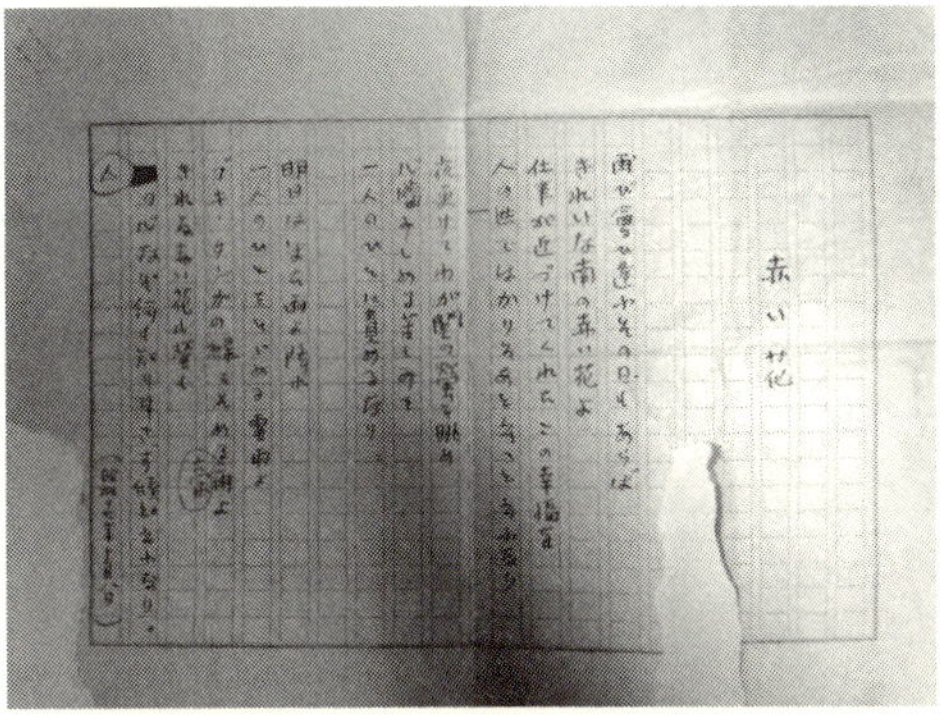

署名と印刷ネームが破られた「赤い花」原稿

第4章　詩誌『詩佳人』と「秋」

珍しい同人誌が出現した。尾道在住の石田博彦氏が古書店で購入し筆者が鑑定を依頼された次第。もちろん芙美子の知られざる詩稿「秋」が掲載されていたからである。

版元の詩佳人社は井上康文らの詩集社から独立した女性詩人グループ。発行人岡村須磨子、編集人岡田淑子《きよこ》。岡田は後に井上康文の後妻となる詩人井上淑子の旧姓。岡村須磨子、井上淑子ともに、戦時下で結成された全日本女性詩人協会にも参加する。

今のところ『詩佳人』はこの1冊しか出現しておらず、各地文学館・図書館にも所蔵情報がない。稀少な同人誌の創刊時期と終刊時期を特定するのは困難だが、幸い現存する詩集社の詩誌『詩集』にその始期と終期が明記されている。昭和4年5月創刊、昭和5年3月の通巻11号で終刊し、詩佳人社同人は、詩集社に再合流した。創刊の告知は『詩集』昭和4年5月号に曰く「女性詩人雑誌「詩佳人」五月創刊。今まで「詩集」に據つて居た、岡田、丹塚、岡村、青宮の諸氏により、華々しく發刊」。終刊の告知は、同じく『詩集』昭和5年3月号「編輯後記」に記された。全11号の短命ではあったが、女性詩人だけの詩誌としてその意義は評価されなければならない。芙美子を含む40人もの女性詩人が参加した『日本女性詩人集』（昭和5年7月）の発行元は詩集社だが、実質的には詩佳人社の遺産と言うべきではなかろうか。同詩集の序文は井上淑子である。『詩佳人』昭和4年11月号の寄稿詩人と作品は以下の通り。

深尾須磨子…短章三つ／丹塚《にづか》もりえ…海／生田花世…月光船／小鷹みさを…小菊畠／中田信子…暮なづむ／露木陽子…悲劇を娯しむ／英美子…眼／和田節子…反逆／林芙美子…秋／住川成子…雨の夕暮／後藤八重子…青の山路を／岡村須磨子…戀の輕業師／後藤郁子…遠くからの歌／中西不二子…靄／友谷靜榮…綱／竹内てるよ…米のない朝／岡田淑子…紫の陽炎／目次《めじ》緋紗子…裸體。

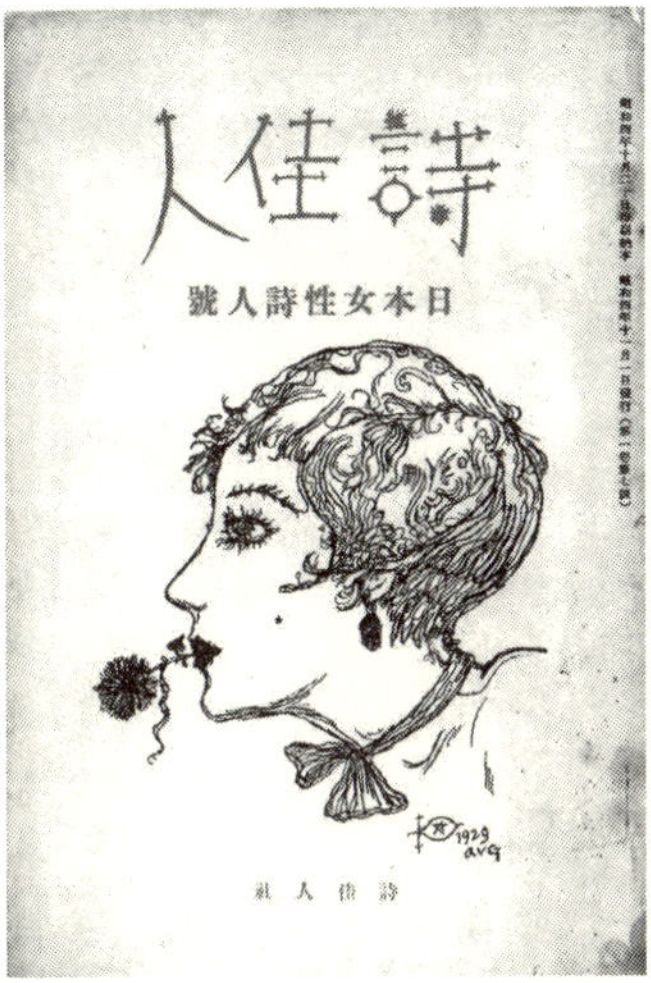

昭和4年11月号　石田博彦氏蔵

目次緋紗子はこの時既に故人。特に旧作から採録したとの注記がある。『詩集』昭和4年12月号に掲載された縄田林藏の「昭和四年度詩書決算的概評」が芙美子の第一詩集『蒼馬を見たり』を絶賛している。芙美子は詩佳人社の同人ではないが、特に寄稿を求められたのである。表紙のペン画作者は不詳だが、題字は北原白秋。井上康文の出身地は小田原。白秋も小田原に縁がある。芙美子の作品「秋」及び竹内てるよの作品「米のない朝」を紹介する。

秋

林芙美子

もう秋である
落ちついていいはづの秋である

郊外の祭の夜
眞紅な風船を買つて來た私
笑ふて下さいませ
金パクの卯年の女は
もいちど戀がしてみたいと思ひました。

郊外の祭の夜
カーバイトの青い灯の下で
糸の脈を切つて散亂する
風船を見た私は
子供のやうに唇を眞紅にそめて
男の流れに泳ぎました

そこで私は
若くはづんでゐる風船を頰に當て、
ペンを走らせたのです。

可愛い貴方――
どこか景色のいいところへ旅をしませんか、
秋でござ候
たつた二人になりたく候。

〈『詩佳人』昭和4年11月号〉

芙美子の作品の中では明るい色調の詩。同年6月、芙美子はようやく第一詩集『蒼馬を見たり』の刊行を果たし、「放浪記」は『女人藝術』連載中。文運が開く予感と青春の浮遊感が「眞紅な風船」に象徴されているようだ。作中の「金パク」とは九星気学の「六白金星」。「卯年の女」も芙美子の生れ年明治36年にあたる。裸の自分を晒す「放浪記」に通ずるし、「男の流れに泳ぐ」という表現が芙美子節とも「放浪記」節とも言えて出色である。

同誌掲載作の中から、芙美子がその療養費カンパにも奔走した竹内てるよ作「米のない朝」をあわせて紹介する。詩集『叛く』収録作とは異同があり、詩史研究の材料にもなる。竹内の第一詩集『叛く』は昭和4年5月に謄写刷りで刊行された後、活字版も刊行されるが、この『詩佳人』掲載作は、謄写版と活字版の中間において発表された作品である。

米のない朝

竹内てるよ

ながい病熱の疲れから
朝の間の解放はうれしい。

三畳の
日々熱や體臭にこもる部屋をあけて
秋空の光にふれる。

春はまだもつとよくて
友達がもらつたコスモスの種をまくのを
すわつてながめることが出來た。

コスモスはやせかれた土の中に芽ぐみ
不思議に大きくなつて蕾をもつた。
けふその花が咲いたのだ。
私はわづかな興奮に頰を赤らめ

息せわしく友達をよんで
花が咲いたと知らせた。

友達は忙しい書きもの、手を休めて空へ來て立つ
胸には靜かであつた思索生活の秋が
かげ繪のやうにうかんだであらう。
私の心には
おいて出て來た坊やと
この世にはじめて母となつた日の思ひ出があつた。

ふと「けふから又お魚だよ」と
友達は笑ひながら云ふ。
お魚は水だけでくらす。
私は靜かにほゝえんでうなづく。
永い病苦と缺乏のあけくれに
いつかよく育つてゆく
言葉なき落付をもつて——。

〈『詩佳人』昭和4年11月日本女性詩人特集〉

注・活字版の詩集『叛く』では「窓へ來て立つ」

【詩稿】

第5章　詩誌『獨唱』と幻の詩「母の瞼《まぶた》よ！」

詩誌『獨唱』は、後に「ラバウル小唄」作詞者として知られる若杉雄三郎主宰誌。若杉の故郷静岡県清水市で発行された。創刊・終刊時期は不詳。書影を掲載した昭和5年3月10日号は第2巻第3号。創刊年次は昭和4年か。日本近代文学館に第2巻第6号とあわせて2冊しか所蔵されていない。『詩人杉山市五郎作品集』（武蔵野書房）の年譜によると、同郷の杉山も同誌に参加したとあるが、作品掲載巻号が示されていない。稀覯雑誌の一つではある。寄稿詩人には若杉と東洋大学同窓の長田恒雄、早稲田の島田芳文、渋谷榮一らの名があり、3月10日号には生田春月の名もある。

この昭和5年3月10日号の表紙デザインは、キスマークの図案化。図案は版画家の小泉癸巳男《みきお》。小泉も静岡出身。若杉の静岡人脈がうかがえる、民謡詩人・民衆詩人派の同人誌とでも言えようか。

この詩誌に芙美子の幻の詩「母の瞼《まぶた》よ！」が発表されていた。「幻」と言うのは、昭和女子大編『近代文学研究叢書』第69巻に、掲載誌不明・内容不明の「母のまぶたよ！」なる作品名だけが掲出された作品だからである。この「女流詩人特輯號」の寄稿詩人と作品名は以下のとおり。

深尾須磨子…春／生田花世…春の猫／山口宇多子…角砂糖／林芙美子…母の眶よ！／英美子…未解決／後藤郁子…ゴッホ向日葵／井上淑子…飲み乾す／碧静江…お八重さん／山本華子…母／後藤八重子…雪山／加藤壽美子…泉／渡邊衣子…胸／岡村須磨子…煙はた、ぬ／露木陽子…朝の街で／丹塚もりゑ…夜の鏡／深町瑠美子…寒風に寄す／品川陽子…兒なき女の歌へる／若杉香子…春。

先に紹介した詩誌『詩佳人』同人や『女人藝術』同人の名が重なる。では前掲『叢書』が、掲載誌不明の作品をなぜ掲出できたのか？　実は、同『叢書』の資料源は、芙美子の初期作品の切り抜きを編綴した「スクラップ帳」であったわけだが、作品の切り抜きにも「スクラップ帳」台紙にも掲載誌は記入されておらず、同『叢書』は掲載誌不明のまま作品名だけを掲出していたのであった。筆者もこの幻の作品「母のまぶたよ！」に心惹かれていたのだが、掲載誌が分からないのでは探索しようがない。或るとき前掲『詩人杉山市五郎作品集』を通覧していたところ、杉山の作品発表誌の一つに『獨唱』の名があり、同誌に辿り着いた次第。かくて杉山市五郎の調査が、芙美子の幻の作品発掘につながったのである。以下に、芙美子の作品紹介と解説を付す。

日本近代文学館蔵

母の瞼《まぶた》よ！

林芙美子

1

鮭紅色の二月の夕空
呆然と二十五の女は
漂茫暮れ初めた旅空に
遠い母の名を呼びました。

腰が痛むといふあなたのたより
あゝこゝに眞實少しの金があつたなら
溫泉へも連れて行かれやう
お風呂も買つてあげられやう――

こんなに空の紅い夕は
白い瞼をくもらせて
あゝ明日は雪かもしれないと
あなたは旅空の娘をえがく

2

旅の郵便局です
女は帆柱のやうに元氣な情熱で
ゲンキデ　イキテクダサイ
ワタシモ　ゲンキデ　ハタラキマス
二圓ハ　カアサンノ　オフロダイ
朱いポストへ涙の手紙を投げました。

流浪の旅空
雪の朝です
塗のはげた木賃宿《ホテル》の膳の上で
女は當もない遠い人に
切々長いスブニールを書きました。

雪はさんらんと降つてゐます
皆白い母の眶…………。

――一九三〇・二――

この作品は「放浪記第一部／秋の脣」と一体のものだし、北原白秋の愛読者なら、白秋の強い影響を感じるだろう。執筆日から、芙美子が台湾講演旅行から帰国した直後の作品であることが分かる。作中には台湾を想起させる描写はなく、むしろ北国への旅を連想させるが、着想したのは台湾の旅先であったかも知れない。

「放浪記／秋の脣」の初出は『女人藝術』昭和4年11月号。そこでは、東京に居る芙美子が旅空の母キクさんに、郵便局から仕送りをする。この作品では、芙美子が旅先の郵便局からキクさんに仕送りをした。設定は逆でもモチーフは全く同じ。いわば「秋の脣」1篇を、詩1篇に凝縮したかのような作品。季節の設定が「二月」ゆえに仕送りも「二圓」なのだろう。執筆日も「二月」だから、巧まずして芙美子得意の数字遊びが滲んでいる。そして作品の色調とは逆に、この時から芙美子の文運は百花繚乱の如くに花開く。この正月、北村兼子が論説部長を務める婦人毎日新聞社主催の台湾講演旅行に出掛け、講演料収入もあった。改造社の単行本『放浪記』の企画は進行中。芙美子の心中は、ようやく文運が花開く予感と喜びに満ちあふれていた筈である。ではなぜこの作品のような哀愁に満ちた作品が生まれるのか？　芙美子はうちひしがれた時に、なにくそと自らを発奮させる詩を唄い、気持ちが昂揚した時に憂愁を唄うことが多い。この作品も、文運が花開く予感の裏返しと見ることもできる。ただし、「放浪記」と一体の佳作ではある。

ところが、この作品は第二詩集『面影』に収録もされず埋もれていた。何故なのか？

一つは「放浪記／秋の脣」と同じモチーフの改作型の為、詩集に収録すると「放浪記」のイメージを壊しかねないと懸念した可能性はある。

もう一つは、白秋の影響が強すぎること。「放浪記」に引用された白秋の原作2篇と、この「母の眶よ！」には強い関連がある。その白秋の作品を抜粋する。

眶、眶、薄う瞑つた眶を突いて、きゆつと抉ぐつて兩眼あける。
……長崎の、長崎の人形つくりはおそろしや。
（白秋作『思ひ出』「人形つくり」より）

寂しければ海中《わだなか》にさんらんと入らうよ
さんらんと飛び込めば海《わた》が胸につかえる、
泳げば流るる、力いつぱい踏ん張れ巖の上の男
（白秋作『眞珠抄』「泳ぎ」より）

前者の「人形つくり」は「放浪記第一部／赤いスリッパ」において「眶」を「瞼」に書き換えて引用し、後者の「泳ぎ」は、同じく「第一部／秋の唇」で引用した。もちろん作中で白秋の名前を出して引用したから、白秋の影響を隠してはいない。だが自作の詩なら改作しても構わないが、「眶」と「瞼」の1語と雖も白秋作品を改変してはいけない。「放浪記」執筆時に白秋詩集が手許になく、記憶で書いたミスだろうが、この「母の眶よ！」を詩集に収録すると、白秋と白秋ファンから「放浪記」のミスを追及されかねない。

第一詩集の多くは「放浪記」の作中詩として生かされた。だがこの詩は「放浪記」から生まれた作品でありながら「放浪記」のミスも晒してしまう。それゆえ第二詩集に収録されず、埋もれていたのではなかろうか。

第6章　新聞小説「春淺譜」と詩「海月《くらげ》の推理」

著者にとって初の新聞連載でありながら、研究史でほとんど省みられない小説「春淺譜」がある。この作品は『東京朝日／夕刊』昭和6年1月6日に第1回が発表され、2月25日まで40回連載された。挿絵は向井潤吉。著者の新聞連載小説第1作なのだから、少なくとも著者の文業史に記録されるべき1作である。なのに新潮社版、文泉堂版の両全集には採録されず、無視されている。ところが「春淺譜」には無視することのできない作中詩が唄われ、その作中詩が後に詩題「海月《くらげ》の推理」として『今日の文學』昭和6年4月号に改作発表された。芙美子の詩業の中では珍しく幻想的な作品なのに、第二詩集『面影』には収録されず、没後に編集された各種の芙美子詩集にも採録されていない。

もっとも著者の新聞連載小説は「春淺譜」に限らず、初出すら知られていない作品が幾つかある。これまでに分かった範囲で著者の新聞小説は「春淺譜」を含め16作があるが、新潮社全集が採録したのは「泣蟲小僧」「川歌」「うず潮」「槿花」「あはれ人妻」「めし」の6作にとどまり、「春淺譜」を含む10作は採録しなかった。「蝶々館」『福岡日日新聞』、「波濤」『東京朝日／大阪朝日』、「田園日記」

『福岡日日新聞』、「少年通信兵」『滿洲日報』、「人間世界」『東京タイムズ』、「雁」『大阪日日新聞』、「妻と良人」『中京新聞』、「河童物語」『西日本新聞』、「絵本猿飛佐助」『夕刊新潟日報』外2社の以上10作。ゆえに、ことさら「春淺譜」だけが無視されてきたわけではないのだが「春淺譜」については著者が「文學的自叙傳」において、自ら「失敗」だったと述べたことが、この作品を軽んじる免罪符にされてきた面がある。なお、文泉堂版全集が追補した新聞小説は「蝶々館」「波濤」「絵本猿飛佐助」の3作にとどまる。

さて「春淺譜」は、まるで平林たい子と芙美子の分身のような若い2人の女性、鹽子とスヾヱが、世界恐慌の余波を受けた不況日本で苦吟する青春の一端を描いた作品である。3年前に亡くした我が子の骨を持ち歩く鹽子は、別れた昔の男を上海にまで訪ね、カフェの女給スヾヱは客の学生の子を宿しながら、画家の卵と所帯を持とうとする。上海を満洲に置き換えれば、これはたい子と山本虎三そのものだし、鹽子を温かく見守る男性須藤は小堀甚二そのもの。画家の卵は芙美子の夫緑敏氏を連想させる。改造社版『放浪記』の大成功が、著者に新聞連載の場を与えたのだから、新聞社が「放浪記」と類似する作品を求めたとしても不思議ではない。著者が自ら「失敗作」だと言うのは、新聞連載のペースが摑めず、途中の展開を省略せざるを得なかったことなどを言うのだろうが、単行本化にあたっては加筆もした。映画女優の名を登場させるだけではなく、映画の撮影技法に言及したことも実験的作品ではある。「春淺譜」の鹽子は、たい子を連想させるのだから、著者にもっと時間が与えられていれば、芙美子による小説「たい子伝」が書かれていたかも知れない。「春淺譜」作中詩と「海月の推理」の双方を鑑賞していただきたい。

海月の推理　　林芙美子

とに角めちやくちやなんだ
波は高い

晩の夢が爪を剪つてゐた
朝の夢が螢
しかもサラサラ雪が降つてゐた

風が地球をまはした
海月は遠く波に乗つて
黒い煙を吐いて行つた

それから
男つて云ふものは昆布になつてしまつて
波の消間から地球を笑つた

「春淺譜」作中詩

兎に角めちやくちやなんだ
波が高い

夜の夢が貴女
朝の夢がほたる
しかもサラサラ雪が降つてゐた
風が地球をまはした
海月は遠く波に乗つて
銀色の煙を吐いていつた

貴女は笑つて
おれは酔つぱらつて
それきりさ
めつちやくちやに花がさいて
穴だらけの雲へおれは昇天しよう

いまは何もなかつた
たつたそれだけさ
うぐひすと山せうと
春の山――。

〈『東京朝日／夕刊』昭和6年2月17日付
連載第34回〉

それつきりさア
めつちやくちやに
花が咲いて
いま世界中の人間が
穴だらけの雲へ散亂した。

古風な海月の汽車と
南京豆の頭
地球は何もなかつた。

それだけさ――。

〈『今日の文學』昭和6年4月号〉

作中詩は、上海に發つ盥子に須藤が波止場で手渡す紙片に書かれた詩という設定。ゆえに男性が唄う詩なのだが、「海月の推理」は女性が唄う詩になった。先に紹介した「母の瞼よ！」は「放浪記／秋の脣」を1篇の詩に凝縮した作品だが、「海月の推理」は「春淺譜」作中詩の主語を女性に置き換えた転移発展型とも言える。著者の自作評を免罪符にして「春淺譜」を軽んじてきたことが、著者の詩業をも見落としてきたのではないか。詩人ならぬ筆者には難解な作品だが、芙美子節とも言えるフレーズ「風が地球をまはす」が出色であろう。

【詩稿】

第7章　「天草灘」と「波」

ここで紹介する詩稿は、『婦人公論』昭和13年9月号に発表された「天草灘」と、『大洋』昭和14年9月号に発表された「波」。両者ともに著者の第二詩集『面影』以降の作品ゆえ、生前の詩集には収録されず、没後の各種編集詩集にも採録されていない。後者の雑誌『大洋』は文藝春秋社が昭和14年6月に創刊。終刊時期は定かでないが、日本近代文学館が昭和20年4月号まで所蔵している。

雑誌『大洋』における芙美子の作品は、この詩「波」にさきだつ昭和14年7月号に、随筆「休息」を寄稿している。その書き出し曰く「このあひだ、伊豆の湯ヶ島へ四十日ばかり行つてゐた。右の眼が毎日づきづきしてゐたし、頭の芯が何とも云ひやうのない痛さで、私は溫泉にゐても少しもたのしくなかつた。新聞を讀んでゐても呆んやりしてしまつて、字一つかくのも辛らかつたけれど、私はこゝで新聞小説の最後である十回ばかりを書き終つた」。ここで言う新聞小説とは『朝日新聞』に発表した長篇「波濤」（昭和13年12月23日～昭和14年5月18日）。ペン部隊従軍から帰国後、芙美子は各種の講演会、座談会に駆り出され、身を休める間もなく、二つの従軍記「北岸部隊」「戰線」を書き上げ、同時に「波濤」の連載の他、『婦人之友』に「一人の生涯」（昭和14年1月号～12月号）、『婦人倶樂部』にも「灯のつく家」（昭和14年1月号～6月号・未完）を同時連載。随筆「休息」によると、頭痛の原因は過労による三叉神経痛とのこと。長篇5作を同時執筆していたのだから、さもありなん。詩稿「波」は束の間の休息を得たのか、大洋の波に疲れを癒やすかのような作品である。

前者の「天草灘」には、著者自ら撮影した天草崎津の天主堂を背景にした崎津漁港の風景写真が添えられた。昭和13年に著者が天草に旅した形跡はなく、前年の昭和12年の天草旅行で撮影したものであろう。その天草紀行は『婦人公論』昭和12年10月号に発表された「天草まで」。紀行「天草まで」と詩「天草灘」は一体のものとして鑑賞すべき作品だが、なぜか両者の発表に1年のブランクがある。「天草灘」の執筆時期は特定できないが、日中戦争の緊張感が滲み出た文語調の秀作である。

日本近代文学館蔵

芙美子の『婦人公論』への寄稿点数は、短長篇小説、随筆、座談会、諸家アンケート等の雑文も含め79点。寄稿回数は延べ130回に上る。にもかかわらず、新潮社全集が採録したのはわずか11点にとどまり、文泉堂全集も数点を追補したに過ぎない。詩稿「天草灘」が著者の詩業から洩れていたと言うよりも、婦人雑誌を代表する『婦人公論』を軽んじてきたと言うべきであろう。以下に、詩「天草灘」と「波」を続けて紹介する。ルビは原文どおり。

天草灘

林芙美子

大翼を擴げ遠々と鳴る今日の天草灘よ
雲か山かあらず呉越《ごゑつ》の生路
瑠璃に碎《くだ》け散る旅愁《りよしう》の海に
罌粟《けし》ともまごふ裸子のつどひ群れゐたり。

一町田の深《ふか》い山々《やま》を越えて
哀しくも小さき衢《ちまた》あり崎津の港に
白き天主堂よ媚もなく手負《てお》ひの姿なり
妃はいづこにありやと探しもとめむ
愛《かな》しくも尊としやみぎはの白い天主堂。

夕暮の百敷《もゝしき》矜る天草の海原《うなばら》
黄とも紅《くれなゐ》とも傾く日輪の大床
枕に矢を置き荒磯にむすぶ或日の夢よ
晨朝《あした》焼けたゞれたる砂を踏みて

びるぜん、、を歌ふ島の乙女あり。
稚兒《うなゐご》を戰《いくさ》の庭に送りて
朝夕汀に武運長久を祈る母の聲《こゑ》はも
その聲は大いなる翼の鳥《とり》にまたがりて
愛の祈りを遠く運ぶなり。

天草の海の遠々と呼びあふ濤の聲々
七ッの海越え沓々と來たり濤に戰ふ天草の島々よ
無限に森々といこひ給へかし
哀しみの觴歌《さかづきうた》、、びるぜんの曲吹き給へ天草の島々よ。

〈『婦人公論』昭和13年9月号〉

この作品は同誌の巻頭に掲載された「望郷詩集」3篇のうちの1篇。芙美子の他に深尾須磨子の「古園哀調―笛に合せて―」、菊岡久利の「北邙」が併載された。それぞれの詩稿にあわせた風景写真が添えられたが、芙美子だけが自身で撮った天草崎津の天主堂と崎津港の風景写真を添えている。この作品とほぼ同時期に、著者はNHKの求めでラジオ小説「ともしび」を執筆した。出征兵の息子の安否を気遣う母の物語だから、この詩「天草灘」とも通ずるものがある。「ともしび」は後掲【ラジオ放送】の部で紹介する。

波《なみ》

林芙美子

かへりゆく波《なみ》
かへりくる波《なみ》
耳《みゝ》を摶《う》つ音《おと》
新《あたら》しく飜《ひる》がへるレースの波《なみ》
何《なに》を捕《とら》へるのか聚首《おもひで》の網《あみ》よ
青《あを》い波《なみ》　黒《くろ》い波《なみ》
さすらひの波《なみ》
まぼろしの波《なみ》
戀《こひ》を探《さが》す波《なみ》
ゆく波《なみ》やとゞまりもせず
ゆるやかに光《ひか》りかゞやく眞晝《まひる》の海《うみ》よ

過《す》ぎゆく波《なみ》よ
かへる波《なみ》よ
寂寞《せきばく》をたゝえて

哀《かな》しくも遠《とほ》き流《なが》れとなる浪《なみ》のうねり
乙女《おとめ》よ永久《とは》に若《わか》くあれかし
歡喜《くわんき》の波《なみ》に夢《ゆめ》をもち給《たま》へ
とゞまるを知《し》らぬ波《なみ》
うつろひゆく波《なみ》
燃《も》える波《なみ》
ゆく波《なみ》やとゞまりもせず
ゆるやかに皓々《かう〱》と流《なが》れる晝《ひる》の海《うみ》よ

〈『大洋』昭和14年9月号〉

この作品は同誌の巻頭グラビアページに、随筆2篇とあわせて掲載された。随筆は、水原秋櫻子の「友へ」と田部重治の「神河内渓谷」。芙美子の「波」に、2人の女性モデルを配した眞継不二夫撮影の犬吠岬の風景写真が添えられた。先の『婦人公論』掲載の「天草灘」と『大洋』掲載の「波」の2篇は同時に執筆された作品ではないが、他の詩人作家とのグラビア競作という共通点がある。両者は中央公論社と文藝春秋社の雑誌発表作だから芙美子の詩業から洩れることがそもそも疑問である。

第8章　新興新聞『東京タイムズ』

敗戦後に新生を志したジャーナリズムの一つに、旧同盟通信の岡村二一《おかむらにいち》や医師にして文筆家の式場《しきば》隆三郎《りゅうざぶろう》らが創刊した新聞『東京タイムズ』がある。昭和21年2月6日創刊。「創刊のことば」に報道統制に操られた戦前ジャーナリズムに対する痛切な反省の言葉が綴られた。国策通信社同盟通信の幹部であった岡村ならではの「創刊のことば」である。加えて、大衆に依拠した新聞づくりを目ざす同紙の編集方針も宣言された。実際に、創刊号1面に菊田一夫の小説「東京は戀し」、2面にサトウハチローの随筆「見たり聞いたりためしたり」の連載が開始され、創刊号から風刺画や4コマ漫画も掲載された。宣言通りの大衆紙と言ってしまえばその通りだが、表裏2面の限られた紙面づくりの中でも、多彩な作家・文筆家の随筆や短篇が盛り込まれた。長谷川伸、立野信之、村田爲五郎、奥むめを、伊福部隆彦、金子洋文、古川緑波、新居格、佐藤紅緑、室生犀星、内藤辰雄、前田河廣一郎らの名がある。だが、社説や随筆欄の活字が全文削り取られた白紙の紙面もある。GHQ検閲による記事差し止めの傷跡である。原爆の惨禍を強調することを許さないGHQ検閲下において、長崎医大永井隆《ながいたかし》氏の原爆体験を世に出したのは、同紙と式場隆三郎。大衆紙と侮ることはできない。

その『東京タイムズ』創刊初年に、芙美子の詩3篇と5日連載の随筆1篇、そして長篇小説「人間世界」が連載された。芙美子の連載小説は菊田一夫の「東京は戀し」に次ぐ第2弾。芙美子の秘書であった大泉淵氏によると、芙美子はサトウハチローらとともに創刊記念会に招かれたという。岡村二一と言えば、若い頃は文学青年。芙美子も寄稿した『近代詩歌』『太平洋詩人』に寄稿していたし、同盟通信では、芙美子の親友である大屋久壽雄の上司でもあった。芙美子の居宅は米軍空襲による焼失を免れ、戦後の再出発の環境に恵まれてもいた。岡村が芙美子に寄稿を依頼するのは自然なことであろう。芙美子の同紙掲載作は次の通り。

詩　「その日暮らし」昭和21年2月16日。

詩　「タバコ」同年2月18日。

詩　「鰮《いわし》の唄」同年2月19日。

随筆「女の日記」同年3月28日～4月1日（5回連載）。

小説「人間世界」同年7月1日～11月18日。挿絵・田中案山子。

このうち小説「人間世界」は単行本化されたため作品の存在だけは知られていたが、新潮社全集には採録されず、詩3篇と随筆1篇は存在すら知られていない。それぞれ戦後の食糧難と物資不足にあえぐ大衆の生活実感を率直に唄い、人間らしい暮らしの再生を願う一連の叙事詩と言える。詩、随筆、小説の3点セットでもある。新興新聞としては、芙美子に創刊号の紙面を飾って貰いたいところだが、この発表履歴を見るならば、詩と随筆を先行させる間、菊田一夫に露払いをさせたのかも知れない。

小説を除き、詩と随筆を順次紹介するにあたり、「甕の唄」に網掛けを施した。ひまわり社の『婦人文庫』昭和25年12月5日号に連作詩の1篇として再録したのだが、ひまわり社が組み版時に網掛け2行と他の作品2行とを組み違える大失策を演じた問題がある。

その日暮し

林芙美子

ひとかゝへの本を賣つた
百圓札が二枚
まづ甕を買ひみかんと葱とを
そのやうなものを求めて
さてこのこゝろのしばしのやすらかさよ
三年も田舍へこもつてゐて
私は何も彼もつかひ果して敗戰の東京へ戻つた
もう一度また昔のその日暮しにまひもどり
年も急に若くなつて
廢墟の街を何となく歩く
明日は明日の風が吹くだらう
みんながその日暮しの東京よ

流れて行かう流れて行かう。

〈昭和21年2月16日〉

タバコ

林芙美子

ごばうの葉を干したタバコ
一服つけるとしみじみと思ひ出にむせる
こゝろのなかを寒い風が吹きぬける
電氣のつかない暗い部屋で
毛布を腰に巻いて
ごばうのタバコを吸ひつける
ふつと友だちが戀ひしくなる
玩具のやうな美しい繪がみたい
花もほしくなる
考へることは華麗な夢のやうなこと
これが一番安い
人間に思ひ出があると云ふことだけが幸福だ
暗いなかで
タバコの火が明滅する。

〈昭和21年2月18日〉

鰮《いわし》の唄

林芙美子

いまの世の中では鰮がすこしばかり安くてうまい
鰮よりほかにうまい魚はない
まづ焼いて頭からたべる
皿の上には骨すらのこらない
考へることは鰮のことばかり
寝ると枕までが鰮くさい
停電がつゞくと鰮の虹が浮く
讀むことも書くことも出來ないから鰮の唄をくちづさむ
みんなが暗やみで笑ふ
鰮よ鰮よ
生きのびて今宵小さき鰮を食ふなり

〈昭和21年2月19日〉

注・ひまわり社『婦人文庫』が網掛け部分を組み違えた作品は、『婦人朝日』昭和21年3月号に発表した「新イソップ」。この詩は雑誌の目次にはなく初出が知られていなかった作品だが、後に連作詩の1篇として収録された。第11章で紹介する。

女の日記（一）

林芙美子

三月×日

魚、魚、彌生の海にぴちぴち光る……。さくら、さくらの歌もどきに、魚々と歌ひながら臺所をしてゐると、つい侘びしくなつて來る。魚はどうして私たちのところへ來てくれないのでせう……どこでおよいでゐるのだらう。昔は築地といふところはいなせなあんちやんが、豆しぼりの手拭い鉢巻きでいせいよく魚を市民の口へ速く運んでくれたものだけれど、このごろは背廣のくちひげはやしたをぢさん連中が、いかにして古くなつた魚を都民にやるかと云ふことを考へてゐるのではないかと私は時々妙なことを考へる。

四海波おだやかなところで、魚はのんびりと話してゐるだらう。「俺は闇魚になるのはいやだねえ、第一、きれいな姿だとほめてもくれないで、汚ない男のなまあつたかいふところへねじこまれて、やつと臺所へついたと思ふと、誰もみないくらがりでさしみにされて味なんか、もうどうでもよくなつてゐる酔つぱらひの膳の上に並ぶんだから怖いよ」魚たちは、昔のやうに、魚屋の臺の上に、張店みたいに並んで妍をきそつた頃をなつかしがつてゐるにちがひないのだ。……もう何年となく魚屋は店をたゝんで忌中のやうな暮しぶりのはずだけれど、とにかく、どうして生活してゐるのか、魚屋さんはいたつて元氣で、健在で、すこやかである。

私達は毎日仕事をしてゐるのに配給になつてからさめの古いのが一回あつたきり。あゝそれなのに青空市場には、まだ高い鱈が並んでゐる。禁止されてゐるものがずらりとならんでゐる。米が三合配給されなければ、せめて藷と鱈ぐらゐは闇で買はないとりはからひをしてもらひたいものだ。それでなければ、今日、政治家が「官邸」に住む理由はなりたゝない。自邸のあるひとは自邸にかへってもらひたいと怒りたくもなつてくる。官邸に無家賃で長く住まふとは、いまの世では少々蟲がよすぎはしませんか?

〈昭和21年3月28日〉

女の日記（二）

三月×日

新圓になると同時に、配給物が急に値上りになつて、すくない新圓ではどうにも家計をうまく運轉してゆくことが出來ない。私のうちでは、電氣、ガス、すべて公的なものは借金でいかうといふことになつた。とにかく一日として食べないわけにはゆかないのだし、現金がなければ一日として暮すことが出來なくなつてゐる。

先日、友人の家へ三升ばかり米をかりに行つたのだけれど、このごろは友情で生きてゐるやうな氣がしてならない。配給だけでやつてゆけないことをしておいて、毎日どうして、多くの人がやりくりしてゐるのか不思議な世の中である。このごろ、また裏口から魚やあめを賣りに來るやうになつた。みんなほしいのだけれど、現金がないので買ふことが出來ない。妙な話だけれど、私の家では朝はかゆ、晝は御飯にして、夜はすゐとんとか、雑炊のやうなものですごしてゐるのだけれど、野菜や魚がたかいので、つい主食物の方へ食ひこんでしまふ。配給のタクアンが七人分十一圓あまりで、それもたつた一本。まるで簞笥にしまつておきたいやうな値段である。これではいまに家庭婦人ばかりで暴動がおきはしないかと思へる。

結局、新しい議員をつくつたところで、また縄張り争ひに夢中になつて、すぐにでも魚をくばつてくれる人といふものはすくないであらう。第一、乳幼兒の生活すら、保證されてゐないのだからどうにもならない。幼兒に牛乳をとつてやりたくても、一本二圓もするのでは、それだけで月の末にはまゐつてしまふ。今年の夏にはトマトを植ゑて、トマトジユースでも幼兒にのませてやらうと計畫してゐる。婦人代議士になるひとも名流婦人はまつぴらだ。名もない奥さんや、お上さんが立たないことには、いまの私たちの生活はその人達の机上のあそびになつてしまふにちがひない。〈3月29日〉

女の日記（三）

三月×日

私の家には女が四人もあるけれど、そして、四人とも選擧權があるのだけれど、いまだに誰に投票してよいのかわからない。それで、このごろつとめてラジオを聴くことにしてゐるのだけれども、少しも胸をうつやうな政見發表をきかない。一應は他黨の悪口を言ひまくつてゐるので、正義を愛するうちの女性たちは、かへつて悪口を云はれる黨の方に同情してきてゐるやうだ。候補者の演説は十人が十人まで節がついてゐてきゝぐるしく、かへつて喜劇味があつて、笑ひ出してしまふ時がたびたびである。

天皇制を支持してゐる候補者は、かならず「ぞんずるのでありますす」といふ言葉づかひになり、左翼の方になると「やからは」「化物は」「反動的な」といふ言葉が多い。私達は、民衆の幸福を考へてくれる本當に人格のあるひとを選びたいのだけれど、そんな人達を知る機會もない。今度の選擧こそは買ひたくもないものをぜひとも買つてくれと言はれてゐるやうで、うちの四人は四月十日が頭痛の種だといふのである。だけど、一應はかうした波をこえてゆかなければ、將來、い丶時代は來ないのだと私は教へてゐるけれど、私自身も亦誰を選擧してい丶のかいまのところあいまいである。

私の家では男が三人ゐる。一人はまだ三歳で、これには選擧權はないが、あとの男二人は私達女よりも、もつと政治に無關心で、政見發表のラジオをきいてゐると、男たちはアメリカ音樂の方へダイヤルをまはしてしまふ。日本には理想を持つた國民が昔からゐないのだよ。あれだけ立派な政見發表する情熱の志が、戰爭最中はやはり何かにもぐりこんで相當の暮しをしてゐたのさと言ふことで、これがまた悪口では私達はますます迷はざるを得ないのである。

〈3月30日〉

女の日記（四）

三月×日
私はこのごろ家にばかりゐるので、いろいろなプランばかりたててゐる。どの新聞をみても官報みたいだつたりするので、一つぐらゐ「臺所新聞」といふのをつくらうかと思つてゐる。代議士候補者も、お題目みたいに食生活のとぼしさを言ひ、民衆も亦食生活の不自由さをかこつてゐるのに、臺所のことをあつかつた新聞が一つもない。だから、米はどこへ行けば闇で買へるとか、どこのお百姓家へ行けば大根が安いとか、どうして買ふ魚が一番手にはいるとか、闇と闇たらざるをとはず、食のことなら何でもわかる新聞がほしいと思ふ。

先日ライフをみてゐたら、食事をしてをられる陛下のお寫眞が出ていた。またことに質素で、説明には、皿に小魚がのつてゐるとあつたけれど、陛下のお魚を召上る寫眞も、我々國民には珍らしい。とにかく、食べるといふことは、目下のところ私たちには最大の關心事であらう。このごろ、砂糖といふものはとんと話にも出ないけれど、闇砂糖といふものはまだまだ、どこかにあるとみえて、一貫目八百圓から千圓だといふうはさである。

新圓ださうだけれど新圓がこんなに澤山あるのはどの階級かと不思議に思ふ。臺所新聞といふのがをかしかつたら、「厨新聞」あるひは「クッツ・タイムス」といふのはどうだらう。わけのわからない雑誌が澤山出るけれど、そんな紙があるなら「物々交換案内」とかいつたパンフレットも出してみたい。餘白があつたら、質屋とか金貸しの廣告もいれてみたい。闇の女が出てこまるといふこのごろの世相も、つまりは食べるものがないし、金がないからだ。米が三合になれば闇の女衆も少しは少なくなるだらう。

そのほか「市場案内」といふ雑誌も愉しくないだらうか。「マアケット」といふ表題にしてもいゝ。もちろん賣價もとびきり安くしなければなるまい。

〈3月31日〉

女の日記（五）

三月×日

我家の畑は只今でんえべさんかりなり。これでは句にもならないだらうが、このごろ天氣のいゝ日をねらつて、モーレツに畑に出て、一家ぢゆうで種まきに忙はしい。私はからしなが好きなので、自分の畑はからしなばかりまいた。そのほかのところは、はうれん草、ちしや、かぶといつたところ。馬鈴薯を植ゑたいが目下のところ、種いもを青空市場で買つて來ても、つい、米が足りないので植ゑようと心はやたけにはやりながら食前にのぼせてしまふ。……私は、たまに座談會でもあつて外で食事をしてくると、何を食べて來たかと家の者たちはしきりにききたがる。

いろんなものを食べたのよと云ふと、みんなそのいろいろな御馳走を根掘り葉掘りききたがる。外出して食べる機會もないものには無理もないことなのでついほろりとしてしまふ。早く夏になつて、トマトや、キウリでも自由に食べられるシーズンが來るといゝと思ふ。うちの三歳になる子供はいかの鹽辛が好きで、百匁十八圓のいかの鹽からを三日位でたいらげてしまふ。おやつがないので、配給のパンをとつておいてこの鹽からをつけてたべさせる。時々、おつぱいよ、おつぱいよとむづかる時があるけれど、牛乳は高いのよと教へると、たかいのねとあきらめてしまふ。何んでもあきらめてしまふことは「たかいのね」といふことになつてゐる。せめて、一日一本の牛乳でも安くのませてやれる時代が來ないものかと思ふ。

女のひとも選擧權は得たけれど、煙草の配給はいまだにない。税金は人並にとられるのだけれど煙草のないことは一寸辛い。こんなぐちを云ふと、またこはいひとに叱られさうだけれど、品川の倉庫から五回も煙草が盗まれて、それが何萬本の量だときくと、殘念至極で二三日は眠れないほど腹が立つてゐる。

〈4月1日〉

詩3篇と随筆ともに、お世辞にも秀作とは言えないだろうが、庶民の声を代弁した率直さが面白い。4月に実施される戦後初の総選挙に触れた内容も時宜を得ている。新興紙とはいえ、新聞に台所新聞を提唱する大胆さと、旧態の政治家を風刺する筆致も痛快。連作詩には漢数字の一、二、三を織り込み、「一から出直し」の意味が込められたし、随筆にも芙美子得意の数字遊びが読み取れる。作中で言及された煙草盗難事件は他の新聞でも報じられた実話だが、同じ倉庫で五回も盗難があったわけではなく、連載五回目と盗難五回目を掛けたのである。

第9章　『少女の友』の詩と詩論

【詩稿】

實業之日本社が刊行した『少女の友』の創刊は明治41年。日露戦争直後にまで遡る。同誌を措いて少女雑誌は語れない代表誌なのに、芙美子の詩業・文業史からは完全に欠落している。著者の作品は以下の通りだが、全集は1篇たりとも採録していない。

少女小説　「矢車草」昭和2年6月号。
少女小説　「南の國の渡り鳥」昭和5年2月号。挿絵・深谷美保子。
随筆　「二月の花」昭和13年2月号。挿絵・中原淳一。
座談会　「私の母校を語る」昭和13年7月号。關屋敏子、深尾須磨子、村岡花子、吉屋信子。
随筆　「私の旅行・私の學校」昭和13年7月号。
少女小説　「勿忘草」昭和13年8月号。挿絵・中原淳一。
談話　「戰場に我は泣きぬ」昭和14年1月号。
少女小説　「光射す日」昭和14年11月号。挿絵・長澤節。

少女小説「ともだち」昭和15年1月号。挿絵・長澤節。
ルポ「赤陽沈むところ」昭和15年4月号。
随筆「わたしの學校・わたしの故郷」昭和15年5月号。
随筆「國を建てる美しい少女」昭和15年9月号。
随筆「ひなまつり」昭和16年3月号。／随筆「北岸部隊の追想」昭和16年7月号。
詩「日記・わすれな草」昭和21年7月号。挿絵・長澤節。
詩論「泉の詩・詩についてのかたちとこころ」昭和21年9月号。

以上の作品のうち「赤陽沈むところ」は、姉妹誌『新女苑』昭和15年4月号に発表された「凍れる大地」の少女版。両誌の編集長内山基《うちやまもとい》に依頼された満洲開拓村のルポルタージュである。ここで紹介するのは、昭和21年に発表された詩と詩論。詩題が「日記」で詩論の論題が「泉の詩」というのは分かりにくいが、自作の詩をお手本として示し、続いて詩論を述べ、戦争で荒んだ少女達に詩作を通して豊かな情感を取り戻してほしいとの著者の願いが込められた。これに続き、著者は少女達の投稿詩選評を同年10月号から昭和23年9月号まで務めた。誌と詩論、選評の3点セットである。

昭和21年7月号

日記・わすれな草

林芙美子／長澤節　画

五月×日
もとゐたお家に矢車草が咲いてゐた
よそのひとが住んでゐる
そオつと垣根からのぞく　わすれたころに
咲いてゐる花
戰死したお兄さまが好きな花。
五月×日
鯉のぼりの金の矢が空で光つてゐる
弟が僕のは焼けたのねと云つてゐる
草のみどりが眼にしみるひろいひろい世界
遠くの空に赤い鯉
風をたべてゐる黒い鯉　銀の眼。
五月×日
お教室のお掃除がすむと
みんな手を出してごらんと先生がおつしやる

働く手　働く手　働く手は美しいのだと
お掃除のすんだあとみんな歌ふ
ひばりの聲　麥の匂ひ　そよかぜ。
五月×日
雨が降つてゐる　しづかな雨の日曜日
練馬からもらつた竹の子で木の芽あえ
このかをりはなつかしいとおとうさま
おにいさまの寫眞をみてゐる弟
夜も雨なり。
五月×日
甲府へ行つた矢須子さんのたより
いづれにしても東京はなつかしく
學校の夢は毎晩みます
秋になつたら先生に葡萄をいつぱい食べさせてあげたい
田舎もいまが深緑のさかり
みんなよろしく　學校の前の電信柱にも
よろしくね。
五月×日

魚の配給をとりにゆく
お母さまは炭の配給をとりにいらつしやる
小さいあぶらがれいが四切
お魚つてきれいだね
弟が紙に描いてゐるおどけた魚
窓から見える燒跡がすこしづゝ緑にかくれてゆく。
五月×日
みわたすかぎり麥のいろ　そら豆の花
小金井の堤の葉櫻　若い蟬の聲
生きてゐることはしあはせだと先生
自然の美しさに祈りたくはないかとおつしやる
何も考へないで今日は胸いつぱいにいゝ空氣を
吸ふべしとおつしやる
ハンカチを落したのでひろ子さんとさがす
息をしてゐるやうな初夏の柔い田舍道。
五月×日
驛のもどりみち
燒け跡に小さいお家がたつてゐる

赤ん坊の聲もしてゐる
屋根の上に枯れた菖蒲の葉がのつてゐる
水をいつぱい飲みたい日
お兄さまのことをふと考へる。

五月×日
むらさきいろのたそがれ
コンロの火がきれいだ
ぐつぐつ煮える雜炊の鍋をかこんで
地獄の火だぞ
こはい火だぞと弟の童話の世界がはじまる
汁がふきこぼれる
ほら　鍋がおこつて白い齒をむいたぞ
大きい月がたそがれの空に淡く浮いてゐる。

五月×日
ジープに看護婦さんが乘つてゐた
赤い十字のマークが走つてゆく
矢須子さんに東京のたよりを書く
どんなに苦しくても元氣で働きませう

狭い庭の畑に馬鈴薯の花が咲いた
おとうさまはトタン屋根のおていれ
きれいな夕焼雲
明日はきつとい丶ことがあるだらう。

〈『少女の友』昭和21年7月号〉

次の詩論のうち、引用詩の誤植は原詩集に基づき補正した。補正箇所を網掛で示す。アルス版『白秋詩集』第二巻、三好達治詩集『春の岬』。竹内の散文詩は原作『悲哀あるときに』との異同はない。ボードレールとゲーテの作品の訳詩者は不明ゆえ紙面のママとする。芙美子自身の訳詩か?

泉の詩 ―詩についてのかたちとこころ―

林芙美子

まづ、あなたがたにおたづねしたいことは、詩はたいへんむづかしいものだと考へていらつしやりはしないでせうかといふことです。

美しいものを求める、あなたがたの心のなかには、見るもの、聴くもの、讀むもの、その、どれのなかにも、あなたがたには、あなたがたの、ちやんとした理解力といふものがそなはつてゐるものです。

薄つぺらな知識の屑だけで、早のみこみすることはひかへなければなりませんが、美しいものを見て、その美しさに素直に、感動し、共感をよぶ心の發育といふものは、あなたがたの年齢から、そろそろそだてゝゆかなければなりませんね。

あなたがたの學校では、いまゝでに、詩を研究する時間といふものはないのでせうと思ひますが、いかゞでせうか。――西洋の女の學校では、宗教的な匂ひが高く、自然、大きくなつて、社會へ巣立つ婦人のために、文學といふものは婦人の教養のなかには、絶對に必要なものとされてゐるのです。學校自身、學校の主義にふさはしい良書といふものは、傳統的に澤山選ばれてゐて、そこに學ぶ生徒たちは、誰もが幸福な時間を持つことが出來るのです。

日本の、いまゝでの女の教育といふものには、がいねん的な學問の爲の學課はありましたけれども、人間の、本來のこゝろである、愛情の魂をやしなふべき、文學や宗教の課目は、まづ一つもなかつたと云へませう。

あなたがたは、詩といふものは、どんなものであるかといふことは、かたちだけでも御ぞんじでせうね。

詩はむづかしくてわからないといふひとがゐますけれど、自然自體が素直に表現してゐる、四季折々を日常、身近く意識してゐるあなたがたに、詩心を呼ぶ、愛するこゝろといふものはかならずなければならないはずだとわたしは思ひます。

詩は、古今東西を問はず、詩人の魂の歴史であつて、家系とか、國柄の歴史とは全く違ふものなので、わたしは、これを人間の感性の歴史と云ひたいのです。

眼にはみえない、手にはとらへられない、人、各々の持つてゐるところの、こゝろの情感を、文字のなかにとらへて、詩人はうたひます。また、變化きはまりない自然の四季を、詩人はけつしてみのがしたりはしないのです。

考へてみて下さい。此の世の中に、歌ふことがなくなり、文學を識ることもなく、また、繪畫も消えてしまつたならば、いつたい何が、人間の魂をゆすぶつてくれることでせうか。かうした藝術がなければ、人間の宗教心もすたれてゆきませう。荒涼とした、人間の世界だけが、人間の本領だとは誰が云ひきれるでせうか。動物と少しも違はない、いゝえ、動物より以下の人間世界が殘るのは、考へたゞけでもぞつとしてしまひますね。

藝術を見失つた人間には、人と爭ふことより道はなくなつてしまひます。利害を爭ひがちになり、一家の美、一國の美といふものが求められない生活のなかに、若い、初々しいあなたがたは、どんなにしてそだつてゆくでせうか。そだちやうがないではありませんか。

冬の夜、燻りながら弱々しく燃え上る爐端の火のそばで、夜霧を透して聞えてくる鐘々の合唱《コーラス》に、遠い昔の追憶を思ひ浮べるのは悲しいけれど、胸に沁みる快さです。

これはボオドレヱルといふ佛蘭西の詩人のうたつたものですが、幾度となく、靜かにくちずさんでみて下さい。純粹なものを追ひ求める詩人の一途なこゝろが、このうたのなかに素直にあふれてゐると思ひます。

心の世界をあるがまゝに、坦坦とうたひきつたこの詩のスタイルは、多分に宗教的な匂ひもしてゐますね。

又、藪や谷を、滿しておくれ
靜かに、優さしい光で
到頭それに、一度に解いておくれ
私の精神《こゝろ》をすつかり

私の園にぶちまいておくれ
なだらかな　お前の目光《め》を
友人の眼のやうに　優さしく
私の運命の上にも。

少し、あなたがたにはむづかしいかもわかりませんが、これはゲーテといふひとの、月に寄せるといふ詩です。自然と人間のこゝろを一つにむすんで、實に美しさの豐かな詩だと思ひます。こゝろを清澄にして、何事も信じるこゝろの篤い、けんきよな氣持があれば、きつと、あなたがたも、このゲーテの月に寄せる、といふやうな、美しい詩のおもひは生れて來ると思ひます。
詩は、うまくつくつてみようと思つても、なかなかうまく出來るものではありません。こゝろを澄まして、本當のことを視、本當のことを語る氣持のみが、人のこゝろの琴線にふれるだけの藝術を生むと、わたしは強くさう信じてゐるものです。

詩を讀む場合、頭から、こんなものといつた、きまぐれな氣持で讀むひとに、詩人の本當のこゝろは通じやうはずもありませんね。

詩はむづかしいものではないのですが、讀むひと自身が、肉體的に受つけない場合は、詩を讀む資格はないやうです。

小鳥は自然にうたつてゐます。

小鳥の聲をいやだと思ふひとがあるでせうか。詩人の質の問題にもよりますけれども、自然に、こゝろの高鳴りを表現されたものは、讀むひとのこゝろにふれないではおきません。

次には、日本で最も有名な、韻律の詩人、北原白秋の詩をこゝに御紹介してみませう。

糸車、糸車、しづかにふかき手のつむぎ
その糸車やはらかにめぐる夕ぞわりなけれ。
金《きん》と赤との南瓜《たうなす》のふたつ轉《ころ》がる板の間《ま》に、
『共同醫館』の板の間《ま》に、
ひとり坐りし留守番《るすばん》のその嫗《おうな》こそさみしけれ。

耳もきこえず、目もみえず、かくて五月となりぬれば、
微《ほの》かに匂ふ綿くづのそのほこりこそゆかしけれ。
硝子戸棚に白骨《はつこつ》のひとり立てるも珍《めづ》らかに、

水路《すゐろ》のほとり月光の斜《ななめ》に射《さ》すもしをらしや。
糸車、糸車、しづかに默《もだ》す手の紡《つむ》ぎ、
その物思《ものおもひ》やはらかにめぐる夕ぞわりなけれ。

白秋のこの詩のなかには、淡い、何とも云へない韻律と、雰圍氣がたゞよふてゐます。どの階音かで表現してみなければ、たうてい、このリズムに乗つた詩の味ひは完全に表現出來ないやうな、仄々しいものが、この詩にはたゞよふてゐるとおおもひになりませんか。

韻律の詩は、散文の世界から、もう一度ふるひにかけた文字です。——一見して、散文的な詩も現代非常に多いのですけれど、不思議に、文字自身から流露するところの、韻律的な、音階のやうな要素が抜けてゐるやうに思はれますね。

詩は、誰にでもむづかしいけれども、また、詩は誰にでもみやすいものでもあるのです。心をこらし、文字をみがきあげ、繪畫的な、そして音樂的な、そしてまた、非常にけんきよな精神のたかなつてゐる、人間の魂の最高のものをひれきしなければ、ほんたうの詩とは云へないやうな氣がします。でも、もちろん、それは天才か、神わざでなければ、そんなすぐれた詩はよういにつくれるものではありません。

平凡なわたしたちは、このやうなことをなかなかえとくすることはむづかしいのですけれども、一つでも多くの詩をまづ讀みはじめるといふことからしてみませうね。

日が暮れる　この岐れ路を　橇は發つた……
立場《たてば》の裏に頬白が　啼いてゐる　歌つてゐる
影がます　雪の上に　それは啼いてゐる　歌つてゐる
枯木の枝に　ああそれは灯《とも》つてゐる　一つの歌　一つの生命《いのち》

この詩を、よく眺めて下さい。非常にぎこうのすぐれたもので、南のジャワや、スマトラ地方に、パントムといふ四行詩がありますけれども、何だかそれに非常に似てゐるとわたしは思ひます。語音の上では、はじめの行は五七五、二行目は七五五五、三行目は五五八五、四行目は七五五六六と、まるで、日本の和歌のやうなゆきかたのリズムで、文章としては立體的に、啼いてゐる、歌つてゐるといふ言葉を、二度も追つかけるやうに重ねてある文字の感覺は、まことにすつきりと鮮かで、これは三好達治といふひとの作品なのですが、靜かに愛誦するにふさはしい詩だと思ひます。何の汚濁もなく、かんけつな文字を、吹矢のやうにはつしと打ちこんである詩だと思ひます。

わたしは、ツルゲニエーフや、ハイネや、ホイットマンの詩もこゝに御紹介をしたいのですが、あいにくとそれらの書物が疎開さきでなくなり、こゝに御紹介出來ないのが残念です。折にふれて、一應は、少女のみなさまの年齢から、すこしづゝ詩の世界をくゞつてゆく勉強も必要ではないかと思ひます。

花いばら　故郷の路に　似たる哉

これは蕪村の句ですが、世界で最もみじかい詩《ポエジイ》といへば、日本の俳句をあげることが出來るでせう。でも、わたしは、若い方に、このみじかいスタイルの中でうたひきるこゝろは、無理でむづかしいのではないかと思ひます。

日本の歌や詩のスタイルには、たくみな、音樂的な階音がありますけれども、文字がすくないために、たゞ聲調の美しさのみにとらはれてゆく場合も多いと思ひます。西洋の詩にあるやうな、人間的哲學の厚味がどうしても、たつたこれだけの文字ではうたひきれない氣持がしますね。東洋的な、あきらめのさはりだけがめだつてゐて、積極的な人間の悩みや、生活や、社會感は、この短い日本スタイルの詩の中に盛りこむことは、若いあなたがたにはたいへんむづかしく、少々無理なのではないでせうか。年を重ねてからのひとには面白いかもしれませんけれども、詩は、面白さとか、思ひつきだけのものでは趣味に落ちてしまひます。たゞ、そんなものだといふ以外に一歩も出ることは出來ない作品しか出來ないでせう。

偉い俳人では、この蕪村とか、芭蕉などといふ人々にたいへんすぐれた作品が澤山殘つてゐます。また、和歌の方では赤人とか、人麿なぞといふすぐれた人もあるのです。

日本の詩の歴史では、昔は現代詩のやうな文字の多いものはなかつたやうですね。明治になってはじめて西洋文明がはいりだしてから、西洋流な長い詩が出來るやうになつたのではないかと思ひます。をさないみなさまの日常の生活のなかに、詩を讀んでいたゞける氣持がうごきはじめると、どんなにいゝだらうと思ひます。

たとひ詩はつくれなくても、詩を讀むといふことは、若いひとの精神生活に、たいへんうるほひを持つことであり、これからの少女の方の教養としても、詩の何であるかを知つていたゞいておくといふ事は無駄なことではないでせう。

本質で詩を讀むことが第一です。人の眞似をして、たゞ文字の上を這つてゆくにすぎない、眼の虫をつくつてゆくのは淋しいがいゝねんです。

詩を研究するには、一應、きはもの的な、流行のものでない、古いすぐれた詩人のものからはいつてゆくこともおすゝめしたいと思ひます。もし、身近かに、よき師、よき友があつて、指導をしていたゞける道があるならば幸福ですね。

くぬぎ林の枝々に、漸く色づきそめた病葉が、散つては、かかる。

身をふるはせて、百舌《もず》が、高々と鳴く朝になつた。

けさは、霜もすでにおりて、病ある胸に、きりつと、空氣のしみる頃になつた。食前の水藥の、齒につめたい頃になつた。

私は、近頃になつて、深い人生の嘆きが、はつきりと判つて來たやうだ。

悲しい悲しいと叫ばず、泣かぬ、ほんたうの嘆きが、…生きてゆく人々の胸に、あるかなきか、風のやうにすぎる、嘆きのかげが…

これは竹内てるよといふひとの散文詩ですが、この、女流詩人のけんきよな美しい精神が行間に流露してゐて、氣品のある詩です。

悲しいことに、日本では、詩は藝術の最高のものであるといふことを知つてゐるひとのすくないために、西洋の詩人は知りませんが、日本の詩人はむくはれることまことにとぼしく、この竹内てるよさんなんかは、長いあひだ、貧苦に甘んじて詩を書きつゞけてゐながら、あまり報はれてゐることもきかないのです。

詩人の聲を、わたしたちは、心を澄ましてこれからきゝませう。もうこれからは、わたしたちの身邊は戰爭も永久にないのです。慈愛にみちた自然につゝまれて、あなたがたは、思ふぞんぶん詩や音樂や美術の勉強をして下さい。

〈『少女の友』昭和21年9月号〉

この詩論を述べた後、芙美子は投稿詩選者を2年間も担うのだが子ども向けの甘さは全くない。第1回から手厳しい。「最初でもあるせゐか、良い詩がないのでがつかりしました。氣取つたり、説明したり、嘘を書いたりしないことです。あるまゝの氣持ちで、靜かに、想をこらして正直な詩を書いて下さい。……詩を書くひとが、きたない字で、きたない紙にざつとして詩を書くなんて淋しいと思ひます。いゝ詩を澤山送つて下さい。私をびつくりさせて下さい」。

だが翌年の選評は褒めることも忘れない。「詩の投書がふえて來て、今月は選をするのに三日もかゝりました。皆さん隨分熱心になつて下すつて、先生はとてもうれしいのです。だんだん素質もよくなりました。……皆さんの字がとてもきれいになりました。……一人で何篇も出す方もあり、結構です。うんとぐわんばつて下さいね」。少女詩人たちも芙美子の叱咤激励に応えたことがよくわかる。

第10章　菊池寛への弔詞

昭和23年3月12日、東京護国寺において、同月6日に急逝した菊池寛の告別式が執りおこなわれた。この告別式を回想した菊池夏樹著『菊池寛急逝の夜』に従い告別式で弔辞を読んだ人物を順に示す。松竹社長大谷竹次郎、舟橋聖一、六代目尾上菊五郎、里見弴、石川達三、毎日新聞主筆楠山義太郎、岩田専太郎、国務大臣船田享二、大映社長真鍋八千代、吉川英治、川端康成、林芙美子。

菊池夏樹氏は２００９年に発行した同書において、このとき祭壇に捧げられた弔辞原文を克明に再現された。芙美子の弔詞の題は「菊池寛氏の霊にさゝげて」。菊池寛没後の60年間、遺族のもとで、その弔辞・弔詞が大切に保存されてきたことが分かる。芙美子の弔詞は告別式直後の昭和23年5月、『文藝讀物』と『モダン日本』に「献詩」と題されて発表された。詩題は「献詩　菊池寛氏の霊にさゝげて」。本文は菊池夏樹氏が再現された弔詞と同文。詩題の他は改稿していない。『文藝讀物』と『モダン日本』両誌ともに、文藝春秋社が創刊した雑誌。戦後は版元を替えたが、同誌が菊池寛記念号を編集するのは当然だし、芙美子が雑誌社の求めに応じ、弔詞を献詩と題して公開するのも自然である。芙美子は文藝春秋社が発行した各種の雑誌のほとんどに寄稿しているし、敗戦直後の昭和20年12月に発行された新潮社の『日の出』終刊号に掲載された対談は、菊池寛と芙美子の対談であった。その対談記は後掲の【対談】ジャンルで紹介する。

ところがこの菊池寛への弔詞が芙美子の詩業から欠落しているのである。問題は四つある。

一つ、新潮社全集が『文藝讀物』昭和23年5月号に発表された菊池寛の名を明記した「献詩」を採録せず、菊池寛の名がない別の「献詩」を「遺稿」として採録したこと。二つ、その菊池の名がない「献詩」は雑誌などに発表された形跡がなく、芙美子の遺品のなかに、全集採録作と同文のペン書き直筆草稿がある。現在は新宿歴史博物館に林家から寄贈されている。新潮社が採録したのは、全集刊行当時、林家にあった、その未発表草稿と思われる。三つ、前者の草稿とは別に、和紙に毛筆の下書きが芙美子遺品の中に現存すること。下書きの題は「菊池寛氏の霊にさゝげて」。前者の草稿に施された推敲の跡がその下書きに反映している。四つ、新潮社全集は、草稿を採録するにあたり、さらに無題の別作品草稿を「献詩」の後半部として追加したこと。つまり、芙美子は菊池寛の告別式に臨み、まず弔詞のペン書き草稿を書いた。そしてその草稿に推敲を重ね、和紙に毛筆で下書きをし、最後に告別式当日に捧げる毛筆清書を認めたのであった。そして後日『文藝讀物』に詩題をつけて公開したのがこの作品の完成稿。その完成稿を採録せず、菊池の名がないペン書き草稿を「遺稿」として採録したのでは、菊池と芙美子が浮かばれない。以下に、発表完成作と新潮社全集が採録した草稿の前半部を紹介する。新潮社が採録した別作品の草稿は、同全集第1巻、及び文泉堂版全集第1巻を参照されたい。

献詩　菊池寛氏の靈にさゝげて――

林芙美子

自然が揶揄つてゐないことだけはたしかだ
幽かな霧の中に轟き落ちて行く一つの宿命
音もやんだ
誰もゐない
眼にはみえない凄じい永ごうの安息
あゝ妙な事だ
思ひ出の中の無數の火把のほてり
歳月の靄の中にかすかにそよぐ不朽の虹
あゝまたその虹の向ふから
馴々しくあきらめがやつて來る
全く妙な事だ
淼々たる人生歌
やがて壁の中にも　小さな集合の中にも
時々の頁の中にも
その火把があたゝかくかげりゆらめく………

注・菊池夏樹氏は「集会」としている。

〈『文藝讀物』昭和23年5月号〉

献詩

自然が揶揄つてゐないことだけはたしかだ
幽かな霧のなかに轟きおちてゆく一つの宿命
音もやんだ、誰もゐない、眼にはみえない
凄じい永ごふの安息　あゝ妙なことだ
思ひ出のなかの無数の火把《たいまつ》のほてり
歳月の靄のなかにかすかにそよぐ不朽の虹
あゝまたその虹の向うから馴々しくあきらめがやつて來る
全く妙なことだ。淼々たる人生歌
壁のなかにも、小さな集會のなかにも
時々夏のなかにもその火把があたゝかくかげりゆらめく。
孤獨な舟に向つた、私達はしばし別れのハンカチを振る。〈新潮社『林芙美子全集』第1巻「面影」〉

傍線は推敲加筆部分。網掛け部分は原文との異同。原文は「永ごう」「集合」「時々の頁」「向つて」。

このうち「集合」は「集会」とも読める。

第11章　芙美子最後の詩業連作詩

昭和25年12月5日、鎌倉文庫の『婦人文庫』後継誌として中原淳一らのひまわり社による新生『婦人文庫』第1号が刊行された。表紙絵はもちろん中原淳一、目次絵は東郷青兒。寄稿男性陣は、川端康成、渡邊一雄、中野好夫、檀一雄、南川潤、高見順、河上徹太郎ら。女性陣は、平林たい子、由起しげ子、神近市子、佐多稲子らが揃い、芙美子も生前最後となる連作詩を寄せた。若槻繁の編集後記によると、季刊発行の予定だと言うが、第2号が発行された形跡が見当たらない。長続きしない雑誌の代名詞として知られる3号雑誌にすら及ばない。創刊の来歴、執筆陣を考えると、1号雑誌で終刊したとは到底思えない文芸誌なのに、今のところ第2号が出現していない。ひまわり社はその後も長く各種の出版活動を展開したから、版元の経営がつまづいたとは言えない。今後、第2号が出現する可能性もあろうが、現時点では1号雑誌と言わざるを得ない。つまづきの原因を断定することはできないが、芙美子生前最後の連作詩が、その謎解きのヒントになるかも知れないのである。

芙美子の連作詩は、以下の9篇から成る。連作詩全篇のタイトルが「マルタプウラア」。

マルタプウラア／ほろびる顔／雪夜／鰮の唄／
田舎住ひ／道路標／新イソップ／なつかしの故郷／無題。

9篇のうち「マルタプウラア」は『ボルネオ新聞』昭和17年12月25日付発表詩の改作型。「雪夜」は疎開中の未発表詩稿「只今祈る」を戦後に改作した完成型。新潮社全集第1巻が遺稿扱いで採録したのは「雪夜」ではなく疎開中の原型作「只今祈る」。その直筆詩稿が芙美子の遺品にあった。「鰮の唄」の初出は『東京タイムズ』昭和21年2月19日。「新イソップ」の初出は『婦人朝日』昭和21年3月号。「なつかしの故郷」の初出は『婦人文庫』昭和21年6月号。残る5篇の初出は不明だが、「田舎住ひ」にはB29による長岡空襲が描かれ、「新イソップ」には東京の焼け野原が描かれた。南方派遣体験から、養子泰《たい》と老母を守るための疎開体験、戦後の食糧難と焼け野原の東京を唄い、敗戦からの再出発の気持ちをこめた連作叙事詩と言える。

日本近代文学館蔵

だが、ひまわり社は、この連作詩のうち「鰮の唄」2行と「新イソップ」2行とを組み違える大失策を演じてしまった。季刊『婦人文庫』第2号が発行できていれば訂正とお詫びのしようもあるのだが、結果的に芙美子の最後の詩業を埋もれさせてしまった。以下、組み違えた部分と他の誤植も補正して芙美子最後の詩業連作詩を甦らせたい。

マルタプウラア

林芙美子

マルタプウラア

何處かで蠟燭の燈がきらきら光つてゐる
最後の夕映が遠く去つてゆくと
イロンの草も靜かに水の上に停止する
漕ぎ出る舟には水草の匂ひと
流れの音が暗くよどんでゐる
その水は嚴しいものをひそめてゐる
生きてゐる何かをひそめて
ぴちやぴちやとバリトの流れに吸はれてゆく
悠々として河岸の唸り木《ボコルウ》が風にそよぐ
水の上の家々は硬化したものも脆弱なものも
抱きあひ、かばひあつて靜かに眠る
ものうひ蛙の聲に暗い水面が少しづゝ擴がつてゆく
暗い家の中で今宵は祝ひごとでもあるのか

タンゴの一節《ひとふし》がまるで菌類のやうに
ひそかにかなでられてゐる
人の心は隈なく蔽ふてくる旅愁を仰ぐ
赤い遊星のやうな螢が眼底をかすめる。

注・この作品は『ボルネオ新聞』発表作とは異なる直筆詩稿が新宿歴博に現存する。【未発表作品】のジャンルで紹介したジャワで執筆された作品「望郷」と一緒に綴じ込まれている。作中の「菌類」の語は、雑誌紙面では「菌数」だが、直筆詩稿に従い補正した。

ほろびる顔

厭な顔に出逢ふ
最も厭な顔だ
犬のやうな顔
唇のまつかな本能の顔
そうして、街には屋臺が並び
人々はさゞめきあふ

季節だけが妙だ
季節だけが美だ
醜の醜なる顔
それはわたしの顔だ。

雪　夜

おしなべて雪は降るなり
山峽《やまがひ》の小さき村邊のこの夜を
遠くにも近くにも雪は千々に光り走る
山がつの古びたる軒下に
跡もとゞめず
盛り上る　盛り上る　盛り上る巨《おゝ》いなる雪柱。

年ふれどもこの戰ひな忘れそ
かくまでにみじめに耐ゆる心よ
人しれづ涙あふれ耐へがたきに狂ふ
わが想ひ空《くう》にくだけよ。

雪の夜　子と母と耳を澄ませてきく雪の音
森々と降り積む千の雪音
ひとすじのわが戀ふまぼろしよ
ひとすじの神の光
この國をすくはせ給へ
とく戰ひを終らせ給へ。

うつゝなの雪
夜こめて吹きあげ
風の唸りをこめて萬と飛ぶ雪
森々と人のこゝろも暗く切なし。

戰ひは誰の爲にと思ひ到れば
狂ひて叫び叫びたき思ひたかまる
この森々と積む雪の山邊の三歳
子も老母も熱をおびて床に伏したり。

うつつなの雪
障子を晒しむざんに吹き込む夜の雪。

注・疎開中の原型作と照らし、ルビと句点を補った。

鰮の唄

いまの世の中では鰮がすこしばかり安くてうまい
鰮よりほかにうまい魚はない
まづ焼いて頭からたべる
皿の上には骨すらのこらない
考へることは鰮のことばかり
寝ると枕までが鰮くさい
停電がつゞくと鰮の虹が浮く
讀むことも書くことも出來ないから
鰮の唄をくちづさむ
みんなが暗やみで笑ふ
鰮よ鰮よ

生きのびて今宵小さき鰛を食ふなり

注・網掛け部分が「新イソップ」と組み違えた2行。漢字の字体は初出と整えた。

田舎住ひ

山々峰々をこえて
B29がこの深夜北の海へ抜けてゆく
わたしたちは起きて月明のなかをゆく飛行機にみとれる
文明とはかくも率直に美しいものか
山ひだのなかを青いテールライトが流れてゆく
飛行機が去つてゆくと蟲は啼きたてゝ
四圍は原始的な風景にかへる
この淋しさ………
山の向うがあかいぞッ
誰かゞどなつてゐる
長岡が空襲だぞッ
西の山の端がぱあつとあかい。

道路標

空氣さへも違つてきた五月の朝
鶏もわたしとゐたいとよろこんでゐるし
鍛冶屋はまだ早いと眠むさうだ
今日はよろこびごとが澤山あるけれど
こんな時代の貴族院議員さまは一寸怖い。
いつもわたしは裸足です
バリ島が好きでカンポン住ひが幸福だつた
月はまあるく金色に光つてゐる
星は無數夢はいくつも貯へてゐます
あなたとわたしのことも。

榕樹《ワイリンギン》の下で風に吹かれる無上
わたしは何もない裸ん坊
死ねば風葬烏《からす》よ　うじまでもついばめ
みんなひとよ

人々は行つてしまふ
何處かへ手のとゞかぬ向うへ

何も彼も灰とはなりし……
そのかはり危險はない
たゞこのひとは立派だつたとか
立派でないとかの墓碑が建つのみ
金錢の多少のおかしみも記念して。

人は何處へ行くのか知らない
誰も誰も知らない
地獄があると云ふ事だけは仄かに知つてゐやう……
さて、道路標には何を書いてあるやら。

新イソップ

電車を降りるといつも思ふ
私の町は燒野原になつてゐるけれど

何か美しい希望がいまに來る
きつとこの不幸を慰さめに來ると
崩れた煉瓦塀の横に小さい小さい牛乳屋が建つた
いまに牧場から運ばれるだらう牛乳の鑵を空想する。
こはれたひどい道には時々ジープがとまつてゐる。
戰慄におのゝいてゐたかつての暗い日は去つた
焼野原の空はいつも青く高い
私は希望を捨てない
私たちの努力がきつと報ひられる日が來るのだと
身を挫ぐあの苦しみを二度とくりかへさないやうに
幼い者たちにこの焼野原をイソップのやうな話にして語りませう。

注・網掛け部分が「鰮の唄」と組み違えた部分。初出の『婦人朝日』発表作を改稿もしている。

なつかしの故郷

もうみんなほんとうのことを話しませう
しみつたれたことはやめませう

好きだつたらしみじみと接吻しませう
心をよせて慰めあひませう
お互ひに疲れお互ひにぼろを着てゐるけれども
さしよせる顔には煌々ときらめく表情がのこつてゐる
ア！ ラ・クローシュ・ヂュ・ジネ！ ラントロン
元氣でね、もうじきわたしたちの夏になる
神來の絃にはじめて撥が触れて鳴る
恍惚と人間のいとなみをはじめませう
まぶしかつたらくらがりで神の音を聴きませう
文官も武官もおはらひばこ
筆を洗つてアダムとイヴの美しさに眼を洗ひませう。

無題

燈火が消えた
みんな寝てしまつたよ
霜の來そうな寒い晩だね
楓君、もつとこつちへ寄り給へ

支那竹さんは眠むそうだな
けやき、えぞまつ君は
これから讀書
あゝ赤肌土の海の見える古里へ復へりたい
みんなもそう思はないかね
都會は煤けて退屈な處だ。

〈ひまわり社『婦人文庫』昭和25年12月5日第1号〉

以上9篇の連作詩のうち5篇の初出が不明だが、最後の「無題詩」は長篇小説の作中詩として発表された作品の前半部である。『婦人之友』昭和14年4月号「一人の生涯」第4回稿がそれ。もともと長篇小説の作中詩として発表した作品ゆえに、ここでも「無題詩」としたのであろうか。

連作詩のうち編集部が「鰮の唄」と「新イソップ」組み違えの大失策を演じた。芙美子の怒りが目に浮かぶ。多忙な作家が校正作業を版元に委ねることは珍しくない。組み違えの例では『令女界』昭和9年9月号に掲載された西條八十の作品「枇杷」がある。この作品の組み違えは惨憺たるもので、作品6連のうち4連12行が、ばらばらに組まれてしまった。当然に次号で原作が組み直され、編輯部のお詫びが以下の如く掲載された。「印刷上の手違ひから、不注意にも、先號所載西條八十先生の「枇杷」組違ひを生じました。先生の御迷惑は申すまでもなく、部員の憂鬱――全くさみしき限りです。ここに訂正して、西條先生初め、全國の皆々様にお詫び申上げます。（編輯部）」。西條八十の作品をばらばらに分解して気づかなかった編輯部の憂鬱はさもあろう。ひまわり社の『婦人文庫』も第

2号が発行されていれば、芙美子の連作詩を組み直し編輯部のお詫びで一件落着していただろう。そうすれば、この連作詩も埋もれることなく芙美子の詩業の一頁を飾ることができていたかも知れない。芙美子の怒りが編輯部のお詫びすら受け付けなかったとまでは言わないが、結果的に1号雑誌で頓挫したことが、芙美子生前最後の詩業連作詩を、こんにちまで埋もれさせたと言わざるを得ない。

さて、この埋もれた連作詩には、もう一つの問題作がある。それが「雪夜」である。再現したとおり、乳飲み子泰《たい》と老母キクを守るための疎開体験が唄われた文語調の秀作と言える。第2連「年ふれどもこの戦ひな忘れそ／かくまでにみじめに耐ゆる心よ／人知れづ涙あふれ耐へがたきに狂ふ／わが想ひ空《くう》にくだけよ」は、空襲と飢餓の恐怖を率直に唄った。連作詩9篇のうち、なかでもこの1篇は、この叙事詩的連作詩全篇を代表する1篇である。では、この「雪夜」がなぜ問題なのか。

一つ、新潮社全集第1巻が採録した「只今祈る」は、たしかに「雪夜」の原型作だが、作中に子も老母も登場しない未完成作であること。若人の出征兵「南なる守り人」に「すくはせたまへわが國を」と、ひたすら終戦を祈っている。戦後作の「雪夜」の第2連「人知れづ涙あふれ耐へがたきに狂ふ」は、疎開中の原型作では「耐へがたきを耐ふるこゝろ」であった。つまり、戦争末期の忍耐の原型作を敗戦叙事詩に改作したことになるが、そもそも未完成作を採録して発表済み完成作を採録しない全集があろうか。

二つ、未完成作「只今祈る」のさらにその草稿が現存すること。芙美子文学展にも出品され、図録にも掲載されたが、完成作「雪夜」は無視されている。

三つ、「雪夜」は『婦人文庫』発表にさきだち小説「夢一夜」の作中詩として発表されていたこと。

「夢一夜」は、横浜事件から再生を果たした『改造』昭和22年6月号に第1章が発表され、鎌倉文庫の『人間』昭和23年6月号に第2章、同じく『人間』同年9月号に第3章が発表された。疎開中に唄われた「只今祈る」は、この第1章で大幅に改作され「子と母」の主語が挿入された。小説は夫を東京に残し「母と子と老母」が疎開する設定。作中詩らしい改作だが、個性が抑圧された戦時下の原型作には主語がなく、主語即ち個性を取り戻したところに戦後改作の意味がある。

即ち、この作品は、詩題のない草稿、未発表未完成作「只今祈る」、小説「夢一夜」作中詩、完成発表作「雪夜」の4種が存在するのに完成作がこんにちまで無視されてきたことが問題なのである。

そしてこの詩を挿入した小説「夢一夜」も亦問題作と言える。主人公の名は東京から信州に疎開した菊子。東京に残された夫は勇作。疎開地、幼児と老母連れの設定は、芙美子の実体験が色濃い。憲法施行記念ゆえ、作中での回想も昭和8年に特高警察に逮捕された中野警察署拘留時に始まる。曰く「毆られる。蹴られる。もう二度とあんな機會が來ては厭なのだ。心臟辨膜症と云ふ厭な持病を持つたのもこの時の記念であつた」。

回想にはホーリネス教会も登場する。宗教界を標的にした治安維持法改正で8人もの牧師が獄死した、近代史最大の宗教弾圧事件被害の教団。「放浪記第三部」でも言及される。

第2章では、菊子に夫以外の男性一郎が居たという設定になる。この一郎は、菊子がN警察署から釈放され、訪れた北海道で知り合ったS新聞の記者という設定。戦時下では特派員としてアモイに派遣され、家族に覚られないよう、菊子と暗号のような電報を交わす。

第3章にはパリ時代の回想もある。「巴里ではアンリ・プーライユの家に二度ほど遊びに行つた。

……プーライユはT氏の太陽のない街のドイツ語版を菊子に見せてくれて、これはいゝものだと云つた。フランシス・カルコの、ケイ・ドルセル街の豪華な書斎とは雲泥の違ひ」。芙美子をカルコとプーライユに引きあわせた大屋久壽雄は後に同盟通信記者として世界中に派遣され、晩年迄芙美子と文通を続けた。大屋の存在が色濃い。

全3章を収録したのは『林芙美子文庫／松葉牡丹』（昭和25年）。巻末のあとがきが何とも意味深長である。「始めの章は、改造に書き、あとの二つの章は人間に書いた。これは、五百枚位の豫定でかゝつたものだつたが、途中で、かうしたものに筆をとめてゐる事は少しも私のプラスにはならないと思ひ中絶した。また氣が變れば、此章のあとを書きつゞけるかも知れない。自我を蒸發させるにしては、この作中の女主人公はジレッタントで少々甘い。僞りが目立つてゐて、讀み返すには何とも息苦しい。この三章のうちでは、第一章がまだ救はれてゐるとも思へる。脊がひくいくせに、うんと高いハイヒールをはいてゐる文章である。足もとがよろよろしてゐるが、この作品から、ふつと、飛び越えるヒントを得た。「夢一夜」の道草を食つた爲に、私は次への仕事が發見されたのである」。

小説「夢一夜」第3章を脱稿した時期は、東京裁判終結時にあたる。「放浪記第三部」を中断し「新淀君」「浮雲」をはじめ、長篇小説同時多発執筆に移る時期でもある。そしてその後「雪夜」もまた、最後の詩業連作詩を代表する1篇として完成したのである。その「雪夜」を無視して芙美子の詩業を語ることはできない。

【童話】

第12章『時事新報』と童話2篇

尾道高女時代の芙美子が詩を投稿していた雑誌が時事新報社の『少女』であった。上京後も、時友社と社名を変えた継続誌『少女』に詩を寄稿した。芙美子にとって、高女時代から縁ある時事新報社であり、上京後の舞台を拡げたのも同社であった。昭和2年、それまで寄稿していた少女雑誌ではなく、『時事新報』本紙に連載童話が2作も採用されたのである。画学生であった手塚緑敏氏と新世帯を持ち、再出発を期した直後のことであった。その題名は「馬鈴薯姫」と「三味線屋のお爺さん」。この2作は研究史では全く知られていなかった作品だが、実は「放浪記第一部／下谷の家」に手がかりが隠されていた。

二月×日……

「林さん書留めですよッ！」

珍らしく元氣のいゝ叔母さんの聲に、梯子段に置いてある日本封筒をとり上げると、時事の白木さんからの書留め。／金貳拾參円也！　童話の稿料。
當分ひもじいめをしなくてすむ。胸がはづむ。……
白木さんの手紙。／いつも云ふ事ですが、元氣で御奮闘を祈る。
——一九二七——

童話「馬鈴薯姫」第1回が『時事新報』本紙に掲載されたのは昭和2（1927）年2月19日。以後、3月3日まで8回連載された。「放浪記／下谷の家」の描写と完全に一致する。作中の「時事の白木さん」もまた、実在する時事新報社記者の白木正光であった。「放浪記」は実体験と創作を織り交ぜた小説ではあるけれども、まさか作中の描写が知られざる作品に導いてくれるとは。

もう1作の「三味線屋のお爺さん」は、同年8月24日から31日までの3回連載。「馬鈴薯姫」は少女向けの童話だが、2作めは大人向けの童話と言える。白木記者の励ましに応えたのだろう。この『時事新報』発表童話以降、芙美子は童話の執筆をやめたわけではないが、紀行文や小説発表に舞台が移る。同年10月には尾道紀行「港小景　女詩人の旅」を『週刊朝日』に発表し、それが同誌デビュー作となった。この紀行も新資料なので、後掲する【随筆・紀行】のジャンルで紹介する。

翌昭和3年6月には、小説としては、これも『東京朝日』デビュー作となる短篇「かにの宿」を発表し、同年8月、芙美子の詩業を代表する「黍畑」が『女人藝術』に発表される。芙美子の文業を振り返ると、この2作の童話は芙美子夫妻にとっても記念すべき作品だと思うのだが、著者本人は作品名を具体的に示さず、「放浪記」に存在を暗示することで、自らの記念にしたのであろうか。以下に2作の童話を続けて紹介する。作中のルビは紙面に従い、誤植の補正は最小限にとどめた。

馬鈴薯姫

林芙美子

（一）

丘の上の畑けの、フクフクとした新しい土の中に、馬鈴薯姫《ばれいしよひめ》の住んでゐるお城がありました。そこの王様は、廣い土地と、多くの家臣《けらい》を持つていらつしやいました。

それに又、幸福な事には、王様と王妃様との間には可愛らしいたつた一人のお姫様がありました。臣民達はあまり可愛らしいので馬鈴薯姫《ばれいしよひめ》と申し上げて、お姫様〱と尊《たつ》とんでゐました。眞實《ほんとう》に氣だてが優しくて、皆さんのように可愛らしくて、あどけないお姫様でした。

つむじ曲りのモグラモチの爺やも、此《この》お姫様の前では、もうすつかりおとなしくなつて、地の上の面白い話をお姫様に聞かせてあげるのでした。柔かい土のお部屋の中で、お姫様は又、いつも〱土の上のお話を爺やにねだつてお話してもらふのでした。

「お姫様、けつして地上の光りにあこがれてはなりませぬぞ、一寸でもお姫様の肌に、光がふれた時は、もうお姫様は、一生此お城には歸る事が出來なくなりますぞ」

モグラモチの爺やは口ぐせのように、地の上のおそろしさを説いて聞かせるのでした。

或日のこと、それはまた夜明方の事でした。草の香のしみた、柔かいふくよかな土の寢床の中に眠つていらつした馬鈴薯姫は、ふと涼しい風にびつくりして、お目々をあけますと、まあ！　何と驚いた事でせう……眞晝《まひる》の輝かしい太陽の光りは赤々と照して、さわやかな丘の上のポプラの並木の新芽が、絹のネクタイのようにサワサワと風にゆれてゐました。

（二）

「まあ！　私どうしたのかしら……お父様もお母様も、御一緒なのかしら……こんなに眩しくつて、爺やが云つてゐたお天道様の光りではないのかしら……」

馬鈴薯姫《じゃがいもひめ》はあまりの不思議さにキョロ〳〵と四方を眺めますと、お姫様の周圍には、大根城の王子様や、人參の道化役者、さては馬鈴薯姫《じゃがいもひめ》のお氣入りの、小間使や、魔法使の玉葱や、屋根屋ゴボウなぞが、正體もなく、すや〳〵と、さも心地よさそうに眠つてゐるのです。

馬鈴薯姫《じゃがいもひめ》は眞實《ほんとう》にビックリしてしまひました、いつもいつもモグラモチの爺やに聞いてゐた、これが地上なんだ、だが、それにしても何と云ふ、ステキな此景色でせう……雨上りなのか、ジャスミンの花が血のように赤く咲いて、なだらかな草路《くさみち》を、白と黒の毛並をした牛が、幾匹も連らなつて小屋へ歸つて行きます。キビッ！　キビッ！と、小鳥はさも樂《たのし》そうにすつきりした空へ飛んでゐます。馬鈴薯姫は今までの暗いお城の事を考へると、樂園のやうな、此地上の方がはるかにいゝと思ひました。

「ジャックさん、今度は隨分馬鈴薯の豐作ですね。このぶんじや市場の方へも叩き賣りでもしなくては、商人も仲々手を出さないでせうね」

（三）

ふと馬鈴薯姫の頭の上でこんな事を云つてゐる者があるんです。お姫様は、ビックリして上を見ますと、大木のやうな異様な者がつつ立つてゐました。

此農園の主人らしい方が、土を掘り返してゐる百姓に、こう云つてゐるのです。

車にゆられて、氣を失つた馬鈴薯姫が、ふと目をさました時は、もう町の市場に賣られて來てゐました。自分のそばには、大根の王子様が、胸にきづをして青い顔をしてゐました。

馬鈴薯姫は何だか不安にならずにはゐられませんでした。

でも根が優しいお姫様の事ですから、一生懸命に、神様を信じてゐました。

だが、その夕方、とうとう馬鈴薯姫は、道化役者の人參と一緒に或貧しい家に買はれて來ました。

その家は貧しい家でしたけれど庭の廣い家で、まことに幸福さうなお家でした。

その家の主人は、馬車屋さんでした。あのジャスミンの花の咲く丘の村から、海邊の此の湊町まで行つたり來たりする馬車屋さんでした。お上さんも極《ごく》氣のいゝ人でサニーと呼ぶ一人の愛らしい娘がありました。町の小學校の一年生なのですが、それはそれは孝行な娘でした。

「お母様、今日はお父様の好きなポテートにしませうね」

サニーは一人で臺所に下りて、立働くのでした。

「では、油を先に火に掛けておいて馬鈴薯の皮をおむきなさい」

お母さんは、ミシンをかけながら、一人で出來るかしらと、あやぶみながら云ふのでした。

サニーは油のたぎりたつまでにみんな馬鈴薯の皮をむいてしまいませうと、一生懸命にむき始めました。

「まあ、隨分新しいおいもだこと、サキサキしてるわ」

小さな手で、可愛い桃色した馬鈴薯の皮を絲のようにむいて、薄く輪切りに切りはじめました。

(四)

馬鈴薯姫はどんなに驚いた事でせう。だが、こんなに小さな、小指の先程もない愛らしいお姫様を神様はけつしてお見捨にはなりませんでした。

油がパチ〳〵とはねてあぶないので、サニーは、そつとお鍋を火からおろそうとしました。そのはづみに裾が野菜籠にふれて、丁度その中に殘つてゐた馬鈴薯姫は、ころ〳〵と泥まみれの木箱の中に落ちてしまひました。

馬鈴薯姫はあゝびつくりしたと胸をドキ〳〵させました。木箱の中に落ちたのを誰も何も知りませんでした。

それから幾日かたつたのです。

可愛らしいサニーの赤い裾が見えたり、大きいお母さんの手が、木箱の中の玉葱を摘まんだりする度に、馬鈴薯姫はヒヤ〳〵しました。おき忘れられた寶石のやうに小さい馬鈴薯姫は、やつぱり地の中のお城が戀しくて、しよんぼり毎日泣いて暮しました。

お母様や、お父様や、あの大好きなモグラモチの爺やはどうしてゐるだらう……と、來る日も來る日も寂しい思ひ出にばかり泣いてゐました。

お父様ア――

お母様ア――

とも呼んでみましたが、鼠がクッ〳〵笑ふばかりです。

（五）

あのなつかしい、フク〳〵とした土もなくて、木箱の中は、じめじめしてゐました、氣味の悪いくも奴が、呑氣そうに、木箱の隅に巣を張つて行きます。

泥まみれの木箱の中の可愛らしい、馬鈴薯姫は、毎日毎日泣きあかして、とうとう、象牙のような薄紅色をした白い芽を出しました。或日ふと、馬鈴薯姫は頭に手をやつてびつくりしました。私もとうとう、種いもになつたのかしら……と思ひました。

何だか淋しくて、お姫様はしよんぼりしました。だつて、象牙のような白い芽は日に日に延びて行きますもの……。

丘の上の馬鈴薯《いも》のつる
日に〳〵長く延びてつて
小リスが毎日つなわたり

可愛らしいサニーが、學校から歸つたのでせう、無邪氣な唄ひ聲が、馬鈴薯姫の淋しい胸に……ふと、ありし日のなつかしいお城の事が思ひ出されるのでした。

モグラモチの爺やが、地上の光にあこがれてはならないと云つたけれど、私はあこがれはしないのに不意にこんな事になつて、どうしたらい丶かしら、お母様もお父様も、私がこんな泥くさい木箱の中にゐるのがわからないのかしら。でも、あのくもの巣が、きれいに張られたら、多くの家臣をつれてお父様がお迎へにいらつしやるのではないかしら……、それにしても、せめて、人間に食べられるのなら、あの愛らしいサニーさんに食べられた方がましだ、と馬鈴薯姫は思ひました。

（六）

或日のこと、日曜日で、サニーは學校のお休《やす》みでした。でも日曜の禮拝がありますので、お母様と、朝早く教會へ出掛けてお晝頃、お腹をすかして歸つて來ました。

「お母様、なにかこしらへませうね」

サニーは臺所におりて、メリケン粉を柔くこね始めました。

その時、木箱の中で、チウチウコトコトと音がします。

「あら！　又鼠が出たわ、仕方のない鼠だこと」

サニーは木箱の中をのぞいてみました。小さい鼠が、馬鈴薯姫の象牙のような芽を喰べて穴へ引いて行かうとしてゐます。

「あらあらッ……シッ！　ほんとにいやーな鼠さん」

サニーは可愛い馬鈴薯を摘み上げました。

「お母様！　馬鈴薯に芽がふいてよ、ほゝづきのように、小ちやいおいもよ」

ミシンを掛けてゐたお母様も、あんまり小さいおいもなので、思はずほゝ笑みながら
「植《うゑ》てごらんなさい」

と、おつしやいました。

サニーは喜んで、こはれた、シャベルを持つて、裏のお庭の、一等柔い土の中に植てやりました。

　丘の上の馬鈴薯《いも》のつる
　日に〳〵長く延びてつて
　小リスが毎日つなわたり

馬鈴薯《いも》姫は嬉しくて、嬉しくて、サニーの此の唄をすつかりおぼへてしまひました。

（七）

柔《やはらか》い土の寢床に馬鈴薯姫は、象牙のような芽から紅色の莖をだしました。やがて白い花も咲かせました。でもお姫樣はやつぱり一人ぼつちでした。いつもいつも、サニーが學校から歸つて凉しげに水をかけてくれるのですが、馬鈴薯姫にはほんとに迷惑でした。お姫樣は段々みにくく肥て行きました。

或日の事です。もうお日樣もやがて沈まふとする夕方、お姫樣はもう起きてゐても淋しいから休ませうと、寢床へはいりますと、窓の外をブツ〳〵語りながらゆく者があります。

お姫樣は不思議に思つて、窓の戸を開けて見ますと、忘れもしない、モグラモチの爺やが、澤山のモグラモチを引つれて、荷物を肩に、侘しそうに歩いて行きます。あまりのなつかしさに思はずお姫樣は、

「あら！　モグラモチの爺やじやあないの」

と叫びました。

モグラモチの爺やはびつくりして見上げますと、片時も忘れたことのない、いとしい馬鈴薯姫樣がのぞいてゐました。

「お丶お姫樣ですか」

やがて、モグラモチの爺やは、大勢のモグラモチをまたせておいて、お部屋へはいつて來ました。

（八）

「お姫樣が地上に行かれてから、間もなく、お父樣もお母樣も、地上にさらわれて行かれたのです。

でも、その當座はお歸りになるのを待つてゐましたが……もう、きつと人間達に喰べられておしまいになつた事と思ひます。

今では、玉葱の一族が勢《いきほひ》を得て、大變に我まゝをふるまつております。それで、一度はモグラモチ一族、力をあわせて馬鈴薯城を取返さんと、攻めたのですが、かへつて、毒ガスでやられて、目があけられないのです。それで、私達一族は、兎に角、外に住家をもとめようとこゝまで來たのです。

此の長いモグラモチの話を聞いて、馬鈴薯姫は悲しくなりました。

お父様もお母様もいらつしやらない事がはつきりわかると、悲しまずにはゐられませんでした。

モグラモチの爺やは馬鈴薯姫に出會つたので、そこへ住む事になりました。

前のような、お城住居のお姫様も、ジャスミンの根の間の小さなお家で、毎日侘しく暮すのでした。

丘の上の馬鈴薯のつる
日に日に長く延びてつて
小リスが毎日つなわたり
朝晩、サニーの優しい唄聲を聞いて、お姫様は、でも前より樂しそうに、段々根を張つてゆきました。

くものように、糸のあみのように。

―をはり―

童話　三味線屋のお爺さん

林芙美子

一

雨あがりのキラ〳〵する日射しを受けて、横町の三味線屋のお爺さんは、三味線の胴に皮を張つてゐました。

「ヨオ、却々《なかなか》御辛棒ですね、今日は生《いき》のいゝところを一ついかゞでございい」

お向ふの初音床《はつねどこ》の前に肴屋《さかなや》は荷物をおろして勢よく叫んでゐます。

そのすばらしく大きな聲に、今までせつせと胴に皮を張つてゐたお爺さんは、ふと手を止めてメガネ越しに向ふを見ました。

「フ…………」

お爺さんの目は、大黒様のように細くなつて一人ニコ〳〵笑ひ出しました。

「まぐろ……赤鯛、鯖、ふゝんなるほど、今日は生のいゝ奴がそろつてゐるな……それからつと、新鮭、竹輪、うん竹輪はバサ〳〵してこれからは不味いな。なまがつを、かまぼこ、めざし……なるほど」

お爺さんは、段々のび上つて前の肴屋の方を見ました。

「今日のまぐろはいゝまぐろだ、高いだらうな」

お爺さんはツバをゴクリと呑んで、手の方もお留守にして、一生懸命みてゐました。

お向ふの初音床のお神さんが、やがて白い皿を持つて出て來ました。お爺さんは今日は初音じやあ何を買ふかな、と見てゐました。

「まぐろを二人前頂戴」

肴屋はバッタのように二三度おじぎをしてかひ〳〵しく、まな板の上で、透きとほつたように紅色をしたまぐろをうまくおさしみに切つてゐます。

「ホオ・・・初音じやあ今日はまぐろだな、うちも今日はまぐろにしようかな」

お爺さんは、光つた頭をテラテラさせて、今は一生懸命樂しそうに肴屋の手つきを見てゐました。

溝の上をバタ〳〵飛んでゐた雀の子供も、おかしそうに、ツンとした首をかしげてお爺さんを見てゐました。

きつと雀もおかしかつたのでせう。

ドオン！

やがてすばらしく大きな音を立てゝ、午砲が鳴りました。

「やれ、もうお晝だな、まぐろのおさしみで、熱い御飯を食べませうと……」

お爺さんは汚い臺所に下りて行きました。

昨夜焚いた麥飯の固いのが、少しお釜に殘つてゐました。

二疊の茶の間は、肥つたお爺さんの體ではち切れそうでした。汚ない部屋なので、ぬれたボール紙のような匂ひがしました。

お爺さんは足のない茶ぶ臺を置いて、お皿におひたしをなみ〳〵とつぎチョコンと座りました。

やがてお爺さんは、固い麥飯に湯をかけてザブ〳〵ショビ〳〵と食べ始めました。

「なあ、玉子《たまこ》や今日はまぐろだよ、すてきだなあ、俺はわさびをおろして食べるよ」

二

お爺さんはありもしないのに、わさびをゴシ〳〵おろすまねをしました。

三毛猫の玉子は、お爺さんは又變な事を云ひだしたなと、目を細くして、盜み見てゐました。

「何だあ……目ざしの頭をくれてまぐろなんて、お爺さんも隨分だわ」

玉子は心でつぶやきながら舌なめづりをしながら、ニヤアン、ニヤアンと我慢して不味い御飯を食べました。

三味線屋のお爺さんは、それはそれは正直者でした。昔お爺さんの若い時代は、此の三味線屋のお爺さんも、その日その日に支障《さわり》のない程、こじんまりとした身代だつたのですが、段々の不幸續きでお爺さんは、今では三毛の玉子とふたり切りになりました。

それにお爺さんは大黑さんのように肥つてゐますので、却々《なかなか》立働きが困難でした。それで、三味線の方だつても、そう〳〵毎日修繕を頼まれるわけでもありませんので、お爺さんは可哀想に大變貧乏でした。

でもお爺さんの呑氣坊である事は町内で誰も知らない者はありませんでした。夏は新聞紙をのりで張つて蚊帳の代用をしたり、冬は炭がなくなると雨傘を燃やしたりしました。

三味線屋のお爺さんは、佛様が大好きでした。歪んだお店にも茶の間にもおしやか様の畫がべたべたはつてありました。そして役者の似顔繪も好きでした。とくにお爺さんの好きな役者は淺草の銅像になつてゐる團十郎が好きでした。お爺さんが、變な聲で、芝居の眞似をしてゐるのを三毛の玉子はふき出して聞いてゐました。

「さあ〳〵玉公や、今日はまぐろだよ。トロ〳〵と油つこくつてうまいだらう」

玉子に魚屋でもらつた鰯の頭を食べさせながらお爺さんはニコニコしてゐました。

「今日《こんにち》は御免下さいな……」

その時、お店の方で女の可愛らしい聲がしました。

「何だかお客様らしい、玉子やまつておいでよ」

お爺さんがお店に來て見ますと結綿《ゆひわた》に結つた十七八の娘さんが、女中と一緒に立つてゐました。

「あのう、ほんとに濟みませんけど、今晩までに此《この》三味線をなほして下さいな。今晩是非共いるんですから……ね、どうぞお願いしますわ」

竿の折れた三味線を置いて。娘さんはさつさと急がしそうに出て行きました。

お爺さんは、そのこはれた三味線を手にとつて見ましたが、あんまり損じ方がひどいので驚いてしまいました。

「これはえらいもんを引受けたものだ、とても今日中にはなほりつこないなあ……だがあのお嬢さんもお困りだらう」

お爺さんはほんとに困つてしまひました。でもあの人形のようにあどけない娘さんの事を思ふと、急に勢が出まして、お爺さんはキリ、ツとたすきをかけて三味線の修繕に掛かりました。

玉子も、不味さうに御飯を食終つてお爺さんのそばで、しきりに居眠りを始めました。

「ほんとに、でもよくもこんなに損じたものだなあ」

お爺さんは手にパッ〳〵とつばをはいて〆釘をはづしました。額に汗をたら〳〵流して皮をのばしたり、竿をついだりして今は一生懸命でした。

やがて大方出來上りましたので、肥つたお爺さんはうんと背のびをしながら、まづ一服煙草をふかせました。

ふと、店先を何氣なく眺めますと、青竹色のメリンスの包《つつみ》が置いてありました。

「オヤ」

お爺さんは、いぶかし氣にそれを手に取つてあけて見ました。中には三味線のバチだの、けいこ本だの、銀行の通帳なぞがはいつてゐました。

「あ、あの娘さんが忘れていつたんだ、さて〳〵困つてゐるだらうが、今晩來ると云つたから取つて置いて上げませう」

お爺さんは、叮嚀に棚にのせておきました。

「三味線屋さん、お頼みしたの出來まして」

さつきの娘さんが、お爺さんの店に來ました。

「へい〳〵よう〳〵出來ましたが、お氣に入りますかどうですか一寸見て下さい」

そお云つてお爺さんは三味線を出しました。

「まあこれで結構ですわ。今朝ね、お母さんに叱られて口惜しくつてこはしちやつたのよ、ホ……あの武田屋ですから後でお代をとりに來て下さい」

三

「へい〳〵かしこまりました。いくらお母さんに叱られなすつたと云つても大切なおけいこ道具を損じるなんて事はいけませんよ。ハッハッハッ」

「ほんとにね。では後でね、さよなら」

娘さんは嬉しそうにさつさと行つてしまひました。が、ふとお爺さんはさつきの包の事を思ひ出しました。なあに代金なんて明日にでもと思つてゐましたが、包の事が心配でお爺さんは、その包をもつて、走つて武田屋へ行きました。

「三味線屋さんですか、まあ〳〵無理を願つて濟みませんね。おやまあ、包みと、え、あの娘はそ、つかしやで困るんですよ。今晩お師匠さんの所へ行くのにその包が無ければ大變だつたんですよ。それに、今日銀行へ行つてもらひましてね。通帳の事なんかも忘れてしまつてゐるんですよきつと……おどかしてやりますよホヽヽヽ」

お上さんは竹のように笑ひながら、嬉しそうにお爺さんにお禮を申しました。

お禮のお金や、折詰や、正宗なぞをもらつてお爺さんは天下を取つたように鼻息荒く歸つて來ました。

「玉子や、玉子やこれだから商賣はありがたいもんだよ……あヽナムアミダブツ、ナムアミダブツ……」

お爺さんは世界中で自分より幸福な者はないと思ひました。

「さあ玉子や、今晩は玉子にまぐろのトロ〳〵を買つて來てあげるよ」

やがてお爺さんは町通りの肴屋へまぐろを買ひに出掛けました。

「ヤッいらつしやい。横町のお爺さんまぐろのいゝところいかゞですウ」

「あゝいゝとも、いゝとも、一つまぐろのトロ〳〵としたところをおくれ、そしておさしみを一人前な」

「ヘイおさしみ一人前！」

紅玉のような色をしたまぐろを手ぎわよく肴屋さんは薄く切つてゐます。

やがて、溝板《どぶいた》をコト〳〵音をさせてお爺さんはニコ〳〵しながら歸つて來ました。

狸の菅笠のようなぼんやりした赤いお月様が屋根の上からポッカリお爺さんの頭を照らしてゐます。

「やつぱり生きておればこそだなあ、こんな幸な事があるだろうか、ほんとにこのまぐろも何年振りだらう……」

お爺さんは幸すぎて何だかほろりと侘しくなりました。

お爺さんは、赤々と火を燃やして、佛様にもおさしみをそなへました。

「佛様だつて、うちの佛様は人種が違ふんだ、さあ、珍らしく幸でございます。まあ一ッ召上つて喜んで下さいませ。ナムアミダブツ、ナムアミダブツ」

お爺さんと玉子は二疊の茶の間にしよんぼり坐つて破れ障子から月影をあびて、ほんとにおいしいおいしい御飯をたべました。

「玉子や、どうだい。すばらしいだらう。一つ頬けたの落ちんようにほゝかぶりしてやらうかい」

高らかに笑ひながらお爺さんは齒の抜けた口いつぱいにおさしみをほゝばりました。

【童話】

第13章 『新作少年文學選』と「お母さんの飛行機」

昭和17年5月25日、新潮社から新日本少年少女文庫シリーズの一つとして、島崎藤村編『新作少年文學選』第16巻が刊行された。芙美子を含む19人の詩人・作家による書き下ろし作品が収められている。編輯部の「まへがき」を紹介する。「『新作少年文學選』をお贈りするに際して一言御挨拶いたしたいと思ひます。この本は、その企てを實行に移してゐる最中に、今次の大東亞戰にめぐりあつて、本書の内容が戰争前に書かれたものと、戰争勃發後に書かれたものとから成つてゐることは、御覧になれば自らおわかりになることと思ひます。／言葉を換へていへば、十二月八日を契機とするそれ以前の文學とそれ以後の文學といふわけであります。がしかし、だからといつて作品の價値に甲乙があるといふわけではありません。それどころか、戰争前の最も緊迫した空氣のなかで書かれたものを見ても、戰争中の激しい生活のなかで書かれたものを見ても、作者は常に親として、また兄姉《きやうだい》としての心情から、少國民に作者自身の精神を、愛情を、あこがれを、また希望を、話や詩の形をかりて傳へようとされてゐることがおわかりになると思ひます。（後略）」。

収録作品は必ずしも時局におもねった作品ばかりとは言えない。作品と詩人・作家は次のとおり。

少年少女におくる言葉……島崎藤村／土曜日の夜……石坂洋次郎／詩・ぼくらの花、櫻……高村光太郎／お母さんの飛行機……林芙美子／ひれふる山……豊島與志雄／詩・新たなる歴……尾崎喜八／博士と大工……和田傳／詩・船を眺めて……丸山薫／山の湖……壺田讓治／十五夜の月……壺井榮／詩・あしおと……百田宗治／錄郎と乳母……中里恒子／新高山と學校……眞杉靜枝／詩・旗……阪本越郎／山の少年……深田久彌／詩・初雪の日……中西悟堂／父の恩……佐藤春夫／人形と兵隊……火野葦平／詩・黑潮の歌……佐藤春夫／遠い國の近い話……芹澤光治良。

装幀・恩地孝四郎　筆者蔵

壺井榮、佐藤春夫、火野葦平、芹澤光治良らの作品は、繰り返し読まれるべき秀作だと思う。だが「お母さんの飛行機」は芙美子の文業から洩れている。芙美子はこの作品執筆後、長篇童話「宗六の日記帖」を『少國民の友』に連載中、南方に派遣され長期の中断を余儀なくされた。「お母さんの飛行機」は「宗六の日記帖」に先立つ習作的原型作の意味合いがあり、これらの作品は、戦時下における著者と童話を考証するには欠かせない作品である。作中に「お母さん」と「お母さま」等の語の混用がある。文脈に従い一部「お母さん」と「お母さま」等に整えた。

お母さんの飛行機

林芙美子

啓吉は、このごろ自分の近所から一寸遠いところにお友達が一人出來ました。色の黒い、眼の大きい少年で、啓吉より二つ下の九ッださうです。話をすると少少どもつて、ひどいつばきをとばします。啓吉は、お母さまがこのごろ滿洲へいらつしてお留守《るす》なので、この少年を時時誘つて、おうちへ連れて來ます。少年は松井君といつて、お鄕國《くに》は鹿兒島ださうで、東京へ來て、まだ半年ぐらゐださうです。松井君は、時時おもしろい言葉をつかひます。このあひだも「ぼつぼつ出かけませうか。」と言ふことを、「ちんちん行《い》きもんそうかい。」と松井君が言ふので、啓吉はその意味が少しもわからなくて、眼をぱちくりしてゐました。松井君は、お父さまが出征してをられるので、澤山の小さい弟妹と一しよに、東京のおばあさんのおうちにゐるのださうです。

啓吉は、どもりながら田舍言葉を話す松井君が大好きでした。學校も違ふのですし、住んでゐる町も違ふのですけれども、啓吉は松井君を誘ひに行くのがたのしみです。

啓吉は今日も松井君とお話をしながら、緣側で模型飛行機をつくつてゐました。暖い日で庭のつつじも紅葉《もみぢ》も、鼠の足のやうな小さい紅《あか》い芽を出してゐます。もうぢきあたたかくなるよ、と青い空のお陽さまが言つてゐるやうです。

「東京は寒かねえ。」

「九州つて暖いの？」

「ああ、とてもぬくいよ。足袋なんかはかないよ。」

「九州つてどんなところ？　いいところかい？」

「うん、いいところだよ。なんだつてあるよ。」

「飛行機で行けるかい？」

「ああ、飛行機だつて毎日ぶんぶん飛んでるさ。」

「僕のお母さんは、飛行機で滿洲へ行つたんだよ。」

「ふーん、お母さんでも飛行機に乘れるの？」

「そりやあ、乘れるさ、滿洲の叔母さんが病氣が悪いんで大急ぎで行つたのさ。朝早く乘つて、お晝すぎには新京つていふところへ着くんだつて。」

啓吉は、お母さまから來たお手紙を部屋から持つて來ました。

「ねえ、讀んできかせようね。」

松井君は面白さうにナイフで竹をけづつてゐます。啓吉は封筒からお母さんの手紙を出しました。お母さんの手紙にはなつかしいお母さんの匂ひがしてゐます。


——啓吉さん元氣ですか。

お母さまは六日の夕方新京に着きました。初めて飛行機に乘つて、啓吉さんがゐたらどんなに喜ぶだらうと、お母さまは眼をつぶつて啓吉さんの事を考へました。飛行機に乘るとね、お耳に綿をつめて、柔かい椅子に腰をかけて、廣いバンドで膝をおさへておきます。お客様は、女の方ではお母さま一人で、あとはみんな男の方でした。離陸をする時、氣持のいいのには、ほんたうに吃驚《びっくり》しました。飛行士の方はみんな若い方です。機關室は見えないやうに扉が閉めてあつて、扉の横には、高度がわかるやうに、針の動いてゐる時計のやうなものが出てゐました、隨分便利なものですね。お母さまのやうな女の人でも、飛行機で滿洲へ一飛びで來られるのですもの。飛行機つて少しも怖《こは》くありません。これから啓吉さんが大きくなつたら、もう何處へ行くにも飛行機ですつすつと旅行するやうになるでせうね。

飛行機の上から下界を見てゐると、走つてゐる汽車が芋虫のやうです。啓吉さんの地圖ね、色のついた地圖があるでせう、あの地圖にそつくりの下界です。海だつて、淺いところから順順に濃いある色に染まつて何とも云へない綺麗さです。

富士山も見ました。とても立派で、これは繪にも筆にもつくせません。シャボンのやうな眞白いむくむくした雲の中から、ぬつと茄子色の富士山が突き出てゐて、まるで神様みたいなのです。機上の人達は、みんなこの美しいお山を拝みました。お母さまは、啓吉さんもきつとここを飛ぶ人になつてくれますやうにと祈りました。

うんと勉強をして、立派な飛行家になれるといいとお母さまは思ひました。日本の景色はきれいです。地上では隨分寒いのに、綠の島島、青い海の色、黄いろい田畑、うつそうと樹の繁つた山山、ほんとに日本といふ國はきれいな有り難い國だと思ひました。九州の福岡にある雁ノ巣飛行場を一寸降りたところに税關がありました。ここは海に近い飛行場です。お母さまは夢のやうな氣がしました。雁ノ巣飛行場から、今度は廣い廣い海を渡つて朝鮮の空を飛びました。紫色の山や、眞赤な山や、丁度、何時か啓吉さんと見たことのある鑛山の模型のやうな、禿げた山山の上を飛行機が飛んで行きました。二千メートル位の高さなのださうです。お母さまは何度か眠くなつて困りました。京城と奉天で降りて、新京へ着いたのは四時頃です。廣い廣い飛行場で立派でした。新京では伯父さまが夏子ちゃんとお迎へに來てゐました。隨分寒いので、お母さまはマスクをして、肩かけを頭からかぶりました。地下二メートル位も凍つてゐるさうです。叔母さまは大變喜んでゐました。まだ大事なところですが、お醫者様はこの分では安心だとおつしやつてゐます。

飛行機のお話は、お母さまが歸つてからどつさりしてあげます。お祖父様、おばあさまによろしく。夜は早く寢て、朝は早く起き、お年寄りのお手傳ひをしなければいけません。こちらのことを思ひますと、東京の寒さは何でもありません。兵隊さんも澤山いらつしやるのよ。

松井君は、何時の間にか、啓吉の肩にもたれて、ぢつと啓吉の讀むのを聞いてゐました。啓吉は、松井君が肩にもたれてゐるのがうれしい氣持でした。

「ねえ、君のお父さんは何處に出征してをられるの。」

啓吉が手紙をしまひながら尋ねました。松井君はホッと息をついて、大きい眼をきらきらさせ、

「僕のお父さんは滿洲なんだよ。とても強いんだから。大きいシェパードを何匹も飼つてるんだつて、僕のお父さんお餅が大好き。」

啓吉は自分もふつとお餅が食べたくなりました。お正月にはいただいたけれども、また、早く新しいお正月がくるといいなと思ひました。

「もう、お母さんの手紙ないの？」

松井君が帽子をかぶりながら言ひました。

「君、寒いの？」

「寒くなんかないさ、帽子の方が寒いんだよ。」

啓吉はくすくす笑つて、もう一つのお母さまのお手紙を出して來ました。


――啓吉さん元氣でせうね。

昨夜は飛行機の夢を見ました。これは夢ではありませんが、お母さまは飛行機に乘つて一番怖いのは雲だと思ひました。ほんとに雲は怖いのです。暗い雲の中へはいると少しも方がくがわかりません。新京へ降りる時に、暗い茶色の雲の中へ飛行機がつつまれてしまつて、飛んでも飛んでもその雲から飛行機が出る事ができなくて心配でしたが、やつと雲の隙間から下界を眺めた時はホッとしました。厚い雲の表面はからりとしたお天氣で、お陽《ひ》さまがきらきら照つてゐるのに、雲の下に降りると、もう下界の街には灯《ともしび》がつきそめてゐて、何となくほの暗い四圍《あたり》でした。

白いあぶくのやうな雲だの、うすい氷菓子のやうな雲だの、古綿のやうなきたない雲だの、紫色の山のやうな雲だの、薄紅色に染まつたショールのやうな雲だの、そんな雲の中を飛行機は飛びました。お母さまの隣りにいらつした陸軍の將校の方は、もう何十回も飛行機にお乘りになり、空の上で一番きれいなのは、大きな虹のみえる日だとお話をしておいででした。遠くの地上で雨が降つてゐる時もあるのださうです。お母さまは雲の上の虹をみた事はありませんけれど、虹が出たら、さぞきれいだらうと思ひました。

飛行機の上では福岡で出來たおいしいお辨當をたべました。お茶も紙のコップでいただきました。お母さまのシートには、窓から陽《ひ》がきらきら射してまぶしい位でした。少し大きい聲でお話もできます。滿洲の空へくると、川の流れが凍つてゐて、まるでお魚の骨のやうに山の上から白くうねうねと河が固く凍つてゐます。この寒い滿洲の山の上には、いろいろな珍しい動物がゐるのでせうね。狼だの、虎だの、鹿だのがゐるのでせうね。山は茶色に凍つてゐて、いかにも寒むさうです。田舍のお祖父さまだつたら、この景色ですぐ歌をおつくりになるのにと思ひました。叔父さまのところには老爺嶺《らうやれい》といふお山にゐたのだといふ白い狼のはくせいが飾つてありましたよ。郊外に行くと雉も澤山ゐますよ。夏になつたら、お休みには啓吉さんを連れて來ようと思ひました。

手紙をきいてゐて、松井君は白い狼といふのはどんなのかしらと思ひました。

「ねえ、白い狼つて怖いんだらうね。」

「うん、狼つて、僕、いつか動物園でみたよ。」

「何處の動物園?」

「上野の動物園さ。」

「そこに行くのは遠いの?」

「ああ、省線に乗つて行くんだ。何でもゐるよ。狼だつて虎だつて、ライオンだつて、象だつて……」

「凄いんだねえ。僕は鹿兒島で大きい蛇を見た事があるよ。とても大きくてのろのろしてるの。蛇って好きかい？」

「僕は蛇なんかきらひだなあ。あんなの氣味が惡いや。」

お祖父さまが庭口からはいつていらつしやいました。

「おい、啓吉、一寸來てごらん、紅葉《もみぢ》の木から水が噴《ふ》いてるよ。」

「ヘエー、木が水を噴くつてどうして？」

啓吉も松井君も、あわててお祖父さまの後からついて行きました。お祖父さまが庭の手入れをして、紅葉の木の枝をお剪《き》りになると、冬ぢゆう水を一ぱい吸ひあげてゐた紅葉は、面白いほど枝の剪り口から水を噴いてゐます。枝から幹へかけてべつとり水が流れてゐました。

「ねえ、お祖父さん、不思議だねえ、まるで、血みたいだね。」

啓吉は高い紅葉の枝を見上げました。啓吉や松井君は世のなかのものすべて、何も彼《か》も不思議なものだらけです。松井君はどもりながら、

「どの木も、枝を剪ると水が出るの？」とお祖父さまにききました。

お祖父さまは、紅葉は、冬ぢゆう水を吸ひあげる習性があるから、枝を剪ると水がこぼれるのだと教へて下さいました。松井君は鹿兒島にゐた頃、木の上に登つて、一番高いところからおちたことがあるのださうです。飛行機なんかは自由に飛べるのに、どうして木へ登つておちるのか、松井君は不思議でした。

少しばかり四圍《あたり》には風が出てきました。

縁側に置いてあつた啓吉の飛行機が庭石の上へ墜落してゐます。松井君は走つて行つて、大切さうに飛行機をひろひました。――松井君はお母さまが早く亡《な》くなつてしまつて、小さい弟妹とお父さまと暮してゐたのださうです。お父さまは松井君をとても可愛がりました。出征されてからも、自分のことは自分でせよといふことをお手紙に書いて下さいますさうです。松井君は飛行機をつくることが大好きでした。東京へ來てからも飛行機ばかりつくりました。或る日、近所の模型飛行機の材料を賣つてゐる店で、自分と同じやうな材料を買つてゐる啓吉と一緒になり、松井君は人なつつこく啓吉に飛行機の組み立て方をたづねたりして仲良しになりました。だから、松井君は啓吉にとつては飛行機友達なのです。

松井君は啓吉の家に來ても、あんまりしやべらないで、飛行機の雜誌なんかを見せて貰ふのをたのしみにしてゐました。

「空つて廣いねえ、どうして廣いんだらう。」

松井君は縁側に腰をかけて足をぶらぶらさせながら、空をぼんやり見てゐます。

「どうして廣いんだらうねえ。」

「さあ、どうしてだか。君、先生にきいてみたまへ。」

「うん。」

「今日のやうな、こんな空はいいね。」

「うん、だけど、僕は暑くなつてからの青い空も好きだなあ。蟬も鳴くし、汗も出るし、櫻島の煙がもくもくまつすぐにのぼつてるの好きだなあ。」

「お母さんが歸つたら、君の九州の話をもう一ぺんするといいな。」

「君のお母さんつていい人？」

「そりやあいいさ。飛行機だつて平氣で乘つて行つたんだもの。」

「飛行機は怖くないつて書いてあつたね。お母さん、何時歸るの、もうぢき？」

「うん。」

「飛行機つていいだらうなあ、僕も乘つてみたい。とても、乘つてみたいなあ。」

「大きくなつたら乘ればいいぢやあないか、僕のお父さんも隨分飛行機に乘つたんだよ。」

啓吉のお父さまは、支那事變で戰死なすつてもう四年になります。啓吉は大きくなつたら立派な飛行家になりたいと思ひました。今日も新聞の寫眞を見てゐると、大きい象に乘つた日本の兵隊さんがゐました。飛行機に乘つて、早くこんな南の國へ出征してゆけたら、どんなにいいだらうと思ひました。


松井君は、啓吉とお友達になつて隨分朗らかになりました。お家《うち》は貧しかつたけれども、松井君のおばあさんはとてもいい人で、何時だつてにこにこしてゐます。松井君は東京よりも鹿兒島の方が好きでしたけれども、お父さまのおかへりまでは、東京にゐなければなりません。松井君のおばあさんの家は、ささやかな乾物屋さんをしてゐました。

啓吉は松井君の家へ行くと、ぷんと乾物臭くて、その匂ひが好きでした。昆布だの、切干だの、かんてんだの、煮干しだのが飾つてあります。何時も松井君の歸りには、啓吉が松井君の家まで見送つてゆくことにしてゐました。すると、松井君のおばあさんは福福した顔で、「ようおくつておくれましたなあ、がつついもう何も出來ませんでなあ。」と田舍言葉でお禮を言ひます。

啓吉はいいおばあさんだなと思ひました。今日も、啓吉は松井君をこれから送つてゆかうと思ひました。原つぱを越して、橋を渡つて、染物工場の長い塀をまがると、もうそれから松井君の家です。

「さあ、そろそろ行かうか。」

啓吉が四圍《あたり》を片づけはじめると、松井君は、啓吉のつくつた空色《そらいろ》の紙を張つた單葉《たんえふ》の飛行機をいかにもほしさうに何時までもいぢくつてゐます。その飛行機は啓吉が一週間もかかつてつくつたので、默つてゐましたけれども、ふつと、松井君のおばあさんのにこにこした顏が瞼《まぶた》に浮ぶと、啓吉は思ひきりよく、

「君、ほしいのなら上げるよ。持つてゆきたまへ。君のよりはうまく出來てるからね。」と、啓吉がさつぱりといひました。その飛行機には、かたかなで翼にヒサコと書いてあります。ヒサコといふのは啓吉のお母さまの名前です。お母さまが滿洲からおかへりになつたらお見せするつもりで、一生懸命つくつたのですけれども、松井君がいかにもほしさうでしたので、思ひきりよく、啓吉は松井君にやつてしまひました。

松井君は震へさうによろこんでゐます。

「どうして、こんな立派なのくれていいの？」

「うん、さつき、これが墜落したのを、君がすぐひろつてくれたから、君に上げても大切にしてくれるだらうと思つて上げる氣になつたんだよ。」

松井君はうれしくてもう胸がどきどきしてゐるのでせう、ますますどもりながら、幾度も有難うを

いひました。

「ヒサコといふのは何のこと？」

「それ、僕のお母さんの名前だよ。」

「ふーん。」

「ほんたうは本字で書くんだぜ。」

松井君も、こんどは自分もお母さんの名前を入れた飛行機をつくらうと思ひました。松井君の亡くなつたお母さんはクラといひます。小柄ないいお母さんだつたさうです。

啓吉は飛行機を持つた松井君を連れて戸外へ出ました。松井君は青い飛行機を両手で帽子の上へささげて歩きました。啓吉はそのかつかうがをかしいので、くすくす笑ひながら、

「君の頭は小さい航空母艦だねえ。」とからかひました。

松井君はお父さんに今夜は手紙を書くのだとよろこんでゐます。啓吉は今度はもつと大きい飛行機をつくつて、お母さまのお部屋へ置いておかうと思ひました。この間寫眞で見た、ドルニエＤＯ—二六型の白い飛行機を眞似て、それをつくつてお母さまに見ていただかうと思ひました。

「君のお母さんは、着物を着て飛行機に乘つたの？」

松井君が面白いことをききます。松井君は、啓吉の折角つくつた飛行機を貰つて大變濟まないと思つてゐました。

乾物屋の前へ來ると、松井君のおばあさんがにこにこして立つてゐます。

「おばあさん、僕、啓吉さんに飛行機貰つたよ。ほら、こんな立派なの、見て。」

おばあさんは、汚《よご》れた白い前掛けをしてゐました。お店の乾物の匂ひが四圍《あたり》に匂つてゐます。切干の一ぱいはいつてゐる陳列臺の上に、菜種の黃いろい花が小さい瓶にさしてありました。啓吉は、こんないい人達によろこんでもらふのをうれしいと思ひました。

「これがせびつたのぢやございませんかの?」とおばあさんが、濟まなさうに啓吉にききました。

「ううん違ふの、僕が上げたんですよ。僕、いくつでもつくりますから。」

上つて遊んでゆけ、とおばあさんも松井君もすすめましたが、啓吉は急いで歸りました。道を歩きながら、たつた今、自分のつくり上げた青いお母さんの飛行機を人にやつてしまつたことが、何だか淋しい氣持でしたけれども、啓吉はぶうんぶうんと黃昏《たそがれ》の空を東へ飛んでゆく本當の飛行機をみて、もつともつとむつかしい、いいのをつくつてみようと思ひました。

お母さんは、もう一週間もすればおかへりになります。それまでには素晴らしいのをつくつておかうと、啓吉は口笛を吹きながら走つてお家へかへりました。

庭からはいつてゆくと、紅葉の枝はまだ水をぢくぢく噴《ふ》いてゐます。啓吉は何だか淋しくて仕方がありませんでした。お母さんが早く歸つていらつしやるといいと思ひました。

松井君が廣い空だといつたけれども、ほんたうに、空は何處までもひろびろと、いばつてゐるやうに大きく見えます。

吉田勘三郎　畫

芙美子はこの作品執筆後、長篇童話「宗六の日記帖」を『少國民の友』昭和17年9月号から連載するが、同年10月末から陸軍省報道部嘱託として南方に派遣される。同年12月号でいったん中断を余儀なくされ、再開したのは帰国後の昭和18年9月号。翌19年4月号で完結する12回連載であった。主人公の宗六は国民学校四年生。「お母さんの飛行機」の啓吉とほぼ同年齢。やはり模型飛行機作りが好きな飛行家に憧れる少年。「お母さんの飛行機」で母が語る雲の情景は「宗六の日記帖」でも描かれる。宗六と妹加津子の会話。

……「宗にいさん、雲は生きてゐるの」「どうして、雲が生きてゐるつて」「だつてうごいてゐるでせう」「雲はいきものぢやないよ」「ぢやあ、何なの」ぼくもほんたうはよく知らない。……雲は地球の水蒸氣がかたまつてできたのではないかと思ふ。でも、むらさきや、白や、夕やけの雲なんかは何の反射であんなに美しい色になるんだらう……。

〈『少國民の友』昭和18年11月号〉

この「宗六の日記帖」連載中の昭和18年12月、芙美子は新生児を養子に迎え、泰《たい》と名付けた。翌年には泰と母キクを伴い、信州に疎開する。「宗六の日記帖」は疎開前に脱稿していたかも知れないが、完結したのが昭和19年4月号。戦争末期の2年間は1冊の単行本も刊行できず、「宗六の日記帖」も単行本化されていない。「宗六の日記帖」は、存在は知られていても、掲載雑誌を通読することすら難しい作品である。「お母さんの飛行機」がその習作的原型作であるならば、この作品もまた、芙美子の文業の一頁として刻まれなければならない。

【小説】

第14章　『女性詩人』と「このごろのわたし」

大正末期の東京小石川に、詩人渡邊渡《わたなべわたる》が主宰する太平洋詩人協会が生まれた。詩誌『太平洋詩人』とその女性版である詩誌『女性詩人』も同所が発行した。『女性詩人』の編集名義人は詩人友谷靜榮《ともやしずえ》。印刷名義人は『太平洋詩人』『女性詩人』ともに菊田一夫である。『太平洋詩人』は大正15年5月創刊、昭和2年4月号の通巻8号で終刊。『女性詩人』は大正15年7月創刊、同年9月号の通巻2号で終刊して『太平洋詩人』に合流した。『太平洋詩人』は２００９年に至り、ゆまに書房が復刻したことで利用が容易になったが、『女性詩人』は復刻されなかった。２００９年現在では、２冊の完本が揃わなかったのだろう。その後、第2号の大正15年9月号が神奈川近代文学館に寄贈され、利用できるようになった。その第2号に芙美子の知られざる作品「このごろのわたし」が掲載されていたのである。渡邊、友谷、菊田いずれもが芙美子と「放浪記」に縁が深く、その人間関係は後述することとして、問題はこの掌篇「このごろのわたし」。

この作品は『太平洋詩人』大正15年9月号に掲載された『女性詩人』の目次広告によって存在を想

像することはできたのだが、雑誌原本が出現しておらず内容が全く分からなかった作品なのである。その『女性詩人』大正15年9月号完本が神奈川近代文学館に寄贈され、筆者もようやく閲覧することができた次第。実査したところ、「放浪記第一部／秋の脣」に、あたかも作中詩のように挿入された作品なのであった。

もっとも、「放浪記」の原型作と言うには小説の体裁が整わない、まるで散文詩のような手紙型式の掌篇だが、第一詩集『蒼馬を見たり』収録詩稿と「放浪記」が一体のものであるように、この作品もまた「放浪記」と一体の原型素材であり、かつその手紙の宛先が友谷靜榮なのであった。よって、『太平洋詩人』と『女性詩人』は、『女人藝術』に2年も先行して「放浪記」原型作を掲載した詩誌として「放浪記」の成立過程に新たな光をあてる。作品につづき、人物関係を補足する。

このごろのわたし

林芙美子

靜榮さん

生きのびるまで生きて來たといふ氣持です。隨分長い事お目にかゝりませんね、神田でお別れしたきりですもの……

もう、しやにむに淋しくてならない。廣い世の中に可愛がつてくれる人がなくなつたと思ふと泣きたくなります。

いつも一人ぼつちのくせに、他人の優さしい言葉を慾してゐます。そして一寸でもやさしくされると嬉し涙がこぼれます。大きな聲で深夜の街を唄でもうたつて歩きたい。

夏になると異狀體になる私は働きたくつても働けなくつて弱つてゐます。故、自然と食ふ事が困難です。金が慾しい。

白い御飯に、サクサクと齒切のいゝ澤庵でもそへて食べたら云ふ事はないのに、貧乏すると赤ん坊のようになる。

明日は、さる處から少し金がはいります。少しね、それで私は行ける處まで行つて歩いて、市振と云ふ處へ行くつもりです。死ぬか生きるか未定ですが、とにかくそこへ行きたい。震災の時、おやしらずの方を通つて歸國したことがありましたの、その時、死ぬる時はこんな處で死にたいと思ひましたが、死ぬのではないが、とにかく一文なしで行つてみようと思ふ。黒ずんだ青い荒波や、屋根の上にのつかつた石や、鬼あざみの紅色が今でも忘れられなく思ひます。私はあくまでもセンチメンタルな女です。が、それでいゝと思ふ。野性的で行儀作法を知らない私は自然へ身を投げかけてゆくより仕かたがない。母や父にすまないと思ひますの、月々の仕送りも出來ないし、私の人に對してもすまない事だらけです。が、私は悔ひないほんとにがまん強よく笑つてくらして來ましたから……。野良仕事でも何でもして、新らしい氣持で歸つて來たいものだと思ひます。

體が悪いのが何より私を困らせます。それに又、あの人も病氣ですし、でもそれも仕方がないと云ふより仕方のない事で、金がほしいと思ひます。伊香保の方へ下働の女中にでもと談判したのですが、一年間の前借百圓也ではあんまりだと思ひます。

小さい時から金が敵だつて母にいつも云はれて居ましたが、今頃のように金を戀しく思ふ事はありません。

何のために旅をするとお思ひでせうけど、とにかく、たまらないんです。淋しくつて、誰が何と云つたつてもうかまはないと思ふ。人々の思ひやりのない雜言の中に生きて來ましたが、もう何と云はれたつていゝと思ふ。とにかく、私のような樂天家も少しへこたれたのです。

牛込のお姉様（生田花世さん）にすまないと思ふ。心配ばかりかけて、困つた人つて思つていらつしやるでせう。

靜榮さん
狂人みたいな事ばかりかいてすみません。

此間も、困つた時は誰れでも相談して下さいと云ふ實業家の未亡人があつたので、相談に行きましたの、處が相談と云ふのは貴女の心の惱の事で外の事じやあないんですつて、私は、何でもないんですつて、笑つて歸つて來ましたけど、玄關で石を花園の中へ投げてやりました。あんまり馬鹿にしてると思ふ。私も厚かましいと思ひますねホ……

冬にでもなつたら、それこそ十人力に強よくなるんですが、夏になると、青葉のようにへこたれてしまひます。體さへ滿足であつたらと思ひます。

一か二か、とに角自分で自分の事が今わからないのです。私の妻であり夫である詩稿をもつて、行く處まで行つてみませう。

お體を大切に、さよなら

〈『女性詩人』大正15年9月1日号〉

仮名遣い等は、原型素材ゆえにあえて補正はしていない。一読して「放浪記第一部／秋の脣」の原型素材だと分かる。「秋の脣」の初出は『女人藝術』昭和4年11月号。「秋の脣」では、カフェの女給ゆみちゃんが、作中で3人の人物に手紙を書く。友谷静榮、野村吉哉、そして母キクの3人。ただし作中では吉哉の実名は伏せている。「秋の脣」にも上越市振《いちぶり》の名は出るが、この原型作では関東大震災の後、親不知を経由して「歸國」したと言う。「放浪記」では酒船で震災の東京を脱出する放れ業を演ずるのだが、上越経由で東京を脱出する設定の作品は初めて見た。『女人藝術』連載において、酒船による東京脱出と上越経由の東京脱出を同時に展開するわけにはゆかない。ゆえに「秋の脣」でこの部分を改作したのである。もっとも関東大震災直後の体験につき、芙美子は東京に居残り、親子3人で露天商売をして稼いだという作品も発表した。その作品は後掲する。「放浪記」が、実体験とフィクションをまじえた小説だということがよく分かる。

この作品の掲載誌『女性詩人』同月号に発表された友谷静榮の詩「都會の女性」も佳作。断定はできないが、自分をモデルに唄ったのではないかとさえ感じさせる。関東大震災後、白山の書店兼レストラン「南天堂」のアイドル的存在で、岡本潤、小野十三郎らと浮き名を流した友谷らしい作品だからである。友谷は「放浪記」にも実名で登場し、芙美子がはじめて筆名林芙美子を名乗った詩のリーフレット『二人』を出した間柄でもある。後に英文学者上田保と結婚し、１９９１年1月21日、93歳の長寿を全うするまで詩作を忘れず何冊かの詩集も出し、夫上田保の遺稿集も刊行した。その生涯は日本近代文学館の元職員であった宇治土公《うじとこ》三津子《みつこ》氏の随筆に詳しい。題して「走馬燈、廻れ廻れ―友谷静栄と林芙美子―」。掲載誌は『駱駝』第47号〜第53号。だが宇治土公氏も友谷の出身地を特定できないらしく、各種の人名事典が言う大阪出身説には疑問符がつくようだ。『時事新報』（大正13年9月22日）の取材記事でも、友谷は山口県出身だと答えている。本人が意図したものかどうかはともかく、この点は芙美子が出生地について山口県下関だと母から教えられていた事と共通している。誰でも自分の出生地を知ることは後天的知識。生まれたときに出生地を理解できる新生児は居ない。

ここで、２０１４年に刊行された岩波文庫『放浪記』73頁において、友谷の没年を１９５０年と欄外注記した過ちにつき苦言を呈しておきたい。これは誤植でもなければ誤解でもない、意味不明の過ち。これでは芙美子より先に亡くなったことになってしまう。人物の生没年が分からなければ不明とすればよいのである。あえて友谷の没年を１９５０年とした過ちにつき、その過ちの原因を自ら究明しなければ、今後も同じ過ちを繰り返す。

さて、渡邊渡の出身地は四国の伊予。芙美子の実父宮田麻太郎と縁戚にあたり、芙美子とも親戚関係になる。この事実は、芙美子自身が述べている。掲載誌は金兒農夫雄《かねこのぶお》主宰の『現代文藝』昭和２年4月号。作品名はずばり「野村吉哉と別れるまで」。芙美子が吉哉と別れた後、行き先がなく親戚の渡邊を頼ったという。だがこの雑誌も稀少誌ゆえか、芙美子研究でもあまり言及されることなく、渡邊の没年も定かではない。各種の人名事典は昭和21年没と明記するが、没後の筈の『令女界』昭和22年3月号に渡邊の随筆がある。この『令女界』には渡邊の作品が少なくとも4点ある。「砂丘の蔭で」昭和10年5月号、「前線の人形劇」昭和17年11月号、「土への信頼」昭和21年8月号、そして「素人演劇」昭和22年3月号である。「前線の人形劇」によると、渡邊は同年7月、関東軍の命を受け、人形劇団の脚本部員として前線慰問のため満洲を巡業した。「素人演劇」では戦前の経験を生かし、戦後の農村演劇指導もした体験を述べている。

渡邊が芙美子に言及した回想では『文藝通信』昭和10年5月号の随筆「林芙美子、北林透馬その他の人々」を逸することができない。曰く「小石川傳通院の裏に家を借りて……活字を買ひこんだ。私は組めないから編輯をして、菊田一夫が……印刷の方をやつた。……まだ十九歳の少年だつた菊田一夫がグロッキーになり……菊田は印刷をやめるといひだした。其頃年刊詩集を組みかけてゐたのだが、私は組めないのだから菊田が行つてしまつては直ちに困る。「年刊詩集だけやつて行つてくれないと困る」「僕だつて將來のことがあるからもうこんなとこでぐづ〳〵しちやゐられない」「何を」と、ボカボカ擲りつけた。菊田は……私が擲りつけると……その恰好のままで壁の中にはひりこんでしまつたのだ。……その菊田一夫は、いま淺草の笑の王國で納つてゐる。先月小屋をのぞきに行つたら、柄の小さい菊田が、顎に髯を生やして俳優を物慘くどなりつけながら、演出をしてゐた。……小石川のその家は坂の途中にあつて、四軒長屋のとつつきから二軒目である。玄關からはひつてきたところの部屋が二階で、一階はつまり地下室なのだが、……この地下室のでき損ひのやうな部屋が友人達の集まるところだつた。／桃割に結つた一人の女性が、友人に伴はれて遊びにきた、その前に讀んだその人の詩に、「尾道から乘つた船が、ニユー川に着いたとき甲板にゐたレインコートをきた若い男がなつかしかつた……」といふやうな意味の詩があつたのを思ひだしてきいて見た。「ニユー川といふのは伊よの港ぢやないのですか」「え、さうですわ私一度行つたことがあるの、長い堤を歩いて町にはひる港よ」「やはりさうだ、ぢや壬生川と書くのですよ、あの町が僕の故郷ですよ、あんな不便な所にどうして行つたのです」「私の父が、壬生川の隣村のY村といふところにゐるの」「Y村なら僕に親戚があるのでよく行きましたよ」「父はM―といふのよ」「M―といふ家はあの村には何軒もありますよ、みな僕の家とは親戚ですよ」「さういふことになると、私とあなたと親戚なのね」といふ話になつて、その桃割の女性と私とは親戚だといふことが偶然にわかつた。……その女性は間もなく結婚したが東京でただ一軒の親戚だといつて私の下宿に夫君といつしよに挨拶に來たりした。／その頃その女性が、詩集の原稿を整理してゐたのを、親戚の私が、どこか出版屋にあたつて見るからといつてあづかつた。一年計りそのままになつてゐたので、私のところにおいては紛失するおそれがあるからといつて、取りに來た。そのときもう一つ原稿を綴ぢたのをもつてゐた。「これもどこかで出版してもらふ心算なの」といつてゐた。私がバラ〳〵と原稿をめくつて見ると自傳のやうなものだつた。／その原稿が放浪記で桃割の女性は林芙美子である」。

渡邊が菊田一夫を鉄拳制裁して壁にめりこませた場面は漫画的。多少の誇張はあろうが、野村吉哉も菊田に辛くあたっていたようだ。当時の詩人はペンだけでなく腕力もふるう。だが芙美子との出逢いの描写に誇張はない。現実に「放浪記」の初出原型作は、『女性詩人』と『太平洋詩人』に掲載されたのであった。渡邊が一時預かった詩集は原題『火花の鎖』であろう。『蒼馬を見たり』と改題して世に出るのは昭和4年6月である。

【小説】

第15章　『春秋』と「蛇の皮」

昭和2年5月に創刊された雑誌『春秋』がある。創刊時の版元社名は春秋社だが、第2号から春秋書院に社名を変更した。既に加藤一夫らの春秋社が存在していたから改名したのかも知れない。現にその加藤一夫が昭和2年9月号に寄稿している。社名を詐称したわけではないにしても、先行版元の存在に注意を怠ったお詫びの意味で誌面を提供したのかも知れない。編輯名義人は高橋龍司。版元所在地は東京小石川区白山御殿町。終刊時期は不明。日本近代文学館が、創刊号から昭和3年8月号の第2巻8号まで所蔵している。

その昭和3年8月号に、芙美子の小説「蛇の皮」が掲載されていた。原稿用紙にして約20枚の短篇。終刊時期が分からず雑誌の全容は不明だが執筆陣は充実している。同月号の創作陣は小寺菊子、井伏鱒二。随筆陣には神近市子、葉山嘉樹らが居る。この短篇を取り上げた先行研究があればご容赦いただくとして、少なくとも昭和女子大編『近代文学研究叢書』第69巻には掲出されていない。研究史が見落としてきた作品とは言える。筆者がこの作品の存在を知ったのは、林芙美子旧蔵資料のうち初期作品の切り抜きを編綴した「スクラップ帳」にあったからである。芙美子は作品をスクラップするにあたり、雑誌の表紙、目次、奥付は一切残さない。自身の作品部分のみ切り抜き、雑誌誌名すら記入しないことが多い。この作品切り抜きには辛うじて誌名と発行年次「一九二八」の書き込みがあり、それを頼りに追跡することができた次第である。

発表したのが昭和3年8月だから、芙美子の詩業を代表する「黍畑」を『女人藝術』に発表した時期とまったく同じ。「放浪記」連載は同年10月号から開始される。昭和3年は、芙美子にとって詩と童話から小説執筆に移行する時期である。「放浪記」初出原型作「秋の日記」の掲載誌『太平洋詩人』が発禁処分を受けた痛手を乗り越えるのに、2年を要したとも言える。『文藝戰線』同年3月号に発表した短篇「洗濯板——一つの追憶から——」は「放浪記」序章の習作的原型作と言えるし、小説としての『東京朝日新聞』デビュー作「かにの宿」を発表したのが同年6月19日。「蛇の皮」は同年3作目の短篇小説である。

作中主人公の名は美枝《みえ》。母の名は幹《みき》。家運が傾いたため父と3人で田舎から上京してきたのだが、父が手がけた露店商売も失敗続きで途方に暮れていたところ、新聞の女中募集記事が目にとまり応募しようというのである。作中人物の名を実名にすれば「放浪記」と似た体験的作品だが「秋の日記」のような明白な「放浪記」原型作ではない。作中に登場する「ホウリネ協會」とはキリスト教プロテスタント宗派の一つ「ホーリネス教会」のことである。紙面の語「協會」は明らかに「教會」の誤植だが、新資料なのであえて補正せず、ここに注記することで補正に替える。ホーリネス教会は「放浪記第三部」にも登場する。原文の補正は最小限にとどめた。

蛇の皮

林芙美子

一

明るい夜店の並んだ坂道を登ると、雨上りの夜風をうけて薄紅いスイートピーの剪花を澤山並べた花賣りの店を境に、矢來の通りは、夜更けのように深と暗かつた。

只、ホウリネ協會の青白い灯がほこりつぽい石疊にこぼれて、毀れたオルガンのような祈りの聲が初夏といふに寒々と道路へ流れてゐた。

美枝は地圖の書いてある原稿用紙を、他の店先の灯に透し見ては番地を聞いて歩いた。

漂々と氷屋の旗が金魚のように灯をかすめて、暮れたせはしない水道の音も厭に淋しく靜かだつた。

「あの一寸、お尋ねいたしますが、矢來の三番地つてどの邊でございませうか……。」

煤けた煎餅屋の軒先に美枝は立ちどまつた。

「三番地……何とおつしやるお宅です！」

「はあ、あの水上さんつて云ふんですが。」

「みづかみ……あゝ、これを一寸行つた煙草屋さんの露路をはいつた處ですよ。石の段々がありますから、そこを上るとそうです。」

美枝は鼻頭がヂンとするような淋しさに、やつぱり母親と來た方が、此場合よかつたのではなかつたかしら……と思はずにはゐられなかつた。

小間物屋の蔭に待たしておいた母親の影の薄い姿がふつと涙のように思ひ出されて悲しかつた。親切な煎餅屋のお上さんに教つた通り、煙草屋の露路口をはいると涼しさうな石の段々に桃色の灯がさして、水道端で洗ひものをしてゐる女の人が、葱のように白く水をしぶかせながら、小さな聲で唱歌を唄つてゐた。

「あの……水上さんつてお宅はあちらでございますか。」

何だか段々の上には家が二軒あるような氣がして美枝はその女の人にこう尋ねたのだつた。すると、石段の上の薄明るい右手の窓がサラリと開いて、男の人が鳥のように首を出した。

「水上はこちらですよ！」

美枝はドギマギとしながら、もう今さら引返へしても駄目だと思ふと、急に兩手がブル〱と震へるような妙にあはたゞしい氣持になるのだつた。

「さあどうぞ、あの昨日御返事をあげた仁木さんですか……。」

骨格のいゝ目の大きい水上さんの奥さんであらうその女の人に案内されて、美枝は座敷へ通されたのだつた。

六疊位の部屋には馬鹿に暑苦しく古びた籐椅子が目に重たくうつゝた。

水上さんは、五分刈りの首をまつすぐにして、兩手を無雜作に帶の間にはさんで、美枝の送つておいた履歴書を見てゐた。

二

何の爲に來たのかしら——。

このまゝぽおつと消へてしまいたいとさへ彼女は思つた。我儘に一人娘でそだつた美枝には、一人旅のように切ない侘しいものであつた。

水上さんに何度もおじぎをしてゐると、後から後から鹽つぱい涙がせぐりあげて、指先でそッとおさへるのが口惜しい位恥かしかつた。

水上さんに問はれてゐる事も、自分で答へてゐる事も一切が夢中な瞬間であつた。

「こちらは家族と云つても、私達夫婦に子供一人、それに早稲田へ行つてゐる親類の者一人で、あんたが勉強しようと思へばいくらでもさせてあげよう……。」

といつた風なことを水上さんは魚のように冷たい表情でポツポツ語られるのだつた。

美枝は國の女學校時代から、畫描きと云ふものや、文士と云ふものに少女らしい憧憬を持つてゐて、東京へ行つて、その道で身を立てゝ行きたいと、まあ、あぶなつかしい理想をたてゝゐたのだつたが、何しろあゝした一家の没落を見てはそんな理想も、夢のようにたあいなく消えてしまつたのだ。

深夜の終列車に美枝達親子が人目を忍んで、東京へ舵を向けなほしたのは、つい半年も前の寒いつゝいゝもごりの夜であつた。

深川木場の材木屋の汚れた二階の正月や、三田の團子屋の裏や、二三日を過した下谷の木賃宿の事なぞ、轉々とうつゝた半年ばかりの目まぐるしい生活を思ふと美枝はサン〳〵とあふれ落ちる涙をかくす術もなかつた。

父親の商賣も思ふやうにはか〴〵しくはゆかなかつた。色々に商賣がへをして見るもの、それはいたづらに深みへ落ちて行くばかりで、その商賣の一つでもが、これはと思はせた事はなかつたのだつた。一番最後には、持物一切合財はたいて仕入れた、轉んでも酒のこぼれない德利を投賣して、殘つた二三十本を新宿のガード下の堀り返へした穴の中へ落してしまつた時は、笑ひ話しにしてはあんまり悲慘すぎる痛手であつた。

「まだ〳〵、立ん坊には間があるぞ！」

父のさうした空威張りにも美枝も母も笑へなかつた。

さうした田舍者親子の轉々として一番最後に落ちついた處は、小石川下富坂の石屋の三階の四疊の部屋だつた。

血の出るような二十圓の敷金を入れて、その玩具箱のようにヒワ〳〵したアパート式の三階の四疊を借りた時、母親のお幹は、

「時世時節で仕方もないが、私のように腰が痛んでは下まで降るのが一日仕事ぞいな。」

と佗しそうにこぼしたのだつた。

夜は川の水がキラ〳〵光つて、小石川の町の灯が水滴のようにもキラ〳〵して、初夏の涼しい青い風が海邊のようにサワサワと吹いて、美枝は小鳥のように窓から首だけ出して吹いたりした。

お幹は市場から買つて來た三升の米をメリヤスシャツのボール箱に入れて、ボソ〳〵とおし入れから土釜や、干魚を出して疊の上にならべてゐた。

そのあきらめかねた母親の圓い背を見てゐると、美枝は何故か涙がこみあげてわびしかつた。

白い新しい障子をいつぱいあけて、ブヨ〳〵した出窓に腰を降して始めてゆつくりした氣持に瞬間

樂しくなつたのだが、明日からの生活の事を思ふと、三人共ヘタ〳〵と花のようにしぼんでしまふのだつた。

「あゝ生れて三階に住むいふてなあ、思ひもよらん事ぞな……。」

お幹は悲しそうに鼻を鳴しながら、大悲殿のお守りに手をあはせたりした。

三

その三階の北向きの窓の下は川端畫學校の小さな二坪ばかりの運動場で、角力場なぞがきづいてあつた。

チョコレート色の煙筒から、うすい煙が出てゐる時はきまつて、モデルのビスケットのような背が窓越しにチラ〳〵見えたりした。――朝十時頃の出窓の下は髮の長い畫學生達がルパシカの紐をダラ〳〵させて角力をしたり腕押しをしたりしてゐるのを見ると、如何にも屈託なさそうに呑氣な漫畫であつた。

田舍で考へてゐた、畫學校を目の前に見て、あまりにも汚ならしく小さな、それは村役場のように青つぽいペンキ塗りで、殘飯屋と石屋の露地裏に古ぼけてわすれられたようなその建物を見ると、幻滅を感じずにはゐられなかつた。少女時代のあまりにも美しい空想の他愛なさにもよるが、東京と云ふ處のみすぼらしい都なのには驚いてしまつた。だが一ッには汚ない町にばかり住んでゐたせいかも知れない。

美枝達親子は一ヶ月もたゝない間に全く窮してしまつた。

或日、美枝は隣りのお妾さんの部屋で、新聞を借りて讀んだ時だつた。

その文藝消息欄に水上千之助氏が女中がほしいと云ふ事が出てゐて、働きたいと思つてゐた美枝を有頂天にしてしまつた。

板橋の廓に女郎をしてゐたそのお妾さんは、むいた蜜柑のやうに甘く親切だつた。旦那は泡沫金融會社の社長兼サクラあらひこの外交部長でもあつた。

美枝はその朝さつそく、履歴書をしたゝためて水上氏の處へ送つておいたのだつた。二親も喜こんでくれたもの、可愛い一人娘に他人の飯を食はせたくはなかつた。事務員でもして働いてくれたら……それはお幹のぐちであつた。

向ふみずな何事にも空想をせずにはゐられない美枝には、その夜の夢は、眼鏡をかけて女流作家になりすました自分の姿であつた。

そのあくる朝の寢覺めの明るさは勿論、咲きたての薔薇のようにも人生が明るくなつてゐた。

履歴書を送つて間もなく、水上氏からは、丁寧な返事が來た。半ピラの原稿用紙に、くわしく地圖さへ書いてあつた。

東京の街の勝手も知らない美枝は一人で出るのが不安で、お幹と二人で水上氏の家へ行く事にしたのだつた。

山の手の夜店を見る珍らしさに、神樂坂の人ごみを二人はしつかり手をつなぎあつて、幸福な母子のように歩いた。

坂を登るにつれ、美枝は母を連れて行く事が、何となく哀れつぽい氣がして、田舎者くさく思へた。

それで、心配がるお幹を無理に小間物屋の店先に待たせて、美枝は一人で矢來の水上さんの家を尋ねたのだつた。

眞紅な帯を〆めてゐるが自分を子供らしくしはしないかしらと、變な大人びた氣持で、心配しながら美枝は何故か戀人にでも會ひに行くように胸がドク〳〵と高鳴るのだつた。

水上氏の作品も讀んでゐたし、姫路の人だと云ふ事が、中國の港にそだつた美枝にはなつかしいかぎりであつた。

會ふまでの芝居じみた空想は、水上氏に會つてしまふと、世間を知らない少女には、餘りにも馬鹿らしい悲しさであつた。

只々、他人と云ふより何の感じも受けない、冷たさうな水上さんの前にゐることが切なく、涙がこぼれて仕方がなかつた。

「貴女がいらつしやる此お家は御親類でゞもあるのですか。」

「ハイ。」

まさか、間借りをしてゐますとも云へないので、ついさう返事してみたもの丶、どう云ふ親類かと聞かれたらと、それが心配で胸疼くようだつた。

「ではそこで保證人になつてくれますかね。」

水上さんは、益々冷たい顔で、美枝に聞くのだつた。

「ええ……。」

美枝はせくり上げながら、何だか奉公といふことが地獄のようなものではないかと恐ろしくなつてしまつた。

「十九にしては隨分若いのね。」

てすりに凭れてゐた奥さんが、いたはるように後からかう水上さんに話したりしてゐた。

水上さんの奥さんのお里はつい近くの呉服屋さんで、時々手つだひに行かれるので、臺所の方が困ると云ふ話だつた。

「それでは保證人なり、お父さんなりともいちど來て戴けませんか。」

親切な水上さんの言葉に、美枝はもう自分の心に本意ない或切なさがたまらなく、返事を憂鬱にしてしまつた。

おじぎもそこ〳〵に、美枝は通りへ出ると、星を吸ひこむようにフウッと大きな息をついた。

四

重くるしい低氣壓のような、水上さんとの對話から離れて、美枝はいつさんに矢來の通りをおりて小間物屋の蔭に行つた。

待ちくたびれてゐるであらう母のことを思ふと、こんな所へ引つぱつて來たのが悔いられるのだつた。

だが、お幹はそこにはゐなかつた。

言葉も文字も知らない田舍者の母が、そこにゐないのを見ると、美枝は不安に眉をよせて、ごみ〳〵とした雜踏の中をぐるぐる見まはしたのだつた。

「美枝や！　こつちどな……。」

不意に母親に呼びとめられて見ると、小さいお幹はいそ〳〵と先になつて、赤い銀行の横丁へはいつて行くのだつた。

公衆食堂のそばの、八卦相と書いた行燈の前まで來ると、お幹は美枝を見返へつて、

「あんまりみいちやんが、おそかもんなあ、はつけを見てもらいよつたんぞな。」

そう云つて笑ひながら、さつきの續きらしく手を差し出すのだつた。

八卦見にしては、厭にテラ〳〵油光りのした品のない老人が、母親の手の筋をぜい竹の先で、突きながら、

「雨にあへど、雲あらはれ龍天に登りて、後晴天を見るで、近々どえらいうまいことがあります。」

關西なまりの八卦見の言葉に、一々うなづきながら、お幹は子供のように嬉しさうに笑つてゐた。

明るい夜店の灯を人がよぎる度に、長い線香のような影が燈の上へかぶさつたり、ついたりして、こぼれ星がキラ〳〵してゐた。

背の高いロシヤ人の夫婦者が、食堂の前の小さな下駄屋の店先で、靴のひもをといてゐたが、すぐとつゝきの梯子段をギシ〳〵ふみ鳴らして二階へ上つて行くのが美枝には珍らしかつた。

やつぱりあの人達も、遠い遠い國から來て二階借りなんだ。しばらくして、二階の陰氣な格子に、青い灯がパッとついて、椅子の影が墓場のように濃く障子に寫つた。下の古ぼけた陳列箱の前に、—ロシア語教授イタシマス—と木片に書いてあるのが目についた。

お幹は小さな財布から十錢玉を出すと濟まなさそうにそれを見臺へおいて、いそ〳〵と夜店の並んだ通りへ出た。

「みいちやん、面白いもんがあるぞ、見せうかい。」

母親は得意らしく、美枝のうしろから、初夏のしつとりと汗ばむ夜氣に色あせたネルの袖をあはせて、背の高い娘のあとから鼻を憂鬱に鳴らしてゐた。

野菜屋が、洗ひたての桃色した馬鈴薯や、うすあをい三ツ葉や初茄子のコロ〱といふ小さい山をこしらへた前をくゞつて、建築場の前にうづくまつてゐる蛇屋の前に立ち止つた。

「さあ〱！　かうして皮がむけるのですが、これはこしらへ物や張り子ではないぞッ。」

直徑一寸もある柔らかそうな蛇をうね〱と二本も三本も首に巻いたり、カン〱の麥藁帽子のひさしに巻きつかせたりして、蛇屋は藥びんを菓子のように並べて、祭文口調で効能をしやべつてゐた。

美枝は水上さんの顔と蛇の顔が何だか一ッに見えて仕方がなかつた。何といふ冷たい人だらう……さう云ふことばかりが胸に殘つてゐた。美枝は色々の事を思ふと、もう蛇屋の前に立つてゐることもつまらなくて、母をうながすのだつたが、お幹は面白さうに、ホウ〱と云ひながら感心して見てゐた。だが何と思つたか、お幹はくづぬくと、地に落ちた竹紙のような蛇の皮をひろひ出した。

美枝は赤くなりながら、

「お母さん何するの馬鹿だね……。」

とわざと笑つて云つたものゝ、恥かしくていたゝまれない様だつた。

「なあによかもん、蛇屋さん！　この皮はもういらんとじやろうな。」

「へッ〱……どうぞお持ちなすつて。」

蛇屋は歯の抜けた茄子のような口をあけて笑つてゐた。

お幹はそれを財布にしまふと、せつせと歩き出した。

「厭だ……お母さんは風が悪からうでなあ止しなさいよう。」

「うん……蛇の皮はお前まぢないぞな、だまつてお父さんの財布へ入れときあ金持になるけん……お前小説家の先生の家はどうでやつたな。」

「しらん！　わしやもう行かんのぢや、おそろしそうな人じやけ……。」

お幹はだまつて、まるで散歩にでも來たように氣がるにひよいひよいと人ごみの袖の下をくゞつて、蛇の皮と父親の財布の事を結びつけてゐるらしく、明るい顔で歩いてゐた。

美枝は田舎でつくつた、『夏はよし。ブルシャンブリュの空もよし。女ゆかたのあで姿よし』と云ふ短歌をふと思ひ出して、やつぱり畫描きにならうやと、母親の後から犬のようにぴよん〳〵歩いて行つた。


―完―

作中の水上千之助を近松秋江に置き換えれば、「放浪記／淫賣婦と飯屋」の材料に似てはいるが、「蛇の皮」では結果的に女中奉公はしない。作中の母お幹さんは九州弁なまりのようだし、美枝は広島弁なまりのようだ。実在の母キクさんと芙美子を連想させるが、美枝は当分カフェの女給になりそうもない。この作品の2ヶ月後に連載が始まる「放浪記」第1回の主人公は、いきなりカフェの女給として登場する。「蛇の皮」は「放浪記」とは異なる短篇であり、キクさんを彷彿とさせるお幹さんの溢れるような庶民性が作品を明るく結ばせた。このような佳作が埋もれているのだから、芙美子研究は尽きることがない。

【小説】

第16章　『婦人運動』と「職業遭難記」

奥むめを主宰の雑誌『婦人運動』がある。大正12年6月5日に誌名『職業婦人』として創刊された。現在からこの創刊日を省みると多事多難の前途を予感させる。その直後に関東大震災が発生し、長期の休刊を余儀なくされたからである。翌大正13年4月に再起を期して誌名を『婦人と勞働』に改め、後『婦人運動』となった。この雑誌に発表された芙美子の作品が、第一詩集『蒼馬を見たり』と「放浪記」の双方に強い関係がある。

詩　「蒼馬の夢を見た」昭和3年5月号。
詩　「雪によせる熱情」昭和4年1月号。**注**・雑誌の目次は「雲によせる熱情」と誤植。
随筆「その頃のこと」昭和4年3月号。
小説「職業遭難記」昭和4年7月号・8月号。
随筆「蛸の足」昭和5年1月号
詩　「希望」昭和10年8月号。

同誌でのデビュー作「蒼馬の夢を見た」の掉尾には、執筆日「一九二八・二」と記されている。後に第一詩集『蒼馬を見たり』の題名にも使われた。

さて本章で紹介するのは小説「職業遭難記」。2回に分載された原稿用紙34枚の作品は「ミニ放浪記」とも言うべき重要な問題作。発表した昭和4年7月・8月の時期は、『女人藝術』に「放浪記」を連載中。むろん小説だから脚色はある。作品では芙美子一家が上京したのが大正9年と設定されている。実際には大正11年。この2年のずれは、作中で芙美子が勤める株屋の勤務年数を長く設定したことによる逆算の結果である。この作品を問題作と言うのはその上京年次の設定ではなく、関東大震災の体験記。そこには「放浪記」とは全く異なる震災体験が描かれたからである。もう一つの「放浪記」を鑑賞されたい。誤植等の補正は最小限にとどめた。

職業遭難記

林芙美子

一

私は宿命的に職業放浪者である。貧乏な商人の家庭に生れ小さい時から、轉々と九州一圓を行商して廻る父母に連れられて、お友達も無ければ、美しい故鄉の山河も知らないで私は過して來た。やつと、小學校に上る頃になると、一本拾錢の扇子を風呂敷に脊負つて、直方の炭坑町を軒並に歩いた。

私の少女時代の空想は、女成金になりたいと云ふ事でいつぱいだつた。

粟おこし工場の女工をふり出しに、ぜんざい屋の小女、女中、勸工場の賣子、思ひ出すさへ呆然とする程、私は多くの職業についてゐる。

働かなければ食へない少女時代だつたので、小學校も七度變り、四年の學課をすつぽかして、三年生からすぐ五年にはいつた。そのくせ卒業する時の私の年は皆の兒童達より二つも上で、その頃の私は學校へ行く事が一番苦手だつた。

私は上京して十年になる。田舍を食ひつめてしまつて、私達親子が少しばかりの野心を抱いて、東京へ行つてみやう、何か芽の出るやうな商賣が轉がつてゐはしないか！　と何もかも淸算して東京へ出て來たのは大正九年の冬だつた。

九州、四國、中國の暖い土地に馴れた私達親子は、身を切るやうな東京の空つ風には、ひとたまりもなく參つてしまつて、上京して來た事をどんなに後悔したか知れなかつた。

その頃の新宿驛は、ボクボクと鳴る粗末な陸橋で、ジャヅの街に變つた今の新宿を空想してみるさへむづかしい舊街道だつた。

新宿驛の前の三越は、たしか運送店だつたと覺えてゐる。

大久保百人町の植木屋の二疊に親子三人が落ちつくと、あくる日から、父は父、私は私で、東京の空つ風をもぎちぎつて、不案内な街を野良犬のやうに彷徨した。

その頃の、時事新聞の職業案内欄は、どんなに朝の寢覺めを樂しましめた事だらう。

東京で驚いた事は間代の高い事と、おわいに金を取られる事だつた。

父も母も月末に迫るのに、何のいゝ職業も見付からなくて、かなりペシャンコになつてゐるらしかつた。

その時、私が新聞の廣告欄で見付けた、珍らしい品物があつた。

――轉がしても酒のこぼれない德利、上品で贈答にも喜ばれる品、一組二本入り壹圓。

「ホウ……これは又面白い、これは一寸賣れそなぞい。」

父は子供のやうに喜ぶと、四拾圓ばかりの現金をすぐ名古屋の問屋に送つた。

それからの三人の空想はとても鼻息が荒くて、田舍人らしい喜びでいつぱいだつた。

だが、一週間位して來た、その荷物の大半は破損してゐて、私達があんなに期待してゐた物とは、あまりにも相違してゐた。

鯉の瀧登りだとか七福神だとか、俗つぽい模樣で、ガラスのやうに薄いので、持ちあつかいに大變だつた。

「ひどい事をするじやないか。」

母親は期待のあまりに大きかつただけに可哀想な程しよげてゐた。

莫迦らしくて一組壹圓には、正直な田舍の商人に賣れそうもなかつた。

兎に角、やつてみやうと云ふので、親子三人掛りで、新宿の煙草專賣局の横に雨戸を借りて、始めて大道商賣を開いた。

母と私は客人らしくその前にたつて、鯉の繪や、七福神のその德利を、珍らしそうにくる〳〵廻してみながら、冗談ばかり云ひあつてゐた。――それを私達はさくらと云ふ――一時間たつても、二時間たつても、見て行く客はあつても馬鹿らしくて買つて行く客はなかつた。一つの喜劇でしかない。

「えゝ、くそ！　まんの悪いッ。」

父は一圓の値札を一ペンに五拾錢に書きかへると、パラパラ二三人の客があつたが、やつぱり轉ばしても酒のこぼれない徳利は、一笑に付されて誰も相手にしてくれなかつた。

正直で短氣な父親は、四拾圓の資本を掛けた、その徳利を私達が泣き喚きながら止めるのも聞かずに、ガード下の溝の中へみんなぶち破つてしまつた。

二

身も皮も剥《はが》れた私達である。

——繪心のある方に出來る美しい仕事あります。御來談を乞ふ。

小さい時から私は畫を書く事が大變好《すき》だつた。色々の子供雜誌の口繪を下寫《したうつし》しては、木賃宿の壁に張りつけてゐた時代があつた。

出來る事ならこんな仕事がいゝと思つて、私は本郷の團子坂にあるその内職先を尋ねて行つた。

仕事と云ふのは簡單である。

白樺の皮のしほりに、油繪具で鈴蘭だとかチュウリップ、クローバーなぞを形の通りに畫くので一枚三錢の工賃である。勿論、繪具はこちら持ちで、馴れて來れば日に五十枚は樂だと言ふので、私は五圓の保證金を入れて、四五枚の見本と、束になつた白樺のしほりとを貰つて、私は意氣洋々と歸へつて來た。

「お前にそんなもん出來るかね。」

母は大變心配してゐたが、私は畫については素人である事も云つて來てあるのだし、向ふの主人も、全々畫心のない人でさへ、一二度描けば出來る仕事なんだから、と心切に云つてくれたんだから、多少自信のある私は、家中繪の具だらけにして、二十枚ばかり見本よりも丁寧に描きあげてしまつた。口でふうふう吹いてみたり、火で焙《あ》ぶつてみたりして、私はその繪の具が早く乾くのをどんなに待遠しかつたらう。

二日目に、兎に角出來上つた白樺のしほりを二十枚程私は内職先に届けに出掛けた。

「どうもこれは私の方の商品には向きません。丁寧よりも粗雜でい丶んです。どうも戴けませんが……。」

私は針金のやうに尖々したその主人の、前に反して冷い表情を、ぶんなぐつてやりたいとさへ思つた。

やうやく泣きつくやうにして、壹錢で引きとつてもらふと二十錢銀貨を一ッ握つて漂然と歸つて來た。

勿論それから四五度私は描いては持つて行つたが、やつぱり壹錢位で、保證金も返へしてくれなかつた。大久保と本鄕では電車賃も大變だつたし、面倒だつた。

生馬の目を抜くと言ふ古諺《ことわざ》が、段々眞實になつて來た。

何日も炭の買へない日があつた。

或日父がいつものやうに街の彷徨から歸へつて來た時、一人の四十位の男を連れて歸へつて來た。

それは芝の小さなミシン屋さんで、今度、白いフランネルで（ゴムでぴちつと止める）、風のはいらない猿股を拵らへたから、賣り捌いてもらひたいと云ふのだつた。丁度今のパンツのやうなもので、男の褌の代りになるものだつた。價格も安くて、女の仕事にはもつて來いだと思つた。

淺草で酒を呑んでゐて、親しくなつたといつて、父はその人を連れて來たのだつた。

あくる日、信用してくれたのか、その人は自轉車で、品物を持つて來てくれた。私と母は植木屋で莫蓙を借りると、父に連れられて、澁谷の道玄坂に大道店を開いた。晝間は夜店の商人のやうに、むつかしい親分への口入れもなくて、只店先に一寸斷ればよかつた。ポカポカした珍らしいお天氣だつた。そば屋の前に私達は、莫蓙をしいて、白い猿股を山のやうに積んで、父に一つ二十錢と云ふ價札を出してもらうと、日暮れ方までに、二拾圓位の仕事をして歸へる事が出來た。

それからの私達は始めてホッとした氣安さだつた。品物も順よく後から後から出來るし、お天氣も續くし、久し振りに長閑だつた。

莫蓙の上に座つてゐると、まるで、乞食のやうな氣がしないでもなかつたが、馴れゝばいゝ仕事だつた。本も讀めるし母と變りばんこで、活動の立見をしたり、商賣は愉快だつた。

こんな事なら夜店も出した方がいゝと云ふので、場所割りの親方を紹介してもらつて、仲間入りの酒を一升買つて、父と私はゴミゴミした、道玄坂裏の、その親分の處へ出掛けて行つた。

場錢は毎晩三錢づゝ掃除婆さんが集めに來て、月の十五日には電氣代六十錢拂ふ事になつてゐた。風の吹く寒い夜なんか、目も鼻も口もザクザクと埃りだらけになつて、驟雨に會つたりすると、大道商人はみじめだつた。

東京の冬は、風か雪か雨か、全くおだやかな日は數へる位だ、それに霜がひどくて、寒にはいると、目に見へて母は衰へていつた。

三

父はよく、夜店の本屋で立志傳を買つて來ては、母や私に讀んで聞かせた。〇〇時計屋は前は夜店商人だつたとか、そんな事を云つては、自分もそんな時代の來る事を空想してゐるのか、私は五十過ぎた父の青年らしい情熱をいとしく思はずにはゐられなかつた。

だがその仕事も一ヶ月位で、ミシン屋さんは、電車にひかれて、死んでしまつた。それからの私達は、その見本をもつて、隨分ミシン屋を捜がして廻つたが、みんな體よく斷はられてしまつた。

色んなフランネルの端し切れで拵らへるのだから、それ一方でするのでなくては、引きあはないし、工賃も、づつと高い事を吹き掛けられるので、驚いて引き下るより仕方がなかつた。

東京で始めて、歪んだお正月をすませると私はぢき、新聞の廣告欄で、或株屋の女事務員募集に應募しやうとして、毎日履歴書を丁寧に書きかへては父に見てもらつた。

日限があつたので、私は質から羽織を出してもらふと、千代田橋際の、その株式店に出掛けて行つた。

うまく採用してくれますやうに……神樣に手を合せるやうな氣持ちで長い電車に揺られた。

小僧に履歴書を渡すと、じき二階のピカピカ掃除の行きとゞいた應接室で、五十位のデップリ肥つた重役らしい人の前に出されて私は膝小僧が妙にブルブル震へる思ひだつた。

１２３４５６７８９10大きな臺帳に、こんな數字を幾度も書かせられると、明日速達で御返事しますと言ふあつけない言葉を聞いて下へ降りた。

下には、もう五六人の色々の美しい服装をこらした應募者が、人形のやうに固い表情で私を睨んだ。

私は到底駄目だと思はずにはゐられなかつた。ニコニコ絣の上から、銘仙の羽織を着てゐる私は、美しい彼女達の敵ではなかつた。

明日と云ふ日がどんなに待ち遠ほしかつたらう……。

速達が來た！　しかも×日より御出社を乞ふ、と云ふとてつもなくすばらしい速達だ。

始めて月給取りになる。父母もこの事だけで有頂天になつて、なけなしの財布をはたいて小間切れで、熱い御飯をよそつてくれたりした。

足袋をそろへたり、下駄を洗つたり、×日の來る日がとても待ち切れない程、樂しみだつた。

あんなに澤山の應募者の中から、選らまれた二人の事務員は、私と、教員上りの荻の谷と云ふ人だつた。待合の名前のやうな彼女は、茶の袴を裾長にはいて、いつも光つた靴をはいて來た。

二人居る小僧達は、彼女が來ると、
シヤラ　シヤラ　シヤラと出て來るは、
女學生か淫賣か……。

など丶はやしたりした。

私達の仕事は、玉をつけたり（簿記のこと）お客様への封筒を書いたり、御客へ茶を出したりする輕い仕事だつた。

場が開けると、二、イカイ、三、ヤリ！　と自轉車を飛ばして歸へつて來る小僧の言葉がどんなに面白かつたらう。月給は辨當向ふもちで三十五圓だつた。朝九時出勤で、四時には家へ歸へれた。粗食に馴らされた私の唯一の樂しみは、丹塗りの箱辨だつた。今日は何だらう、晝近かくなると、生唾が出た。

父も母も目を圓くして私の話す華かな株屋の話を聞いた。

羽織の裏いつぱいに〇畫の模樣のついたのを見せて、顏をあかめさせるお客もあれば、黑い眼鏡を掛けた地味づくりな美しい未亡人、白い濱縮緬の帶に、むかでのやうな金鎖を卷いた田舍大盡、全く此株式店は社會の縮圖だつた。

私は茶碗を伏せて、サイコロを轉がす、アミダも引いた。重役達の會議があるたびに、藝者の電話も繁くて、二人の事務員は全く疲れてしまつた。

〈『婦人運動』昭和４年７月号〉

四

月給をもらつた嬉しさは何にたとへる術もない。父や母の笑顏を見た時、親孝行つてこんなに譯のないものかと思つた。

私はやうやく株式店の空氣にも馴れて、女のお客が來ると、相場會社によく共をして出掛けて行つた。パンパンと叩く男性的な快味、賣つた買つたの群衆の上に、勇ましく手を叩いては、兩手をひろげる事務員の姿に私はうつとりせずにはゐられなかつた。

だが、かうした所は誘惑が多い。

重役のA氏は二人の女事務員を淺草に奢つてやると云ふので、私達は子供のやうに喜ろこんで手を打つた。

荻の谷と私とA氏と小僧の四人は自動車で淺草に乗りつけて、第一にはいつたのが帝京座の安來節《やすぎぶし》だ。

A氏は栃木の人で大地主だつた。安來節に驚いてしまつた私は、何も興味が持てなくて、暖い寢床へ歸へりたかつた。

ちん屋で牛鍋をつゝいたり、すべてはお上品でない遊びだつた。

十時を過ぎても、A氏は平然と杯を口にしてゐた。

私は遠い大久保の家を思ふと、たまらなくなつて歸へりたいと云ひ出した。

「もつとどつか面白いところへ遊びに行かう……。」

私はとてもその元氣はなかつた。赤い腰巻の安來節に疲れ、腹は牛肉ではち切れそうだつた。無理に振り切つて、私と小僧はA氏から青バスのキップをもらふと、始めて自分らしい氣持になつた。

「荻の谷さんは、Aさんに氣があるんだよ、でなきあ俺達と歸へつて來るのに……。」

小僧はませた口調で、A氏が不身持で素人女に對して辣腕家だと教へてくれた。

そのあくる日、案の定、寢ぼけた顔をして十二時過ぎに昨日の姿のまゝの荻の谷がやつて來ると、二時間ばかりして、やつぱり蒼ぶくれのしたA氏が漂々と出社して來た。

小僧の宣傳で、社の衆目がいつせいに二人の上に火花を散らした。

それからはA氏と荻の谷の間は公然の祕密になつてしまつた。

私はそこで、芝居に連れて行つてもらつたり、妾の家に文づかひしたりして二年半も努めた。荻の谷はA氏の子供を孕むと、すぐ止めてしまつて、栃木のA氏の家に乗り込んでいつたとかで、社内はその風評でいつぱいだつた。


それからあの震災である。

私は今でも茅場町から、大久保までの道程をよく歩いたものだと思ふ。

勿論社を焼かれてしまつては、どこへ務めやうもなかつた。震災は九月一日だつたので、月給はもう前の日にもらつたばかりだつた。

三日目から震災の街を親子で見て歩いた。

私達の家は、植木屋で、庭が廣く、少しも恐れることはいらなかつた。

荒れた街には、急ごしらへのすいとん屋、ゆであづき、煙草屋、マスク賣りなどの大道商人が急がしく立ち働いてゐた。

このまゝでは、飢へてしまはなければならない。故郷へ歸へる人は無賃で汽車へ乗せてくれたが、別に歸へらなければならない古里もない私達は、何か商賣しやうと明けても暮れても考へにふけつた。

三十五圓の私の月給袋も殘り少なになつて、氣が焦るばかりだつた。

一日父が歩いて、思ひついて來たのは、あべかは餅と、つけ燒きだつた。餅はいゝと云ふので、新宿のガード横の古道具屋で荷車を一臺一月ぎめで借りると、二つの七輪や、皿や、餅をのつけて、三人で丸の内の市役所前の舗道にヒラヒラとしたテントを張つた。

煉瓦崩しの人夫が澤山ゐて、餅はまたゝく間に賣れ、電車が無いので父は歩いて、餅屋をさがしに行つたりした。

またゝく間に日比谷公園に、食道新道が出來たり、私達のならびもこうした店でいつぱいになつた。食ひ逃げがあつたり、夕方手傳つてくれる夕刊賣りの子供達ちに、固い賣れ殘りを分けてやつても、七八圓のもうけがあつた。

焼けた餅を、蒸し釜の湯に入れて、黄な粉をまぶすのが一番よく賣れた。

だが、その商賣もきはもので、市役所が出來たり、舗道が少しづゝなほると、退却命令で、なつかしい赤煉瓦の土工たちとも別れなければならなかつた。

二ヶ月あまりで、私達はその餅屋のお蔭で二百圓近い金を得た。父も母も此時こそ九州へ下らなければ、又放浪しなければならないと云ふので、歸へりたがらない私に諦めて、父母は又遠い九州に去つた。

五

たつた一人ぽつちになつた。

野の一本杉のやうに、頼りどころのない私は、三十圓の金で二月ばかり植木屋の二疊に煤けてゐた。

自動車の女車掌も受けて見たが、目が惡るくてはねられてしまつた。

そしてやうやう見付かつたのは、本郷八重垣町の、レースの問屋だつた。ハンカチだの、テーブル掛、カーテン、毛糸を商ふ店で、丁度冬なので、毛糸が山のやうに積んであつた。

私はそこの小賣部に月三十圓で務めるやうになつた。住み馴れた大久保を引きはらつて、本郷千駄木町の、小さな洋服裁縫所の二疊を借りて、毎日その店に通よつた。

家賃は五圓。押入れがないので行李の上に蒲團を積んだりして、窮屈だつた。

店の仕事は、毛糸を買ひに來る客相手で、風船のやうにふくらがつた毛糸に埋れて、私は毎日々々本を讀んだ。

電車賃はいらないし、お米は五升あれば足りるし、夜は六時には歸へれるし、自由にのび〳〵と暮らす事が出來た。

あざみと云ふ詩のパンフレットを出したのもその頃だつた。

二ヶ月目には、又そこを止めなければならなかつた。店が左り前で、思はしくなく、私が一番不用になつたので、七圓ばかりの日給をもらふと、淋しい失業者になつてしまつた。

又、新聞の廣告欄が必要になつた。部屋を借りて暮らす事が不安になつた。女中でもいゝから住み込みたい。

――女書生をもとむ子供好きの方
それは文士の家庭だつた。よく京都のお女郎の事を書く人で、もう相當の年配の人だつた。

あくる日荷物をすつかり、洋服屋にあづけて、東中野の奥の近松氏の宅へ私は始めて小間使ひに住み込んだ。

下働きのお菊さんと、私と二人きりの女中で、家内は近松氏と、生れたての赤ん坊と、妻君とで、始めて文士の家庭なるものに滲透する事が出來た。

子供はよく泣いた。私はいつも守り役で、長い廊下を子供を負つては、本を讀み〳〵歩いた。

近松氏は書けないと、梯子段を降りたり上つたり見てゐるものがたまらなかつた。

子供は近松氏に似て、細々と美しい子だつた。私はそこでは思ふ存分本が讀めて嬉しかつた。不思議に子供はよく私の脊で眠るし、妻君はいゝ人だつたし、近松氏がむづかしいきりだつた。

明るくはないがいゝ家庭だつた。

「俺はもう年をとつてゐるので、此子が一番可哀想だ。」

つて氏は大變子供を愛してゐた。


私は近松氏の家にもいくらも居なくてひまをとつた。

その頃兩親は中國を行商して廻つてゐた。

どうも思ふやうに商ひがなく、みじめな母のたよりを手にすると、いつそ死んでしまいたい程切なかつた。

結婚媒介の案内欄も何度目に止つたらう、その頃の私の詩は亂れて來た。死のうかと思ふ時、思ひ返へすのは、私の藝術だつた。どうにもならなくて、團子坂を矢のやうに涙をほとばしらせて走り降りた事もあつた。


——分け、自前、看板貸し隨意。

どら燒きを買つた包み紙の都新聞に、こんな廣告を見て、私は藝者にならうと思つた。五十過ぎた二人の老人が、旅に放浪してゐる事を思ふと、切なかつた。

その決意を固めると、私の空想は汚れた事ばかりだつた。

私は洋服屋の叔母さんについて來てもらつて、神樂坂の小さな藝者屋にはいつて行つた。藝者になるには、あまりに年をとりすぎてゐた。三味線も彈けなければ、踊りと云へば、女學校時代に覺へた體操のダンスより知らない私だ。主人は幾度も考へてゐたが、

「もう何もかも御存知ですと、話の仕様もありますが、素人なら十三位から欲しいんです。これから色々と稽古をつけて、衣裳をこしらへたら、二百圓位しかあげられません。」

私はがつかりしたやうな、又救はれたやうな氣持で歸つて來た。

六

當分は洋服屋の二疊でみじめな生活が續いた。虚無的な思想にかたむいて、私の生活には明日がなかつた。

玩具のセルロイドの色塗りの女工に通つたのもその頃だつた。

子供の蝶々の櫛や、キユーピーや、ヨットや、色々の玩具の色が強度に私の目を刺激して私は街を歩く時、十錢均一の黑眼鏡を掛けて歩いたりした。

なにくそ！

私はこの強味だけにひかされて生きた。

それから結婚したのは間もなくだつたが、私が貧乏だつたので、役者だつたその男は女優と逃げてしまつた。

男への放浪もそれから始つた。

あゝ結婚て二度とするものじやないと思ひながら、やつぱり淋しくなると男を戀ひした。妻となつて、カフェーに働いた事も長い。その男も亦少女をこしらへて去つてしまつた。

私が最初にカフェに住み込んだ日だつた。通ひだつたので、十二時過ぎまで客があつたのを、やう〳〵主人に願つて、舗道へ出た時は、もう電車も何もなかつた。始めて店の時計がまちがつてゐるのに氣がついた時、私は唸りたい程悲しかつた。

外に泊る事は夫にどんな痛手をあたへるだらう、私は夜中でも歩こうと、神田の神保町から田端まで私は一直線に氣を張つた。

犬の恐ろしい私は犬を去けながら、深夜と云つても、灯の多い上野公園下まで夢中で歩いたが、暗い森の下をつゝきる事を思ふと淋しくてどうにも仕様がなかつた。

私はふと私の横を自轉車で飛ばしてゆく、ハッピをきた男の人に追ひすがつて言つた。

「私田端まで行くんですが、もし逢染の方へいらつしやるのでしたら、連れて行つて下さいませんか、おつかないんですが……!。」

ハッピを着た人は染物屋の職人らしかつた。

「店の使ひでおそくなつちまつたんですが、もしよかつたら自轉車に乗りませんか。」

私はもう恥も外聞もなかつた。

片方の手にコップリの大きい下駄を持ち、片方の手で、その男の人の肩につかまつて、私はそれこそ怪し氣にも、深夜の奇妙な自轉車乗りになつた。

あれから數年――名も所も知らせてくれなかつた、勇ましいハッピの職人の事を思ふと微笑しながら涙が滲む。

まだ轉々と私の職業は變つてゐる。

大阪での放浪、おでん屋、外交員、筆耕、そうした色んな思ひ出が、氣弱になりかける私をどんなに鞭打つてくれるか知れない。

〈『婦人運動』昭和4年8月号〉


この作品発表の直後、『女人藝術』同年9月号に「放浪記／三白草の花」を発表した。そこでは震災当時、根津権現附近に下宿していた主人公が新宿十二社まで両親を尋ね歩き、のち酒船で東京を脱出する放れ業を演ずる。この劇的設定に魅了され、読者も研究者も実体験と信じて疑わない。しかしながら人一倍母親思いの芙美子が、震災の東京に母キクさんを残し、ひとり酒船で東京を脱出する設定は、作品としても、実人生としても疑問がある。その疑問を解決する手がかりとなるのが、この「職業遭難記」なのである。ここでは一家は新宿大久保附近の植木屋に住んでいる。主人公は株屋で震災に遭遇し、茅場町から新宿まで歩き、その後丸の内であべかわ餅の露天商売をして稼ぐ。『婦人運動』昭和4年8月号に発表した震災体験を、その直後の『女人藝術』同年9月号では否定し、酒船で東京を脱出する。小説としてはどちらもあり得るのだが、実体験は一つでしかない。

本書は芙美子の知られざる作品を考証し、著者の詩業と文業の全体像に新たな光をあてることが目的である。著者の実人生・実年譜の探索は主たる目的ではないが、震災体験は「放浪記」の考証には欠かせない。特にこの疑問を考えてみたい。

結論から述べると、「職業遭難記」の設定の方が自然であり、かつ合理的である。関東大震災の9月1日は土曜日。茅場町の株屋は半ドン勤務。前日に貰った8月分の給料が、一家を生きのびさせたとする設定も自然である。「放浪記／三白草の花」でも前日貰った給料に言及するが、勤務先は明かさない。「放浪記第二部／茅場町」の描写は「職業遭難記」を下敷きにしたものだが、震災とは関連づけられていないし、「茅場町」は『女人藝術』には発表していない。震災時の居住地について、小説としてはどちらでも構わないが、これは本郷根津ではなく新宿が事実である。それは、尾道時代の恩師小林正雄氏が証言する。小林氏は『尾道と林芙美子』所収の自身の日記において、同氏が上京して芙美子を訪ねた日を記している。大正12年7月31日（火）、訪れた場所は「柏木一〇四番地」。現在の新宿駅北口柏木公園付近にあたる。訪問の期日と番地まで記した証言の信憑性は高い。この小林氏の日記により、震災当時の芙美子の居住地は柏木と言える。柏木を大久保と言うのは仮構にはあたらないが、根津権現は方向違いの仮構である。柏木の地名に触れることが、あたかもタブーであるかのように避けた。その理由を問わなければならない。

これも結論から述べると、芙美子は「放浪記」において、大杉榮や和田久太郎らとの接触を明かすことが憚られたからである。小林正雄氏が柏木を訪問した、その5日後の同年8月5日、フランスから帰国した大杉榮が「柏木三七一番地」に家族とともに越して来た。大杉豊著『日録・大杉栄伝』に明記されている。関東大震災の渦中の同年9月16日、大杉榮、妻伊藤野枝、そして甥の橘宗一が憲兵隊により虐殺された。憲兵隊が3人を拉致したのが柏木の路上であった。和田久太郎らが大杉らの報復のため、元戒厳司令官福田雅太郎を襲撃したのが、翌大正13年9月1日。この史実を踏まえれば、次に紹介する4点の芙美子の回想が理解しやすい。


今でも忘れられない思ひ出と云つては、もう何年になるかしら……。

その頃私は田端の奥に住んでゐた。

和田久太郎のピストル事件のあつた時だから九月だ。

知人だつたものだから、私も家宅捜索をやられたり、滝ノ川署に引つぱられたりして、私は私の務め先もおじやんになつてしまつて、文字通り、食ふや食はずの日が續いた。

〈「その頃のこと」『婦人運動』昭和4年3月号〉


九月、丁度和田久太郎が、福田大將を××した事件の後、私はその朝彼に會つてゐたので、×××署に引つぱられて行つたり、兎に角、田端での私の生活は、清算しなければならない時期であつた。私はBの思ひ出を振り捨てる爲と、スパイが來るのが五月蠅《うるさ》いので、十月ネルを着る頃、私は本郷の玄人下宿へ轉《ころが》つて行つた。

〈「男を嗤ふ」『婦人公論』昭和5年6月号〉


私はかつて、（大正拾年）頃大杉榮氏の家に遊びにゐつてゐた頃、運動か藝術かと云ふ事をいつも考へてゐた、寝ても起きてもその事で胸がいつぱいであつた。私に、チョッピリとした書くと云ふ才能と、藝術へのあこがれがなかつたならば、とつくの昔に私はプロレタリア運動の方へはいつていたかも知れない。

〈「廣い地平線」『新興藝術研究』第2輯　昭和6年6月1日〉

當時、震災前のアナーキズム華かなりし頃で、大杉榮、伊藤野枝さんなんかも知つてゐる。その頃辻潤さんの稚兒さんだなんて云はれてゐた、吉行エイスケさんなんかとも、親しくした。

〈「あれやこれや」『文藝通信』昭和8年12月号〉

上記のうち「廣い地平線」で大杉を訪れた年次を大正10年としたのは記憶違いではなく、カモフラージュだろう。芙美子はまだ上京していない。それはともかくフランス帰りの大杉が、芙美子が居住する柏木に越して来たのである。好奇心の塊である芙美子が徒歩数分の至近距離にある大杉宅を訪問することはあり得るし、それができるのは震災直前の8月しかない。大杉訪問の目的が「運動か藝術か」なる高尚な悩みの相談であっても構わないが、大杉に密航の手段を訊ねる事であったとしたら、さすがの大杉も困っただろう。もっとも「男を嗤ふ」の回想は筆者も半信半疑ではある。和田久太郎は、襲撃直前は吉祥寺の宮崎光男宅に潜伏していた。襲撃当日に和田久太郎と会っていたというのが事実なら、その事自体が文学史を超える大事件である。その真偽はともかく芙美子は大杉や久太郎との接触を、他の雑誌では隠さなかったが、「放浪記」では戦後の第三部まで伏せていた。否、伏せざるを得なかったと言うべきであろう。「職業遭難記」は「放浪記」の読み直しを迫るのである。

第17章　発禁雑誌と放浪記第三部原型作「リヨの場合」

ここで紹介するのは「放浪記第三部」の原型作。掲載誌は『世界の動き』昭和5年6月号。戦後に発表された「放浪記第三部」は、戦前日本の警察検閲下では公開できない内容ゆえに、昭和22年5月の憲法施行をまって発表された、と筆者はこれまで理解してきた。著者芙美子も概ねそのように述べている。なのに、まさか「放浪記第三部」の原型作が昭和5年の雑誌に掲載されていたとは。題名は「リヨの場合」。作中主人公加藤リヨにちなんだ作品名。「第一部」原型作「秋の日記」も主人公は「ゆみこ」の源氏名を持つカフェの女給。どちらも、原型作は実名小説ではなかったのである。

短篇「リヨの場合」は2話6節構成。原稿用紙約30枚。1節から3節までが、「放浪記第三部／神様と糠」『日本小説』昭和23年6月号の原型作。銀座の街頭で広告取りをする。4節から6節までは、同じく「第三部／十字星」『日本小説』昭和22年7月号の原型作。旅興行の女優募集詐欺に釣られ、東邦演劇部を騙る男にやすやすと籠絡されるが、最後は得意の作中詩を唄って男を嗤い飛ばし、煙草工場の女工になって結びとなる。日本近代文学館ではじめて同誌を閲覧した際の驚きは形容しようがない。なぜこのような作品が85年間も埋もれていたのか。

同誌7月号「編輯だより」を見て、その疑問はただちに氷解した。この昭和5年6月号は、「安寧秩序紊乱」を理由に発禁処分を受けていたのである。その事実は『昭和書籍・雑誌・新聞発禁年表』にも明記されている。おおやけには流布できない発禁雑誌掲載作が埋もれていたのは当然とも言える。同文学館所蔵本は、編集者らが密かに隠し持って保存してきたものか。よくぞ保存してくれた。

同誌昭和5年1月創刊号巻頭言によると、前年の昭和4年10月に一度『新傑作』なる誌名で創刊したものの、その創刊号が「風俗壊乱」を理由に発禁処分を受け、改名した新雑誌が『世界の動き』。その創刊号に芙美子の詩「女の素描」、2月号に詩「雪女（詩と夢）」が発表された。「リヨの場合」は3作目の寄稿作であった。終刊時期は分からないが、同文学館が5月号を除き8月号までの7冊を所蔵している。5月号は出資者が資金を引きあげたことによる休刊。6月号は出資者に頼らない自主出版としての再建号。その再建第1号が発禁処分を受けたのだから再建資金はすぐに底をつき、早晩ゆきづまる。先行発禁雑誌『新傑作』は出現していないようだ。まずは「第三部」原型作を御覧いただきたい。「リヨの場合」全文紹介のあと、筆者の解説を付す。

昭和５年１月創刊号
表紙絵・村山知義　日本近代文学館蔵

リヨの場合

林芙美子

一

風が強いので藁屑《わらくず》がキリキリ飛んで、朝の凍つた道を、黑犬がヴァウ……ヴァウ……吠えながら歩いて來る。

八ッ口の中でしつかり兩の乳房をつかんだリヨは、下駄の先で小石を蹴散しながら、メリヤスの手袋が一つ欲しいと思つた。

リヨは××通信社の廣告出張所へ、傭《やと》はれて、今日が六日目の務めである。

事務所の壁には、銀座四丁目受持、加藤リヨ、藤尾まき子と書いた、白い指定表がブラリとさがつてゐた。

リヨは昨日までの、澁谷のテント事務所を思ひ出した。泥濘《ぬかるみ》を浴びた、ガード下のテント事務所に、諸新聞廣告受付と張り出した、赤い旗と一緒に、終日風に吹かれて平和に白い御飯の食べられる事のみを空想してゐた何日かを……。

鮭のムンムン臭《にほ》ふ辨當《べんたう》箱を胸に抱いて、リヨは今日始めて傭はれて來た藤尾と、内幸町の通信社から、銀座まで歩いて行つた。

生活に疲れ過ぎてゐる者同志は、ものを云ふ事もめんどくさい。

震災直後の銀座街は、虫歯のやうに雑然として、運河のやうな光りが流れてゐた。

やがて二人はビラビラのテントの幕を上げると、一坪やつとのテント内に、テーブルと二つの椅子を舗道近く出して、赤い旗をテントの縄に結ぶのである。

諸新聞廣告受付××通信社銀座出張所。赤い旗は、テントと一緒に紙のやうにペラペラして、一つしかない椅子に、二人は沈默《だま》つて、半分づゝ腰掛けあつた。

「まあ、何だか恥かしいわ。」

「もつと前をさげませうか……。」

テントの中をもの珍らし氣に覗いて行く人達が多かつた。

テーブルの上には、ぢきザラザラ埃《ほこり》がたまつてゆく、部厚い受取書も一枚もはがれないで、二人は晝《ひる》をむかへると、砂埃《すなぼこり》にむせた、テントの片隅にしやがんで、辨當を開くのだ。

「貴女はお國どちらですの……。」

藤尾はうすい肩をつぼめて、色あせたメリンスの袖の上に、油上げをまぶした辨當を開くと、しんみりとリヨを見た。

「私ッ、鹿兒島なんですけど……厭なとこですわ。」

「まあ九州ね、私は佐賀ですのよ、主人と二人で、去年の暮れに來たばかりですの、始めは事務員のやうな事したかつたんですけど、何もないのね……。」

「人が氾濫してるのよ、私は此前《この》は、女探偵をやつたんですが、目が近いもんだから、三日でプイになつちやつたの。」

「まあ……貴女結婚していらつしやる?」

「いーえ、まだ私は一人、父は北海道へ行商に行つてるんですが、駄目なのよ、今母と二人きりで植木屋の二疊を借りてますの、お遊びにいらつしやいな。」

「隨分貴女はお元氣ね。一人は呑氣でいゝわ……。」

「あら、私は早く結婚したいと思つてるわ、地虫みたいに、苦しみばかりで死にたくなる時があるのよ。」

口の中が、ぢきザクザクする。

「貴女水を呑んでらつしやい、ライオンの裏口から行けば、水道の栓があつたと思ふわ。」

影の薄い冷え性らしい藤尾が、水を呑みにテントを出ると、リヨはうつすらと涙がにじんだ。まだ一枚も廣告を受付けないが、女事務員の意地悪い三白眼や社長の不興氣な顔が目に見える。

リヨは前を通る、美しい春着をきた金魚のやうな女達を見ると、それが伽話《おとぎはなし》のやうにはるかなものに思へた。

二

「お前、八錢しか無いがどうするかえ。」

リヨは沈默《だま》つて辨當箱を包んだ。ネルを二枚重ねてゐる母親が、捨猫のやうに、格子につかまつて歩いてゐる。

「歸へりは、お友達に借りて來ませう。」

七錢の銅貨を前帯にはさむと、綿も紙も買へない、月の病氣を呪ろはしく思つた。

北海道の父からは、十二月に音信《たより》があつたきり、吹雪の旅空で、飢ゑにひとしい生活をしてゐると云ふ文面だつた。

母はリョウマチと、精神的勞苦で、茫々とやつれ果てゝゐる。リヨは花火のやうに元氣にふるまつたが、一升の米が二日かつかつでなくなると、二人共沈默《だま》つて疊につゝぷした。

歸へりは、藤尾に拾錢《じつせん》か弐拾錢借りて歸へらう、溝板《どぶいた》を鳴らして、輕く口笛を吹きながら、リヨは醉ひどれ船の詩を心に浮べた。

今にも雪の來さうな氣むづかしい空であつた。

いつものやうに藤尾を廊下で待つたが、仲々來なかつた。リヨは仕方なく、一人でボソボソ銀座まで歩くと、昨夜の風にたほされたのか、テントが車道にへばりついて、その上に巡査が立つてゐた。リヨは呆然とするすべも知らなかつたが、通行人のやうに何度もその前を行つたり來たりして見た。

「濟みませんが、それを立てゝ戴けませんでせうか……。」

リヨは今はもう泣き聲を出すより仕方がなかつた。

「君のとこのかね、何度云つても、すぐたほれるね、繩を太くして、ガンジョウにしなきあ、今後は許るさないよ。」

リヨは沈默《だま》つてゐた。

テントはまるで、のしいかのやうだ。通行人は見る間に、リヨとテントと巡査を圍《かこ》んで、判りもしない嘲笑を浴びせかけてゐる。

リヨは、自分が怒られるのが奇妙に思へた。そして人が黑山のやうにたかるのが、重石のやうに切なかつた。

一人でテントを組立てゝゐるリヨは心に思つた、此世の中で誰一人としてろくな奴はゐない。亮々と朝の舗道を流れる風は涙にむせた、リヨの頬を冷くさした。

カフェーの窓からは、コック達が指差して笑つてゐるではないか。リヨは泥まみれになつた、凍つたロープを電信柱にしばりつけると、幕をおろしてテントの中へ、螢のやうにはいつてしまつた。

白く埃の浮いたテーブルに體《からだ》を投げかけると、涙がダボダボ熱く流れた。

目をつむつてゐると、テントの中が蜜柑のやうに黄ろい。

これで藤尾が來なかつたら、今日は大久保まで歩いて歸らなければならない。テントの外は自動車の警笛、電車の音、同情のない通行人、テントの中はリヨ一人の空地《あきち》であつた。

三

テーブルの足だけ見えるやうに、前の幕をめくると、もうこつけいじみた赤い旗もたてなかつた。リヨは只呆然と舗道を流れる人の足を見てゐた。

茶碗に一杯ばかりの冷飯を、おかゆにして晝間《ひるま》、食べてゐるからと云つた可哀想な母親の事を思ふと、胸がヒリヒリと、鹽《しお》つぽく痛んだ。

「今日は休みかね。」

人の好ささうな、走り使ひの爺さんが、銀貨をザラザラとテーブルに置くと、

「座敷女中が二三人要《い》るんですが、一つうまく書いて、明日の都《みやこ》新聞に出しておくんなさい。」

手拭いで鼻汁をかみながら、その爺さんは、領取書も取らずに、そゝくさと行つてしまつた。始めて見た、五拾錢銀貨のつぶて、リヨは手の中で六つかぞへた。これだけあつたら、どれだけ、あの二疊の部屋が明るくなるだらう。

リヨは決心して、テントの幕をおろすと、三圓をしつかり紙に包んで帯にしまつた。

――お座敷女中至急二三名入用、本人來談、銀座四丁目○○――三圓分の草稿を持つて、事務所へ歸へると、三白眼の女事務員が、リヨを應接間に呼んで、自分がいかにも社長のやうに、もう明日から來ないでもいゝと云つた。

「そうですか、では一週間分の給料を戴きます。」

「貴女は何を云つてるの、そんな事を云ふと社長さんに叱られてよ。」

リヨは、叱られると云ふ意味が判らなかつた。勝手に止《や》めさせて叱る、リヨはベトベトに握り締めてゐた三圓をテーブルの上で開いた。

「では、この三圓をもらつて行きます。一週間電車賃や、お辨當も費《い》つたのですから……それに、今日はもう一錢も金がないから。」

「圖々しい人だ。私はこんな人を見た事がない、藤尾さんだつて、止《や》める時は何とも云はなくてよ。」

リヨは、今朝一生懸命テントを張つたのが馬鹿らしかつた。

三白眼の女事務員は、腐つたフェルトを引ずつて次の部屋へ行つてしまつた。

リヨは、沈默《だま》つて、六ッの銀貨と草稿をテーブルの上に乘せると、空の辨當箱を袂に入れて外へ出た。

街には瀧のやうにキラキラ灯がつき初めてゐた。

四

新宿の陸橋をボクボク鳴らして、リヨは久し振りに豊かに袂をふくらませてゐた。

細民相手の、露店街は、八ッ目うなぎの嗅《にほ》ひでむせてゐた。濡れた魚屋の板の上は、メリンスを流したやうに、鰯や鯛や鮭が美しかつた。

リヨは子供のやうに一ッ一ッの値段を聞いてみた。

たそがれは、奇妙に、誰にでも美しいスブニールがあるものだ。

五燭の電燈の下に、模様の流れた薄い蒲團を着て、母親は寝てゐた。

「ひもじかつたでせう、色んなものを買つて來たわ。」

晝間火を燃して當つたのか、火鉢の上には新聞の燃えたのが、ガラガラ空氣にゆれて、石のやうに部屋の中は冷たかつた。

ボール箱の米櫃《こめびつ》にはなみなみと、米が満ちた。

蜜柑箱の食卓の上には、鰯を燒いたのと、澤庵が、久し振りに色をそへた。

リヨは焚きたての飯を頬ばりながら、新聞の職業案内を見てゐた。

——地方行舞臺《ぶたい》女優募集、十七歳より廿二歳まで五十圓支度金給與す。乞履歴書送付、××町東邦演劇部——

リヽヨは目を瞠《みは》つた。

「お母さん！　もし北海道へ行けたら、あんた一人でも行けるう……。」

「お前を殘してかい。」

「私が、いゝとこが見つかつて住込みで働くとすれば。」

「一度、お父さんにも會つて、先々の事が話したいね。」

リヽヨは空想で胸がふくらんだ。

曲馬團だつて道化芝居だつて、何だつていゝんだ、リヽヨは東京以外の土地へつゝぱしつて行きたかつた。

五

それから二日目の夜、リヽヨは雨上りの泥々の道を、母親の足駄を借りて、萬世橋の驛へ行つた。

——白いハンカチを持つて、入口に立つてゐて下さい。——東邦演劇部の柳田と云ふ部長からの速達であつた。

リヽヨはコートも無い、みすぼらしいメリンスの羽織を、黒い毛絲の肩掛けで深く隠しながら、ハンカチを持つて、小一時間も立つてゐた。

人の洪水を眺めながら、リヽヨは色んな空想で、瞳をチカチカ光らせてゐた。

天井の落ちた待合室の壁には、眞赤な音樂會のポスターがハタハタ風に吹かれてゐた。

「加藤さん……。」

肩の上で小さい聲が流れて行く。

リヨはガクガクと足が震へた。

黒いオヴァを被《き》た脊の高い男が、サッサとまるで影のやうに向うへ歩いて行く。


電車の中は割合にまばらであつた。

「僕が柳田です。」

「…………」

リヨは沈黙《だま》つてうつむいてゐた。

場違ひな人間と話す事は、これが始めてだつたから――。

「色々とくはしいお話がありますから。」

柳田は、薄く色のついた眼鏡をヅリ上げると、トロのやうに白くむくれた唇をかつちり閉ざした。

やがてリヨ達が降りたのは、何だか汐風の匂ふ、海添ひ近かくの町であつた。

掘割りのやうに、せまい町並は、海の底のやうに静かで、何氣なく振りかへつた空の上には、寒々と東京の空が明るかつた。


「寒いから、こゝへでも寄りませうか。」

柳田が指さしたのは、八ッ山ホテルと紫と青の軒燈のついた、バラックの洋館で、破船のやうに侘しい鼠色の宿屋であつた。

事務所へ行く事と思つてゐたリヨは、何か胸につかへたものを感じたが、もう捨てばちであつた。

部屋は日本風な座敷で、押入れのところに緑色のポキポキしたカーテンがさがつてゐた。脊の高いリヨは、船室のやうに天井の低い廊下の壁にもたれて唇を赤々と塗つた。リヨは藁にもすがる氣持ちである。

柳田の心の底も判つてゐたが、別に悔もなかつた。生きて行くにはこんな道もたどらなければならない。

リヨは酒が呑めないので、ブドウ酒を何杯も呑んだ。赤い水滴がゴクゴク咽喉《のど》を流れて行くと、忘れかけてゐた母親の侘し氣な姿がふつと胸につかへて、リヨは瞳が熱くなつた。

「貴女は脊も高いし、私の氣持ちでは、うんと勉強すると、早く舞臺に出られると思ひますよ。」

「………………」

「お金は二三日内に送つてあげます。」

リヨは、舞臺に出る事よりも五十圓の金がどれ丈リヨを心だのみにしたか知れなかつた。お母さんを、北海道にやつて、氣輕るに何かをさがし出してみたい。

六

卓子《テーブル》の上には、ブヨブヨの刺身が、血のやうに光つてゐた。

リヨはしつかり目を閉ぢた。涙が玉のやうにあふれさうだつた。

「君×××……。」

男の両手がリヨの首をきつと巻いた。リヨは夾竹桃のやうに沈黙《だま》つてゆつさゆつさ胸を波だゝせてゐた。

消毒藥の匂ひのするベッドに、耳をつけてゐると、遠く風の音が聞える。リヨは蒲團《ふとん》の外にはみ出した長い足で、強くベルを押した。

リヨは呆然と考へる日が多くなつた。

暗がりから飛び出したやうな男に、リヨは仄《ほの》かな戀心を感じてゐた。

柳田と約束して一週間にもなるが、何の音信もなかつた。

リヨはわけのわからない悲しみで、焦々して行つた。そしてふつと、何かに思ひ當ると、グイグイと、自分の下腹を柱にぶつゝけたりした。

あんな男の子供でも宿つた日には……リヨは妙に心配で、その事だけに、疲れてしまつた。

リヨは終日母親と、近所の汚れ物を、ほぐしてゐた。

春らしい夕暮れである。

溝つぷちの草が、プチプチ音をたてゝゐるやうな、うつすらとした風が吹いてゐた。

リヨは柳田からの速達を手にすると、耳が赤くなるやうな嬉しさを感じた。

下駄も足袋もなく切なかつたが、リヨは汚れた下駄をふいて、一寸用達にでも行くやうな振りで母親へ沈默《だま》つて出た。

新宿の陸橋のそばに、柳田は煙草の煙を吐きながら、薄い影を流してつゝたつてゐた。

リヨは男を正視すると、水のやうに冷い感情が込みあげて來た。

男は歪んだ中年者らしい頬を光らせて、リヨの尖つた瞳を、いたづらッ子らしく笑ひ返へしてゐた。リヨは、何もかも空しいものであつた事に、苦笑せずにはゐられなかつた。

何もかもが、汚れた水の泡だ、リヨは、汚れた下駄も素足も苦にならなくなつてしまつた。

でも何かをリヨはもとめてゐる、廿の歳まで、青春を知らなかつた、リヨの體の中には、ヨットの帆のやうに、汐風がランマンと鳴つてゐた。

朝日町の木賃宿街を、リヨは犬のやうにあさましく、男の後からついて行つた。

暗がりばかりの、ガード下の軒には、宿引き達が小聲でリヨ達を呼び止めた。

ボロボロに朽ち果てた、三疊の部屋に、腸《はらわた》のはみ出した蒲團が、リヨを嘲笑してゐた。

十燭の電燈の下には、二人の大きい影が默々として動いてゐる。

リヨは、着物のまゝ蒲團に寢ころぶと、大きな聲を出して唄つた。

男は退屈さうに天井をむいて、煙草をふかしてゐる。

春のある夜さ
星が一ッ落ちて來た
その星の上には
スタンプが一ッ押してあつたよ。

花の咲く日もあらうかと

毎日毎日働くが
花は咲いても氷の花
　ツンツラつら、がぶらさがり
　細々煙も立ちかねる。

星の音信《たより》は飛んでつた
櫻の咲く方へ飛んで行つたよ。

リヨは自分の唄に涙がむせた。明日から逆もどりだ。

「それから何、せりふだらう！」

「え、娘が溝《どぶ》へおつこちた唄なのよ。」

「さあ、こつちを向いて、この娘は駄々つ子で困ります。」

リヨは菜種のやうに彈《はじ》けて、暗い表へ出た。人間の生きる終局があんなもんであつてはゐけない、外では皆飢ゑてるではないか。

リヨは下駄を泥濘《ぬかるみ》に吸ひつかせてゐた。さうだ、あんな男も泥濘《ぬかるみ》だ。

夜更けの街は、墓場よりも淋しい。赤電車は沈默《だま》つて、レコードをまはしてゐる。

虚しい寂しさが、何もなくなつたリヨの頬を吹いた。

数日してリヨは靜脈を斷ち切ると、元氣よく、太陽の唄をうたつて煙草工場へ通ひ出した。貧しい女には過古《かこ》は必要ではない。

――一九三〇、二――

注・傍点は原文どおり。明らかな誤植以外は原文を生かし、若干のルビを補った。結びの語「過古」は、国語辞典や漢和辞典には見当たらない。だが、著者の造語や「過去」の誤記・誤植ではなく梶井基次郎の作品にずばり「過古」がある。掲載誌は、同人誌『青空』大正15年1月号。

【解説】「放浪記」の成立史に新たな光

短篇「リヨの場合」は、「放浪記」の成立史解明に新たな光をあてる問題作である。その問題点を幾つか挙げると、その一つめは、掉尾に記された「一九三〇年二月」の執筆日により、芙美子が婦人毎日新聞社主催の台湾講演旅行から帰国した直後の作品であること。婦人毎日論説部長は北村兼子。著者は『女人藝術』における「放浪記」の連載を昭和5年1月号から3月号まで休載した。約3週間の台湾講演旅行の影響だろうと筆者は思っていたのだが、まさかその休載期間中に、別の雑誌向けに「放浪記第三部」の原型作を執筆していたとは。

二つめは、掲載誌『世界の動き』昭和5年6月号が発禁処分を受けていたこと。それゆえ戦後の「第三部」まで再発表できなかったのである。芙美子は昭和22年の『日本小説』における「第三部」

発表にあたり、戦前には発表できない内容ゆえに、封印せざるを得なかったと述べている。それはその通りなのだが、実際には「第三部」の原型作を一度は昭和5年の雑誌に掲載していたのであった。

三つめは、「リヨの場合」が「第三部」の原型作であると同時に、「第二部」たる『續放浪記』「八ッ山ホテル」の原型作でもあること。「八ッ山ホテル」は『女人藝術』発表作ではなく、雑誌発表をまたずに単行本に収録したと筆者は推理していたのだが、「リヨの場合」の出現により、その推理は覆された。「八ッ山ホテル」は『世界の動き』が発禁処分を受けたことによる「リヨの場合」の改作版でもあった。

四つめは、実名小説ではなく、作中名「加藤リヨ」の名が与えられたこと。『女人藝術』連載の「放浪記」も連載初回から実名を名乗ったわけではないが、昭和5年2月の時点では既に実名を名乗っている。「リヨの場合」は実名ではない、もう一つの「放浪記」であるかのようだ。

五つめは、作中詩の活用、オノマトペの多用、数字遊びなど、「第一部」「第二部」と共通する技法を用いつつも、その技法が「第一部」「第二部」よりも完成度が高いこと。一から十までの漢数字を洩れなく作中に織り込む数字遊びは完成しているし、23語も用いたオノマトペにしても、一つとして同じ語を使っていない。まるで数字遊びとオノマトペの実験的習作であるかのようにも見える。

一、掲載誌『世界の動き』

この作品が掲載された雑誌『世界の動き』は昭和5年1月創刊。前年の昭和4年10月に『新傑作』の誌名で創刊したものの、「風俗壊乱」を理由に発禁処分を受けた為『世界の動き』に改名したことは先に述べたとおり。創刊号の巻頭言によると、当初は『改造』と『新青年』を合わせたような総合雑誌を目ざしたと言うが、創刊早々に発禁処分を受け、編集路線を変えざるを得なかったのだ。

その新しい編集路線の反映か否かはともかく、この雑誌の企画の一つが、新人の発掘と懸賞作品の募集であった。創刊号で発表された当選作品は、群司次郎正《ぐんじじろうまさ》の「ミス・ニッポン」。入選評論が宮本顕治の「過渡時代の道標―片上伸《のぶる》論―」。学生時代の宮本顕治は昭和4年、芥川龍之介を論じた評論「敗北の文學」で『改造』の懸賞論文に当選した。「過渡時代の道標」は2作目の評論であった。この評論は2月号と3月号に分載され、同じ2月号に中野重治のエッセー「山猫その他」が掲載された。もう一つの入選小説が榎本八十子の「地螢」。榎本の入選作は4月号に掲載された。当選作品である群司次郎正の「ミス・ニッポン」はいち早く単行本化されたが、これは検閲に触れ、伏せ字と活字削り取りの措置が施され、昭和5年1月、世界の動き社から刊行された。序文は村山知義、森岩雄、池谷新三郎。他に柳原燁子《あきこ》の書評が巻頭に掲載されているが、これは『世界の動き』創刊号に掲載された書評と同文。

群司の『ミス・ニッポン』昭和5年4月の増刷版に、各種新聞雑誌に掲載された書評10篇が収録された。その中に、芙美子の書評もある。掲載紙は『婦人毎日新聞』。同紙の原紙は殆ど現存しておらず、芙美子の『ミス・ニッポン』増刷版収録書評は、現時点で唯一残る資料である。芙美子の絶賛書評なので、紹介しておこう。

ミス・ニッポン異議なし

林芙美子／初出『婦人毎日新聞』

これは小説のメフィスト・フェレスだ。作中を通つてゆく人物が、一人一人皆何かを持つてゐる。

群司と云ふ人はなかなかユカイな悪人らしい。日本にあり來たつた今までの小説と、此のミス・ニッポンは混同されるべきものではない。

色が違ふ、匂ひが違ふ、言葉が違ふ。描かれたタッチは憎々しく太い。文脈は清新である。

ミス・ニッポン！　これは一九三〇年の文化史である。自然も文明も無視したミス・ニッポンと云ふ女性が、群司次郎正氏のユニイクな筆の先きから踊り出してゐる。

そして、ミス・ニッポンを圍んで、萬華鏡の中には、ナンセンスの煙草を吸つてゐる信造と云ふ青年あり、無産者運動の、若きインテリゲンチャの闘士雄吉、その二人を仄かに愛してゐる蒼い人魚の叔母さん、意氣な重役の振出しからミス・ニッポンの發足が、ベルトのやうに讀む者の心をまきこんで行く。

「私はもう絹のクッションなんかあきてよ、こんどは南洋のシュロの葉がいゝわ。」

と言ひ出せば生糸の輸出にも狂ひが出て來る、と、この小さな工場も生糸ばかりでは立つて行かれない。しかし乍ら今の所、社長は生糸の輸出に眼がくらんでゐる。…………

私は此邊の群司氏のエネルギッシュな書き振りはとても面白く讀んだ。

高速度電車に擴げられた小さな文化町のスタイルや、丸の内の上を飛ぶ鳩の點景まで、實にしようしやに描かれてゐる。

端役に出て來る一人の政治家にも、社會觀を語らせ、サブ公の胃のふに二錢五厘のあけうどんを流しこんだり、小さな筆のスタイルが、皆太く生きてゐる。

一度讀んだ時私は呆然としてしまつた。二度繰り返へして讀んだ時、やつぱり私は呆然としてしまつた。流行語ではないが、がつちりしてやんのさ。近年小説界の大收穫であると言ひ切ることが出來る。

この如く、テーマの凄いものを、未だ嘗て見た事がない。

ミス・ニッポン靈子は、近代文明の上層を流れてゐる。アメリカニズムとしてコンミニズムの上を輕くヨットの樣に帆をはらんで笑つてゐる。ブルジョア臭くなく、プロレタリヤ臭くなく。

ミス・ニッポン　これは大人のおとぎばなし、眼のさめるおとぎばなし。

ミス・ニッポンを書いた群司次郎正氏の目は街の上を照すサーチライトだ。（完）

芙美子がこれほど絶賛する書評は、金子ふみこの『何が私をかうさせたか』の書評以外に見当たらない。掲載日を特定できないのが残念だが、増刷版は4月刊行だからこの書評を『婦人毎日新聞』に寄稿したのも台湾から帰国した直後であろう。講演旅行は婦人毎日新聞主催だから北村兼子が芙美子に寄稿を依頼したと見てよい。増刷本によると、初版本の書評を掲載した新聞は、時事新報、國民新聞、東京日日新聞、讀賣新聞、やまと新聞、報知新聞、婦人毎日新聞、中外商業新聞、萬朝報の9紙。他に柳原燁子の書評を加えて計10篇。芙美子の絶賛書評からも窺えるように、なかなかの話題作であったようだ。後に映画化もされた。

だが『世界の動き』4月号の巻頭言によると、当初の出資者が4月号を限りに資金を引き揚げたため、社員が自力で継続発行をはかったという。社員制後の同社顧問は、群司次郎正、布施辰治、和田軌一郎、村山知義。顧問も多彩なら寄稿執筆陣も多彩。そして群司の『ミス・ニッポン』昭和6年版の版元が世界の動き社から、饒《よ》平《へ》名《な》智太郎の世界社に移った。世界の動き社が、昭和5年中には力尽きたことが分かる。それには『世界の動き』6月号の発禁処分が大きな打撃であった。現存する6月号の総頁数は308頁。1部50銭。印刷総部数は分からないが、自力再建途上の雑誌が1号分まるまる印刷資金も回収できないのだから、打撃のほどは想像できる。7月号は総頁数186頁にまで激減し、編集後記によれば、連載中の伊東憲著「前衛一兵卒の手記」は、検閲当局から掲載中止を命じられたとある。なお饒《よ》平《へ》名《な》は沖縄出身の改造社記者として知られている。

芙美子の作品「リヨの場合」が発禁処分の原因であったわけではないが、芙美子にとって「放浪記第一部」の原型作「秋の日記」を掲載した『太平洋詩人』大正15年12月号と同じく、またしても「第三部」原型作掲載誌が発禁処分を受けたのである。

二、「リヨの場合」と詩「はたちのころ」

原型作「リヨの場合」が『女人藝術』連載中の「放浪記」と決定的に異なる点は、作中名加藤リヨの名が与えられたこと。『女人藝術』連載の休載期間中、「放浪記」とは異なる設定の作品を模索していた可能性はある。

筆者が『女人藝術』連載の「放浪記」を発表順に通覧したとき、最初に感じたことは、台湾講演旅行の前後で、執筆姿勢に変化が生じたのではないかという印象であった。それは、台湾講演旅行以後の「放浪記」各篇には、ことごとく検閲による伏せ字が施されている事実から受けた印象である。つまり、台湾旅行以前の短篇には検閲を意識した安全運転とも言うべき「硬さ」があり伏せ字も少ないのだが、台湾旅行以後の短篇は伸び伸びと書かれ、その結果、伏せ字が多くなった。「放浪記」の本領が発揮されるのは、連載後半に入ってからのことである。これには『改造』昭和4年10月号に発表した「九州炭坑街放浪記」の手応えもあろうし、北村兼子との台湾講演旅行が、それにもまして芙美子に刺激を与えたとも思われる。北村兼子は良家の子女で才色兼備の天才ジャーナリスト。芙美子とは全く対照的な人物だが、ジャンルは違えど、兼子と芙美子は好敵手であったと思う。

さて「リヨの場合」が連載中の「放浪記」とは異なる設定の作品を模索したものであったとしても、その技法は「放浪記」とまったく同じと言ってよい。オノマトペの多用は「放浪記第一部・第二部」と共通するし、一から十までの漢数字を洩れなく織り込む数字遊びの技法も同じ。作中に織り込まれた漢数字を使用順に抜き書きすると、「八ッ口」「手袋が一つ」「六日目」「銀座四丁目」「やがて二人は」「まあ九州ね」「三日でプイ」「七銭の銅貨」「十二月に音信《たより》」「五燭の電燈」のように数字遊びが完成している。さらにオノマトペは23語も使っていながら1語として同じ用法では使われていない。これは意識的に用いなければできない技法である。オノマトペと数字遊びでリズム感を生み出しているのだ。作中詩を織り込む技法も同じ。「リヨの場合」第6節に引用された作中詩は、『文藝月刊』昭和5年4月号に発表した作品「はたちのころ」の原型と言える。比較してみよう。

はたちのころ

林芙美子

或夜ガス燈を見てゐたら
星が一つ落ちて來た

その星には北海道のスタンプが押してあつた。
厚岸《アツケシ》は東京より寒いところです
氷の上を白鳥が飛んでゐる
お前は苦勞してゐるんぢやないかえ。

菜の花のやうなお母さんの音信《たより》
私は悲しくて家へ飛びこんだ
腹の中で何かグヂグヂ動いてゐる
妙な錯覺で切なくなると
柱へドンと體をぶつゝけてみた
あんな男《ひと》の子を産んぢやいけないと思つて—
ガス燈が風でハタハタすると
星の手紙がポンポン彈じけて
厚岸の空へすうと飛んで行つてしまつた。

そこで初戀は馬の糞《ふん》よと私は唄つたのです。

〈『文藝月刊』昭和5年4月号〉

作中の語「馬の糞《ふん》」は第二詩集『面影―ボクの素描―』において「馬の簪《かんざし》」と改作されたのだが、「馬の簪《かんざし》」では意味不明。初恋の男を「馬の糞《ふん》」と嗤い飛ばす方が芙美子流である。ここでも第二詩集改作版よりも初出作の方に芙美子の詩風がよく表れている。この「はたちのころ」は、北海道の行商先から母が「音信《たより》」を寄越す設定。「リヨの場合」では、リヨが旅役者の支度金で、母を父の行商先である北海道に旅立たせてやりたいと言わせている。「リヨの場合」1作を詩1篇に凝縮させた作品とも言える。これは、詩誌『獨唱』昭和5年3月号に発表した詩「母の瞼《まぶた》よ！」と「放浪記第一部／秋の脣」との関係と同じ。この詩「はたちのころ」は改作されて第二詩集『面影』収録作となるのだから、第一詩集『蒼馬を見たり』と「放浪記」の関係にも似ている。

三、『續放浪記』「八ッ山ホテル」

昭和5年11月に刊行された『續放浪記』は本編全13章。うち初出掲載誌が分からない短篇が7篇ある。残る6篇はすべて『女人藝術』が初出。初出が分からない短篇は「戀日」「茅場町」「八ッ山ホテル」「港町での旅愁」「夜の曲」「赤い放浪記」「自殺前」の7篇。終章の「放浪記以後の認識」もまた初出掲載誌が長く不明であったが、昭和5年1月に鹿児島で発行された詩誌『南方詩人』に発表された随筆「故郷」であったことが判明した。最初に随筆「故郷」に着目したのは伊藤信吉著『紀行 ふるさとの詩』（昭和52年）。伊藤信吉も『南方詩人』昭和5年1月号に寄稿しており、雑誌原本を所蔵していたから、同書で芙美子の「故郷」を紹介できたのである。

「放浪記第一部」と「第二部」が世に出るまでのいきさつにつき、著者芙美子は様々な物語を残しているが、どれも芙美子流の脚色した物語のようだ。芙美子が言うように、既に書きためていたのであれば、昭和5年1月号から3月号まで『女人藝術』連載を休載する必要がないからだ。しかも発禁雑誌『太平洋詩人』大正15年12月号と「秋の日記」について芙美子は一言も語っていない。否、検閲による発禁処分ゆえに語れなかったのである。

この「リヨの場合」は「第三部」だけではなく「第二部」たる『續放浪記』にも新たな光をあてる。それが短篇「八ッ山ホテル」。「八ッ山ホテル」は『續放浪記』の中でも特に異色な1篇。まるで芙美子の分身のような娘ベニと、これも尾道時代の恩師小林氏に着想したかのようなベニのパパが登場する。ハワイ帰りのパパと二人暮らしのベニは、早熟でなおかつ奔放な性格。新聞に掲載された旅廻りの役者募集広告に釣られ、危うい冒険をする。以下で引用する「八ッ山ホテル」作中の「お姉さん」が、芙美子のこと。

——地方行きの女優募集、前借可……。

「ね、いゝでせう、初め田舍からみつちり修業してかゝれば、いつだつて東京へ歸れるぢやないの、お姉さんも一緒にやらない。」

……昨夜、夜更けまで内職をしたので、目が覺めたのが九時、蒲團の裾にハガキが二通。……來る何日、萬世橋驛にお出向きを乞ふ、白いハンカチを持つてゐて下さると好都合です……心當りがてんでないので、色々考へた末、フト、ベニの事を思ひついた。パパにも知れないやうに、一人者の私の名を利用したのかも知れない。

……病院から歸つて來ると、ベニが私の萬年床に寢ころがつてゐた。……「白いハンカチのところへ行つてたんでせう、随分パパ案じてたわ。」……ベニが捨てて行つた紙屑、開いてみたら、宿屋の勘定がき。拾四圓七拾三錢也。――八ッ山ホテル――〈『續放浪記』「八ッ山ホテル」より〉

引用した通り、初出が分からなかった『續放浪記』「八ッ山ホテル」の原型は「リヨの場合」であった。「リヨの場合」の掲載誌『世界の動き』昭和5年6月号が発禁処分を受けたため、同年11月に発行する『續放浪記』に改作して再生したと考えれば合点がゆく。「リヨの場合」では、リヨが東邦演劇部を騙る男柳田に籠絡されてしまうのだが、「八ッ山ホテル」では芙美子の分身ベニが旅役者募集の男に籠絡されてしまう。泊まった宿の名は同じ八ッ山ホテル。筆者はベニとパパとの関係は、芙美子と小林氏との関係を擬していると考えているのだが、リヨの役回りをベニに与え、作中劇を演じさせたのである。

この事実から察するに、初出が分からない残る6篇もまた、もしかしたら『女人藝術』以外の知られざる雑誌に発表された作品であった可能性も否定できない。「リヨの場合」は「第三部」の原型作であると同時に『續放浪記』「八ッ山ホテル」の原型作でもあったのだ。

四、短篇「母娘」

改造社版『泣蟲小僧』（昭和10年）に収録された短篇「母娘」の初出が分からない。「母娘」の主人公は、売れない作家を夫に持つとり子。或る寒い日、とり子の貧しい住まいに、田舎からとり子の母が訪ねて来たが、夫はとり子の母に挨拶すらしない。母親に帰りの汽車賃もやれないとり子は、万策尽きて母を伴い、別れた夫秀一を訪ね、二円を借りる。とり子が秀一の家を訪ねる間、往来でとり子を待つ母親は寒さに耐えかね、露地のごみ箱に隠れておもらしをしてしまう。その後、母と食堂に入り、牛鍋で熱燗一合を母と分け合った。遅くに自宅に帰ったところ、夫はとり子の母に蒲団すら貸そうとはしない。口論のすえ夫は戸外に出て行ってしまい、とり子は夫と別れる決意をして短篇は結ばれる。この短篇は實業之日本社『林芙美子短篇集／上巻』にも収録された。

この設定は「放浪記第三部／酒眼鏡」そのもの。違うのは、とり子の作中名が与えられたことだが、別れた夫秀一のモデルは田辺若男だと分かるし、現在の夫、売れない作家は野村吉哉そのもの。戦後作の「酒眼鏡」では、母がおもらしをする前に芙美子がキクさんを脊負い、食堂の便所に駆け込み、事なきを得た。さすがに実名小説の「放浪記」で、母におもらしをさせるのはあんまりだと思ったのだろうか。

短篇「母娘」は「リヨの場合」と同じく、「第三部」の原型作の一つであることは疑いようがないのだが、なぜ初出掲載誌が分からないのか？　『林芙美子短篇集／上巻』のあとがきに、芙美子は「母娘」について次のように述べている。曰く「母娘は、私の或る時代の記録で、このころの暗黒時代を現在の私は生涯忘れてはならないと心に銘じてゐます。霰《あられ》の降る日はモデルはありませんが、母娘と同じ一聯のものです」。続けて収録作の「習作、舞姫、大學生」は最近の作品だと追記している。うち「習作」の初出は『文藝』昭和15年9月号。「舞姫」の初出原題は「蘭蟲」『日の出』昭和15年10月号。「大學生」の初出は『婦人公論』昭和14年10月号。たしかに直近の作品である。では「母娘」についてなぜ執筆時期を述べないのか？　実は短篇「母娘」には不可解な発表歴がある。まず単行本『泣蟲小僧』（昭和10年）に収録された後、3年後の『婦女界』昭和13年8月号に再発表されたのである。芙美子に限らず、単行本収録と雑誌発表が3年も逆転した例は稀であろう。

これは筆者の空想的仮説に過ぎないが、先に紹介した発禁雑誌『新傑作』昭和4年10月号に、「母娘」の初出原型作が掲載されていた可能性はないだろうか？　あるいはまた、別の知られざる発禁雑誌に「母娘」の原型作が埋もれている可能性もなくはない。「リヨの場合」の出現は、筆者をまた憑き物のように、「放浪記」探検に駆り立てるものがある。

むすびに

短篇「リヨの場合」にゆきあたったのは『世界の動き』に発表された著者の別の作品調査の副産物であった。昭和女子大編『近代文学研究叢書』第69巻が『世界の動き』掲載作として2篇の作品「女の素描」「雪女」を掲出しているからである。2篇もあるのなら他にも作品がないものか、『叢書』第69巻は資料源を示さないが、日本近代文学館に所蔵情報があるため赴いた次第。稀覯雑誌なら他のバックナンバーも通覧するのが初歩的作業。すると、その6月号に「リヨの場合」があったのである。これは『叢書』第69巻には掲出されていない。

では『叢書』第69巻が『世界の動き』から「女の素描」「雪女」を掲出したにもかかわらず、なぜ6月号を見落としたのか？　それは同『叢書』が芙美子の作品切り抜きを編綴した「スクラップ帳」を利用した新宿歴博の特別展図録『林芙美子－新宿に生きた女《ひと》』（1991年）の引き写しであったからである。その「スクラップ帳」は1990年に至り、林家から新宿歴史博物館に寄贈された。この「スクラップ帳」に掲載誌『世界の動き』の誌名と掲載日が印字された2篇の詩の切り抜きが編綴されているのである。2篇の詩は先に述べたとおり「女の素描―シュウル・リヤリズムの詩とバット

―」「雪女（詩と夢）」。

著者の詩2篇が「スクラップ帳」に編綴されていたため同『図録』は掲出することができたのであって、雑誌原本を実査していたのではなかった。「リヨの場合」が「スクラップ帳」にないのは、掲載誌が発禁処分を受けたことによる。執筆者といえども、発禁雑誌は提供されない事もある。

短篇「リヨの場合」は『女人藝術』連載中の「放浪記」と強い共通性を持ちながら、実名を名乗らないという点で実名小説から脱皮を図った作品だったのかも知れない。その執筆が昭和5年2月であったことに、筆者は強い関心を持つ。連載中の「放浪記」も北村兼子らとの台湾講演旅行以前と以後とでは、そのインパクトは大きく異なる。芙美子の初めての海外旅行が台湾講演旅行であり、旅と切り離しては語れない芙美子の文業において、大きな転機であったと思う。昭和5年2月の時点では、改造社の単行本『放浪記』はまだ実現していない。はたして成功するか否かも分からない。実名小説ではない作品を模索していたとしても不思議ではない。結果的に改造社版『放浪記』『續放浪記』が大成功したことにより、「蛇の皮」「職業遭難記」などの類似作は短篇集に収録されることなく埋もれていた。だが、「リヨの場合」が「八ッ山ホテル」や「第三部」の2篇として再生されたことを思えば、後掲する短篇「夜霧」を含む類似作品群は、実現しなかった未完の「放浪記第四部」として再生する可能性を秘めている。「リヨの場合」は、既刊の「放浪記」の成立史だけでなく、未完の「放浪記第四部」にも新たな光をあてるのである。

【小説】

第18章　『法學新潮』と「夜霧」

林芙美子「スクラップ帳」に小説「夜霧」の切り抜きがある。誌名『法學新潮』と「八月号」の印字だけが残されている。通読すると、先に紹介した「蛇の皮」や「職業遭難記」に挿入された、倒れてもこぼれない徳利のエピソードもある。作中人物の名がないが、田舎から上京して来た行商人夫婦と娘の物語だから「放浪記」と共通する。しかも、第一詩集『蒼馬を見たり』に収録された詩「馬鹿を言ひたい」が作中詩として挿入されており、作品としての完成度は高い。あたかも詩「馬鹿を言ひたい」1篇をモチーフにして書かれた短篇小説であるかのようだ。だが『法學新潮』なる雑誌は見たことも聞いたこともなく、発行年次も分からない。各種の図書館、文学館にも所蔵情報がない。これでは「作品目録」に掲出する材料が乏しいと断念しかけていたところ、この雑誌の創刊号と昭和5年6月号を古書市場で入手することができたのである。

雑誌『法學新潮』の創刊は昭和5年1月。版元は中央法醒社。編輯発行人は白岩貞一郎。所在地は東京市神田区今川小路。創刊の事情や終刊時期はまったく不明。発行人のプロフィールも分からない。

『法學新潮』昭和５年６月号　筆者蔵

だが同誌には著名な弁護士花井卓藏や布施辰治、後の総理大臣片山哲も寄稿している。奥むめを、金子しげりの寄稿もあれば、文芸欄には平林初之輔の作品「豫審調書」（初出『新青年』）もある。6月号の文芸作品には岩藤雪夫の「艦隊の土産」がある。法律記事だけでなく、文芸欄も設けて新規の読者を獲得しようという意図は見てとれる。雑誌としての体裁は充分にとれている。ところが6月号の編輯後記を見ると、編輯部内に内紛があり、創刊直後に休刊もしたようだ。早期の終刊が予感される。とするならば、芙美子の作品「夜霧」は昭和5年8月号掲載と考えられる。そのように考えるもう一つの根拠は、「夜霧」の改作版たる作品「夜霧の中」が、『若草』昭和5年11月号に発表されているからである。「夜霧」には作中名がないが、「夜霧の中」には作中名が与えられた。

この「夜霧」は、原稿用紙にして約22枚程度の短篇。発表が昭和5年8月とするならば、改造社版『放浪記』の刊行とほぼ同時期。行商人親子3人の設定は「放浪記」と共通するが、描かれたエピソードは「放浪記」にはない。同じ体験的作品であったとしても、芙美子が実名作「放浪記」とは異なるエピソードの作品づくりを模索していた可能性はある。

だが改造社版『放浪記』は、ほどなくして大成功をもたらし『續放浪記』の執筆と編集も迫られる。そうした環境の下で実名作「放浪記」とは異なる類似作を前面に出すことはできないだろう。今のところ、短篇集に収録された形跡もない。「リヨの場合」は掲載誌が発禁処分を受けたため、戦後の「第三部」に再生されたのだが、この作品は未完の「放浪記第四部」の1篇となりうる佳作である。誤植等の補正は最小限にとどめた。

夜霧

林芙美子

一

部屋の眞中に、こはれた七輪を置くと、秋刀魚《さんま》の幾切れかをジ、、、、と焼きながら、新聞紙を擴げた貧しい夕飯に親子三人は思ひ思ひの切なさを嚙んでゐた。

家の中は洞穴のやうにがらんどうだつた。

「くさいから窓を開けませうか」

私は魚の悪臭を流すべく、汚れたガラス窓をいつぱい開けた。

ビュン、ビュン木枯が吹いて、遠くの町の高い電信柱の上に凍つた月がパッと花のやうに開いてゐた。

「人間は七轉び八起きだ！　なあ、へこたれてしまへばおしまいひだァ、焦々する程泥んこになるんだ、お前は五十過ぎて女中奉公するつて、何の因果《いんぐわ》にと言ふが、これも俺達の持つて生れた不運さ。

田舎で百姓すると思へばまだ樂だァ、俺も一生懸命働くつもりぢやけん、二人共辛《つろ》ふても辛抱せないかんぞい……」

　固く冷い麥飯を頬ばつてゐると、私は胸が痛んで鹽辛い涙が只わけもなくサンサンとあふれた。

「これでお父さんが商賣を變へるのは七八へんぢやありませんか、お母さんも私も、お父さんが商賣變へをする度に苦勞するのを考へて見て下さい。みんなお父さんの蒔いた種から、親子が散々《ちりぢり》になるんですよ。少しはお母さんの身にもなつてあげて下さいツ！」

　固く締めてゐた桶のたがパチンと切れたやうに、私はぼうだとして流れる涙の顔を父に向けた。

「ほんまに……あんたは一日、その品物が賣れん言ふと、直に二足三文に叩き賣りなはるが、商人は最《も》少し忍耐せな困るぞな、色々考へ事をすると、がつゝい私も死んだ方がましだ……」


　父が一番最後に、私の働いた月給と、少しばかりの元金とを集めて註文したのが、名古屋で出來た轉んでも酒のこぼれない新案の徳利だつた。

　新らしい品物を註文すると、送つて來るまでは心の落着かない父である。豫定の日より二三日後れて荷物がとゞいた時、雨で汚れた大きい木箱を縁側に置いて父は急がしく荷をほぐした。

「さあ！　今度は大丈夫だ！　ひと商賣してこざつぱりした姿《なり》でもして國へ歸へろうなァ」

　親子三人は樂しみが明日にも音づれて來るやうで愉快になつた。

　父はおがい屑に埋れた徳利を疊の上に並べて、その中の一本には母に水を入れさせて、そつと横にたほしてみたりした。

松林の風景や、下品な寶船なぞの青い粗雑な模樣から受ける感じは、とても一組壹圓では馬鹿馬鹿しくて手を出しそうにないと私は一寸不安になつた。

亂暴な荷造りだつたので、父が全部荷をほぐした時、半分は碎かれてゐた。


東京の初冬は風が痛い。

寒がりやの父は、砂埃のはげしいからつ風に怖れて、今日は今日はと商ひを休んでは、二三軒先きの僂の仕立屋の家へ碁を指しに出掛けて行つた。

轉んでも酒のこぼれない德利への父の興味は二日目にはもうすつかり覺めてしまつて、一組四十錢位ゐで新宿の陸橋の傍で攤げて、叩き賣りをしてしまふと、ケロリとして又方々へ商品目錄を註文したりした。

二

漠落《しん》とした淋しい部屋で、最後の夕飯を食べ終ると、四五枚の皿や茶碗を裏の荒地に捨て、父の持ち出してくれた七輪に私は水をジュンジュンぶつかけた。

あらかた荷物を賣りはらつて、身輕るになつた親子三人は散々《ちりぢり》に己々の方向に向つて行かなければならなかつた。

父は大久保の百人町に知り合ひの、植木屋の小さい部屋を借りるし、私は本郷の、大工に嫁づいてゐる友達の家に、母は茅場町の株式事務所の女中に、皆思ひ思ひの侘しい離散であつた。

「さあ身輕ふなつたぞい！　一つ酒でも呑んで別れやうやなァ……」

酒の呑めない父は、いつになくはしやいで妻と娘の痛んだ胸を明るくしやうと焦《あせ》つてゐた。

新宿の夜の陸橋は、ボクボク音をたて丶、黒い影をひいて高くつ丶たつてゐた。

三人は里芋のやうに寒々と白けた顔を月に向けて、にぎやかな夜店を背に、煙草專賣局横のおでんの屋臺に鳥のやうに止ると、熱い一合の酒に眞實涙を流したい氣持になつた。

自棄《やけ》に突きさす水ぽい竹輪の味は妙にかすかになつて舌に殘るばかりで、立つてゐると、腰巻きの薄い私は靜脈の一つ一つがガラスのやうに冷たくなつていつた。

「皆が散々《ちりぢり》になる事を思へば中野での生活《くらし》は殿様みたいなもんだつたわね」

「あんな家、寒うて何がえ丶かい」

父は噛んで捨てるやうに言ふと、古ぼけて赤味のさしたインバネスの羽根を前に合せて章魚《たこ》の足を甘美《うま》そうに食ひ切つてゐた。

「これでもか！　これでもへこたれないか！」何かの聲が聞える、私を嘲笑してゐる聲が聞える、私は反動的に、大きな聲をあげて、

「まだまだ、まだまだ！」

と怒鳴らずにはゐられなかつた。

私の赤い肩掛をした母は水つぽい盃を口にく丶みながら、ポタポタと消えてしまひさうな薄い影をしてだまりこくつてゐた。

只ボァンとした屋臺のくもつた灯の下に、赤い肩掛の色が強く光つてゐて、ワッと泣き出したい程、

遠くから遠くの方から悲しみが湧いて來た。

モレモレと上るおでん鍋の古錦のやうな湯氣の中に、私はふつと別れた男の一角を思ひ出した。

あゝ誰かに會ひたい！

プイプイと口笛を吹くと、裾によつて來る白い犬の脊を私は邪慳に強く蹴つた。

「當分元氣で三人が働けばお前！　それやァ殘るぞいな。皆體がまめなしのう、只俺が病氣にでもなつた思ふて働いてくれよなァ」

三人は黑い影になつて、又陸橋の段々と一つ一つ登つた。何か話がいつぱいあるやうな、話切れないやうな焦々《いらいら》しさで押しだまつてしばらくは甲州の方から來た夜汽車の赤い窓を見てゐた。

停車場は放浪者に取つては一番なつかしい處だ。まして私達は離散してゆく身だし、此の時の停車場の石炭の燃える匂ひはしみじみ嬉しかつた。故鄕の思ひ出を呼び起してくれた。

「時間がたつけに行かふかの……」

何だか淡く月が濁つて來た。

三

「乘り變へが無いんだからよく覺へていらつしやいね」

坂本町で電車を降りると、何か息苦しくなつて、都會の街裏は死んだやうに暗く靜かだつた。

軒燈のさした、一寸明るい煙草屋の前まで來ると、父は目くばせして、私に母をおくつて行くやうに顔をしやくつて、只一言切なそうに言つた。

「お前！　體を大事にせいよ……」

母は聞えぬふりをして、怒つたやうに一人でさつさと暗い角へ曲つてしまつた。

私は母の小さいバスケットをブラさげて、追ひすがると母は肩掛の赤い玉をコロコロ引づつてお地藏樣のやうな恰好をしてボソボソと歩いてゐた。

長く引きづつた肩掛の先をぐるりと一つ母の肩に卷いてやりながら、凍つてカンカンした下駄の音を聞いてゐると、二人抱きあつてペタペタと地びたに坐つてしまひたかつた。

「お母さん！　お父さんだつて切ながつてゐるんですから、元氣を出して下さいね、勤まらないやうだつたら無理しないで出ていらつしやい。その時こそ仲居にでもなつて、口すぎ位はしますから、氣を大きく持つてね、それに向ふだつて女つ氣のない事務所なんだから、男の人つて思ひやりがあるものよ」

ふと見ると、母は子供のやうに兩手を顏に押しあて丶聲もたてずに泣いてゐた。

「もう行くの止めませうか！」

「い丶や死んだつもりでわしも働くけんの、只お父さんが、わし一人養つて行けんかと思ふと死んでしまいたうてなァ……旅の空ではお前に嫁の口もなし……」

いなり壽司を賣る冷々《ひえびえ》とした聲が近かくの露路裏から聞へて來る。

あ丶今はもうどうにもならない。

暗い露路の溝板を踏んで、事務所《オフィス》の埃つぽいガラス戸を引くと、頭の白いみすぼらしい老婆が出て來た。

「あ丶あんたさんでしたなァ……さあさあお上りなして」

婆さんは徳島の生れで、五年も此の事務所に奉公してゐたのだが、國に歸へるについて、母が來るのを心まちにしてゐたらしい。いかにも元氣よくいそいそと茶をわかして、一寸人馴れぬ母の氣持を樂にしてくれた。

埃の沈んだザラザラしたオフィスの時計がボンボンボンと氣ぜはしく十時を打つた。

「あんたの娘さんかいな……」

婆さんは白い頭をポリポリかきながら、長い爪の間に溜つた雲埃《ふけ》をプッと吹いて私を見て笑つた。

「ホウ……あんたは頭の毛がまだ濃いなあ、こんな處で働く人やないな、手が綺麗なもん……」

母の小さい手を眺めて、婆さんは鼻の頭に空々しいしわをつくつて笑つた。その顏を見ると石のやうに固くて、くせのありそうなのが、一寸心配になつた。

「えゝなあ……今にほんまに左團扇で……わたしはもう連れあひが、腦病であんた海に飛びこんでからは、づつと十七年が間誰つちや一人たよらずに來ましたもんなァ……今度は無縁佛になつてゐますあんた、連れ合ひの石塔でもこしらへてやりませんとなァ、そして田舍に引つこんでやらうと思ふてます」

古ぼけた下駄のやうな婆さんは、打ちとけた風で母に樂しそうに話しかけた。

私は壹圓札を散紙《ちりがみ》に包むと、そつと老婆の傍に置いて、土産替りだからと母の顏を見た。母はいかにも此のさつしのいゝ娘の母だと言ふ事をほこりがに、淋しさも忘れて嬉しさうにニコニコと笑つてゐた。

「では何卒よろしくお願ひゐたします」

「えゝもう大丈夫でございます。晝間は番頭さん達で急がしいけど、歸へつてしもたら、夜はこうしてがらあきですせ、お母さん一人になんなはつたら、お泊りに來てお上りな」

母は火の薄い火鉢に手をかざして、妙に涙ぐんで鼻をクンクン詰らせては溜息を吐いてゐた。

「さよなら！　お母さん又來ますからね、元氣でゐなさいね」

割合に元氣よく私は外へ出た。

後をコトコト追つて來た母と薄暗がりの水口の外に立つと、手と手と指と指をつなぎあはせてゐるばかりで、何一言も云へなかつた。

「お父さんに働いて早よう迎へに來るやうに、お前からきつう言はないかんぞい！」

「ぢやァ、さよなら！」

外は深い夜霧だ。

遠くから來る電車の灯が日輪のやうにくるくると廻つて、長いレールの上を水のやうに流れてゐた。

四

黑法子《かげ》のやうに煙草屋の燈《ひ》の下に立つてゐた父は、ゆつくり下駄の音をひそめて、

「ぐはいいはどんな鹽梅《あんばい》かい、お母さんへこたれてなんだかい？」

「うん！」

私は一言も云ひたくなかつた。面倒くさくて、しつとりした夜霧の町に只呆然としてゐたかつた。

「お前小遣ひあるんか！　お父さんのところに少しあるけんやろか……」

「いらん！」

私はたえられなかつた。淋しかつた。

「もうこゝから行きますよ！」

ぶつきらぼうに言ひはなすと、私は一人づんづん停留所の赤い灯に急いだ。

「ほんじやあ氣をつけてのう……又俺も行くけに……」

追ひかけ言葉で今は父自身もへとへとに疲れてゐるらしい。


團子坂で電車を乘り捨てると、急に寒さが身にしみて、町中の赤や青の廣告旗が、只黑づんで、ジーとそのまゝ更けた夜霧の中に凍ほつてゐた。

靜かな町並は夜廻りの鐵棒の音の外は、どの家の軒下からも、只白い溫い寢息が流れてゐるばかりで靜かだつた。

私は一筋に停車場のコトコトコトと云ふ汽車の音に耳をそばだてた。ピーイと云ふ汽車の汽笛は子供の頃の思ひ出のフ、リ、ユ、ウ、ト、だ。

私は下宿屋のまだ窓のしまらない灯を見上げながら坂を登つてゐた。

千も萬も馬鹿を云ひたい
千も萬も馬鹿を怒鳴りたい
只何がなし………

こんなにも元氣な親子が三人ゐて
一升の米の買へる日を數へるのは
何と云ふ切ない生き方だらう。

呆然と生きた！
働き馬のやうに朝から晩まで
四足をつゝ張つて
がむしやらに食ひたい爲に

せめて貧しい私達は
親子そろつて
千も萬も、千も萬も
馬鹿を怒鳴つたらゆかいだらう。

「俺達が死ぬまで、百姓で通してもお前散々《ちりぢり》ばらばらに取られてしまつてお前、貧乏するばかりじやが、官員さんを見ろ、十年二十年務め上げりやあ恩給ちうもんがつく、そこへ行くと一番難儀な百姓にやァ恩給なんて無え、俺や、何も貧乏したくねえが、同じ貧乏するなら、東京へでも出て、商賣でもしやうかと思ふよ。なあに立ん坊になつてもかまはねえ、百姓は嫌ひになつた！」

お祖父さんの時から住みなれた、なつかしい故郷を捨てゝ他國に放浪してゐる、淋しい私達親子の事を思ふと、私はフガイない涙に顔を濡らした。

クリームも何日か塗らない顔は只カサカサして風が冷かつた。

旅愁のあけくれ――

――あゝカフェーの女給だつていゝ、何だつてならう……少しの月給でお體裁をかざるより、どんなにもして金が欲しい。

あんなにペッシャンコになつてゐる母の顔を思ひ浮かべると可哀いそうだつた。

夜霧が絹のやうに結ばれてゐる。

遠くで火事でもあるのか、ドンドン……太鼓が響いて來る。

夜更けの寒さは肌にしみて私は脊の凍るやうな冷さを拂ひのけるやうに勇ましく道を急いだ。

〈了〉

【小説】

第19章　ＧＨＱ検閲により削除された「作家の手帳」最終回

被占領期に創刊された女性雑誌の一つに『紺青』がある。創刊は昭和21年7月。良質な雑誌として知られている。その創刊号に芙美子の長篇小説「作家の手帳」の第1回が掲載され、同年12月号まで6回連載された。

昭和21年は、芙美子にとっても作家生活再出発の年だが、まず手がけた長篇小説は『少國民の友』昭和21年1月号から開始した童話「お父さん」。「作家の手帳」は大人向けの戦後作長篇第1作とも言える。そのため、その第1回には異例とも言える長文のまえがきが添えられた。曰く「……私はこの戰爭の悲劇を忘れてはならないと思ふのです。この戰爭は何といふ長い月日をかけてゐたのでせう。……自由も希望もない灰色な戰爭！　考へたゞけでも、もう戰爭は澤山です。……どんなことがあつても、……この悲劇を胸に燒きつけて、けんそんな氣持で、天にひれ伏さなければ、また再び、虚僞の渦の中にまきこまれて、私達は怖ろしい苦役の底に沈んでゆかなければならない時代が來ると思はれます……」。

作品は、疎開先での疎開児童達との出逢いから書き出される。弱き者、小さき者に寄りそう芙美子らしい書き出しである。疎開先から東京に戻り、焼け野原に立った感慨には、芙美子の実体験が色濃く投影されている。連載完結の翌年には、単行本『夢一夜』の巻頭に収録され、没後の全集にも採録された。その存在は広く知られた作品だが、実は連載最終回が、GHQ検閲により、約400字も削除されていた。本章は、その検閲で削除された部分を完全に復元し、最終回全体を再現することが目的である。

検閲用に提出されたゲラは、プランゲ文庫に残されている。国会図書館請求記号VH1 - K1681で閲覧することができる。関心のある方は是非確認いただきたい。そのゲラに削除（DELETE）が指示され、太い鉛筆でテキストが塗りつぶされている。GHQ検閲は単語の伏せ字ではなく、文節単位、段落単位で抹消することがよく分かる。検閲行為そのものの存在を日本国民に知らせないためである。

昭和21年12月号

プランゲ文庫の先行研究において削除前の原文を復元した作業に、岩波書店の『占領期雑誌資料大系』がある。芙美子の作品のうち『文藝春秋』昭和21年10月号に発表した「浮浪兒」に施された削除部分を復元したが、「作家の手帳」は言及していない。そのため、本作の削除部分を復元する作業は本書が初めてであろう。掉尾の作中詩は難読文字が多い。「滾」の語は「滾《たぎ》る」と読むが、作中の文脈では「滾《たぎら》さず」ではなく「滾《こほ》さず」と読ませるのかも知れない。先に取り上げた「夜霧」の作中詩も挿入されている。テキストの再現にあたり、雑誌掲載稿と単行本収録作とを比較校合した。両者ともに丁寧な組み版がなされており、雑誌掲載稿の誤植は単行本で補正されている。検閲削除復元部分を網掛けで示した。なお、検閲で削除されていない部分は若干の省略をした。

作家の手帳（最終回）

林芙美子／松野一夫　畫

私の住んでゐるところを殘して、四圍は、昔のおもかげもなく、焼けてしまつたのですけれど、一年經つうちには、ぼつぼつとさゝやかながら、家が建つてきて、その中にはいろいろな商店も立ちならんで來ました。

私の長年買ひなれてゐる藥屋さんは、子供のない夫婦者でしたが、陳列棚から、土間、店先に到るまで、あふれるやうな商品の山で、そこでは、こまごまとしたものを何でも賣つてゐました。新開地なんか、一寸、賑やかになつて來ると、すぐ、その邊を、何々銀座と云つたものでしたけれども、その町はそんな風なところで、藥屋を中心にした、狹い通りには、荒物屋、パン屋、干うどん屋、三等郵便局、酒屋、質屋、煙草屋、交番と云つた建物が、ぎつしりと軒を並べてゐたところです。郵便局と云えば、郵便局の前には、大きい銀杏の木があつたものでしたけれども、何年ぶりかで、山の疎開地から戻つてみますと、此の庶民的なせゝこましい街は、一望の野と化してしまつて、何處が、藥屋だつたのかと、野に化した焼け跡に、暫く探さなければならない位でした。

五月頃になつて、藥屋夫婦が、燒跡に立つて、土を耕してゐるのを私は見ました。「まァ」と呼びあひ、妻君と手を握りあひ、暫くはお互ひに變り果てた姿を眺めあつて、こゝ二三年のあはただしかつた生活を語りあつたのです。

藥屋さんは、去年の五月二十五日に焼けてしまつたのだそうです。家財も少しは疎開してあつたのだそうですけれども、ほとんど大半は焼いてしまつたとかで、若々しく、元氣のよかつた妻君は、いやに骨々しくなり、身綺麗だつたひとが汚れた顔で、汗びつしよりで土を耕してゐました。

「焼けたものですから、主人の友人を頼よつて、淺川と云ふところへ疎開しましたのよ。お米も野菜も不自由なところで、疊のない物置きを改造して、まるでもう乞食同様の暮しをしてゐたのですけど、終戰と同時に、また東京へ舞ひ戻つて、バラックを建てゝ暮してゐますの。今度こそ、私は、乞食をしても東京がいゝからつて、主人に泣きついて戻つて來たンです。——前の地主が、燒跡を借してくれないものですから、郵便局の後に、小さいバラックで住んでゐます。——屋根は紙の屋根なンですのよ。壁は節穴だらけ、それが、都の賣つてくれる住宅ですものね。結局、今日までに、かれこれ一萬圓近くはかゝりましたでせうか。六疊と三疊の部屋で、いまだに天井も張れないンですから悲觀してゐます……」

眼の前のところだと云はれて、藥屋さんのバラックへ案内されましたけれど、アンデルゼンならずとも、一つ、月になつて、「私は戰災者のバラックを、ぢいつと、のぞいた」と云ひたいやうな、そんな、貧しいバラックなのです。

動物の繪のついた、ハイカラな牛乳瓶や、ポンピアンのタルカンパウダーだの、みどり色をしたパアモリーヴ石鹸だの、ふのりから輕石に到るまで、店にあふれるやうだつた、商賣繁昌の藥屋さんの運命が、こんなに、みじめに變り果てゝしまつてゐるとは思ひもよらないことだけに、いまさら、戰爭のみじめさを感じないわけにはゆきません。

古いのを買つたと云ふ、疊は、白つぽくすりきれて、灰色をしてゐますし、壁の節穴には新聞紙が張りつけてあります。臺所には、いろんな藥の木箱を積みかさねて、それに、汚れたカーテンがさがつてゐるだけ。天井がないので、物置よりも侘しく、まるきりの掘立小舍で、これが、小一萬圓もかゝつたと云ふのですから、藥屋さん夫婦が、切角貯金をした金も、價値のないものになり、何とも慰さめの言葉もありません。

「でも、私は、乞食をしても東京がいゝと思ひましたわ。田舍で暮す位だつたら、もう、自殺してしまつた方がいゝと思ひました」

妻君は、電氣コンロの湯を茶瓶に差しながら、如何にも田舍暮しの侘しさをかこつのです。何も彼も燒き拂つたなかに、疎開してあつたのだとかで、金箔の光つた、素晴らしい佛壇だけが、この藥屋さん夫婦の昔の華かさを物語つてゐます。

いつも、不人情に、客にあたつてゐたパン屋は、主人が亡くなり、妻君は闇屋となつて、小皿に盛つたはまぐりを賣りに來たりしました。十七八年も住んでゐる、私の街のうつり變りが、此戰爭ですつかり變つてしまひ、新しいバラックに住む人の顔も、見かけない顔が多くなつてゐました。バラックや壕にゐる人は、梅雨空をみて、今日も、何とか大雨よ降つてくれるなと思ふ事でせう。

煙突はつまる。薪はしめつて來る。雨傘はない。雨のなかを配給所に行列しなければならぬ女達。お晝の一時が過ぎても、行列はつづいたまゝ。闇市のキャベツは一つが二十圓もしてゐる。一旦、雨が降り出すと、一家族は總出で、雨漏りの工事にとりかゝる……。

煙突はますますつまつて來る。燐寸はつきが悪くなつて來る。薪はしめつて來る。ガスのある家は、ガスの道具があるだけ。六月、七月には、飢えて餓死するものが、七人に一人の割合で出て來ると云ふデマが飛び交ひ、言論も亦すこしも自由ではなくなり、或る限度を越えてはものを言へない。現實は白々と、民衆の眼の前に展開されてゐながら、作家はその現實を書く自由を相變らず持つてはゐない。ただ、安易なことばでものを書くだけです。掘り下げて、この現實の心理を書く自由はないのです。いろんな主義が輩出して來ましたけれど、その主義の權力者たちやら首長者を圍繞してよろこぶ人達の喧々囂々たる聲は、街に滿ち滿ちてゐながら、案外世の中は、少しもよくはならない一方、新聞には悲惨な人生圖が漂ひ、相變らず官僚的な禁止令が初號活字で書きたてられてゐます。電熱器を使用する場合、使ひすぎたものには、げんじゆうな、たいどでのぞむと云ふ記事なぞを見ると、戰爭中から、おびえきつてゐた私達は、また、急に暗く虚無的になつて來るのです。

燃料のない時代に、電氣まで滿足に使へないとなれば、もう、死ねと宣告されたも同じやうな氣持ちです。バラックに住むひとが、いくらかまどを用意したところで、薪は電氣よりも高くて使ひきれないのです。

湯がふきこぼれるほどの、おいしい茶を飲みたいと思ふのは空想だけになりました。

希望なんて云ふものは持つまいと、私は思ふやうになりました。何時までも、何時までも、耐えがたい苦しみが續き、人間社會に、眞實な自由と云ふものはあり得ないと信じてうたがはなくなりました。斜面にたつてゐる人生と云つたものしか感じません。

いつも同じ言葉を繰り返へしてゐる日本人。民衆を瓦礫の如く心得てゐる階級。——あれほど、私は東京をなつかしく、まつしぐらに東京へ戻つて來てゐながら、このごろはまた、田舍暮しをしてゐる作家の人達が羨ましくてならないのです。

山で暮してゐた疎開の子供達は、この亂雜な都會で、どんなにめまぐるしい生活をしてゐるのかと、時々、夢に見る事があります。都會の習慣とでも云ふのでせうか。都會はまた、むしられた羽根の身づくろひをして、めざましく、發展してゐますけれども、相變らず、小學校はこはれたまゝ。急速に建つてゆくのは、料理屋だとか、喫茶店だとかそんな建物は馬鹿に速く街に並んでゆきます。

心づかひなぞはしてゐられないと云ふ忙はしさで、亂雜なまゝ、まるで犬の臟物でも、叩きつけたやうな、みじめな世の中を感じます。あれほど、神を信じ、神を詩ひ、神風を頼みにしてゐながら、日本の國は本當に神を持たなかつたやうに思ひます。信仰と云ふものが皆無で、日本の佛教や神教が、いまのまゝであつたならば、けつして、若いひとの心をゆすぶりには來ないと思ひます。

村の八幡樣の境内に、苔をふんで、子供達が遊んでゐたと云ふ素朴な生活が、いつの間にか、八幡樣は、コンクリートで道がかためられ、柵が出來、いつも箒目がきれいになり村の子供は、かうした境内から追放されて、八幡樣はいつの間にか格があがつて、境内の天然石には、何々大將筆の神社の名が建つやうになつて、神樣は村の子供達から遠くしりぞいておしまひになるのです。

寺はただ廣い座敷を持つてゐるだけで、日曜日に村人が集るわけのものでもなく、ただ、葬式の時だけに役立つ建物と化した、日本の佛教は、もう一度、考へなほされなければならないと思ひます。狐狸のたぐひを信じ、ただ、自分だけの御利益を念じる庶民的な信仰が氣安く殘つてゐるやうな、そんな宗教しかないと云ふ事を感じます。

千も萬も馬鹿を言ひたい
千も萬も馬鹿を怒鳴りたい
只何とはなしに……。

こんなにも元氣な親子三人がゐて
一升の米の買へる日を數へるのは
何と云ふ切ない生き方だらう。

呆然と生きて來たのではないが
働き馬のやうに朝から晩まで
四足をつゝぱつて
がむしやらに
食べたい爲に
只、呆然と生きてきてしまつた。

ちゝはゝそろつてわたしは
せめて
千も萬も　千も萬も
馬鹿を怒鳴つたらゆかいだらう。

昔、私はこんな詩を書いた時代があつたけれど、このころから、世の中と云ふものが少しも變つてゐないやうな氣がして仕方がありません。容易に幸福と云ふものは人間の世界にはやつて來ません。幸福と云ふ事は、いゝことだとか、希望だとか、思想だとか、そんなものではありません。幸福の實體は、私は人間の孤獨さのなかに森閑と住むものだと思ひます。

幸福と云ふ事は、神でもなければ、惡魔でもない、ただ森々とした山奥の分水嶺にある水の滴りのやうな孤獨、その孤獨の光りのみが、仄かな幸福のやうに想へて仕方がありません。

人間のこのせはしい社會に、いつたい本當の幸福が轉つてでもゐると思つたら間違ひではないでうか。富や名譽が、他の人よりも豐富だと云ふ事では、眞實の幸福とは云ひがたいと思ひます。

宗教だつてそうだと思ひます。

孤獨に耐える時にのみ、神さまは、人間の心眼に現はれて來るやうに思ひます。その神に何かを求めるのは人間の未練です。苦しみに呻いたり、破滅になつたからと云つて、無暗に神にすがつた處で、本當の血をしぼるやうな涙を流さないかぎり、神さまは少しも姿を現はしては下さいません。神さまは人間一人をおすくひになると同時に、數世紀に渡つても亦、人間世界をぢつと見ていらつしやると思ひます。たつた五十年の生涯しか持たない人間が、その短い生涯で、惡い事ばかりしてゐて、どうして、神さまが、その惡人にだまされておしまひになるでせう……。ほんの少し、火力が強いからと云つて、安心してゐる人間のごうまんな幸福感を、神さまは、きつと、不憫にお思ひになつてゐるかも知れません。——草は靡きぬ手を擧げて、木々は戰ぎぬ袖振りて、即ち物の證明《あかし》なり。この愛らしい眞理の詩は、昔のひとのうたつたものですけれど、たゞ、この小さな眞理をあなどり勝ちな氣持ちの強いと云ふ事が、人間の不幸さではないかと思ひます。

九月にはいつて、宇都木よし子から珍しくたよりがありました。

この一年の間、わたしのやうな女がどうして暮してゐたか御報告いたしますと云ふ書き出しで、——山から歸へつて、一ヶ月ほどはぶらぶらと職もなく、持物を賣り食ひのかたちで生活してをりましたが、人の世話で、銀座の水產物屋の店員になりましたけれど、その店も商品がつゞかず、閉店してしまふと、私は、それから、天ぷら屋の給仕女、齒科醫の受付と轉々と職をかへて、いまでは、日本橋小網町の、ゴム靴の卸問屋に女中として住み込んでをります。

問屋と云つても、私は別宅の主人夫婦のところにゐるのですけど、こゝの主人の前の奥さんは淺草で爆死して、いまの奥さんは向島で藝者をしてゐたひとだそうです。その主人夫婦に、私に前からゐる女中との四人暮しですが、毎日の食事は、配給のものは一切主人夫婦は食べないで、闇のものばかり食べてゐます。ものすごい新圓がはいるとみえて、主人はいまの奥さんのほかに、もう一人、妾を圍つて、藝者屋をさせてゐると云ふのですから、私達の世界とはおよそ遠い人達で、何でも金さへあれば自由になるのだと云つて、本當に妙な生活を續けてをります。うたゝねをしてゐる主人の寢顔は、いつも眉根に皺を寄せて苦しそうな表情ですし、奥さんは、晝近くまで太々しい寢かたで、世間の人々の貧しい生活との戰ひは、こゝの人ばかりは同情もしませんし、たまに、そんな話でもしようものなら、まるで、その人達が意氣地がないやうな言ひかたなのです。私は、もう、こんなところにゐる氣はしません。猫のやうに、殘りものを食べて生きてゐるやうな生活つて厭です。

若い私には、まだ、金を尊ぶ以外に夢があります。その夢は他愛ないかも知れませんけれども……私は、そのうち、思ひ切つて、もう一度職業を變らうと思つてをります。此生活は、何だか、私の生活とは、あまり對照が違つてゐて吊り合ひません。私はけつして、自分の貧しさに絶望してはをりません。破れた靴下のやうに、繕つてははき、繕つてははく決心でをります。貧しさに耐えて進むことも、私達の生きかただと思ひます。女學校時代の友人で、世に云ふ、闇の女になつてゐる人もありますけれど、私は、そのひともまた憎めないのです。

先夜も、此友人が尋ねて來て、私が女中で働いてゐるさゝやかなサラリーを借りて行きました。美しく化粧した人もまた、此世は何としても生き辛いのでせう。

近いうち、職業を變へるつもりでをります。

私は、讀んでゆきながら、ふつと、湧きあふれる涙をさゝえる事が出來なくなりました。私も、かつては、この苦しみを耐えて來たからです。誠實のあるはつきりとした女のひとが、大變すくなくなつたやうに思へる、此世の中に、こんなにはつきりした考へを持つた女性を識る事はうれしい事です。

私は、どうかすると、時々、遠い夢の記憶の世界に消えて行つた、南のバリー島の或日を思ひ出すことがあります。そこでは、穴のあいた一文錢のやうなお金がまだ通用してゐて、豊かな地上のみのりにあふれた地上では、裸で暮してゐる人間の皮膚が、まるで、ビロードのやうに、ぽつてりとしてゐたものです。

バリー島の第一の都會である、デンパッサルの踊り子、チャワンと云ふ娘は踊つてゐない時は、野良で畑仕事をしてゐると云ふ素朴さでした。

島全體が、百姓仕事をしてゐると云ふ感じで、村や町の辻々にある、夢のやうな裁判所には、天井や壁に柱に、彩色のしてある、繪が描いてあつたものです。

すべてがシンプルな生活、そしてシンプルな法則。バリー人達は、愉しく、自然にたはむれて暮してゐると云つた極樂境を見ては、私は、バリー人に歸化出來るものなら、そこへ住んでみたいと思ひました。

スウヴェストルの作品のなかに、――だいいち金持になりたいといふあの飽くなき欲求は、いつたい何のためであらう？　他人より大きな杯で飲んだからといつて、果して他人より餘計に飲めるだらうか？　平和と自由との豊かな母である、あの凡庸さに對するすべての人間のあの嫌悪は、いつたい何處から來るのだらう？　と云ふ一章がありますけれど、政府で、何の裏づけもない紙幣を澤山出しておいて、金持と貧しいものゝけじめをますます多く製造してゐてい丶ものかと割り切れない氣持ちがして來ると同時に、宇都木よし子の、りゝしい氣持が、秋夜の星のやうにさえにさえて見えるのです。

原始的な、バリー島の生活がどんなにか羨ましく思はれてなりませんでした。――或る青年は、日本の歴史始まつて以來、こんなに道義の亂れた時代はないのではないでせうかと、尋づねてゐました が、私もそんな氣がしてならないのです。

日本に、本當の宗教がないせいなのでせうか。童子の時から、けんきよな氣持で、天地の神を信じ、惡は惡、善は善と、心のなかに理解なつとくのゆける道德と云ふものが、はつきりとした公民教育として さづけられないでせうか？

忠義の爲に人を殺す事だとか、親分子分のやくざを讃美する精神とか、何の役にも立たない、おか しげな義理人情が、大眞面目に社會をかたちづくつてゐる日本の道德は、根底から大手術されなけれ ば、いまのやうな、慾の世界のみが、人の心を苦しめるのだと思ひます。……（中略）……

働く人達が、とぼしい收入で、一家をさゝえて行くに耐えられなくて團結して事に當ると云ふ事の 方が、どんなに堂々としてゐる事でせう。貧しい人達には、その力よりほかに何があるでせうか。良 家の息子達が、社會の表面だけを見て、濡手で粟のつかみどりのやうな、犯罪をおかして平氣でゐら れる、その背徳を、子を持つ母は、深く考へなければならないと思ひます。

小學生が闇屋になり、中學生が闇屋になり、大學生が闇屋になり、社會が闇屋ばかりのこの事態を 政府だけが、何の策もなく、埒外で眺めてゐる……しかも、闇屋になるべき原因を政府で長い間つく つておきながら、法律だけを縄のやうになつてゐる景色は、諷刺とのみ笑つては濟まされないやうな 腹立しさを感じます。

花よ月よと、長閑にしてはゐられないやうなものを、疎開地から戻つて來て、私は、このごろ、妙 にいらいらした氣持に追ひたてられて考へてゐるのです。

悪を悪のまゝ描いて書くにしのびない。傍観者のやうな態度ではゐられない。善意に満ちたものを書きたい慾望でいつぱいです。

作家の仲間だけで、玄人とか素人とかの問題で、狭い批評の埒のなかを、小味な作品で當座をしのぐと云ふ事に耐えられないいきどほりを感じて來てもゐます。

考へに沈んで來ると、妙に、虚無的になり、私はますます何も書けなくなつて來てゐます。猛烈に仕事をしたいと思ひながら……。

東京へ戻つて來て、私の友人のうちで、親しい人が二人も亡くなつてしまひました。一人は武田麟太郎さん、いま一人は、辻村もと子さん。

此、渦中に亡くした人だけに口惜しく、武田麟太郎はこれから長生して、佳いものを書いて貰はなければならない人でした。武田さんも辰年、私も辰年。いゝ仲間を失つてしまつたものだと殘念でたまらないし、また、辻村もと子さんも、生涯を通じて作家であつた人だけれど、あの人は、美しい戀を心に抱いて死ねた事はせめてもの幸福だつたらうと、羨ましい氣持でもあります。もう、これから、私も、そう長くは生きられるとは思へない。善意に満ちたものを書きたいと思つてゐます。小癪な批評に耐えて、いゝ仕事をしてゆきたいと思つてゐます。人によく思はれようなぞと云つた、小さな氣取なぞはさらりと捨てゝ、御免候へ、これから捨て身で闘つてゆくより仕方がないのです。

忍耐の薔薇よ
躊躇なくその時には開くべし

纜を解かれた船は
もう航路をさだめるべきだ
驕れるこゝろを捨て
靴直しの職人のやうに
人々の愛の靴を磨く
一滴のこゝろも滾さずに
けんきよに歩ゆむ日々。

褫はれる幸福
臨終の日の如くけんきよな日々
審判はすべてに蛆を撒くなり
賣女も孤獨
佝僂も孤獨。

習慣は金錢の如きもの
卑しく馴れあひ
一つの面をつくる
赤鬼　青鬼　角がはえてゐる

運命はいつも笑つてはゐない。

秋風に吹かれて來る馬車
冬の耳をたて、來る馬車
厭人をてらふづるい人間
本能は火と燃やして
一羽の雛も食ひ荒すなり
一隅の人に幸福をねがふは
徒爾とのみ放つてはおけぬ
そうでござらうがの……。

不吉なものは鳥の巣をつくる
人間は自然をあなどつて死の穴を掘る
自分を虐む人は
まるで轆轤屋のやうだと誰かは笑ふだらう。

すべては苦に耐えて生きる力にある
その力に神をみるのみ

無躾者は席から追ひはらひ
心あたゝかな者
聖なる貧しい者
微笑を持てる者
この交響曲こそは地上の炎。

（完）

【小説】

第20章　『月刊西日本』と「道中双六」

西日本新聞社が、かつて刊行した総合月刊誌がある。その名もずばり『月刊西日本』。中西由紀子氏が同社所蔵資料を基に制作した同誌「総目次」（『紋説Ⅱ』２００３年８月号）によると、同誌は昭和19年1月に創刊され、昭和25年1月号（通巻71号）を以て終刊となる。同社所蔵本にも欠号があり、「総目次」の欠号は補う必要はあるが、戦争末期に創刊され、敗戦を経て被占領期にも継続して刊行された新聞社直営の総合月刊誌として、讀賣新聞社の『月刊讀賣』を連想させるものがある。三人社から刊行された『月刊讀賣』復刻版によると同誌は昭和18年5月創刊、昭和27年7月終刊。『月刊讀賣』が先行誌だが、刊行時期はほぼ同時期。判型・造本・表紙画などの外形に加え、編集内容にも共通するものを感じさせる。東西の有力紙が競って刊行したような面もあるのだろうか。

さて、この『月刊西日本』昭和22年1月号に、芙美子の短篇小説「道中双六」が発表されていた。福岡在住の史家石瀧豊美《いしたきとよみ》氏の御教示をいただき、同氏所蔵本の書影まで提供いただいた。紙面を借りて謝意を申し上げる。同月号は新年特大号でもあるためか、時事情報は少なく、総合誌と言うより

昭和22年1月号　石瀧豊美氏蔵

も文芸誌のような趣がある。小説陣には芙美子を筆頭に、林房雄、和田芳恵、織田作之助、徳川夢聲、小島政二郎、眞杉靜枝、矢野朗、野村胡堂、火野葦平が名を連ね、隨筆陣には宮本百合子、里見弴、久保田万太郎、石川達三が寄稿。巻末の編輯通信に東京支社出版部長大屋典一の名がある。大屋は後の作家一色《いっしき》次郎《じろう》の本名。東京駐在記者として雑誌編輯にも携わっていたことが分かる。芙美子の同誌発表作は今のところこの短篇だけのようだが、翌昭和23年の『西日本新聞』本紙に長篇小説「河童物語」が連載される。

短篇「道中双六」は、原稿用紙45枚。女学校の同級生であった糸子と與理子の二人が、敗戦直後の東京山手線で偶然に巡り逢い、その雷雨の夜、糸子のアパートで戦争に翻弄された来し方を語り合う一夜の物語。與理子は婚約者を糸子の妹マリ子に奪われた苦い過去があるのだが、そのアパートにはマリ子の遺児の赤ん坊が眠って居た。翌朝は前夜の雷雨が嘘のように晴れ渡り、目を覚ました可愛い赤ん坊の笑顔が、與理子に出直しの希望を感じさせる。題名「道中双六」は、敗戦から振出しに戻る人生のやり直しを暗示する。芙美子の敗戦文学には救いのない作品が多いのだが、この短篇は救いを感じさせる1篇である。仮名遣いは整え、誤植等の補正は最小限にとどめた。文中の語「滾さず」は前掲「作家の手帳」最終回の作中詩でも使われた。

道中双六

林芙美子

ホームへ上つてゆくなり、ひどい稲光りがした。ホームにゐる群集のひしめきが、枡の中の小豆粒のやうな、さゞめくやうな浮き立ちかたで、一人々々の顔が、ぱあつと鮮かに見えた。近くに落雷があつたとみえて、ぱりぱりと物凄い音がして、ホームの電燈が二三度哀れに明滅したけれども、その光りはやつと持ちこたへて、消えないまゝで、前よりもさえざえと輝いてゐる。

糸子は呆心したやうに、暗いレールの上を眺めた。雷鳴は遠ざかつたけれども、時々、弱い稲光りが驛の屋根をかすめて青く光つてゐた。雨脚はいつそう激しくなり瀧の音にでもまかれてゐるやうな、轟々と水鳴りのするなかに、ホームの群集は、なかなか來ない電車を待ち疲れてゐた。高臺になつてゐるホームは、何處にゐてもひどい雨沫《しぶき》で、傘をさしてゐても、着物の裾は、脚に巻きつくやうな濡れかたで、まだ七時頃だと云ふのに、まるで深夜のやうな心細さになつて來る。

三十分も待つたけれども山の手の電車は來なかつた。糸子は途方に暮《くれ》た氣持ちであつた。幾度もいま暫くお待ち下さいと云ふ、擴聲器の聲が響々と鳴つてゐる雨のなかに聞えた。やつと池袋、上野まはりの電車がはいつてきた時には群集はもう必死の勢ひで電車の屋根をつたはつて流れる太いすだれのやうな光つた雨滴のなかを濡鼠《ぬれねずみ》になつて、電車のゆるい速度にあはせてひしめきたつて走つてゐた。

糸子も、どうにかして乗りたいと思つた、何とかしていつときも早く、戻りたいとあせる氣持ちだつた。

がらがらと自動扉が開くと、わつと燃えたつやうな勢ひで、その一つ一つの扉口へ、人々はなだれてゆく。

糸子も人々の中に混りあつて、夢中で轉げこむやうに目出度く電車の中にどうやら押し込まれた。吻つとした乘れたもの達は、あゝよかつたと云ふ表情で、ホームに取り殘されてゐる人達を無關心に眺めてゐる。

「金井さんぢやない？」

ふつと、耳もとで女の聲がする。おやと、聲の方へ糸子が軀をねじむけると、笹野與理子が、人の肩からのぞいてゐた。

「やつぱり貴女だつたのねえ。いま、どうも似たやうな方だと思つて見てゐたのよ」

「まァ、しばらくねえ……」

何時、滿洲から御引揚げになつたの、いまはどうしていらつしやるの、と、糸子は訊きたかつたのだけれども何しろ、しめつぽく押される人の波で、どうにもあがきがとれずもどかしい。

「どちらまで……」

糸子がやつと訊いた。

「池袋よ。糸子さん、どちら？」

「私、目白。――殘念ねえ、お話したいわァ。一寸、よかつたら、目白にお降りにならない？　驛からすぐなのよ。母も丈夫よ。吃驚《びっくり》するわ……」

「そうねえ、ぢやァ、降りませうか……不思議ねえ、こんなところで逢ふなンて、長い事、逢へないいでゐて…」

やつと、電車が目白へ停つた。人の波を力いつぱい押し分けて、糸子がさきに降りた。そのあとから、「降りまァす」と大きい聲をたて、與理子がホームへ降りた。ホームスパンの外套を被て、黒い手提袋を持つてゐた。

糸子はすぐ與理子の手を握つて、

「よかつたら、泊つていらつしやらない？　私、話したい事がいつぱい、あれから何年になるかしら？　六七年にならない？　話したいわ……ねえ、お泊りになれない？」

「そうね。私、いまのところ、宿なしみたいなのよ……泊めていただいてもいゝわ。お母さま、お丈夫で結構ねえ。うちの母は、もう二年前に亡くなつたし、このあいだ弟も戰死しちやつたのよ」

「まァ、晃ちやん、お亡くなりになつたの？」

いろんな思ひ出が、糸子には、がらつとフィルムを巻きあげるやうに思ひ出された。

「私ンとこ、いま、アパート住まひ。家も焼けちやつたし、終戰の時は福井にゐて、そこでも焼けてしまつたのよ、それに、マリ子も亡くなつたのよ」

「まァ！」

「吃驚したでせう……それで、與理子さんは、何時、滿洲から戻つていらつしたのよ？」

「うゝん、終戰一寸前に戻つてゐたの。でも、まだ、父や、弟達はあつちにゐたンだけど、先月の始め、戻つて來て、いま別府の親類のところにゐるの……」

「お互ひに、大變だつたわねえ……」

何から話していいのか、糸子は胸のなかがわくわくしてゐる。驛を出ると、幾分か雨はこやみになつてゐたけれどもまだ凄い稲光りがしてゐた。

「此邊も焼けたンでせう?」

「え〻、そうよ。ひどい焼けかたなのよ。いまはまァ、バラックが建つてゐるけれど、春頃なンか、此邊を通るのが氣持ちが悪い位だつたわ……」

雨のなかの、煙つたやうな人家の燈だけが、目標で、糸子はさきになつて歩いた。銀行らしい建物の横を曲ると、ほんの少し、焼け殘つたやうな家並が續いてゐるなかに、二階建ての小さいアパートが、明るい賑やかな燈火を見せてゐた。

「あすこなのよ」

與理子が見上げると、アパートの屋根に、薄い稲光りがして、スレート屋根が白く光つた。

糸子は急いで、紙張りのしてある硝子扉を開けた。

「どうぞ……」

下駄箱からスリッパを出して、自分の下駄も、與理子の靴もさげて二階へ上つて行く。

「此頃は、靴泥棒がゐるンで、かうして、みんな、部屋の中へ持つてゆくのよ……」

糸子は部屋の前へ來ると、

「お母さん、珍らしい方を連れて來ましたよ」

と、はしやいでゐた。

「お歸へり……」

扉が開くと同時に、糸子の母親は、與理子の顔をまじまじと見てゐたが、「まァ！」と云つたなり、もう、涙ぐんで、

「笹野さんぢやァありませんか、まァ！　よく、お丈夫で、まァ私は、笹野さんのお化けをみてゐるやうですよ」

と、呆れてゐる。

「いま、電車の中で逢つて、何が何でもつてお連れしたのよ」

與理子も、久しぶりに見る糸子の母を見て泣いてしまつた。

「随分、これもねえ、笹野さんの事を心配してゐたンですよ」

「えゝ、私だつて、歸へつて來るなり、方々、糸子さんのことたづねたンだけど、皆目判らなくて學校の方だつて焼けちやつて、何も判らないンですものね」

「あの戰爭ですものねえ。でも、まァ、本當に御無事で生きてさへゐれば、かうしてお目にかゝれるンですもの。私も、とうとう、これと、二人きりになつてしまひましてねえ」

「正男さんはどうなつて？」

「ビルマで戰死して、もう足かけ三年になります」

「まァ！」

與理子は外套をぬぎながら、吻つとして四圍《あたり》を見た。部屋の隅に、小さい赤ん坊の寝床が敷いてあつて、天井から紙風船が吊りさがつてゐる。

「あら、赤ちやん？」

「えゝマリ子のですよ。こんなのを置いて死んぢやつたんですからねえ……」

「へえ……マリ子さん、赤ちやんがあつたンですか？」

「え、、まだ、この上に女の子がゐたンですよ。六つになるのが……マリ子の主人も、兵隊で南ボルネオへ行つてゐましてね……やつと、本人は復員して來たンですが、あなた、まァ、いろいろ事情がありまして……マリ子は、この赤ん坊の爲に自殺したやうなものです……」

「まァ！　ぢやァ、御主人とは別な方の……」

「えゝお恥づかしい話なンですが、赤ん坊が出來たところへ、主人が戻つて來ました、氣の小さい子ですから思ひあまつて、死んでしまひましたンですよ。――でもまァ、六つになるのは、主人の方が引取りましてね、この子供だけ、私達で、めんだうを見てゐるンでございます……」

「まァそうですか……マリ子さんは、生一本な方だから思ひつめておしまひになつたのねえ……」

與理子はいざり寄つて、赤ん坊の寢床のそばへ行つた。髮の毛の薄い、下ぶくれの可愛い赤ん坊がすやすや眠つてゐた。

「お母さん。何か、御馳走なさらない？　ありつたけのもの出してよ……」

足袋をぬぎ、コートをぬいで、次の間で、葡萄色のセルに羽織を引つかけた糸子が、濡れた髮を手拭でふきながら出て來た。

「與理子さん、私の着物、そろへてあるンですけど、お着替えになつてよ……。ねえ、靴下もおぬぎになつて……」

遠慮する與理子を、無理矢理、糸子は次の間へ連れて行つた。三疊の部屋には、ごたごたと荷物が重なりあふやうに天井まで積み上げてある。いまどき、珍らしい鎌倉彫の鏡臺、總桐の二枚戸のついた豪洒な簞笥。與理子は吃驚して眺めてゐた。

「これ、みんなこゝへ持つて來ちやつて……」

「昔のものつて、何て、綺麗でせう！　マリ子さん、いくつだつたかしら？」

「二十五よ。まだ、これからなンですもの、可哀想だわ……」

何處かでこほろぎが啼いてゐる。ごおつと地鳴りのしてゐるやうな雨のなかに、虫が啼いてゐるのは、さまざまの思ひを誘はれるやうな哀れさである。

荒い大縞に浴衣を重ねて、與理子はスリップの上から着た。糸子と、寸分違はないゆきたけもなつかしく、朱色の博多の伊達巻をくるくると締めながら、

「この着物私、おぼえてゐてよ」

と、與理子は、鏡臺の中をのぞきこんで云つた。べつとりと濡れた髪を、乾いたタオルを借りて拭きながら、「糸子さん、私、變つたでせう？」

と、與理子は、しみじみと、老けたやうな感じで鏡の中を見つめてゐる。

「うゝん、ちつとも……でもあの頃より、綺麗におなりになつてよ。――私、何時だつて、與理子さんの事を思ひ出すたびに、貴女の眼を忘れられなかつたわ。相變らず大きい眼ね、時々、與理子さんが、ぱちぱちまばたきする癖ね。まばたきのせゐか、人一倍大きく見えるのよ貴女の眼が……茶色みたいな、光つた眼を思ひ出すのよ」

「へえ、このどんぐり眼？　いやだわ。弟なンか、探偵みたいだつて云ふのよ」

「まァ、素的な眼よ。貴女のは……」

「うゝん、糸子さんのこそ、愛らしい眼だわ。人を見るとき、ぼおつと細めて、それに貴女つてば、相變らず色が白くて、少し、あの頃からお太りになつたンぢやない?」

「そうかしら……」

「そう云へば、マリ子さんも可愛い方だつたわねえ……私、マリ子さんには敗けちやつたけど……」

「もう、そのお話よしませう……本田さん、元氣よ。時々、私、逢ひに行くのよ」

その話はやめませうと云はれて、與理子もふつと胸がつまつた。戀ひ戀ひとして、柳遠のく舟路哉で、もうそのころの悲慘な思ひ出が、ぼおうとかすんで來てはゐたけれども、本田が復員して來てゐると聞き、その上に當のマリ子も死んでしまつたと知らされると、與理子はまた柳はるかに遠のく舟とあきらめきつてゐた心のなかに、あはただしくさはぎはじめて來る。――失意の愚痴も洩さず、流石に與理子さんはしつかりしてゐる……と云はれたい爲ばかりではなかつたけれども、自分達の事を知つてゐる人達には、默つて忍耐する表情を示しておさまつてゐたものだ。

「私、貴女には濟まないと思つてゐたの……」

「あら……その話、やめませうつて云つたぢやないの……厭ね。マリ子さんが可哀想よ」

「やつぱり、話さないぢやゐられないけど……女つて弱いものだと思ふわ。――マリ子の場合はなほさら、あのひとは、あんな氣性だから、人にすぐ愛されて、引つこみがつかなくなるのね。罰があたつたのよ。私、そう思つてあきらめてゐるの……。本田さんは、すべてを許すつておつしやつて下すつたし、マリ子の氣持ち一つでは、またもとどうりになつてもいゝ御意向だつたけれど、マリ子は恥かしくて生きてゐられなかつたのだと思ふわ。あんな戀仲でゐながら、本田さんが出征すると、また、別な戀人をつくるなンて、不貞な事だわ。私も叱りすぎたのよ、マリ子を……」

「可哀想に、人間ですもの、仕方がないぢあァないの……で、本田さん、どうしていらつして?」

「いま、吉祥寺の兄さんのところに、ツヤ子を連れて厄介になつていらつしやるのよ。もう、ぢき、お勤めにお出でになるンですつて、——何しろ、長い戰場生活と、マリ子の自殺でせう? 本田さん、參つちまつたのよ……」

「お氣の毒ね……」

「本田さんに、逢つてごらんになるお氣持ない?」

「お目にかゝつたつて仕方がないでせう? 私には、本田さんだつて、あまりいゝ氣持ちなさらないでせうし……」

「違ふわ。何時も、マリ子が貴女の事妬いてたンですもの……本田さん、與理子さんの事は忘れてゐないわつて淋しそうに云つてゐたンですのよ。本當よ……」

「何を何時迄も話しこんでゐるンです? さァ、御飯の支度が出來ましたよ。こつちにいらつしやい」

母に呼ばれて、二人が六疊の方へ行くと、ぞつぷりと濡れた與理子の外套が壁にさげてあつて、小さい卓袱臺《ちゃぶだい》の上には、おでんの小鍋たてが出來てゐて、ぐつぐつうまそうな匂ひがしてゐる。

「また、お母さんの獨特おでんね」

「あーそうですよ。あつたまつて、一番いゝからねえ……」

「大根に、こんにやくに、それまではおでんらしいのよ。あとは白菜に、うどん粉のお團子、それに、何でしたつけ、はまぐりの剥身……」

配給の酒が少しあつたからと言つて、可愛い德利が一本ついてゐる。

與理子は黑い買物袋から、ピースの箱を出して、一本口に咥えた。

「ごめんなさい、私、煙草を吸ふやうになつたのよ」

「いいわ、愉しみがあつて……お母さんは、少しづつ、お酒を愉しんでゐるし、貴女は煙草がいけるし、私、何もありやァしない……」

「何云つてるのよ。こんなに、愉しいお家があつて、ぜいたくだわ。——私のやうな風來坊ぢやないもの。羨ましいことよ」

與理子は、電氣コンロの火で煙草を吸ふと、如何にも美甘そうに煙を吹きながら
「私、久しぶりだわ、こんなに落ちついて御馳走になるなんて……小母さん、私とても、いま、みじめな暮しをしてゐるんですよ」

「まァ、御冗談でせう。與理子さんは、これたちと違つて何時だつて、お元氣で、てきぱき働いていらつしやるつてぢやァありませんか?」

形のいゝ指で、白いチョークのやうな煙草をはさんでふうーと煙を吹いてゐる與理子の虛夢的な姿のなかに、糸子は、この六、七年の彼女の生き方を示されてゐるやうに感じられた。糸子は與理子と同じ女學校で同級生で年も同じ。二十七歳と云ふ年が、こんなにも女の風情を變化させてしまふものかと、いまさらに、自分の變りかたにも氣がついて來る。與理子とは仲良しで、一生、どんな事があ

つても變りなくつきあつてゐませうねと約束をして校門を出てから、六、七年の年月が經つてしまつた。

「冷たくならないうちに一杯如何?」

糸子の母親から杯をさゝれて、與理子は煙草を灰皿に揉み消して杯を受けた。並々とつがれて、器用な手つきで、ぐうつと一杯舌に受けた。ふつと、家庭的なこのもてなしが、この日頃の孤獨に耐へてゐた與理子にはひどくこたえたものと見えて、もう、眼にいつぱい涙をためて、

「小母さん、泣いたりして、ごめんなさい。つい昔のことや、亡くなつた母の事を思ひ出したもンで……」

「いゝえ、かまやしないですよ。泣いて下さい。私だつてとても嬉しいンですもの……與理子さんのお母さんとは、私だつておちかくしてゐて戴いてゐましたものねえ……本當に、この戰爭のおかげで、何も彼もちりぢりばらばら……私は、もう、この糸子だけが頼りなンでございますよ」

黒い袋から、ハンカチを出して、眼を拭いたり、鼻をかんだりしながら、與理子は二杯目の杯を唇もとへ持つて行つた。

「ひどい雨ね……」

ふつと電氣が明滅した。

「あら、消えないで頂戴!」

三人とも電燈を見上げた。みゝずのやうな赤い芯が、すうつと糸を引いたやうに暗くなつて森閑とした暗《やみ》の底に消えてしまつた。

糸子が、手探りでローソクを探してマッチをすつた。

「折角のところ、情けないわねえ、――お母さん、もう、おでん、さめないうちに、與理子さんについであげたら如何？」

ローソクの灯で、母親は、皿におでんをつぎ始めてゐる。

「赤ちやん、よく眠つてるのね？」

與理子が思ひ出したやうに、マリ子の哀れなわすれがたみの赤ん坊の方をのぞいてゐる。

かうした、戰爭を見送つたあとの社會の、あまりにも悲慘な數々を、與理子は默念として眺めてゐるかたちだつた。悲慘を乘りこえて來ると、人間と云ふものは、すつかり情熱を失つてしまひ、たゞその日、その日の現實に追はれて日をむなしく送つてしまつてゐる……。張りきつてゐた絃が切れてしまつたのだとも云へよう。そうして、人間を語るべき、本心からの心情も、何とはなしに、不自由な自由に押しつけられて、何時までも、本氣になれない型式だけの人間に壓《お》しつぶされやうとしてゐる……この社會には、あまりにも、慰めのない運命の人達が殘りすぎてゐる……。マリ子のやうに、死んでいつたもののみが、幸福のやうで、與理子は何となく、自殺した彼女の心持を追ふやうな氣持ちになつてゐた。

與理子は女學校を卒業すると、世の中の風習に從つて、知人の世話で二度ほど、見合ひをさせられた。二度目に逢つたのが、本田清作である。慶應出のサラリーマンで、勤めさきは北海鑛業の東京事務所で、年は二十九歳。長男で母一人、弟一人。大學在學時代には、ラグビーの選手もしたり、テニスもやつたと云ふスポーツマンで、十九歳の與理子には、この上もない似合ひの配偶者と家族の者は思つた。與理子は、當分おつきあひしてみませうと云ふ、本田の申入れを幸福なものに思ひ、何をするにも張りあひのあるやうな、愉しい月日が過ぎて行つた。

女ひととうりの藝事は身につけておかなければいけないと言ふ母のはからひで、本田の母の好みだと言ふ長唄も、筋のよいひとを選んで習ひに行つたし、茶も花もそれぞれの師匠につき、それこそ、幸福な滿ちたりた日々がつゞいてゐた。

その年の秋の事である。與理子は、仲のいゝ、友人の金井糸子を、糸子の妹のマリ子と三人で新宿に映畫を觀に行つてかへり、ふつと、黄昏の街で、與理子は人混みのなかに清作を見出した。

與理子は、いつも、何かの場合、その時の事が鮮かに思ひ出《ださ》れるのである。紺色の外套を着た大柄な清作が、まぶしそうな顔をして、マリ子を見た時の眼色は、いまだに、記憶の底に、鍋炭のやうにくつゝいてゐて放れない。四人で茶を呑み、同じ方向へ戻つて行く、糸子とマリ子と清作に別れて、與理子が家へ戻つた時、清作のマリ子を見る眼の光が、敏感な與理子の心に反射しないでおかなかつた。

青春の時代に與えられる、たつた一つの冒險が、清作に與えられたのだ……。偶然にマリ子を紹介した事から。何となく以前よりはよそよそしくなつた清作の氣持が反射しない筈はないのだ。與理子は、その憂悶に、氣分を紛らす何ものもないほどなあせりを感じ始めた。一週間に一度はおとづれて來てゐた清作の足が段々遠のいて、次の年の春、突然に清作から長い手紙で、マリ子と結婚したいと云ふ報告を貰つた時には、二十歳の與理子の心の痛みは、はたのみる眼も不憫なほどで、――それからの與理子が、すつかり人變りするほどな心境の變化をみたのも仕方のない事であつた。

與理子は世をすねて暮した。

藝事も一切やめてしまひ、時々、縁談を持つて來てくれる人にも不あいそになり、心配をして尋ねて來る糸子にも辛く當つた。その年の夏には、與理子は漂然と母の實家のある京都へ行つて住んだりしてゐた。

京都へ行つた與理子は祖母と使用人だけの自由な生活だつたので、洋裁をやつてみたり、茶を習ひに行つたりしてゐるうちに、京都帝大の文科の學生で、志茂と云ふ男を知つた。

志茂は、大徳寺のなかの光風院と云ふ塔頭《たつちゆう》に下宿してゐた。この薄暗い、線香臭ひ部屋で、半年ばかり、志茂と與理子の忍び逢ひがつゞいてゐたけれども、志茂は間もなく出征してしまふと、與理子は、捨身の氣持ちで東京へ戻つて、人の世話で、或る映畫雜誌の婦人記者になつたりした。

與理子の事については、もう、父も母も表面では無關心を示してゐたので、與理子にはかへってそれを氣樂な事に思ひ、自由氣まゝな生活に漂ふてゐた。

君はジョンクロフォードに似てゐると云はれると、與理子は、やゝ大き目な唇に、デコラチーブな紅の塗りかたをして、眼のふちにも、アイシャドウを塗つた。弟の晃は、「姉さんは、街を歩いて、よく、ぶんなぐられないなァ……」と嘆じたほど、化粧の仕方が飛び抜けて派手になつて來た。志茂を知つてからは、與理子は男を何とも思はなくなつた。——初戀の本田のことは、何時も心のなかに忘れがたく思ひながら、與理子は清作以外の男に對しては、粗暴な態度でむかつてゐた。氣違ひじみた、無殘な氣持ちで、かりそめの戀をいくつも經驗した。その一つ一つが、與理子にとつてはぬぎ捨てる肌衣のやうな無情さで、あいつは、白痴なンだと、仲間のものに風評《うはさ》されるやうな捨てばちな暮し方であつた。白痴だと云はれゝば、それにまた輪をかけたやうな無軌道ぶりで、まだ前の男を捨てきれないうちに、次の男をつくるやうな倫落に落ちて平氣であつた。

そのくせ、與理子の心のなかに、苛責に耐へないやうな、正義感が、色濃くなり始め、精神的には、清作以外に魂を打ち込む男には一人もめぐりあはないのである。

與理子の倫落は、あはたゞしい戰爭道德に對する嚙みつくやうな反逆でもあつた……。

熱海に住んでゐる有名な映畫女優をたづねてのかへり、驛の前の交番の巡查に呼びとめられて、「お前は西洋人かね、日本人かね?」と尋づねられて、かぶつてゐる帽子をぱんとはじかれた時には、流石の與理子もたまりかねて、巡查の帽子を取つて泥水の中へ放つた。おかげで、二日ほど、留置場で暮らさなければならなかつた。

大東亞戰爭の始つたそのころは、熱海の驛に降り立つ溫泉客を、驛の前の廣場に並べて、巡查が服裝の檢查までもしたものである。西洋臭ひものは一切まかりならぬと云ふ、無智な考へから、巡查は面白半分に、溫泉客を晒しものゝやうに、驛の前に並べて、一人々々を侮辱したものだ。男の洋服は默許して、風がはりな女の洋裝は叱られる……喜劇に近い規則が、無智な田舍巡查の反感で、平氣で行はれた時代であつた。

與理子は、かうした、日本人の無智な狹量さに腹を立てゝゐた。どんな華美な服裝でも、和服の場合は問題にされない。與理子は手製の古い帽子をかぶつてゐただけに、自分の帽子をぱんと彈かれた事に、軀から火を噴くやうな怒りを感じた。

戰爭はますます激しくなり、前途に希望はなかつた。銃後では、惡人はますますはびこり、こつそりとこはいことをする人間がふえて行つた。怖ろしい法律は、貧乏な人間を苦しめた。ガソリンの一滴は、血の一滴と云ふ標語をたてながら、軍人や政治家は時をえがほに高級車を乗りまはしてゐた。

そうした激しい戰爭のなかで、弟の晃はみづからすゝんで戰爭に志願したりしたのだ。

「學生は、勉強の出來る間は、せつせと勉強してゐればいゝのよ。頼まれもしない戰爭に行く事はない」

と、與理子が腹を立てると、晃は與理子を睨みすえて、「姉さんは非國民だッ」とのゝしつた。若い者の心の中に喰ひこんでゐる、純粋な愛國の情を利用した、からくりの多い社會を、與理子は誰れよりもよく會得して識つてゐたのだ……。

晃は軈《やが》て、航空隊に志願して、あつと云ふ間もなく日本の空の上で戰死してしまつた。

誰に抗議をするすべもない、肉親のなげきを、與理子は、こんな非道な事が、もつともらしく續いてよいものであらうかと思つた。これから死にゝゆく、若い飛行隊員の、ラジオ放送の中に晃の聲もまじつてゐた。傷口から血を噴くやうな痛みを、ラジオをかこむ父、母、姉が、ひそかに感じないはづはない。誰に非難の持つてゆきやうもない事だけに、その夜、與理子は、日記に、私は、人間としての本當の平和を求める。自然にたはむれてゐる平和な人間世界を私は求める。人間同志の愛を求める。私はこの戰爭は厭だ。と書いた。

名譽と言ふものが、虚名にとゞまつてゐる名譽と思へた。人間同志が愛しあふと言ふ事を名譽とする時代が來なければ、永久に、つまらない戰爭に引きづり込まれなければならないと思へた。それには、天下無敵だとか、一度も外國に敗れた事がないとか言つたつまらない虚勢から、ぱんと彈きとばされなければ夢がさめないのだと思つた。

風のたよりに、本田清作も出征して行つた事を聞いた。マリ子が子供を生んだ事も、糸子が、まだ、結婚もしないで、何處かに勤めを持つてゐると云ふ事も聞いたけれども、與理子は別に逢ひたいとは思はなかつた。

清作へ對する愛情に變りはない。おかしな事に、新しい男を求めるたびに、清作のおもかげをなぞらへてゐる自分を哀れに思ふ事が度々であつた。

「與理子さん！」

ふつと、呼ばれて、うとうとと、夢の中にさまよふてゐた與理子は眼をさました。まばゆいやうな陽の光りが窓から射しこんでゐる。

「あら！　隨分、私、よく眠つたわ。もう何時でせう？」

「八時よ。あんまり、いゝお天氣だから、貴女を起したのよ」

隣りの寢床で、糸子が、柔和な滿ち足りた眼の色をして、赤ん坊におしめをあてゝゐた。もう、四ヶ月だと云ふ赤ん坊は、指をしやぶつて、きげんよさそうに明るい方を向いて笑つてゐる。

「まァ、可愛い……マリ子さんにそつくりね。――赤ちやんのお父さんつて、どんな方なの？」

あんまり可愛いので、尋ねないではゐられなかつた。小さい聲で、糸子が、まるで吐きすてるやうな表情で…「うゝん、つまらない男なのよ。本田さんの方がよつぽどいゝのに……魔がさしたと云ふものね」

隣りの部屋では、糸子の母親が、何か片づけことをしてゐるらしい音がしてゐる。

「赤ん坊に罪はないわ。何て可愛いンでせうねえ……」

與理子は腹這ひになつて、自分のそばにごろんと横にされてゐる赤ん坊の手を取つて、二三度振つた。

「それで、赤ちやんのお父さん、この赤ちやんほしくないのかしら?」

「うゝん、向うには妻君があるのよ。子供もあるの……だから、どうにもなりやァしないでせう? 不運なのよ。本田さんとぜんぜん反對の人なのよ。ただ、善良だつて云ふだけのひと……。どうして、あんなひとが好きになつたかしらなンて思ふ位だわ」

「で、糸子さんが、づゝと、この赤ちやん見るわけ?」

「今のところはね。でも、お母さんが、とても、この赤ん坊に眼がないもンで、まァ、いまのところは、大して手もかゝらないの……」

「お母さんにすれば、マリ子さんの身變りみたいで可愛いでせうね。それに、子供よりも孫の方が可愛いつて云ふから……」

枕もとにある、黒い手提袋から煙草を出して、一本啣えると、マッチをすつてうまさうに吸つた。

「お行儀が悪いでせう?」

「かまはないわ……」

「私も、この戰爭のおかげで、すつかり駄目な女になつてしまつたわ。——世の中に愛情がなくなつたつて事は淋しいわねえ。私は、人一倍、人が好きで好きで仕方がない性分でせう。好きなものは好きなのよ。誰も、國家を大切だつて云ひながら、人間を大切だなンて云ふひとつてまづないぢあないの。——本田さん、それで、まだ獨り？」

「獨りよ。ツヤ子つて子供かゝへて、兄さんのところにゐるの……」

「あら、あのひと、長男ぢやなかつた？」

「兄さんて、叔父さんのことぢやない？　本田さんと三つ位しか違はないひとね。本田さんより若く見えるわ。兄さん、兄さんつて、あの方云つてるンで……」

「あゝそう」

「そのひとね、鐵成金て評判で、身持ちもあんまりよくないつて人ですつて……」

「本田さん、年をとつたでせうね？」

「與理子さん、ねえ、貴女、逢つてみない？　本田さんよろこぶンぢやないかしら？」

「まさか……」

「ねえ、一度、逢つてみる氣持ちない？　一切合財、みンな濟んじまつたンですもの……どう、さらつとした氣持ちで逢つてごらんなさいな……」

「逢つたつて仕方がないでせう？」

「私、本田さんが、今でも、逢ひたがつてゐるのは、與理子さんだと思ふわ。貴女の消息を氣にして、時々、私にお聞きになるのよ。割合、正直なひとよ、本田さんつてひとは……もうマリ子が亡くなつてしまつたあとだけど、何かの時だつたわ。與理子さんを不幸にした罰があたつたンだつておつしやつたわ。——與理子さんに婚約だけの解消ならいゝけど、二人で誓ひあつた事もあるしなんて言つてらつしやつたわ……マリ子が、あんな積極的な人間で、がむしやらでせう……どうにも仕方がなかつたンだつて……」

「あゝ、みんな、そんな事、昔の夢よ。雨になり、風となりたる雲いづこ……昔の人ので、そんな俳句があつたぢやない？　道中双六ぢやあるまいし、いまさら、振出しに戻るわけにもゆかないでせう？」

「あら、でも、振り出しに戻る素直な氣があれば、それもまんざらぢやないわ……」

「糸子さん、私、聞かなかつたけど、貴女、いまゝでにい、ひとなかつた？」

　赤ん坊を抱きあげた糸子が、ふつと眼を閉ぢた。

「貴女が、今日まで結婚しないつて私、不思議よ」

「ぢやァ、與理子さんだつて、獨りでゐるのどうなの？」

「そりァ、違ふ……糸子さんと違つてよ。私はもう、さんざんいけない事をして來たのよ。馬鹿な事ばつかりして來たの……無茶苦茶だつたのよ。昨夜の雨みたい、とまりどころがない程、ざァつて降りたいだけ降つたのよ。——糸子さんとは大違ひ……」

「私は、無茶苦茶なンて出來ないけど……好きなひとはあつたにはあつたのだけど、そのひと戰死しちまつたのよ。いまさら、戰死したからあきらめろつたつて、いまのところ、あきらめやうがないの。戰死を聞いた時、私、何處かで、そつと死んじまほうなンて思つたンだけど、お母さんが可哀想で死ねなかつたわ……」

「まァ、美談ぢやァないの……その話」

「冷かさないでよ。私つて女、そんなの」

「判りました……で、まだ、思つてるの？」

「えゝ。まだ。思ひ切れないの。可哀想で……死んだものが、一番貧乏くじね。生きてれば、こんな時代も見せてやれるのにつて思ふの……出征する時、とても、戦争へ行くの厭がつて、二人で死んじまほうかなンて話した事もあるのよ。とても憶病で……死ぬ時の様子を空想すると、私、當分、このまゝでゐてやりたいと思ふのよ。あんなに、戰爭に行くの厭がつた人つてないわ。音樂が好きで、會社員なンだけど、ピアノを習つたりしてゐたのよ。ドボルザークの新世界つて云ふのが好きで、私に片見にレコードを買つてくれたンだけど、私のところにはあいにくと、蓄音機がないでせう。めつたに聽く折がないけど、このごろ、此アパートにポータブルを持つてる人が引越して來たンで、時々拝借してかけるのよ」

「ますます美談ぢやァないの……そんな話を聞くと、たまらなくなるわよ」

うらうらと陽の當る窓邊に起きあがつて、かげろうの舞ひ立つてゐるやうな、四圍《あたり》の景色を眺めながら、昨夜の雨のものすごさは、あれはどうした事なのかと、與理子は煙草を吸ひながら、呆んやりみつめてゐた。

「一寸赤ちやんを抱いて、……」

「はいはい、カムヒアベビー」

與理子はミルク瓶と一緒に赤ン坊を受取つた。糸子はそつと蒲團を叩んでゐる。乳臭い赤ん坊の匂ひや聲が、甘く淋しい音律を持つて與理子のいまの孤獨を慰めてくれる。

「さァ、御飯の支度出來ましたよ」

アパートの狹い臺所で、糸子の母親が膳ごしらへをしてゐる樣子。――友人の家に、厭な思ひをして寄食生活をしてゐる與理子にとつては、何と云ふ事もなく、本田との出逢ひを考へてゐた。平和になりたいと念つてゐるせゐかもしれない。

「ねえ、糸子さん、私、本田さんに逢つてみたくなつたわ……」

「あら！　本當……ぢやァ、今日行つてみない？　きつとゐるわよ。私、會社休んだつてかまはないもの……」

「何てこともないけど……やつぱり、あのひとは、私の忘れられない人だつたものね……。」

與理子は、ぼうだとして流れる涙をそつと拭きながら、赤ん坊の乳の瓶を靜かに片手でゆすぶつてゐた。

窓から吹き込む風で、天井の五色の紙風船がゆらゆらゆれてゐる。


（終り）

第21章　芙美子の尾道讃歌

ここに紹介する「港小景―女詩人の旅」は、『週刊朝日』昭和2年10月2日号に発表された尾道への紀行文。先に紹介した『時事新報』の童話「馬鈴薯姫」の稿料が旅行資金であろうか。芙美子の尾道時代の恩師小林正雄氏の日記（『尾道と林芙美子』所収）には「昭和二年七月二十二日（金曜日）……林芙美子くん東京より久方に帰省」とある。芙美子年譜で言うところの、夫手塚緑敏氏との新婚旅行である。この作品の特徴を幾つか述べる。

一つ、「放浪記第二部／旅の古里」に通ずる最初期の随筆であること。挿入詩の技法も似ている。小林氏もこの帰省が「旅の古里」の契機だろうと述べている。だが「旅の古里」は初恋の人との別れ、すなわち失恋を唄う作品だから、嬉しい筈の新婚旅行記を失恋の物語に転化させてしまうのが芙美子流か。

二つ、この紀行文が、24歳の無名詩人の作品とは思えない水準であることに加え、実に明るい色調を持った作品であること。新婚旅行だから明るくて当然だが、尾道讃歌と形容したいほどまぶしい明

尾道市の高橋秀幸作芙美子像
「あじさいき」石田博彦氏撮影

るさを謳っている。つましい新婚生活を題材にした「清貧の書」も清々しいけれども、こちらは手放しである。芙美子は、うちひしがれた時に自らを発奮させる詩を唄い、気持ちが昂揚した時に憂愁を唄う。執筆時の境遇と作品の色調とが一致しない事が多い。明るい心境を明るく唄うこともあったのかと思うと、読者の一人として嬉しい。但し、新婚旅行なのに、夫の緑敏氏が全く登場しないのが芙美子の作品たるゆえん。この作品にも、初恋の失恋を昇華して尾道の海に流そうとする憂愁が隠されているのだろうか。

三つ、紀行文は三節から成るが、芙美子得意の数字遊びの技法が既に見られること。すなわち第一節には「一」を含む語を使用する。例えば「一種」「一週間」。第二節には「二本」「二倍」。第三節では「宿の三人の娘」というように、作品の構成と用語を整え、リズム感を与える技法は「放浪記」においても駆使される。その技法がこの作品に既に見られるのである。

四つ、この作品が『週刊朝日』デビュー作であること。著者の『週刊朝日』と『サンデー毎日』寄稿作は両誌あわせて１００点を超えるが、全集が採録したのはわずか13点。その結果、このような尾道讃歌とも言うべき紀行文が、芙美子の文業から洩れているのである。

港小景—女詩人の旅

林芙美子

一

わたしや尾ノ道波止場の生れよ
出船入船見てくらす。
ギッチャラホイ　ギッチャラホイ。

尾ノ道娘のとく紅はよ
瀬戸に流れる鯛そめる。
ギッチャラホイ　ギッチャラホイ。

これは中國尾ノ道港の小唄である。
中山晋平氏の作曲で、藤間靜枝氏達が尾ノ道で踊つたさうだが、實に情緒纏綿たるものである。宿の娘達と一緒に橋の欄干に凭れて、可愛らしいこの港唄を聞くのは荒んだ都人を慰めてくれる一つの風趣であらう。
西京の尾道は、東京から五百マイル餘りも離れ、山陽線にそつた、一つの纏まつた小さな港町である。

波止場には、魚のやうに眞赤な船腹を見せた商船や、セルロイドの玩具のやうな白い帆船が澄んだ海面にいくつも舫つてゐた。

九月近い、晩夏のこの尾道の山々はもう濃くなつて、天寶山はひたひたに海に迫り、町は鰻のやうに細長い。

日中は暑いが、朝夕は尾道名物トウガキ──無花果《いちじく》の別名──の實と共に秋を呼ぶ秋冷な風が吹いて、魚臭い町の匂ひも一種懐しいものである。

町に着いて一週間ばかりは嬉しいままに千光寺山や兼吉の渡し、はては淨土寺なんぞ遊び歩いた。私にとつてそれは戀しい思ひ出の故里《ふるさと》である。

夜は港いつぱいの大きな朱盆のやうな月が向島の肩のあたりから登つて出る。

明治三十九年版の、江見水蔭著の──海──の中に、中國路は夕凪とて夏時は日没ころより風落ちて暑さ耐へ難し。尾道港も然り。涼み船を海に出したるに、眞中に置ランプを据ゑたるには驚かれた。以て海の平《たいら》かなるも知るべし。風の無きも知るべし、尾道の夏の夕を説明して盡せりといふべし。──と、かういふ一節がある。始めての旅人には川かと見間違へるほど、向ふの島との間狹く、波は平面的で微動だもせぬやうである。

家々は潮で湿つて、夜の町や海や山は滑かに目に溶けこんで、夜の尾ノ道は詩の町であり戀の港である。

娘達の美しいも目立つが、果實や、魚類、野菜の新らしく鮮々しいのは羨ましい限りである。寺と呉服屋と醫者と按摩の多いのも面白い。

以前、しばらく志賀直哉氏がこの地にをられたことを私は覚ゑてゐる。

尾ノ道は文壇的にあまり知られてゐないが、行けばもてる土地である。若い人達の多い此の町の鋪道は、皆生々した人達の顔ばかりだ。

町には兒玉と、北辰社との二軒きりの本屋があるが、二軒共新刊書籍雜誌の少ないのは淋しい氣がする。

二

雨傘を二本かざして歩るくにむつかしかつた町巾が、二倍にも三倍にも擴がつて、四五年も見ない内に小さなカフェーが無數に出來てゐたのには驚いた。

千光寺山の木ノ芽田樂の味も俳味のあるものである。頂上の玉岩のそばの茶店の婆もまだ達者で、此の氣まぐれな旅人に茶を進めてくれたりした。

四國通いの汽船が波頭を蹴つて、鶴湾の方へ消ゑてゆくかとみれば、赤い旗をたてゝ遠泳の群が西瓜のやうに小さく泳いで行くのが見ゑたり、松風の音が波の音のやうに響くと共に、下りの汽車や上りの汽車が、急がしく往來する。

鹽を焼く煙を黒々と泡立たせて、豊かな鹽田は遠く開け、漁船が、青々とした島の根に釣り絲を垂らして、靜かに一ッのポーズを守つてゐる。畫材にもならう面白い尾道はこじんまりした土地だ。

朝は朝、夜は夜で、違つた心、違つた顔や姿の旅人達を呑吐《どんと》して、尾道は陸にも海にも急がしい。

町の人達は己れに華で、人に吝である。

一種の人と人との接觸には臭みがあつて、或るしたしめないぎこちなさはあるが、尾道の人達は商賣上手である。

町の並行した屋根には、厚い日覆ひがかぶさつて、赤い豆旗が平日でも、お祭りのやうに交錯して飾つてある。

濱に出ると、姦しい呼び聲で魚を賣買する魚市場があつて、まるで泥の中へ銅貨をぶちまけたやうにはづかしいきぜはしさで通行人は通らなければならない。魚をいぢつた手で露店のあんころもちを食ひ、おこわを頬ばり血みどろな魚の鰓に指をひつかけて、

「安うまけとくけん、買ひないやあ、のうなんぼうなら、買うてつかあさるんなあ、のう買うてつかあしやあ、いふたら、十五錢にまけときやん！」

と平氣で目をこすりこすり呼びたてる。

それ故か、目の悪い漁師ばかりであるといつてもいゝ。

蛸は指でいぢられるたびに、膽をひや〱させてか赤黒くなつたり黄いろくなつたり、ぎざみは絹の色絲でかゞつたやうに美しい魚である。

瀬戸の海は、おほむね、色の鮮やかな明るい色の魚が多い。

今はぼらや、鯖、ほごなぞの魚が魚市場の大將だ。

西瓜は何といつても甘味い！　種は小さい。それに安くて赤くて甘い。秋らしいトウガキの色もいゝし——無花果——水蜜は大きい。

三

ボヘミアンである私や、私の兩親達の何年かの住居は失敗してしまつて今はあとかたもない。

遠い親類にあたる、宿屋をしてゐる老夫婦の家で、私は何日も海を見て暮してた。宿の三人の娘達と唄をうたつたり海にいつたりする事は、この上もない樂しい事である。

我家はいつも春らし鶯の
　鳴く音たづねて宿りませ

と、玄關に柱書きしてあるのも喜ばしい極みである。潮で湿つた、親しい旅宿で、うつり變りゆく泊人たちの騒音を樂しみながら煙草をのむのも面白い。

こゝろよい明方の海に一人ボートをこぐ事も樂しみの一だし、川口の芝居小屋の裏、遊郭を歩くのも好きだ。うるしのやうに、黑々と光つた格子や、路のせまつた軒先きに、ゆかたがけの女達が、白い夕顔の花のやうに顔をうかせて船員達を引つぱつてゐるのを見ると、たまらなく興味をそゝる。版畫にでも見るやうな、情緒的な家並が、汐をいつぱい吸つてふくらんだやうなしめつぽい幕を張つた家並がつゞいて私には好きな散歩地の一つになつてしまつた。

海岸通りの庫の白壁に
高々とつみあげた俵の山
ひたひたとよりそつたがんぎに
破船のように横《よこた》はつた舫ひ船
日向の花も咲いた
白い夾竹桃も

赤い夾竹桃も
海邊の家の庭にあふれて
海からは船員の舟唄を投げよう
夜はほのかに煙草の火をかくして
船から船へ行く女の影
袂には花で匂つたハンカチがいくつも
月が登るとくらげが雪のやうに消ゑて
がんぎにプチプチりんが燃ゑる。

尾ノ道の海よ！
西京の尾ノ道は
潮と果實の匂ひでいつぱいだ
そして女の純情は油のやうにほたほたと
もゑてゐる。

尾ノ道よ
戀の港よ灯の町よ――。

〈『週刊朝日』昭和2年10月2日号〉

第22章　詩誌『南方詩人』と「故郷」

昭和2年9月10日、詩誌『南方詩人』が鹿児島で創刊された。現時点で昭和5年9月の詩人黄瀛《コウエイ》記念号まで全10輯の存在が明らかになった。全10輯の存在を紹介したのは、中脇紀一朗氏編『木山捷平資料集』（清音読書会、2010年）が初めてであろう。全10輯を通覧するのは容易ではない。昭和5年1月号は、土屋文明文学館と日本近代文学館も所蔵するが、創刊号所蔵機関は、沖縄県立図書館の比嘉《ひが》春潮《しゅんちょう》文庫のみ。残る8輯は、福島県の草野心平記念文学館所蔵の猪狩《いがり》満直《みつなお》旧蔵書と岡山県の吉備路文学館所蔵の木山《きやま》捷平《しょうへい》旧蔵書を通覧しなければならない。筆者も中脇氏の先行研究を頼りに全10輯の所在を探索し、閲覧を果たすことができた。

　それほどこの詩誌に執着したのは、この『南方詩人』昭和5年1月号に、芙美子の作品「故郷」が掲載されているからである。この作品は、同年11月に刊行される改造社版『續放浪記』終章の前半部を構成する原型作である。その事実は伊藤信吉著『紀行　ふるさとの詩』（昭和52年、講談社）が紹介し、後に伊藤信吉・秋山清編『プロレタリア詩雑誌総覧』（1982年）において、昭和5年1月号の目次細目が収録された。そこで、芙美子の作品が他にも埋もれていないかと期待したのである。結果的に、同誌に発表した芙美子の作品はこの「故郷」1篇だけであったが、『南方詩人』は芙美子研究にとどまらず詩史研究においても重要な詩誌であった。

この作品は、随筆のようでもあるし、散文詩のようでもある。伊藤信吉が前掲『紀行　ふるさとの詩』の1篇として紹介したのは、詩人として散文詩だと直感したのであろう。どちらとも解釈できるのだが、雑誌では韻文詩とは別の随筆・評論に分類収録されているため、ここで紹介することとした。

作品掉尾に、執筆日が「一一九二九、十一、二二一」と記されている。同年10月号の『改造』において、著者は「九州炭坑街放浪記」を発表した。これが、翌昭和5年7月の改造社版『放浪記』序章の原型となる。「故郷」は『續放浪記』終章の原型作だから、結果的に『放浪記』『續放浪記』の序章と終章の原型作を同時に執筆していたことになる。著者が「故郷」執筆時にその結果を意図していたか否かはともかく、序章の舞台は北九州、終章の舞台は南九州鹿児島だから、好一対の「序」と「跋」とも言える。

作品終盤に、婦人毎日新聞社による台湾講演旅行に言及した部分がある。これは『續放浪記』終章で削除された部分だが、この作品執筆時点では、芙美子は台湾からの帰路、鹿児島に立ち寄ることを想定している。当時の台湾航路は神戸を発って、門司経由で基隆に直行・往復する。帰国後の旺盛な執筆履歴を考えると、帰路に門司で途中下船し、鹿児島に立ち寄る時間はとれなかったと思うが、ここで言及した鹿児島の山下小学校時代の上級生が、『南方詩人』主宰者の詩人小野整《おのせい》なのである。

故郷

林芙美子

私は生きる事が苦しくなると、故郷と云ふものを考へる。

人が死ぬる時は、古里で死にたいと云ふ事をよく云ふ。そんな事を聞くと故郷と云ふものをフッと考へる。


毎年春秋になると、ポリスがやつて來て、原籍をしらべて行く、そして今さら故郷と云ふものを、そのたびたびに考へさせられる。


「貴女のお國はどちら……」

と聞かれると、私はグッとつまつてしまふ。これはよく聞かれる言葉だ。

私には故郷なんて、どこでもいゝんだ。轉々と苦勞の中にそだつて行つたところが、古里だ。だから、私は私の多くの詩や小品の中に、此旅の古里を歌つたものが多い。

だが、思はず、年をとり、色々な事に退屈して來ると、フッと又、古里と云ふものを考へてみる。

私の原籍地は、鹿兒島縣東櫻島、古里溫泉場となつてゐる。全く遠く來つるものかなと思はざるを得ない。

私は夜中の、あの地鳴りの音を聞きながら、提灯をさげて、姉と溫泉に行つた事を覺へてゐる。堤防の上に着物をぬぐと、飛ばないやうに石をのつけて、摺鉢形の湯へはいるのだ。

首を上げると、星がチカチカして、島はカンテラをその頃とぼしてゐたと思つた。

「よか、ごいさ。」

と云つてくれた村の叔母さん達は、皆私を見て、外者《よそもの》と一緒になつた母をのゝしつた。もうあれから十六七年になる。

美しかつた母は、體にもかまはなくなり、古里の話はオクビにも出さなくなつた。

父ちがいの、私の姉は、小學生の私を連れては大久保さんの邸跡で、よく青年に會つてゐた。母に似た美しい姉であつた。

「どうして芙美よさんに、こんなにしらみをたからしとくの」

「だつて、此子意地が悪るくて仕末をさせないから、ほつとくの。」

青年と姉のこんなタイワを覺へてゐる。

祖母は、私を外者《よそもの》の子だと云つて、小遣もくれなかつた。

私は甲突川の見える便所で、あまり川の水がマンマンとして美しかつたので、始めて、壁に詩を書いた。

　大きくなつたら
　あの水をみんな呑でやる

こんな風な落書だつたと覺へてゐる。

今でもあるかも知れない。

庭には澤山ゴリがなつてゐた。

城山へ遠足に行つた時、辨當を開くと、裏で出來た、女竹の煮たのが三切れはいつてゐて、大阪の父母をどんなに戀ひしく思つた事だらう。

作文の宿題に、お友達へ送る文と云ふのを書かされて、親愛なると云ふ言葉をつかつてひどく姉に叱られた。

今だに、この親愛と云ふ言葉をつかつて、叱られた意味がわからない。

冬に近い或夜。

私は一人で門司まで行くのだと云ふ。

大阪から、父が門司までむかいに來るのだと云ふ。

私は五十錢玉一ッ、すごきにくるくるまいてもらうて、帯に門司行きのヱブをくゝつてもらつて汽車に乘つた。

肉親とはかくもつれなきものかな、花が何もなかつたので、私は出がけに柊の枝を折つてしつかり持つてゐた。門司へつくまで、その柊はキンキンしてゐた。

門司から汽船に乘ると、三等船室のくらがりで、父は水の光にすかしては、私のしらみをとつてくれた。

ねむりから覺めて枕元を見ると、マッチの箱の上に、ピッチリしらみがつぶされて黒くなつてゐた。

鹿兒島は縁遠い私のスブニールである。

母と一緒に歩いてゐると、でもフッと悲しかつた鹿兒島の生活を思ひ出す。

「チンチン行きもんそかい。」

「おじやつたもはんか」

なんて言葉を、母は、國を出てから三十年にもなるのに、東京の眞中で平氣でつかつてゐる。

此一月の下旬には、私は或新聞社から招ねかれて、台ワンへ講演に行く。

十七年も會はない姉や兄や、外の多くの肉親に會へるかも知れない。

だが、沈默《だま》つて、その前を素通りする事も面白いと思ふ。

母は墓まいりをして來てくれと云ふ。誰の墓まいりぞや！　そんな事より、たとへ少しの間ではあつたが、私を遊ばせてくれた山下小學校のブランコにでも乘つて、昔の匂ひをクンクンかいで來やうと、今から台ワン行きを、そして鹿兒島へよるのを樂しみにしてゐる。　―一九二九、十一、二二―


〈『南方詩人』昭和5年1月　猪狩満直詩集「移住民」記念號〉


この作品「故郷」を前半部に配して加筆・改稿し、後半部に代表作「黍畑」を配して、『續放浪記』終章「放浪記以後の認識」となる。よって、この終章は散文詩と韻文詩で構成した作品と見ることもできる。原文の再現にあたり、雑誌掲載稿と単行本収録稿との異同は校合して補正した。

「故郷」は題名通り、原籍地の故郷鹿児島に対する愛憎が滲み出た作品である。作中で述べられた

「作文の宿題」で用いた「親愛」という語を姉に叱られた理由につき、作中では「意味が分からない」と言うが、それはその姉が母キクに捨てられたことに発するもので、姉には「親の愛」を独占する妹が許せない。その姉を不憫に思ったのか、『續放浪記』「終章」では抹消された。「大久保さんの邸跡」の場面も、姉や祖母に対する憎しみを隠さない描写だが、いかに小説とはいえ大成功した作品ゆえに、肉親にはこの描写は辛い。この描写は『續放浪記』終章にはそのまま掲載されたが、後の昭和8年改造文庫版で全抹消された。肉親への配慮であろうか。

終盤の描写について、婦人毎日新聞社主催の台湾講演旅行の一行は昭和5年1月2日に神戸を発って台湾に向かった。「故郷」執筆時点では日程が固まっていなかったのかも知れない。先に触れたように、台湾からの帰路、門司で途中下船して鹿児島に立ち寄るのは難しいと思うが、台湾旅行を目前にして、鹿児島の山下小学校を懐かしむ心情に嘘はなかろうと思う。その山下小学校時代の上級生であった詩人小野整と『南方詩人』が芙美子の文業に新たな光をあてる。

詩誌『南方詩人』の先行誌は、同じく昭和2年1月に鹿児島で創刊された『南方樂園』。創刊号の編輯発行人は沖縄出身の詩人・文学者新屋敷幸繁《しんやしきこうはん》。当時は鹿児島第二中学校教諭。後に第七高等学校教授となる。同誌創刊号の表紙絵は岩松淳、のちの八島太郎の本名。岩松も鹿児島第二中学校出身。終刊時期は不明だが、同年6月号の第6号は現存する。詩人黒川洋《くろかわよう》氏所蔵原本を閲覧させていただいた。編輯人の新屋敷に加えて、発行人に同じく沖縄出身の金城亀千代が就いた。金城亀千代の別名は金城陽介。新屋敷は後に上京して日本文學社から芙美子の童話『兒童・泣蟲小僧』(昭和14年)を刊行し、戦後は沖縄大学教授・学長も務めた。桜島の芙美子文学碑建立に尽力したのも新屋敷であった。

昭和２年６月１日号　黒川洋氏蔵

金城もまた北九州を経て上京後、紀元社から芙美子の童話『啓吉の學校』（昭和16年）を刊行する。北九州では火野葦平らの詩誌『とらんしっと』の同人でもあった。この第6号に小野整も詩2篇を寄稿し、神谷暢《かみやのぶる》、江口隼人らの寄稿もある。

　後継誌『南方詩人』創刊号の編輯人は町田四郎。第2輯以降は小野整が担った。その交替の事情は、第2輯の編輯雑記が明瞭にしている。

すなわち『南方詩人』をローカル同人誌にとどまらない、全国的詩誌に成長させようという意思が語られている。現に、全10輯に寄稿した詩人は北海道から沖縄まで百人を超え、伊藤信吉編『學校詩集一九二九年版』に寄稿した詩人37人のうち28人が『南方詩人』寄稿者である。創刊号に掲載された「巻頭詩」の執筆者も小野整であり、小野は創刊時から新屋敷とともに中心人物であった。

　創刊当時の同人のうち、金城、町田四郎、平正夫、新垣朝夫らは、佐藤惣之助主宰の詩誌『詩之家』に寄稿している。『詩之家』昭和2年8月号には金城の通信文「鹿児島支社より」があり、金城が『詩之家』鹿児島支社を担っていたことが分かる。『南方詩人』創刊号に、佐藤惣之助の評論が掲載されていることも頷ける。このようなつながりを見ると、『南方詩人』は、沖縄出身で鹿児島詩壇の先駆者でもある新屋敷幸繁の『南方樂園』と、佐藤惣之助の『詩之家』同人双方の人脈を持ったローカル詩誌として誕生し、第2輯から『銅鑼』『學校』につながる小野整が編輯を担った結果、全国的詩誌に成長したとの見方もできる。創刊号の表紙絵作者につき、A・ブランボリニとの注記がある。断定はできないが、おそらくイタリア未来派のエンリコ・プランポリーニの名のもじりと作品の模写ではなかろうか。表紙の構成にも、前衛芸術への志向を感じさせる。

昭和3年8月発行誌の誌名は『南方詩人』ではなく『燃林』だが、その表紙には「南方詩人」「山びこ」合併号と記されている。この号から、種子島で発行された詩誌『山びこ』（古市竹路編輯）と合併したことによる改名。小野と古市の共同編輯とされている。だが、次号で誌名を再び『南方詩人』に戻した。病身の古市が編輯の任に堪えられなくなったものと見られ、『南方詩人』第3輯に相当する。題字は熊本出身の詩人緒方昇。小野整の編輯後記によると、緒方は昭和3年、鹿児島で兵役に就いていていた期間中、休暇日に小野を頻繁に訪問していた。草野心平の紹介だという。緒方が『燃林』の題字を書いた時期と一致する。

現存する『南方詩人』には、発行年月不詳号が1冊ある。奥付がないためだが、その内容から発行年次は昭和3年第4輯と推定される。この号から昭和4年7月号まで、表紙の題字はマヴォの矢橋丈吉による。

『南方詩人』の終刊時期につき、同じ鹿児島の詩人高木秀吉が、『鹿児島詩壇史』（詩芸術社、昭和51年10月）において、昭和8年にも発行されたかのような記述を残しているが、その記述には内容等の具体性がない。『年鑑九州詩集1932年版』巻末の「全九州現詩壇の鳥瞰」には、既に『南方詩人』の名はない。よって、現時点では「黄瀛記念号」が、現存する『南方詩人』終刊号と考える。

『南方詩人』全10輯は、驚きと発見に満ちた玉手箱のようでもある。高村光太郎によるロマン・ロラン本邦初訳・初出稿もあれば、草野心平の寄稿文8点が、全て全集未収録という発見もあった。編輯スタイルとしては、寄稿詩人の特集号が半数の5輯に及ぶ特徴がある。

第5輯　木山捷平号　昭和4年1月1日。
第7輯　木山捷平詩集『野』記念号　昭和4年7月1日。
第8輯　竹内てるよ詩集『叛く』記念号　昭和4年10月1日。
第9輯　猪狩満直詩集『移住民』記念号　昭和5年1月1日。
第10輯　黄瀛詩集『景星』記念号　昭和5年9月10日。

いずれも詩史に知られた詩集で、その詩集に収録された詩篇の幾つかは、『南方詩人』が初出掲載誌であったことが、この特集の背景にある。『南方詩人』に掲載された木山の作品は18篇に上り、その殆どが木山の第一詩集と第二詩集に収録されるが、第5輯に掲載された作品「月夜」は、『木山捷平全詩集』収録作の「月夜」とは同名の別作品。同名作ゆえ『全詩集』から洩れたと思われる。竹内てるよの作品は6篇あり、うち3篇が『叛く』に収録されたが、残る3篇は他の詩集には見当たらない。竹内は第8輯に掲載した「友への手紙」の中で、『銅鑼』同人と巡り逢う前、詩人仲間は林芙美子一人だけだったと述べている。竹内てるよの第一詩集『叛く』（同年5月）と芙美子の第一詩集『蒼馬を見たり』（同年6月）は同時に世に出たのである。黄瀛の作品5篇のうち2篇は詩集『瑞枝』に収録されたものの、残る3篇を収録した詩集は見当たらない。

第9輯が全10輯中の白眉。北海道開拓時代の猪狩満直の特集、南方詩人社が刊行した、地元鹿児島の平正夫詩集『白壁』、有島盛三詩集『駄ん馬』の小特集が、列島の南北で相呼応するかのように収められた。巻末に芙美子の『放浪記』近刊予告と第一詩集『蒼馬を見たり』増刷予告があるが、第一詩集増刷版の存在は不詳。

このように、『南方詩人』は一地方詩誌にとどまらず全国に散在する百人にものぼる詩人をつなぐネットワークを体現した。そこには詩友の詩集刊行に尽力した小野整の献身がある。小野は、木山の第一詩集『野』に序文を寄せただけでなく、抒情詩社版とは別の南方詩人社版『野』も刊行して、木山の作品普及の後押しをした形跡がある。第5輯には、小野の詩集『はこべらの花』が、杉山市五郎の芋畑社から刊行されるとの告知があるが、実際に刊行された形跡はなく、『南方詩人』以後、小野は詩作から次第に遠ざかったようだ。

芙美子が「故郷」で言及した鹿児島山下小学校の傍らには、鹿児島カテドラル・ザビエル教会がある。小野整の父小野藤太は、この教会でエミール・ラゲ神父と共に新約聖書の完訳や日仏辞典を編纂し、かつまた、独学で旧制七高の数学教授に就き、多数の著作を著した学史に残る数学者であった。小野整が編輯した『小野藤太遺稿』（大正6年）がある。「整」の名は数学の「整数論」による命名だという。杢田瑛二は小野整を「霧の中の詩人」（『火山地帯』第55号）と、その人生の謎を語ったが、同教会の御教示により、命日は1978年3月6日と分かった。芙美子旧蔵資料の中に、小野整から芙美子宛の葉書が1通ある。なお『南方詩人』全10輯の目次細目は、『日本古書通信』2015年5月号〜8月号の拙稿を参照されたい。

第23章　『婦人毎日新聞』と台湾講演

昭和4年1月25日、大阪毎日・東京日日新聞系列の日刊紙として創刊された『婦人毎日新聞』がある。編集長は山田やす子、論説部長が北村兼子。終刊時期は不明。北村兼子が論説部長をつとめた日刊紙とあらば、毎日新聞社に現存すれば極めて貴重な文化遺産だが、大谷渡氏らの先行研究においても、次のわずか2日分の原紙の存在が確認できるだけであった。法政大学大原社研蔵。

昭和4年2月18日付、通巻第２５号。

昭和４年11月20日付、通巻第３００号。

いずれも新聞全紙サイズで4頁だて。紙面によると大阪に関西支局、大連に満洲支局、台北に台湾支局を置いている。この他、林芙美子旧蔵「スクラップ帳」に、同紙に発表された芙美子の随筆「流転途上」がある。新聞全紙ではなく切り抜きだけだが、昭和4年11月22日の掲載日も分かる。この日付と言えば、先に紹介した『南方詩人』掲載「故郷」の執筆日と同一日。「故郷」は肉親に対する憎しみを隠さない作品であったが、「流転途上」は金権支配社会、インテリの権威主義に対する憎悪を

台湾講演旅行集合写真

炸裂させた作品。男性に対する憎しみを爆発させた「放浪記／目標を消す」を『女人藝術』に発表したのは昭和4年12月号。昭和4年11月に執筆された芙美子の作品は、全方位的に怒りと憎しみをぶちまけている。ニューヨークの株大暴落による世界恐慌の影もあろうか。

その芙美子に転機を与えたのが、婦人毎日新聞創刊一周年記念の台湾講演旅行。昭和5年1月に、台湾各地を巡業するように開催された。前列右から北村兼子、望月百合子、芙美子。二列目右から医師蔡阿信《サイアシン》、生田花世、蔡阿信の夫で台湾独立運動家の彭華英《ホウカエイ》。後列右から山田やす子、堀江かど江。台湾講演を回想した芙美子の随筆では『改造』昭和5年3月号に発表した「臺湾風景―フォルモサ縦斷記」を御覧いただくとして、「流轉途上」と合わせて紹介するのは台湾への船旅紀行。日本郵船・近海郵船のＰＲ誌『海の旅』昭和5年5月号に掲載された。題して「ミス大和・ミス朝日」。台湾の往復に乗船した船の愛称が「ミス大和」と「ミス朝日」。前者の怒りの随筆「流轉途上」とはうって変わり、旅を栄養源とする芙美子が、初めての海外旅行で充電できた喜びが溢れている。台湾講演旅行前後の落差が印象的である。これも芙美子の一面であろうか。この紀行も「スクラップ帳」に編綴された作品の一つだが、切り抜きにはテキストの欠落があり、東京農大図書館所蔵本を利用させていただいた。仮名遣い等の補正はせず、原文通りとした。

流轉途上

林芙美子

色々な意味で、生きると云ふ事は辛い
尺度のまち〳〵な局促寥邈《きょくそくれうばく》たる浮世に、長々と五十年を横たへ生き切ると云ふ事は、金鵄勲章《きんしくんしょう》より
も立派な事だと私は考へてゐる。

生れる時と、死ぬる時は、只四圍《あたり》の風景が變つてゐる切りで、平凡人と云ふものは、さして男女を問はずさう違つたものではない。

十年一日の如し、と云ふ言葉があるが、さすれば五十年は五日の如しか、正にたどりつきたる老人にとれば、夢のやうでもあらう、それが、眞に平和に五十年を過ごした人間程、その一生が、まぼろしのやうに、儚なくも思へるであらう。

だが何と、生きやうか、死のうかと思ふ日の多き事ぞや！

一生を貧乏に殊寵された人間の五十年はいかに、それは正に戰ひである。

食べなければ生きて行けない、切實な人間達は五十年を生き切る爲に、今日を造つて立つてゐる。

何もかもが、五十年の命を保つ爲に、血みどろに、自分の力以上のものを搾取されてゐる世の中に益々肩をそびやかせて、我等に君臨してゐるものは何か、それは今日《こんにち》の貨幣である。

キンシュクの膝許である、東京での五十錢銀貨の果敢《はか》なさにおいては、無産者にとつては正に、十

年一日の如しと唄をうたつてゐる時代ではない。

何と莫々たる人生であらうか、生きてゐる間中どん底生活をして五十年生き切つて浮世に訣別をしたと思へば、地獄極樂と云ふ有閑世界があると云ふ。

世をあげて不況時代だ、人間正に何と呼ぶべきか！

誰もかれも、五十年の命しか約束されて居ない、その浮世に、明日は明日はと我々は、光明の、希望の世界を建設する爲めに、營々と生きてゐる。

人生は七轉び八起き、とか、樂は苦の種、苦は樂の種とか、昔の夢人の專賣特許であるが、人間が造つた社會に、七度《たび》も轉ばして、五十年を果てさせる事の多いのはいかにも淋しい事ではないか、笑つて暮らさう五十年、此ユウトピアが、今では、叩かれてもつねられても、ニコ〳〵してゐよとの金言である。いかにも詑しい事ではないか。

私は原始へのユウトピアンである、無非理崇徒である。

もつと、しのぎい丶社會にならないものか、お互ひがお互を相克しあふ、社會主義者達我々は何でもい丶、只しのぎい丶朗《ほがら》かな生活があたへられ丶ばい丶ので、赤であらうとも黒であらうとも白であらうとも。

〈『婦人毎日新聞』昭和4年11月22日「流轉途上（上）」〉

我々無産者達の前に、と絶叫する、インテリゲンチュアにだまされてはならない、何のレーニンであらう、マルクスであらう、バクーニンであらう、皆、い丶かげんの賣文者、賣名者、私は知つてゐる、日本の彼等は、プロレタリヤを賣りものにして、ホテル、ダンサー、文化住宅、保險、ティルーム、ドライブ、カフェー、第一にこそ、打ち叩かるべきものは彼等ではないか、組織だつた頭腦のないものを何と言ふか、彼等はルンペンプロレタリヤと呼ぶ、多くの無産者は、目に一文字もない、只腕にすがつて、此けはしい人生を五十年を乗り切ろうとしてゐる。

日本のインテリゲンチュアよ、むづかしい百の論文より、一ッの眞實を示せ。

私は人生半ばに達するまで、色々の主義へコウアンした、だが何とはかないことであらう、彼れ等は口ぐせのように、勉強せよ〳〵といふ、だが何んの勉強であらうか、毎日〳〵を働くことに消されてゐる人間に、その目的はあまりに遠すぎる、時代の花にすぎないではないか、その時代の畑のうへに、彼れ等イズムたちは、われこそはと、毒々しい花を咲かせて働蜂から蜜を搾取してゐる。

どこへ行つても頭をうつ。

まこと、表をみれば立派な首領、裏は金屏風で女から女へ、それは金鎖をつけた、ブルジョワと何等のさもない世渡り、曲者とは彼れらをこそ。

我れ等は、まこと正しくむづかしい五十年を乗りきつてみやう、世の中が食はさないといふならば、ドカンドカンとなぐりたふしてでも食つてみやう、生きゝつてみやうではないか。(下)

ミス大和・ミス朝日

林芙美子

一

汽車の旅と云ふものは、ポピュラーのせいか、長旅になると皆厭がるものだが、船の旅となると、そう厭なものでもない。

私は海國にそだつたせいか今度の、臺湾行の船の旅は、非常に嬉しいものであつた。

正月二日、數日の海上生活を送るべき、ミス大和の勇姿を神戸の波止場から眺めた時は、胸がわくわくする思ひであつた。

船體をかすめて、無數に鷗のやうな鳥が飛んでゐる。ランマンと汐をふくんだ海風に私はエトランゼの氣分になつて、港へ帽子を振つた。

此船路こそ平和に無事に果せますやうに、此婦人毎日新聞主催するところの婦人文化講演會の一行こそ、元氣で萬里の海上を笑つて行けるやうに、波止場を去つて行く船の上から、私は念じ祈りつつ當分の別れのアディユを港の人達へ投げた。

三等船室の旅情もいゝものであるが、一等船室のすべてにおいて整然とした新しさは又うれしいものだ。一行は各々の室にをさまると、夕暮れの迫つたカンパンへ、寒いリンリンとした風にもめげず、

「まあ美しい！」

「船の生活だけは、地上の圏外だから素的ね。」

「食べる事と、眠る事と…………。」

「い、景色だこと！」

「まるでお伽話みたいよ。」

人生半ば過ぎた人達が、すつかり子供になりきつて、海を眺めてゐる。

ミス大和のパーサーはさつぱりしたい、人だし、船長さんはおとなしい方だし、これもうれしい事であつたが、キャビンで退屈すると、私達はソーシャル・ルームに出て、外人達のダンスを見たり、ピヤノを叩いたり、友人へたよりを書いたりした。

――貴女が、いつか旅行なさる事があつたら、船の旅になさい、子供があつては、なほさらす、めるわ。

こんな手紙に、夜のメニユウを封じたりして、都でアクセクしてゐる友人をうらやましがらせたりして、實に朗らかな、海上生活であつた。

船の旅で私が一番人情味を感じた事は、昨日まで見も知らなかつた他の船客と、まるで拾年の知り合の如く、船長や、パーサーや皆一緒に、晝はデッキゴルフをやつたり夜はサロンで打ち興じたり、しみじみなつかしく語り合ふ事であつた。

二

いよいよ琉球沖である。

水望漠々たる海上、ルームで腰をかけてゐると、海と空しか見えない。

あんなに、海の只中をおそれてゐた私も、案外樂な船の旅なので、かへつてつまらない氣持だつた。

だから勿論、一行七名も呑氣に休む事なく食堂へ出て、その日の話に興じるし、私は御飯をまづいと思つて食べた事がなかつた。

一行中、松崎天民氏と、私は、西洋料理をあまり好まないので、日本料理をたのんでもらつたが、實においしかつた。

海の風を吸ふせいでもあるまいが、實にお腹がすくし、御飯はかつて、食べた事のない程なうまさだつた。

ボーイさんは親切だし、風呂の氣分はいゝし、つくづく地上を離れた、此船の城をうらやましく思つた。

風呂なんかも、あれで窓の一つ位あつて、海を眺める事が出來たら、ユカイな事にちがひない。

臺湾に段々近かくなるにつれ、夏のドレスが、丁度肌心地がいゝやうに思へた。

パーサー曰く。

「丁度今は、船の方もすいてゐますし、臺湾もいゝ氣候ですし。」

そのせいか、船の人達のものごしが柔らかくて、お客様が少ないせいもあつたが、のうのうと、私達はよく食べ、よく運動して、臺湾で講演するのなんか、フッ飛んでしまひさうであつた。

食事時になると、ボーイが鐵琴を叩いて歩く。あれは實にいゝ子供時代のスブニールだ。

三

臺湾にすごす事三週間あまり、私達は、どんなにか、内地へ歸る船を樂しみにした事だらう。

臺湾では至るところで、もつたいない程カンゲイされたし、臺湾の風景はお伽話以上だし、まだ一月だといふのに菜の花が咲いてゐたし、南部へ行くと、櫻がランマンと咲いて、私達は氣が遠くなるやうな思ひだつた。

浴衣がけで、臺湾は一月の空氣を吸へるのだと思ふと、一行中の望月氏は、こつちへ引越して、ポンカンでも植ゑやうかしらと、新竹州の知事様に、おうかがひをたてたり、正に、臺湾は樂土だ、ホルモサだ。

蕭條たる雨の朝なり
水脈は泡を飛ばし
空は裂きて
ランマンたる臺湾の心を
私はこゝに見る

白い燈臺の窓から
マドロスの優さしい手紙が散つてます
エメラルドグリンの港の上には
エトランゼの憧憬の旗日の丸が
流離の歌をうたひ
こゝにも貧しい人の群が
生活の口笛を吹いてゐる

霖雨の煙る基隆の波止場に
戎克《ジャンク》船の古風な三原色
サンパンのリーフレット
基隆の港は目覺し時計です
誰が來てもドレミハソ……

さようなら、朝日丸が私達かへりのお城であつた。

この時は丁度、バナ、キャラメルの團體のお客様と一緒だつたので、船はにぎやかだつた。それに、貳等だつたが、別にうらぶれの氣持ちもなくユカイであつた。

只、食事の時、けたゝましい銅鑼が鳴るとフッとあの一等で聞いた鐵琴の優さしい音色を思ひ出した。

貳等の食事の銅鑼だけは、一寸ものすごい。こゝのパーサーは非常に氣骨稜々たる人で面白くおもつた、人があまり多いせいか、船長さんはどんな方だかわからなかつた。

私達は四人で一組になつて日本間のやうなとこだつたが、これはいゝ思ひつきだと思つた。足も投げだされるし、座つてお茶も呑めるし。

四

船ぐらゐ階級のちがうところはないと聞く。

三等も一等も、サロンは感じがいゝが、どうも貳等のサロンは暗らすぎるし、ユカイな船路に、少

し淋しすぎる感じだ、
一九三〇年はすべて明朗でなくてはゐけない。

貳等のサロンは晝は暗いが夜のあかりがなほさら暗く、私達は、たいてい船室ですごしたり、食堂ですごしたりした。

バナ、キャラメルの一行の人達は、九州の人もあれば、北海道、名古屋と云つた風に至るところの人が集つてゐてユカイであつた。

食堂で、トランプ占ひをしてあげると、頭のはげた人が子供のやうに喜こんで手を叩いたり、子供の三四人もある方が、デッキゴルフに、無邪氣に興じたり、これもなつかしい船上風景であつた。

朝日丸のパーサーは非常にゴルフのうまい人だと、大和丸のパーサーからきかされてゐたが、急がしかつたのか、相手に取るにはおとな氣ないとみくびられたのか、一度もかへりはパーサーのお手ぎわを拝見することが出來なかつた。


かへりの食事は、大和のほどはなかつた。貳等だつたせいかも知れない。

あゝだが何と云つても船の旅はいゝ。明日神戸だと云ふ夜洗面所へ行くと、船員達がひげをそつてゐる。

「お家や奥さんが樂しみでせう。」

と云へば、皆はじけかへるやうにうれしそうだ。

「これが外國航路だとまだうれしいんですがね。」

なる程、さうかも知れない。マドロス達に祝福あれ、外國航路を三十廻もしたと云ふボーイさんもあつた。

船と云ふものは人情深いもので、部屋つきのボーイさんが、何から何まで荷物の整理をしてくれたのには、眞實うれしかつた。

どんなところでも、眞實と云ふものは、人を動せるものだ、口先きのうはすべりな、旅の人情におそれをなしてゐる私達も、船のボーイさん達の、氣のとゞきすぎた、心づかひには、いつまでも旅情をふくむ。

もう一度でも、もう二度でも、あの船旅はしたいものだと思つてゐる。

ミス大和丸、ミス朝日丸、もう一度乘つてみたい。

二ッの船の上に祝福あれ、船の上に働くどんな人の上にも、より一そうの祝福あれ。—一九三〇—

〈『海の旅』昭和5年5月1日〉

同誌の昭和6年6月発行号に、放浪の作家と言われる安藤盛《あんどうさかん》も「海の魅惑」を寄稿している。二十歳前後から樺太、台湾、東南アジア、南方諸島を遍歴した作家。讀賣新聞の宮崎光男と南洋流行歌を共作したこともある。安藤は荒れた航海の経験も豊富だから、他の航路と比較して近海郵船の台湾航路は快適だと褒めちぎっている。船会社のＰＲ誌寄稿文という面もあろうが、芙美子の初めての海外旅行が、快適な船旅であったことは幸いであった。

第24章　芙美子の北平《ペイピン》紀行と林海音《リンハイイン》

昭和11年9月15日、芙美子は大毎・東日主催の国立公園早廻り競争の一番手として大阪を出発。18日、高松で二番手のさゝきふさにバトンを渡し、19日別府まで同行。その後、門司から大連に渡航し、山海関を経て北京に至る。新暦9月30日の中秋節を北京で過ごし、天津経由で帰国した。国立公園早廻り競争の紀行は『東京日日』（昭和11年9月16日〜19日）に4回連載で発表し、帰国後に北平（北京）の随筆・紀行3篇を発表した。

「北平通信」『東京日日』昭和11年11月27日〜12月1日〈5回連載〉。
「北平の女」『ホーム・ライフ』（大毎・東日）昭和12年1月号。
「北京紀行」『改造』昭和12年1月号。

3篇の作品は随筆集『田舎がへり』に収録された。うち「北平の女」の記述が見逃せない。「精華大學では、支那國文學長の馮夫人にもお逢ひした……このひとの妹さんに馮沅右といふ女の作家があるといふので周作人氏に紹介状を戴いたが、天津に行かれてゐて逢へなかつた。／職業婦人では、北平世界日報社の婦人記者で林含英《リンハンイン》さんに逢つた。大毎の石川氏に通譯をして戴いたが、翌日の新聞には、私のいつた意味がよく通じてゐて、その會見記は地味でなか〳〵立派なものだつた」。

　周作人は言うまでもなく魯迅の実弟。北京大学に表敬訪問して馮沅右への紹介状を貰ったのである。魯迅は同年10月19日に上海で亡くなる。芙美子が魯迅の訃報を聞いたのは帰国後であろう。大毎の石川氏とは大毎北平支局駐在の石川順。林含英《リンハンイン》は後の台湾の作家林海音《リンハイイン》の本名。自伝的短篇集『城南旧事』がある。杉野元子による日本語訳（新潮社）の訳者あとがきによると、林含英は１９１８年、台湾出身の両親が来日していた大阪で生まれた。ほどなく一家は台湾に帰った後、北京に移住。芙美子が北平を訪れた時、含英は世界日報社の駆け出し記者であった。芙美子の紀行と完全に一致する。そしてこの「翌日の新聞」原紙が芙美子旧蔵資料に現存していた。紙名も日付もない記事のみの切り抜きだが、芙美子の紀行と照らして価値が生まれた。新聞に掲載された芙美子と含英のスナップ写真も芙美子旧蔵資料にあった。ここに掲げたスナップがそのオリジナルプリントである。80年前の中国語新聞原紙なので、中国文学研究家久保卓哉先生に翻訳いただいた。記事によると2回に分けて掲載されたようだが、現存紙は後半部のみ。以下の会見記の冒頭5行は記事の見出しであり、会見記には本名の含英を用いている。

右：芙美子 左：林含英（林海音）

林芙美子会見記

林含英

日本女作家林芙美子談話：
日本女性の解放は自然の趨勢、彼女たちは社会に職業を求めざるをえないからだ
林芙美子と長く接触している中国女性は謝冰瑩《シャヒョウエイ》だけ
林芙美子の自信作は「野麦の歌」等七作
日本には五万人の作家をめざす若者がいる

（続）含英

最後に彼女（林芙美子）はまた笑いながら言った。

「現在大きく違うのは、私は稿料を手にした時、申し上げるほどのことではありませんが、時にはもったいぶらなければならないことがあります」

彼女は自分で思ったことを笑いながら言ったのだが、同座の人もつられて笑った。彼女は過去に日本の高等女学校を卒業している。

十五年来彼女の作品が出版されたのは二十七冊にもなる。そこで記者は自信作は何かと聞いたところ、自分が気に入ったものは何冊かあり、その何冊かは日本でもとても人気がある、小説では『清貧の書』、『牡蠣』、『泣蟲小僧』、女性に関する小説では『野麦の唄』、詩では『面影』、それに文学的断章を書いた『厨女雑記』などがそれだという。

成功した作家になるのは決して偶然からではない。林芙美子は少なくとも十五年にわたり努力してきた。彼女はみずからも言う。

「現在日本では五万人の若者が作家になる夢を持っています。有名作家になればどんな栄誉を得られ、どんな崇拝を受けるのかと、今自分が崇拝している有名作家と引き比べて夢想しています。ですから日本の有名な小説家菊池寛には千百人もの若者が手紙を出して、面会を求め、弟子入りを希望し、彼のところで何かを学ぼうとしています。これはその一部です。もっとおもしろいことには、田舎から出て来た若い女性が私の家に押しかけてきて、何とかして作家になりたいと訴えるのです。でも考えてみれば、五万人の若者が作家として成功したいと思っているのですから、せいぜい五万人の後ろに立つことになるだけです」

だが林芙美子がいうように本当に難しいものなのか。実際はきっとそうなのだろうが、成功するしないに関わらず少なくとも皆はいつも準備をしている。では結局どのような準備をすればいいのだろう。林芙美子はこの問題にこう答えた。

「天賦の才能が基本の要素です。文学的才能がなければどんなに勉強しても成功しません。でもこの才能と嗜好とは、自身の文学に対する修養から始まります。まずは自国の文学から準備すべきで、自国の文学の中でもまずは古典を読んでから現代に入るべきです。そのあとで外国に力を注げばいい。そのときは一つの目標を持つべきで、ゴールキーや誰かの研究を懸命にしようとするのです」

「では林芙美子さんは外国ではどの作家がお好きですか」

「私が好きなのはロシアのチェーホフです。だいたいは長篇作家よりも短篇作家のほうが好きです」

「日本では外国の作品だと誰を崇拝していますか」

「それは時代の流れでよく変わります。今の日本の若者は皆フランスのモーパッサンが好きです」

「中国の作品はどういうものが翻訳されていますか。林芙美子さんが好む作品は?」

「翻訳された作品では魯迅のものが多く、私も魯迅の作品が好きです。他には陶淵明の詩も好きで、日本では早くから翻訳されています」

日本では女流作家が多く、林芙美子は有名な作家は十人ばかりいて、女流作家たちは集会を開いて互いに研究しあっているという。自分で自分を顧みるだけで、まとまりがなく、相互のつながりを持たない中国とは随分違う。

私たちはもう一時間半も大きな事から小さな事まで話し合い、やがて一区切りをつける時がきた。そこで私は彼女にお願いして名刺の裏にサインをしてもらった。石川君は私たち二人の写真を撮ってくれた。別れの時彼女は、「東京にいらっしゃったら私の所に遊びに来てください」と言ってくれた。私は勿論東京に行ってみたいと答えた。初めて会ったのに深い印象を覚えた作家と、たまたま出会い、たまたま別れただけなのだが、私の心は大きな感慨に包まれた。

〈掲載日不詳〉


記事の見出し部分で言及された謝冰瑩《シャヒョウエイ》も名高い作家。武田泰淳の「謝冰瑩事件」によれば、昭和11年、冰瑩2度目の日本留学時、冰瑩と武田は目黒警察署に数週間も勾留され拷問も受けたという。冰瑩は目黒警察署から釈放された後、昭和11年夏頃に帰国した。芙美子が林含英の取材を受けたのは昭和11年秋。そのとき冰瑩の名が出ても不思議ではない。

芙美子は改造社の『文藝』昭和16年5月号「周作人氏へ」において、留学時の彼女を自宅に招いた事や、冰瑩作『女兵《ニュイピン》』の日本語訳を読んだとも述べている。『女兵』日本語訳は昭和15年刊。林含英会見記の前半部分が中国に現存すれば、そこに冰瑩との出逢いが語られているかも知れない。ただ芙美子は前掲「周作人氏へ」において、謝冰瑩が昭和16年当時渡米していたように述べているが、冰瑩が渡米するのは後年のことのようだ。

その謝冰瑩と似た名の作家に謝冰心《シャヒョウシン》がいる。謝冰心は昭和11年夏、渡米の際に日本に立ち寄った。神近市子の冰心対面記が『東京日日』昭和11年9月13日付けに掲載されている。前掲「周作人氏へ」における冰瑩渡米の件は冰心との勘違いかも知れないが、芙美子は戦後その謝冰心が来日した際、佐多稲子と3人で対談している。その対談記は、『毎日新聞』昭和21年11月29日付に掲載された。

芙美子が『婦人之友』に、昭和14年1月号から12月号まで連載した長篇小説「一人の生涯」にも、林含英の名がある。この長篇は、中国から帰国した主人公が回想をまじえて語る自伝的な物語。芙美子にも、たった一度の林含英との出逢いが心に刻まれていたのだろう。林含英の作家デビュー作は「暁雲」だという。含英の少女時代に題材を採った『城南旧事』は、中国本土で映画化もされたロングセラーのようだ。

林含英が林海音の筆名で、台湾において成功するのは芙美子没後の事。謝冰瑩も台湾師範大学教授を長く勤めた後に渡米した。芙美子と彼女らとの接触が淡いものであったとしても、中国・台湾の文学史にもつながる紀行と会見記である。翻訳いただいた久保先生に謝意を申しあげる。

第25章　武蔵野母子寮と相模保育所

芙美子没後の各種文学展に必ず出品され、その文学展図録と、各種の芙美子文学アルバムにも必ず掲載されるスナップ写真がある。次頁に掲載したその写真は、次のように説明される。曰く「昭和22年9月16日、二宮保育園」「戦後、毎日新聞が連載小説を再開した初めての小説「うず潮」のモデル地」であると。芙美子没後の最初の文学アルバム、筑摩書房版『日本文学アルバム／林芙美子』（1956年）は、撮影日付こそ明記しないが、撮影地は「二宮保育園」と記し、「うず潮」のモデル地として掲載した。この筑摩版以降すべての芙美子文学アルバムが筑摩版に倣い、約60年間にわたり、繰り返し同様なキャプションを付して掲載してきたのである。

昭和22年8月1日から連載が開始された「うず潮」は、子を持つ戦争未亡人の再婚問題をテーマとした作品である。主人公の千代子が、作中で我が子を預けた神奈川県二宮の「相模保育所」を再訪する場面が昭和22年9月16日付連載第47回で描かれた。この日付は新聞掲載日である。先入観を持たずにキャプションのないスナップ写真を見るならば、撮影された子供達は保育園の園児ではなく就学児

童。手に持つ雑誌は小学館の『國民四年生』。撮影場所は決して保育園ではない。しかも「うず潮」の連載開始は同年8月1日。作者がモデル地を訪問取材するなら、連載が開始される8月1日以前でなければならない。9月16日の日付は作中人物が作中施設を訪問する作品掲載日なのだから、作者が作中施設を訪問することはあり得ない。撮影された子供達は明らかに保育園児ではない。人は写真ではなく、キャプションに欺かれる。ではこの写真の本当の撮影日と撮影地はどこなのか？

結論を述べると、このスナップ写真の撮影は昭和16年9月。撮影地は軍人援護会が運営する武蔵野母子寮。この母子寮は昭和10年に設立された、戦没者の遺家族支援施設。そのスナップ写真を4点も付した芙美子の訪問記が『オール讀物』昭和16年11月号に掲載された。題して「武蔵野母子寮—愛らしき母と子—」。だが文学アルバム監修者はこの訪問記を無視し、撮影地を「二宮保育園」として譲らない。何故なのか？

これも結論を述べると、この写真のオリジナルプリントを収めた芙美子旧蔵写真アルバムの台紙に、「昭和22年9月16日、二宮保育園ニテ」なる書き込みがあるからである。勿論書き込みの筆跡は芙美子ではない。芙美子没後に誰かが偽りを書いたのである。文学アルバム監修者は、この書き込みに従い「うず潮」作中の「相模保育所」は変名と解釈し、実際のモデル地は「二宮保育園」だろうと誤解してきたのである。この点で神奈川近代文学館が開催した文学展の図録は、実在した「相模保育所」と注記した。地元神奈川ならではの考証だが、本当の撮影地と撮影日については沈黙し、やはり「うず潮」のモデル地なる誤解を正すことはできなかった。では誰が偽りを書き、監修者がその偽りを何故追認してきたのか？　武蔵野母子寮訪問記紹介の後、この謎解きをする。

武蔵野母子寮　―愛らしき母と子―

林芙美子

私が武蔵野母子寮をたづねて思つたことは、一所懸命に最善を盡《つく》して國家の爲に死ぬと云ふ男の世界と、一所懸命に最善を盡して國家の爲に生き抜かうとする妻の世界との二つの大きな存在を感じたことであります。良人を戰野に亡くして、そのあとに子供とともにのこつた妻の心情には、良人の靈魂のあるを信じ、それを心の支柱にして活路を展《ひら》いてゆかうとする女性の強さが一つ一つの部屋々々にみなぎつてゐて、四十室ばかりある部屋の表札を眺めてゆきながら、何の説明もなければ、何の闘議もない、一見、儚なき營みともみえる母と子の部屋のなかから、私は、この激しい時代の背景をこゝに眺めるやうな氣持がしました。黄土色の明るい建物のなかには、同じ身上を持つた女性達が、もうその一つの悲しみからいまはさつぱりと抜けきつて、子供を寮に託して安心して巷に働きに出てゐるのです。

戰野に戰ひ死ぬ良人も偉いけれども、銃後にあつて、子供とともに生きて生活と戰つてゆく妻の精神力も強いと思ひます。目下のところ、母子寮の事業も地味で、あまり多くのひとに知られてゐないやうですけれども、私は、もつとこの母子寮の存在が大きく世間の人の心に觸れてゆくべきだと思ひました。大きな都會ばかりではなく、町にも村にも母子寮はあつていゝはずです。

戰場にある兵士の心には、戰場の心理と云ふものがおのづと生れ出て來るものであらうと思ひますが、また、良人を戰野におくつた妻にも銃後の心がまへと云ふものがおのづから湧き出て來てゐるものであると信じます。その銃後の心理が何時の間にか常住の心理となり、良人を戰野になくした場合はその常住からまたさらに百歩も千歩もの精神的な苦惱の峠へと飛びうつり、そこからまた自己の常住への道を發見してゆくのです。

新聞や雜誌では、戰死者の妻が、一滴の涙もこぼさないでりりしく語つた場面のみを傳へられてゐますけれども、どんなにでも泣いていゝのですし、泣くのが本當だと思ひます。泣くことに溺れ、涙に心の洗はれない、泣きかたたつたら困るけれども、心ゆくばかり泣いて良人の靈魂としみじみ語りあひ、一つの希望と悟りが展けてゆけば、殘されたものにも、どんなにか吻《ほ》つとするやうな光明の世界が新しく生れて來ることだらうと思ひます。

母子寮をたづねて、私はすがすがしい心持になりました。自習室では澤山の子供達が何のうれひもなく和氣あいあいと語り、本を讀んで、初めての訪問者である私にも人なつゝこく話しかけて來ます。可愛くつて仕樣がないくらゐでした。

この澤山の子供の表情には、戰野で亡くなられたお父さんの顏と、銃後で働いてゐるお母さんの顏とが、半分づつ寫されてゐるのだと思へば、私は心のうちに、人間の生命の尊さに森閑としたものを感じます。子供を持つてゐる母を幸福だと思ひました。良人を戰野に亡くした妻でも、子供のないひとの方がどんなにか淋しいか知れないとも思ひ、そのひとたちの、これからの長い生涯を考へると、

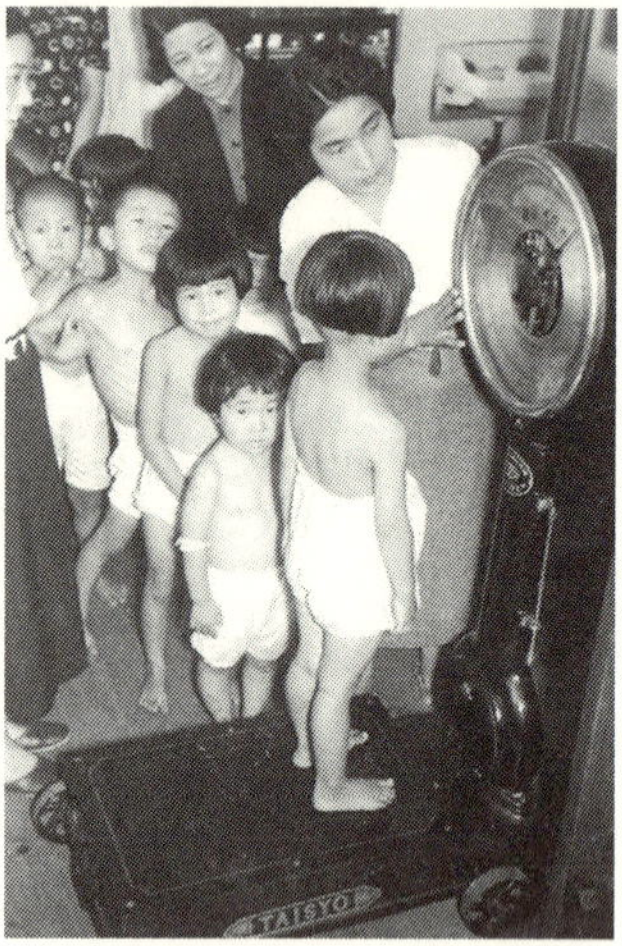

このやうな婦人にも、社會はあた丶かい何等かの方法を考へなければならないと思ひます。

母子寮の廣い玄關には、机の上の硝子板の下に外出表が挾《はさ》んであつて、一目して、誰々は何處へ行つてゐると云ふことも判るやうにしてありました。荷物を取りに出てゐるひと、故鄕から母を迎へに親類の家に行つてゐるひと、子供と買物に出てゐるひと、それぞれの理由が誰にも判るやうにカードに記入されて硝子板に挾んでありました。廊下はぴかぴか拭きこんであつたし、母子寮の隣りに出來てゐる附屬幼稚園は、今日が引越しだとかで、可愛い園兒達が小さい物を一つ一つ、新築の幼稚園へ運んで手傳つてゐました。

母子寮の寮費は、一世帯一ヶ月六圓ださうですけれども、四十室あまりあるどの部屋にも格子戸の玄關があり、京都風な柔味《やはらかみ》のある日本座敷が如何にも、家庭的で清潔なのが大變いいと思ひました。

二階の廣い疊敷の集合室では、晝寢から覺めた子供達がおやつをいただいてゐる時で、保姆《ほぼ》さんのオルガンにあはせて歌をうたつてゐる可愛い幼兒の姿は私の瞼に強くのこりました。部屋々々の前にある小さい各戸の炊事場を見て歩いてゐると、小さい女の子が廊下をばたばた走つて來て、急に私に甘つたれて飛びついてくるのには吃驚《びつくり》しました。白い寢冷《ねびえ》しらずに白いパンツをはいた可愛い子供が、「をばちやん遊びませうよ」と云つて私の腰にまつはりついて仲々はなれないのです。すると、また、男の子がすぐ後の部屋から飛び出して來て、私の背中に這ひあがつてきて私の首をしめつけながら、遊ぼうと云ふのでした。

子供好きな私は、もうこんな可愛い子供達に抱きつかれると、何だか心が參つてしまつて、瞼に熱いものがこみあげてくるのです。

「あなたのお部屋は何處なの？」とたづねると、「ここ」と私の後の部屋を指します。表札には平林と云ふ名前が出てゐました。背中の男の子は、女の子の兄ちゃんださうで、二人の子供のお母さんは、部屋の前の小さい臺所で洗ひものをしてゐました。

案内の方のお話では、平林さんは國民學校の先生をしてをられるとかで、軀《からだ》のいゝ、物事にこだはらない壯健なお母さんでした。にこにこ笑ひながら、私にすがりついてゐる子供達を眺めてゐます。

二人の子供達は、「行つちやいや、行つちやいや」と云ひながら、私の兩手をとつて、何處までもついて來て可愛くて仕方がありませんでした。ふつと、かつての戰場の思ひ出がつぎつぎに胸に浮んで來て、私はまたふみ子さんと云ふその女の子を抱きあげてしまひ、夜々を、二人の子供をかゝへて眠るお母さんの姿を心に描いてみました。晝の日中には、このお母さんの働いてゐる現實の世界には、樣々な苦樂があり、時には、不正やいつはり事につばきをしたいやうな世相も眺める場合があるかもしれませんけれども、夜々、母子三人で眠るこの母子寮の部屋のなかでは、本當の苦樂を分けあへる親子だけの樂しい夢を結ぶ寝床がある、夜の平林さんの愉しい家庭をぢつと考へてみます。

生きて積極的に戰ふ妻の愛こそは、良人の靈魂もどんなにかよろこび、そのよろこびは、神祕な空氣のなかに一つの昇華作用をおこして、この雄々しい母と子を虹のやうに光つて守つてゐて下さることでせう。

どの部屋にもお佛壇がありました。年老いたお母さんとお嫁さんの住んでゐる部屋もあり、こゝでは、二人で蒲團の手入れをしていらつしたけれど、息子を亡くされた七十近いお母さんは、眼が不自由なだけで、あとは何も不自由なことはありませんと笑つて綿を擴げて若いお嫁さんと働いてゐるのです。虛心なまでに坦々とした生活が、私には、何々すべしとか、何々すべからずとか、むづかしい事を云ふ人達の多いなかに何の説明もなくこの人達の生活を、大きな強い地軸のやうな頼もしいものに感じました。母子寮で働いてゐる教師の方や、若い保姆《ほぼ》の方々の働きも、見てゐて愛情深く、氣持よくお話することが出來ました。

この母子寮の側には川が流れてゐて、廣い新開地の草原には、子供達の遊び場が澤山あり、四圍《あたり》は廣々としてゐて氣持がいいなと思ひました。

この草原の母子寮は、これからは社會的にももつと大きいフットライトを浴びてゆかなければいけないと思ひます。社會の人達が報いる愛情としては、このやうな建物はどんな町村にもいくつか建てられてしかるべきですし、私達國民の義務だと思ひます。

〈『オール讀物』昭和16年11月号〉

この訪問記とスナップ写真には、芙美子を大歓迎する子供達と遊ぶ芙美子の母性が溢れている。翼賛体制下において、戦争未亡人に対して「どんなにでも泣いてい丶のですし、泣くのが本當だと思ひます」と書く筆遣いも芙美子らしい。ペン部隊の従軍歴を持つ芙美子ならではの筆遣いであろう。

それにしても、作品掲載誌がローカル同人誌ならともかく、文藝春秋社の『オール讀物』だから、文学史から洩れる筈のない作品。ところが、文泉堂版全集の作品年譜には掲出されず、昭和女子大編『近代文学研究叢書』第69巻にも掲出されない。つまり、芙美子の文業からは完全に欠落し、スナップ写真のキャプションだけが60年間も一人歩きして来たのである。

この施設が、戦没者の遺家族を支援する母子寮ゆえに、子供達には幼稚園の園児もいれば、就学児童もいる。母親達は全員が戦争未亡人だから、「うず潮」のモデル地としては、相模保育所よりも武蔵野母子寮の方がふさわしい。芙美子が「うず潮」執筆にあたり母子支援施設として念頭においていたのは別の施設だと筆者は考えているが、神奈川近代文学館の図録によると、実在した国立相模保育所は戦災遺児らの面倒も見たという。作中に実名がある以上、著者が同保育所を「うず潮」のモデル地の一つとして着想していたことは事実であろう。だが、これらのスナップ写真の撮影場所は、相模保育所ではない。芙美子研究史が、偽りの書き込みに欺かれてきたことは明白だが、では誰が何のために偽りの書き込みをしたのであろうか?

ここから述べることとは、事実と筆者の仮説の両方がある。まず芙美子旧蔵写真アルバムに書き込みができるのは、遺族たる夫の緑敏氏しかいない。その筆跡とカタカナを用いる癖も緑敏氏であることを示す。この写真アルバムには、武蔵野母子寮以外の写真についても、芙美子の筆跡ではない書き込みが幾つかある。それらには明らかな記憶違いと認められる書き込みが散見され、その書き込みにはカタカナが使われている。写真アルバムの他に、芙美子の初期作品「スクラップ帳」の台紙に書き込まれた注記にも、作者なら間違える筈のない誤りがある。それらは偽りではなく、緑敏氏の悪意のないミスなのだが、それが全集年譜の編集資料に提供された場合、編集者は遺族の提供資料ゆえに批判的検証をせず、緑敏氏のミスが見過ごされてしまう。よって、写真アルバムの誤った書き込みは、緑敏氏の手になるものと言わなければならない。

緑敏氏のミスの殆どは作為のない単純な記憶違いなのだが、武蔵野母子寮の場合はそうではない。昭和16年における東京での撮影写真を、昭和22年の神奈川県にタイムスリップさせる事は作為と言わなければならない。著者の最初の文学アルバムを監修したのは和田芳恵。「うず潮」連載当時、芙美子は和田が主宰する『日本小説』に「放浪記第三部」を連載中。8月1日に連載が開始された「うず潮」のモデル地を、作者が9月16日に取材する筈がないことは、和田芳恵ならすぐに分かる。ゆえに和田は撮影日付は留保し、写真のキャプションを「二宮保育園」とする書き込みだけには従った。否、従わざるを得なかったというのが筆者の推理。文学展や文学アルバム監修者には、出品する写真資料の由来に疑問があれば、使用しないという選択肢がある。だが遺族が当該資料を使用することを資料提供の条件と厳命すれば、監修者は遺族に従わざるを得ない。従わなければ、アルバムそのものが刊行できないからである。では、緑敏氏は何故偽りを書いたのか？

ここからは、もはや推理小説まがいの仮説だが、それは養子泰《たい》の出自を誰も詮索しないように、そしてまた泰自身が詮索しないように、「うず潮」を利用した親心ではなかろうか。

武蔵野母子寮を訪問した昭和16年9月、芙美子は改造社の『文藝』同月号に詩稿「雁の來《きた》る日」を発表した。もうすぐ40歳になろうとする芙美子が我が子を産むことを諦める哀切の絶唱と言える。この文語調の絶唱を唄った直後、芙美子は武蔵野母子寮の子供達に出逢った。そして翌昭和17年10月末、陸軍省報道部の嘱託として南方に派遣され、帰国後の昭和18年12月、生まれたばかりの新生児を養子に迎え、泰《たい》と名づけた。武蔵野母子寮との出逢いが、養子を迎えた動機か否かは芙美子しか知らないことだが、養子を迎えることは芙美子だけではなく、夫妻にとって人生の一大事である。芙美子は夫緑敏氏にも泰の出自を知らせることなく急死した。それゆえ、泰を育てなければならない緑敏氏が出自を知ろうとすることは当然であろう。それは、成長したときの泰に知らせるためではなく、知らせないために、自分だけが秘めておくべき善意の秘密と言えるのではなかろうか。

少しく想像を働かせてみよう。この写真アルバムに、事実通り、昭和16年9月、軍人援護会の武蔵野母子寮と書いた場合、成長した泰がアルバムを見れば、自分の出自が武蔵野母子寮ではないかと詮索する可能性がある。だが、昭和22年9月なら自分は既に数えで5歳。自分の出自を詮索する材料にはならない。筆者は泰の出自が武蔵野母子寮だとは思わないが、緑敏氏がそのように詮索した結果、泰には詮索させないために、アルバムのキャプションを偽ることはあり得るのではないか。そして普段は家人しか見ることがないアルバム原本ではなく、市販される文学アルバムに、この作為を反映させれば、もはや誰も泰の出自を詮索できない。不幸にして、泰は事故死して短い生涯を終え、その後、この写真のキャプションに疑問を呈する研究はなされなかった。

だが泰の為とはいえ、文学史まで歪めてはいけない。絶唱「雁の來《き》る日」は、武蔵野母子寮訪問記と合わせて読み直されるべき秀作である。偽りのキャプションは、その機会を奪って来た。結びに

「雁の來る日」を紹介する。「窊窿《ありゅう》の空」とは『新修漢和大字典』によると、空の高低を意味する。この作品は東峰書房版『日記』第一巻に収録されたが、没後の各種編集詩集には採録されていない。

雁の來る日

林芙美子

子供をなさざる女行末《ゆくすゑ》もなく
良才もそだてず
謂《おも》ふものすべて淋しさの果てなり
淋しさの果てに形骸を晒し
運生のまはりゆくを眺め暮すは
除蟲菊の白き花のごとしか。

哀れなる壺中の蟲よ
終日小さき空《くう》を眺め
窊窿《ありゅう》の空《そら》にあくびまじりなり
自適せよとは誰が言葉ぞ
子供をなさざる女の行末は
曖々として光の道に遠く

いたづらに人のみ戀はれるなり。

古今の烟《けむり》も三季をつゞけざれば
美しき民族のさかえもあらずとよ
意常《こゝろ》に重きは凄じき哀しみなり
もはや雁も來るころぞ
あゝ子供をなさざる女の淋しさは
生涯を長く生くるとも
一坪の滋《あじは》ひもあらずなり
酢き土には菜菓の種子も乾きければ。

巷《ちまた》のあらくれごゝろ持つおみなさへ
やさしき幼子あれば
町々、國々衆雷《しゅうらい》を呼びあひ
相將《ひき》いて百尺の軒もつゞくならむ。
子供をなさざる女
巷のかたすみに生きて詩《うた》ふ女よ
ひそやかに己れを人を欺かざらん事のみ念ぜよかし。

〈『文藝』昭和16年9月号〉

第26章　追悼　太宰治

芙美子が太宰について語ったものは少ないが、晩年の太宰が甘えることの出来た女性文士として、芙美子の存在は小さくない。いまのところ、次の追悼談話や追悼随筆などがある。連作詩「沈淪《ほろび》に至る路」に太宰の名が冠されているわけではないが、その内容と掉尾に付された執筆日付「昭和二十三年六月三十日」が、太宰追悼の連作詩ではないかと感じさせるのである。

所感　「太宰さん」『毎日新聞／大阪』昭和23年6月20日。

談話　「太宰さんの死」『愛』第2号、昭和23年7月25日、京都日日新聞社。

連作詩「沈淪《ほろび》に至る路」『龍』昭和23年8月号、開明社。

随筆　「友人相和す思ひ」『文藝時代』昭和24年7月号。

座談　「太宰治の死について」『文藝時代』昭和24年8月号。

林芙美子／椎名麟三／伊藤整／福田恆存／梅崎春生／豊田三郎。

京都日日新聞社の雑誌『愛』と開明社の雑誌『龍』は、現存誌がきわめて少ない。『龍』の編輯人

扉絵・芙美子　モデル・大泉澧子

は大屋典一。のちの作家一色次郎の本名。『文藝時代』の随筆と座談会は、いずれも太宰一周忌にちなんだものだが、芙美子は雑誌『愛』で語ったことと同様なことを座談会でも述べている。それは、太宰の作品「櫻桃」に、自死直前の心境を感じ取ったからのようだ。そして、芙美子の追悼随筆「友人相和す思ひ」を掲載した『文藝時代』同月号に、芙美子の随筆と並び、今官一による「櫻桃忌」提唱の言葉が掲載されたのである。

ここで紹介する追悼随筆「友人相和す思ひ」は、関井光男編『太宰治の世界』（冬樹社）にも採録された。太宰研究では知られた作品だが、なぜか芙美子研究では洩れている。ゆえに本書で改めて紹介する。

この追悼随筆は太宰だけではなく、織田作之助、坂口安吾らとの芙美子の交友関係が具体的に語られたところに資料的価値もある。太宰の『ヴィヨンの妻』初版本の装幀は、太宰が芙美子に依頼したものであったことは、この随筆で述べられたのだが、その扉絵モデルも分かった。芙美子の秘書であった大泉淵氏の証言により、そのモデルは淵氏の姉澧《れい》子《こ》氏であった。筆者は淵氏の証言に接するまで、この絵のモデルは芙美子自身か、もしくは「ヴィヨンの妻」の「さつちゃん」をイメージしたのかと感じていたのだが、実在のモデルが居たのである。版本には装幀画家・扉絵作者の名がなく、版本では分からない太宰と芙美子の交友関係が、この随筆を通して甦る。太宰が朝11時から夜11時まで居座り、半日でウイスキーを2本も飲んだという芙美子邸は、幸いに新宿区立の林芙美子記念館として保存公開されている。織田作之助が昭子夫人を伴い、対談に訪れた邸でもある。作家の呼吸までもが聞こえるかのような随筆である。

友人相和す思ひ

林芙美子

太宰さんが死んでゐるとはどうしても思へない。晩年に四回ほど訪問を受けて、淋しいひとだなと云ふ印象は受けたが、あのやうな死にかたをするひとゝは考へられなかつた。

私と太宰さんが、彼の晩年において親しくなつたには一つの理由があつた。織田作之助さんの亡くなつたあと、上京中の織田家の親族會議につらなつたのは、東京方としての作家は、太宰さんと私であつた。

織田作之助さんの若い奥さんである昭子さんの問題で一寸悶着がおきて、席上はたゞならない空氣になり、若い夫人は泣き出してしまつた。燒場から戻つた骨壺がその席の出窓のところに置いてあつた。突然いたゝまれなくなつた太宰さんが、「それでは、夫人を私達で引き受けませう、ねえ、林さん、そうしませう」と、きつぱり云ひ放つてぐいとそこにあつた盃に並々と酒をついで太宰さんは飲んだ。

夫人をあづかる事になつたのは結局私の方であつたが、あづかると云つた、太宰さんは二間きりの部屋しかない小さい家で、奥さんも子供さんもあつてみれば、結局、昭子夫人の落ちつき場所と云ふものは私の家しかない事になる。その上、何も話しあつたわけではないけれども、まさか、昭子夫人を太宰さんにめんだうをかけさせるわけにもゆかないので、大變困つた話ではあつたが、私が昭子夫人を引き取る事にして、ついに一年半ばかり、昭子夫人は私の家の食客となつた。太宰さんは、これを大變濟まない事に思はれたのか、正月も紋付の羽織袴でみえて、血氣にはやつてまことに申しわけないと、あやまりに來られた。

四回とも訪問は朝の十一時、そして、夜はぐでんぐでんに醉ふまでの飲みぶりで、十二時近い東中野への道を、家のものが驛まで送りとゞけるのである。いゝかげんで、昭子夫人を追ひ出して下さい。人の情けと云ふものにはきりがあるものだ。いくら、あづかると云つても、こう長くべんべんとゐてはありませんよと、昭子さんにも皮肉たらたらであつた。昭子さんは江戸ッ子で、氣つぷのいゝひとで、金はなかつたが、少しもめそめそしてないのが私の氣に入つた。それに仲々の美人で、家の中が陽氣であつた。

私は太宰さんに、死を共にするやうな女性のある事も知らなかつたし、東北のいゝ家の息子さんだと云ふ事も知らなかつた。一度、三鷹の太宰さんの御宅へたづねて、太宰夫人と玄關でおめにかゝつて、奥さんが私の作品を愛讀しておられると聞いて、非常にはにかんでしまつた。いぶせき小家に住む太宰さんを仲々おしやれな人物だなと思つた。私はまた、太宰さんに乞はれて、ヴィヨンの妻の本の装幀を引き受けたが、太宰さんは非常によろこんで、ヴィヨンの妻の本を三册も下すつたのにはそのよろこび方がうなづけて嬉しかつた。

家へ見えると、客間よりも茶の間がいゝと云つて、私の老母相手に、將を得るにはまず馬を射よですよ、ね、おばあさん。と云つた工合で、その頃新聞小説に追はれて、ろくに相手もしなかつた私を哀れだと云つて、夜更けまでに相當の酒を飲むひとであつた。私は太宰君の甘つたれやとづけづけ云つた。今日は最も僕の厭な奴が來る日なンですよ。こゝへ一日かくまつて下さいなどと冗談を云ふ人であつた。

その太宰さんのきらいな部にぞくする共同の知りあいなぞがひよいと私のところへ訪問して來ようものなら、太宰さんは首をちゞめて、あゝ何たる私は不運な男なンでせうと、本當に參つた風に主人のアトリエに逃げ込んでゆく。仲々おせじがうまいので、主人の繪をまるでセザンヌのやうだと讃めるので、家の主人《あるじ》はすつかり、太宰ファンになり酒飲みのきらいな主人も太宰さんだけは別格にあつかつてゐた。

太宰さんは、私には甘つたれる程甘つたれた人である。私もまたそれを許してゐた。夜は怖くて一人では歩けないやうな話をきくと、正氣でそんな事を云つてるのかしらと思つたりもしたが、あの位淋しい淋しいの言葉を吐氣出すやうに云ひつゞける人は珍しい。仲々の毒舌家ではあつたが、根の心をなすものはまことに氣弱はなガラスのやうにもろい感じの人であつた。早く林さんのお宅に上るやうになつてゐればよかつたですねとも云はれた。

織田さんの場合もそうであつたが、織田さんの方から私は訪問を受けた。昭子夫人と同行してみえて、その時は始めて會つた太宰論や、坂口論が出た。

全く、スタコラさつちやんなる存在は私も昭子夫人も知らなかつた。何時だつたか、夜更けの自動車のなかで、昭子夫人と私の眞中に太宰さんがおさまり、さかんに、昭子さんに心中しませうかと云ふ話をしてゐて私は冗談に聞き流してゐた。

太宰さんが亡くなつて、三鷹へ行き、太宰さんの奥さんに逢つた時、奥さんは、昭子さんをあづかつてゐたら、困つた事になつてゐたでせうと云はれた。その時始めて、太田靜子さんの話も出て、これも私は吃驚してしまつた。

その太田靜子さんから、これから小説を書きたいけれども、みてほしいと云ふ手紙が來た。なまけもの、私は返事も出さないでゐる。書きたいのならひとりでどんどんお書きなさいと云つた氣持ちで、新潮のM氏や、婦人朝日のT氏にそれとなく彼女の仕事をみて上げて下さいと頼んでおいた。

私は、太宰さんの奥さんの文章を八雲の全集のなかの月報のやうなもので讀んだが、これは誰のよりもしつかりした名文だと感心した。地味なきびしい文章であつた。

太宰さんが我家の茶の間に殘したくちぐせの唄がある。風と柳に吹き流し、チョンチョンと云ふつぶやきと、男純情を小聲でうたひながら、タンサンの粉をコップに入れてウイスキイを混ぜて飲むくせ。

酒量は、朝十一時頃より、夜の十一時頃までにウイスキーならば二本。醉つてもあみあげ靴をちゃんとはいて、足音もなく、まるで浮いてゐるみたいに輕く家のものと歩き出す人であつた。太宰治はまれにみる日本風なハイカラな人物である。

寒い頃の夜更けだつたが、太宰さんが歸へつたあと、一時頃に坂口安吾さんが、誰かと二人でトントン私の家の門を叩いた事があつた。主人と、丁度來合はせて泊つてゐた文藝春秋のT氏が、二人で、深夜の訪問はお斷りしますと云ひに出て貰つたが、太宰さんを引きとめて、坂口さんとともに夜を明かして飲めばよかつたと殘念に思ふ。

一家の主婦になつてゐる以上は、仲々思ふように、友人相和すと云つた機會をのがしがちで殘念である。みんな、遲かれ早かれ、こんな死をそれぞれ迎へるのだけれども、生きてゐる人間社會のきゆうくつさと云ふものは私達のやうなものにも生き辛い。

いまに私も、そのうち幕をさげるやうになるかも知れない。本當に生きて書きつゞけると云ふ事は難業苦業である。

〈『文藝時代』昭和24年7月号「特集・思ひ出の太宰治」〉

織田作、安吾、太宰にとって、芙美子は頼れる姐御のようだ。安吾が夜中に芙美子邸に押しかけた件につき、安吾は自身の随筆で、逆に芙美子が大勢の子分を引き連れて安吾宅に押しかけて来たことがあると言い返したこともある。この芙美子の随筆を念頭に置いていたのかも知れない。織田作が昭子夫人を伴って芙美子邸を訪問したのは昭和21年11月。表敬訪問ではなく、『婦人畫報』昭和22年1月号に掲載する対談のためである。その対談記は【対談】のジャンルで後掲する。

織田昭子著『わたしの織田作之助』（サンケイ新聞社、昭和46年）によると、織田作葬儀のあと、木挽町の料亭「鼓」において、芙美子もまた織田作の親族を前にして、昭子の面倒をみると啖呵をきったようだ。

「……一夜妻だって、妻は妻じゃありませんか。まして、あしかけ四年も一緒にいて、死に水をとらしたものを――アタシャ織田作さんに、女房だって紹介されましたよ――文士で四年はながいやネ

――この人のことは、アタシたちで、どうにかしますがネ……」。

多少の脚色はあれ、まさしく貫禄十分な姐御の啖呵である。太宰の言葉を引き継いだのであろうが、昭子を実際に一年半も預かったのが芙美子である。芙美子の後ろ盾があれば、昭子はゴシップ雑誌からも守られる。

同書で公開された昭子宛の芙美子書簡は資料的価値があり、昭子が芙美子邸で遭遇した訪問客の記憶も貴重な証言である。昭子によると、その訪問客の一人に田辺若男が居たという。昭子は短期間だが戦時下の移動演劇隊で田辺と面識があり、その記憶は信用できる。老いた田辺の芙美子邸訪問は、まるで「晩菊」が描く情趣そのものだ。だとすると、田辺は「放浪記」と「晩菊」の「田部」の双方でモデルを演じたことになる。

さて、雑誌『龍』昭和23年8月号に発表した連作詩「沈淪《ほろび》に至る路」について、太宰追悼詩ではないかと言うのはあくまで筆者の仮説だが、同誌巻頭の中村光夫による文藝時評は、当然に太宰の死が語られ、芙美子の連作詩掉尾に「昭和二十三年六月三十日」の執筆日が付されたことが文学史的事実である。連作詩は次の6篇から成る。「死のなごり／悶着／ライラック／たくらみ／デュデヴァン夫人／沈淪《ほろび》に至る路」。この作品は、新潮社が自社の林芙美子全集第1巻に採録する際、何故か執筆日を落とし、出典も示していない。雑誌掲載稿には仮名遣いも含め幾つかの誤植がある。新潮社は校閲を施した上で採録したのだが、なお筆者が補正を加えて紹介する。

沈淪に至る路

林芙美子

死のなごり

デフオー　デフオー　デフオー
山びこは　こたへる
今日の死のなごり
意志はそのまゝに
能力は盡き果てゝ　たゞ
死よりほかには　結果はないのだ。

デフオー　デフオー
生きて呼ぶ聲
その生命は　云ふに云はれない
影が山びこなのか
山びこが影なのか
醒めてはゐても　この淋しさ

恍惚と思ひちがへて
天國と思ひちがへて
勝手な獨斷のなかに　奮闘する。

デフオー　デフオー　デフオー
死のなごり　いま　みきはめて
大膽に甘えかゝるいやらしさ
理解の夕陽
鑑賞の飽食漢
あゝ　得もいはれぬ山々がある
デフオー　デフオー　デフオー。

悶着

鼻汁のわづらはしさに鼻をかむ
來客の爲に笑顔をつくる
刺されゝば　刺す闘志
讃められるとやゝにさがる

人がみんな偉く見える
やけになる。
暮夕ひそかに酒を求めて
人にからむ無分別
ウンディーネの告白ごと。

棺桶屋の前を素早く通る
憎々しく己れを識る
モンテーニュ氏よ
私は何も考へたことはないのよ。

表現は　最大の表現は
死のみぎはの呻きにある
私はいぢめられる事にもう疲れた
ごかんべん下さい
みんな私が悪いのです
それでもまだ氣が濟まない？
そろそろ幕を降しませう

四ツンばひの人生。

ライラック

甘い香り
ひとりしづかに
消えてゆくかをり

臥て見るむらさき
濃く烈しく
おもひでをさそふ。

たくらみ

耳は默つてゐるくせに聽く
己れの嘘を聽く
怖ろしくなる　唇のやうに動かない。

デュデヴァン夫人　（ジョルジュサンドの實名）

あゝいやらしい奥さん
ボオドレヱルが呪ひ
ポオが厭がつてゐる
さうした歴史も殘つてゐる
數々の戀をして
數々の男から得る牛乳の糧
時には壁をむいて鼠鳴き
香水いりの小說も書いて
小さいくしやみもしてみせる術。

沈淪《ほろび》に至る路

行くも停まるもなき　ぶらんこ
非ずとよ　また是ともや云はむ
おろかなる冬の樹木の彼方
秋草はいま一息に紅染めて

四圍に問ふそのやさしさ。

沾ふ露のひとゝきの世路
只　仄々しく清らに打つなり
心を濯ふいとまもなきぶらんこ
ゆれて道動くまゝ
惜しむ氣もなく　ゆれる人の世
荒墟に來てひそかに己れの墓を求む
死を怖れず　死を荷ふとよ
死の形は鋤
死の色は鉛
死の音は凄じく厲《はげ》しかるべし
誰の餞《はなむけ》も慾しいとは思はぬ
一人の言笑は獨りのまゝ許させ給へ
因もなし　たゞこの空なる散花。

遠く消えてゆくぶらんこの振り
きしきしと軋み鳴る音

名もなき景色にゆれるぶらんこ
息はづませて悪の華々舞ふなかに
風を切り空しく委せ空しくゆれる
荒草の繁みに軋む音。

たまゆらの白き風吹き
昏き雨夜の光りのうちに　ぶらんこ
人々をせゝら笑ひていづれなりとも
參ひらせ候　地獄へ行かばや
地たんだふみて軋むぶらんこ
死の果てには微塵の重さもなし
只昏く暗く斷層のなかに挾まれるべし
修正はすでに間に合ひかねる
未完の頁に殘るうつし繪
距離とも違ふ　靈魂とも違ふであらう
果てる月の表にある太陽
始まりも終りもない點の一秒。

（昭和二十三年六月三十日）
〈『龍』昭和23年8月号〉

第27章　対談　菊池寛

新潮社の大衆誌『日の出』は昭和7年8月創刊。事実上の終刊が昭和20年12月号。事実上の終刊と言うのは、翌昭和21年1月号の組み版も終え、GHQに事前検閲納本も済ませていたのだが、最終的に継続発行を断念した結果、昭和20年12月号が終刊号となったからである。発行されなかった1月号のGHQ検閲納本ゲラはプランゲ文庫で閲覧することができる。この終刊号の巻頭に、菊池寛と芙美子の対談記が掲載されていた。それに加えて、幻の昭和21年1月号にも芙美子の作品「假寓早々」の予定稿がある。挿絵は小早川篤四郎。「假寓早々」もGHQのプレスコードに触れ、削除・改稿の指示が為されたが、結果的に『日の出』1月号が発行されなかったため、改稿作は大阪新聞社東京支社が発行した雑誌『新風』昭和21年3月25日号に、挿絵画家も交替して発表されたという経緯がある。

芙美子の『日の出』発表作は、詩、小説、随筆、対談など、幻の昭和21年1月号の「假寓早々」も含めると計16点あるが、全集が採録したのは4点のみ。また既刊の芙美子全集は、新潮社版、文泉堂版を問わず、対談・座談の記録は一切採録していない。現時点で筆者が調査した芙美子の対談・座談の記録は計１０９点に上り、そのリストは本書第Ⅲ部の「対談目録」を参照されたい。その１０９点の対談記から本書では３点を選んで再現する。その1点めが、菊池寛との戦後初の対談である。

芙美子は昭和19年のはじめ、養子に迎えたばかりの乳児泰《たい》と老母キクを伴い、信州に疎開した。昭和20年に発表された詩稿・小説などは見当たらず、菊池寛との対談記が、今のところ戦後はじめての活字化資料である。

対談は菊池寛の独演に近く、芙美子はもっぱら聞き役だが、戦後再出発の第一声として採録する。文意の読み取りに支障がない誤植は補正せず、原文のままとした。

自由を語る對談會

菊池寛／林芙美子

嘘で固めた指導精神

菊池　今日は「自由に就いて」自由に語れといふのだが、とにかく昭和四、五年までは日本にだつて相當自由は存在したと思ふ。共産主義は壓迫されてゐたけれども、それ以外のことは相當自由に言へた。まァ滿洲事變以來、いちばん自由を束縛されたのは、軍部に對する批判の自由だつたね。

結局、戰爭の話になるけれども、大東亞戰爭だつて、軍部の連中にどういふ形で勝つといふ構想があつたか？　僕らにはいくら勝つといふ想像をしても、どういふ形で勝つのか分らなかつたね。結局、徹底的な勝利といふことは考へられなかつた。たゞ敵が中途で妥協を申込むぐらゐのことしか考へられなかつた。そんな無謀な戰爭を實際に始めてい丶ものかどうか。非常な問題ぢやないか。恐らく普通のインテリで、十二月八日の開戰の大詔を拝して、途端に「失策《しま》つた」と思はない者はなかつたらう。

林　晩かれ早かれ悪い時が來ると思ひましたね。

菊池　しかしこんなにまで滅茶苦茶にやられるとは思はなかつたよ。戰爭が始まつてから三、四ヶ月して賀屋藏相が『今度の戰爭で敗けたら、日本は日清戰爭以前の日本になる』と言つてゐたが、そんなことがあの當時に分つてゐたら、なぜ戰爭を始める前にもつと考へなかつたのか、戰爭を始めてからそんなことを言つたつてしやうがないぢやないか。東條内閣の閣僚はいま戰爭責任者として聯合軍に拘留されてゐるが、みんな積極的に賛成した人はないと思ふ。だから戰爭すべきぢやないと思へば、大臣を辭めればよかつたのだ。大臣になりてがなかつたら、戰爭を始めることは出來ないからね。

林　どうにかなると思つてらしたんでせうね。けれども、私は戰爭が始まつたときに、女の人にとつて不幸な時代が來る、もう女性全體の生活が當分駄目になるのぢやないかと思ひました。

菊池　それにも拘らず、戰時中は、今かういふ世の中に生れ合せた日本人はいちばん幸福だといふのだから、結局みんな嘘を吐《つ》くことになつてしまふ。

林　萬葉だつて、愛國の歌ばつかり發表してゐたでせう。あの中には、夫が八年も朝鮮かどこかへ遠征してをつて、子供がもう八つにもなつてゐるのに、何故あなたは歸つてくれないかといふ防人の妻の恨みの歌だつてあるんですから。

菊池　防人の歌は百首くらゐあるが、その中で愛國歌は―今日よりはかへりみなくて大君の醜《しこ》の御楯《みたて》と征《い》でたつ我は―のほか二首しかない。それ以外の百首に近い防人の歌は妻子を憧れてゐる歌だよ。萬葉集の防人の歌を見てごらんよ、全部父母に、或は妻子に對して綿々の別れを惜しんでゐる歌だよ。

林　すごい戀歌もありますしね。

菊池　それを肯定せず、日本人自身の人間性を無視してゐたのだ。日本人には愛國の血もあるけれども、やはりさういふ妻子や父母に對して綿々の情を抱く民族なんだよ。それにも拘らず、さういふ歌を楯にして現代人を律しようとするから、日本人の人間性を虐待することになつて、愛兒を失つた親達も、御國のために死んだのだから嬉しい、といふことになつてしまふ。しかし、それは嘘だよ。やはり、國のために愛兒を殺したのは悲しいけれども、戰爭だから辛抱するという風な、もつと眞實な表現が行はれてもよいのに、精神主義一つに頼つてゐるから、それだけの餘裕もなく、さういふ嘘を吐かなければならなくなつてしまふのだ。

林　理窟が通らないと叱つたり宥《なだ》めたり……

菊池　僕は或る人から聞いた話だが、幼年學校では十二、三歳の子供を入れて、殆んど世間と隔離する。さうして語學にはドイツ語とフランス語とロシヤ語を教へる。ところが、ロシヤとは仲が悪いし、フランスは弱いと思つてゐるから、生徒の志望はドイツ語ばかりになつて、幼年學校時代すでにドイツ贔屓になる。その連中が、士官學校に入ると、士官學校へは中學卒業生が入つて來る。その連中は英語だから、アングロサクソンと稱んで、もうその時分から英米を排斥してゐる氣持が植ゑつけられてゐる。そしてさういふ幼年學校出身者だけがそのまま閥をつくつて軍の樞機に坐るといふことになる。今度の戰爭を起した大きな原因はドイツが勝つと思つたことだらう。けれどもそれが本當の冷靜な判断でなくて、幼年學校時代からの偏見でドイツ贔屓になり、勝利を信じて、英米の戰意を過小評價してゐるわけなんだ。だから、東條などは英米に行つてゐた大使館附武官を親米派と稱して、その連中の意見を聽かなかつたといふから、米國の眞相なんかも分りつこない。だから、敵を知り己れを知れば百戰殆《あや》ふからずといふことを口では言ひながらも、乘るか反《そ》るかの戰爭に敵を十分研究しないで始めてしまつた。

戰爭を始めるなら、國民の總意によつて始めればよいのだ。民主主義の政治が最善であるかどうかは疑問だよ。それよりも、一人の非常な賢人が出て獨裁で政治をした方が善い政治になるかも知れない。しかし、たゞ民主主義の政治は、みんなが責任をもつてやつたことだから、失敗したときにみんなが諦めるね。今度の戰爭だつて本當に國民の總意が代表されてゐたら、無論始まらなかつたらうと思ふし、敗けたつて、國民がみんな自分たちがやつたことだからといふので諦めがつくよ。

林　かういふ戰爭は、何だか諦め切れないやうな氣がします。

菊池　どうも日本人は政治に興味がないのだ。そのために、アメリカなんか、軍國主義の思想がまだ日本に殘つてゐるやうに解釋してゐるが、軍國主義の思想もなければ、民主主義の思想もなんにもないのだよ。

林　さうかも知れませんね。考へるといふことを長い間封ぜられてゐましたものね。

菊池　だから、ちよつと強い力で指導されると、その方にわつと行つてしまふのだ。ほんたうに自分でいろんな物事を判斷するほどの個性をもつてゐる人は少い。それから日本は二千六百年の間敗けたことがないといふ、これも嘘なんだ。敗けたことのないのはこゝ八十年なんだ。あと二千五百年の間は敗けやうたつて敗ける機會がないのだもの……あゝいふことも嘘だし、何といつたつて日本人は個人々々ちやんとした見識がなく、長い間封建時代に壓迫されてゐて、さういふ政治的訓練がないので獨裁國家の方に傾き易いのだ。日本に民主主義が昔あつたなどといふが、あれも今度また新しい嘘をつくことになる。

林　だから、自由といふものはかうだとはなか〳〵言へないし、言つたつてまた氣に入らない人はなにを言つてゐるといふやうなことになるし、これからは自分といふものにもつと嚴しくならなければいけませんね。あまりに嘘の蔭にばかりかくれてゐたから、人間が甘くなり下つて、すぐずる〳〵と何でも胡麻化してしまふ。だけど戰爭が濟んで、ほんたうに私やれ〳〵と思ひましたよ。これ以上續けられたら大變でしたもの。

菊池　僕はやれ〳〵と思ふよりか、やはり口惜しかつたね。

文學者は自由主義者

菊池　イソップの中に、或る王様のところへ狡《ずる》い商人が着物を賣りに來て……それは無い着物なんだ。無い着物に拘らず、この着物は資格のある人でないと着ても見えないと言ふのだ。王様は王様たる資格がないとこの着物は見えない。宰相は宰相たる資格がないとこの着物は見えないといふ。それで、全然見えない着物を見えた振りをする。結局王様が裸で歩き出すといふ話があるが、日本の戰爭指導もこれと同じだよ。日本は強いとか、日本は勝つと言はないと、非國民にされてしまふ。それで敗けてゐるに拘らず、さういふことばかりみんなが口にして、しまひにほとんど無茶苦茶にやられてゐるのに、勝つた〳〵といつまでもやつてゐたのだから。

しかし、戰爭に敗けたからと言つて、日本的ない丶ものまで、滅茶苦茶にしてしまつては、將來、民族として立つ瀬がないね。アメリカなど神道を問題にしてゐるけれども、神道なんてわれ〳〵には關係ないのだものね。あ丶いふところにまだどうも……アメリカが日本を十分に理解してくれてゐない憾《うら》みが非常にある。神道なんか國民の思想と關係ないぢやないか、神社を拜むなんかほんたうに慣習だけだ。

林　飾りみたいなものですね。强制されておじぎするのは厭です……國民學校の生徒なんか、一時は三十何べんも頭を下げるのださうです。

菊池　皇室に對しても……僕はいつか强く感じたことだけれども、皇太后陛下が行啓になる時だつて、あの奉迎する人々をずつと街路から追ひ出してしまつて、お巡りさんが民衆の方を向いて警戒してゐる。皇太后陛下はたまのお出ましで、民草の樣子なんかを、御覽になることが、一つの御慰みぢやないかと思ふが、それをみな民衆の方を向いて警戒してゐるのだ。あんなことはないよ。

林　まるで敵地にゐるみたいですもの。マニラでも東條さんが見えた時に、やつぱり民衆の方を憲兵がけいかいしてゐました。廣場の比島民衆はみな吃驚《びつくり》してゐました。

菊池　この間アメリカの或る記者が、戰爭前から暗殺されかけた連中だけが政治をする資格があると書いてをつたよ。さうすると僕もかつては、幕府的存在だといふ理由で神兵隊の連中に狙はれたのだから有資格者だね。一體、われ〳〵文士はみんな自由主義者だよ。戰爭中いくらか軍部に迎合したけれども、ほんたうは文學者は自由主義者なんだよ。自由主義といふのは、あらゆる主義に囚《とら》はれないで、自由にものを考へたり見たりすることなんだから、文學者は自由主義者だよ。自由主義者でない文學者は文學者として低級なんだよ。政治家の中には十人のうちほんたうの自由主義者は一人か二人くらゐしかゐないかも知れないけれども、文士だとか、美術家なんかは大部分が自由主義者だ。だが共産主義者になつたらもう自由主義者ではない、共産主義に囚はれてゐるから……。

學問と藝術の生活化

林　一年ばかりしかフランスにゐなかつたですが……お巡りさんを例にとつてみても、あつちのお巡りさんといふのは民衆のためのお巡りさんで、人を叱りつけるといふことは絶對にありません。例へば夜學に行つて歸りが遅くなると、怖いところなんか通るときはお巡りさんに頼んで送つてもらひました。さうするとお巡りさんは、口笛なんか吹いて送つて來てくれて、玄關のところで鍵をとつて開けてくれますし、おやすみなさい、とやさしくあいさつもします。そこで五錢か十錢のチップを上げると、有難うといつて歸つて行く。實に朗かでビジネスなんですね。だからみんな街の天使だといつてゐました。こつちでは泣く子に地頭とお巡りさんといひたいくらゐ巡査は怖い人ですからね。

菊池　まあなんだね。兵營が殆んど監獄と同じくらゐ人權を蹂躙するんだからね。名譽だといつて連れて來て置いて、罪人と同じくらゐ虐待するんだもの、外國へ行つてあんなひどいことをするのは當然だよ。同じ國民をすらひどい目にあはすんだものね。

日本の官吏も五年くらゐすると民間の會社へ出すんだね。それから、また官吏に引戻して、また五年くらゐすると出す。さうしないと、なか〳〵官吏はよくならない。内務省の役人なんかまるで世間知らずだ……法律だけ知つてゐて世間を知らない大學生のお坊ちやんが威張り廻してゐるが、法律を應用して行くのは人間だ。法律を知ることより、人間を知ることの方が大事だよ。さういふ點でいろ〳〵な事が間違つてしまつてゐるんだ。

林　だから、判ばかり捺さなくちやならない。判なんかもうなくしたいものです。

菊池　國民が國民を信用しないために非常に不便をかけてゐるのだね。

林　鱈《たら》の冷凍を一切《きれ》買ふために二十も判こを貰はなくちやならん、これは喜劇ですよ。エノケンの芝居に官營そば屋といふのがありましたが、判こ時代つていふのをロッパでもやらないかしら、そばを食べるのにまづ札を貰つて、それから身體檢査されてそばを食べる。丁度あの劇みたい。あゝいふ喜劇が大眞面目なんだから、日本人つて煩雜なことが好きなんですね。だから喜劇の笑ひの味なんてわかりつこないのぢやないでせうか。先生は男の方だから判このうるさゝをあまり御存じないでせうけれども、實際女の人は弱つてゐますよ。何一つ買ふのだつて判こがなくちや買へないのですからね、腹が立つ位です。

菊池　戰爭に敗けてから、急に日本の文化が劣つてゐるとか、日本人の教養が劣つてゐるとかいふけれども、それこそ敗因を文化にまでなすりつけることで、日本のさういふ精神的な文化はどこと比べたつて劣つてやしないよ。殊に文學なんか劣つてやしない。たとへば、源氏物語など、八百年も前にあれだけのものは外國にありやしないもの。

これからのわれ〳〵は藝術と學問の生活化だね。文化政治は學問と藝術とを政治に應用することだ。たとひ藝術と學問とが發達してをつても、それが生活化してゐなければ文化國とはいへない。

支那事變のとき、死んだ太田慶一といふ伍長が『子供が大きくなつたら學問と藝術とを愛する人間にしてくれ』といつたのは、文化的な人間にしろといふことだよ。

林　あれはとてもいゝ本でしたわね、岩波から出てゐます。――

菊池　學問と藝術を尊重するやうになれば戰爭なんかやらないよ。

日本は敗けて四等國になつたけれども、これからの青年が戰爭で死ななくてい丶ことなんか非常な救ひだよ。それから軍費に使ふ金が要らなくなつたことも救ひだよ。賠償金を拂はなければならんけれども、永久に軍費に使ふ金のことを考へれば――それから朝鮮と臺湾とがなくなつたけれども、結局他民族を支配することは間違ひだね。日本は敗けて領土はなくなつたけれども、世界ぢう他民族が他民族を支配することは今後はなくなるだらう。だからそれの先驅をしたと思へば諦めはつくよ。

林　もうこれからは内輪だけで樂しく美しくなごやかになつて行くのですね。

菊池　どんな國民だつて、どんな貧乏な家だつて、他人の世話になるよりも、つましくとも肉親同士で水入らずで暮したい。家庭爭議があつても他人の干渉を受けないで暮さうといふのが人間本來の要求だよ。

林　どんなあばら屋でも親子水入らずで暮すのが幸福ですわ。戰爭つて厭です。

菊池　日本人はこのい丶國土に生れたのだから、この國土に安住して、平和に幸福に暮すのがほんたうの神ながらの道だよ。

〈『日の出』昭和20年12月1日〉

第28章　対談　ベアテ・シロタ

被占領期に創刊された婦人雑誌の一つに、鎌倉文庫の『婦人文庫』がある。昭和21年5月創刊。この第3号にあたる同年7月号に或る座談会の記録が掲載された。題して「藝術は女性のものか」。出席者はアメリカ人男女2人と日本人男女2人。日本人男性は久米正雄。女性が芙美子。鎌倉文庫主催だから、久米がホストとして進行役をつとめた。アメリカ人男性の名はファーストネームが示されていないランガー。女性の名もファーストネームを示していないシロタ。だが座談会のスナップ写真もあり、この女性はGHQ民政局のベアテ・シロタだと分かる。言うまでもなく憲法起草に携わり、女性の権利条項を起案したと伝えられている女性である。彼女の口述をもとに制作された『1945年のクリスマス』（柏書房）がある。

ではもう一人のアメリカ人男性ランガーは誰なのか？　フルネームが記載されておらず、断定はできないが、やはりGHQ民政局のポール・フリッツ・ランガーだと思われる。そのように推理する理由は幾つかある。まず座談会の発言から、ランガーとベアテが日本の文化、文学史に造詣が深いこと

昭和21年7月号　筆者蔵

が分かること。ウイーン生まれのベアテは、１９２９年にピアニストの父レオ・シロタと共に来日し、10年間の少女時代を日本で暮らした。日本人作家との座談会に通訳は要らない。またベアテがＧＨＱ民政局のスタッフだから、同行した男性もＧＨＱ民政局のスタッフであろう。そして日本に留学経験があり、日本語を自在に操る人物が選任されたと考えるのが自然である。そのような条件にふさわしい人物としてポール・フリッツ・ランガーが挙げられる。

仮にポール・ランガーだとすると、彼の著作の日本語訳もある。吉田東裕訳『日本の赤い旗』（コスモポリタン社、１９５３年）。原書は RED FLAG IN JAPAN 1952. 他に JAPAN Yesterday and Today 1966. がある。２冊の英書の著者紹介によると、ランガーはベルリン生まれ。東京帝大の他、ヨーロッパとアメリカの大学でも学んだＧＨＱ民政局のスタッフ。アメリカのシンクタンク、ランド研究所のスタッフでもある。１９６６年当時には防衛大学校で Research Professor を勤めていたようだ。アジア各国の人文社会に通じた、いわば国際政治アナリストなのだが、座談会における日本文学談義は日本人作家もたじたじである。進駐軍の威光がそうさせるのではなく、日本文学に対する造詣の深さがそうさせるのである。ベアテとの丁々発止のやりとりも面白い。

座談会では文学談義だけではなく、ベアテから女性参政権の話題も出た。憲法草案に携わったGHQスタッフとして、草案起草の件は絶対に口外できないことだが、ベアテは女性の能力発揮の為にはまず社会的権利拡張が前提だと語りたかったのである。座談会当時、芙美子はベアテの任務を知る由もないだろうが、ベアテのプロフィールが知られた現在から省みるならば、ベアテと芙美子の対話は歴史的出来事である。なお、ランガーがポール・ランガーとは別人ならばご教示願いたい。

座談會　藝術は女性のものか

ランガー／シロタ／林芙美子／久米正雄

藝術は女性のものか

久米　今日は、日本のいろいろな事情によく通じておいでになるお二方をお招きして、それに女流作家の林さんに、私どもが加はつて、日本の婦人の生活文化とでも申しませうか、女のかたの文化的生活を中心に、腹藏なく日本の女のかたの教養生活その他について、いろいろ御批評願つたり、かうしたらいゝ、といふ御忠告を願つたりしたいと考へて、お集まり願つたわけです。

まづ、われわれが藝術とか文學に携はつてゐるから、そんなことからでも話を始めたらどうかと思ふのですが、ランガーさんは日本の文學をわれわれよりもずつとよく讀んでいらつしやるし、ゆつくり女流の作品のお話を願ふことにしますが、最初はこちらから話をもつてまゐりませう。それはこの間僕はちよつと不思議なことを考へたのです。つまり一般の藝術もさうかも知れませんけれども、文學といふものは男のものか、女のものかといふことを考へたのです。兩性にまたがるものには違ひないのですが、將來の文學といふものを考へますと、どうも文學といふものは女の方にもつてゆかれるのぢやないか、女のものであるといふ風にひよつと考へたのですけれども……。

文學は男性のものか　女性のものか？

林　私は兩性ぢやなしに人間自身のものだと思ひますね。

ランガー　私もさうだと思ひますね。

久米　兩性だとすると、今の文學の傾向は非常に不公平で、男性文學が多すぎると思ひます。さうぢやありませんか。

林　それは書く人ですか。

久米　書く人も讀む人も。

ランガー　讀む人はさうぢやないと思ひますよ。

シロタ　書く人はさうですけれども……。

林　書く人は少數に限られてゐるけれども、それが魂の憩ひとなる人は兩方の人ですからね。

ランガー　混んだ電車のなかで本を讀んでゐる人をみるとやはり女の人が多い。だから讀む人の問題ならばやはり女の人が多いと思ひます。

久米　閑があるといふか、社會的境遇でせうね。

ランガー　閑ぢやないと思ひます。今までの日本では、女の人はいろいろなことに憧がれをもつてゐても、それが實行できなかつたからでせう。

シロタ　それは日本だけではありませんわ。ヨーロッパだつてさうだと思ひますね。ヨーロッパにも女の作家はたくさんありません。アメリカには今割に多いのですけれど……。

久米　アメリカの傾向については皆さんに伺つた方がはつきりするのですが、女の作家が非常に多くなつてきてをりますね。

シロタ　しかしそれは純粋な文學ぢやないでせう。つまり大衆物ですね。

ランガー　非常に大衆的な俗つぽいものです。

シロタ　それは女が上手ですね。けれどもそれは本當の文學ぢやありません。ジョルジュ・サンドみたいなものでせうか。

ランガー　私が考へるのに、日本では女の人が本が好きでたくさんいろいろな本を讀んでゐるが、それは先程いつたやうに、憧がれをもつてゐてもその對象物がないからだと思ひます。男の人ならいろいろ自己の考へも實行できるし活躍できるのですが、戰爭中でも女の人はいろいろな制限をうけて、自分のやらうと思つてゐることが實行できなかつたから、一つの逃げ途みたいに本を讀みながら憧がれに對するいろいろな夢をみてゐると思ひます。少くとも若い人はさうでせう。それに終戰後女の人が雜誌などをよく讀んでゐるのは、外國の事情を知りたい、外國の女性はどんな生活をしてゐるか、われわれはこれからの生活をどうしたらいゝか、さういふことを知りたいからだらうと思ひます。讀者の統計をとつたらやはり女の人が多いと思ひます。

記者　さういふ意味で作品からいつても女の方に近いのぢやないでせうか。

ランガー　さういふ現象はあります。それからもう一つは、女の雜誌が最近非常にふえて、男の人まで女の雜誌を買ふやうになりました。この頃、「スタイル」とかそのほかの婦人雜誌を讀んでゐる人の半分は男です、男の人が女の問題に興味をもつやうになつたのですね。（笑聲）

シロタ　久米先生のいはれるやうに、文學は本當は女のものですね。

久米　どうもさうぢやないかと思つたのです。

女性が劣る社會的條件とは？

シロタ　しかしそれは變なことですよ。音樂も舞踊も女のものですけれども、音樂だつて本當に有名なピアニスト、ヴァイオリニストなどはみな男ですね。けれどもそれは多分女にチャンスがなかつたからで、これからチャンスがあれば女だつて有名な人が出ますよ。時間の問題ですね。

ランガー　それは時間の問題だといつても何百年もかかる。

久米　しかし社會生活上も女の人のチャンスと男の人のチャンスとは大體そろつてきてをりませんか。

シロタ　まださうぢやありません。

林　表面はレベルが同じやうにみえてゐても、仕事の爭ひになつてきて、小説の場合でもいま發表されてゐる女の書いたものと、男の書いたものをくらべてみますと、それは違ひます。やはり女はある意味で弱いし哲學的なものがないから、私は作家生活を二十年してゐますけれども、技術的にも下手くそだなと思ひますね。さういふと怒られるかも知れませんけれども、日本の女流作家はやはり男にはかなひませんよ。

ランガー　それに教養の問題もあります。今の二十歳から五十歳までの女の方はどうしても男と平等の教育をうけなかつたからでせう。

シロタ　さうして經驗がなかつたから。

林　けれども、どうでせう、非常に深い教養と環境にあつて女にいゝ小説が書けるものですか。それはやはり疑問だと思ひます。それはヨーロッパだつて、ジョルジュ・サンドとかコレットとかいろいろな人が出てをりますけれども、男の人のバルザックとかモーパッサンなどとはくらべられないのぢやないでせうか。

シロタ　それはヨーロッパでもさういふチャンスがなかつたからですよ。百年、二百年の問題ぢやない、六百年、七百年、一千年もあとをみませう。男の人だつてずつと何百年もかかつてゐるのです。

林　これから一千年さきをみませう。さうすると、もう一度紫式部が出るかも知れません。（笑聲）

ランガー　日本の過去にどうしてあんなえらい女の作家が出たのでせうか。

林　あれは奇蹟でせうか。

ランガー　やはり社會的條件でせうね。

久米　宮廷といふ社會的條件だと思ひますね。藝術といふのはさういふものぢやないかと思ふのです。

この間、「雄鷄通信」でシンクレア・ルイスが女流作家を評論してゐるのをみた。それをみるとやはり林さんと同じことをいつてゐる。今、女流作家がたくさん臺頭してゐるけれども、男の最高峰には比較にならない、しかしかういふ作家があるといふことは文學的に大へん結構なことだといつて、女流作家に對する深刻な批評をしてをります。先程、シロタさんのいつたことをもつとうまい言葉でいつてゐるのですけれども、結局やはり底の淺さを衝いてゐる。通俗小説としてはいゝ意味の吉屋信子さんみたいな人がたくさん出てくるだらうといふわけですが、しかし私は今後の世界文學の大勢として一應はさういふレベルでものをいふことになるのではないかと思ふのです。

哲學がないのか？　骨格の問題か？

久米　音樂は女と男では實際はどうなんですか。シロタさんは音樂はやはり女のものだとお思ひになりますか。

シロタ　さうだと思ひますけれども、やはり有名な人はみな男ですね。しかし歌だけは違ふ。たとへばメアリー・アンドサントといふのがをりましたね。

ランガー　歌は自然のもので、男の人は女の聲は出せませんからね。

林　男には男のいゝ聲があり、女には女のいゝ聲がある。だから文學にも男の文學があり女の文學があるといふ意味で、日本の女流作家としてランガーさんに讀んでいただきたいのは宇野千代さんです。私は宇野さんが非常に好きです。

ランガー　さうではなくとも、日本の男の作家で女性的な作家がをりますね。

林　これは痛いですね。（笑聲）

ランガー　たとへば川端さんです。あの人は女性の氣持がよくわかつてをりますよ。それから堀辰雄さんの「風たちぬ」なんかも女の人の書いたもののやうな氣がします。

久米　たしかに女性的な作品ですね。

ランガー　川端さんの小說を讀むと、川端さんが女の氣持がよくわかつてゐるのがわかりますね。

林　それに非常に透明でね。

ランガー　そして線が細くて。日本の作家は女性的な傾向がだいぶありますね。

記者　いつたい日本では男の方が女性的なものを書いてをりますね。外國でもさうでせうか。

ランガー　さうぢやありませんね。日本では男の作家が女性的なものを書く、これはどういふわけでせう。

シロタ　歌舞伎がさうで、男の人が女の役をやつたりする。

ランガー　日本人に自然にさういふ傾向があるのでせう。

林　川端さんのお書きになる女性は透明ではあるけれども、女性の體臭といふか、もつといやなところを川端さんに書いていただきたいやうな氣がするのです。綺麗な女性ばかりですからね。

ランガー　それはさうですけれども……。

林　ところがモーパッサンの「脂肪の塊」を讀むと、敗戰の後、宣教師やいろいろの人が一人の賣笑婦から食べ物を取上げて最後はクリストにゆくといふ、あの短かいテーマで戰爭の慘禍を書いてあるのですが、あゝいふものを書く男の作家をもとめてゐるのです。たゞ小味な藝だけでなくもつとそれをふつ切つてもらひたいのです。

ランガー　それは芝居を見てもその通りですね。生き生きとしたところに缺けてをります。

林　哲學がないのでせうか。どういふのでせう、私にはよく表現できないのですが……。

久米　骨格ですね。

それなら音樂や繪畫などはどうか？

久米　音樂はどうなんでせうね。殊に日本の音樂をどうお考へになりますか。

シロタ　日本では音樂は問題ですね。西洋の音樂が日本にきてから七、八十年になりますか、それでゐて日本ではピアニストの人達は女が多い。ヨーロッパでもアメリカでもさうぢやないのですけれども、日本では一番有名なかたは女です。ヴァイオリニストの巌本さん、諏訪根自子さん、ピアニストの藤田晴子さん、井上園子さんといふやうに、なぜだか知りませんが、たくさんゐます。けれども本當はピアノは大きいから、ピアニストになるためには體力がなければなりません。だからヨーロッパでもアメリカでも大てい男の人達がピアニストになります。ところが日本では女のかたがその強さをもつてゐますね。

林　私、音樂のことはよくわかりませんけれども、お聽きになつてゐてタッチなんかはやはり綺麗ですか。

シロタ　日本ではタッチは非常に綺麗です。そして女のかたのピアニストは氣持をうんと採り入れますね。

ランガー　私はこれも全く社會的問題だと思ひます。日本でも男の人で非常に才能をもつてゐる人がゐると思ひますが、今まで社會でピアニストとして生活するにはあまり優遇されなかつたから、女の人ばかり西洋の音樂をやるやうになつたと思ひます。

林　たゞ日本の女の人は、若いうちはジャーナリズムに先走つてゐるけれども、すうつと消える場合が多いのぢやないですか。たとへば三浦環さんみたいに永續きする人は稀なんです。

ランガー　しかし今のピアニストは、井上園子さん、原智慧子さん、草間加壽子さん、三人とも結婚してもちやんとやつてをりますよ。

林　三浦さんのやうに六十歳すぎてもやれるでせうか。

ランガー　それはわかりません。

林　この間、三浦環さんの最後の歌をラジオで聴いて泣きました。やはりこれが藝術なんだなと思ひました。

シロタ　しかし作曲家だつたら男だけですね。女の作曲家なんか聞いたことがありません。

林　外國にはありますか。

シロタ　外國にもあまりありませんけれども、今はあります。私はカルフォルニアのミルス・カレッジといふ女のカレッジにゐた時に、あそこにはとてもいゝ音樂の講座があるのです。そして今フランスでとても有名なダリウスミユローが教へてゐるのですが、女のかたはそれが好きで、とてもいゝ作曲をそこで聽きました。大きな大學でも女のかたがたくさん作曲家としてをりますし、オークランドのシンフォニーがミユローさんの作曲をやつた位です。

藝術の餘韻がキモノにはない

久米　日本の女のキモノをどうお思ひになりますか。

シロタ　とても綺麗ですが、仕事のためにはちよつと實用的でない。

林　だから私なんかでもキモノを着るとちつとも仕事がしたくなくなる。

ランガー　日本人がみんなキモノを脱いでキモノ廢止運動をやるとしたら非常に殘念だと思ひます。仕事をしてゐる時には洋服を着て、家にかへつて落ちついた時に樂な氣持になつてキモノを着るといゝと思ひます。

林　たゞ日本のキモノは布地が非常にいるので、かういふ時代には不經濟なんです。俳句や歌と同じやうに、餘韻といふものを尊びますから、縫ひ込みとかたくし上げが多い。將來子供のためになるといふので、今これは私には似合はないけれどもつくつておくといふきものが非常に多いのです。

ランガー　現在の日本から急にキモノが消えてしまつたら、男の人はモダンな人でも寂しく思ふでせうね。私も寂しいと思ひます。

シロタ　しかし十年前から日本の女は西洋の洋服を着てをります。そしてモダンガールはキモノを着ません。だから自然にだんだん消えると思ひます。さうだと思ひませんか。

林　私は中年ですけれども、キモノに對してはお召とか西陣とか生地に魅力をもちますね。

ランガー　私はさうぢやないと思ひます。男からみてやはり綺麗ですからね。

記者　キモノの場合は風土的な影響が強いと思ひます。洋服では日本では風土に合はないと思ひます。

ランガー　日本人の體格にも合ひません。

シロタ　それは噓です。この前、私はスターズ・アンド・ストライプスのアーチクルを讀んだのですが、日本の女と西洋の女は體の違ひはちつともないのですつて。勿論、西洋の女と日本の女の間には、日本の男と西洋の男との違ひと同じ位の違ひはあるのです。違ふ食事をとりますからね。けれども本質的には違つてゐないさうです。

ランガー　それは内臓は違ひませんが、形は違ふと思ひます。日本人の足と外國人の足とくらべると、形が違ふと思ひます。

　日本人が椅子に腰かけて暮らすやうになれば、足も西洋人と同じやうになります。

シロタ　アメリカの女は世界で一番綺麗ですが、あの人種はヨーロッパ人と同じ人種でせう。ところがヨーロッパではい丶食糧とオレンジ・ジュースとミルクがあまりない。アメリカにはそれが豐富にあるから非常に綺麗になるのです。日本の場合もそれと同じですよ。

久米　本當は洋裝が似合はなければならぬはずなんだね。

林　近代的なお孃さんにキモノを着せた場合には、私達の今までの東洋的なキモノの着方と違つて不恰好にみえるのです。それがモダンなのかも知れませんけれども、日本本來の着方をした美しさと違つて、グシャグシャとかはつた着方なんです。

ランガー　キモノの話になると、女の立場と男の立場、それから外國人と日本人の立場は違ひます。つまり、私の方なら、日本人のキモノをみると、それが實用的でなくてもやはり綺麗なものだと思つてゐる。ところがあなた方は繪はどうでもい丶、實用的な現代の日本に役に立つやうなものであつて欲しいといふわけで……。

實用的なもの、安いもの、それにいくらか似合ふものといふことになるのですが、私らからみると、また立場が違つて、綺麗なものがみたいのです。實用的かどうか、別に問題にしません。

シロタ　けれども今度日本でも婦人參政權があたへられたから、これからは女は本當に社會の重要な部分になるでせう。さうしたらどうしても實用的なことを思はなければならない。

林　今日、さういふやうになつてゆかなければやつて行けないのですよ。

久米　第一、日本のキモノは大へんむづかしいのです。むづかしいといふのは、本當にキモノを着てゐる人は殆んどありません。私どもの鑑賞にたへる日本のキモノを着てゐる人は、どこを歩いても滅多にないのです。實にそれが珍らしいだけに非常に問題だと思ふのです。

林　まァありませんね。

ランガー　日本人の考へでは、その生活においてイギリスやアメリカにかなはないといひますけれども、ある點ではアメリカ人以上に贅澤な生活をしてをります。つまり二重の生活ですね。洋服があるとともにキモノをそろへてゐる。或は洋間があつて、そのほかに日本間がある。

久米　それからキモノの點については、世界のあらゆる女性のなかで、日本人は一番贅澤ですね。鑑賞が細かいと思ひます。

林　だからかういふ狹い部屋のなかでみるキモノは非常に美しいのですよ。たゞ遠くからみるとちつとも美しくないのです。

ランガー　林さんのお考へで、キモノの將來はどうでせうか。なくなつてしまひますか。

林　私はやはりなくならないと思ひます。

ランガー　それは希望ですか。

林　えゝ、やはりなくならないことを希望いたします。男の人の鑑賞的な見方ではないけれども、キモノを希望しますね。

シロタ　林さん、どうでせうか、キモノを西洋のイヴニングみたいにして、毎日仕事にゆく時には洋服を着ていつたらどうでせうか。

久米　それはいゝ考へかも知れません。

林　そのうちにはさういふやうになるかも知れませんね。

記者　日本の女の舞踊なんか御覧になつたことがありますか。

ランガー　綺麗だと思ひます。
記者　外國のバレーなんかとは……。
ランガー　全然違ひますからね。
久米　日本の舞踊は退屈な美しさをどうして發見しようかといふ踊ですね。
シロタ　踊もやはり短歌や俳句みたいなものです。
記者　あゝいふ贅澤な美しさをどうやつて日本の女に殘しておきたいと思ひますか。
ランガー　それには先程いつたやうに、事務所にゆく時には洋服を着る、家にかへつてきて落ちついた氣持になる時にはキモノを着るやうにしたらいゝと思ひます。
林　日本人は西洋の人にくらべると、朝から晩まで同じものを着つ放しです。西洋の人は朝と晩と衣服が違ふのです。それが非常に克明ですね。
ランガー　衣をかへると氣持がかはつてくるのです。
久米　ではこの邊で……。

〈『婦人文庫』昭和21年7月号〉

雑誌にはランガーのスナップ写真もある。ランガーのプロフィールにつき、英書の原文では次のように記されている。

Paul F.Langer,a staff member of the Social Science Department of the RAND Corporation, is at present Research Professor at the National Deferce College in Tokyo.He has lived many years in Japan and traveled widely throughout the Japanese islands.（Japan Yesterday and Today 1966.）

【対談】

第29章　対談　織田作之助

昭和21年11月、織田作之助は昭子を伴い、対談のため芙美子邸を訪れた。ここで紹介する『婦人畫報』昭和22年1月号に掲載された対談記「處女という観念について」が、その記録である。この対談記は、関根和行編著『増補・資料織田作之助』（日本古書通信社）に採録されたが、芙美子研究においても再読する価値のある文学談義である。芙美子が織田作について書いたものに、新潮文庫『土曜婦人』（昭和24年3月10日）に付された「解説」がある。これも織田作追悼文として逸することができない。抜粋して引用する。

……織田作之助と云ふ作家を想ひ出すたびに、私は、眼の底に熱いものがこみあげて來るやうな哀愁を感じる。死の前の數年と云ふものは、まつしぐらに作品がきらめき渡り、これほど大阪を描き、大阪の庶民の生活を愛情こめて描いた作家はないと思ふ。文學と云ふものを酒にたとへるならば、これほど、文學の酒に泥醉しきつて身をほろぼしてしまつた作家はまれであらう。この泥醉のなかにのみ、彼は生甲斐を感じ、家も持たずに最後も亦旅空でこの泥醉の爲に醉ひ死にしてしまつた感じである。

――昭和二十一年の暮に、讀賣新聞に土曜婦人を書き、その中ばで織田作之助が上京して來た。私は或夜織田夫妻の來訪を受けて、始めて織田作之助と云ふ人間に接した。思ひやりの深い、心づかひのこまやかなひとで、その夜の話は初對面ではあつたが案外はずんだ。

二度目は銀座裏の旅館で血を吐いて靜かに寢てゐる織田作之助であり、三度目は、病院のベッドであり、四度目は織田作之助の死顔との對面であつた。あまりに呆氣ない交友ではあつたけれども、死の迫つたのを聞いて、カンフルや、サンソ吸入を探しまはる役目を、まだ一度も織田作之助に會つた事もない私の良人が引きうけるまはりあはせになつた事も因縁と云ふにはあまりに不思議である。その頃は、終戰間もなくて、藥さへも不自由な時代であつた。だが、織田作之助にはもう生きる力がなかつた。生命までも空轉して逝つてしまつた。私は地だんだを踏んで惜しい作家を亡くしてしまつたと思つた。ロマンを、新しいロマンをと口走つてゐたと云ふ彼の忘念がぐるぐるとそこいらに舞つてゐるやうな息苦しいものを、私は彼の作品に接しる度に思ひだすのである。

……いま四五年も生きてゐたならばと私は思ふ。死生の間を息せき切つてゐた織田作之助文學の絶筆としては、この土曜婦人の作品は彼らしい泥醉のしかたであり、何となない心のこりなものを讀者の琴線にふれさせ、フレキシブルなものが感じとられる。／織田作之助は三十五歳で亡くなつた。／それにしても、若くして逝つた彼の文學は逞しいものだと私は思ふ。惜しい。惜しくてたまらない。

昭和二十四年二月　下落合にて　林芙美子

対談頁に掲載したスナップ写真に写った屏風に、横光利一らの書簡が表具されている。この屏風の前で二人は対談したのである。仮名遣いは原文のママとする。

處女という觀念について

織田作之助／林芙美子

織田　おや、寫眞うつすんですか、女の雜誌だからちよつとめかすかナ、醜怪に寫つちやぶちこわしだ。

林　わたしは反對に、かまわない方がいいわけね。女の雜誌だから――。あまりかまうと嫉妬を感じられるから――（笑聲）。

織田　うち見たところ林さんは足袋もおはきになつていらつしやらないが、寒くありませんか。

林　わたしは足袋をはくのは好かないのです。――とても薄着なんですよ。

いつたい、今日はどういうおはなしをするのです？

女の人自身の内容はまだまだ尊重されていない！

記者　憲法の改正などもありまして、女の人の環境も、いままでのような不合理な束縛から一應解放されて來たわけですが、それにしても女の人の實質的な、内容そのものは、依然として變化がないのではないかと思われます。

當然變らなければならない、また變るべきものとして、新しい女の理性・感情についておはなしいただきたいと思います。

わたしどもの雜誌でも、しばしば、戀愛とか、結婚とかいう問題をとりあげて來ていますが、結局は、環境の變化に、内容となる女の人の理性、感情がともなつていないということを感じさせられております。そういう意味で、處女とか貞操とかいう女の人にとつて根本的な問題をおはなし下さい。

既成の観念は一應疑つてみなければ——ドグマ

織田　今日はドグマで行きましよう。いまは何でもいえる時代なのに日本にはドグマがなさすぎますね、どちらをむいても、昔の観念をいかに現在に結びつけるか、ということにばかり汲々となつているのです。怠け者たちは自分の観念をこわすのが怖いんでしよう。

そこで、貞操の問題だが——僕はまず思うのだが、こんにちいかなる既成の観念も一應疑つてみなければならない。ところが、いままでは、疑うことが禁じられ、無條件に信じ、盲目的に従うことのみ強制されて來た。だから、ドグマがなかつたのです。

林　純粋な、原始的な人間性を見忘れているのですよ。

対談時のスナップ

織田　まず、處女という観念を考えてみましよう。處女とは一體なんだ、ということから考えてみましよう。

處女というのは結局観念じやないですか。昔は、太古は處女なんていう言葉も観念もなかつたのではないかと思いますね、僕は……

林　大昔はなかつたでしようね。観念も違つていたかもしれませんね。

織田　原始時代は處女のまま結婚するなんてこ

とはなかつたのではないか、と思うのですよ。

林　その頃は、西洋も東洋も同じだつたんじやないでしようか。

織田　處女のままで結婚しなければならないと言いだしたのは、ずつと時代がくだつて來てからでない？

林　武家政治頃でしようか。

織田　どの位かね。初夜權なんて中世的な宗教の獨裁でしよう。

とにかく昔は男女同權だつた。

林　そう。天照大神さまの頃はね。和氣あいあいとしてお伽話のような、人間そのままだつたでしようね。

處女という觀念は男のエゴイズムがうんだもの

織田　ところが、處女という觀念が、男の側から持ち出されたと同時に、男尊女卑になつたんですね。だから、考えてみれば處女というのは男のエゴイズムがうんだ觀念にすぎませんよ。

それでは、どうして、男のエゴイズムが處女という觀念をつくりだしたかということになる。これを考えてみると、女の人の愛情の中には非常に觸感という奴があるのですね。――僕は銀座通りなど歩いていて、二人連れをみると、この二人が愛し合つているかどうか、すぐわかるんですよ。というのは、歩いている女の人が男の腕とか肩とかにふと觸つていたら、これはもう愛し合つているとみてまちがいない。

林　愛しあわなくても、腕をかして歩く場合もあるけれど……それは本能じやありませんか。

織田　觸感ですよ。そしてこの觸感が極度に發揮されるということが處女を失うということですね。ですから、女の人の觸感というものは、これは大變なもので、それを男のエゴイズムの爲に保存する――その觸感を男が非常に重んずるために――處女という觀念を作つたのではないかと思うのです。

處女は世間態のために尊いのではない　自分自身の純潔のためにこそ

織田　だから、もし新しい女の人が出て來て、處女の觀念というものは、あれは男のエゴイズムが勝手に作つたものだ、そういう觀念は餘計な尻尾のようなものだから、切り捨ててしまつてもいい。という風な考え方をすることも可能ですね。

もつとも、自分自身のために――自分自身のためにというのは、世間態の意味でなしに、つまり處女のままお嫁にゆけばほめられるという、世間に對する清潔とか、純潔ということでなしに――自分自身の純潔のために、處女を守るというのならば、すこしもかまいませんよ。

林　それはそう。自分自身の爲に純潔を守ることは最も大切です。

織田　しかし普通は――。

林　世間態のためね。世間態のために處女を大切にするということは處女性を知らないことですよ。

既成觀念に對する攻勢を頽廢の言葉でしりぞけるな

織田　現在、結婚前に處女を失う娘さんが非常に多いようですが、もし彼女たちが、男のエゴイズムの作つた尻尾のような觀念は餘計なものだから切捨ててしまえ、というようなはつきりした自覺から處女を失つているのだとしたら、そういう男のエゴイズムの觀念のバックになつている封建的道學者的道學者どもに對する一種の攻勢だといつてよいと思うのですよ。

もし、そういう意味の挑戰であるならば、決してこれは頽廢などというべきものではないのではないか。——彼女たち自身にもし自分たちが頽廢しておるという後ろめたい氣持があるとしたら、それはやはり世間態だとか、既成の觀念からあの人たちがぬけでられないでいるだけのことで、すこしも卑下する必要はないと思う。

林　まだ、まだ、そうした獨立した思想をもった娘さんはいないのではないでしょうか。どうしても世間態や既成の觀念に左右されていましょう。

織田　ただ、道學者は既成の觀念を保守するという自己保存の本能から、頽廢だとか、いけないといつているので、あの娘たちが、ああしておることに僕らが新しい倫理を與えてやれば、そんなに卑下しなくてもいい。——僕一人喋つているようですけれど——。

林　どうぞいうだけいつて下さい。わたしもまたあとで喋りますから……。處女という言葉の上だけでしたら、わたしはむしろ賣笑婦にも處女というものはあると思うのです——わたしのいい方ではね。——その人々の運命で、何回か戀をするとしますね。戀をしたたんびに自分は處女だと思つているの……相手を愛するほど、女にはそんな感情があるものです。

觀念の看板ぶらさげて

織田　そうそう。その都度新鮮な感覺的な驚ろき。これはその人の人間としてもつておるもののなかで最も尊重すべきナイーヴな感受性だと思うのです。

ただこれをいままでは、二度目だとか、處女ではないとか、いう觀念だけで片附けちまつた。

林　世間というものはその觀念だけが非常に強いのですよ。日本という國は、そうした形の觀念だけの國ですからね。

いまわたしがお仲人をしているんですが、旦那さんは四十七で子供が七人、女の人は子供が一人あつたが亡くなつて、二十九歳――それでわたしは、本人同士を率直に見合いさしたら、まァ氣に入つた。ところがあとで、それぞれの家の者が心配をするのです――子供が七人もあるということが心配なんですね。家族とか、家も重くのしかかつているわけ、家というものに就いても、こんなのですもの、だから、こんな觀念の看板がぶらさがつていては、いくら實質はよくても、それにわざわいされて、ちつともスムースにゆかない。切角、幸福にむすばれそうな運命だつて、家が主だからどうにもならない。人間が主じやないンですからね。

織田　その觀念の看板をぶらさげて、何んでもかんでも頽廢の一語だけで片附けようとするのは、まだまだ封建的なものの考え方だ。

だから、暴論になるかも知れないけれど――どうせ今日は暴論をやるつもりだけれど、男女同權にしろとか、なつたとか言つているでしょう――例えば法律的に女の立場がよくなつたという。しかし貞操を蹂躙されたといい。――貞操を蹂躙されて慰謝料を請求したりするでしよう。そんなことを言つている間は實はまだ駄目なんですよ。

蹂躙とは何ぞや

織田　蹂躙ということばを女の人が言つている間は駄目なんだ。蹂躙されたということ自體が、女の人がまだ男の方が上だという觀念に支配されているので、蹂躙なんていうことを感じなければ、それは何でもないことなんだ。

林　蹂躙というのはおかしいわね。自分で責任がもてる人間ならば蹂躙ということはあり得ない。男の方は女に蹂躙されたつていう例はないじやないの。

織田　男には童貞を奪われて慰謝料を請求したという例はない。女の人だけが貞操蹂躙という。だから、女の人が貞操蹂躙の訴えをする法律が便利になつたから、大いに男女同權だと喜んでいることはこつけいだ。——まだまだ社會的な桎梏の上で同權だとかなんとか言つているだけで、もつと本質的なもので同權にしようと思つたら、いわゆる蹂躙された形、慰謝料なんていうことは考えられない。だから、男の人が童貞を汚されたといつても誰も慰謝料を請求しないのに、處女というものに對して、あまり大きい意味を考えすぎるとかえつて女の人は不幸になる。

觀念的處女か感覺的處女か

林　ある意味で貞操ということばがあまり變なふうに思われているからでしようけれど、貞操というものにこだわりすぎておりますよ。貞操觀念というものを、もうすこし、よおくぎんみして分けなくちやおかしいでしよう。

織田　そう、そう。

林　といつて、ラフになつて、どこまでもむきどうにやれというのではありませんよ。わたしは貞操というものは、どんな不幸になつても、いつも精神的に處女性がなければいけないと思います。その方がいいじやありませんか、ね。

織田　そうそう。その都度新鮮な處女性、ね。僕は新鮮だと思つているのですが、想像するに、新鮮さという感覺を考えないで、世間はただ觀念としての處女をいうのですね。考えてみれば、そういう世間というものが戦争を起して日本を敗戰國にした。——これからは、そういう世間に對してドグマでもつてやつていくのだ。

林　しかし、女の人には自主獨往という精神がないわね。自分で踏ん切つてやつてゆき、またそれを自分自身の肥料にしてこやすという力が弱い……不幸になつていてもなお他力本願で、うまくいかないと、ぐちを言う……。自分で眼を開くということが出來ない人が多い。これは女性自體の性格なんでしようか？——さつきも言つたように、天照大神さまのあの時代はどんなときでも、いまよりは天心らんまんで女性も強かつたのでしよう——裸で輕羅をまとつて天ノ岩戸からのぞいていらつしやるのですが、あの神様がわたしたちの國の祖とすれば、隨分變り果てたもので、こんな現代の女の世界つて、哀れだと思います。天照大神さまのお姿は、あれは最も人間的なスタイルですよ。あれでいいのですよ。原始さながらの初々しいお姿ですね。現在の女のように重い荷物を背負つておいでにならない。輕々とした美しい女の姿でいらつしやると思うわ。

悔恨について

織田　世間というものは無視できぬが、それに挑戰することは許されていいと思う。——ただ僕はこう思うけれど——處女なんて尻尾のようなものだ。切捨てた方がさばさばしてよいと思つて、切捨てようとする勇敢な娘がいて、いよいよ處女を失うという場合に立ち至つたとき、やはり感覺が彼女の新しい倫理を裏切つて、悔恨が來るのではないかと思う。やはり女は生理的に脆いんだね。肉體の結びつきが、女の人をがんじがらめにして、男に引きずられて行くんですね。

林　そのがんじがらめになつておることが女の不幸なんですよ。そこから不幸は來るのですよ。新しい倫理なんて……勇敢につき進んでゆこうとする娘なんてまだ生れていませんね。

織田　そう。それは、やつぱり女が宿命的に背負つてる運命ね。

林　しかし、これは日本だけでしようかね。

男の感ずる罪の意識

織田　男の立場からいえば、外國ではそういふ場合、男の人は罪を意識している。だから、女の人をいたわ（つ）て來るのです。自分は思いもかけぬ驚ろきを女の人に與えた。女の人がむしろ勇敢に捨てようとしたものであつても、思いもかけぬ驚ろきを與え、感覺がその女の人を裏切つた、殆んど氣絶せんばかりの狀態にした――そういうことに男は罪の意識を感ずる。

林　そうでしようね。

織田　ところが、日本の場合は罪の意識じやない、形式なんだ、――あとで結婚すればすむのだという――これが日本の男の良心なんだ、思想なんだ。

男の悔恨・女の悔恨

林　どうでしようね――處女を得て結婚する場合、ちやんとした結婚式もすませて、新婚旅行にゆき、その翌朝、男の人は何事も正式な型をふみながら……悔恨が起りはしないですか。

織田　それは感じる。

林　感じるでしようね。わたしはそう思う。

織田　しかしそれはそのときだけじやありませんよ。永久に感じるのですよ。――古女房になつてもやつぱりフッと感じる――しかし、これは男の感ずる悔恨です。どうなんです、女の人の方は？

林　女はその場合どう感じるかな——女は男の人のような悔恨とは違う意味の悔いともなんとも言えない、あきらめみたいなものを感じますね。

織田　——それからもうひとつね。僕みたいに、その都度悔恨するという男を、女の人はどう思いますか？

林　あらァ、悔恨していますか。

織田　そんな顔しなくてもいいでしょう（笑聲）。——家康という男は、すぐ、そのあと女を遠ざけてしまう。——女の人はそれを非常に水臭いという——しかし、あれもやつぱり悔恨だと思う。

林　よく判りますね。——女は男ほどにいかぬ（の）じやないでしょうか。これが性の違いなんですね。凭れて行くのね。不安になるのよ。つかまつていたいのよ。

好奇心の病氣

林　それから、いままで何だろう何だろうという疑問で満たされてたものだから、ホッとする場合もあるでしょうけど……男と女は本質的に違うものを持つています。

織田　そう。ホッとするというのは、餘計なものを尻尾のようなものを捨ててしまつたところから來ているのではないですか。だから僕はこれを齒の手術によく似ているとよくいうのです。——手術しなければ痛くて仕方がない。これを取つて呉れたらよいと思う。手術してしまえば樂になると思うが、醫者はメスを持つている——怖い。殊に女の人は——。好奇心の病氣なんだ。しかし、醫者を信頼して、自分の齒を任してしまう——齒の中をギリギリと機械でやるでしょう——その時間のなんと長いことだろうと思う。早く取つて呉れたらよいと思う。——ああこれでせいせいするのか——と醫者を恨むと同時に醫者にすがりつきたい本能、これが交互に來るのではないかと思う。

林　そうでしようかねえ……ところが、醫者が實に愼重な態度をとつている——患者は焦々して待つている——という狀態もありますよ。——精神的なことで來る男の人は、結局女には負けますね。うまくゆかない場合が多い。やつぱり最初から肉體で來た男に案外女の人はさらわれてしまう時があるじやありませんか？　さらつてゆく男は結局その時は勝つのですよ。——女は一生懸命に精神的なものを求めているくせに、時と場合によつては、——まァ、雷樣のひどいのが一つ鳴つた場合、くだらぬ男に引つかかる。という時もまれにはありますからね。

織田　女の人が精神的なものを求めているというのは、言いかえれば一方でさらつていかれるような運命を背負つていることからくる一種のノスタルヂアね。

林　男の人も何かノスタルヂアがあるのではないでしようか。精神的な——。女とは違つたノスタルヂアが——。永遠の女性にあこがれるみたいな。

婦人問題の根柢は

織田　婦人問題と未亡人の問題とかいろいろいつているけれど結局女の問題は、女の人の背負わされてゐる運命というものを根本にしなければ駄目なんだ。

林　いま婦人問題といつているけれど、老女は——年とつた女はもう幕をおろして、遙かなことですなんて思つているように見えますね。第一世間のつくつた觀念がぬけないかぎり婦人の問題はなかなか解決つくものではありませんよ。觀念は崩せないと言つて諦められないでしよう？　やつぱり、若い女が變つて來なくてはいけないと思います。

織田　第一『婦人』という言葉は男がつくつた言葉で女の人が自分で婦人と言うのはおかしい。

林　女ですよ。女でいいのですよ。でも『婦人』という言葉をよろこぶ女のひともいましようね。

織田　自分を婦人だと感じた途端にその女の人は、もう男の觀念のなかに入つていつておるのだね。

現實の前に脆い既成の觀念

織田　闇の女が敗戰になつてから澤山できたという現象を眦《まなじり》あげて憤慨し、罵倒している人があるが、しかしそんな聲は戰犯的舊指導者のなかからあがつているのだ。既成の觀念がいつぺん滅びたということに對する焦燥の聲なんだ。

林　西洋ではあんなことはあまり言わないのではないかしら――。

織田　言わないね――。彼女らは金を取つているからけしからんといつているが、あれがもし食えたら決して金なんか取らんですよ。

道義の頽廢というが、舊指導者が支えていた道義なんて、敗戰というきびしい現實の前では非常に脆かつたんですよ。――ただその脆い既成の觀念を守ろうとする舊指導者の本能が極度に彼女らのことを悪く言うのですね。例えば、彼女らがお白粉をベタベタ塗つてるのはいけない、という。あれは僕は思うのだが、彼女らの素顔をかくす壁なんだ。

林　不憫な女性をつくるようにしたのは誰なんです。いつたいに世間というものは、嫉妬が多すぎますよ。國柄に一つの思想もないくせに、あるような顔をして、汚ないものに顔をそむけたがる……カーテンですよ。あのおしやれは……ヴェールですよ。

織田　そうそう。カーテンだ。ヴェールだ。白晝はあんな顔しない。夜になつてくると自分の素顔をかくすためにベタベタとお白粉を塗るのだ。

林　パリなどでもそうですよ。非常に夜の女はグロテスクな化粧をしていますわ。

神話的貞操観念をじつくり考えなおす

林　よその國は何回か敗戰を經驗したんですよ。そうして立ち直り立ち直りして來たのですよ。日本は敗けたことがないと言つて處女だつたのですね。わたしは處女だといつて威張つていたんです。それがこんどは處女でなくなつたんです。――神話的貞操觀念を、じつくり考えなおす時でしよう？　そうではありませんか。よその國は、日本のようには闇の女のことをとりあげて問題にはしないでしよう。人を許せぬということは民主的じやありませんよ。責める前にもつと、よりよい方へ考えてやらなくちやいけない。

織田　そうそう。舊い觀念が處女と共に失われて、やつと一人前になつたのです。これからなんですよ。

林　そうですとも。これでやつと一人前なんですよ。これからですよ。これから處女非處女に關係なくしつかりやつてゆかなければいけないのよ。そうめいにならなくちやいけませんね。

織田　それをとやかくいうのは實におかしい。

林　國が處女を失つておいて、女に處女を強要するのはおかしいでしよう？――寄つてたかつて處女を失つたのですからね、いわゆる人間性を忘れた世間が……。

思想の借り着

林　日本でいちばんいけなかつた弱味は捨て身になれなかつたことですよ。いい加減な精神力に賴り過ぎていたんです。――それで捨て身になつたかというと、決してそうではなく、一億玉砕なんて言いながら隠れてうまいものを食つたり、いいことをしてきたのは誰なんでしょう? それが天日に曝されて、あなたの夜光虫という題じゃないけれど、光がはげちやつたのですよ。

織田 ――自分で考えようとしないね。

林 長いものにまかれろで、獨裁が利くんですね。頼りすぎますよ、人をね……。ものぐさなのね。

織田 思想の借り着だね。

林 だから、自分というものを一生懸命みつめているものがない。その日しのぎの心でしょう? 人間というものをみつめているのはいまの闇の女かも知れないわね。

織田 なにか考えてゐるね。

林 そりやァ―ほんの少しでも考えておりますよ、本當のことを知つていますよ。

織田 考えてるような顔しておりますね(笑聲)。

林 今夜はいいひとを見つけようとね(笑聲)。

女の強さ――順應性

織田 男に三ヶ月振りに逢うと必ず憔悴している。女の人は三ヶ月振り(に)逢えば必ずピチピチしてゐる。

林 ある意味で彈力性があるのね。若い女には――。

織田 つまり適應性ですよ。女の人の強さというのはね。――女はチエホフの『可愛い女』になればいいのだ。トルストイが激讃していますね。

林　そうそう。あの中の女主人公のように、冬になれば南の窓邊に、夏になれば北の窓邊で本を讀めばいいのです。臨機應變に居場所を見つける自主性がなければ駄目だ。自分が幸福な道を創らなければいけませんね。

織田　そういう意味で、女の人はかたつむりでなければいかぬ。殻と共にあの角のような軟かい觸感があつて——適應性だね。どんな現實がきてもびくともしない。

男のように過去の自分を捨てるのが惜しいから何とかして現在の狀態と結びあおうという變な意識はないのだ。

附和雷同性について

織田　しかし、適應性があるということは惡くいえば附和雷同性ね。——すぐそこへ移る危險もある。だから、仲間があれば必ずやる。自分一人ではできない。たつた一人の闇の女というものはない。

林　やつぱりさみしいのでしようからね。衆を恃んでね。

才能とイマージュ

織田　僕はどういう女の人が魅力があるかといえば、才能がある人に魅力を感ずるね。美貌だということも、その人の才能だ。才能があれば一生困らない。日本の女の人は才能とは身につけることをいうけれど、才能は修身の教科書じやない。才能さえあればどんな婦人問題も解決するよ。

林　美貌の人は一生困らないつてことはありませんよ。美貌というものも若い時だけの才能にはなるでしようが……。あらゆる部面の才能ですよ。何か才能をもてばいいのですよ。女というものはとくにね。ところが才能ということを往々にして日本では教養と名附けてる場合がありますね。それはまつかな僞りだと思います。女子大出でも才能のない人がある――市井の無學な女房が澤庵を上手に漬ける、それも女のひとつの才能ですよ。――わたし日本位何でも官立派を重んずるところはないと思いますがどうですか。そういうものをいつぺん御破算して、最初のアミーバーからやりなおしたいものですね。純粋に人間味豊かな才能を保持するようにしなければ駄目。――つけやきばでない才能ね。自分でやはり鍛えなければ。

織田　それから、イマージュがなくては駄目ね。その人が才能をもつているということは、その人がイマージュをもつているということね。

徴用精神と女の性格

織田　僕はよくいうんだが、戰爭中みんな徴用されてたけれど、まだまだ役人も學者も作家も徴用されてるのだよ。いまだに徴用される精神が――。

林　そうそう。いまだに統制だとか徴用だとか――たまらないわね。もつともつと『個』が光らなければ駄目です。だから、いちばん光つてるのは闇の女だということにもなる。――わたしは、同情といつたらおこられるかも知れないけれど、わたし自身闇の女に共感をもつのですよ。いまのこうした世の中に生きようがないじやありませんか。

記者　しかし、女の人は徴用される精神というものを、本質的にもつているのではないですか?

林　長い傳統の間に、それが惡化させられたのではないかしら――無邪氣な自由の心がないのね。

萬葉の時代なんか、あの歌をよんでも分るでしよう。時代が無邪氣で自由奔放だつたのですよ。人間の心が美しかつたのね。天子さまさえ人妻に『帶を解け』とお歌いになつてる時代なんですからね

——だんだん悪化して來たのでないでしようか、——本質的に徵用される精神を持つてると疑われるほど、それは、女の着物になつてしまつたのですよ。——女大學の昔から——現代の徵用精神に至るまで、——徵用精神はいまだに充滿しておりますよ。

こうした狀態から踏ん切つてゆくということもやはり男性の介添を必要としますよ、ある意味で。——若い女性を社會が見捨てすぎていますよ。——反逆精神は女だけではどうにもなりませんよ。何か介添が欲しいと思うわね。

コキユ

林 サルトルの書いてる女が、御亭主と寢ていて、日常あんなにのんびりと暮していてね。ある時また別な男と逢つて寢て、何となく御亭主が哀れで戀しくつて歸つて行くでしよう。——ぬけぬけとあいう風なものが書けるフランスは人間性を大切にする國なんでしようね。

織田 そうね。

林 日本じや、ああいう『水いらず』風の生活は道德じやないと思つているのよ。そんなことすれば、亭主が妻君を斬るか殺すか、とにかく騷ぎになる。不逞な女ということで——。

記者 サルトルの女の氣持は、日本の女の人にも通ずるものがありますか。

林 あれは東西を問わず、女の氣持にはあると思いますね。

織田 亭主のことを考えるということを、男は『やつぱり俺のことを考えている——』と威張つているけれど、實は、同情しているのですよ。

林 そうね。同情以外の何ものでもない。

織田　貞操ということを、いまあるような抽象的な観念にしたのはいつ頃だろう。
林　萬葉の時代にはなかつたでしよう。
織田　西鶴などもそういう観念に反抗していたからね。
林　西鶴はフヱミニストですよ。
織田　フランスあたりにもないでしよう。ただ、女房に浮氣された男のことをいう言葉はある——コキユね。これは日本にはないことばですよ。
林　サルトルの『水いらず』のなかに、實に、フランスが丸出しにされてをりますね。——西洋の姦通は日本じや誤解されるでしようね。世間一般があまり處女すぎたから——。決してサルトルのはアブノーマルじやありませんよ。織田さんのいはれる觸感なんだから、輕くしたらよいではありませんか。
織田　そう。ただ小指に觸るのとあまり變らぬ。處女を失うというのは動作が大きいだけのことで——ね。

あまりに多い半處女

林　動作が大きいか小さいかのちがいですね。キスしたことと、一緒に寢たことと、同じですよ。きびしく言えばね。
織田　だから、半處女という奴ね。あれが多過ぎるよ。最後のギリギリまで許しておいて、わたしは處女だと思つてる女があまりに多い。用事もないのに、男が來いと言つたからといつて、そこへ行つたら、もう處女を失うのだ。

林　氣持があるから、行くのです。それはもう侵されているのですよ。――あの人とただ逢つただけよ。と、夜遅く歸つて來た娘がいう。『コーヒーのんだだけよ』なんて。――わたし、あれはおかしいと思うのですよ。

織田　間違いさえしなければよいと言つているが、それと違うのだ。

林　自分が自信を以て事にあたれば、よいのではありませんか。もつと娘自身がほこりを持つてえらくなつてほしい。自分の獨力で考えるということと、一つの信念をもつて貰いたいと思います。

本當のことをいうと

林　一旦侵されて捨てられた、というういままでの言い方が、一ぺん試してみたけれど、つまらなかつたということになる――。

織田　そう、そう。スタンダールの『ラミエル』ね。あれは自分で試すのだ。馬鹿な男に金をやつて試すのだ。――みんな大騒ぎしてる――お前は失つてはならぬ、と言われる――男の人と森の中へいつてはいかぬ、といわれる――みんなして大騒ぎしてとめるから――餘程大したことだろうと思つて試してみるのだね。ところが、思つたほどのことはない、つまらなかつた。なるほど、これでは大騒ぎしてとめるほどのこともある――と思うのだよ。

林　本當のことですよ。

織田　本當のことをいうと、日本ではびつくりするのだよ。本當は、ここまで問題は突きつめなければね――。

林　本當ですよ。これはアミーバーですよ。ここからはじまるのですよ。

エロ文學?——通俗道德論

織田　そう、第一歩からやるのだ。エロ文學などというのはチラホラするだけで、くだらん。僕はいきなりヴェールの中へメスを入れる。——もつともこんなことはすぐ卒業しますよ。出發點なんだから、人間研究の。

林　わたしは、織田さんのものエロチシズムだとは思わない。反逆ですよ。

記者　そうすると、エロチシズムというのは一體どんな——。

織田　エロと言うのはヴェールを被せるのがエロだ。だから、エロ文學といつているけれど、そういうことを書いた評論こそエロ評論だと思う。

林　氣があるからね。

織田　ね、氣があるからね。ああいう評論讀んでると、僕は興奮する位いやらしい（笑聲）。

林　裸體を描く畫家を誰もエロ畫家とはいわないのね。小説でそういう美しいものを勉強したつていいじやないの——。繪畫も骨格から描かなければ着物着たのは描けないでしよう。作家がデッサンをやつたつていいじやないの。作家で織田さんのものをエロだと批評している人がいますか。

織田　ない。

林　ないでしよう。

織田　僕の作品を讀んでエロを感じるような奴はばかだといつてやつた。

記者　通俗道德論で、一把ひとからげにきめつけられてはかないませんね。

例えばこの雜誌に連載された織田さんの『夜の構圖』なども、それでずいぶん非難があつたんですよ。

林　それは世間が戸惑いしているからですよ。いつぺん荒療治で洗濯じやないけれどゆすぎにかけなければいけないのですよ。

コチコチの觀念のシコリを揉みほぐせ

織田　僕は畸型兒かも知れないですよ。しかし三十六相揃つているようなものだけでは世の中は殺人的な退屈さだ。四捨五入ばかりしている規格品ばかりじやね。僕なんか實驗してるんですよ。

林　實驗がなければ駄目ね。作品の上でどんな結果が出てもいいじやないの。わたしはこう思うの――あの志賀さんの作品だとか谷崎潤一郎の作品ね、一應あの門前から若いひとは離れて、むきをかえるべきよ。失禮ですけれど――わたしはもう、あの作家の匂いから離れるべきだと思うの。若いひとが、ちんととりすましては毒ね。

織田　第二の志賀直哉、第二の谷崎潤一郎が出ても、日本はちつともよくはならない。

林　そうですよ。エロだとか不潔な文學だとかいうけれど、不潔とは何ですか。一軒のうちにだつて、便所もあれば玄關もある。いままでは玄關小説ばかりだつたのね。捨て身で書かなくちやいけない。散々やつつけられて、『なにッ』と思つてまた書く。――若い作家のこれからは出る幕です。いいものでね。

織田　按摩みたいに、ときどき揉んでもらう、そしてまたあばれだすのだよ、――いまの若い人も按摩してやらなければ駄目だ、いろいろな古い觀念にとらわれて、こちこちに凝り固まつてしまつているから――いつぺん揉みほぐしてやらなければ――。

〈『婦人畫報』昭和22年1月号〉

第30章　芙美子とＮＨＫラジオ

ＮＨＫラジオ放送と芙美子は早くから縁がある。最も早い時期の出演歴は昭和４年10月13日（日）、大阪放送局における意見発表がある。これは女人藝術連盟の大阪支部発会式に西下した折、女人藝術の同人５人に１人10分の持ち時間で発言の機会が与えられたもの。演題は「新戀愛自殺論再批判」。出演は、芙美子、望月百合子、八木秋子、松村喬子、綠川靜枝。出演の事実は、『女人藝術』昭和４年12月号の「女人藝術各地講演會記錄」で窺うことができるのだが内容が分からなかった。そこでＮＨＫ放送博物館に照会したところ、芙美子と百合子の意見発表梗概直筆原稿が保存されていた。梗概原稿とは発言の要旨だから、全文ではないけれども肉声に替わる資料が出現したのである。

出演ではなく、著者の書き下ろし作品では、昭和13年８月18日（木）、大阪と東京で同時放送されたラジオ物語「ともしび」がある。これも放送された事実は『東京日日』同年８月18日付ラジオ番組紹介記事などから確認できるのだが、作品が収録された単行本は見当たらず、内容は不明であった。そこで同じくＮＨＫ放送博物館に照会したところ、著者の直筆原稿20枚が現存していた。原稿用紙は盛文堂製の林芙美子ネーム入り専用用箋。日焼けもしておらず80年前の原稿とは思えないほど保存状態が素晴らしい。作中にゲーテとリリエンクローンの詩まで引用していた。時局を反映した作品ではあるが、一概に戦意昂揚作と言うことはできない。台本は現存せず、活字化資料が存在しない作品である。ゆえに、ここに翻刻して紹介する。

戦後の芙美子はＮＨＫラジオの常連出演者。昭和21年1月4日（金）、「婦人の時間」において、戦後第一声を放送した。演題は「建設の春を迎へて」。他に随筆集『婦人の爲の日記と随筆』（愛育社、昭和21年12月25日）に収録された随筆の幾つかは「婦人の時間」における放送原稿である事も分かった。芙美子は昭和25年10月に設けられた「番組審議委員会」の紅一点でもあり、亡くなる4日前に、若い女性達によるインタビュー番組にも出演した。これらの放送記録は、ＮＨＫ放送博物館の「番組確定表」で確認することができた。調査にご協力いただいた同博物館に謝意を申しあげる。

昭和13年11月4日　NHK京都放送局
講演「漢口攻略戦従軍より歸りて」

作品「ともしび」の翻刻にあたり、幾つか補足する。

一、直筆原稿20枚の保存状態は良好だが、極めて重要な資料なので現時点では複写も撮影も許されていない。ＮＨＫ放送博物館に何度か足を運び、筆写した上で活字化を試みた。筆者の判読ミスがあるかも知れない。この点はご容赦いただきたい。原文通りの翻刻を心がけたが、仮名遣い等につき若干の補正をした。

二、放送にあたり作家の直筆原稿をそのまま用いることはない。必ず台本にした上で検閲等のチェックがある。だが同博物館にも台本が現存しない。そのためこの直筆原稿の通りに朗読されたかどうかは分からない。

三、直筆原稿の冒頭に、「始め琴の落葉の舞ひの曲なんか」と、効果音をリクエストする旨の芙美子自身の書き込みがある。明らかに朗読放送向けの書き下ろし原稿である事が分かる。

四、新宿歴史博物館等に現存する著者直筆原稿の殆どには、著者による推敲の跡がある。加筆改稿の跡が残っているのである。だが、この「ともしび」直筆原稿には、そのような推敲の跡がない。わずかに青鉛筆による推敲の跡が1ヶ所確認できるだけである。よって、この原稿は推敲を重ねた後の完成清書原稿と言える。20枚の分量も放送時間20分にあわせたものであろう。原稿用紙1枚の朗読に1分を要するからである。

五、作中引用詩が3篇ある。最初の散文詩の作者は分からないが、残る2篇の作者はゲーテとリリエンクローンである。ゲーテの作品は「ミニヨンの歌」。森鷗外著『水沫集』（春陽堂）が用いられた。リリエンクローンの作品を収めた詩集は『副官騎行』の「麦畑に死す」。リリエンクローン自身も普仏戦争で負傷し、戦友を失った体験が基になっている。芙美子が引用した訳詩は秋元《あきもと》蘆《ろ》風《ふう》著『現代獨逸詩人』（南江堂書店、大正4年9月）の収録作。同書に掲載された「穂中の死」のテキストと、芙美子の引用テキストとが完全に一致する。作中詩の前後に空き行を設けた。

ともしび

林芙美子

お母さん

お手紙をありがたうございました。此手紙は三ヶ月ぶりで私の手にはいりました。とても嬉しく、一日の喜憂はことごとく、此手紙にかゝつております。——只今揚子江の重要地點〇〇に參つて居ります。安徽大學と云ふ大學の校舍の一部を宿舍としております。この學校は有名な抗日の巣だつたときゝますが、周圍は廣い蓮池で、僕達はそこに浴して涼をとります。澤山の兵隊の沐浴と、蓮の花と葉のざはめきの上を、時々敵機が竹トンボのやうに小さくみえて來ますが、僕達は至つて元氣です。——弟には蘇洲の驛で偶然に逢ひましたが、眞黑くなつて元氣さうでした。ほんの立話のていどでしたが、戰場で弟に逢へたりして、僕はいつとき運命と云ふものを考へておりました。元氣のいゝ奴で、馬で暫く僕達のトラックを追つてゐましたが、いまは、別れて一ヶ月になります。どの邊に移動して行つてゐるのか僕にはわかりませんが、正月に戴いたお母さんの寫眞をやりましたら、僕のこひびとだよ見てくれと云つて、うれしそうに戰友にみせておりました。

店の方の經濟はよくわかりました。あれだけでも大出來だとおもひます。何にしても戰時ですから、お母さんもよし子もそのつもりでゐて下さい。お手紙をみて、僕は何も思ふことはありません。僕の運命は、もうすべて國家にさゝげたものです。此一ヶ月あまり、よく生命があつたと思ふほどな激戰つゞきでしたが、お蔭様できづ一つなく元氣でおります。

僕や弟がゐなくても、よし子や子供達がお母様の御ヒゴで何とかやつてゆけると信じて安心してをります。——家族そろつて元氣でゐて下さることは、千も萬も感謝のほかありません。子供達やよし子の寫眞はうれしく拜受ゐたしました。いづれ、またおたよりゐたします。吾郎。——遠くで琴の音がしてゐる。よし子は良人の手紙を母へ讀んできかせながら、熱い涙がこみあげてゐた。

蓮池で水浴をしてゐる良人の元氣そうな姿が胸に浮んで來る。竹籠をつくろつてゐた母は、

「ほう……吾郎さんは道雄さんに逢つたんかねえ、不思議なものだねえ……」

「うちのひと吃驚したでせうねえ……道雄さんだつて驚いたでせう……」

よし子は立つて行つて、地圖を持つてくると、母の前へそれを擴ろげて、兄弟で逢つたと云ふ蘇洲と云ふ處を探してみた。

「ほら、お母さん、こんな處、こゝで逢つたんですよ、寒山寺つてお寺のある有名なところだつて……」

「廣い戰場で、兄弟が逢へるなぞとは、全く神樣のおひきあはせだよ、それにしても道雄からは此一ヶ月すこしも音信《たより》がないけど、どうしてゐるのかねえ……」

「道雄さんは大丈夫ですよ。手紙を出さなくても心配しないで下さいつてよく云つてましたもの……」

如何にも秋らしく晴れた朝である。百舌鳥が藪垣の向うにけたゝましく鳴きたてゝゐる。子供達が裏庭で唱歌をうたつてゐた。

よし子は良人が出征して行つてからの、一年あまりの女ばかりの生活を考へてゐる。とても女一人

では雜貨屋なんかやつてゆけないので、何度か店をたゝんで、わづかな畑地の手入れでもして暮らしてゆかうと考へてゐたのだけれど、そんな話を持ち出すたびに、母は何時もそのやうな弱氣でどうするとよし子を叱つた。

「國を擧げて戰爭をしてゐるのに、これだけの小さい店がやつてゆけないとは、それでは吾郎や子供達が可哀相ですよ。日露戰爭の時にね、よく、窮乏は最上の教師だと祖父《ぢゞ》にきいてゐたけれど、みんな足並そろへて窮乏にたへてゐたもんです……あなたが店をたゝむなんて考へるのはまだ早い。私もまだ七十だもの、なんぼうでも手助ひしますよ……」

よし子はこの母の何時もたゆまない元氣な言葉にはげまされて、店の仕入れから集金まで母と二人で今日までやつて來たのだ。

よし子は老いたる母の日常をぢつと眺めながら、どこからこんな力が湧くのかと不思議な氣持ちだつた。無駄や空虚なものが一つもない。朝は四時から起きて神棚へ燈明をあげた。そうして、よし子が店の戸を開けてゐる間に炊事の支度をしてくれてゐる。鷄舍から鷄を出してやる。子供と一諸にラジオ體操をして天子樣を禮拜する。見てゐて眞劍な生活である。

よし子は、自分もその母と共にまめまめしく働くことが出來、自分としては全く大きな飛躍ぶりだと、良人にたよりきつてゐたいまゝでの幼い生活をふりかへつてみて反省するのであつた。

「さしづめ、この店をやめてしまへば、家も困るが、村の人達だつて不自由をしますよ」

母はたとへ小さな商賣でも、自分の仕事にはほこりを持たなければいけないと云つた。

庭の落葉を掃いては、つくろつた竹籠へ入れて、母はそれを風呂場へ運んで行つてゐる。

わが手しほにかけしこの仕事
それを成就するは何たる幸福
お丶どうぞ私がつかれぬやうに！
いやそれはむなしい夢ではない
いまは此樹は一もとの幹にすぎないが
やがては實も結ばう影もさそう

よし子は老いてなほ元氣な母の姿を眺めながら、この母の噴きこぼれるやうな力は、いつたいどこから湧きあがるのかと不思議な氣持だつた。こんな母を持つた自分達を幸福だとも思ふ。學校を出て結婚をして、二人の子供の母となり、よし子は平和ないま丶での生活が、自分には不思議な一頁にさへ思へて來るのだ。


「お母さん！」

「……、……」

「お母さん、そんなこと英ちやんにさして下さい、もう、あの子にそんな事位出來ますよ……」

「あ丶、だつて、さつき二階で勉強をしてたやうだもの……こんな事位大丈夫ですよ。それより、宮野さんとこへね、石油と地下足袋とゞけてくれるとい丶ね……」

「あ、そうですか……ぢやア、自轉車でとゞけて來ませう。宮野さんて云へば、もう村道の電燈も消してしまつたつて云つてましたが、石油もマッチも隨分あがりましたものね」

「物が高くなれば、萬事が質素になるんだからい、でせう、習慣の中に無駄なものがなくなるだけでも大したものだしね……」

二階から子供の讀本を讀む聲が靜かにきこえて來てゐる。鷄の平和な鳴き聲。

やがて、よし子はもんぺをはいて自轉車で隣村へ配達に出掛けた。トンボがすい〳〵と野道を飛んでゐる。川の流れの音、遠い汽車の汽笛、よし子はトンボの飛びかふのを眺めて良人からの朝の手紙を思ひ出してゐた。蓮池に水浴をしてゐる良人の戰場での姿が浮んで來る。

何時かも村長さんが云つてゐたけれど、我々は子孫の爲に立派な日本をのこしてやらなければならない、強い民族をのこす爲に戰ふのだと云つていらつしたが、子供の健康な讀書の聲が、よし子には良人に對する唯一の報告のやうにも思へて來た。

「やア、およしさん！　精が出ますねえ」

牧場のそばまで來ると、炭燒の源さんが、炭を脊負つたまゝの姿で堤でやすんでゐた。

「いゝ天氣ですねえ……おじさんとこ、廣太郎さんいまどこです？」

「あゝ、いまはね、蒙古の邊へ行つてゐるやうですよ。とても元氣でねえ……あれはまア、働くことは何でもないでねえ、その點は心配はないが、どうですいね、露西亜と戰爭はあるやうですかね？」

「さア、私なんかにや、何もわからないけど、そんな心配もないやうですよ……」

「そうかねえ、まア、なるべく支那からかたづけんことにや仕方がないでね、——廣太郎の手紙でみると、あいつ馬の係になつたとかで、手ごはい馬に閉口だと云つて來てるが、婆さんは馬の係りが相當だらうと笑つてたところさ……」

「廣さんは力がつよくて眞面目な人だからね……」

「いやもう、から子供でねえ、お務め出來るだけでも、ありがたいつてもんですよ……」

やがてよし子は源さんと別れて、宮野先生のところへ自轉車を走らせて行つた。

「今日は……」

「あゝよし子さん？」

「えゝ」

宮野先生の奥さんはよし子と女學校友達だつたが、よし子の自轉車を眺めると、

「ほんとに偉いわ。——よくやつてなさるつて感心してるのよ、ご主人元氣ですか？」

と、土間へ降りて來て、よし子の自轉車のそばへやつて來る。

「感心されるやうなことでもないわ、だけど、自分でこうして廻つてみて亭主のありがたさつてわかるのね……いまゝでは不平だらだらだつたけど、男つて偉いと思ふの……」

「逢ひたいでせう？」

「そりやア、逢ひたいわ……だけど、戰爭に勝つまでは……私、此頃、このまゝ一生でも、このまゝの氣持で働けるやうにおもへて來たの……」

「本田さんのところも明日出征なさるのよ……」

「そうですつてね。——送つて行きたいけど、私とても忙はしくて送つて行けそうもないので……昨

夜御あいさつに行つて來たの……國防婦人會にはいつて、ちつとも送り迎へ出來ないけど、貴女、私の分もやつて來て下さい……」

「ほほほほ……かしこまりました」

「ねえ、このごろ、お母さんとても元氣で病氣一つしないのよ。——弱くて寢こんでばかりゐた私が自轉車で配達でせう……變れば變る世の中だつて……」

レモンの木は花さきくらき林の中に
こがね色したる柑木《みかん》は枝もたはゝにみのり
青く晴れし空よりしづやかに風吹き
ミルテの木はしづかに
ラウレルの木は高く
くもにそびえて立てる國をしるやかなたへ

その夜、よし子は戰場の夢を見た。野砲彈がみごとに炸裂する、黄ろい砂煙があがる。聳へた城壁にあがつてゆく良人の逞くましい姿、たへづ耳につく豆をいるやうな小銃の音、良人は時々ふりかへつて、力仕事をする時のくせで、きつと唇を嚙みしめながら、おい、おい、早く來ないかッと時々下へどなつてゐる。

よし子は思はづ聲をあげて泣きながら良人を呼んだ。道雄が走つて梯子を持つて行つてゐる。脊中に日の丸の旗がひら〱してゐる。お母さんお母さんと良人の方を呼んでゐる。よし子はそんな夢のなかです丶り泣いてゐたが、ふつと眼がさめると、耳のそばで本當に小銃の音がしてゐた。頰は涙でぬれてゐる。

「あ丶演習なんだね……」

次の部屋で母が眠れないのかそんなことを云つた。

「お母樣、何時頃でせう？」

「さつき、三時が打つたから、もうそろ〱四時でせう……」

「そうですか、あの鐵砲の音は演習なんですね。兵隊さんも隨分澤山ゐるんですね」

「外はい丶月夜だよ……」

蟲が鳴いてゐる。よし子は母が心配するといけないので、夢の話はしなかつた。町でみたニュースのなごりが、頭の中にそれとなく殘つてゐたのに違ひない。よし子は支那と云ふ土地へ行つたこともなければど、城壁なんてみたこともなかつたけれど、夢の中には、はつきりとニュース映畫でみた支那の山河が浮んで來るのであつた。

村道をゆく荷車の音がしてゐる。家の鷄も鳴きはじめた。

「母ちゃん！」

「なあに？」

「あたしねえ、昨夜、おじさんの夢見たんだよ……」

「ふうん……」

「おじさんが走つて來て、井戸で顔を洗ふんだつて洗面器さがしてたよ」

よし子は蒲團の上へそつとへたばつてしまつた。

「おばあちやんに、夢の話なんかしちやアいけないよ、い丶？　默つてるのよ……」

よし子は子供に着物をきかへさせると、子供といつしよに蒲團をた丶んだ。

母はもう庭へ出て鷄へ餌をやつてゐる。出征する前に、良人が鷄小舍もなほして行つてゐるので、少々の雨が降つても水びたしになるやうなこともなく、鷄はよく卵子を生んだ。

店の神棚にはもうともしびが上げてあつた。チロ〳〵と燃える燈明の火を見てゐると、よし子は思はづ合掌してそこへ膝まづいてしまつた。

お母さん
僕は戰場へ來て、どんな事があつても、病氣でなんか死にたくありません。生命をそまつにする氣持はありませんが、一死報國、まことに、廣大ムヘンな恩を感じます、僕は寢る時に、かならずお母さんありがたうと云ひます。兄貴はどこへ行つてゐますか。步兵なので、僕よりキケンリツは多いと思ひますが、僕のやうに血氣でないから、着々と功名をたてるだらうと思ひます。

此頃はコレラが猖獗をきはめてゐます。烈しい暑さと、濁つた水が僕達を苦しめてゐます。

一年は短いやうですが、かへりみますと、何年か丶つても出來ないおびたゞしい内容を盛つております。戰場にくらして內地のことは何もわかりませんが嫂さんとうまくやつてゐて下さい。長期戰になりますと、物資の缺乏も考へられますが、元氣を出してやつて下さい。僕は竹の皮でセンイをつくり、麻布《あさぬの》のやうなものをつくる發明を此戰場で考へてゐます。小包を下さいました由、兄貴にも送つて下さいましたか。英坊たちにも元氣でゐるやうに……。

二ヶ月前の道雄の手紙だけれど、よし子は神棚の前に坐つてぢつと、その手紙のことを考へてゐた。不思議に、あらゆる兵隊の爲に祈る神々しさになつて、よし子は自分でまた神棚へ燈明をあげた。

麥畑や、小麥と罌粟の、
中に伏す兵士のひとり、人に知られず、
はや二日、はや二夜、
重き傷負ひ、結ばれもせず。

麥畑に鳴るは鎌の音、
平和なる村をみやりて、
いざさらば、さらば、ふる里
首垂《こうべた》れ、息はたえたり。

夕方から雨が降りはじめた。葉や土をくさらせるやうなしめやかな雨だつた。白い雨脚を眺めながら、子供が納戸の破れたオルガンを弾いてゐる。よし子は店の硝子戸を閉めて、帳簿をつけてゐた。店の硝子戸をがた〳〵と開けて、役場の使ひのひとが自轉車で電報を持つてきてくれた。

「まア！　お母さん、道雄さんが負傷したんですよ、道雄さんが……」

母は冬の蒲團を縫つてゐたが、よし子から電報を取るとすぐ、その電報を神棚へあげた。ふるへる手で燈明をとぼしながら、

「大丈夫！　大丈夫！　痛くはない、すぐなほります、また戰場へ出られますよ」

と一人ごとを云つてゐるのだ。

「痛くはない、しつかりしてなさい！　しつかりしてるんだよッ！」

よし子は神棚のともしびを眺めて、しつかりしてゐよとつぶやいてゐる母の姿に、大きな母の愛を感じた。

役場のひとも、いづれあとから、くはしいことがわかりませうからと歸へつて行つた。店は暗くなつたが、電氣もつけないで、燈明だけがゆら〳〵と、あはく光つてゐる。

聽て宮野先生や村長さんも來てくれた。八幡樣の神主さんもやつて來た。母は氣丈に泣かなかつた。そうして誰が來ても、道雄と吾郎の寫眞をふところへ抱いてゐるから、どんなことがあつても、あの息子達は元氣でゐるはづです。傷だつて大したこともないのでせうと云つた。

「お國の爲に生命を捨てるのはあたりまへだけれど、ほかのことで生命をそまつにしてはならないと云つてありますもの……」

よし子は泣けて仕方がなかつた。顔を洗ひに歸へつたおじさんの夢は、子供の夢にも思へなかつた。自分も道雄の夢を見たのだから。

「おじさんがねえ、洗面器、洗面器つて云ふんだよ……」

子供の話に、みんなしゆく然としたものを感じてゐる風である。——夜になつて雨は豪雨になり

稲光りさへして來た。硝子戸を青に染めて走つてゆく、氣味の悪い稲妻、稲妻の走り去つたあとには、遠く近く雷鳴がとゞろきわたつてゐる。

誰かゞ店の硝子戸をあけてゐるやうだ。

よし子は蒲團からはねおきて店の間へ行つてみた。

「あゝ起きたの?」

「まア、お母さん! どこへ行らつしやいましたの?」

「安閑と寢てもゐられないので、八幡様へお参りに行つて來ました。普段はきびの悪いところだけれど、おかしなものだねえ、すこしも怖くなかつたし、お宮の中はにぎやかで氣持ちがいゝ……」

「だつて、まア、こんな雨の中を……」

「いや、私も雨で大變だと思つたけれどねえ、――たゞ道雄のこと祈つて來てやれば、安心なんだよ。案外氣強い子供だから、傷も大したことではないだらうけど、一寸、お参りしてくれれば、私の氣持が済む……雨なんか、何でもありやアしないもの」

「でも、無理をして、お母さんの軀が悪くなつたら、どうします?」

「私? 私は病氣なんかしてはゐられない」

この雨の中に、小銃の音がしてゐる。白い稲光りが何度となく暗い硝子戸を照らしてゆく。よし子は、一生懸命働かなければ済まないと思つた。

「お母様! もうおやすみなさいましよ」

母は、乾いたきものにきかへると、濡れた傘を土間へ擴ろげて、まだ、もう少し起きて道雄のことを考へてゐてやりたいと云つた。そばへ行つてやれないのだから、せめて起きて考へてゐてやることだけでも、あの子にとつて、氣丈夫だらうよと云ふのである。

よし子は神棚へ燈明を二つあげた。罌粟のやうに美しいともしびだつた。燈かげの下に、小さく坐つてゐる、母の霜をおいた頭髪の上に、ともしびが金色に光つてゐた。

「お母さん！　道雄さんはきつと、いまごろ、お母さんの夢をみてゐますね」

「あゝ、きつと、私のことを考へてゐるだらう……」

「八幡様へお參りなさるんだつたら、私もお供しましたのに……」

「冗談云つちやいけません……貴女は大事なひとだもの、このお燈明の下でもお參りは出來ます。吾郎のことを祈つてやつて下さい。吾郎のことも國のことも、いま私は一生懸命おがんで來ました……」

〈ＮＨＫ放送博物館蔵〉


芙美子は、この放送の翌9月に内閣情報部の命を受け、ペン部隊の一員として作品の通り揚子江北岸部隊に従軍する。ＮＨＫ大阪放送局による依頼原稿であることは間違いないが、執筆の時点ではペン部隊の動員計画は表に出ていない。放送局が、ペン部隊の計画を事前に知った上で、芙美子に執筆を依頼した可能性はないと思う。なぜならペン部隊に指名された他の作家の作品が、同時期にラジオ放送された形跡がないからである。

だが番組自体はペン部隊の計画にかかわらず、銃後の女性を対象にした内容であった。ＮＨＫ「番組確定表」と新聞記事とを照合すると、内容は以下のとおり。番組名は「銃後婦人の夕」。

午後7時40分　講演2本「銃後の守りに大切な次の國民の養成」井上秀子。「銃後の家庭」武藤千世子。
午後8時10分　斉唱3曲「婦人愛國の歌」仁科春子作詞　古關裕而作曲。「銃後の花」長田幹彦作詞　橋本國彦作曲。「愛國の花」福田正夫作詞　古關裕而作曲。
午後8時20分　物語1篇「ともしび」林芙美子作　毛利菊枝朗読。

ペン部隊　上巴河の露営地

芙美子は前年の昭和12年、日中戦争の勃発を受け、大阪毎日・東京日日新聞の特派員として中国に従軍した。放送局が、従軍経験のある芙美子に作品を依頼するのは自然であろうが、この作品がペン部隊に指名されるきっかけになったとも思えない。作品は、あくまで銃後の家族が出征兵士の無事を祈る物語だからである。

だが結果的に、この作品がペン部隊に派遣される芙美子の実体験を暗示するかのような内容になったことが、不思議な暗合と言えようか。芙美子が引用したリリエンクローンの作品は、作者の戦友が二日二晩に亘り、救護もされず麥畑で死をむかえる情景を唄う。これはペン部隊における芙美子の実体験となる。『戦線』『北岸部隊』などの従軍記によると、芙美子は麥畑ならぬ綿畑において露営した。安全な場所ではない。銃弾が飛び交い、中国人兵士の亡骸が放置されたような露営地であった。「ともしび」執筆時において著者がペン部隊の従軍を予期していたわけではあるまいが、作品が後の実体験を暗示するという稀なる巡り逢わせとなったのである。

このリリエンクローンの作品については、もう一つ伏線がある。『新女苑』昭和13年9月号に発表した短篇「狭きふしど」である。この作品の冒頭に、同じ詩を引用している。NHK放送日と雑誌の発売時期を見れば、両者は同時に執筆されたものと言える。リリエンクローンの詩は3連から成るのだが、芙美子が「ともしび」で引用したのは第1連と第3連。「狭きふしど」で引用したのが第1連と第2連という組み合わせ。つまり2篇の作品をあわせると、リリエンクローンの原作が姿を現すという手の込んだ引用なのである。そしてペン部隊から帰国後に執筆した従軍記『北岸部隊』（9月25日記）において、リリエンクローンの作品を全文引用した。

穂中の死　　　　リリエンクローン

麦畑や、小麦と罌粟の、
中に伏す兵士のひとり、人に知られず、
はや二日《ふつか》、はや二夜《ふたよ》
重き傷負ひ、結ばれもせず。

胸あつく喉《のんど》かはきて、

くるしげに頭《かうべ》をもたぐ。
最後《はて》の夢、最後《はて》の幻
盲ひゆくその眼空を見つめぬ。

麥畑に鳴るは鎌の音、
平和なる村を見やりて、
いざさらば、さらば、ふる郷――
首《かう》垂《べ》れ、息は絶えけり。

〈秋元蘆風著『現代獨逸詩人』南江堂書店、大正4年9月〉

ペン部隊の従軍から帰国後の昭和13年12月6日、今度はNHK東京放送局がラジオ音楽劇「北岸部隊」を制作放送する。芙美子作詩・飯田信夫作曲「北岸部隊の歌」をモチーフにして、今日出海が脚色した音楽劇である。「北岸部隊の歌」は『婦人公論』昭和14年1月号に掲載されたので歌詞は分かる。歌曲は国会図書館の歴史的音源で試聴できる。芙美子は、もう一つの従軍記『戰線』の主題歌も作詞した。これも国会図書館の歴史的音源で試聴できるのだが、歌詞の文字テキストは分からなかった。そこで発売元日本コロムビアに照会したところ、同社のご好意で、同社が所蔵する歌詞カードをご提供いただいた。作品は「戰線の歌」と銃後家族の唄「家のたより」が対になっており、この歌詞にも「ともしび」と通ずるものがある。歌詞原文を紹介する。

戰線の歌

作詞・林芙美子
作曲・古關裕而
編曲・奥山貞吉
歌唱・伊藤久男

一

砲火とゞろく　この晨朝《あした》
征野萬里《せいやばんり》を　突き進み
日の丸の旗　へんぽんと
浠水《きすゐ》の河を　渡りゆく
皇軍堂々　この戰線

二

山脈《やまなみ》はるか　晩秋の
白雲《はくうん》悠々　縫ひゆきて
掃射に向ふ　爆撃機
胸はふたぎぬ　雄々しさに
皇軍堂々　この戰線

家のたより

作詞・林芙美子
作曲・古關裕而
編曲・奥山貞吉
歌唱・二葉あき子

1

お元氣ですか　このごろは
馬上の寫眞をありがたう
威風堂々　勇ましい
あなたの姿　家ぢゆうで
涙をためて　みてゐます。

2

お元氣ですか　このごろは
坊やも大きく　なつてます
笑へばあなたの　横顔に
とてもよく似て　すこやかに
日の丸かついで　歌ひます。

三

光りきらめく　てつかぶと
新州城壁　よぢのぼり
祖國をおもふ　忠心《まごころ》に
涙あふれぬ　萬歳と
皇軍堂々　この戰線

四

漢口眼近《まぢか》し　いざ征かむ
兵士も馬も　默々と
星夜の黄陂《くわうは》　押し進む
敗走の敵　追ひちらし
皇軍堂々　この戰線。

3

お元氣ですか　このごろは
戰勝だよりに　何よりも
母さん毎日　神まゐり
てがらをたて丶　お還《かへ》りを
弟妹《きやうだい》みんなで　待つてます。

4

お元氣ですか　このごろは
河風《かはかぜ》わたる　揚子江
お艦《ふね》の上の　軍艦旗
ニュースで見た日の　おもかげを
毎晩わたしは　夢に見る。

芙美子生前のNHKラジオ出演や作品放送の主なものには、次の番組がある。

昭和4年10月13日　意見発表「新戀愛自殺論再批判」大阪放送局。
昭和6年11月5日　談話「婦人に薦めたい秋の旅行」／「家庭講座」名古屋放送局。
昭和11年3月16日　物語「望鄕」朗読　霧立のぼる。→『若草』同年10月号。
昭和11年5月18日　物語「野麥の唄」朗読　岡田嘉子。

昭和13年7月24日　物語「からたちの花」東京放送局制作。
昭和13年8月18日　物語「ともしび」朗読　毛利菊枝。大阪放送局制作。
昭和13年11月4日　講演「漢口攻略戰從軍より歸りて」京都放送局。
昭和13年12月6日　音楽劇「北岸部隊」脚色　今日出海。東京放送局制作。
昭和16年8月11日　物語「平凡」朗読　澤村貞子。
昭和21年1月4日　談話「建設の春を迎へて」／「婦人の時間」。
昭和21年5月7日　談話「日記について㈠」／「婦人の時間」。↓『婦人の爲の日記と隨筆』。
昭和21年5月14日　談話「日記について㈡」／「婦人の時間」。↓『婦人の爲の日記と隨筆』。
昭和21年5月21日　談話「日記について㈢」／「婦人の時間」。↓『婦人の爲の日記と隨筆』。
昭和21年8月26日　談話「婦人と讀書」／「婦人の時間」。↓『婦人の爲の日記と隨筆』。
昭和24年1月5日　談話「新春隨想」／「婦人の時間」。
昭和24年12月29日　インタビュー「朝の訪問」。
昭和26年4月5日　対談「日本の風土」柳宗悦・芙美子　司会亀井勝一郎。↓『放送』5月号。
昭和26年6月24日　聴取者参加インタビュー番組「若い女性」。

このうち名古屋放送局の「家庭講座」は、芙美子の実年譜においても興味深い。芙美子は昭和6年11月4日、パリ渡航のため東京駅を発つ。名古屋駅で途中下車し、5日午後2時から名古屋放送局に出演したのである。これは『名古屋新聞』同日付けのラジオ番組記事に記されている。当初から旅程に組み込まれていた出演であることが分かる。なお新聞記事には「家庭講座」と「婦人講座」の語が混用されている。

日本コロムビアから提供いただいた「戰線の歌」の歌詞カードには、『戰線』の主題歌と明記されている。だとすると「北岸部隊」の音楽劇が制作されたように、「戰線の歌」を主題歌にした音楽劇が制作された可能性もあろう。NHK放送博物館で閲覧させていただいた「番組確定表」は、東京放送局と大阪放送局のものだが、名古屋放送局と京都放送局の出演歴がある以上、他の放送局制作番組があるかも知れない。

本章の冒頭で述べたように、戦後の「婦人の時間」における芙美子の出演歴は、著者の文業にも大きく関わる。随筆集『婦人の爲の日記と隨筆』に収められた隨筆はどれも優れた作品なのだが、初出掲載誌が分からない作品が複数あった。それが、NHK「番組確定表」という公式記録に照らして、ラジオ放送向けの原稿であったことが分かったのである。これは芙美子の文業歴を辿る上で、大きな収穫であった。昭和21年1月4日の戦後第一声の詳細はまだ分からないが、芙美子自身の再出発宣言であると同時に、日本国民全体に向けられた再出発宣言であっただろうと思われる。

そしてとりわけても、物語「ともしび」の肉筆原稿の出現は、芙美子の文業に新たな光をあてた。リリエンクローンの作中引用詩を含め、この作品が、そのまま自身の実体験に重なっていったのだから、ペン部隊の従軍から帰国後の、憑かれたような作品執筆歴も頷ける。もはや、宿命としか形容できない。

昭和26年6月24日に持たれた聴取者参加のインタビュー番組の4日後に、芙美子が亡くなったことにもNHKラジオ放送との因縁を感じさせる。この番組に参加した若い女性達と交わされた問答の記録は、『週刊NHKラジオ新聞』同年7月7日号「附録」に掲載されたのだが、そこで芙美子は「自分はいつ死ぬかも分からない」と述べ「もう一日もある意味でムダのない球をほおりたいという気持」だとも述べた。同新聞編集部による冒頭注記を紹介する。ルビを補った。

林芙美子さん　最後の聲　いつ死ぬかも分らない

林芙美子女史急逝はひろく悼まれているが左は去る二十四日（日）の「若い女性」の時間の〝会つて見たい人のページ〟で、同女史を慕つてスタジオに集まつた約三十名のティーンエイジャーのインタビューに答えた同女史の言葉である。林女史は放送番組審議委員の紅一点として、かねてよりとくに婦人番組面でのよき助言者であつたとともに、婦人番組におけるよき放送者であつたが、この「若い女性」での放送は、奇しくも女史最後の放送になつた。しかもこの放送の中で、女史は自分の現在を「晩年」と言い、さらに「いつ死ぬかも分らない」と述べており、一入《ひとしお》感慨をそそる。

〈『週刊NHKラジオ新聞』昭和26年7月7日号「附録」7面〉

そして、この放送を病床で聴いた、芙美子20年来の親友大屋久壽雄は、芙美子宛に書簡を認め、それに対して芙美子は6月26日付けの返書を認めた。この書簡が芙美子の絶筆書簡となり、大屋もまた同年12月に亡くなった。この絶筆書簡は２０１６年に至り、大屋のご遺族から新宿歴史博物館に寄贈され、同年の芙美子命日に公開された。芙美子とＮＨＫラジオ放送との縁は深い。調査にご協力いただいた、ＮＨＫ放送博物館と日本コロムビアに重ねて謝意を申しあげる。

第Ⅲ部　林芙美子の文業目録

作品目録

【作品目録掲出についての注記】

一、作品の種別は「詩」「童話」「短篇（小説）」「中篇（小説）」「長篇（小説）」「掌篇」「随筆」「詩論」「評論」「短歌」「紀行」「談話」「選評」「雑」等とした。小説なのか随筆なのか判断しづらい短篇を「掌篇」とする。「雑」は旅先から新聞・雑誌社への短信や諸家アンケート等の雑文とする。編者の分類が妥当か否かは別として、作品考証の参考にはなろう。編者が実査した稀少資料は資料源を示し、注意を要する作品には注記を施す。雑誌における読者投稿詩の「選評」は複数年次に亘るため、初回掲載時にまとめて掲出する。新聞・雑誌の長期連載小説は、便宜を考慮して初回掲載時に最終回とあわせて掲出するが、これまで雑誌における発表歴が不明であった作品や重要作品については、各掲載回ごとに掲出する。

二、掲出順は発表年次順とし、作品名は「　」、掲載紙誌名は『　』で示す。

三、挿絵・カット画家名は、目次・本編等に氏名が明記されている場合にとどめた。

四、新宿歴博に寄贈された林芙美子旧蔵「スクラップ帳」編綴作２００点は、それ自体が目録化に値する貴重資料だが、本目録と重複する。各作品末尾に［スクラップ帳］と注記して「スクラップ帳目録」に替える。この他、新宿歴博には「スクラップ帳」以外に、編綴されていない文字通りの新聞・雑誌スクラップが約４００点、直筆原稿等が約２６０点、林家から寄贈されている。稀少資料には『林芙美子資料目録』所載の歴博管理番号も示す。現時点で初出や発表日を特定できない作品28点は［スクラップ帳］編綴作も含め「作品目録」巻末に、【参考作品】として分類掲出する。詩と童話の文泉堂版全集未採録作に特化した思潮社刊『ピッサンリ』もまた［スクラップ帳］を利用している。本目録と重複するが、メジャー誌発表作や復刻版刊行作を除き、稀少資料は同書採録の旨を注記する。ただし、同書は作品個々の資料源を示していないため、編者が追調査し得ない作品は、これも【参考作品】に分類する。先行書の引き写しを戒めるためである。

五、神奈川近代文学館所蔵の野村吉哉旧蔵資料に、作者林芙美子名の童話スクラップと吉哉の手書き作品リストがある。そのリストに、作者名は芙美子だが原作は吉哉だとする童話が4点ある。編者は共作と考えるが［野村吉哉作か？］と注記する。【参考作品】も含め総計１６３３点。

六、当該作品を収録した単行本も示した。著者芙美子は単行本収録時に改作・改題することが多いのに、「題跋」等にその旨を殆ど注記しない。検閲対応による改作・改題ならば、注記しないことにも理由がある。編者が明らかにし得た範囲で、改作履歴として注記する。後掲する「単行本目録」及び単行本目録番号と合わせて参照されたい。

【尾道高女時代】6点

詩「漂泊」時事新報社『少女』第77号 大正8年4月6日

投稿筆名「幽花路」。『ピッサンリ』〔大阪府立図書館〕

詩「野菊」時事新報社『少女』第83号 大正8年10月6日

投稿記名「林フミ子」。『ピッサンリ』〔大阪府立図書館〕

注・以下〔スクラップ帳〕の他、〔　　　〕内は編者が実査した稀少資料の資料源。

紀行「佛通寺旅行記」尾道市立高等女學校校友會『眞多滿』大正8年7月16日。記名「林フミコ」。

詩「廃園の夕」『備後時事新報』大正10年4月頃

筆名「秋沼陽子」。

短歌「土の香」6首『山陽日日新聞』大正10年5月4日

筆名「秋沼陽子」。

詩「命の酒」『備後時事新報』大正10年7月頃

筆名「秋沼陽子」。

注・〔典拠〕『尾道と林芙美子／ある女流作家の記録』昭和49年5月5日。林芙美子研究会『尾道と林芙美子・アルバム』1984年8月1日。『新潮日本文学アルバム／林芙美子』1986年8月25日。『尾道と林芙美子・アルバム』は『備後時事新報』発表作として「カナリヤの唄」を掲げるが掲載日と作品内容が不詳のため掲出しない。ただし、同書に翻刻採録された、生前には活字化されなかった高女時代の詩と随筆は資料的価値が高い。

【大正13年／1924年】7点

詩「スリッパ」『二人／第一輯』7月25日

↓1『蒼馬を見たり』「赤いスリッパ」に改作・改題。

詩「オシャカ様」『二人／第一輯』7月25日

↓1『蒼馬を見たり』「お釋迦様」に改作・改題。注・同誌で初めて筆名林芙美子を名乗った。友谷静榮と共作した『二人』につき、『新潮日本文学アルバム／林芙美子』が第一輯の書影を掲げ、第二輯は筑摩書房『日本文学アルバム／林芙美子』が1頁のみ書影を掲げた。第三輯の存否と内容は不明。

詩「女工の唄へる」『文藝戰線』8月号。

詩「あさ」『都新聞』9月11日。

注・『都新聞』デビュー作。2『放浪記』「赤いスリッパ」に〈都新聞に別れた男への私の詩が載つてゐた—一九二四—〉との描写がある。昭和女子大編『叢書』第69巻「著作年表」は、詩「あさ」につき、元号違いの「昭和13年」作に掲出している。

詩「夜があけた」『文藝戰線』11月号。注・この作品も『叢書』「著作年表」は「昭和13年」作に掲出している。

詩「寝覺」『都新聞』11月15日。

詩「土に泣く」『都新聞』11月23日。

【大正14年／1925年】 21点

詩「海の灯」『婦人と子供／第5号』（『讀賣新聞』附録）1月20日。『ピッサンリ』〔神奈川近代文学館〕〔スクラップ帳〕**注**・『讀賣新聞』附録の『婦人と子供』は大正13年11月20日創刊。『讀賣新聞』本紙の同日紙面に創刊の告知と創刊号目次がある。以後、後掲の童話「手長猿と山蟹」も含め各号の目次が『讀賣新聞』本紙に掲載された。

詩「青空」『東京朝日』2月28日。

注・『東京朝日』デビュー作。

詩「夢」素人社『現代文藝』4月号

↓1『蒼馬を見たり』「失職して見た夢」に改稿・改題。

詩「異人屋敷の書」時友社『少女』第153号4月号。挿絵・砂川星路。**注**・版元社名の変更。〔神奈川近代文学館〕

詩「赤いマリ」『讀賣新聞』4月26日。**注**・『讀賣新聞』デビュー作。後掲『近代詩歌』において改作。

詩「善魔と悪魔」『文章倶樂部』5月号

↓1『蒼馬を見たり』に改稿収録。

童話「手長猿と山蟹」『婦人と子供／第11号』5月10日。『ピッサンリ』〔石川武美記念図書館〕〔野村吉哉作か？〕

詩「初夏の空に」『讀賣新聞』5月31日。

詩「裏門」時友社『少女』第155号6月号

挿絵・砂川星路。〔神奈川近代文学館〕

詩「醉醒」「戀は胸三寸のうち」『マヴォ／5号』6月24日

↓1『蒼馬を見たり』。

童話「豚の出世」ポケット講談社『少年少女』7月号。『ピッサンリ』〔大阪府立図書館〕〔野村吉哉作か？〕

詩「貧乏神」「犬になりたい」『マヴォ／6号』7月18日。

評論「鳴り物入り詩人達へ」『近代詩歌』8月号。**注**・同誌の奥付は7月号だが8月号の誤植。〔神奈川近代文学館〕〔立命館大学／白楊荘文庫〕

詩「寂しきよいどれ女」『世界詩人』8月号

↓1『蒼馬を見たり』「醉ひどれ女」に改題。

童話「無名の愛國者」ヨウネン社『少年少女美談』8月号『ピッサンリ』〔日本近代文学館〕〔野村吉哉作か？〕

童話「みさきの月」小学新報社『少女号』9月号。『ピッサンリ』〔野村吉哉旧蔵スクラップ〕

詩「四軒長屋」『世界詩人』11月号。

童話「お京ちゃんの手紙」『少女号』11月号。『ピッサンリ』〔さいたま文学館〕

童話「我儘娘と黒猫」『少女号』12月号。『ピッサンリ』〔日本近代文学館〕〔さいたま文学館〕

童話「思ひ出の唄」『少年少女美談』12月号。『ピッサンリ』〔日本近代文学館〕

詩「憂鬱の蛙」『近代詩歌』12月号。**注**・同誌の女性詩人特

集。他に友谷静榮、英美子、目次緋紗子、森三千代、後藤八重子、岩田よしの、寺本秀子。『ピッサンリ』［立命館大学図書館／白楊荘文庫］

【大正15年／1926年】 19点

詩　「國へ歸へりませう」『世界詩人』1月号。

詩　「赤いマリ」『近代詩歌』1月号→1『蒼馬を見たり』。注・『讀賣新聞』大正14年4月26日初出作の改稿作。［立命館大学図書館／白楊荘文庫］

評論　「女流詩人評」『近代詩歌』2月号。注・友谷静榮を含む11人の女性詩人評。［立命館大学図書館／白楊荘文庫］

詩　「たび路」『現代文藝』2月号。

詩　「私の歩く道」2月20日。注・豊橋詩人協会が主催した「詩の展覧會」に出品された。開催場所は山幸呉服店。作品内容は分からないが同展覧会の出品目録に基づき掲出する。49人の詩人が出品している。［豊橋市立図書館／岩瀬正雄旧蔵資料］

随筆　「私と詩」『日本詩人』3月号。

童話　「街のベチイ」『少年少女美談』4月号。『ピッサンリ』［日本近代文学館］［野村吉哉作か？］

詩　「十月の海」『文章倶樂部』5月号。

詩　「一人旅」『太平洋詩人』5月創刊号→1『蒼馬を見たり』。［日本近代文学館］

童話　「丘に立ちて」『少年少女美談』6月号。『ピッサンリ』［日本近代文学館］［野村吉哉旧蔵スクラップ］

詩　「火花の鎖」『太平洋詩人』6・7月合併号→1『蒼馬を見たり』。

詩　「灰の中の小人」『女性詩人』9月号→1『蒼馬を見たり』。［神奈川近代文学館］［スクラップ帳］

掌篇　「このごろのわたし」『女性詩人』9月号。［神奈川近代文学館］注・本書第Ⅱ部第14章に採録。

詩　「のり出した船だけど」『文藝戰線』9月号→1『蒼馬を見たり』「乘り出した船だけど」。

訪問記　「秋江先生のお仕事ぶり」『文章倶樂部』9月号。

訪問記　「秋聲先生の創作生活」『文章倶樂部』10月号。

短篇　「秋の日記」〈未完〉『太平洋詩人』12月号。注・2『放浪記』「秋が來たんだ」の原型作。発禁処分。［日本近代文学館］

詩　「睫毛」『若草』12月号。

詩　「苦しい唄」『文藝市場』12月号→1『蒼馬を見たり』。

【昭和2年／1927年】 24点

詩　「秋のこゝろ」『太平洋詩人』1月号→1『蒼馬を見たり』。

詩　「砂を嚙むやうに」『太平洋詩人』2月号。

童話「馬鈴薯姫（一）」『時事新報』2月19日。

童話「馬鈴薯姫（二）」『時事新報』2月22日。

童話「馬鈴薯姫（三）」『時事新報』2月23日。

童話「馬鈴薯姫（四）」『時事新報』2月25日。

童話「馬鈴薯姫（五）」『時事新報』2月26日。

童話「馬鈴薯姫（六）」『時事新報』3月1日。

童話「馬鈴薯姫（七）」『時事新報』3月2日。

童話「馬鈴薯姫（八）」『時事新報』3月3日。

注・本書第Ⅱ部第12章に全文を採録。

随筆「野村吉哉と別れるまで」『現代文藝』4月号。**注**・野村吉哉の芙美子に対する別れの言葉も併載。〔昭和女子大〕

掌篇「草の芽」『若草』4月号。〔スクラップ帳〕

詩「理想の旗を立てる前に」婦選獲得同盟『婦選』6月号。

少女小説「矢車草」『少女の友』6月号。『ピッサンリ』

掌篇「文壇洋食」『若草』7月号。

童話「海の勇者」『少年少女美談』8月号。『ピッサンリ』〔日本近代文学館〕

童話「三味線屋のお爺さん―一」『時事新報』8月24日。

童話「三味線屋のお爺さん―二」『時事新報』8月26日。

童話「三味線屋のお爺さん―三」『時事新報』8月31日。

注・『時事新報』2作目の童話。挿絵もある。本書第Ⅱ部第12章に採録。

紀行「港小景　女詩人の旅」『週刊朝日』10月2日号。
注・『週刊朝日』デビュー作。本書第Ⅱ部第21章に採録。
詩「茛」『詩魔』11月号。『ピッサンリ』〔神奈川近代文学館〕
評論「四國文壇の狀勢」『文章俱樂部』12月号。
詩「ロマンチストの言葉」『文藝公論』12月号
↓1『蒼馬を見たり』。
詩「百貨店の口」『文藝公論』12月号
↓1『蒼馬を見たり』において「ほがらかなる風景」に改題して収録。**注**・この作品は第二詩集9『面影』においても「心境風景」に再改題して収録された。この他にも第一詩集と第二詩集収録作に重複があり、新潮社版全集第1巻は、重複作品につき注記もせずにどちらかを抹消した。少なくとも注記は必要である。

【昭和3年／1928年】 17点
詩「海の見へない街」『文藝戰線』1月号
↓1『蒼馬を見たり』。
詩「いとしのカチウシャ」『文藝戰線』2月号
↓1『蒼馬を見たり』。
随筆「辻さんと五十錢」『文藝公論』2月号。
短篇「洗濯板―一ッの追憶から―」『文藝戰線』3月号。
注・『改造』昭和4年10月号「九州炭坑街放浪記」の習作

的原型作。
詩　「朱帆は海へ出た」『文藝戦線』3月号
↓1『蒼馬を見たり』。
詩　「蒼馬の夢を見た」『婦人運動』5月号
↓1『蒼馬を見たり』「蒼馬を見たり」に改題。
詩　「女王様のおかへり」『若草』5月号
↓1『蒼馬を見たり』。
短篇「かにの宿」『東京朝日』6月19日。
注・この作品は『女人藝術』「放浪記」連載に先行する作品だが、実名小説ではない。
詩　「黍畑」『女人藝術』8月号。カット・長谷川春子
↓1『蒼馬を見たり』「序詩」。**注**・『女人藝術』デビュー作かつ代表作。
短篇「蛇の皮」春秋社／春秋書院『春秋』8月号。［日本近代文学館］［スクラップ帳］**注**・本書第Ⅱ部第15章に採録。
長篇「秋が來たんだ─放浪記」〈第1回〉『女人藝術』10月号
↓2『放浪記』第8章。〈以下、連載20回〉
詩　「疲れた心」『若草』10月号↓1『蒼馬を見たり』。
長篇「濁り酒─放浪記」〈第2回〉『女人藝術』11月号
↓2『放浪記』第9章。
詩　「月夜の花」『文章俱樂部』11月号↓1『蒼馬を見たり』。
長篇「一人旅─放浪記」〈第3回〉『女人藝術』12月号
↓2『放浪記』第10章。
詩　「歸鄕」『若草』12月号↓1『蒼馬を見たり』。
短篇「山裾」『東京朝日』12月27日。［スクラップ帳］**注**・『東京朝日』6月19日「かにの宿」に続く短篇小説。［スクラップ帳］200点のうち第1番目に編綴されている。

【昭和4年／1929年】43点

長篇「古創─放浪記」〈第4回〉『女人藝術』1月号
↓2『放浪記』第11章。
詩　「雪によせる熱情」『婦人運動』1月号
↓1『蒼馬を見たり』。
詩　「情人」『詩神』2月号↓1『蒼馬を見たり』。
長篇「百面相─放浪記」〈第5回〉『女人藝術』2月号
↓2『放浪記』第4章。
書評「紫の戀」『女人藝術』2月号。
評論「「情炎の美姫」を見る」『報知新聞』2月17日。
詩　「奴隷」『詩神』3月号。［スクラップ帳］
短篇「耳」『女人藝術』3月号。［スクラップ帳］
随筆「その頃のこと」『婦人運動』3月号。［スクラップ帳］
長篇「赤いスリッパ─放浪記」〈第6回〉『女人藝術』4月号
↓2『放浪記』第5章。
雑　「春日閑語　五十年後」『女人藝術』4月号。
雑　「アンケート／私の好きな花・土地・人」『詩神』5月号。

随筆「女性詩人二三」『詩神』5月号。［スクラップ帳］
長篇「粗忽者の涙—放浪記」〈第7回〉『女人藝術』5月号
→2『放浪記』第6章。
随筆「夏の言葉」『現代文藝』6月号。［スクラップ帳］
長篇「女の吸殻—放浪記」〈第8回〉『女人藝術』6月号
→2『放浪記』第12章。
書評「燃ゆる頭」『女人藝術』6月号。

雑「アンケート／最近詩壇に望みたき事」『詩神』7月号。

長篇「下谷の家—放浪記」〈第9回〉『女人藝術』7月号
→2『放浪記』第14章。
短篇「職業遭難記（前）」『婦人運動』7月号。
短篇「職業遭難記（後）」『婦人運動』8月号。
注・本書第Ⅱ部第16章に採録。［スクラップ帳］
長篇「酒屋の二階—放浪記」〈第10回〉『女人藝術』8月号
→3『續放浪記』第11章。
掌篇「アブノーマルな手紙二通」『女人藝術』8月号。

著者の言葉「第一詩集完成の言葉」『婦人運動』8月号。

注・『蒼馬を見たり』刊行告知。岡田龍夫装幀と注記。

童話「ドンキホーテの叔父さん」〈未完〉『女性新聞』昭和4年8月10日。［スクラップ帳］

注・紙名・発行日が印字された原紙に基づき掲出するが、同時期の同名新聞を系統的に保管する機関は不詳。

短篇「百貨店の匂ひ—或る女詩人の手記—」『サンデー毎日』8月25日号。［スクラップ帳］
注・『サンデー毎日』デビュー作。
長篇「三白草の花—放浪記」〈第11回〉『女人藝術』9月号
→3『續放浪記』第3章。
紀行「九州旅だより」『女人藝術』9月号。

注・八木秋子と連名共作。

短篇「田舎教師の手紙」『若草』9月号
→4『彼女の履歴』「山の教師から」に改題。注・のちに65『歴世』（昭和16年）に再録する際、時局柄使えない言葉を抹消して改作された。［スクラップ帳］
随筆「あじきなく候」『宣言』（内野健児主宰）10月号
→5『わたしの落書』。［スクラップ帳］注・『文献探索人2009』によると、『宣言』同10月号完本は出現していないようだ。［スクラップ帳］は得がたい資料。
短篇「九州炭坑街放浪記」『改造』10月号。注・『改造』デビュー作。2『放浪記』「序章」の原型。
ラジオ放送「新戀愛自殺論再批判」「意見発表梗概直筆原稿」10月13日・NHK大阪放送局番組［NHK放送博物館］
注・女人藝術連盟大阪支部発会式のため西下した折、同人5人が1人持ち時間10分で意見発表放送を行った。出演は林芙美子、八木秋子、松村喬子、綠川靜枝、望月百合子。

芙美子と百合子の梗概原稿が現存する。芙美子のＮＨＫラジオ初出演。

短篇「島を捨てゝ」『大阪朝日』10月27日。**注**・この作品も「放浪記」に通ずる作品。〔スクラップ帳〕

詩「秋」詩佳人社『詩佳人』11月日本女性詩人号。**注**・本書第Ⅱ部第4章に採録。〔個人蔵〕

書評「竹内てるよと詩集叛く」『詩神』11月号。

長篇「秋の脣―放浪記」〈第12回〉『女人藝術』11月号〔スクラップ帳〕

↓2『放浪記』第13章。

随筆「酒によせる風景」『週刊朝日』11月10日号

↓5『わたしの落書』昭和8年。〔スクラップ帳〕

随筆「流轉途上（上）」『婦人毎日新聞』昭和4年11月22日。〔スクラップ帳〕**注**・同紙は『大阪毎日』『東京日日』の系列紙。北村兼子が論説部長を務めた重要紙だが現存紙は極めて少なく全容は不詳。本書第Ⅱ部第23章に採録。

長篇「目標を消す―放浪記」〈第13回〉『女人藝術』12月号

↓2『放浪記』第3章。

詩「裸の唇」『女人文藝』（横田文子主宰）12月号。『ピッサンリ』〔飯田市立中央図書館〕〔スクラップ帳〕

随筆「東京歳末風景」『サンデー毎日』12月8日号挿絵・手塚緑敏。〔スクラップ帳〕

童話「魔法の驢馬」『女性新聞』昭和4年12月15日。〔スクラップ帳〕**注**・紙名・発行日の印字あり。

詩「木賃宿街」（名流詩抄）『讀賣新聞』12月28日↓太白社『現代新選女流詩歌集』昭和5年。〔スクラップ帳〕

【昭和5年／1930年】100点

短篇「臍」『近代生活』1月号。〔スクラップ帳〕

詩「人生の虚しきもの―女人山居の著者・江口章子さんへ」『詩神』1月号↓9『面影』で改作。〔スクラップ帳〕

雑「アンケート／一九三〇年に実行したきこと」『詩神』1月号。

詩「女の素描」『世界の動き』1月創刊号↓9『面影』「ボクの素描」に改作。〔日本近代文学館〕〔スクラップ帳〕

短篇「露店街展望」『大衆時代』1月号。〔法政大学大原社研〕〔スクラップ帳〕

掌篇「生活斷片」『女人藝術』1月号。

掌篇「蛸の足」『婦人運動』1月号。〔スクラップ帳〕

随筆「故郷」『南方詩人』1月猪狩満直詩集「移住民」記念号。〔土屋文明文学館／草野心平文学館〕〔スクラップ帳〕

注・この散文詩的随筆「故郷」は3『續放浪記』「終章」の原型作。本書第Ⅱ部第22章に採録。

短篇「凍つた花」『若草』1月号。〔スクラップ帳〕

随筆「春風萬里」『大阪毎日』1月4日。〔スクラップ帳〕

雑　「臺南より」『時事新報』1月17日。
詩　「ルンペンの唄」『女人藝術』2月号
↓9『面影』「巡禮者」に改作・改題。［スクラップ帳］
注・本書第Ⅰ部第4章に採録。
書評「馬糞と星の著者へ」『詩神』2月号。［スクラップ帳］
少女小説「南の國の渡り鳥」『少女の友』2月号
挿絵・深谷美保子。［スクラップ帳］
詩　「雪女（詩と夢）」『世界の動き』2月号。
『ピッサンリ』［日本近代文学館］［スクラップ帳］
雑　「臺北より」『女人藝術』2月号。［スクラップ帳］
詩　「海峡の夜明」『前衛文學』2月号。
『ピッサンリ』［スクラップ帳］
掌篇「浮浪人の言葉―一―」『ニヒル』2月5日創刊号。
［スクラップ帳］
詩　「春風萬里」『女人文藝』3月号。
『ピッサンリ』［飯田市立中央図書館］［スクラップ帳］
詩　「母の眶よ！」『獨唱』3月女流詩人特輯号。注・同誌は若杉雄三郎主宰。「母の眶よ！」は、2『放浪記』「秋の脣」を1篇の詩に凝縮したかのような作品。本書第Ⅱ部第5章に採録。［日本近代文学館］［スクラップ帳］
紀行「臺湾風景―フォルモサ縦斷記」『改造』3月号。
［スクラップ帳］
詩　「臺湾風景二章―基隆水望／臺中によせる―」『詩神』3月号↓9『面影』において改作。［スクラップ帳］
紀行「臺湾を旅して」『女人藝術』3月号。［スクラップ帳］
掌篇「旅の素描」『文學時代』3月号
↓5『わたしの落書』。［スクラップ帳］
掌篇「男とは―浮浪人の言葉・二―」『ニヒル』3月15日。
［スクラップ帳］
掌篇「新婚茶話」『週刊朝日』4月1日号
↓5『わたしの落書』。［スクラップ帳］
詩　「はたちのころ」『文藝月刊』4月号↓9『面影』において改作。［日本近代文学館］［スクラップ帳］
詩　「狂人になる支度」武蔵野書院『詩文學』4月号。『ピッサンリ』［スクラップ帳］注・同4月号完本は未見だが、土屋文明文学館の佐々木靖章氏寄贈『詩文學』同年5月号において、「狂人になる支度」が同誌4月号掲載作として批評されている。作品原紙切り抜きと作品を評した雑誌原本が存在する事から、同誌4月号掲載作とする。
長篇「裸になつて―放浪記」〈第14回〉『女人藝術』4月号
↓2『放浪記』第2章。
詩　「淺草CASINOFOLIES」『若草』4月号。
［スクラップ帳］
雑　「カジノフォリー禮讃」『カジノフォーリー』4月5日・

2号。〔日本近代文学館〕〔スクラップ帳〕

書評「ミス・ニッポン異議なし」群司次郎正著『日本嬢』（世界の動き社）昭和5年4月15日増刷版。**注**・元の書評掲載紙『婦人毎日新聞』原紙は未見。同書に他の文筆家の書評とともに収録された。本書第Ⅱ部第17章に採録。

随筆「漠談漠談【上】」『讀賣新聞』4月25日。

随筆「漠談漠談【下】」『讀賣新聞』4月27日。

注・「漠談」は「爆弾」の掛け言葉。〔スクラップ帳〕

紀行「ミス大和・ミス朝日」『海の旅』日本郵船・近海郵船5月1日。

注・「日本郵船・近海郵船」のPR誌。台湾講演旅行の際に乗船した船の愛称が「ミス大和」「ミス朝日」。本書第Ⅱ部第23章に採録。〔東京農大図書館〕〔スクラップ帳〕

随筆「人生半ばに達した私」『藝術復興』5月号。〔スクラップ帳〕**注**・武野藤介編『藝術復興』5月号の所蔵機関は見当たらず〔スクラップ帳〕は重要な資料源。

長篇「旅の古里—放浪記」〈第15回〉『女人藝術』5月号

↓3『續放浪記』第7章。

掌篇「コンパクト寸談」『文學風景』5月創刊号。〔スクラップ帳〕

詩「信州上林風景」（名流詩抄）『讀賣新聞』5月3日

↓『現代新選女流詩歌集』が採録。

掌篇「夏・女・旅・酒」『週刊朝日』5月18日号

↓5『わたしの落書』。〔スクラップ帳〕

随筆「水邊片々」『大阪毎日』6月1日↓5『わたしの落書』。

注・生田春月追悼随筆。〔スクラップ帳〕

紀行「臺湾のスヴニール」『海外』6月号。〔スクラップ帳〕

短篇「リヨの場合」『世界の動き』6月号。

注・「放浪記第三部」原型作。同号は発禁処分を受け一般には流布していない。『昭和書籍・雑誌・新聞発禁年表』参照。本書第Ⅱ部第17章に採録。〔日本近代文学館〕

雑「アンケート／今後結婚するとしたら如何なる方法、如何なる相手？」『世界の動き』6月号。

長篇「淫賣婦と飯屋—放浪記」〈第16回〉『女人藝術』6月号

↓2『放浪記』第1章。

随筆「男を嗤ふ」『婦人公論』6月号。〔スクラップ帳〕

注・『婦人公論』デビュー作。

短篇「紅い泡」『若草』6月号。〔スクラップ帳〕

詩「身邊雑記」（名流詩抄）『讀賣新聞』6月13日

↓9『面影』で改作。〔スクラップ帳〕

評論「女性作家の目標」『駿臺新報』6月14日。**注**・『駿臺新報』の概要は分からない。紙名・発行日が印字された原紙切り抜きに基づき掲出する。〔スクラップ帳〕

詩「流轉途上」『前衛』6月号。〔神奈川近代文学館〕

随筆「眞空の頂點」『詩神』7月号↓5『わたしの落書』。
雑「アンケート／新案避暑法」『週刊朝日』7月1日号。
［スクラップ帳］
長篇「雷雨—放浪記」〈第17回〉『女人藝術』7月号
↓2『放浪記』第7章。
雑「高石勝男氏の顔　最もヤボな」『婦人サロン』7月号。
随筆「けんかのあひて」
『生田春月追悼詩集／海圖』7月18日。
短篇「植民地で會つた女」『東京朝日』7月23日
↓4『彼女の履歴』。［スクラップ帳］
随筆「大陸へ」『讀賣新聞』7月27日。［スクラップ帳］
短篇「梟と眞珠と木賃宿」『改造』8月号
↓5『わたしの落書』。［スクラップ帳］
掌篇「ヴェランダ涼風記」『經濟往來』8月号。
［スクラップ帳］
長篇「海の祭—放浪記」〈第18回〉『女人藝術』8月号
↓3『續放浪記』第6章。
雑「昔の戀人にあつた場合／あかの・たにん」『婦人公論』8月号↓5『わたしの落書』。［スクラップ帳］
短篇「夜霧」『法學新潮』中央法醒社8月号。注・同誌は昭和5年1月創刊、終刊は不明。8月号完本は未見だが、創刊号と6月号は現存し、誌名と掲載月が印字された切り抜きがある。本書第Ⅱ部第18章に採録。［スクラップ帳］
掌篇「デパート娘スナップ」『文學時代』8月号
↓5『わたしの落書』。［スクラップ帳］
随筆「夜話」『大阪朝日』8月14日
↓5『わたしの落書』。［スクラップ帳］
詩「出發」（名流詩抄）『讀賣新聞』8月22日。
［スクラップ帳］
掌篇「珍妙なものを見た話／幸福の谷」博文館『朝日』9月号。［スクラップ帳］
随筆「詩人交遊録／私の覺え書」『詩神』9月号
↓5『わたしの落書』「私の覺え書」。［スクラップ帳］
長篇「寢床のない女—放浪記」〈第19回〉『女人藝術』9月号
↓3『續放浪記』第12章。
随筆「妾は男をかう見る／でくのぼう」『婦人サロン』9月号
↓5『わたしの落書』。［スクラップ帳］
紀行「上州への旅」『文學風景』9月号↓5『わたしの落書』
↓23『林芙美子選集』第7巻「上州の湯の澤」。
［スクラップ帳］
雑「大連にて」『讀賣新聞』9月2日。［スクラップ帳］
雑「よみうり抄／ハルビンより」『讀賣新聞』9月9日。
［スクラップ帳］
談話「酒呑みの辯／ことば」『上海日日新聞』9月12日。

［スクラップ帳］
雑　「よみうり抄／上海にて」『讀賣新聞』９月17日。
［スクラップ帳］
雑　「よみうり抄／杭州」『讀賣新聞』９月20日。
［スクラップ帳］
短篇「波止場を歩く女」『週刊朝日』10月１日秋季特別号。
［スクラップ帳］
短篇「彼女の履歴」『新潮』10月号↓4『彼女の履歴』。
注・『新潮』デビュー作。［スクラップ帳］
長篇「女アパッシュ―放浪記」〈第20回・連載最終回〉
『女人藝術』10月号↓3『續放浪記』第４章。
雑　「林芙美子さんの滿洲便り」『女人藝術』10月号。
短篇「乞食と女給」『文學時代』10月号。［スクラップ帳］
雑　「私の生活から／ハルビン市にて」『文學時代』10月号。
雑　「アンケート／茶代の話」『婦人公論』10月号。
談話「これだけは羨ましい女のハルビン」『讀賣新聞』
10月20日。［スクラップ帳］
紀行「哈爾賓散歩」『改造』11月号
↓6『三等旅行記』昭和８年５月。［スクラップ帳］
短篇「帆柱」『海都』海都社　11月創刊号。
［日本近代文學館］［スクラップ帳］
隨筆「あの日・あの時」『協和』滿鉄社員会　11月号。
注・書き出しは「城所英一様」。［スクラップ帳］
紀行「愉快なる地圖―大陸への一人旅」『女人藝術』11月号。
雑　「現代美男美女集」『婦人サロン』11月号。
短篇「夜霧の中」『若草』11月号。**注**・『法學新潮』昭和５年８月号「夜霧」の改作版。［スクラップ帳］
紀行「秋の杭州と蘇州【一】」『讀賣新聞』11月７日
紀行「秋の杭州と蘇州【二】」『讀賣新聞』11月８日
紀行「秋の杭州と蘇州【三】」『讀賣新聞』11月11日
紀行「秋の杭州と蘇州【完】」『讀賣新聞』11月12日
↓6『三等旅行記』［スクラップ帳］
詩　「生活」『讀賣新聞』11月21日
↓9『面影』において大幅に改作。［スクラップ帳］
評論「こんな娘達」『讀賣新聞』11月27日
↓5『わたしの落書』。［スクラップ帳］
雑　「アンケート／物心のついた最初の記憶」『婦人公論』
12月号。
掌篇「新宿裏―きはめて、たあいもなく―」『近代生活』
12月号↓5『わたしの落書』「新宿裏」に改題。
［スクラップ帳］
雑　「アンケート／一九三〇年の印象」『近代生活』12月号。
雑　「アンケート／ビッグメモ」『都新聞』12月11日。
注・映画・絵画の印象アンケート。

作者の言葉『東京朝日』12月28日。注・「春淺譜」の告知。

【昭和6年／1931年】 75点

随筆「尖端人は語る」新潮社『新文藝日記』昭和6年版。［新宿歴博 I-336］

掌篇「上海の踊り子」博文館『朝日』1月号
↓5『わたしの落書』。［スクラップ帳］

随筆「年頭にあたり新日本の婦人へ／明朗なれ」『アサヒグラフ』1月1日号。

短篇「夜の花」『近代生活』1月号。［スクラップ帳］

雑「アンケート／一九三一年の金言」『近代生活』1月号。

随筆「不良女書生ふみから近松秋江氏への侘びしき公開状」『文學時代』1月号。［スクラップ帳］

短篇「郊外の酒場」『文學風景』1月号。［スクラップ帳］

雑「一九三一年豫定帖」『若草』1月号。

掌篇「工場參觀夫人」『若草』1月号。［スクラップ帳］

新聞小説「春淺譜」『東京朝日／夕刊』1月6日〜2月25日〈全40回〉。挿絵・向井潤吉↓4『彼女の履歴』。

談話「夫婦ロマンス」『讀賣新聞』1月29日。

掌篇「街頭の書—新宿展望—」『中央公論』2月号
↓5『わたしの落書』「街頭の書」。［スクラップ帳］

雑「グラビア／二十歳代の經驗 娘姿」『婦人公論』2月号。

短篇「喪失」『蠟人形』西條八十主宰　2月号。［スクラップ帳］注・主人公は少女「由」。

談話「赤い氣焔／蒼白い憂鬱」『東京毎日新聞』2月23日。［スクラップ帳］注・同紙は『横濱毎日新聞』後継紙。

掌篇「戀愛グラフ」『新潮』3月号↓5『わたしの落書』。［スクラップ帳］

短篇「茫失」『文學時代』3月号。［スクラップ帳］

掌篇「君と寝ようか」『サンデー毎日』3月10日号。

掌篇「蛇と」『週刊朝日』3月22日号。

短篇「風琴と魚の町」『改造』4月号↓4『彼女の履歴』。［スクラップ帳］

雑「アンケート／新に恋をするならば」『婦人公論』4月号。

詩「海月の推理」新興派聯盟『今日の文學』4月号。注・本書第Ⅱ部第6章に採録。［神奈川近代文学館］

掌篇「誤謬」『作品』（作品社）4月号。

随筆「上海の女子大學生」『若草』4月号。

短篇「夜列車」『都新聞』4月2日↓14『人形聖書』昭和10年「夜汽車」に改題。［スクラップ帳］

談話「女人一言／私の言い分（十一）淡々として水の如き夫婦愛」『週刊婦女新聞』（婦女新聞社）4月5日。

短篇「世の常の戀」『週刊朝日』4月19日号
↓4『彼女の履歴』。

随筆「生活【一】」『讀賣新聞』4月28日。［スクラップ帳］

随筆「生活【二】」『讀賣新聞』4月29日。［スクラップ帳］
随筆「生活【完】」『讀賣新聞』5月1日。［スクラップ帳］
掌篇「佛蘭西に行く人—短篇の一部—」『新科學的文藝』
5月号→5『わたしの落書』。［スクラップ帳］
雑「アンケート／女性なるが故に此の喜び此の悲しみ」
『現代』5月号。
雑「アンケート／旅の戀 ハルビン」『婦人公論』5月号。
随筆「酒はどこが美味か」『サンデー毎日』5月17日号
→10『厨女雑記』「酒の味」に改題。
随筆「おでん屋」『讀賣新聞』5月22日。
随筆「私の好きな男性の顔／お釋迦様の顔」『婦人サロン』
6月号。［スクラップ帳］
詩「放浪の唄」『Casino』6月号→学研社『現代日本文学アルバム／林芙美子』。［日本近代文学館］
評論「廣い地平線」『新興藝術研究／第二輯』6月1日
→12『旅だより』「私の地平線」に改題。
随筆「五月の愁思」モリス社『モダン風』6月創刊号
→5『わたしの落書』。［日本近代文学館］
［スクラップ帳］
雑「アンケート／上半期の清算」『時事新報』6月4日。
掌篇「夏への戀慕」『サンデー毎日』6月10日号
→10『厨女雑記』「夏」に改題。

随筆「私の佛蘭西行き（上）」『東京日日』6月23日。

随筆「私の佛蘭西行き（下）」『東京日日』6月24日。
→5『わたしの落書』「佛蘭西行」。［スクラップ帳］
短篇「女中の手紙」『週刊朝日』6月28日号。挿絵・佐伯米子
→4『彼女の履歴』。
雑「空想の百万円」『週刊朝日』6月28日号。

雑「アンケート／この人この本」『詩神』7月号。

短篇「オリガの唄」『若草』7月号→4『彼女の履歴』。

雑「アンケート／この夏の計劃」『近代生活』7月号。

短篇「寝姿」『サンデー毎日』7月26日号。

随筆「詩によせて」『鹿児島新聞』7月27日。注・紙面の作者名は「森芙美子」。『唐詩選』王維作「送別」を引用するなどの内容から苗字の誤植と判断する。

書評「金子ふみ子獄中手記「何が私をかうさせたか」」【上】

書評「金子ふみ子獄中手記「何が私をかうさせたか」」【下】

『讀賣新聞』7月30日・31日。

掌篇「カフェ百話」『改造』8月号
→5『わたしの落書』。［スクラップ帳］
短篇「馬と女と少年」『講談倶樂部』8月号。
随筆「交友録／雲の姿で」『作品』8月号。［スクラップ帳］
随筆「世の常の日記」『近代生活』8月号
→5『わたしの落書』。［スクラップ帳］

雑　「アンケート／小遣い帳しらべ」『近代生活』8月号。
詩　「茄子の唄」『新科學的文藝』8月号
↓9『面影』。［スクラップ帳］
随筆「四ッん這ひの生活」『讀賣新聞』8月11日。
［スクラップ帳］
短篇「外交官と女」『大陸日報』1931年8月12日。［ブリティッシュ・コロンビア大学制作マイクロフィルム］
注・本書第Ⅰ部第2章に採録。
短篇「雨戸と女」『新潮』9月号。
掌篇「艶書往來／第二信―B」『文學時代』9月号。
注・「第二信―A」は楢崎勤。
短篇「喪失」『日本新論』10月号。注・同誌は『大東文化』後継誌。主人公は成人の「由」。［明治大学生田図書館］［スクラップ帳］
短篇「清修館挿話」『雄辯』10月号。挿絵・志村立美
↓8『清貧の書』。［スクラップ帳］
掌篇「谷間からの手紙」『令女界』10月号。挿絵・加藤まさを
↓14『人形聖書』。
短篇「清貧の書」『改造』11月号
↓8『清貧の書』。［スクラップ帳］
短篇「墜落した女」『婦人畫報』11月号。挿絵・鈴木信太郎
↓8『清貧の書』。［スクラップ帳］

随筆「仕事と旅その他―秋の記録―」『婦人サロン』11月号
↓5『わたしの落書』。［スクラップ帳］
随筆「秋は旅せよ」『名古屋新聞』11月5日。
注・パリ渡航時、NHK名古屋放送局に出演するため途中下車。新聞紙面にも出演予定が明記されている。
雑　「よみうり抄／奉天にて」『讀賣新聞』11月17日。
雑　「私が百萬長者の娘だつたら」『朝日』博文館12月号。
［スクラップ帳］
随筆「私の巴里行」『婦人世界』12月号。
短篇「戀文」『文學時代』12月号
↓8『清貧の書』。［スクラップ帳］
随筆「平凡すぎる日記から」『婦人公論』12月号。
雑　「林芙美子さんから」『讀賣新聞』12月13日。
注・パリ到着第一報。

【昭和7年／1932年】63点

随筆「女工・女給　これから何處へ行く私か」新潮社『新文藝日記』昭和7年版。［新宿歴博 I-335］
雑　「もし百万円持つてたら／空想の百萬圓」『週刊朝日』1月1日号。
随筆「春扇」『サンデー毎日』1月1日号
↓5『わたしの落書』［スクラップ帳］
随筆「巴里を歩るく（上）」『讀賣新聞』1月9日

随筆「巴里を歩るく（下）」『讀賣新聞』1月10日
→6『三等旅行記』。［スクラップ帳］
短篇「秋子の記念寫眞」『週刊朝日』1月10日号
挿絵・吉邨二郎。
紀行「西伯利亞の三等列車」『改造』2月号
→6『三等旅行記』→23『林芙美子選集』第7巻「西比利亞の旅」。［スクラップ帳］
紀行「下駄で歩いた巴里（續く）」『婦人サロン』2月号。挿絵・別府貫一郎→6『三等旅行記』。［スクラップ帳］
随筆「巴里の小遣ひ帳」『婦人世界』3月号。挿絵・著者自画。
雑「林芙美子氏からのたより／二月十二日ロンドンにて」『東京日日』3月3日。［スクラップ帳］
紀行「巴里まで晴天」『改造』4月号→6『三等旅行記』。［スクラップ帳］
紀行「倫敦の下宿　其の他」『中央公論』4月号。
紀行「皆知つてるよ―ぱりのさんぽみち―」『婦人サロン』4月号→6『三等旅行記』。［スクラップ帳］
短篇「女性讀本　第一課」『婦人世界』4月号挿絵・宮本三郎。
随筆「巴里の横町」『婦人サロン』5月号。
随筆「巴里の小遣帳」『婦人世界』5月号。注・3月号の続篇。
随筆「一瞬の歐洲の旅1　八ヶ月で四足の靴」
随筆「一瞬の歐洲の旅2　カルコと語る」

随筆「一瞬の歐洲の旅3　プウライユの微笑」『讀賣新聞』6月22日～24日→6『三等旅行記』。［スクラップ帳］
談話「私の見たヨーロッパ／パリでは女より男の方が綺麗」『東京朝日』6月23日。［スクラップ帳］
随筆「佛蘭西ジャーナリズム展望【一】青年は教へる」
随筆「佛蘭西ジャーナリズム展望【二】流行雑誌の話」
随筆「佛蘭西ジャーナリズム展望【三】一月の煙草代」
随筆「佛蘭西ジャーナリズム展望【四】嬉しい作家市」
随筆「佛蘭西ジャーナリズム展望【五】小説の批評」『報知新聞』7月30日～8月3日→5『わたしの落書』。［スクラップ帳］
短篇「屋根裏の椅子」『改造』8月号
→8『清貧の書』。［スクラップ帳］
短篇「巴里をひと眼見たとき」『週刊朝日』8月1日号挿絵・佐伯米子→8『清貧の書』「瑪瑙盤」に改題。［スクラップ帳］
紀行「佛蘭西の田舎」『新潮』8月号→6『三等旅行記』。［スクラップ帳］
随筆「男性輕蔑の意」『婦人サロン』8月号
→5『わたしの落書』。［スクラップ帳］
紀行「ナポリ小景」『若草』8月号→6『三等旅行記』。

〔スクラップ帳〕
紀行「戸隠の山房から」『時事新報』8月10日。
談話「國難を救へるや非常時議會／老人の冷水議會！　よくもかう揃つたもの」『東京日日』8月29日。
注・国会傍聴談話。
随筆「山日記」『作品』9月号
↓5『わたしの落書』・10『厨女雑記』。〔スクラップ帳〕
随筆「巴里案内」『婦人世界』9月号。挿絵・別府貫一郎
↓6『三等旅行記』。〔スクラップ帳〕
随筆「屋根裏三昧」『モダン日本』9月号↓6『三等旅行記』。
〔スクラップ帳〕
短篇「鳳仙花の唄」『令女界』9月号。挿絵・加藤まさを。
雑「グラビア／林芙美子の書斎」『婦人公論』10月号。
〔スクラップ帳〕
随筆「羅典區の散歩―或る女作家の一年間―」『改造』10月号
↓12『旅だより』。〔スクラップ帳〕
短篇「譬へ」『家庭』10月号↓5『わたしの落書』。
〔スクラップ帳〕
短篇「彼女の控帳」『新潮』10月号↓8『清貧の書』。
〔スクラップ帳〕
随筆「巴里の片言」『犯罪科學』10月号
↓6『三等旅行記』。〔スクラップ帳〕
短篇「小間使ひの云ひ分」『婦人サロン』10月号
挿絵・松村亥太↓8『清貧の書』。〔スクラップ帳〕
短篇「獨身者の風」『若草』10月号↓8『清貧の書』。
〔スクラップ帳〕
掌篇「なめた話／巴里の裸體美人」『オール讀物』11月号
↓5『わたしの落書』「話」に改題。〔スクラップ帳〕
掌篇「一束の散文―銀座風景」『新潮』11月号。
〔スクラップ帳〕
紀行「三等船室雑話」『政界往來』11月号
↓6『三等旅行記』。〔スクラップ帳〕
随筆「牡蠣を食ふ話―ジャン・コクトウの映畫「詩人の血」」『セルパン』11月号↓6『三等旅行記』。注・21『田舎がへり』で「コクトオの映畫」に改題。〔スクラップ帳〕
短篇「小區」『中央公論』11月号↓8『清貧の書』。
〔スクラップ帳〕
掌篇「ひとり旅の記」日本國民社『日本國民』11月号
↓6『三等旅行記』。〔スクラップ帳〕
短篇「痩せる挿話」『婦女界』11月号。
随筆「或大學生の記憶」『三田新聞』11月4日
↓6『三等旅行記』。〔スクラップ帳〕
掌篇「説明無用　デカメロン」『サンデー毎日』11月10日号。
〔スクラップ帳〕

随筆「私の落書き（上）」『東京朝日』11月21日
随筆「私の落書き（下）」『東京朝日』11月22日
↓5『わたしの落書』。〔スクラップ帳〕
随筆「ソヴェートの冬」大阪朝日『會館藝術』12月号
↓6『三等旅行記』。〔スクラップ帳〕
評論「女性作家に寄せて」『作品』12月号。〔スクラップ帳〕
書評「『川』のお祝ひ」『作品』12月号。
注・井伏鱒二著『川』誌上出版記念。
随筆「除夜の鐘」『婦人世界』12月号。〔スクラップ帳〕
雑「アンケート／今年だけで止めたい事」
『婦人公論』12月号。
雑「アンケート／年末年始贈答の慣習について」
『婦人世界』12月号。
ルポ「この兒等を見よ・貧民街風景／口々に唄ふ生活の唄」
ルポ「この兒等を見よ・貧民街風景／悲惨な露地裏の遊び」
『都新聞』12月20日・21日
↓5『わたしの落書』「猿江裏」。〔スクラップ帳〕
雑「アンケート／32年と33年」『時事新報』12月22日。

【昭和8年／1933年】 98点

短篇「耳輪のついた馬」『改造』1月号↓8『清貧の書』。

雑「アンケート／ファッショと共産黨に對する御寸評を乞ふ」『近代』1月号。

雑「アンケート／私の一番好きな偉人」『サンデー毎日』1月2日号。**注**・著者の回答は「ナポレオン」。

短篇「空の喇叭」『新潮』1月号↓14『人形聖書』。

雑「アンケート／故郷の元旦」『令女界』1月号。

〔石川武美記念図書館〕

雑「アンケート／新春若き人々に與ふる言葉」

『若草』1月号。

随筆「新春雜考（上）」『福岡日日新聞』1月8日
随筆「新春雜考（下）」『福岡日日新聞』1月10日
↓『文藝首都』昭和8年2月号「窓の向ふから」に改題。

短篇「霞」『京城日報』1月12日・13日・14日。〔典拠〕『九大日文19』嚴基權著「京城だより③」。

注・日本国内でも閲覧可能。

随筆「女ふところ日記」『婦人世界』1月号〜3月号
挿絵・松村亥太↓5『わたしの落書』。

注・単行本収録順は1・3・2回。

随筆「女ふところ日記」『婦人世界』4月号・5月号
挿絵・松村亥太。**注**・単行本収録の有無不明。

〔スクラップ帳〕は1回分。

往復葉書「愛の傳書鳩」『時事新報』1月6日〜2月17日。

注・相手は龍膽寺雄（1月5日〜2月16日）

〔スクラップ帳〕

短篇「客と藝者」『サンデー毎日』1月8日号。
挿絵・神保朋世。［スクラップ帳］
短篇「『リラ』の女達」『週刊朝日』1月20日号
挿絵・向井潤吉↓8『清貧の書』。［スクラップ帳］
評論「同人雜誌への感想／華麗な修辞『新科學的』の大嶋氏」
『時事新報』1月23日。
短篇「放浪へ（上）愧づ」『讀賣新聞』1月27日。
短篇「放浪へ（中）歩む」『讀賣新聞』1月28日。
短篇「放浪へ（下）豈不在一生」『讀賣新聞』1月29日。
挿絵・甲斐仁代。［スクラップ帳］
随筆「不思議と云ふ事など」『あらくれ』1月28日
↓5『わたしの落書』。［スクラップ帳］
評論「同人雜誌への感想／埋もれた人々　然し文學は趣味ではない」『時事新報』2月1日。
随筆「窓の向ふから」『文藝首都』2月号。注・『福岡日日』「新春雜考」の改作↓62『随筆』「若い作家Ⅱ」。
劇評「劇團東京の「櫻の園」を見て」『作品』2月号
↓10『厨女雜記』。
少女小説「私は泣かない」『令女界』2月号。挿絵・林唯一
↓14『人形聖書』。
短篇「洋燈の憶ひ出ごと」『サンデー毎日』2月19日号
挿絵・一木弴。

問答「質疑／文學者であり同時にその妻たる長谷川時雨氏の生活に就ての腹ン中が聞きたい」『讀賣新聞』2月24日。

注・この問いに長谷川時雨の「回答」が併載された。「歳は食つても未だ人生の若輩者」。

雑「アンケート／私が男であつたら」『現代』3月号。

注・著者の回答は「政治家／外交官／樵夫」。

掌篇「土曜日結婚」『婦人公論』3月号。

随筆「もしカチウシャであつたならば（復活）」

『新潮』3月号↓5『わたしの落書』。

評論「長谷川時雨論」大宅壯一編『人物評論』3月創刊号。

随筆「母を語る／私の母はキクと云ひます」

『婦人畫報』3月号↓5『わたしの落書』。

随筆「心の風景畫」『婦人世界』3月号↓5『わたしの落書』。

詩「心／孤獨／本屋」『文藝首都』3月号↓9『面影』。

投稿詩選評『文藝首都』昭和8年3月号〜昭和11年3月号。

随筆「燐寸と酒に寄せて」『モダン日本』3月号
↓6『三等旅行記』。

詩「お釋迦様／鶏／赤いマリ」『文藝首都』4月号。

注・「お釋迦様」「赤いマリ」は第一詩集収録作と同文。

短篇「魚の序文」『文藝春秋』4月号↓8『清貧の書』。

注・『文藝春秋』デビュー作。

随筆「おでこを打つたシャリアピン」『文藝春秋』4月号。

短歌「花を詠める名歌一首評釋」『短歌研究』改造社4月号。
注・自作自評アンケート。
短篇「屋根裏の女」『週刊朝日』4月1日号
挿絵・長谷川春子。
短歌「近代的愛慾を詠める秀歌一首感想」
『短歌研究』5月号。注・自作自評アンケート。
随筆「庭のこと心のこと」『文藝首都』5月号
↓10『厨女雑記』「庭」に改題。
紀行「大島行―伊豆の旅から」『改造』5月号
↓10『厨女雑記』「大島行」。
掌篇「椎の木の横町」『黄道』5月号↓11『散文家の日記』。
随筆「花と暦」『新潮』5月号↓12『旅だより』。
短篇「白い手套」『令女界』5月号。挿絵・林唯一
↓14『人形聖書』。
随筆「散歩の苦言【一】」『國民新聞』5月6日
随筆「散歩の苦言【二】」『國民新聞』5月7日
↓10『厨女雑記』。注・連載2日目の内容は脱線気味のゆえか、随筆集収録の際、約半分の原稿がカットされた。
短篇「鶯」『改造』6月号↓11『散文家の日記』。
短篇「寫眞の花嫁」『婦人倶樂部』6月号。
随筆「手段の鬱積…對話／犬／奈良の小路／仕事その他」『短歌研究』6月号。注・うち「對話」↓12『旅だより』「手段の鬱積」。「犬／奈良の小路／仕事その他」↓10『厨女雑記』「早春」に改題して収録。
短篇「はなたばとらむね」『令女界』6月号。挿絵・須藤重
↓14『人形聖書』。
随筆「仕事の前後」『文藝首都』6月号。
雑「推薦図書館」『モダン日本』6月号。
雑「アンケート／私の崇拝する偉人」『若草』6月号。
掌篇「男・讀むべからず／人妻の手紙」『サンデー毎日』
6月10日夏季特別号。挿絵・山名文夫／東郷青兒。
時評「三原山自殺者に就て」『現代』7月号
↓12『旅だより』「三原山」。
雑「アンケート／二十歳前後に私淑した人物」
『人物評論』7月号。
雑「アンケート／私の推賞する避暑地」『婦人公論』7月号。
随筆と絵「親不知の讃」『雄辯』7月号。注・自画と随筆
↓10『厨女雑記』「親不知」。
長篇「人形聖書」『若草』7月号〜12月号〈全6回〉
挿絵・太田三郎↓14『人形聖書』。
随筆「海／吹く風」『名古屋新聞』7月3日
↓12『旅だより』「海風」。
短篇「一つの堰」『經濟往來』7月5日夏季増刊号
↓11『散文家の日記』。

随筆「異國で子供達と観た人形芝居」南江二郎編
『MARIONNETTE 人形芝居』7月25日。
短篇「赤い帽子譚」『現代』8月号↓11『散文家の日記』。
随筆「わが身上相談」『婦人公論』8月号
↓12『旅だより』「小さき境地」↓22『林芙美子選集／放浪記』「追ひ書き」。**注**・本書第Ⅰ部第1章参照。
随筆「涼しき隠れ家」『令女界』8月号↓10『厨女雑記』
↓98『創作ノート』「ノワイユ夫人」。
［石川武美記念図書館］
随筆「秋　商賣其他」『時事新報』9月1日
↓10『厨女雑記』「秋其他」。
随筆「落合町山川記」『改造』9月号↓10『厨女雑記』。
詩「空の讃歌」『現代』9月号。
掌篇「キャンプ」『現代』9月号
↓10『厨女雑記』「キャンプへ來て」。
短篇「小さい花」『新潮』9月号↓11『散文家の日記』。
短篇「巴里の術策」『モダン日本』9月号。挿絵・向井潤吉。
雑「旦那様これだけは是非ね！」『モダン日本』9月号。
掌篇「小さな現實」『週刊朝日』9月3日号。
評論「文藝時評（1）老大家の復興」『報知新聞』9月27日
評論「文藝時評（2）堀氏の高踏味」『報知新聞』9月28日
評論「文藝時評（3）深田氏に失望」『報知新聞』9月29日
評論「文藝時評（4）二つの創刊號」『報知新聞』9月30日
評論「文藝時評（5）「毀れた花瓶」」『報知新聞』10月1日
評論「文藝時評（6）小説より随筆」『報知新聞』10月2日
↓12『旅だより』「秋の文藝感想」。
詩「友達」「遺書」『文藝首都』10月号↓9『面影』。
雑「グラビア／氣まぐれな寫眞」『婦人公論』10月号。
雑「アンケート／夫が無斷外泊した場合」
『モダン日本』10月号。
短篇「その夜から」『週刊朝日』10月2日号。挿絵・富田千秋
↓11『散文家の日記』「煙」に改題。
雑「アンケート／秋の味覺」『時事新報』10月5日。
雑「アンケート／秋　本と音樂と」『新潮』11月号。
短篇「雨の日の挿話」『婦女界』11月号附録誌「女流作家二十二人集」↓31『氷河』「或る挿話」に改題。
短篇「朝顔」文化公論社『文學界』11月号
カット・鍋井克之↓11『散文家の日記』。
短篇「紅葉の懺悔」改造社『文藝』11月創刊号
↓11『散文家の日記』。
随筆「古い覺帖について」『文藝首都』11月号↓17『文學的斷章』↓98『創作ノート』「古い覺帳」で伏せ字復元。
評論「文藝時評」↓
作者の言葉「林芙美子先生の言葉」『文藝首都』11月号。
注・第二詩集9『面影―ボクの素描改題―』完成の言葉。

随筆「文壇への注文」『文藝通信』（文藝春秋社）11月号。

掌篇「新家庭通信／新婚の妻より郷里の母へ」

『時事新報』11月29日。

随筆「其頃の仲間達／あれやこれや」『文藝通信』12月号。

注・大杉榮と伊藤野枝に言及。

雑「アンケート／私が占ひに觀て貰つた時」前同号。

雑「アンケート／本年度の傑作は何だ？」前同号。

随筆「雪／カチウシャを」『名古屋新聞』12月7日。

随筆「行儀のよい歳末」『讀賣新聞』12月26日。

【昭和９年／１９３４年】 97点

短篇「鶯」『改造』1月号↓11『散文家の日記』。

短篇「ルウ・ダゲヱル」『若草』1月号↓11『散文家の日記』。

随筆「私の意見　僕の意見」『週刊朝日』1月1日号。

注・サトウ・ハチロー「僕の意見」との対。

雑「アンケート／題をつける時　書き出しに　結末に困つた話」『文藝通信』1月号。

短篇「鬼神お松」『モダン日本』1月号。挿絵・神保朋世。

雑「アンケート／私の銀座のスケジュウル」

『モダン日本』1月号。

随筆「文藝家の肖像／蓼の花に讃す」『アサヒカメラ』1月号
肖像撮影・木村伊兵衛。

随筆「三疊一間に親子三人」『東京日日』1月14日。

随筆「手」『週刊朝日』1月20日号。

短篇「すがた」『行動』2月号・3月号↓11『散文家の日記』

「すがた」↓24『林芙美子選集』第1巻「藤の花」。

注・作中句「ふりそでに　よう似たすがた　藤のはな」が
原題名と改題名の由来。

随筆「厨女雑記…桶／子供／花／野菜／米／渡邊一夫氏のこと／旅」『作品』2月号↓10『厨女雑記』。

随筆「岐路についての所感」『人物評論』2月号。

雑「アンケート／訪問者と文學青年に與へる回答一束」

『文藝通信』2月号。

雑「アンケート／三四年問答録」『新青年』2月号。

短篇「少女來訪」『令女界』2月号。挿絵・加藤まさを
↓14『人形聖書』。

随筆「倫敦のミモザの花」『家庭』2月号。

随筆「頃日所感一束」『輝ク』2月17日。

随筆「花」『東京日日』2月19日↓10『厨女雑記』。

評論「文藝時評」『改造』3月号
↓10『厨女雑記』「二月の感想」に改題。

随筆「ボクの商賣を語る／ゴメンナサイ」『新青年』3月号。

長篇「流れる青空／三人姉妹」〈第1回〉『婦人畫報』3月号
挿絵・嶺田弘。〈以下9月号まで7回連載〉

随筆「野暮に通じる私の好み／ふだんとよそゆき」

『婦人公論』3月号。

随筆「フランシス・カルコ印象記」『文藝』3月号
↓10『厨女雑記』。注・カルコから献本された著作の口絵を図版に掲げた。

雑「アンケート／「帝國文藝院」の問題」『文藝』3月号。

短篇「散文家の日記」『文藝春秋』3月号
↓11『散文家の日記』。

短篇「春が來たからには」『婦人倶樂部』3月号。

短篇「妻君同志」『サンデー毎日』3月10日春季特別号。

長篇「流れる青空／こころ弱き曲者」〈第2回〉『婦人畫報』4月号。

短篇「容貌」『中央公論』4月号↓11『散文家の日記』。

短篇「塵溜」『文藝』4月号↓13『泣蟲小僧』。

随筆「直木さんの思ひ出」『文藝首都』4月号
↓17『文學的斷章』。注・直木三十五追悼随筆。

雑「アンケート／名士家庭療法祕訣」『モダン日本』4月号。注・西式健康法を推奨している。

紀行「旅だより（1）」『東京朝日』4月3日
紀行「旅だより（2）」『東京朝日』4月5日
紀行「旅だより（3）」『東京朝日』4月6日
↓12『旅だより』。

短篇「邂逅」『週刊朝日』4月8日号。挿絵・林唯一。

長篇「流れる青空／トリック」〈第3回〉『婦人畫報』5月号。

掌篇「十圓札で駒形まで」『現代』5月号。

随筆「作家月旦／芹澤光治良氏のこと」『行動』5月号。

短篇「牡丹―習作の一部―」『新潮』5月号↓13『泣蟲小僧』。

短篇「獨身婦人アパート」『話』5月号。

随筆「活躍作家の風貌／しいんと静まる」『文藝通信』5月号。注・井伏鱒二が芙美子を評し、芙美子が井伏を評す。

雑「アンケート／何が夫婦の幸福か?」『婦人公論』5月号。

評論「現代諸家書翰の文章―鑑賞篇―」厚生閣『日本現代文章講座』5月19日↓12『旅だより』「書翰」。

長篇「流れる青空／熱帯樹」〈第4回〉『婦人畫報』6月号。

紀行「下田港まで」『文藝』6月号。挿絵・自画
↓12『旅だより』。

短篇「挿話」『文藝首都』6月号。

雑「アンケート／愛讀書と今夏の仕事」『文藝首都』6月号。

短篇「夫婦」『婦人倶樂部』6月号。挿絵・嶺田弘
↓16『野麥の唄』。

短篇「蔓草の花」『週刊朝日』6月1日号。挿絵・岩田専太郎
↓13『泣蟲小僧』。

書評「推薦の言葉／野長瀬さんの作品推薦にあたり」『文藝首都』6月号。

随筆「旅のまへ」『早稲田文學』6月号↓12『旅だより』。

短篇「山の一頁」『サンデー毎日』6月15日夏季特別号→『オール讀物』昭和10年8月「女とパナマ帽子」に改作。

長篇「流れる青空／肉親のために」〈第5回〉『婦人畫報』7月号。

長篇「流れる青空／こゝにも肉親のために」〈第6回〉『婦人畫報』8月号。

紀行「摩周湖紀行―北海道の旅より」『改造』8月号→12『旅だより』。

紀行「樺太への旅」『文藝』8月号。挿絵・自画→12『旅だより』。

短篇「田舍言葉」『文藝春秋』8月号→13『泣蟲小僧』。

短篇「日常」『文學界』（文圃堂書店）8月号
カット・鍋井克之→27『花の位置』。

随筆「書寢は男にかぎる」『婦人公論』8月号。

雑「アンケート／處女作の思ひ出」『文藝首都』8月号。

雑「アンケート／文壇に黨派ありや」『文藝通信』8月号。

評論「心境と風格」厚生閣『日本現代文章講座―原理篇―』8月11日→12『旅だより』。

紀行「文人野營行／夕餉」『サンデー毎日』8月13日号。

随筆「京にも田舍あり【上】」『讀賣新聞』8月17日
随筆「京にも田舍あり【中】」『讀賣新聞』8月18日
随筆「京にも田舍あり【下】」『讀賣新聞』8月20日→17『文學的斷章』「京にも田舍」。

随筆「ラジオ週評（上）／實用にならない朝の料理献立」

随筆「ラジオ週評（下）／涼風を感じた木曾の盆踊」『東京朝日』8月20日・21日。

連作詩「小窗…コックリコの花／風／文體家／聚首／古妻／こほろぎ」『改造』9月号→17『文學的斷章』。

随筆「柿の實」『新潮』9月号→12『旅だより』。

公開書簡「川端康成氏への書簡」『文藝』9月号→12『旅だより』。

随筆「井伏鱒二さん」『文藝首都』9月号。

雑「アンケート／最近注目・感心した小説」『文藝通信』9月号。

長篇「流れる青空／流雲之圖」〈第7回・完〉『婦人畫報』9月号。挿絵・嶺田弘→16『野麥の唄』「姉妹」に改題。

雑「映畫男優だつたら」『映畫と演藝』9月号。

短篇「無名作家の辯」『サンデー毎日』9月10日秋季特別号挿絵・小谷良德→13『泣蟲小僧』。

雑「各地通信」『輝ク』9月17日。

紀行「空の紀行リレー／食ふか食はれるか陽氣な自殺者の心」

紀行「空の紀行リレー／只今飛翔中女はいつも他力本願」

紀行「空の紀行リレー／私は却々浮氣だ山の姿は北ほどよい」

紀行「空の紀行リレー／大空は陽氣だ無念無欲の電氣人形」

『讀賣新聞』9月20日〜23日。注・讀賣新聞社主催の空の文人リレー紀行の一部。大佛次郎→芙美子→櫻井忠溫→西條八十の順。→17『文學的斷章』「飛行機の旅」。

雑　「アンケート／私の好きな言葉」『文藝』10月号。

随筆「秋窗記」『若草』10月号。

注・『叢書』「著作年表」は掲載誌を『令女界』と誤記。

随筆「戸隱山」梓書房『山』10月号。

短篇「十五夜」『週刊朝日』10月1日号。挿絵・林唯一。

雑　「みのうえ相談回答」『週刊朝日』10月1日号。

新聞小説「泣蟲小僧」『東京朝日／夕刊』10月23日〜11月21日〈全27回〉。挿絵・島崎鶏二→13『泣蟲小僧』。

雑　「アンケート／讀書界打診」『讀賣新聞』10月31日。

短篇「山中歌合」『改造』11月号→13『泣蟲小僧』。

連作詩「葡萄の岸…日暮れ／魚／可愛い男／憐愍」『文藝』11月号。カット・自画→17『文學的斷章』。

随筆「婦人へすすめる旅の話」日本旅行倶樂部『旅』11月号。

雑　「アンケート／最も印象深かつたもの」『新潮』12月号。

随筆「私の年末所感」『婦人公論』12月号。

談話「私の一日」『婦人公論』12月号。

評論「女性作家に就て」『文藝通信』12月号。

雑　「アンケート／昭和九年度の文壇の收穫など」『文藝首都』12月10日発行号。

【昭和10年／1935年】111点

長篇「野麥の唄」『婦人公論』1月号〜6月号〈全6回〉挿絵・島崎鶏二→16『野麥の唄』。

雑　「アンケート／名士に風邪退治法をきく」『婦人公論』1月号。

長篇「白鳥」『令女界』1月号〜6月号〈全6回〉挿絵・吉邨二郎。

短篇「霰の降る日」『文藝』1月号→13『泣蟲小僧』。

短篇「馬乃文章」『オール讀物』1月号。挿絵・横山隆一→13『泣蟲小僧』。

雑　「名家玉什／自己への言葉」『現代』1月号。

随筆「私の年頭言」『行動』1月号→17『文學的斷章』「年頭言によせて」に改題。

雑　「アンケート／最も好きな男性」『婦人文藝』1月号。

注・著者の回答は漱石・芥川・永井。

短篇「下宿哲學」『サンデー毎日』1月1日新春特別号挿絵・小谷良德→13『泣蟲小僧』。

雑　「アンケート／新年の各雑誌に就いて」『新潮』2月号。

雑　「アンケート／埋もれて了つた作家」『文藝通信』2月号。

雑　「私と寫眞」アルス社『カメラ』2月号。

注・著者撮影の大泉淵氏7歳のスナップ写真がある。

随筆「私の生活」『經濟往來』3月号

→17『文學的斷章』「生活」。
随筆「好きな繪とあそぶ」『作品』3月号→17『文學的斷章』「繪とあそぶ」。

随筆「「鮎」へのぶちまけ」『文學界』3月号。

連作詩「北族…こだま／コスチウム／山々」『文藝』3月号
挿絵・自画→17『文學的斷章』。

短篇「朝夕」『文藝春秋』3月号→15『牡蠣』。

随筆「女流作家の文壇人印象記」『文藝通信』3月号。

注・著者が語る文壇人は小林秀雄。

短篇「アパート往來」『サンデー毎日』3月15日春季特別号
挿絵・小谷良德。

随筆「映畫隨想」『帝國大學新聞』3月21日。

書評「時雨女史の「舊聞日本橋」」『讀賣新聞』3月27日。

随筆「繪」『月刊文章講座』4月号。注・廣津和郎宛の手紙。

短篇「小作家の傳」『週刊朝日』4月1日号。

雑「私の書齋／私の部屋」『書窓』恩地孝四郎主宰4月創刊号。注・著者による書斎の自画イラスト。

絵「枯れた花」『書窓』前同創刊号。

注・著者の自作油彩画原色刷りグラビア。

雑「アンケート／愛藏本等」『書窓』前同創刊号。

注・著者はフランシス・カルコからの献呈本 JÉSUS LA CAILLE を挙げた。

随筆「わが交遊記／私のともだち」『新潮』4月号→17『文學的斷章』「交遊記」に改題。

雑「アンケート／わたしの好きな歌劇スター」『婦人公論』4月号。

映画評「「放浪記」の映畫化に就いて」『文藝』4月号。

注・夏川靜江主演版。

随筆「私の先生」『文藝首都』4月号→17『文學的斷章』。

注・尾道高女の森要人先生。

評論「染谷隈藏君の手紙について」『工程』4月号。

注・『全日本子供の文章』昭和12年が採録。

挿絵「懐爐灰程度の戀」『モダン日本』4月号。

注・著者が田中比左良の作品の挿絵を担当した。

談話「早春戯譜（23）畫商になりたい希望」『讀賣新聞』4月9日。

短篇「牝鷄」『改造』5月号→15『牡蠣』。

随筆「厨女雜記…西鶴のことなぞ／利芽／村里生活記」『作品』5月号→17『文學的斷章』「西鶴その他」に改題。

随筆「女の學校に就て」『處女の友』5月号。

随筆「着物雜考」『生活と趣味』5月12日初夏の巻→17『文學的斷章』。

問答「近頃聽きたい事、話したい事（1）新劇の新しい道を丸山定夫氏に訊く」『讀賣新聞』5月14日。

注・翌15日に丸山の答（2）が掲載された。「馬耳北風！娘、芙美子に答ふ」。
短篇「クララ」『文藝』6月号
隨筆「青粥の記」『中央公論』6月号→17『文學的斷章』。
→15『牡蠣』・105『童話集／狐物語』。
隨筆「私の二十歳」『月刊文章講座』6月号
→17『文學的斷章』。
隨筆「仲町貞子さん」『文藝首都』6月号。
紀行「古いアルバムから—外國の想ひ出」『文藝通信』6月号
挿絵・宮田重雄→17『文學的斷章』「外國の想ひ出」。
雑「思ひ出の旅　あこがれの地」『大阪朝日』6月4日。
隨筆「わが住む界隈／落合（上）」『都新聞』6月8日
隨筆「わが住む界隈／落合（下）」『都新聞』6月9日
→17『文學的斷章』「わが住む界隈」。
短篇「初雷」『サンデー毎日』6月10日夏季特別号
挿絵・小谷良徳→15『牡蠣』。

書評「『女人哀樂』を愉しむ」『吉屋信子全集／第5巻』

「月報」6月10日。［新宿歴博 I-305］

紀行「丹波丹後路」『東京日日』6月17日→17『文學的斷章』。

雑「各地通信」『輝ク』6月17日。

紀行「帶廣まで」『文藝春秋』7月号→15『牡蠣』。

掌篇「人生賦」『新潮』7月号→15『牡蠣』。

雑「グラビア／夏旅は愉しく指導・林芙美子」『婦人公論』7月号。

雑「アンケート／初めて逢つた文士を語る」『文藝通信』7月号。**注**・著者の回答は宇野浩二。

書評「邦子女史の「和琴抄」」『讀賣新聞』7月1日。

紀行「ナポリの日曜日」『帝國大學新聞』7月15日
→17『文學的斷章』。
隨筆「文學的自叙傳」『新潮』8月号→17『文學的斷章』。

短篇「女とパナマ帽子」『オール讀物』8月号。

注・16『野麥の唄』において「山ゆき」に改題。

隨筆「日記」『文學界』8月号→17『文學的斷章』。

短篇「子供たち」『若草』8月号→15『牡蠣』。

詩「希望」『婦人運動』8月号。

詩「詩のノートより」『文藝首都』8月号。

雑「アンケート／私の一日」『婦人公論』8月号。

雑「グラビア／選者の面影」『文藝首都』8月号。

雑「アンケート／私の初めて登つた山」『文藝春秋』8月号。

隨筆「平凡な私の生活」大毎・東日『ホーム・ライフ』8月号。

紀行「戸隱山」『京都帝國大學新聞』8月6日
→17『文學的斷章』。
書評「『純正詩論』」『東京朝日』8月11日。

随筆「けふ此頃／寫眞日記」『報知新聞』8月15日。

注・萩原朔太郎著『純正詩論』。

『報知新聞』昭和10年８月15日

紀行「民謡ハイキング／江差追分（上）」『東京日日』

紀行「民謡ハイキング／江差追分（下）」『東京日日』

8月18日・20日→17『文學的斷章』「江差追分」。

短篇「牡蠣」『中央公論』9月号→15『牡蠣』。

評論「文藝時評」『行動』9月号。

随筆「文學、旅、其の他」『維新』9月号→17『文學的斷章』。

雑「アンケート／子供のとき何にならうと思ひましたか」

『婦人公論』9月号。

雑「アンケート／嬉しかつたこと等」『文藝通信』9月号。

随筆「作者の言分／九月創作評に答へる」

『時事新報』9月8日。

雑「世界の男の魅力を語る／きちんとしてる運ちゃん（フランス）」『婦人畫報』9月15日。

雑「アンケート／最近放送番組の印象」『放送』9月15日。

随筆「佛蘭西の秋」『輝ク』9月17日。

随筆「秋窗雜記【上】」『讀賣新聞』9月19日
随筆「秋窗雜記【中】」『讀賣新聞』9月20日
随筆「秋窗雜記【下】」『讀賣新聞』9月21日
→17『文學的斷章』。
随筆「身邊秋心／見馴れた部屋（上）」『東京朝日』9月30日
随筆「身邊秋心／見馴れた部屋（下）」『東京朝日』10月1日
→17『文學的斷章』「見馴れた部屋」。
中篇「姉の日記」『週刊朝日』10月1日秋季特別号
挿絵・林唯一→15『牡蠣』。
短篇「葡萄の岸」『日本評論』10月号→18『愛情』。
短篇「秋のソナタ　第一樂章」『婦人公論』10月号。
随筆「頃日感想」『文藝』10月号→17『文學的斷章』。
随筆「文章と心構へ」『月刊文章講座』10月号。
随筆「秋さまざま」『婦人倶樂部』10月号。
雑「アンケート／装幀についての諸家意向」
『書窓』10月10日号。
短篇「ジンタ風情」『週刊朝日』10月27日号。挿絵・志村立美

↓16『野麥の唄』「雪割草」に改題。

談話「チャンスを語る」『週刊朝日』10月27日号。

短篇「鴛鴦」『婦人之友』11月号。挿絵・森田勝
↓16『野麥の唄』。

随筆「秋風ざんげ帖／酒と私」『週刊朝日』11月3日号
↓17『文學的斷章』「或一頁」に改題。

随筆「本」『三田新聞』11月8日。［新宿歴博 I-339］

随筆「奥日光感想／長生きはしたきもの」『輝ク』11月17日。

随筆「貸家探し（一）」『都新聞』11月27日。

随筆「貸家探し（二）」『都新聞』11月28日。

随筆「貸家探し（三）」『都新聞』11月29日。

随筆「貸家探し（四）」『都新聞』11月30日。

↓17『文學的斷章』。注・（一）は板垣直子に対する辛辣な評ゆえ『文學的斷章』に収録せず。武藤康史編岩波文庫『林芙美子随筆集』「解説」参照。

掌篇「刺繍」『文藝』12月号↓17『文學的斷章』。

雑「アンケート／今年の文壇で最も印象に残つた作品・活躍した人」『文藝』12月号。

随筆「旅日記」『月刊文章講座』12月号↓21『田舍がへり』。

雑「アンケート／最も印象深かつたもの」『新潮』12月号。

随筆「私の少女」『令女界』12月号。挿絵・蕗谷虹兒
↓21『田舍がへり』「少女」。［石川武美記念図書館］

随筆「作者の言分／十二月創作評に答へる」『時事新報』12月4日。

書評「尾崎士郎の「悪太郎」を讀む」『讀賣新聞』12月7日。

短篇「祕密」『サンデー毎日』12月8日号。挿絵・林唯一
↓16『野麥の唄』。

談話「生甲斐を感じるわ寝起きのウヰスキー」『東京日日』12月17日。

【昭和11年／1936年】 92点

長篇「女の日記」『婦人公論』1月号〜12月号〈全12回〉挿絵・宮本三郎↓20『女の日記』。

随筆「女の幸福／ざつくばらん」『婦人公論』1月号。

長篇「稲妻」『文藝』1月号〜9月号（8月号休載）

↓19『稲妻』。

短歌「私の歌六つ」改造社『短歌研究』1月号。

短歌「文壇百人一首」『月刊文章』1月号。

随筆「不斷の日記」『三田文學』1月号↓21『田舍がへり』。

短篇「小家庭」『大阪朝日』1月5日。挿絵・松井正
↓31『氷河』。

随筆「女性美を何に求める／平凡な女が好き（一）」

随筆「女性美を何に求める／平凡な女が好き（二）」『大陸日報』1月31日・2月1日↓17『文學的斷章』「平凡な女」に改題収録。

中篇「市立女學校」『改造』2月号→18『愛情』。
談話「私の書架／「ルナアル日記」その他」
『文藝懇話會』2月号。
随筆「十八日の晩（一）」『東京日日』2月22日
随筆「十八日の晩（二）」『東京日日』2月23日
随筆「十八日の晩（三）」『東京日日』2月25日
→21『田舎がへり』。注・横光利一渡欧見送りの日。
随筆「渡歐前の横光氏へ」『文藝』3月号→21『田舎がへり』。
雑「アンケート／僕の警句」『文藝』3月号。
雑「アンケート／夫婦の相性はあるかないか」
『婦人公論』3月号。
短篇「おつね」『若草』3月号→27『花の位置』。
短篇「雨」『ホーム・ライフ』3月号。挿絵・三谷十糸子
→31『氷河』。
詩「花」『文藝首都』3月号。注・9『面影』「花」の再録。
随筆「愛情」『南畫鑑賞』小室翠雲主宰美術誌　3月号
→21『田舎がへり』。
雑「アンケート／女性は誰に投票するか」
婦選獲得同盟『女性展望』3月号。
雑「アンケート／好きなタイプ　男性へ」
『報知新聞』3月23日。
小話「戀」『週刊朝日』4月1日号。
短篇「枯葉」『中央公論』4月号→18『愛情』。
随筆「ふるさとの若き女性へ／故郷への愛歌」
『婦人公論』4月号→21『田舎がへり』「故郷への愛歌」。
雑「私の好きな花／野の花」（グラビア）『婦人之友』4月号
→21『田舎がへり』「野花」に改題。
随筆「私の俳句」『文藝首都』4月号
→21『田舎がへり』「俳句」に改題。
随筆「可愛い少女」『少女畫報』4月号。挿絵・蕗谷虹兒。
〔大阪府立図書館〕→25『林芙美子選集』第3巻。
短篇「驟雨」『令女界』4月号。挿絵・林唯一。
雑「グラビア／女流作家の書齋」『ホーム・ライフ』4月号。
短篇「追憶」『新潮』5月号→18『愛情』・70『初旅』。
短篇「良人の幸福・妻の幸福」『週刊朝日』5月1日号
挿絵・林唯一→18『愛情』「幸福」に改題。
ラジオ放送「物語・野麥の唄」NHK大阪放送局制作
放送5月18日。朗読・岡田嘉子。
随筆「ラジオ週評A／耳にも青葉を」『東京朝日』5月20日。
随筆「ラジオ週評B／耳にも青葉を」『東京朝日』5月21日。
随筆「ラジオ週評C／耳にも青葉を」『東京朝日』5月22日。
短篇「あまがら自叙傳」『週刊朝日』5月24日号。挿絵・清水
崑。注・同誌「ユーモア自叙傳シリーズ」の一つ。
随筆「私の履歴」新潮社『私の文壇生活を語る』5月25日。

注・「文學的自叙傳」と同文。
随筆「田舎がへり」『改造』6月号→21『田舎がへり』。
短篇「繪本」『文藝通信』6月号
→26『林芙美子選集』第4巻・105『童話集／狐物語』。
随筆「男の厚意／「貞操の豫約」を批判して」
『婦人公論』6月号。
詩「螢」『ホーム・ライフ』6月号
→62『随筆』において改作収録。
短篇「青春賦」『婦人倶樂部』6月10日臨時増刊号
挿絵・宮本三郎→19『稲妻』。
中篇「愛情」『サンデー毎日』6月10日夏季特別号
挿絵・林唯一→18『愛情』。
短篇「鯉」大毎・東日『新興婦人』6月15日号→18『愛情』。
雑「アンケート／書齋に常に掛けてあるもの」
『實業之日本』7月号。
随筆「美しきもの―ロックの娘その他―」『月刊文章』7月号
→21『田舎がへり』「美しきもの」。
随筆「コクトオ」『文藝』7月号→21『田舎がへり』。
随筆「コクトオに會ふ」『セルパン』7月号
→21『田舎がへり』。
雑「アンケート／私の夢の傑作」『文藝春秋』7月号。
新聞小説「蝶々館」『福岡日日／夕刊』7月12日〜9月29日
〈全61回〉。挿絵・島崎鶏二→19『稲妻』。注・昭和23年の
美和書房113『或る女の半生』は「蝶々館」の改題作。
随筆「文學雜感」『京城日報』7月17日。
〔典拠〕『九大日文19』嚴基權著「京城だより③」。
談話「著者の言葉」『讀賣新聞』7月22日。
注・芹澤光治良による『野麥の唄』書評と併載。
書評「石黑敬七著『巴里雀』」『東京朝日』7月24日。
随筆「こんな思ひ出」『文藝春秋』8月号→21『田舎がへり』。
随筆「感情草紙／こころよきもの」『婦人公論』8月号
→33『私の昆蟲記』「こころよきもの」。
随筆「戀愛の微醺」『日本評論』8月号→21『田舎がへり』。
随筆「女より男のひとが好きです」『文學界』8月号
→21『田舎がへり』「男のひと」に改題。
童話「蛙」『赤い鳥』8月号。挿絵・鈴木淳
→105『童話集／狐物語』。
雑「アンケート／私がお役人だつたら」『婦人展望』8月号。
短篇「泉」『改造』9月号→18『愛情』。
短篇「呼吸」『新潮』9月号→26『林芙美子選集』第4巻。
紀行「グラビア紀行／阿寒地帯」『婦人公論』9月号。
雑「藤田畫伯におたづね致します」『あみ・ど・ぱり』
9月号。注・同誌翌月号で藤田嗣治が回答。
短篇「或る女のすがた」『サンデー毎日』9月10日秋季特別号

↓31『氷河』「或る女」に改題。

雑　「各地通信」『輝ク』9月17日。

紀行「山陰に残る日本・眞の姿」『東京日日』9月16日。

紀行「憧れの大山」『東京日日』9月17日。

紀行「瀬戸の島々」『東京日日』9月18日。

紀行「夕凪の感傷」『東京日日』9月19日。

注・「大毎・東日」主催「国立公園早廻り競争」。

掌篇「思ひ出の日」『現代』10月特大号附録「文壇大家花形の自叙傳」↓21『田舎がへり』「思ひ出の記」に改題。

短篇「淺草暮らし」『オール讀物』10月号。挿絵・伊東顕
↓27『花の位置』。

随筆「二人で一つの茶碗」『モダン日本』10月号。

詩　「良人へ送る手紙」『雜記帳』10月号。

ラジオ小説「望鄕」『若草』10月号。

注・『令女界』昭和8年5月号「白い手套」の改作。同年3月16日放送。朗読・霧立のぼる。

ルポ「東洋一の鐘紡工場に女工さんの生活を見るの記」『婦人倶樂部』10月号。

随筆「映畫徒爾記」『サンデー毎日』10月1日号
↓21『田舎がへり』「映畫について」に改題。

文例「男の手紙」日本文章學會編・學藝社『最も新しい文章の作り方と文例』10月14日。

雑　「アンケート／私の好きな言葉」『婦人倶樂部』11月号。

雑　「グラビア／書齋めぐり」『書物展望』11月号。

中篇「花の位置」『週刊朝日』11月2日号。挿絵・岩田専太郎
↓27『花の位置』。

雑　「通信／札幌にて」『輝ク』11月17日。

紀行「北平通信（1）」『東京日日』11月27日。

紀行「北平通信（2）」『東京日日』11月28日。

紀行「北平通信（3）」『東京日日』11月29日。

紀行「北平通信（4）」『東京日日』11月30日。

紀行「北平通信（5）」『東京日日』12月1日。

↓21『田舎がへり』。

随筆「野球観戰記／素人ファン」『讀賣新聞』12月1日
↓33『私の昆蟲記』「素人ファン」。

雑　「アンケート／私の好きな顔」『婦人倶樂部』12月号。

随筆「所感」『純粋小説全集第6巻／稲妻』「月報第10号」12月18日。

雑　「アンケート／著者に聞く一九三六年」『書窓』第18輯 12月31日。

【昭和12年／1937年】 87点

随筆「北京紀行」『改造』1月号↓21『田舎がへり』。
短篇「一時期」『現代』1月号。挿絵・吉田貫三郎
↓27『花の位置』。

随筆「映畫の青春」『セルパン』1月号→33『私の昆蟲記』。
談話「こんな氣持ちで私はゐます」『家庭』1月号。
映画評「禁男の家を觀る」『スタア』スタア社 1月1日号。
映画評「女だけの都への所感」『スタア』1月15日号。
ルポ「働く女の世界―中央電話局を訪ねて―」
『婦人公論』1月号。
雑「アンケート／私の憂ひ 私の喜び」『婦人之友』1月号。
随筆「たびさき」『文藝通信』1月号。
随筆「北平の女」『ホーム・ライフ』1月号
→21『田舍がへり』。
随筆「新春に際して物申す／有田外相へ」『サンデー毎日』
1月17日号。カット・清水崑。
短篇「女の學校」實業之日本社『新女苑』2月号
挿絵・中原淳一。注・『新女苑』は同年1月創刊。
短篇「行雁」『中央公論』2月号→55『女優記』。
小品「女の生涯」『中央公論』2月号。
長篇「稲妻―後章（一）―」『文學界』2月号。
注・単行本に収録されず。
随筆「創作苦心談」『月刊文章』2月号。
短篇「一つの縁」『婦人倶樂部』2月号。挿絵・宮本三郎
→27『花の位置』。
随筆「「装幀」感」『東京朝日』2月15日。

短篇「觀音誕生」『オール讀物』3月号。挿絵・嶺田弘
→27『花の位置』。
随筆「頃日感想」『文藝懇話會』3月号。
雑「餘技漫談／素人寫眞」『婦人文藝』3月号。
雑「寫眞コント／菫の花」『婦人倶樂部』3月号。
短篇「怖ろしき日の記憶」『婦人倶樂部』3月春の臨時増刊号
挿絵・須藤重→27『花の位置』「怖ろしき日」に改題。
随筆「商人と百姓（上）（中）（下）」
『報知新聞』3月2日〜4日→21『田舍がへり』。
随筆「魯迅追憶」『改造』4月号。
随筆「魯迅追憶」『文藝』4月号。注・『改造』と同文。
短篇「足袋と鶯」『文藝春秋』4月号→44『清貧の書』。
随筆「女の新生 島崎藤村氏の姪荊棘の道を行くこま子さんを
訪ひて」『婦人公論』4月号。
随筆「第七十議會傍聽記」『婦人公論』4月号
→21『田舍がへり』「議會傍聽記」。
随筆「日記」『新潮』4月号→30『林芙美子選集』第6卷。
雑「アンケート／私の好きな文章／岡倉天心の『茶の本』」
『婦女界』4月号。
短篇「晩春」『新女苑』4月号。挿絵・北川實
→31『氷河』・53『青春』。
批評「子供の文を讀む／手紙について」『月刊文章』

4月増刊号。**注**・『工程』昭和10年4月号の再録。
中篇「飯」『サンデー毎日』4月1日創刊15周年記念特別号
挿絵・宮本三郎↓28『林芙美子選集』第2巻。
短篇「鼈」『改造』5月号↓24『林芙美子選集』第1巻。
短篇「みれん」『週刊朝日』5月1日号。挿絵・富永謙太郎
↓27『花の位置』。
グラビア紀行「木曾川と白帝城」『婦人之友』5月号
↓23『林芙美子選集』第7巻。
グラビア随筆「名士とお母さま」『主婦之友』5月特大号。
紀行「白河の旅愁（一）（二）（三）（四）」『都新聞』5月24日
〜27日↓23『林芙美子選集』第7巻。
詩「神風を迎へる（羽田にて）」『東京朝日』5月25日。
随筆「こほろぎの日記…とかげ／薔薇・雨・風／稚内の筍／敷香の女／みゝづく／縁日」『中央公論』6月号
↓25『林芙美子選集』第3巻。
短篇「梅雨夫婦」『オール讀物』6月号。挿絵・小林秀恒
↓27『花の位置』「梅雨」に改題。
短歌「伊豫のほとゝぎす」20首『短歌研究』6月号。**注**・20首のうち19首は26『林芙美子選集』第4巻に収録。
長篇「南風」『婦人公論』6月号〜昭和13年10月号・未完。
挿絵・硲伊之助↓37『林芙美子長篇小説集』第1巻。
書評「藍色の蟇」『文學界』6月号。

注・大手拓次詩集『藍色の蟇』の評。

随筆「私の校正室」『林芙美子選集』第5巻「月報 第1号」6月20日。

中篇「橇（一）〜（四）未完」大毎・東日『新興婦人』7月号〜10月号。挿絵・吉田貫三郎。**注**・単行本化の有無は不明。

評論「丹羽文雄氏の描く「女性」雑感」『セルパン』7月号。

注・6月号は丹羽による芙美子作品の評。

訪問記「霞ヶ浦海軍航空隊見學記」『婦人俱樂部』7月号
↓33『私の昆蟲記』。

随筆「レビュー散見」『映畫と演藝』7月号。

雑「アンケート／好きな作品　好きな作家」『美術』7月号。

短篇「花火」『サンデー毎日』7月1日夏季特別号
挿絵・林唯一↓27『花の位置』。

書評「新刊ブックレビュー／芹澤光治良氏『秋箋』」『日本讀書新聞』7月21日。

随筆「槍騎兵／北京」『東京朝日』7月26日
↓33『私の昆蟲記』。

随筆「私の文學生活」『改造』8月号
↓25『林芙美子選集』第3巻。

随筆「私の仕事─自作案内書─」『文藝』8月号
↓25『林芙美子選集』第3巻。

短篇「月寒」『新女苑』8月号。挿絵・吉邨二郎↓31『氷河』。

劇評「少女歌劇を批判する／寶塚の星組を観て」『新女苑』8月号。

雑「アンケート／我が愛する夏の歌」『婦人公論』8月号。

雑「グラビア／東京の夏」『講談倶樂部』8月号。

雑「アンケート／海が好きか山が好きか」『實業之日本』8月号。

短篇「氷河」『週刊朝日』8月2日号。挿絵・富永謙太郎↓31『氷河』↓70『初旅』「黯爾」に改題。

雑「アンケート／日本映畫への期待」『サンデー毎日』8月2日号。

随筆「槍騎兵／市會に就いて」『東京朝日』8月9日↓33『私の昆蟲記』「市會に就いて」。

随筆「私の作品態度」『日本讀書新聞』8月15日。

随筆「新我樂多文庫／日本の宿屋」『東京朝日』8月17日↓33『私の昆蟲記』「日本の宿屋」。

随筆「立秋前後」『讀賣新聞』8月26日。

随筆「花の挿話」『新女苑』9月号。

長篇「女性神髄」〈第1回～第9回〉『現代』9月号～昭和13年5月号。挿絵・中川一政↓32『林芙美子長篇小説集』第4巻。

短篇「大阪の雁」『日の出』9月号。挿絵・林唯一↓31『氷河』。

短篇「妻かへる日」『婦人倶樂部』9月号。挿絵・志村立美↓31『氷河』「妻歸る日」。

随筆「感想」『輝ク』9月17日。

随筆「戰爭よみもの」『中央公論』10月号。

グラビア紀行「天草まで」『婦人公論』10月号↓33『私の昆蟲記』。

随筆「支那婦人に就て」『ホーム・ライフ』10月号。

長篇「女の愛情」『サンデー毎日』10月3日号～12月26日号挿絵・小林秀恒↓30『林芙美子選集』第6巻。

注・52『林芙美子長篇小説集』第2巻「女の部屋」は「女の愛情」の改題。

紀行「北支那の憶ひ出」『改造』10月10日秋季増刊号↓33『私の昆蟲記』。

随筆「秋に思ひ出す男優たち」『サンデー毎日』10月15日号↓33『私の昆蟲記』。

随筆「槍騎兵／この際宣傳省」『東京朝日』10月20日↓33『私の昆蟲記』「宣傳省」に改題。

展評「身近かな題材／文展ひとり歩き」『東京朝日』10月26日↓33『私の昆蟲記』「十二年の文展」に改題。

紀行「支那南北（一）（二）（三）」『都新聞』10月29日・30日・31日↓33『私の昆蟲記』。

随筆「遠い憶ひ出（窪津年太氏の靈におくる）」『文藝』11月号→30『林芙美子選集』第6巻。

書評「山本實彦著「支那事變」を讀む」『都新聞』11月2日。

書評「ブックレビュー／井伏鱒二「山川草木」」『文學界』12月号。

短篇「愛らしき庭」『日の出』12月号。挿絵・富永謙太郎→60『魚介』「花庭」に改題。

短篇「紅襟の燕」『新女苑』12月号。挿絵・吉邨二郎→31『氷河』。

随筆「槍騎兵／作家の眼」『東京朝日』12月28日。

【昭和13年／1938年】100点

長篇「日本の薔薇」『婦人倶樂部』1月号〜6月号〈全5回〉挿絵・宮本三郎→42『林芙美子長篇小説集』第6巻。

注・64『薔薇』において「薔薇」に改題。4月号休載。

訪問記「南京空爆の和田荒鷲部隊長を訪ねて」『婦人倶樂部』1月号。

長篇「遠い湖」『新女苑』1月号〜6月号〈全6回〉挿絵・吉邨二郎→35『林芙美子長篇小説集』第3巻。

注・136『人形聖書』昭和23年に再録する際に「花のいのち」に改題。

随筆「應召前後―良人を戰地へ送りて―」『婦人公論』1月号→33『私の昆蟲記』「應召前後」。

随筆「グラビア／飯沼・塚越兩飛行士」『婦人之友』1月号。

随筆「夫婦」『明日香』古今書院1月号→33『私の昆蟲記』。

短篇「女ごころ」『週刊朝日』1月1日号。挿絵・宮本三郎→31『氷河』。**注**・31『氷河』収録時、版元編集部が目次から「女ごころ」を落とした。著者が験担ぎをしたのか否か、55『女優記』に再録する際、作品名が「命あればかかるすまひの」に改題された。

談話「初夢ユーモア國民使節／フランスへ」『週刊朝日』1月1日号。

童話「首輪をはめたクロ」『せうがく三年生』1月号挿絵・川嶋はるよ。［小学館資料室］

少女随筆「二月の花」『少女の友』2月号。カット・中原淳一。

広告「食事のあと」『現代』2月号。

注・目次頁の裏面「錠剤わかもと」の広告文。

従軍記「女性の南京一番乘り」『サンデー毎日』2月6日号→33『私の昆蟲記』「南京行」。

短篇「黄鶴」『改造』3月号→31『氷河』。

随筆「靜安寺路追憶」『新女苑』3月号→33『私の昆蟲記』。

従軍記「從軍通信」『現代』3月号。

従軍記「私の從軍日記」『婦人公論』3月号→33『私の昆蟲記』。

従軍記「南京まで」『主婦之友』3月号

↓33『私の昆蟲記』「露營の夜」に改題。
短篇「青春」『サンデー毎日』3月10日春季特別号
挿絵・植村俊↓31『氷河』。注・『戰線文庫』第4号（戰線
文庫編纂所、昭和13年12月30日）に、挿絵画家・齋藤清に
替えて転載。『戰線文庫』は横浜市立大学所蔵。
随筆「槍騎兵／日本の作家」『東京朝日』3月28日
↓33『私の昆蟲記』。
随筆「恩を感じた話／秋聲先生の事」『讀賣新聞』3月29日
↓33『私の昆蟲記』「恩を感じた話」。
雑「グラビア／文壇人の戰線寫眞集　寫りますか」
『アサヒカメラ』4月号。
短篇「不良少女」『令女界』5月号。挿絵・加藤まさを。
短篇「とかげ」『オール讀物』5月号。挿絵・矢島鍵三
↓36『月夜』「とかげ」
↓58『林芙美子短篇集／下巻』「蜥蜴」。
随筆「春怨記」『文藝春秋』5月号↓33『私の昆蟲記』。
書評「美川きよ氏の作品」『三田文學』5月号。
談話「普段着を語る」『東京朝日』5月18日。
雑「嘱望する新人とその作品傾向について」
『あらくれ』5月号。
随筆「新生の門─栃木の女囚刑務所を訪ねて─」
『新女苑』6月号↓33『私の昆蟲記』「新生の門」。

短篇「芍薬の花」『週刊朝日』6月1日号。挿絵・富田千秋
↓36『月夜』「芍薬」。
短篇「杜鵑」『中央公論』6月号↓36『月夜』。
シナリオ「一粒の麥」『映畫之友』6月号。
随筆「私の頁」『文藝』6月号。
随筆「私の頁」『文藝』7月号。
随筆「私の頁」『文藝』8月号。
↓47『随筆集／心境と風格』283頁5行～287頁7行。
随筆「私の頁」『文藝』9月号。
↓47『随筆集／心境と風格』278頁～283頁4行。
注・47『随筆集／心境と風格』収録の「私の頁」287頁末行
から296頁まで別の随筆を加筆。6月・7月分は未収録。
短篇「黄昏の席」『報知新聞』6月5日。挿絵・小林秀恒
↓36『月夜』。
中篇「牡丹」『サンデー毎日』6月10日夏季特別号
挿絵・宮本三郎↓36『月夜』。
掌篇「或る不思議な話─あまりに童話的な、然しこれは事實で
ある─」『新女苑』7月号。
短篇「明日咲く花」『日の出』7月号。挿絵・富永謙太郎
↓36『月夜』「明日の花」に改題。
随筆「季節の言葉／私の旅行・私の學校」『少女の友』7月号
↓33『私の昆蟲記』。

随筆「テーブル・スピーチ」『新風土』7月号
→33『私の昆蟲記』。
抄訳「稲妻（ストリンドベリイ原作）」『婦人之友』7月号
挿絵・玉村善之助。

随筆「三組の合同結婚式」大毎・東日『友を語る』7月5日。

従軍記「南京まで（上）無錫から江陰へ」

従軍記「南京まで（下）かさゝぎのゐる庭の元旦」

『東京日日』7月8日・9日。

従軍記「従軍の思ひ出」『話』7月10日→33『私の昆蟲記』。

談話「銃後の夏期大學　をしどり講座／お風呂へゆくと子供がほしいわ」『讀賣新聞』7月14日。

ラジオドラマ「からたちの花」7月24日。ＮＨＫ東京放送局・制作放送。注・『東京朝日』同日付ラジオ欄。

随筆「日記抄」『東京朝日』7月25日～27日→47『随筆集／心境と風格』「私の頁」287頁末行～290頁6行迄。

短篇「月夜」『文藝春秋』8月号→36『月夜』。

短篇「川」『オール讀物』8月号。挿絵・小林秀恒
→36『月夜』。
雑「落書の頁」『モダン日本』8月号。注・『唐詩選』孫逖作「宿雲門寺閣」の引用筆書きと著者の墨絵。
短篇「可愛い女」『婦人倶樂部』8月号別冊付録→36『月夜』「遠い朝」に改題。
短篇「母娘」『婦女界』8月号。挿絵・北富三郎。〈13『泣蟲小僧』（昭和10年）収録作「母娘」の再発表〉
注・129『放浪記第三部』「酒眼鏡」の原型。単行本収録から3年も遅れて雑誌に再発表された問題作。
短篇「多摩川」『サンデー毎日』8月7日号
挿絵・田村孝之助→36『月夜』。
少女小説「勿忘草」『少女の友』8月10日夏期増刊号
挿絵・中原淳一→53『青春』。
ラジオ小説「ともしび」8月18日。ＮＨＫ大阪放送局制作／全国放送。朗読・毛利菊枝。［直筆原稿20枚／ＮＨＫ放送博物館］注・台本・録音は現存せず、直筆原稿は唯一残る文字資料。本書第Ⅱ部第30章に翻刻採録。
短篇「狹きふしど」『新女苑』9月号。挿絵・嶺田弘
→57『林芙美子短篇集／中巻』。
詩「天草灘」『婦人公論』9月号。注・グラビア頁。風景写真も著者撮影。本書第Ⅱ部第7章に採録。
注・リリエンクローンの詩「穂中の死」を引用。
訪問記「撮影所廻り」『大陸』9月号。挿絵・宮本三郎／撮影・濱谷浩。
詩「天文學者」婦人之友社『子供之友』9月号
挿絵・深澤紅子。［国会図書館デジタルコレクション］
随筆「幌内河畔」『東京日日』9月1日→47『心境と風格』

「私の頁」293頁4行～296頁7行。

従軍記「漢口従軍を前にして／行つて來ます」

『東京朝日』9月2日。

談話「兵士と同じ」『東京日日』9月8日。

従軍記「漢口従軍ハガキ通信」『東京朝日』9月17日。

従軍記「漢口従軍前記　上海にて」

『東京朝日／夕刊』9月20日。

従軍記「文壇人従軍記　瑞昌に入る」

『大阪朝日／夕刊』9月28日。

従軍記「文壇陣従軍記　兵隊さんに合掌　瑞昌にて」

『大阪朝日／夕刊』9月29日（一面）。［新宿歴博 I-295］

従軍記「文壇人従軍記　廬山山麓を行く」『大阪朝日／夕刊』

9月29日（一面）→39『戰線』「漢口戰従軍通信」。

注・2種の『大阪朝日／夕刊』9月29日（一面）がある。

後者は「第三版」の印字があり、前者は早刷りであろう。

従軍記「漢口従軍ハガキ通信／一年の星霜」

『東京朝日』9月30日。

随筆「詩の戰使」『文藝』10月号。

詩「歴史」『むらさき』10月号。

詩「歴史」『あらくれ』10月号。同じ詩題だが別作品。

掌篇「こんな話」『話』10月号。

随筆「グラビア／子役を語る 林文夫に就て」

『婦人公論』10月号。

雑「漫畫と文／全日本女子職業野球團　遊撃手」

『週刊朝日』10月1日号。漫画・清水崑。

雑「文化クラブ」『日本學藝新聞』10月1日。注・従軍にあたり草野心平の詩「餞壯行」を持参するとの短信。

従軍記「漢口戰従軍記／若き少尉の死　江上にて」『東京朝日／夕刊』10月5日→39『戰線』「漢口戰従軍通信」。

従軍記「前線を行きつゝ（上）林芙美子女史の忠言」

『東京朝日』10月5日。

川柳「古川柳一句」『博浪抄』（博浪社）10月5日。

従軍記「前線を行く（下）林芙美子女史の忠言」

『東京朝日』10月6日。

従軍記「漢口戰従軍記／一杯の水に憧る　巴河にて」『東京朝日／夕刊』10月25日→39『戰線』「漢口戰従軍通信」。

従軍記「文壇人従軍記／枕に通ふ行軍の跫音」

『大阪朝日／夕刊』10月25日。

従軍記「美しき棉畠の露營　心急く漢口従軍記」

『東京朝日』10月25日→39『戰線』「漢口戰従軍通信」。

従軍記「女われ一人・嬉涙で漢口入城」『東京朝日』10月31日→39『戰線』「漢口戰従軍通信」。

随筆「私の小説ノート」『サンデー毎日』11月1日新作大衆文藝号。

短篇「獅子の如く」『週刊朝日』11月1日号
挿絵・富永謙太郎↓58『林芙美子短篇集／下巻』。
談話と講演予告「見せたい灰色の兵隊　愛に飢うる現地」
『東京朝日』11月1日。
従軍記「漢口より歸りて【一】」『東京朝日／夕刊』11月5日
従軍記「漢口より歸りて【二】」『東京朝日／夕刊』11月6日
従軍記「漢口より歸りて【三】」『東京朝日／夕刊』11月8日
↓39『戰線』「漢口より歸りて」。
写真と文「敵都に日章旗　涙せきあへず」『アサヒグラフ』
11月16日号。
講演録「女性漢口一番乗りの感激」『週刊朝日』11月20日号。
注・11月1日講演速記録。
写真と文「漢口への道」『アサヒグラフ』11月23日号。
談話「前線を思ふ」『婦人之友』12月号。
ラジオ音楽劇「北岸部隊の歌」12月6日。NHK東京放送局制
作・放送。今日出海脚色／飯田信夫作曲。
講演録「漢口入城の感激」『武漢攻略に從軍して』朝日新聞社
12月17日。注・前掲『週刊朝日』「女性漢口一番乗りの感
激」と同文。
随筆「萩原恭次郎への追憶」『上毛新聞』12月17日
注・萩原恭次郎追悼随筆。
作者の言葉「波濤／作者のことば」『大阪朝日』『東京朝日』
12月14日。
新聞小説「波濤」『東京朝日』12月23日～昭和14年5月18日
〈145回〉。挿絵・小磯良平↓45『波濤』。
注・111『宿命を問ふ女』昭和23年版はGHQのプレスコー
ドに触れる部分を抹消した「波濤」の改作・改題版。

【昭和14年／1939年】 75点

従軍記「北岸部隊」『婦人公論』1月号↓40『北岸部隊』。
作詞「北岸部隊」『婦人公論』1月号。作曲・飯田信夫。
注・レコードは日本ビクター発売。片面は深尾須磨子作
詩・中山晋平作曲による「白衣の花」。
長篇「一人の生涯」『婦人之友』1月号～4月号
挿絵・藤田嗣治↓51『一人の生涯』。
長篇「一人の生涯」『婦人之友』5月号～12月号・未完〈6月
号休載〉。挿絵・伊原宇三郎に交替。注・単行本において
加筆完結。
長篇「灯のつく家」〈第1回〉『婦人倶樂部』1月号
挿絵・伊藤廉。〈以下連載5回に及ぶも未完〉
随筆「從軍實記　皇軍に從ひて」『小學五年生』1月号。
談話「戰場に我は泣きぬ」『少女の友』1月号。
雑　「アンケート／支那・滿洲に於て最も印象に残つてゐるも
の・風景」『新潮』1月号。
随筆「私のノート」『アサヒグラフ』1月4日号。

川柳「新年親交會余興一句」『博浪抄』1月5日。
随筆「私のノート」『アサヒグラフ』1月11日号。
随筆「私のノート／正月の景色」『アサヒグラフ』1月18日号。
随筆「私のノート／日常の生活」『アサヒグラフ』1月25日号
↓47『心境と風格』「日常の生活」。
短篇「桶と生姜」『婦人公論』2月号。挿絵・硲伊之助
↓54『悪闘』。
長篇「灯のつく家」〈第2回〉『婦人倶樂部』2月号。
随筆「私のノート／關西行き」『アサヒグラフ』2月1日号
↓47『心境と風格』「膳所」に改題。
談話「女も兵士とともにあれ」『東京朝日』2月3日。
随筆「私のノート／相撲」『アサヒグラフ』2月8日号
↓47『心境と風格』「相撲」。
ラジオ放送「婦人の時間／銃後の女性と日本精神」2月9日
NHK東京放送局放送。
随筆「私のノート／舞臺稽古」『アサヒグラフ』2月15日号
↓47『心境と風格』「舞臺稽古」。
随筆「私のノート／仙臺行き」『アサヒグラフ』2月22日号
↓47『心境と風格』「仙臺」に改題。
長篇「灯のつく家」〈第3回〉『婦人倶樂部』3月号
挿絵・伊藤廉から松田文雄に交替。
短篇「悪闘」『婦人公論』3月号。挿絵・深澤紅子
↓54『悪闘』↓91『牡蠣』「二等車」に改題。
随筆「私のノート／私の料理」『アサヒグラフ』3月1日号
↓47『心境と風格』「私の料理」。
随筆「私のノート／若き少尉をたづねて」『アサヒグラフ』
3月8日号↓47『心境と風格』「若き少尉をたづねて」。
随筆「私のノート／東京生活」『アサヒグラフ』3月15日号
↓47『心境と風格』「東京生活」。
随筆「私のノート／讀書」『アサヒグラフ』3月22日号。
随筆「私のノート／女の世界」『アサヒグラフ』3月29日号
↓47『心境と風格』「女の世界」。
短篇と詩「蜜蜂…鳩／旅館のバイブル／石鹼／鳥／思ひ出／山脈」『改造』4月号。
注・短篇「鳩／旅館のバイブル／石鹼」↓50『蜜蜂』。詩「鳥／思ひ出／山脈」↓47『心境と風格』。
長篇「灯のつく家」〈第4回〉『婦人倶樂部』4月号。
短篇「春のみづうみ」『婦人公論』4月号。挿絵・藤川栄子
↓54『悪闘』。
短篇「晩春」『オール讀物』4月号。挿絵・田代光。
作詞「『戰線』の歌」コロムビア4月発売。作曲・古關裕而／編曲・奥山貞吉。歌・伊藤久男。［日本コロムビア］
作詞「家のたより」コロムビア4月発売。作曲・古關裕而／編曲・奥山貞吉。歌・二葉あき子。［日本コロムビア］

注・上記2曲の歌詞は本書第Ⅱ部第30章に採録。
童話「鯛の鹽焼（四）」『童話時代』4月号。
［北九州市立文学館］注・（一）～（三）の所在は不明。
随筆「私のノート／金」『アサヒグラフ』4月5日号
↓47『心境と風格』「金」。
随筆「私のノート／香々」『アサヒグラフ』4月12日号
↓47『心境と風格』「香々」。
随筆「私のノート／人生修行」『アサヒグラフ』4月19日号
↓47『心境と風格』「人生の修行」。
随筆「私のノート／夜櫻」『アサヒグラフ』4月26日号
↓47『心境と風格』「夜櫻」。
雑「アンケート／私の時計」日本民藝協會『月刊民藝』
5月号。
談話「家庭料理の腕比べ」『東京朝日』5月13日。
長篇「灯のつく家」〈第5回・未完〉『婦人倶樂部』6月号
（5月号休載）。挿絵・松田文雄。
短篇「齒車」『婦人公論』6月号。挿絵・硲伊之助
↓54『惡鬪』。
連作詩「魚の合唱…病床日記／魚の合唱／ギリシャ詩／慰安」
『改造』7月号↓47『心境と風格』。
随筆「休息」文藝春秋社『大洋』7月号。
童話「社長の夢」野村吉哉編集『親友』7月号。
注・「大將の夢」の改作改題版。［神奈川近代文学館／野村
吉哉旧蔵資料］
随筆「槍騎兵／事變の追想」『東京朝日』7月8日。
連作詩「輝かしき追憶／風／トールバットの法則」
『文藝』8月号↓47『心境と風格』。
短篇「濡れた葦」『婦人公論』8月号。挿絵・硲伊之助
↓54『惡鬪』。
随筆「事變の想ひ出」『大陸』8月号↓47『心境と風格』。
雑「お詫び」『むらさき』7月号。注・体調不良による「七
つの燈」連載開始遅延お詫びの言葉。
長篇「七つの燈」『むらさき』8月号～昭和15年12月号（昭和
15年2月号休載）〈全16回〉↓59『七つの燈』。
訪問記「素朴な氣品」『婦人之友』8月号。
注・自由学園展覧会訪問記。
雑「「遺兒の日」記念　揮毫―二―」『輝ク』8月17日。
短篇「河は靜かに流れゆく」『婦人公論』9月号
挿絵・硲伊之助↓54『惡鬪』。
詩「波」『大洋』9月号グラビア頁掲載の詩。
注・本書第Ⅱ部第7章に採録。
童話「烏と猫」『文藝春秋』9月号。
短篇「新宿の子供」『週刊朝日』9月増刊号。挿絵・須藤重。
随筆「生きる日の爲に」『新女苑』9月号

↓47『心境と風格』。

随筆「九江の鳩」『會館藝術』9月号。

ラジオ放送「北岸部隊より」9月14日。朗読・東山光子。

訪問記「輝かしき出發／未亡人の教室参観」

『東京朝日』9月16日。

歌「ニッポン機に贈る」『輝ク』9月17日。

短篇「大學生」『婦人公論』10月号。挿絵・鳥海青兒
↓54『悪闘』。

雑「私の好きな秋のお料理」『新女苑』10月号。

随筆「漢口戰從軍の思ひ出　北岸部隊の人達」

『東京朝日』10月28日。

随筆「防空訓練の感想」『東京朝日』10月31日。

短篇「明暗」『日本評論』11月号↓50『蜜蜂』。

短篇「運命」『婦人公論』11月号。挿絵・硲伊之助
↓54『悪闘』。

少女小説「光射す日」『少女の友』11月号。挿絵・長澤節
↓53『青春』。

注・同月号に芙美子の談話を含む黒百合子作「林芙美子先生物語／光を求めて」がある。芙美子の少女小説と対。

詩「山のおちば」『子供之友』11月号。挿絵・深澤紅子。

注・『文藝』昭和13年9月号「私の頁」作中詩の改稿作。

[日本近代文学館][国会図書館デジタルコレクション]

短篇「就職」『婦人公論』12月号。挿絵・硲伊之助
↓54『悪闘』。

随筆「友情の行列」『新女苑』12月号↓62『随筆』。**注**・岡本かの子追悼随筆。題名は復活祭の宗教行列 processio からの着想。「行列」にプロセシオのルビあり。文泉堂版全集第16巻が採録した「友情の行列」は、『随筆』140頁・141頁の見開き2頁分のテキストが欠落している。

雑「グラビア／私の門」『新女苑』12月号。

随筆「川端康成選集について」『川端康成選集／月報』第9号12月。[新宿歴博 I-306] **注**・同選集の装幀は芙美子。

【昭和15年／1940年】50点

短篇と詩「玄關の手帖…小さい就職／黄昏／鷺の歌／自由／玄關の手帖」『文藝』1月号。

注・短篇3作は54『悪闘』に収録。詩「玄關の手帖」は62『随筆』に収録されたが、詩「自由」は収録されず。

長篇「十年間」『婦人公論』1月号〜12月号。挿絵・硲伊之助／11月号のみ大月源二↓61『十年間』。

雑「アンケート／私の健康法」『婦人公論』1月号。

短篇「若き船出」『新女苑』1月号。挿絵・硲伊之助
↓54『悪闘』。

少女小説「ともだち」『少女の友』1月号。挿絵・長澤節
↓53『青春』。

中篇「壽司」『オール讀物』1月号。挿絵・岩田専太郎
→52『林芙美子長篇小説集』第2巻。
短篇「溫泉宿」『日の出』1月号。挿絵・小林秀恒
→54『悪闘』。
詩「輝かしき追憶」『海の銃後　輝ク部隊慰問文集』1月1日。注・『文藝』昭和14年8月号発表作の再録。
随筆「三つの著書」『創元』1月1日創刊号。注・創元社から刊行した3著について述べた自作評。作品名考案についての秘話を語っている。［神奈川近代文学館］
童話「啓吉の學校」『せうがく三年生』1月・2月号（3月号は休載）。挿絵・黒崎義介→69紀元社『啓吉の學校』。
童話「啓吉の學校」『小學四年生』4月号〜昭和16年3月号挿絵・黒崎義介→69『啓吉の學校』。注・この童話は雑誌発表歴が不詳であったが、小学館所蔵資料で全14回連載が確認できた。昭和16年から『國民四年生』に改名。
［小学館資料室］
短篇「女優記」『週刊朝日』1月20日号。挿絵・須藤重
→55『女優記』。
随筆「私の東京地図」『むらさき』2月号
→新潮社全集第12巻。
訪問記「凍れる大地／大きく伸びる力　滿洲を旅して」

訪問記「雄々しい少年義勇隊　滿洲を視察して」

『東京朝日』2月5日・13日。

詩「春の焦点／お猿さん」『東京朝日』3月26日。

詩「春の焦点／美しい歌」『東京朝日』3月27日。

ルポ「凍れる大地」『新女苑』4月号。

注・本作品は検閲で大削除を受けた。改作版「滿洲―冬の滿洲紀行―」を62『随筆』に収録。

ルポ「赤陽沈むところ」『少女の友』4月号。

注・「凍れる大地」の少女向けダイジェスト版。

短篇「夜福」『週刊婦人朝日』4月号。挿絵・島あふひ
→90『旅館のバイブル』。
グラビア随筆「春の湯ヶ島」『むらさき』4月号。

雑「白扇揮毫―その二―」『輝ク』4月17日。

短篇「心」『オール讀物』5月号。挿絵・小林秀恒
→55『女優記』。
随筆「父を語る」『婦人公論』5月号→62『随筆』
→86『うき草』（昭和21年）において「雁が音」に改題。
随筆「わたしの學校―わたしの故郷―」『少女の友』5月号。
詩「牧歌」『むらさき』5月号。
少女小説「野いばら」『小學六年生』7月号
挿絵・渡邊郁子。［小学館資料室］
随筆「巴里の思ひ出」『改造　時局版8』7月2日号
挿絵・宮本三郎→62『随筆』「戰前の巴里」に改題。

評論「創作の思ひ出」『現代文章講座／第5巻』三笠書房
7月21日。
詩「炎天」『日の出』8月号。挿絵・穴山勝堂。
隨筆「鰺の干物」『日の出』8月号。
隨筆「早く改めて欲しい目に余る男の贅澤」
『東京朝日』8月15日。
訪問記「失明勇士を訪ねて」『週刊朝日』8月18日号。
談話「和服の新體制（1）袂を短く帯は半幅」
『東京朝日』8月27日。
書評「北欧に住みて」『東京朝日』8月30日。
注・外交官市河彦太郎の妻市河かよ子の詩集評。
短篇集「習作…電車／指輪／旅愁／手拭／扇子／汽車のなか／
昆蟲／將軍の幽靈」『文藝』9月号。
中篇「歴世」『文藝春秋』9月号→65『歴世』。
短篇「赤子」『オール讀物』9月号。挿絵・宮本三郎
→57『林芙美子短篇集／中卷』。
短篇「秋祭」『日の出』9月号。挿絵・高嶺登。

隨筆「國を建てる美しい少女」『少女の友』9月号。

隨筆「奢りなき生活／一隅の幸福について」

『婦人朝日』9月号。

短篇「蘭蟲」『日の出』10月号。挿絵・三芳悌吉→56『林芙美子短篇集／上卷』「舞姫」→76『女の復活』「蘭蟲」。

隨筆「映畫を作る前の話」『會館藝術』10月号。

隨筆「空想飛行」『航空朝日』11月創刊号→62『隨筆』。

短篇「隣人」『日の出』11月号。挿絵・高嶺登→65『歴世』。

雑「アンケート／今年度の文學作品に就き感銘に殘つたものは」『文藝世紀』11月12日号。

短篇「魚介」『改造』12月号→60『魚介』。

隨筆「落魄の味」『海運報國』12月号
→89『婦人の爲の日記と隨筆』昭和21年。
雑「アンケート／良書紹介」岩波書店『圖書』12月5日。
隨筆「婦人の國民服」生活社『婦人の生活／第一册』
12月5日。

【昭和16年／1941年】46点

長篇「雨」『新女苑』1月号〜昭和17年3月号（昭和16年12月号は休載）挿絵・三岸節子→74『雨』。

短篇「霙の驛」『オール讀物』1月号。挿絵・志村立美
→60『魚介』。
短篇「幸福の彼方」『日の出』1月号→60『魚介』。

詩「苦惱の眼―眞杉さんへの詩信―」『むらさき』1月号。

雑「私のお雜煮」『婦人公論』1月号。

隨筆「谷間からの手紙」『海の勇士慰問文集』1月1日。

注・『令女界』昭和6年10月号「谷間からの手紙」の転載。

書評「美しい夫婦／山口さと氏の「我が愛の記」に就て」

『朝日新聞／東京』1月23日。

随筆「「戦陣訓」を讀みて」『週刊朝日』1月26日号。

短篇「風媒」『日の出』2月号。挿絵・小林秀恒↓65『歴世』。

随筆「民族を護る血…巡回講演慰問に参加して」『婦人公論』2月号。

新聞小説「川歌」『都新聞』2月11日〜9月1日〈全202回〉挿絵・松野一夫↓72『川歌』。

詩「祈念」『改造』3月号。

短篇「初旅」『日の出』3月号。挿絵・高嶺登↓70『初旅』。

随筆「ひなまつり」『少女の友』3月号。

随筆「北支／北京の天橋」『週刊朝日』3月2日号 挿絵・宮本三郎。

童話「シナノコドモ」『コクミン一年生』4月号 挿絵・黒崎義介。［小学館資料室］

随筆「からだを作れ」『婦人の生活／第二冊』4月10日 ↓89『婦人の爲の日記と随筆』昭和21年。

雑「白扇揮毫」『輝ク』4月17日。

随筆「周作人氏へ」『文藝』5月号。**注**・光風社『周作人先生の事』(昭和19年)に「東京から」と題して採録。

序文「「舊雨」について」八木元八著随筆集『舊雨』(東峰書房昭和16年5月11日刊)附録。

講演録「銃後婦人の問題」『文藝銃後運動講演集』5月14日。

評論「社會時評」大陸講談社『日本女性』5月25日創刊号 第1巻第1号。［日本近代文学館］

談話とスナップ「初夏の活花と精神美／愛する花」『日本女性』前同号。

作者の言葉「次號豫告／長篇小説 女の復活」『日本女性』前同号。

書評「英さんの「浪」を讀む」『朝日新聞／東京』5月31日。

随筆「中央協力會議を見て（一）〜（五）」『朝日新聞／東京』6月18日〜22日。

紀行「國土巡禮／扁舟紀行」『婦人公論』7月号〜昭和17年1月号。

長篇「女の復活」『日本女性』第1巻第2号（未見）〜第2巻第11号（昭和17年11月号）。挿絵・田代光↓76『女の復活』。**注**・連載初回掲載号は未見。単行本と照合すると、石川武美記念図書館の第1巻第3号（昭和16年9月号）が連載2回目。第1巻第2号が「女の復活」第1回掲載誌と言える。最終回掲載号は神奈川近代文学館所蔵。

短篇「平凡」『オール讀物』7月号。挿絵・宮本三郎。

随筆「北岸部隊の追想」『少女の友』7月号。

紀行「旅人」『文藝』8月号。**注**・「扁舟紀行」取材時の作品↓81『旅情の海』昭和21年。

講演録「青春と文學」『新女苑』8月号。

短篇「秋果」『改造』9月号→74『雨』。

詩「雁の來る日」『文藝』9月号。注・71『日記』第一巻の「自序」に収録。本書第Ⅱ部第25章に採録。

詩「朝の愁歌」『むらさき』9月号。

雑「グラビア／市電と林芙美子」『アサヒカメラ』9月号。

童話「僕の日記」『國民五年生』9月号～12月号 挿絵・鈴木信太郎。［小学館資料室］

随筆「馬琴のこと」女流文学者會『貝殻通信』NO.1 9月28日。［新宿歴博 H-189］

弔詞「翠燈歌」『輝ク』9月17日。注・長谷川時雨追悼詩。

随筆「旅の日」『新潮』10月号。

短篇「婚期」『むらさき』10月号→74『雨』。

評論「社會時評」『日本女性』10月号。［日本近代文学館］

談話「何よりよろこぶ銃後のたより」『朝日新聞／東京』10月3日。

訪問記「武藏野母子寮―愛らしき母と子―」『オール讀物』11月号。注・軍人援護会の武藏野母子寮訪問記。スナップ写真が4点掲載されている。本書第Ⅱ部第25章に採録。

雑「アンケート／万葉集の好きな歌」『新潮』12月号。

随筆「決戰議會の感想」『滿洲日日新聞』12月18日。注・西田勝氏が国会図書館所蔵資料から発掘された。

【昭和17年／1942年】24点

中篇「瀧澤馬琴」『文藝』1月号・4月号・6月号〈未完〉→81『旅情の海』昭和21年「筆がき―瀧澤馬琴」。注・戦後の新興雑誌『新創作』昭和21年7月号に書き継がれたが、続稿の単行本化の有無は不明。

随筆「美しい家」『すまひといふく』生活社 1月15日→89『婦人の爲の日記と隨筆』。

掌篇「雪の日」『日本讀書新聞』3月16日。

短篇「流恨」『オール讀物』5月号。挿絵・田代光→76『女の復活』。

童話「お母さんの飛行機」島崎藤村編・新潮社刊『新作少年文學選』5月25日。挿絵・吉田貫三郎。注・本書第Ⅱ部第13章に採録。

新聞小説「田園日記」『福岡日日新聞』5月28日～8月9日〈1回～72回〉。挿絵・脇田和→75『田園日記』。

新聞小説「田園日記」『西日本新聞』8月10日～11月8日〈73回～160回・完〉。挿絵・脇田和→75『田園日記』。

新聞小説「田園日記」『北海タイムス』7月19日～10月31日〈1回～75回〉。挿絵・脇田和。

新聞小説「田園日記」『北海道新聞』11月2日～12月30日〈76回～133回・未了〉。挿絵・脇田和。

注・新聞紙名が変わったのは戦時下の新聞統合によるもの

だが、『北海タイムス』が『福岡日日』に2ヶ月も遅れて連載を開始した事情は不詳。『北海道新聞』は全篇の掲載はできず、完結版は『福日／西日本』掲載稿。

訪問記「海軍兵學校訪問」『オール讀物』6月号。

訪問記「海軍兵學校」『婦人朝日』6月号。

随筆「私の紙芝居」日本教育紙芝居協會『紙芝居』6月10日。

随筆「京都の借家」生活社『くらしの工夫』6月20日
→89『婦人の爲の日記と随筆』「京都の家」に改題。
随筆「京都」京都市役所『文學京都』7月20日。

注・47『心境と風格』収録作「京都」の転載。

随筆「二葉亭」『新女苑』8月号→98『創作ノート』昭和22年。

短篇「運命の旅」『日の出』8月号→74『雨』。

随筆「幼い日の旅」『日本美術』8月号。

長篇童話「宗六の日記帖」〈1回～4回〉『少國民の友』9月号～12月号（南方派遣により中断）。挿絵・森田元子。

随筆「野分の花」『文學界』10月号。注・作品掉尾に「昭和十七年九月十四日出發を前にして」の結び。南方派遣決定直後作。

随筆集「感情演習…感情演習／フローベルの戀／皮膚／蟬」『文藝』11月号→81『旅情の海』「フローベルの戀」。

未発表詩稿「赤い花」直筆原稿。［新宿歴博 B-31］注・作品掉尾に「昭和十七年年十二月八日」の執筆日付。芙美子ら5人の女性作家が広島県宇品港から南方に発ったのは、同年10月31日。マレーシア北部アロースターで執筆。本書第Ⅱ部第3章に採録。

談話と記事「美しき緑の島」『ジャワ新聞』12月11日。

［龍渓書舎復刻版］

詩「マルタプウラア」『ボルネオ新聞』12月25日。

［新宿歴博 I-372］注・ひまわり社『婦人文庫』昭和25年12月5日号に改作。

未発表詩稿「無題」。［新宿歴博 A-2］注・起句は「美唄の町はうつくしきうたとかくなり」。昭和17年、文学報国会の北海道講演の際に執筆されたと見られる墨書き直筆詩稿。新潮社全集第1巻が「美唄の町」なる詩題で採録したが、原作は無題詩。

【昭和18年／1943年】28点

随筆「新年所感」『ボルネオ新聞』1月1日。

［典拠］望月雅彦編著『林芙美子とボルネオ島』。

ルポ「南方初だより」『週刊婦人朝日』1月6日新年特別号。

談話「戰ふ日本を思慕」『ジャワ新聞』1月9日。

談話「ジャカルタ特電／林女史　新生活入りの決意を語る」『朝日新聞／東京』1月12日。

談話と記事「林女史・サマサマ生活へ」

談話と記事「林さんの新生活を訪ぬるの記」

『ジャワ新聞』1月16日・19日。

談話「スラバヤ特電／住民の眞の姿求めて」『朝日新聞／東京』1月29日。

詩「雨」『ボルネオ新聞』1月29日。

詩「タキソンの濱」『ボルネオ新聞』2月2日。

詩「南の雨」『ボルネオ新聞』2月5日。

［典拠］前掲『林芙美子とボルネオ島』。

連作詩「南の雨…南の雨／雨／タキソンの濱」『週刊婦人朝日』2月10日号。挿絵・猪熊弦一郎。

未発表散文詩「日記」。**注**・「昭和十八年二月十九日付け」の散文詩。［新宿歴博 B-1］**注**・本書第Ⅱ部第3章に採録。

未発表詩稿「望鄕」直筆原稿。「昭和十八年二月十九日」の執筆日付。［新宿歴博 A-28］**注**・本書第Ⅱ部第3章に採録。二つの未発表作品は同じ用箋が使われた。「望鄕」を主題にして同じ日に書かれた一対の詩と散文詩。「日記」は『林芙美子生誕110年展』に「ボルネオ日記」として出品され図録にも掲載されたが、内容は「ジャワ日記」。

詩「スラバヤの螢」『週刊婦人朝日』3月10日号。

詩「祖國の首相を迎ふ　マニラにて」『朝日新聞／東京』5月7日。

紀行「南方浪漫誌　果物と女の足」5月16日号。

紀行「南方浪漫誌　ジャワの夜はガメロンで」5月23日号。

紀行「南方浪漫誌　芭蕉の葉包み」5月30日号。

注・上記3点『週刊朝日』挿絵・石川滋彦。

随筆「スマトラ―西風の島―」『改造』6月号。

随筆「赤道の下（一）（二）（三）」『東京新聞』6月11日・12日・13日→新潮社全集第12巻。

随筆「スマトラ（續）―西風の島―」〈未完〉『改造』7月号。

長篇童話「宗六の日記帖」5回～12回〈完〉『少國民の友』9月号～昭和19年4月号。挿絵・森田元子。**注**・帰国後に再開完結。

中篇「生活譜」『新女苑』9月号～11月号〈未完〉挿絵・高橋亮。

短篇「南の田園（一）トゞンの挿話」『婦人公論』9月号。

短篇「南の田園（二）水田祭」〈未完〉『婦人公論』10月号。

訪問記「母ありて翼つよし／花を育む梅の巨木」『讀賣報知』9月13日。

序「（無題）」和田芳恵著『樋口一葉の日記』今日の問題社9月20日発行。

講演録「物を大切にする心」『日本少女』12月号。

注・同年10月14日、藤倉航空工場における講演録。

【昭和19年／1944年】8点

随筆「美しい言葉」『日本語』（日本語教育振興會）1月号。

随筆「年頭所感／美しい日本人の血」『戰線文庫』興亞日本社

1月1日号。〔横浜市立大学〕〔神奈川近代文学館〕

寄稿「原さんの性格」『原精一陣中作品集』有光社1月10日。**注**・原精一は春陽会の画家。『北岸部隊』に登場する。

随筆「東京よ有難う」『日本女性』3月終刊号。**注**・疎開宣言。〔市川市文学ミュージアム／水木洋子旧蔵資料〕

訪問記「軍人援護善行者訪問記／村の寶」日本文學報國會『文學報國』4月20日。挿絵・川崎小虎。

新聞小説「戰ふ少年兵第十篇／少年通信兵」『滿洲日報』5月1日〜12日〈10回連載〉。挿絵・松田文雄。**注**・西田勝氏が独自に発掘公表された資料とは別に新聞原紙切り抜きもある。〔新宿歴博 I-407〕

随筆「總ての私慾を抛たう」『朝日新聞／東京』8月23日。

随筆「東京から」方紀生編光風館『周作人先生の事』9月18日。**注**・『文藝』昭和16年5月号掲載「周作人氏へ」を転載したもの。

【昭和20年／1945年】

注・昭和20年に活字発表された作品は現時点では不明。単独の作品ではないが敗戦後に持たれた菊池寛との対談記が『日の出』昭和20年12月号に掲載された。戦後の再出発が菊池寛との対談であった。これは「対談目録」に掲出し、本書第Ⅱ部第27章に採録した。

【昭和21年／1946年】 80点

短篇「假寓早々」『日の出』1月号〈未発行〉。挿絵・小早川篤四郎。〔プランゲ文庫〕**注**・GHQ検閲稿の存在により、『日の出』1月号は、新潮社が継続発行を断念し、前年の12月号が事実上の終刊号となったことが分かる。検閲に触れる部分を削除した改稿作が、『新風』昭和21年3月25日号に同名の「假寓早々」で発表された。これはプランゲ文庫研究の成果としてまとめられた岩波書店『占領期雑誌資料大系』を参照されたい。

短篇「吹雪」鎌倉文庫『人間』1月号→81『旅情の海』。

短篇「なぐさめ」『サンデー毎日／別冊』1月1日号　挿絵・林唯一→81『旅情の海』。

長篇童話「お父さん」〈第1回〉『少國民の友』1月号　挿絵・小穴隆一。〈以下、全9回連載〉

ラジオ放送「建設の春を迎へて」1月4日「婦人の時間」。〔NHK番組確定表〕

注・同確定表はNHK放送番組の文書記録。閲覧については、NHK放送博物館に照会されたい。

長篇童話「お父さん」〈第2回〉『少國民の友』2月号。

随筆「船橋の魚」『文藝春秋／別冊1』2月1日号→89『婦人の爲の日記と隨筆』。**注**・後掲**【参考作品】**22「山のト居」の改稿作が無題の作中詩として挿入されている。「山のト居」は、疎開先で戦争の虚無感を唄った作品だが、作中詩は「戰爭はいやだ」と率直に心情を吐露した戰後の完成作。

短篇「浮き沈み」『オール讀物』２月号。挿絵・佐野繁次郎↓81『旅情の海』。

短篇「雨」『新潮』２月号↓81『旅情の海』。

隨筆「犠牲のすくない時代」小学館『新人』２月１日創刊号。

詩「その日暮らし」『東京タイムズ』２月16日。

詩「タバコ」『東京タイムズ』２月18日。

詩「鰮の唄」『東京タイムズ』２月19日。注・ひまわり社『婦人文庫』昭和25年12月５日号に連作詩の１篇として再録される。本書第Ⅱ部第８章に採録。

詩「智慧の種」『新風』２月25日号。［新宿歴博 I-280］

詩「新イソップ」『婦人朝日』３月号。注・ひまわり社『婦人文庫』昭和25年12月５日号に連作詩の１篇として再録される。［編者蔵］

長篇童話「お父さん」〈第３回〉『少國民の友』３月号。

短篇「鄕愁」『月刊讀賣』３月15日春の増刊号
挿絵・高井貞二↓81『旅情の海』。

短篇「假寓早々」『新風』３月25日号。挿絵・向井潤吉。

注・未発行『日の出』１月号予定稿の検閲改稿作。挿絵画家も交替。

隨筆「女の日記（一）」『東京タイムズ』３月28日。

隨筆「女の日記（二）」『東京タイムズ』３月29日。

隨筆「女の日記（三）」『東京タイムズ』３月30日。

隨筆「女の日記（四）」『東京タイムズ』３月31日。

隨筆「女の日記（五）」『東京タイムズ』４月１日。

注・本書第Ⅱ部第８章に採録。

隨筆「キュリー夫人の映畫」『改造』４月号
↓98『創作ノート』「一つの構成」に改題。

詩と文「春ひらく…日本の麺麭／けふり／かりん糖／波」實業之日本社『ホープ』４月号。モデル撮影・仙波巖。

長篇童話「お父さん」〈第４回〉『少國民の友』４月号。

談話「私はこの政党を選ぶ」『朝日新聞／東京』４月９日。

長篇童話「お父さん」〈第５回〉『少國民の友』５月号。

短篇「放牧」『文藝春秋／別册２』５月１日↓81『旅情の海』。

短篇「少年」『新人』５月号↓84『愛情傳』。

ラジオ放送「日記に就て」５月７日「婦人の時間」。

ラジオ放送「日記に就て」５月14日「婦人の時間」。

ラジオ放送「日記に就て」５月21日「婦人の時間」。

↓89『婦人の爲の日記と隨筆』「日記に就て」。

注・『婦人の爲の日記と隨筆』に収録された隨筆には、これまで初出掲載誌が分からなかった作品が多い。［ＮＨＫ番組確定表］と照合することで、ラジオ放送向けの隨筆であったことが分かった。

短篇「ボルネオダイヤ」『改造』6月号→96『淪落』。

短篇「うき草」『婦人公論』6月号→86『うき草』。

短篇「べんたう」『ホープ』6月号。挿絵・長澤節
→86『うき草』。
短篇「旅情の海」汎美社『ロゴス』6月号→81『旅情の海』。

詩「なつかしの故郷」鎌倉文庫『婦人文庫』6月号。

注・ひまわり社『婦人文庫』昭和25年12月5日号に連作詩の1篇として再録される。

童話「日本新イソップ1／龜さん」『赤とんぼ』6月号
挿絵・横井福次郎→105『童話集／狐物語』。

雑「アンケート／映画諸問」『にっぽん』日本社6月号。

随筆「北海道の思ひ出」『週刊朝日／北海道版』6月2日号。

［プランゲ文庫］

長篇「作家の手帳」〈第1回～第6回〉『紺青』7月創刊号～12月号。挿絵・松野一夫→104『夢一夜』。

注・「作家の手帳」最終回はGHQ検閲に触れ削除された描写がある。幸い、プランゲ文庫に検閲前の原文ゲラが残されている。本書第Ⅱ部第19章においてGHQ検閲が削除したテキストを復元した。これは前掲『占領期雑誌資料大系』では言及されていない。

作者の言葉「新連載「人間世界」／作者の言葉」『東京タイムズ』6月30日。


新聞小説「人間世界」『東京タイムズ』7月1日～11月18日〈全140回〉。挿絵・田中案山子→92『人間世界』。

注・この作品は全19章からなる長篇。文泉堂全集第15巻はその第1章「愛する人達」だけを注記なく採録した。理由不明。

随筆「童話の世界」『新潮』7月号
→89『婦人の爲の日記と隨筆』。
童話「新日本イソップ2／鶴の笛」『赤とんぼ』7月号
挿絵・桂ユキ子→105『童話集／狐物語』。
長篇童話「お父さん」〈第6回〉『少國民の友』7月号
挿絵・小穴隆一。**注**・6月号は休載。
詩「日記・わすれな草」『少女の友』7月号
挿絵・長澤節。**注**・本書第Ⅱ部第9章に採録。
詩「キノシタデ」『コクミン一年生』7月号。
注・本文は全文カタカナ。
短篇「愛情傳」大阪新聞社『新生日本』7月号
→84『愛情傳』。
短篇「雨雲」ロマンス社『ロマンス』7月号
挿絵・岩田専太郎→84『愛情傳』。
短篇「筆がき―瀧澤馬琴傳―」『新創作』7月1日第1号。
［プランゲ文庫］
注・昭和17年に陸軍報道部の南方派遣により中断した馬琴

伝を書き継いだ新稿だが、続稿は見当たらない。

小品「誘惑」『朝日新聞』7月15日。注・原稿用紙1枚。『朝日新聞』2018年4月18日付記事参照。

詩「しゃぼんだま」『アサヒグラフ』7月25日号。注・作品は全文かながき。グラビア頁。

随筆「歴史の一齣 古びた日記より」『女性改造』8月号↓89『婦人の爲の日記と隨筆』「昔の日記」。

短篇「流星」『婦人文庫』8月号。挿絵・久保守↓86『うき草』。

長篇童話「お父さん」〈第7回〉『少國民の友』8月号。

童話「新日本イソップ3／狐物語」『赤とんぼ』8月号かげ絵・長島正明↓105『童話集／狐物語』。

童話「むかしのおまつり」『コクミン一年生』8月号挿絵・鈴木信太郎。注・本文は全文カタカナ。

随筆「平和な旅行」日本交通事業会社『観光の日本』8月15日第2号。［プランゲ文庫］

ラジオ放送「婦人と讀書」8月26日「婦人の時間」↓89『婦人の爲の日記と隨筆』。［NHK番組確定表］

詩論「泉の詩／詩についてのかたちとこころ」『少女の友』9月号↓89『婦人の爲の日記と隨筆』。注・本書第Ⅱ部第9章に採録。

選評「懸賞創作選評／選後に」吉田書房『女性線』9月号。

長篇童話「お父さん」〈第8回〉『少國民の友』9月号。

長篇童話「お父さん」〈第9回・完〉『少國民の友』10月号。挿絵・小穴隆一↓107『お父さん』。

投稿詩選評『少女の友』昭和21年10月号〜昭和23年9月号。

注・『少女の友』7月号で自作を手本に示し、9月号で詩論を述べた上で、投稿詩の選評を2年間も継続した。戦争で荒んだ少女たちに、詩作を通して豊かな情感を取り戻してほしいとの願いが込められた。詩と詩論、選評の3点セットである。

随筆「浮浪兒」『文藝春秋』10月号↓89『婦人の爲の日記と隨筆』「浮浪兒に就て」。

短篇「かもめ」旺文社『生活文化』10月号↓86『うき草』。

注・『新生日本』に発表した「愛情傳」のダイジェスト。作品の掉尾にも「愛情傳の一部」と明記されている。雑誌社編集部が著者に断りなく加工したのか著者の意思かは分からないが、新潮社全集第10巻は原作の「愛情傳」と抄録版の「かもめ」を同時に採録した。ともに短篇集84『愛情傳』と86『うき草』に収録されたことも含め、この抄録版は疑問作。

随筆「愛情と誘惑―結婚前の交際―」『女性ライフ』10月号。

雑「グラビア／この頃」『婦人文庫』10月号。

童話「美しい犬」『こども朝日』10月15日

↓105『童話集／狐物語』。

新聞小説「雁」『大阪日日新聞』10月22日〜12月27日〈58回〉挿絵・樋口富麻呂↓101『雁』。注・同紙は夕刊専門紙。［新宿歴博Ⅰ-125］に原紙がある。文泉堂全集「年譜」は『東京日日』と誤記し、昭和女子大『叢書』「著作年表」は『毎日新聞』と誤記した。芙美子の夫緑敏氏が制作した「芙美子年譜」には『大阪日日新聞』と記載されているし、芙美子の遺品の中に紙名が印字された新聞原紙がある。この掲載紙を誤記したのは遺族ではなく、両書の編集者。［大阪市立中央図書館］

短篇「寝雪」『サンデー毎日』10月20日秋季特別号　挿絵・川端實↓100『舞姫の記』。

短篇「倫落」『モダン日本』11月号。挿絵・林唯一↓96『淪落』。注・初出原題「倫落」を短篇集で「淪落」とした。

評論「女性と教養」『婦人文庫』11月号。

短篇「望郷（一）（二）未完」『新婦人』11月号・12月号　挿絵・猪熊弦一郎。

注・この作品は2回連載で中断し、続稿は大阪新聞社の雑誌『新風』に移った。題名も「古い風　新しい風」と改題され、昭和22年10月号から昭和23年5月号まで書き継がれた。だが『新婦人』連載第2回稿を『新風』連載第1回稿として再録し『新婦人』第1回稿は宙に浮いた。挿絵画家も交替した。著者と『新婦人』編集部に行き違いがあったのだろうか。さらに尾崎書房版123『野麦の唄』（昭和23年10月）に収録する際、題名を「戀の石」に変えてしまった。掲載誌の変更に加え、作品名が「望郷」↓「古い風新しい風」↓「戀の石」と変遷した、著者の作品の中でも珍しい例。

童話「おにおん倶樂部」『少年讀賣』11月20日号　挿絵・落合新↓105『童話集／狐物語』。

随筆「「會ふ」こと「別れる」こと」婦人政治問題研究所『婦人と政治』11月・12月合併号。［プランゲ文庫］

短篇「あいびき」文藝春秋新社『別冊文藝春秋』12月15日号↓96『淪落』「あひびき」。

巻頭言「怖るべき習慣」『南海女苑』12月25日。［プランゲ文庫］

【昭和22年／1947年】60点

中篇「雷雪」『婦人公論』1月号〜3月号〈3回〉挿絵・三岸節子↓96『淪落』。

短篇「一粒の葡萄」『オール讀物』1月号。挿絵・三岸節子↓94『一粒の葡萄』。

雑「グラビア／芙美子と泰」『オール讀物』1月号。

随筆「讀書遍歴」『新潮』1月号↓98『創作ノート』。

短篇「指」『女性改造』1月号。挿絵・仲田菊代

↓94『一粒の葡萄』。

短篇「河沙魚」『人間』1月号↓96『淪落』。

短篇「雪の町」『苦樂』1月号。挿絵・宮田重雄↓96『淪落』。

掌篇「くしやみ」『世界文學』1月号。

随筆「戀の出來る女・戀の出來ない女」『婦人文庫』1月号。

連作詩「風情記…秋の蟲／物乞ふ人／コレット／ピアノ／李白の詩をたはむれに譯して」『婦人文庫』1月号別冊附録。

注・同附録は「女流作家小説特輯」。7人の作家のうち芙美子一人だけが連作詩を寄せた。↓新潮社全集第1巻。

短篇「道中双六」西日本新聞社『月刊西日本』1月号〈通巻第37号〉。挿絵・高澤圭一。［個人蔵］**注**・本書第Ⅱ部第20章に採録。

詩「故郷は待つている」『九州タイムズ』1月1日。

『ピッサンリ』。［プランゲ文庫］

随筆「傳統破りの織田作之助」『朝日新聞／東京』1月13日。

絵と文「自畫像展覽會／巷の顔」『アサヒグラフ』1月25日号。

雑「オール相談／新しい女と子をつくつた夫」〈身の上相談回答〉『女性ライフ』2月号。

随筆「若い作家に」『蘭焚抄』昭森社、3月10日。

短篇「ボナアルの黄昏」『新女苑』4月号。挿絵・宮島美明↓101『雁』。

短篇「暗い花」『新世間』4月創刊号↓114『暗い花』。

短篇「むすめたち」『女性ライフ』4月号。挿絵・有岡一郎。

随筆「心づかひ」帝都消防會『帝都消防』4月10日。

［プランゲ文庫］

雑「アンケート／選挙」『週刊朝日』4月20日・27日号。

注・著者は職業議員ではなく現に働いている人に出て欲しいと言う。

巻頭言「『いき』の幻影」『女性改造』5月号。**注**・ここで言う「いき」とは九鬼周造の『「いき」の構造』を指す。

長篇「肺が歌ふ／放浪記第三部」〈第1回〉『日本小説』5月創刊号。挿絵・木村荘八↓129『放浪記第三部』「肺が歌ふ」。

書評「平林さんの仕事」『婦人文庫』5月号。

随筆「グラビア新人／北畠八穂さん」『ソレイユ』5月5日。

中篇「夢一夜」『改造』6月号↓104『夢一夜』。

注・「夢一夜」全3章のうち第1章。

短篇「麗しき脊髄」『別册文藝春秋／第3号』6月1日↓104『夢一夜』。

談話「女性の力」『婦人と政治』6月号。［プランゲ文庫］

巻頭言「パイオニア」『美貌』6月号。

［新宿歴博 I-313］［プランゲ文庫］

短篇「新道」『紺青』6月号。

随筆「婦人の力」『自警』6月号。［プランゲ文庫］

随筆「形式的な學問」『ホームサイエンス』6月20日。

［プランゲ文庫］

長篇「十字星／放浪記第三部」〈第2回〉『日本小説』6月・7月合併号→129『放浪記第三部』「十字星」。

中篇「瀧澤馬琴」『明日』日本人民文學會8月創刊号。注・『新創作』昭和21年7月号「筆がき―瀧澤馬琴傳―」と同文。

長篇「第七初音館／放浪記第三部」〈第3回〉『日本小説』8月号→129『放浪記第三部』「第七初音館」。

詩「ひかり」『婦人文庫』8月号。

短篇「うずしお」『婦人画報』8月号。挿絵・岡田謙三→114『暗い花』「うづしほ」。注・『毎日新聞』連載とは異なる短篇小説。

新聞小説「うず潮」『毎日新聞』8月1日～11月24日〈115回〉挿絵・硲伊之助→108『うず潮』。

随筆「グラビア／自然の美しさ　春の調べ」『女性ライフ』8月・9月合併号。

掌篇「夫婦の味」『婦人朝日』9月号。

短篇「崩浪亭主人」『小説新潮』10月号。挿絵・宮田重雄→114『暗い花』。

短篇「ひろひもの」『苦樂』10月号。挿絵・宮田重雄→114『暗い花』。

短篇「勿忘草」『婦人世界』〈ロマンス社〉10月号挿絵・田代光。

随筆「わが母を語る／人生圖」『女性ライフ』10月号。

評論「批評の責任」『風報』10月号。

随筆「眼鏡と旅館」『不同調』10月号→新潮社全集第15巻。注・この随筆は、新潮社全集第15巻が採録したが、文泉堂版全集は抹消した。理由は不明。

中篇「古い風　新しい風」〈第1回〉『新風』9月・10月合併号。挿絵・佐藤美代子。〈以下連載8回完結の後、「戀の石」に改題〉注・『新婦人』昭和22年1月号掲載「望郷」第2回のうち末尾の40行を削除している。［新宿歴博I-390］には『新婦人』にも『新風』にも掲載されなかった原稿を含む校正ゲラがある。発表履歴に疑問が多い。

短篇「ヴィーナスの牧歌／前篇」『月刊讀賣』10月号。

短篇「ヴィーナスの牧歌／後篇」『月刊讀賣』11月号。挿絵・松本俊介→109『ヴヰナスの牧歌』。

長篇「泣く女／放浪記第三部」〈第4回〉『日本小説』11月号→129『放浪記第三部』「泣く女」。

長篇「古い風　新しい風」〈第2回〉『新風』11月号。

随筆「吾が半生を語る／到る處青山あり」『小説新潮』11月号→新潮社全集第15巻。

随筆「ラジオと停電」『女性改造』11月号。

講演録「若い環境」『紺青』11月号。注・同年9月11日に開催された『紺青』愛読者大会の講演。他の講師は西條八十と花森安治。
随筆「秋聲先生」『藝林閒歩』11月号。
詩「（無題）」『北國毎日新聞』11月24日。『ピッサンリ』
注・金沢の徳田秋聲文学碑除幕式に招かれた際の詩稿。
長篇「古い風　新しい風」〈第3回〉『新風』12月号。
随筆「淪落（一）」『女性ライフ』12月号。
選評「讀者文藝／選後評」『紺青』12月号。
選評「選後に」『月刊勞働文化』12月号。注・懸賞小説選評。
他の選者は徳永直、佐多稲子、高見順。

【昭和23年／1948年】 71点

長篇「冬の朝顔／放浪記第三部」〈第5回〉『日本小説』1月号
→129『放浪記第三部』「冬の朝顔」。
長篇「古い風　新しい風」〈第4回〉『新風』1月号。
短篇「夜の蝙蝠傘」『新潮』1月号→114『暗い花』。
短篇「接吻」『女性改造』1月号。挿絵・館慶一
→114『暗い花』。
随筆「直覺の糸」『人間』1月号→新潮社全集第15巻。
雑「アンケート／お正月地震説を信じますか」
『世間』1月号。［プランゲ文庫］
長篇「古い風　新しい風」〈第5回〉『新風』2月号。
随筆「淪落（二）」『女性ライフ』2月号。
短篇「幕切れ」『オール讀物』2月号。挿絵・宮田重雄
→114『暗い花』。
短篇「太閤さん」『小説新潮』2月号→114『暗い花』。
短篇「奈落」『モダン日本』2月号。挿絵・宮田重雄。
長篇「酒眼鏡／放浪記第三部」〈第6回〉『日本小説』3月号
→129『放浪記第三部』「酒眼鏡」。
長篇「古い風　新しい風」〈第6回〉『新風』3月号。
詩「火星―横光利一氏の靈に―」『文藝春秋』3月号。
談話「處女性について」『婦人文庫』3月号。
童話「ふしぎな岩」『こども朝日』3月号。
随筆「忘れられない巴里」時事通信社『讀物時事』3月号
挿絵・岡田謙三。［新宿歴博I-312］
随筆「淪落（三）」〈完〉『女性ライフ』3月号。
詩「厠考」『文藝倶樂部』3月号。［新宿歴博I-281］
短篇「荒野の虹」『改造文藝／第一号』3月15日
→135『林芙美子文庫／晩菊』。
長篇「パレルモの雪／放浪記第三部」〈第7回〉『日本小説』
4月号→129『放浪記第三部』「パレルモの雪」。
長篇「古い風　新しい風」〈第7回〉『新風』4月号。
詩「ガード下の娘さん」『婦人文庫』4月号。
短篇「あじさゐ」『別册文藝春秋／第6号』4月1日
→167『折れ蘆』。
短篇「盲目の詩」『サンデー毎日別册』4月1日陽春讀物号

挿絵・田村孝之介↓128『林芙美子文庫／清貧の書』。

新聞小説「妻と良人」『中京新聞』4月23日～9月26日。〈全152回〉。挿絵・脇田和↓133『妻と良人』。

作者の言葉「新連載・第二の結婚／作者のことば」『主婦と生活』4月号。

長篇「第二の結婚」『主婦と生活』5月号～昭和24年4月号〈全12回〉。挿絵・硲伊之助↓138『第二の結婚』。

長篇「土中の硝子／放浪記第三部」〈第8回〉『日本小説』5月号↓129『放浪記第三部』「土中の硝子」。

長篇「古い風　新しい風」〈第8回・完〉『新風』5月号↓123『野麦の唄』「戀の石」に改題して収録。

中篇「別れて旅立つ時―夢一夜第二章―」『人間』5月号↓147『林芙美子文庫／松葉牡丹』「夢一夜」。

短篇「うなぎ」昭和書房『文藝讀物』5月号挿絵・宮田重雄↓142『牛肉』。

詩「献詩―菊池寛氏の靈にさゝげて」『文藝讀物』5月号。

詩「献詩―菊池寛氏の靈にさゝげて」『モダン日本』新太陽社5月号。注・『文藝讀物』と同文。本書第Ⅱ部第10章に採録。この作品は菊池寛の葬儀で著者が捧げた献詞。新潮社全集第1巻は菊池の名が明記された発表作「献詩」を採録せず、菊池の名がない［新宿歴博A-11］の草稿を遺稿扱いで採録した。その後半部分は別作品の草稿と見られる。

長篇「人生の河」『サンデー毎日』5月2日号～8月1日号挿絵・脇田和↓122『人生の河』。

映画評「我等の生涯の最良の年」『朝日新聞／東京』5月24日。

展評「岡田謙三の花を持てる少女」『毎日新聞』5月29日。

長篇「神様と糠／放浪記第三部」〈第9回〉『日本小説』6月号↓129『放浪記第三部』「神様と糠」。

雑「みんなでよろこぶわが家の料理」『主婦と生活』6月号。

所感「太宰さん」『毎日新聞／大阪』6月20日。

談話「こどもは自由に」『大阪新聞』6月23日。

展評「花を持てる少女」『毎日グラフ特集號／第2回美術團体連合展を見る』7月5日。［日本近代文学館］

談話「太宰さんの死」『愛』（京都日日新聞社）7月25日。［プランゲ文庫］

随筆「詩情」『大阪日日新聞』7月26日。挿絵・著者自画（モデル・大泉淵氏）↓新潮社全集第12巻。注・この随筆につき、文泉堂全集は抹消した。理由不明。

長篇「西片町／放浪記第三部」〈第10回〉『日本小説』8月号↓129『放浪記第三部』「西片町」。

長篇「吾亦紅　ダイビング」〈第1回〉『女性ライフ』8月号挿絵・猪熊弦一郎。〈以下10回連載に及ぶも未完〉

連作詩「沈淪に至る路…死のなごり／悶着／たくらみ／デュデ

ヴァン夫人／沈淪に至る路」開明社『龍』8月号。

注・この作品の掲載誌切り抜きが［新宿歴博 I-398］にある。新潮社全集第1巻が、掉尾に付された執筆日（昭和二十三年六月三十日）を落とした事は遺憾。この日付は太宰治の自死直後の作品である事を示す。本書第Ⅱ部第26章に採録。

随筆「落合日記」『文學の世界』（文學の世界社）8月10日。

新聞小説「河童物語」『西日本新聞』8月11日～12月9日。

新聞小説「河童物語」『北海道新聞』8月13日～12月14日。〈全120回〉。挿絵・岡田謙三。注・いわゆるブロック紙3社連合提携により同時発表されたと考えられるが、単行本に収録された形跡が見当たらない。

長篇「ガラテヤ／放浪記第三部」〈第11回〉『日本小説』9月号→129『放浪記第三部』「ガラテヤ」。

長篇「吾亦紅　職業婦人」〈第2回〉『女性ライフ』9月号。

談話「グラビア／わが子をみつめて」『女性ライフ』9月号。

注・芙美子は泰を農林技師に育てたいと言っている。

中篇「野火の果て—夢一夜第三章—」『人間』9月号→147『林芙美子文庫／松葉牡丹』「夢一夜」。

随筆「横光さんの思ひ出」改造社『横光利一全集／第9巻・月報第6号』9月25日。

短篇「道づれ」『月刊讀賣／別册』9月15日
挿絵・岩田専太郎→142『牛肉』。

長篇「新伊勢物語／放浪記第三部」〈第12回・中断〉『日本小説』10月号→144『林芙美子文庫／放浪記Ⅱ』。

長篇「吾亦紅　昔の夫婦」〈第3回〉『女性ライフ』10月号。

短篇「退屈な霜」『新潮』10月号→142『牛肉』。

随筆と絵「海邊の町」『サンデー毎日別冊』10月1日号。

注・小林和作の尾道風景画と対。

随筆「私の自慢の一皿」『スタイル』10月号。

［プランゲ文庫］

長篇「吾亦紅」〈第4回〉『女性ライフ』11月号。

随筆「「佛蘭西だより」から」『新潮』11月号
→新潮社全集第15巻。
短篇「晩菊」『別册文藝春秋／第9号』11月1日
→135『林芙美子文庫／晩菊』。
雑「身の上相談」『鏡』11月号。

随筆「處女作のころ」『文學季刊』11月15日。

長篇「吾亦紅」〈第5回〉『女性ライフ』12月号。

随筆「椰子の實」『小説界』12月号→142『牛肉』。

短篇「最後の晩餐」『サンデー毎日別册』12月10日号　挿絵・櫻井悦。注・「浮雲」における「大日向教」に類似するインチキ宗教団体が題材。［編者蔵］

随筆「たしなみ」『東京日日新聞』12月18日。注・同紙は夕刊

専門紙。『東京日日』とは別紙。［新宿歴博 I-160］
評論「技法」『新文學講座　第三巻技術編』新潮社12月30日。

【昭和24年／1949年】 70点

長篇「新淀君／吹雪野」〈第1回〉『月刊讀賣』1月号。挿絵・江崎孝坪。〈以下、昭和25年9月号まで同誌で21回連載〉

序「作者の言葉」『月刊讀賣』1月号。

注・「新淀君」連載第1回に付された作者の言葉。意味ある序文だが単行本未収録。この長篇小説は雑誌発表歴が不明であったが、三人社による復刻版で明らかになった。章題と連載回数を示して掲出する。

長篇「吾亦紅」〈第6回〉『女性ライフ』1月号。

長篇「茶色の目」『婦人朝日』1月号～12月号。挿絵・櫻井悦。〈この作品も、昭和25年9月号まで21回連載〉。

史話「羽柴秀吉」『文藝春秋』1月号↓142『牛肉』。

注・初出掉尾に「羽柴秀吉　一」とあり、続篇構想があったと思われるが続稿は見当たらない。

掌篇「ボン・グウ、ボン・トオン」『文藝時代』1月号。

談話「謎の「見合の夫」事件／みずからのほこりを潰すな」『婦人画報』1月号。

雑「清水崑漫画／文壇1948年回顧」中の芙美子談話『文藝往來』1月創刊号。

雑「現代作家署名集」『文藝往來』1月創刊号。

新聞小説「槿花」『中部日本新聞』1月18日～6月22日〈115回〉。挿絵・寺田竹雄↓149『槿花』。

長篇「新淀君／北の庄」〈第2回〉『月刊讀賣』2月号。

長篇「吾亦紅」〈第7回〉『女性ライフ』2月号。

短篇「水仙」『小説新潮』2月号↓135『林芙美子文庫／晩菊』。

短篇「骨」『中央公論』2月号↓142『牛肉』。

談話「推薦の言葉」國民社『ラッキー』2月15日。［プランゲ文庫］

随筆「映畫への註文」『映画の季節』2月25日。

長篇「新淀君／から騒ぎ」〈第3回〉『月刊讀賣』3月号。

長篇「吾亦紅」〈第8回〉『女性ライフ』3月号。

短篇「三つ南瓜」『オール讀物』3月号。挿絵・三雲祥之助↓142『牛肉』。

評論「解説」織田作之助著『土曜婦人』新潮文庫3月10日。

長篇「新淀君／楚歌愁々」〈第4回〉『月刊讀賣』4月号。

短篇「下町」『別冊小説新潮』4月15日↓142『牛肉』。

巻頭言「四月のことば／生命」『婦人文庫』4月号。

グラビア「女流作家朝之図」『文藝往來』4月号。

短篇「牛肉」『別冊風雪』4月15日↓142『牛肉』。

中篇「白鷺」『文學季刊』4月25日↓147『林芙美子文庫／松葉牡丹』。

評論「新生のヒロイン」『島崎藤村全集』第6巻附録／「藤村

研究」。４月30日。

長篇「新淀君／落城の前」〈第５回〉『月刊讀賣』５月号。

長篇「吾亦紅」〈第９回〉『女性ライフ』５月号（４月は休載）。

短篇「トランク」『文學界』５月号↓142『牛肉』。

直筆図版「吾が愛する言葉」『文藝往來』５月号。「雲は垂れて葉末に涙ふる。花の酒がなくてどうして生きておられる」。

選評「横光賞銓衡後記」『改造文藝』５月号。

展評「小磯良平氏の婦人像」『毎日新聞』５月18日。

詩「新聞紙」『別冊文藝春秋／第11号』５月20日。

長篇「新淀君／北の庄の落城」〈第６回〉『月刊讀賣』６月号。

長篇「吾亦紅」〈第10回・未完〉『女性ライフ』６月号。

注・未完の理由は断定できないが『女性ライフ』が『女学世界』に衣替えした事が影響した可能性はある。

詩「ボルネオの河　思ひ出の詩」『女性改造』６月号。

評論「荷風文學」中央公論社『荷風全集』第９巻附録第８号６月20日。

長篇「新淀君／北の庄の落城」〈第７回〉『月刊讀賣』７月号。

短篇「松葉牡丹」『改造文藝』７月号↓147『林芙美子文庫／松葉牡丹』。

随筆「忘れ得ぬこと／巴里の日」『小説新潮』７月号。

談話「賞を受けて」『婦人文庫』７月号。

注・女流文学者賞受賞のコメント。

短篇「晩菊」『婦人文庫』７月号。**注**・文学賞受賞による再録。

随筆「特集・思ひ出の太宰治／友人相和す思ひ」『文藝時代』７月号。**注**・太宰一周忌追悼随筆。本書第Ⅱ部に採録。

談話「グラビア／私のアルバム」『文學界』７月号。

長篇「新淀君／北の庄の落城」〈第８回〉『月刊讀賣』８月号。

中篇「クロイツェル・ソナタ」『婦人公論』８月号〜11月号挿絵・小池巌↓147『林芙美子文庫／松葉牡丹』。

随筆「プチ・プロポ」『世界文學』８月号。

長篇「新淀君／陰陽師普元」〈第９回〉『月刊讀賣』９月号。

随筆「記憶の遍歴」『文學界』９月号↓新潮社全集第15巻。

随筆「現代作家寸描／永井荷風と佐藤春夫」『風雪』９月号似顔絵・清水崑。**注**・林芙美子の寸描は井上友一郎。

随筆「私の書きたい女性」『ロマンス』９月号。

長篇「新淀君／陰陽師普元」〈第10回〉『月刊讀賣』10月号。

短篇「月島三號地」『オール讀物』10月号。挿絵・三田康。

訪問記「還らぬ夫を待つ人々」『主婦之友』10月号。

注・月島三号地の引き揚げ寮訪問記。

談話「グラビア／私の好きな娘さん・林七枝さん」『婦人倶樂部』10月号。

短篇「葉鶏頭」『別冊文藝春秋／第13号』10月20日。

評論「このごろの作家志望者（上）大切なデッサン」

評論「このごろの作家志望者（中）表現の技術」

評論「このごろの作家志望者（下）孤独・地獄への道」『東京新聞』10月29日・30日・31日。

長篇「新淀君／嫉妬」〈第11回〉『月刊讀賣』11月号。

長篇「浮雲」〈第1回〉『風雪』11月号。第1節〜第11節。カット・三岸節子。〈以下、連載は通算18回〉

注・後半部の『文學界』連載初回は改めて「第1節」から付番されたが、単行本化に際し、各節付番は通算回数に改められた。本目録では雑誌掲載と単行本の通算付番数の双方を示す。

随筆「選集によせて」日本文芸家協会編・光文社刊『少年文學代表選集Ⅰ』11月10日。

長篇「新淀君／嫉妬」〈第12回〉『月刊讀賣』12月号。

長篇「浮雲」〈第2回〉『風雪』12月号。第12節〜第14節　カット・三岸節子。

短篇「鴉」『文學界』12月号→154『林芙美子文庫／夜猿』。

随筆「庖丁」『文藝春秋／冬の増刊爐辺讀本』12月1日
→新潮社全集第15巻。注・この随筆も新潮社全集第15巻が採録したのに、文泉堂全集は抹消した。理由不明。
短篇「匂ひ菫」『別冊文藝春秋／第14号』12月25日
→新潮社全集第17巻。
未発表短篇「この憂愁」［新宿歴博 A-4］直筆原稿用紙8枚。久樂堂の原稿用紙。

未発表短篇「鶏」［新宿歴博 A-7］直筆原稿用紙15枚。久樂堂の原稿用紙。注・2篇の執筆日は不明だが「浮雲」「鴉」の先行作であり、昭和24年前半期の執筆と考え、ここに掲出する。本書第Ⅱ部第1章・第2章に翻刻。

【昭和25年／1950年】 78点

長篇「新淀君／長夜の夢」〈第13回〉『月刊讀賣』1月号。

長篇「浮雲」〈第3回〉『風雪』1月号。第15節〜第18節　カット・脇田和。

長篇「茶色の目」『婦人朝日』1月号〜9月号〈13回〜21回・完〉。挿絵・櫻井悦→156『茶色の眼』。注・文字を変更。

長篇「冬の林檎」『小説新潮』1月号〜12月号〈全12回〉挿絵・脇田和→159『冬の林檎』。注・「冬の林檎」第1回は、作中人物の元警察官宮城誠吉が未決の女囚を宇都宮の裁判所に護送した回想シーンから始まる。これは『別冊月刊讀賣』昭和23年9月15日号掲載の「道づれ」そのもの。作中人物の名を変え、「道づれ」の設定を長篇に再構成した作品が「冬の林檎」だとも言える。

短篇「夜猿」『改造』1月号→154『林芙美子文庫／夜猿』。

注・エピグラフに青木繁の歌。

随筆「昔の家」『藝術新潮』1月号。

選評「全國未亡人の短歌・手記／應募優秀作品第一回発表」『婦人公論』1月号。注・短歌の選者は窪田空穗、齋藤茂

吉、釋迢空、土岐善麿。手記の選者は川端康成、谷川徹三、林芙美子、宮本百合子。以下3月号まで。

推薦文「無題」矢野克子著詩集『ウクライナの墓標』1月20日、日本教育事業社刊。注・推薦文は同書の帯に記載。

長篇「新淀君／長夜の夢」〈第14回〉『月刊讀賣』2月号。

長篇「浮雲」〈第4回〉『風雪』2月号。第19節〜第21節。カット・三雲祥之助。

短篇「軍歌」『新潮』2月号→154『林芙美子文庫／夜猿』。

選評「全國未亡人の短歌・手記／應募優秀作品第二回発表」『婦人公論』2月号。

短篇「ニューフェース」『サンデー毎日』2月28日号　挿絵・田村孝之助。

長篇「新淀君／晩春の琴」〈第15回〉『月刊讀賣』3月号。

長篇「浮雲」〈第5回〉『風雪』3月号。第22節〜第25節　カット・古茂田守介。

短篇「殘照」『文藝春秋』3月号。カット・林武。注・帰還できないシベリア抑留兵を描いた作品。

短篇「上田秋成」『藝術新潮』3月号。挿絵・木村荘八→166『林芙美子傑作集』。

短篇「めかくし鳳凰」『人間』3月号→166『林芙美子傑作集』。

選評「全國未亡人の短歌・手記／應募優秀作品第三回発表」『婦人公論』3月号。

長篇「新淀君／夏の鏡」〈第16回〉『月刊讀賣』4月号。

長篇「浮雲」〈第6回〉『風雪』4月号。第26節〜第29節。

短篇「水蓮」『オール讀物』4月号。挿絵・三田康。

短篇「夫婦仲」『小説公園』4月号。挿絵・宮田重雄。

書評「第二回／横光賞銓衡後記」『改造文藝』4月号。

随筆「空にはタコ　長崎にて」『朝日新聞／東京』4月20日。

長篇「新淀君／秀吉の茶道具」〈第17回〉『月刊讀賣』5月号。

長篇「浮雲」〈第7回〉『風雪』5月号。第30節〜第33節　カット・三雲祥之助。

短篇「瀑布」『中央公論』5月号→167『折れ蘆』。

選評「手記を讀んで」『この果てに君ある如く／全國未亡人の短歌・手記』中央公論社、5月14日。注・『婦人公論』公募「全國未亡人の短歌・手記」應募作品総集編の単行本に付された選評。書名は応募短歌・丹野きみ子作「この果てに　君あるごとく思はれて　春の渚にしばしたたずむ」から採られた。

掌篇「天草灘」『別册文藝春秋／第16号』5月23日→167『折れ蘆』。

長篇「新淀君／深夜の茶會」〈第18回〉『月刊讀賣』6月号。

長篇「浮雲」〈第8回〉『風雪』6月号。第34節〜第35節　カット・谷澤秀晃。

新聞小説「あはれ人妻」『北国新聞』6月10日〜11月15日。

新聞小説「あはれ人妻」『山陽新聞』6月10日～11月14日。〈全158回〉。挿絵・森田元子→158『あはれ、人妻』。

作者の言葉「絵本猿飛佐助／作者の言葉」『夕刊新潟日報』6月11日。

新聞小説「絵本猿飛佐助」『夕刊新潟日報』6月12日～11月28日〈全170回〉。挿絵・江崎孝坪。

新聞小説「絵本猿飛佐助」『夕刊中外新聞』6月11日～11月27日〈全170回〉。挿絵・江崎孝坪。

新聞小説「絵本猿飛佐助」『夕刊名古屋タイムズ』6月11日～11月27日〈全170回〉。挿絵・江崎孝坪。→162『繪本猿飛佐助』。**注**・最終回掉尾に、著者が病気のため休止するが、いずれ再開したいとの言葉が記された。実際には続篇は執筆されなかった。

雑「アンケート／私の健康法」『朝日新聞／東京』6月15日。

選評「選者の言葉」坂田書房『いのちあらたに―戦争犠牲者の生活記録―』6月25日。**注**・戦後生活調査会編。他の選者は、淡徳三郎、中島健藏、小山榮三。

長篇「新淀君／花開く夜」〈第19回〉『月刊讀賣』7月号。

長篇「浮雲」〈第9回〉『風雪』7月号。第36節～第39節カット・坂口茂雄。

紀行「長崎の町」河出書房『文藝』7月号。

紀行「屋久島紀行」『主婦之友』7月号。挿絵・著者自画→新潮社全集第17巻。

童話「めくらの源次郎さんの話」中央公論社『少年少女』7月号。

注・神奈川近代文学館所蔵の著者直筆原稿の原題は「盲目の源次郎さんの話」。題名を書き換えたのは編集者。

展評「女の顔―知名女性展を観て―」『寫眞と技術』7月15日号。

談話「グラビア／私の好きな顔　大辻ナナ」『週刊朝日』7月16日号。

長篇「新淀君／女の支配力」〈第20回〉『月刊讀賣』8月号。

長篇「浮雲」〈第10回〉『風雪』8月号。第40節～第41節カット・坂口茂雄。**注**・『風雪』での連載は終了。

評論「文藝時評／心に住むチャタレイ夫人」『中央公論』8月号→新潮社全集第15巻。

紀行「種子島」『文學界』8月号。

書評「心の内と外／「25時」を読んで」『朝日新聞／東京』8月3日。

短篇「鐘ヶ淵」『週刊朝日』8月5日号。挿絵・三芳悌吉。

随筆「愛らしい値段」『朝日新聞／東京』8月31日。

長篇「新淀君／女の支配力」〈第21回・中断〉『月刊讀賣』9月号。挿絵・江崎孝坪→157『新淀君』。**注**・月刊誌連載21回に亘った長篇「新淀君」は未完のまま中断したが、

『月刊讀賣』11月号に中断の理由が編集者の言葉で述べられている。著者が同誌の編集方針の変化を嫌ったためで、続篇は系列の『讀賣評論』に掲載すると言う。実際に『讀賣評論』昭和26年2月号から4月号まで続篇が3回発表されたが、これも著者急逝のためか未完。単行本は、讀賣新聞社が『讀賣評論』連載を待たずに『月刊讀賣』掲載稿のみ昭和25年12月に刊行して続篇は未収録。

長篇「浮雲」〈第11回〉『文學界』9月号。第1節〜第4節（第42節〜第45節）。カット・曾宮一念。

随筆「オ、ミステイク」『朝日新聞／東京』9月27日。

長篇「浮雲」〈第12回〉『文學界』10月号。第5節〜第8節（第46節〜第49節）。カット・須田國太郎。

短篇「折れ蘆」『新潮』10月号→167『折れ蘆』。

映画評「情婦マノンを観て」『小説新潮』10月号。

雑「グラビア／スタイル実験」『婦人朝日』10月号。

短篇「金絲雀」『別冊文藝春秋／第18号』10月5日→167『折れ蘆』。

随筆「皇后様の笑い」『朝日新聞／東京』10月25日。

長篇「浮雲」〈第13回〉『文學界』11月号。第9節〜第12節（第50節〜第53節）。カット・林武。

掌篇「都會の一隅—橋畔の玩具賣りのお婆さん—」『文藝春秋』11月号。挿絵・六浦光雄。

随筆「或る日のスケッチ」『藝術新潮』11月号。

書評「解説」創元社『夏目漱石作品集』第2巻11月15日。

雑「映画広告文／女相続人」『朝日新聞／東京』11月21日。

随筆「二人の妻」『朝日新聞／東京』11月22日。

長篇「浮雲」〈第14回〉『文學界』12月号。第13節〜第16節（第54節〜第57節）。

短篇「冬の海」『改造』12月号→167『折れ蘆』。

短篇「笑ひの蟲」『オール讀物』12月号。挿絵・山内豊喜。

随筆「北國の雪」『リーダーズダイジェスト』12月号。

予告「長篇眞珠母／作者の言葉」『主婦之友』12月号。

連作詩「マルタプウラア…マルタプウラア／ほろびる顔／雪夜／鱈の唄／田舍住ひ／道路標／新イソップ／なつかしの故郷／無題」ひまわり社『婦人文庫』12月5日。カット・堀文子。本書第Ⅱ部第11章に採録。

雑「アンケート／私の健康法」『眠られぬ夜のために』四季社12月15日。

随筆「乾いた文字」『朝日新聞／東京』12月20日。

中篇「自動車の客」『別冊文藝春秋／第19号』12月25日→167『折れ蘆』。

【昭和26年／1951年】 55点

長篇「浮雲」〈第15回〉『文學界』1月号。第17節・第18節（第58節・第59節）。カット・猪熊弦一郎。

長篇「眞珠母／邂逅」〈第1回〉『主婦之友』1月号
挿絵・下高原健二。〈8月号まで連載。未完〉

長篇「漣波―或る女の手記―」〈第1回〉『中央公論』1月号
挿絵・宮本三郎。〈7月号まで連載。未完〉

長篇「女家族」〈第1回〉『婦人公論』1月号。挿絵・森田元子
〈8月号まで連載。未完〉

短篇「浮洲」『文藝春秋』1月号。カット・高岡徳太郎
↓167『折れ蘆』。

随筆「選集によせて」日本文芸家協会編・光文社刊『少年文學代表選集Ⅱ』1月1日。

随筆「道あり」『北国新聞』1月6日。［新宿歴博Ⅰ-351］

長篇「新淀君」〈第22回〉『讀賣評論』2月号。

長篇「浮雲」〈第16回〉『文學界』2月号。第19節・第20節〈第60節・第61節〉。カット・林武。

短篇「寒椿」『小説新潮』2月号。挿絵・森田元子。

長篇「眞珠母／息子たち」〈第2回〉『主婦之友』2月号。

長篇「漣波―或る女の手記―」〈第2回〉『中央公論』2月号。

長篇「女家族」〈第2回〉『婦人公論』2月号。

童話「童話」『新潮』2月号。カット・中村直人
↓167『折れ蘆』。

長篇「浮雲」〈第17回〉『文學界』3月号。第21節～第23節〈第62節～第64節〉。

長篇「眞珠母／帰郷」〈第3回〉『主婦之友』3月号。

口絵と文「わたしの絵」『女性改造』3月号。

長篇「新淀君」〈第23回〉『讀賣評論』3月号。

長篇「漣波―或る女の手記―」〈第3回〉『中央公論』3月号。

長篇「女家族」〈第3回〉『婦人公論』3月号。

掌篇「房州白濱海岸」『文藝春秋』3月号。

カット・猪熊弦一郎↓新潮社全集第15巻。

手紙随筆「堀辰雄氏へ」『文藝』（河出書房）3月号。

随筆「大阪城」『別冊文藝春秋／第20号』3月5日
↓167『折れ蘆』。注・宮本百合子追悼随筆。

作者の言葉「「めし」連載／作者の言葉」

『朝日新聞／東京』3月29日。

新聞小説「めし」『朝日新聞／東京』4月1日～7月6日
〈未完〉。挿絵・福田豊四郎↓170『めし／附春淺譜』。

長篇「新淀君」〈第24回・未完〉『讀賣評論』4月号。

注・『讀賣評論』掲載3回分は単行本未収録。

長篇「浮雲」〈第18回・完〉『文學界』4月号。第24節～第26節
〈第65節～第67節〉↓164『浮雲』。

長篇「眞珠母／丘の家」〈第4回〉『主婦之友』4月号。

長篇「漣波―或る女の手記―」〈第4回〉『中央公論』4月号。

長篇「女家族」〈第4回〉『婦人公論』4月号。

展評「アンデパンダンを見て」『藝術新潮』4月号。

長篇「眞珠母／限りなきいのち」〈第5回〉『主婦之友』5月号。

長篇「漣波―或る女の手記―」〈第5回〉『中央公論』5月号。

長篇「女家族」〈第5回〉『婦人公論』5月号。

掌篇「御室の櫻樹」『別册文藝春秋／第21号』5月20日
カット・野口彌太郎→新潮社全集第17巻。

展評「人物を描く画家」『毎日新聞』5月26日。**注**・第5回美術団体連合展の展評。他の評者は井上靖、三島由紀夫。

長篇「眞珠母／出発のために」〈第6回〉『主婦之友』6月号。

長篇「漣波―或る女の手記―」〈第6回〉『中央公論』6月号。

長篇「女家族」〈第6回〉『婦人公論』6月号。

隨筆「さよならマックアーサー元帥」『オール讀物』6月号。

雑「グラビア／わが朝餉の記」『婦人朝日』6月号。

注・泰と二人の朝食。

雑「グラビア／夏近し海に遊ぶ女流作家」『サンデー毎日』6月17日号。**注**・女流作家の木更津での簀立てあそび。

短篇「菊尾花―新方丈記〈前章・未完〉」『中央公論／文藝特集第8号』6月25日→168『漣波』。

長篇「眞珠母／二つの道」〈第7回〉『主婦之友』7月号。

長篇「漣波―或る女の手記―」〈第7回・未完〉『中央公論』7月号。挿絵・宮本三郎→168『漣波』。

長篇「女家族」〈第7回〉『婦人公論』7月号。

紀行「大阪紀行」『婦人公論』7月号。

隨筆「昭和初頭の頃」『文學界』7月号→文泉堂全集第16巻。

雑「アンケート／今日の嫌悪」目黒書店『人間』7月号。

短篇「雷鳥〈前章・未完〉」『別册文藝春秋／第22号』7月3日。カット・寺田竹雄→新潮社全集第17巻。

ラジオ放送「林芙美子さん最後の聲」『週刊ＮＨＫラジオ新聞』7月7日号附録。［ＮＨＫ放送博物館］**注**・6月24日放送。

長篇「眞珠母／あじさゐ」〈第8回・未完〉『主婦之友』8月号。

長篇「女家族」〈第8回・未完〉『婦人公論』8月号
挿絵・森田元子→168『漣波』。

短篇「草いきれ」『オール讀物』8月号。挿絵・寺田竹雄。

遺稿「跋」矢野克子著『詩集 琉球』9月15日。**注**・沖縄出身の詩人矢野克子さんの詩集に依頼された跋文。執筆は6月下旬と記された遺稿。同詩集の序文は、柳宗悦。

【参考作品】 28点〈作品の活字原紙切り抜きや直筆原稿が現存するものの、初出掲載誌や発行日不明作〉

1 童話「大將の夢」『少年少女』発表年月不明。［野村吉哉旧蔵スクラップ］**注**・軍の大将が貧しい生い立ちを夢で回想する立志譚。野村吉哉編集『親友』昭和14年7月号に収録された「社長の夢」は、この作品の改作・改題版。

2 童話「嵐の夜」『少女号』発表年月不明。［野村吉哉旧蔵スクラップ］注・主人公は嵐の夜に船旅から帰る兄を案じる妹の秋子。

3 童話「詩物語　青葉の茶屋」。［スクラップ帳］注・時代もの童話。作中詩もある5節構成の首尾まとまった作品。

4 童話「大將の夢」。［スクラップ帳］

注・1『少年少女』発表作の改作版。

5 童話「青い靴　赤い靴」。［スクラップ帳］

注・主人公は粉屋のミンミイ。

6 詩「雨の宵」。［スクラップ帳］注・スクラップに掲載紙名や印字はないが『ピッサンリ』は『婦人と子供』大正14年3月5日号発表作としている。『讀賣新聞』本紙に告知された同号の目次にはない。

7 随筆「女詩人の日記」。［スクラップ帳］注・著者の書き込みによれば昭和4年発表作。内容は昭和3年日記。

8 随筆「流轉途上（下）」『婦人毎日新聞』掲載日不明。

［スクラップ帳］注・「流轉途上（上）」は昭和4年11月22日掲載。作品は、（上）・（下）あわせて本書第Ⅱ部第23章に採録。

9 随筆「感動美談的戀愛」。［スクラップ帳］注・発行日のみ、昭和5年8月24日と印字されている。

10 短篇「その男　チョコレートの戀文」挿絵・東郷青児。

［スクラップ帳］↓5『わたしの落書』昭和8年に収録。

11 随筆「不景気とは」。［スクラップ帳］注・不景気の元凶は政治にあると批判する辛口世評。

12 詩「窓のそと」。［スクラップ帳］注・初期の作品らしいパンチのある詩風。

13 談話と記事「暁かけて盃をあげ上機嫌で筆をとる酒ずきで放浪ずきなニヒリスト　林芙美子」［スクラップ帳］

注・同文記事がバンクーバーの『大陸日報』1930年9月11日にも掲載された。

14 短篇「港の女」挿絵・徳力富吉郎。［スクラップ帳］

注・【日曜文藝號其六十二】と印字されている。『夕刊大阪新聞』昭和5年掲載作と思われる。掲載日は不明。『大阪新聞75周年記念誌』参照。

15 短篇「港の女の覚え書き」［スクラップ帳］

注・前者の補足的掌篇。

16 随筆「奈良の過現未　悪文化の横暴」。［新宿歴博 I-177］

注・新聞掲載稿と思われる。昭和8年頃か。

17 短篇「この縁」［新宿歴博 I-265］

注・お見合いに臨む未婚女性の心の機微を描く。

18 随筆「京名所　おなみさん」。［新宿歴博 I-271］注・『田舎がへり』に収録された「京都」の初出と思われる。

19 随筆「上越の山々」挿絵・清水刀根。［スクラップ帳］

注・判型四六倍判、コート紙使用。33『私の昆蟲記』(昭和13年7月)に収録。文中に昭和12年の出来事が織り込まれているため執筆時期は昭和12年から昭和13年前半。

20 短篇「女記者」[かごしま近代文学館] 注・同館が直筆原稿を所蔵している。挿絵画家土佐林豊夫の名もある。この作品は「婦人記者」と改題され短篇集27『花の位置』(昭和12年10月)に収録されるが、初出掲載誌不詳。

21 随筆「婦人と趣味/雨日記」。[新宿歴博 I-318] 注・新聞紙の日付に「康德五年」の元号。満洲の日本語新聞と思われる。

22 序詩「—序にかへて—山のト居」。藤岡洋次郎著『寂しき神様』昭和26年8月1日作家社刊。注・信州疎開中に同書のために寄せた作品だが、同書の刊行は芙美子没後になった。昭和21年2月刊『文藝春秋別冊1』に発表した「船橋の魚」作中詩の原型作。原型作の公刊が改稿作発表より5年も遅れたため参考作品とする。遅れた事情は藤岡著「林芙美子さん—永遠の詩と人と生活」『作家』昭和26年8月号所収を参照されたい。

23 映画評「〃運命の饗宴〃より受ける暗示」。[新宿歴博 I-159] 注・ジュリアン・デュヴィヴィエ監督作。

24 随筆「空想」。[新宿歴博 I-319] 注・内容は戦後作。著者が〇〇大臣だったらと空想する時評的随筆。

25 随筆「笠置シヅ子のアングル」。[新宿歴博 I-316] 注・著者が笠置シヅ子の楽屋を訪問したスナップ写真あり。

26 短篇「平凡」。[新宿歴博 I-357] 注・内容は戦後作。掲載された広告から大阪の新聞と推定される。

27 随筆「名曲の夕べに寄せて」。注・昭和22年、銀座で創業した名曲喫茶銀座ウエストの音楽プログラムの栞『名曲の夕べ』投稿詩募集のために執筆された。芙美子は亡くなるまで投稿詩の選者を務めた。執筆は昭和23年クリスマスと思われる。同栞は「風の詩」と題して現在も刊行中。洋菓子舗ウエスト編『風の詩』2006年刊参照。

28 選評『名曲の夕べ』。前掲銀座ウエストの栞。芙美子の選評が掲載された同栞は複数現存する。芙美子が選んだ作品の一つに、詩人金井直の代表作「木琴」(同栞第84号)があり、同作品の初出と思われる。同栞第147号(昭和26年7月16日週号)に金井による芙美子追悼詩と追悼文も掲載された[新宿歴博 J-112]。

〈2018年5月31日現在〉

対談目録

【対談目録掲出についての注記】

一、対談、鼎談等の分類はせず一括して掲出する。参考記録を含め計109点。

二、発表紙誌、発行日、対談題目、対談者氏名の順に掲出する。対談の開催日・開催場所は紙面の記載による。

三、対談者の氏名の順は、発表紙誌での掲載順とする。林芙美子の名は省略する。所属・職業等が明記されている場合、氏名に続けて（　）内に注記する。詩人、作家、評論家等についての職業は省略する。司会者名について省略する場合がある。

四、『ジャワ新聞』は龍渓書舎の復刻版を利用した。新宿歴史博物館に寄贈された芙美子旧蔵資料にも、芙美子が現地から日本に持ち帰った『ジャワ新聞』原紙の一部がある。

五、対談・座談の速記録は、厳密には作家の作品とは言えないが、作家の人物像の一端をうかがわせる記録である。速記録を全文掲載はせずとも、対談記録の目録は必要不可欠であろう。この点で、従来の芙美子研究は対談記録をおろそかにしてきた。文泉堂版全集「年譜」に資料項目として掲出されたのは、「火野葦平歸還座談會」など3点だけであった。昭和女子大編『近代文学研究叢書』第69巻「著作年表」が、44点の対談記録を掲出したことは大きな成果であったが、実際にはそれを60点も上回る対談記録が埋もれていた。ここに掲出した109点の対談記のすべてが文学談義というわけではないが、織田作之助や高見順との対談は意義深いものがあるし、ベアテ・シロタとの対談は歴史資料でもある。もっとも記録を通覧すると、著者が敗戦から亡くなるまでの約5年半の短期間において、実に50回もの対談・座談に駆り出されていた。ほぼ毎月1回に近いペースだから、心臓病を患う著者には負担となったこともあろう。人気作家の宿命とばかりは言い切れない憾みを感じさせもする。ともあれ、未知の対談記録は各種の紙誌に埋もれているだろうし、本目録が今後の記録発掘の端緒となれば幸いである。

六、109点の対談記の中から、3点の対談を本書第Ⅱ部に採録した。相手は61菊池寛、65ベアテ・シロタ、68織田作之助。

1『女人藝術』昭和3年10月号「異説戀愛座談會」。伊福部敬子／長谷川春子／生田花世／永嶋暢子／北村兼子／八木秋子／城しづか。

2『女人藝術』昭和4年2月号「男性訪客」。〈男性陣〉直木三十五／藤澤清造／三上於兎吉／翁久允／安成二郎／高信喜代松（日日學藝部）／鈴木氏亨（文藝春秋）／古川實（女性元記者）。〈女性陣〉佐々木ふさ／八木秋子／望月百合子／今井邦子／城しづか／長谷川春子／堀江かど江／大井さち子／長谷川時雨／金子しげり／新妻いと子。

3『女人藝術』昭和4年6月号「女人藝術一年間批判會」。平塚らいてう／富本一枝／今井邦子／新妻伊都子／生田花世／伊福部敬子／望月百合子／上田文子／中本たか子／平林たい子／八木秋子／熱田優子／素川絹子／小池みどり。

4『宣言』昭和5年1月号「詩人座談會」。北川冬彦／竹中久七／宮崎孝政／後藤郁子／縄田林藏／内野健兒／小野十三郎／尾形亀之助。注・対談者氏名は『文献探索人2009』による。［スクラップ帳］に座談会の漫画切り抜きがあり、そこに対談日・開催場所が記載されている。《昭和4年12月2日 中村屋》

5『詩神』昭和5年4月号「日本詩壇時事座談會」。北川冬彦／小野十三郎／杉江重英／田中清一／宮崎孝政／岡本潤。

6『詩神』昭和5年5月号「女流詩人作家座談會」。深尾須磨子／深町瑠美子／英美子／碧靜江／尾崎翠／田中清一／宮崎孝政。

7『朝日』（博文館）昭和5年10月号「一九三〇年の世相を語る座談會」。古川緑波／新居格／高田せい子（舞踊家）／赤神良譲（明大教授）／川原久仁於（漫画家）。《同年8月11日 虎の門／晩翠軒》

8『新潮』昭和7年12月「外國から日本を見る」。沖野岩三郎／翁久允／岡本かの子／内田岐三郎／岩田豊雄／清澤洌／牛原虛彦／中村武羅夫。

9『新潮』昭和8年1月号「新貞操論」。川崎ナツ／今井邦子／吉屋信子／深尾須磨子／徳田秋聲／淺原六朗／丸木砂土／中村武羅夫。

10『東京日日新聞』昭和8年1月3日〜21日「女性33年漫談會」。山田順子／小野ルイズ（ダンサー）／丹いね子／中村恒子（画家）／川原喜久惠（声楽家）／駒井玲子／四家文子／村瀬幸子（女優）／西條ユリ子（レビューガール）／氏原妙子（女給）／マス・ケート（洋裁家）／花柳珠實（舞踊家）／メイ・牛山（美容師）／伊達里子（女優）／深澤紅子（画家）／佐藤信子（セールス・ガール）。

11『婦人世界』昭和8年4月号「處女の死を語る座談會」。平野善之助（讀賣新聞）／廣津和郎／長谷川時雨／市川源三（府立第一高女校長）／川崎なつ／松岡福子／水町京子／新居格／大木惇夫／高田義一郎（医学博士）／谷川徹三。

12『婦人公論』昭和8年12月号「身の上相談／千夜一夜物語」。《2月24日 美松特別室》今井邦子／高田保／小島政二郎／廣津和郎。注・これは読者からの身の上相談投稿に対して、芙美子を含む5人の作家が交わす意見交換を読み物風に構成した記事。

13『若草』昭和9年4月号「文學・生活を語る新鋭女流作家座談會」。阿部ツヤ子／板垣直子／圓地文子／岡田禎子／佐藤道子／城夏子／弘津千代／眞杉靜枝。

14『令女界』昭和9年9月号「女優と文藝家座談會」。水ノ江瀧子／堀口大學／高田保／楢崎勤／佐藤寅雄／蕗谷紅兒／横山隆一／杉浦幸雄。

15『旅』昭和10年3月号「婦人と旅／「松の五番」への抗議」。宇野千代／佐々木ふさ／佐伯米子／長谷川春子。

16『經濟往來』昭和10年4月号「結婚・貞操・性・戀愛を語る夕」。菊池寛／諸岡存／千葉龜雄／原田實／室伏高信。《3月1日、偕樂園》

17『テアトロ』昭和10年5月号「「放浪記」と「花嫁學校と」」。川端康成／舟橋聖一／小松清／大宅壯一／窪川稲子／十辺一／千田是也／村山知義／青柳信雄／仁木獨人／小島浩（PCL）／木村莊十二（PCL）。

18『生活と趣味』昭和10年5月12日「女流藝術家好み／文藝モスリンを語る座談會」。吾妻春枝（舞踊家）／岡本かの子／小寺菊子／芝山みよか（美容家）／ダン道子（聲楽家）／水島あやめ／村田嘉久子（女優）／森律子（女優）／山脇敏子（洋裁家）／田島勝寛／太田菊子。

19『婦人公論』昭和10年7月号「旅を語る座談會／十日會」。市川房枝／今井邦子／金子しげり／河崎なつ／帯刀貞代／村岡花子／宇野千代／窪川稲子／深尾須磨子／阿部ツヤ子／ささきふさ／嶋中雄作。

20『婦人公論』昭和10年9月号「これからの服装／十日會」。長谷川時雨／金子しげり／阿部艶子／佐々木房子／窪川稲子／嶋中雄作。

21『モダン日本』昭和11年1月号「横光利一と林芙美子／一問一答」。横光利一。

22『新興婦人』昭和11年6月号「女性と旅」。吉屋信子／深尾須磨子。《4月22日 丸の内東洋軒》

23『婦人書報』昭和11年8月号「夕涼放談會」。田邊孝次（上野美術學校教授）／佐藤美子（聲樂家）／藤川榮子（畫家）／武藤叟。

24『婦人文藝』昭和11年9月号「男性を語る座談會」。深尾須磨子／生田花世／窪川稲子／井上まつ子／石濱秀子／加藤敏子／八幡美智子／神近市子／眞氣信子。

25『婦人之友』昭和11年10月号「オリンピックその他」。市川房枝／奥むめお／加藤タカ子（東京基督教女子青年會）／ガントレット恒子（日本基督教婦人矯風會）／岸澄子（大日本婦人教育會）／竹内茂代（醫學博士）／松岡久子／山室民子（救世軍本営）／吉岡彌生（東京至誠病院長）。《9月4日 南澤自由学園食堂》

26『主婦之友』昭和11年12月号「女の立場から戀愛と結婚を語る座談會」。板垣直子／神近市子／竹田菊子／森田たま。《10月20日 日本橋・濱のや》

27『女性展望』昭和12年1月号「支那を語る」。ガントレット恒子／望月百合子。

28『話』昭和12年5月号「男ごころと女ごころを語る『話』の會」。吉屋信子／宇野千代。

29『短歌研究』昭和12年6月号「窪田空穂氏を圍む座談會」。窪田空穂／宇野浩二／植村壽樹／岡本かの子／森山啓。

30『新女苑』昭和12年10月号「私を語る」。丹羽文雄。

31『婦人公論』昭和13年1月号「若き異性を語る大學生座談會」。司会・武田麟太郎／林芙美子。大學生7人。

32『東京朝日』昭和13年1月19日～27日「戰塵をあびて 慰問婦人の座談會／私達は何を感じたか?」。上村露子（日本婦人協會）／木内キヤウ子（板橋志村第一小學校長）／鈴木紀子（日活多摩川脚本部員）／杉山平助。

（1）1月19日「慰めたい一心／トラックを交替で運轉」。

（2）1月20日「竹輪のお土産／気輕な銀座姿で南京まで」。

（3）1月21日「呆れた娘子軍／生れつき巧に操る外交術」。

（4）1月22日「國民性の兩面／死は恐れずしかも臆病な」。

（5）1月24日「支那は女尊國／女の一言で男の喧嘩も止む」。

（6）1月25日「女・子供は大切／小學生の作文に泣いて感激」。

（7）1月26日「慰問品の詮議／新聞・雜誌に甘いもの大歡迎」。

（8）1月27日「頑丈な身體に／銃後國民に與へたい言葉」

33『話』昭和13年4月特大号「新時代作家と職業婦人が戀愛と結婚を語る『話』の會」。石川達三／片岡鐵兵／高見順／丹羽文雄。

34『大陸』昭和13年6月創刊号「事變下世相いろいろ雜談會」。新居格／徳川夢聲／大佛次郎／澤村貞子／北村小松／サトウ・ハチロー。《4月16日 日比谷山水楼》

35『文藝』昭和13年6月号「日本映畫と文藝」。岩崎昶／村山知義／豊田四郎／岩田豊雄。

36『サンデー毎日』昭和13年6月10日夏季特別号「旅・女・女」。藤田嗣治／石黒敬七／村松梢風／吉川英治。《芝 嵯峨野》

37『少女の友』昭和13年7月号「私の母校を語る」。關屋敏子

／深尾須磨子／村岡花子／吉屋信子／司会・内山基。

38『話』昭和13年9月「**涼風夜話一問一答集／宮城道雄氏と林芙美子さんの巻**」。宮城道雄。

39『**東京朝日**』昭和13年9月1日〜6日「**映畫〃路傍の石〃座談會**」。壺田譲治／百田宗治／田坂具隆／須田鐘太／杉山平助。
（1）9月1日「兒童文學の作家達が吾一少年を讃める」。
（2）9月3日「吾一少年の性格描写に並々ならぬ苦心」。
（3）9月4日「子役出演をめぐる監督への友情」。
（4）9月6日「拭へど落ちる涙！　胸打つ映畫」。
40『**大阪朝日**』昭和13年11月2日〜4日「**林芙美子女史に訊く—銃後の婦人への報告座談會**」。森本もと／後藤美代子／淺野ハル（医學博士）／小口千夏（大阪助專）／林鹽子（大阪赤十字）／相澤ケイ（YWCA）／中井よしの（國防婦人會）／錦織久良子（全関西婦人聯合會）／恩田和子。《10月31日朝日ビル》

41『**東京朝日**』昭和13年11月5日〜11月12日「**林芙美子女史に聽く會**」。長谷川時雨／平井恒子。
（1）11月5日「今・母國の土を踏んで漢口從軍を語る」。
（2）11月7日「彈丸とは知らず小鳥の聲かと思つた」。
（3）11月8日「日章旗を掲げて思はず涙ぐむ」。
（4）11月9日「露營の曉に響く勅諭奉唱の強い聲」。
（5）11月10日「世話になつた兵隊さん仕事で酬ゆる覺悟」。
（6）11月11日「死は迫る青年士官「傳令」「斥候」の號令」。
（7）11月12日「「佛」の文字を胸に貼り無謀極まる紅槍隊」。
42『**東京朝日**』昭和13年12月5日〜8日「**林芙美子女史に聽く紙上座談會**」。**注**・讀者の質問に芙美子が答える問答。
（1）12月5日「支那の子供たちはどうしてゐるか」。
（2）12月6日「重い銃を持たされた支那の少年兵」。
（3）12月7日「歸つて來る彼女達」。
（4）12月8日「女らしい贈り物」。
43『**文學界**』昭和14年5月号「**女流作家と語る座談會**」。片岡鐵兵／中里恒子／川端康成。《3月24日　霞ヶ関茶寮》

44『**婦人倶樂部**』昭和14年6月特大号「**林芙美子女史を圍んで女工さんが結婚生活を語る座談會**」。日清紡績2人／凸版印刷2人／森永製菓2人／藤倉工業2人。

45『**改造**』昭和14年12月号「**火野葦平歸還座談會**」。火野葦平／杉山平助／尾崎士郎。

46『**婦人朝日**』昭和15年2月号「**林芙美子　石川達三對談會**」。石川達三。《霞ヶ関茶寮》

47『**茶**』昭和15年4月創刊号「**茶に就て語り合ふ**」。三橋四郎次。**注**・三橋は静岡県の茶業の功労者。《3月9日　静岡市外一里山和光庵》

48『**週刊朝日**』昭和15年4月7日号「**同姓名士無軌道座談會**」。

林葵未夫／林皦。

49『婦人倶樂部』昭和15年8月号「夫の愛情、妻の愛情座談會」。長谷川時雨／武者小路實篤／谷川徹三。

50『日の出』昭和15年11月号「新體制下の服裝美を語る」。岩田專太郎。

51『文藝』昭和16年2月号「小説の話」。武田麟太郎。

52『朝日新聞／東京』昭和16年2月5日〜2月14日「生活科學問答／衣服の巻」。小川安朗（陸軍被服廠技師）。①2月5日「衣服の性能を知れ／まづ第一は保健的なものを選ぶ」。②2月6日「肌着は木綿が一番／衣服の目的は體溫調節の補助」。③2月7日「帯は女を拷問する／衣服は何よりも健康的であれ」。④2月8日「發育に好適な洋服／美觀が整へばモンペは理想的」。⑤2月9日「土地に即した服裝／組合せは二セット式にしたい」。⑥2月11日「仕事着は能率第一／職業に適したものを選べ」。⑦2月13日「缺陥のある背廣服／常用服としても優れた國民服」。⑧2月14日「スフはどこ迄進む／合成繊維の實用化も遠くない」。

53『朝日新聞／東京』昭和16年7月18日〜7月24日「海の記念日を迎へて／海ゆく座談會」。《7月15日〜16日 氷川丸》柳田國男／武富邦茂（海軍少將）／廣瀬彦太（海軍大佐）／小間芳男（極東捕鯨事業部長）／中村研一（画家）／横山隆一／寺尾新（水産講習所教授）／秋山謙蔵（國學院教授・倭寇研究家）／渡邊浩（逓信省管船局）／永島義治（郵船会社）／内田百閒／石田忠吉（氷川丸船長）／淺川定世（氷川丸事務長）／岡田順市（氷川丸船醫）。①7月18日「人魚の正體は？／「潮吹く鯨」あれは溜息」。②7月20日「魚豊かな黒潮／食用は五百種ほど」。③7月21日「板子一枚の命／〃船乘りを優遇せよ〃」。④7月22日「埋もれた殊勳船／知るや蛟龍丸の閲歴」。⑤7月23日「帆船で共榮圏／神代から雄飛の血」。⑥7月24日「四十年の快速／七洋に伸びた日の丸」。

54『週刊朝日』昭和16年9月15日秋季特別号「秋風淸涼對談會」。武者小路實篤。

55『婦人公論』昭和17年5月号「國民錬成と女性」。留岡淸男（大政翼贊會壯年團理事）／鈴木舜一（警視廳労務監察官）／藤田たき（津田英學塾教授）。

56『週刊婦人朝日』昭和17年11月11日号「戰ふ日本女性の姿を視る／日華女流座談會」。張德貞（中國新國民運動促進委員會幹事）／窪川稲子／宇野千代／中里恒子／河上喜久子／阿部艶子／眞杉靜枝／水木洋子／司会 大本営陸軍報道部陸軍少佐・平櫛孝。注・陸軍報道部による女性作家の南方派遣を計画したのが平櫛少佐。

57『朝日新聞／東京』昭和17年12月29日「美川・林両女史の〝南の印象〟」。美川きよ。

58『ジャワ新聞』昭和18年1月1日「ジャワの印象／はらからの再教育」。美川きよ。《スラバヤ》

59『週刊婦人朝日』昭和18年2月3日「林芙美子女史を圍むボルネオの花束」。現地で働く9人の日本女性との座談会。《昭和17年12月末 バンジェル・マシン》

60『日本女性』昭和18年10月号「千段巻の力」。清水洋（海軍中佐）。

61『日の出』昭和20年12月号「自由を語る對談會」。菊池寛。注・敗戦後、初めて活字化された記録とみられる。

62『週刊毎日』昭和20年12月2日号「近ごろの娘氣質」。山田ひろ子（進駐軍慰安所ダンサー）／椛島敏子（GHQ通訳）／加藤純子（加藤勘十の娘）／宮永房子／司会・大宅壮一。注・同誌は『サンデー毎日』の戦時下における異称。椛島はGHQ民間情報教育局情報官エセル・ウィードの通訳兼アシスタント。昭和23年、戦後の学生ビザ第1号を得て渡米留学。帰国後共同通信記者。〔編者蔵〕

63『人間』昭和21年3月号「シーモノフ氏を圍みて」。コンスタンチン・エム・シーモノフ／青野季吉／佐多稲子／武田麟太郎／徳永直／袋一平／司会・久米正雄。

64『藝林』藝林閣 昭和21年5月号「喜多村綠郎丈・林芙美子女史對談記」。喜多村綠郎。

65『婦人文庫』昭和21年7月号「藝術は女性のものか」。ランガー氏／シロタ嬢／司会・久米正雄。注・シロタ嬢は憲法起草に関与したベアテ・シロタ。ランガーはGHQ民政局のポール・フリッツ・ランガーと思われる。

66『婦人公論』昭和21年10月号「淪落その他」。坂口安吾。注・GHQ検閲による削除がある。筑摩書房刊『坂口安吾全集16』（2000年）が検閲削除部分を復元した。

67『毎日新聞』昭和21年11月29日「中日女流作家の座談會」。謝冰心／佐多稲子。

68『婦人畫報』昭和22年1月号「處女という觀念について」。織田作之助。《芙美子邸》注・関根和行著『増補・資料織田作之助』（2016年）にも全文採録された。

69『NHK放送文化』昭和22年1月30日「近頃の放送を批判する」。本多顕彰／古屋榮吉（群馬県酪農統制会長）／五十嵐清江（朝日新聞）／守田道夫（日本放送協会プロジュース室主管）／小森政治（同放送文化研究所）。〔プランゲ文庫〕

70『新女苑』昭和22年3月号「近代修身」。高見順。カット・長澤節。

71『週刊朝日』昭和22年4月13日号「新しい中日文化の提携」。崔万秋（中華時報総編集）／豊島與志雄／眞杉靜枝。

72『新文庫』昭和22年7月25日「美しい町―復興をどう美しくするか―」。小汀利得／高神覺昇／猪熊弦一郎／石川榮耀。

［プランゲ文庫］

73『サンデー毎日』昭和22年10月5日号「問題作「ジェーン・エア」を中心にアメリカ映畫を語る」。注・発行日推定。澁澤秀雄／春山行夫／大黑東洋士。

74『藝林閒歩』昭和22年11月号「秋聲を語る」。宇野浩二／青野季吉／廣津和郎／川端康成／徳田一穗。

75『サンデー毎日』昭和22年12月10日別冊新春小説集「文壇への梯子を登りし頃／羽織を質に同人雑誌」。佐多稲子。

76『生活科學』（生活科學化協會）昭和22年12月25日「生活よもやま話」。小野三千麿（毎日新聞運動部）／富塚清（協會理事）／和田信賢（元NHKアナウンサー）／山本嘉次郎（東寳映畫演出家）。［プランゲ文庫］

77『小説新潮』昭和23年1月号「男を語る座談會」。眞杉靜枝／大田洋子／三岸節子。

78『婦人画報』昭和23年2月号「貧しさもまた愉し」。三岸節子。

79『新風』昭和23年3月号「好日うたた放談」。菊岡久利。

80『文學會議4』昭和23年5月15日「菊池寛先生の思ひ出」。川端康成／中野實／小林秀雄／關口次郎／今日出海／石川達三。

81『別冊文藝春秋』昭和23年7月号「菊池寛　人と文學を語る」。小林秀雄／今日出海／川上徹太郎。

82『鏡』昭和23年7月号「体当り人生談」。笠置シヅ子。漫画・横山隆一。

83『大阪新聞』昭和23年7月2日「花形作家の浴衣がけ放談（下）」。久米正雄／北条誠／橋本英吉／吉屋信子／川端康成。注・（上）が7月1日以前の紙面に見当たらない。

84『座談』（文藝春秋新社）昭和23年8月号「わが最愛の戀人」。山田五十鈴／織田昭子。

85『婦人朝日』昭和23年8月号「惹かれる心　男性を語る」。藤川榮子／三益愛子／藤原あき。

86『新女苑』昭和23年12月号「私の投書家時代」。吉屋信子。

87『文藝往來』昭和24年1月創刊号「文壇今昔縱横談」。久保田万太郎／廣津和郎／久米正雄／川端康成／舟橋聖一／今日出海。

88『サンデー毎日』昭和24年1月2日・9日倍大号「酒仙風流譚」。宮田重雄／徳川夢聲／獅子文六／原純夫／横山隆一／高松棟一郎。似顔絵・横山隆一。

89『主婦之友』昭和24年4月号「娘・妻・未亡人／女の恋愛を語る」。丹羽文雄。

90『改造文藝』昭和24年7月号「小説談議」。井上友一郎／舟橋聖一／石川欣一／澁澤秀雄／渡邊紳一郎。

91『文藝時代』昭和24年8月号「太宰治の死について」。椎名麟三／伊藤整／福田恆存／梅崎春生／豊田三郎。

92 『風雪』昭和24年8月号「小説鼎談」。丹羽文雄／井上友一郎。

93 『文藝公論』昭和24年9月号「辰野博士と大いに文学を語る座談会第1号」。辰野隆／今日出海／永井龍男。

94 『主婦と生活』昭和24年10月号「人生また楽し―女の生きる道を語る」。杉村春子／三岸節子。

95 『オール讀物』昭和25年2月号「小説まつり合評会」。獅子文六／亀井勝一郎。

96 『サンデー毎日』昭和25年3月12日号「同級生座談会／パリの屋根の下」。石黒敬七／渡邊一夫／佐藤敬／佐藤美子／藤原義江／藤原あき。

97 『文藝春秋』昭和25年3月25日臨時増刊号「男と女の面白さ」。坂口安吾。

98 『婦人公論』昭和25年4月号「未亡人は生きている」。釋迢空／谷川徹三／土岐善麿。寄稿・川端康成／芙美子／宮本百合子。

99 『スクリーン』昭和25年10月号「映画放談／「女相続人」を観て」。三島由紀夫／河盛好藏／司会・松田ふみ。

100 『婦人公論』昭和25年12月号「映画に見る人生」。阿部艶子／荒木道子／河盛好藏。

101 『新潮』昭和25年12月号「文壇に出る苦心」。丹羽文雄／井上友一郎。

102 『改造』昭和26年1月5日新春特別増刊号「熱海閑談」。志賀直哉／横山大觀。

103 『放送』（ＮＨＫ）昭和26年5月号「日本の風土」。柳宗悦／亀井勝一郎。注・4月5日ラジオ放送の活字化。

104 『主婦之友』昭和26年5月号「男ごころをこうして摑む」。澁澤秀雄／外女性6人。

105 『サンデー毎日』昭和26年5月6日号「客間訪問第16回／三つの世代」。村松梢風／三島由紀夫。

106 『ほろにが通信』（アサヒビールＰＲ誌）昭和26年6月号「Ａ・Ｂ対談」。澁澤秀雄。《有楽町 レバンテ》［新宿歴博H-265］

107 『婦人公論』昭和26年7月号「大阪の女性たちと語る」。小磯良平／鍋井澪子／船越かつ美／駒尺きみ／花柳禄誉。

108 『婦人公論』昭和26年8月号「女流作家座談会」。平林たい子／吉屋信子／佐多稲子。《6月20日 錦水》

109 参考ラジオ放送「東日本空の旅座談會」昭和9年10月23日、ＮＨＫ東京放送局。櫻井忠溫／西條八十／大佛次郎／司会・讀賣新聞宮崎光男。注・文字資料の有無は不詳。

〈２０１８年５月31日現在〉

単行本目録

【単行本目録掲出についての注記】

一、著者林芙美子の名が冠された単行本は、生前に刊行された170点と、没後に刊行された各種の編集版が200点以上ある。芙美子の作品は、当編者が検閲による伏せ字を復元し、編集・校訂を施した『林芙美子 放浪記 復元版』（2012年）を含め、現在も新たな編集版が試みられているが、没後の編集版は当然に著者の関与はなく、原則としてこの目録には掲出しない。ただし中央公論社刊『漣波』（昭和26年7月）や朝日新聞社刊『めし』（昭和26年10月）のような、著者急逝により未完のまま終わった遺作の初刊単行本は掲出する。没後の各種編集版については、日本大学芸術学部編『林芙美子の芸術』所載の「単著目録」を参照されたい。

二、人気作家としての地位を得てからの芙美子の作品は、出版界からの要請もあってか、同じ作品が改題されて別の版元から刊行されることがある。例えば改造社刊『林芙美子選集』第6巻（昭和12年）に収録された長篇「女の愛情」は、中央公論社刊『林芙美子長篇小説集』第2巻（昭和15年）において「女の部屋」に改題して再録された。これには改造社と中央公論社のライバル関係が影響しているし、改作履歴の複雑な作品には、戦前においては日本の警察検閲、戦後においてはGHQ検閲の影響が背後にある。被占領期における旧作の再刊版には、当然にGHQプレスコードの影響を受けた改作・改題の跡がある。例えば、戦前作の『波濤』（昭和14年）が、戦後に『宿命を問ふ女』（昭和23年）に改題されたケース。これは著者が気まぐれに改題したのではなく、検閲対応の改作に伴う必然的な改題と見るべきである。それゆえ、改作・改題版には注記を施す。希少本には資料源も示す。いわゆる異装本についても、発行日が新刊扱いの場合は掲出する。

三、掲出項目は、作品の種別、書名、版元、発行年月日、売価、装幀画家とし、収録作品名を列挙する。初出掲載誌不明作には注記する。目次の作品名と本編の作品名に異同がある場合、初出時の作品名と照合して補正する。その殆どは目次の誤植であり、本編収録作「女ごころ」を目次から落とした短篇集『氷河』（昭和13年）のような例もある。目次だけの採録では、書誌目録は制作できない。長期連載小説において、初出時に付された章題や小見出しにつき、単行本化の際の目次に章題を省いた作品と省かない作品がある。目次だけでは、収録短篇の作品名なのか同一作の章題なのか分からない。目次表記の有無にかかわらず、単行本本編に章題があれば、誤解のないように章題を《　》に括って掲出する。

1　**第一詩集『蒼馬を見たり』**南宋書院　昭和4年6月15日60錢。装幀・岡田龍夫。〈検閲納本日は6月25日〉

序　石川三四郎　昭和四年三月十六日夜

序　辻　潤　大正十四年十二月二十九日。

自序〈序詩〉　―一九二八、九―。

蒼馬を見たり……蒼馬を見たり／赤いマリ／ランタンの蔭／お釋迦様／歸鄕／苦しい唄／疲れた心。

鯛を買ふ………鯛を買ふ／馬鹿を言ひたい／酔醒／戀は胸三寸のうち／女王様のおかへり／生膽取り／一人旅／善魔と悪魔／灰の中の小人／秋のこゝろ／接吻／ロマンチストの言葉／ほがらかなる風景。

いとしのカチウシャ…いとしのカチウシャ／海の見へない街／情人／雪によせる熱情／酔ひどれ女／乗り出した船だけど／赤いスリッパ。

朱帆は海へ出た…朱帆は海へ出た／靜心／燃へろ！／火花の鎖／失職して見た夢／月夜の花。

後記〈昭和四年・五月・林芙美子〉。

注・第一詩集は4部構成。自序〈黍畑〉を含む計34篇の作品のうち、次の7篇の初出が不明。「ランタンの蔭」「鯛を買ふ」「馬鹿を言ひたい」「生膽取り」「接吻」「靜心」「燃へろ！」。「ほがらかなる風景」の初出は『文藝公論』昭和2年12月号に発表された「百貨店の口」。これは第二詩集『面影』において「心境風景」に改題され再録された。新潮社全集第1巻は重複を避けてか、前者の「ほがらかなる風景」を採録しなかった。装幀画家名は『婦人運動』誌広告による。

2　**新鋭文學叢書『放浪記』**改造社　昭和5年7月3日　30錢。〈装画・古賀春江…版本に記されてはいない〉。

放浪記以前―序にかへて／淫賣婦と飯屋／裸になつて／目標を消す／百面相／赤いスリッパ／粗忽者の涙／雷雨／秋が來たんだ／濁り酒／一人旅／古創／女の吸殻／秋の唇／下谷の家。

注・内務省に納本された検閲用副本は旧帝国図書館に交付され、大部分は国会図書館が継承している。現存する『放浪記』初版本の検閲用副本の奥付は「昭和五年六月二十日印刷／昭和五年六月二十七日發行」に訂正されている。一般に流布した版本の奥付は「昭和五年七月一日印刷／昭和五年七月三日發行」。検閲実務に照らすならば、この発行日の異同は、改造社が『放浪記』の大成功を確信し、予定を早めて検閲納本したと解するほかない。逆に発行予定日より遅れて納本した場合は、奥付発行日が実際の納本日に訂正される。芙美子の作品の場合、第一詩集は10日遅れ、第二詩集『面影　ボクの素描』は発行予定日より3ヶ月も遅れて納本された。納本遅れによる発行日訂正は珍しくないが、『放浪記』初版本のように印刷予定日より早く検閲納本した例や、第二詩集のように発行予定日より3ヶ月も遅れて納本された例は稀である。

3 **新鋭文學叢書『續放浪記』** 改造社 昭和5年11月10日 30錢。

戀日／茅場町／三白草の花／女アパッシュ／八ッ山ホテル／海の祭／旅の古里／港町での旅愁／夜の曲／赤い放浪記／酒屋の二階／寝床のない女／自殺前／放浪記以後の認識。

注・『續放浪記』本編13章のうち次の6章は『女人藝術』が初出。「三白草の花」「女アパッシュ」「海の祭」「旅の古里」「酒屋の二階」「寝床のない女」。残る7章は雑誌に発表された形跡がない。終章にあたる「放浪記以後の認識」の前半部は、詩誌『南方詩人』昭和5年1月号に発表した随筆「故郷」が原型。本書第Ⅱ部第22章参照。

4 **短篇集『彼女の履歴』** 改造社 昭和6年8月21日 1円。

装幀・向井潤吉。

風琴と魚の町／彼女の履歴／世の常の戀／春の大佛／淺春譜／女中の手紙／オリガの唄／植民地で會つた女／山の教師から。

注・「春の大佛」の初出は不明。「山の教師から」の原題は「田舎教師の手紙」『若草』昭和4年9月号。「淺春譜」は『東京朝日』連載の「春淺譜」と同作。この作品は新聞初出時から作品名が混乱している。

5 **随筆集『わたしの落書』** 啓松堂 昭和8年3月31日 1円。

序〈一九三三年・三月〉。

私の落書／春扇／私の母はキクと云ひます／カフェ百話／梟と眞珠と木賃宿／上海の踊り子／戀愛グラフ／デパート娘スナップ／仕事と旅その他／男性輕蔑の意／世の常の日記／佛蘭西行／でくのぼう／眞空の頂點／上州への旅／夜話／あかのたにん／新宿裏／街頭の書／私の覺え書／こんな娘達／水邊片々／新婚茶話／旅の素描／夏、女、旅、酒／あじきなく候／酒によせる風景／山日記／佛蘭西に行く人／譬へ／チョコレートの戀文／不思議と云ふ事など／佛蘭西ジャーナリズム展望／猿江裏／話／五月の愁思／心の風景畫／もしカチウシャであつたならば／女ふところ日記。

注・「チョコレートの戀文」の初出掲載誌は不明。［スクラップ帳］に雑誌原紙の切り抜きがある。

6 **紀行集『三等旅行記』** 改造社 昭和8年5月3日 90錢。

序〈一九三三・四〉。

西伯利亞の三等列車／巴里まで晴天／下駄で歩いた巴里／佛蘭西の田舎／巴里案内／巴里の片言／ひとり旅の記／屋根裏三昧／三等船室雑話／牡蠣を食ふ話／一瞬の歐洲の旅

《八ヶ月で四足の靴…カルコと語る…プウライユの微笑》／ナポリ小景／ソヴェートの冬／燐寸と酒に寄せて／巴里を歩るく／皆知つてるよ／或大學生の記憶／マルセイユより横濱までの勘定書／哈爾濱散歩／秋の杭州と蘇州。

注・「西伯利亞」の宛字につき、目次は「西比利亞」だが本編と初出に従い「西伯利亞」とする。

7
合本『放浪記・續放浪記』改造文庫 昭和8年5月15日 50錢。〈装画・恒川義雅…版本に記されてはいない〉。

放浪記…放浪記以前（序にかへて）／淫賣婦と飯屋／裸になつて／目標を消す／百面相／赤いスリッパ／粗忽者の涙／雷雨／秋が來たんだ／濁り酒／一人旅／古創／女の吸殻／秋の唇／下谷の家。

續放浪記…戀日／茅場町／三白草の花／女アパッシュ／八ッ山ホテル／海の祭／旅の古里／港町での旅愁／夜の曲／赤い放浪記／酒屋の二階／寝床のない女／自殺前／放浪記以後の認識。

注・この改造文庫版の各章章末に付された設定年次は昭和5年の2種の初版本とは大きな異同がある。一般に流布した初版本発行日付は5月15日だが、納本が遅れたらしく、内務省交付本の発行日は5月17日に訂正された。

8
短篇集『清貧の書』改造社 昭和8年5月19日 1円80錢。装幀・中川一政。

はしがき〈巻頭詩〉。

清貧の書／小間使ひの云ひ分／墜落した女／リラの女達／屋根裏の椅子／彼女の控帳／瑪瑙盤／獨身者の風／清修館挿話／耳輪のついた馬／戀文／風琴と魚の町／小區／魚の序文。

注・「瑪瑙盤」の初出原題は「巴里をひと眼見たとき」『週刊朝日』昭和7年8月1日号。

9
第二詩集『面影 ボクの素描』文學クオタリイ社 昭和8年11月30日（当初発行予定8月15日）2円50錢。著者自装。

序―一九三三年・六月版―〈原色版口絵 自畫像〉

ボクの素描…一章／ボクの心／茄子の唄／巡禮者／歴史／ボクの素描／奴隷／生活／火花の鎖／靜心／身邊雜記／疲れた心／灰の中の小人。〈原色版挿絵 花〉

心境風景……心境風景／歸鄉／熱情／お釋迦樣／鶏／赤いマリ／アルジャントユウ。〈原色版挿絵 風景〉

こひうた……虚しきもの―京都なる有髪の尼章子さんへ―／臺中に遊ぶ／基隆水望／涙／はたちのころ／憶ひ出のアルバム／こひうた／約束／〈原色版挿絵 卓子〉／花／渡世上手／モンパルナス／子供／手紙／孤獨／本屋〈本屋の賣り子をしてゐた記憶から〉／雀／序文／掌草紙／吾がサンタモニカ／日常／口笛／凱旋門から／心／空家／旅／私のギヨヱテ／面影／河風／道／音信／遺書

／友達／家族／メロン／電車／或日／距離／壁／習慣／思ひ／雷／徒爾／花。

注・第二詩集は「ボクの素描」13篇「心境風景」7篇「こひうた」43篇の3部構成。自作の油絵4点を口絵と挿絵に使い、起句の先頭文字のポイントを大きくピンク色に彩色した。これは、芙美子がパリの放浪詩人フランシス・カルコから献本されたカルコ著 JÉSUS LA CAILLE 1929年特別版の体裁を真似たもの。造本こそ贅沢にこだわったが、発行予定日8月15日には検閲納本できず、再編集を余儀なくされ、当初の詩集原題『ボクの素描』を『面影』に改題し第3部「こひうた」に偏って短詩が追加収録された。初出詩題「ルンペンの唄」が「巡禮者」に改作改題されるなど、成立史に疑問の多い詩集。本書第I部第4章参照。

10 **随筆集『厨女雑記』** 岡倉書房 昭和9年3月18日 2円20銭。装幀・岡倉祐。〈初刷り千部限定〉

序〈一九三四年三月〉。

早春／散歩の苦言／庭／花／大島行／住んでゐた街／涼しき隠れ家／夏／落合町山川記／秋其他／厨女雑記／日記／山日記／上州への旅／「櫻の園」を見て／二月の感想／親不知／キャンプへ來て／酒の味／フランシス・カルコ印象記／私の歌十五首。

注・「住んでゐた街」「日記」の初出は不明。

11 **短篇集『散文家の日記』** 改造社 昭和9年4月18日 1円。

小さい花／鷲／すがた／紅葉の懺悔／ルウ・ダゲエル／椎の木の横町／一つの堰／赤い帽子譚／朝顔／鷲／煙／散文家の日記／容貌。

注・「煙」の初出原題は「その夜から」『週刊朝日』昭和8年10月2日号。

12 **随筆集『旅だより』** 改造社 昭和9年8月28日 1円。

小さき境地／手段の鬱積／旅だより／下田港まで／旅のまへ／樺太への旅／摩周湖紀行／海風／私の好きな奈良／花と暦／三原山／秋の文藝感想／若い作家／羅典區の散歩／ようろつぱでの覺書／柿の實／川端康成氏への書簡／書翰／私の地平線／心境と風格。

後記〈昭和九年八月記〉。

注・「小さき境地」の初出原題は「わが身上相談」『婦人公論』昭和8年8月号。「私の地平線」の初出原題は「廣い地平線」『新興藝術研究』昭和6年6月1日。「私の好きな奈良」の初出は不明。「後記」によると「ようろつぱでの覺書」は書き下ろしのようだ。

13 **短篇集『泣蟲小僧』** 改造社 昭和10年2月20日 2円。装幀・富澤有爲男。

はしがき〈巻頭詩〉。

泣蟲小僧／山中歌合／田舎言葉／蔓草の花／牡丹／無名作家の辯／塵溜／霰の降る日／母娘／下宿哲學／季節／馬乃文章。

注・「母娘」は「放浪記第三部／酒眼鏡」の原型的作品だが初出不明。3年後に『婦女界』昭和13年8月号に再発表する不可解な発表歴がある。「季節」の初出は不明。

14 **詩文集『人形聖書』** 麗日社 昭和10年2月25日

1円50錢。装画・林唯一。

序〈一九三五年春〉。

人形聖書〈エピグラフ ボードレール〉…小見出し《古里／こゝろ／運河／北風／虚僞》／谷間からの手紙／月夜の日記／夜汽車／はなたばとらむね／秋の一章／少女來訪／空の喇叭／私は泣かない／白い手套。

注・「月夜の日記」は詩稿。第二詩集『面影』収録「旅」の改作か。「夜汽車」の原題は「夜列車」『都新聞』昭和6年4月2日。「秋の一章」の初出は不明。

15 **短篇集『牡蠣』** 改造社 昭和10年9月20日 2円20錢。

装幀・中川一政。

はしがき〈巻頭詩〉。

牡蠣／人生賦／クララ／朝夕／子供たち／牝鶏／帯廣まで／初雷／姉の日記。

16 **中篇集『野麥の唄』** 中央公論社 昭和11年3月21日

1円80錢。装幀・深澤索一。

はしがき〈巻頭詩〉。

野麥の唄／鴛鴦／祕密／山ゆき／雪割草／夫婦／姉妹。

注・「山ゆき」は「女とパナマ帽子」『オール讀物』昭和10年8月号の改題。「雪割草」の原題は「ジンタ風情」『週刊朝日』昭和10年10月27日号。「姉妹」の初出原題は「流れる青空」『婦人畫報』連載。

17 **随筆集『文學的斷章』** 河出書房 昭和11年4月10日

1円50錢。著者自裝。

文學的自叙傳／青粥の記／小窗／西鶴その他／生活／交遊記／文學・旅・その他／或時代の日記／仕事／シベリアの汽車／外國の想ひ出／葡萄の岸／刺繍／貸家探し／見馴れた部屋／直木さんの思ひ出／繪と遊ぶ／着物雜考／古い覺帖について／私の二十歳／旅つれづれ／京にも田舎／北族／日記／頃日感想／平凡な女／私の先生／年頭言によせて／或一頁／秋窗雜記／戸隱山／ナポリの日曜日／江差追分／松蔦に會つた日／丹後丹波路／わが住む界隈／關根金次郎氏／鏑木清方氏／本因坊秀哉氏／小林一三氏／中村歌右衛門丈／菊池寛氏／飛行機の旅。

後記〈昭和十一年春〉。

注・以下の作品は初出不明。「或る時代の日記」連作詩「仕事」「シベリアの汽車」「旅つれづれ」「松蔦に會つた

日」「關根金次郎氏」「鏑木清方氏」「本因坊秀哉氏」「小林一三氏」「中村歌右衛門丈」「菊池寛氏」。

18　**短篇集『愛情』** 改造社 昭和11年11月18日 2円50錢。装幀・南澤用介。
枯葉／追憶／葡萄の岸／鯉／泉／幸福／愛情／市立女學校。
注・「幸福」の初出原題は「良人の幸福・妻の幸福」『週刊朝日』昭和11年5月1日号。

19　**短長篇『稲妻』** 有光社 昭和11年12月18日 1円50錢。
稲妻／蝶々館／蔓草の花／青春賦。

20　**長篇『女の日記』** 第一書房 昭和12年1月20日 1円20錢。
女の日記〈エピグラフ ニイチエ〉。
注・巻頭のエピグラフに続き、作中人物の紹介がある。

21　**随筆集『田舎がへり』** 改造社 昭和12年4月20日 1円10錢。著者自装。
序〈巻頭詩〉。

思ひ出の記／野花／田舎がへり／二月廿六日のこと／愛情／京都／戀愛の微醺／旅日記／少女／書簡／俳句／故鄕への愛歌／渡歐前の横光氏へ／十八日の晩／美しきもの／近衛直麿さん／こんな思ひ出／魚／可愛い女優さん／男のひと／コクトオ／コクトオに會ふ／コクトオの映畫／映畫徒然雜記／北平の女／上海の女／商人と百姓／私の趣味感／北平通信／不斷の日記／ジャック・フヱヱデの仕事／映畫について／小さいひとへ／北京紀行／議會傍聽記／旅行手帳／バルザックの身邊／日記。

注・以下は初出不明。「二月廿六日のこと」「書簡」「近衛直麿さん」「魚」「可愛い女優さん」「映畫徒然雜記」「上海の女」「私の趣味感」「ジャック・フヱヱデの仕事」「小さい人へ」「旅行手帳」「バルザックの身邊」。

22　**選集『林芙美子選集』第5巻・放浪記** 改造社 昭和12年6月20日 1円30錢。装幀・中川一政。〈第1回配本〉
放浪記以前（序にかへて）／〈本編〉／放浪記に就いて。

追ひ書き。

あとがき。

附録・月報第1号「林さんに就て 岡本かの子」「私の校正室 林芙美子」。各配本の帯に詩稿あり。

注・改造文庫7『放浪記・續放浪記』の2部構成を崩し、序章・終章を除く全27章の章題・設定年次を御破算にする大幅な改作が施された。著者は「追ひ書き」に加え「あとがき」まで加筆し、屋上屋を重ねるかのごとく改作の弁解をするかのようだが、「あとがき」において「あまり手を入れませんでした」と事実と正反対のことを述べた。再検閲の影響を感じさせる謎多き改作版。附録の月報「私の校正室」も「あとがき」を補足する。「追ひ書き」の初出原題は「わが身上相談」『婦人公論』昭和8年8月号。『旅だより』において「小さき境地」に改稿・改題して収録した随筆の再録。本編ばかりか、追記までもが「わが身上相談」→「小さき境地」→「追ひ書き」と改作が重ねられた。本書第I部第1章参照。

23

選集『林芙美子選集』第7巻・私の旅行　改造社　昭和12年7月20日　1円30錢。装幀・中川一政。〈第2回配本〉

西比利亞の旅／巴里まで晴天／巴里／巴里案内／皆知つてるよ／巴里を歩く／佛蘭西の田舍／下駄で歩いた巴里／ひとり旅の記／マルセイユより横濱までの勘定書／ナポリ小景／一瞬の歐洲の旅／住んでゐた街／旅のまへ／摩周湖紀行（北海道の旅より）／樺太への旅／私の好きな奈良／上州の湯の澤／下田港まで／大島行／三津行／秋の杭州と蘇州／ソヴエートの冬／哈爾濱散歩／戸隠山／ナポリの日曜日／江差追分／飛行機の旅／丹波丹後路／外國の想ひ出／旅つれづれ／旅行手帳／北京紀行／法師溫泉／木曾川と白帝城／白河の旅愁。

あとがき。

附録・月報第2号「林さんのこと 河上徹太郎」。

注・「秋の杭州と蘇州」は6『三等旅行記』収録作に手を加えている。木村毅編『支那紀行』（第一書房 昭和15年）において「杭州と蘇州」に改題して採録された。「西比利亞の旅」の原題は「西伯利亞の三等列車」。

24

選集『林芙美子選集』第1巻・人生賦　改造社　昭和12年8月20日　1円30錢。装幀・中川一政。〈第3回配本〉

追憶／行雁／足袋と鶯／小さい花／帶廣まで／藤の花／龝／風琴と魚の町／市立女學校／泣蟲小僧／人生賦。

あとがき。

附録・月報第3号「林芙美子讃 尾崎士郎」。

注・「藤の花」の原題は「すがた」『行動』昭和9年2月号・3月号。

25

選集『林芙美子選集』第3巻・文學的自叙傳　改造社　昭和12年9月19日　1円30錢。装幀・中川一政。〈第4回配本〉

こほろぎの日記／落合町山川記／柿の實／貸家探し／見馴れた部屋／田舍がへり／美しきもの／西鶴その他／戀愛の微醺／青粥の記／平凡な女／私の先生／散歩の苦言／頃日感想／商人と百姓／私の趣味感／着物雜考／古い覺帳について／繪とあそぶ／愛情／わが住む界隈／こんな思ひ出／魚／親不知／キャンプへ來て／フランシス・カルコ印象記／コクトオ／コクトオに會ふ／コクトオの映畫／早春／京都／文學・旅・その他／庭／或一頁／花／生活／秋其他／川端康成氏への書簡／北平の女／書翰に就いて／厨女雜記／思ひ出の記／私の仕事（自作案内書）／私の文學生活／涼しき隱れ家／『櫻の園』を見て／直木さんの思ひ出／心

境と風格／可愛い少女／ジャック・フヱヱデの仕事／映畫について／可愛い女優さん／少女／書簡／俳句／故郷への愛歌／朝御飯／文學的自叙傳。

あとがき。

附録・月報第4号「魅力と作家 高見順」。

注・「朝御飯」の初出は不明。

26 **選集『林芙美子選集』第4巻・掌草紙** 改造社 昭和12年10月20日 1円30錢。装幀・中川一政。〈第5回配本〉
クララ（作品）／唐黍の歌（詩）十五篇／繪本（作品）／蒼馬を見たり（詩）十八篇／蛙（作品）／掌草紙（詩）二十一篇／子供たち（作品）／鶴（詩）十七篇／刺繍（作品）／モンパルナス（詩）二十三篇／呼吸（作品）／伊豫のほと丶ぎす（歌）四十三首／戀の詩（詩）三篇／オブリガード（作品）／花（作品）／琴歌（詩）五篇／散文家の日記（作品）。挿絵・十二葉。

あとがき。

附録・月報第5号「林芙美子氏についての雑記 伊藤整」。

注・「オブリガード」の初出原題は「日記」『文學界』昭和10年8月号。この「掌草紙」に収録された詩稿は100篇を超える。詩文集として珠玉の一巻。短篇「クララ」「繪本」「蛙」は105『童話集／狐物語』にも収録される。

27 **短篇集『花の位置』** 竹村書房 昭和12年10月20日 1円40錢。
花の位置／観音誕生／一つの縁／怖ろしき日／おつね／梅雨／一時期／花火／淺草暮し／日常／みれん／婦人記者。

あとがき〈十月七日〉。

注・「婦人記者」の原題は「女記者」。かごしま近代文学館が「女記者」直筆原稿を所蔵しているが初出不明。「怖ろしき日」の原題は「怖ろしき日の記憶」『婦人倶樂部』連載。「梅雨」の原題は「梅雨夫婦」『オール讀物』昭和12年6月号。

28 **選集『林芙美子選集』第2巻・清貧の書** 改造社 昭和12年11月18日 1円30錢。装幀・中川一政。〈第6回配本〉
清貧の書／牡蠣／魚の序文／泉／牝鶏／葡萄の岸／朝夕／小區／枯葉／山中歌合／飯。

あとがき。

附録・月報第6号「林さんの近信より 永井龍男」。

注・この月報第6号において、最終配本に「女の日記」を収録すると予告しているが、実現しなかった。

29 **短篇集『紅葉の懺悔』** 版画荘文庫 昭和12年12月20日50錢。
鯉／紅葉の懺悔／田舎言葉。

30 **選集『林芙美子選集』第6巻・滞歐記** 改造社 昭和12年12月21日 1円30錢。装幀・中川一政。〈第7回配本〉
羅典區の散歩／ようろつぱでの覺書／春の日記／或日の日

記／山日記／不断の日記／日記／遠い憶ひ出。

女の愛情（附）。

あとがき。

附録・月報第7号「林芙美子さん 深田久彌」。

注・この月報第7号に「女の日記」を収録できなかったお詫びがある。理由は「或る事情のため」としか述べていない。あくまで編者の推理だが、「女の日記」の初出が『婦人公論』であるため、中央公論社が自社の選集『林芙美子長篇小説集』に収録することを著者と改造社に求め、やむなく替わりに「女の愛情」を収録した可能性はある。選集「滞歐記」には日記風の作品が多い。「春の日記」は49『林芙美子長篇小説集』第8巻「憂愁日記」の原型。「或日の日記」は17『文學的斷章』所収「或時代の日記」の改作。「日記」は『新潮』昭和12年4月号。「遠い憶ひ出」は『文藝』昭和12年11月号。

31
短篇集『氷河』竹村書房 昭和13年3月20日 1円50銭。

黄鶴／大阪の雁／晩春／女ごころ／雨／紅襟の燕／或る女／小家庭／妻歸る日／月寒／或る挿話／青春／氷河。

あとがき〈下落合にて〉。

注・「女ごころ」が目次から落ちている。初出は『週刊朝日』昭和13年1月1日号。55『女優記』に再録するにあたり「命あればかかるすまひの」に改題。「或る女」の原題は「或る女のすがた」『サンデー毎日』昭和11年9月10日特別号。「或る挿話」の原題は「雨の日の挿話」『婦女界』昭和8年11月号附録。

32
選集『林芙美子長篇小説集』第4巻 中央公論社 昭和13年7月3日 1円50銭。装画・梅原龍三郎。〈第1回配本〉
創作ノート（泣蟲小僧について）／（女性神髄について）。
泣蟲小僧〈エピグラフ プーシュキン〉／
女性神髄〈エピグラフ シェストフ〉。
附録・林芙美子寫眞帖（その一）。
注・「女性神髄」のエピグラフに使われたシェストフの言葉は、三木清編『シェストフ選集』第2巻（改造社 昭和10年）収録「狂亂の言葉」（徳永郁介訳）からの引用。後に以下の作品のエピグラフにも使われる。酣燈社98『創作ノート』（昭和22年）収録「フランシス・カルコ印象記」。六興出版164『浮雲』（昭和26年）。

33
随筆集『私の昆蟲記』改造社 昭和13年7月9日 1円10銭。著者自装。
南京行／靜安寺路追憶／私の從軍日記／露營の夜／應召前後／夫婦／曾遊の南京／讀書／上越の山々／北支那の憶ひ出／霞ヶ浦海軍航空隊見學記／宣傳省／天草まで／吉田氏に就いての斷片／わが装幀の記／日本の作家／支那南北／恩を感じた話／新生の門／十二年の文展／市會に就いて／

好きな女優さん／秋に思ひ出す男優達／北京／春怨記／日本の宿屋／映畫の青春／こころよきもの／五月の手紙／素人ファン／北平の女のきもの／私の旅行・私の學校／故郷の琴／私の覺え書／從軍の思ひ出／私の昆蟲記／テーブル・スピーチ。

あとがき〈昭和十三年七月四日嵐の日に　下落合にて〉。

注・同書収録作には初出不明作が多い。「曾遊の南京」「讀書」「上越の山々」「吉田氏に就いての斷片」「好きな女優さん」「五月の手紙」「北平の女のきもの」「故郷の琴」「私の覺え書」「私の昆蟲記」。

34　**選集『林芙美子長篇小説集』第5巻**　中央公論社　昭和13年8月1日　1円50錢。装画・梅原龍三郎。〈第2回配本〉

創作ノート〈女の日記について〉／〈姉妹について〉。

女の日記〈エピグラフ　ロセッティ〉／

姉妹〈エピグラフ　ゴオティエ〉。

附録・林芙美子寫眞帖〈その二〉。

35　**選集『林芙美子長篇小説集』第3巻**　中央公論社　昭和13年9月16日　1円50錢。装画・梅原龍三郎。〈第3回配本〉

創作ノート〈稲妻に就いて〉／〈遠い湖に就いて〉。

稲妻〈エピグラフ　ガルスワアジィ〉／

遠い湖〈エピグラフ　シュニッツレル〉。

附録・林芙美子寫眞帖〈その三〉。

注・「稲妻」は改造社『文藝』の連載では未完。同書の198頁以下を加筆して完結。

36　**短篇集『月夜』**　竹村書房　昭和13年9月20日　1円60錢。

杜鵑／川／黄昏の席／牡丹／とかげ／遠い朝／明日の花／多摩川／芍藥／月夜。

注・「遠い朝」の初出原題は「可愛い女」『婦人倶樂部』同年8月号別冊附録。「明日の花」の原題は「明日咲く花」『日の出』同年7月号。「芍藥」の原題は「芍藥の花」『週刊朝日』同年6月1日号。

37　**選集『林芙美子長篇小説集』第1巻**　中央公論社　昭和13年10月21日　1円50錢。梅原龍三郎。〈第4回配本〉

創作ノート〈南風に就いて〉。

南風〈エピグラフ　ロングフェロオ〉。

附録・林芙美子寫眞帖〈その四〉。

注・長篇「南風」は『婦人公論』昭和12年6月号から昭和13年10月号まで連載したところで、ペン部隊の従軍により中断した。同書は未完のまま収録したもの。

38　**選集『林芙美子長篇小説集』第7巻**　中央公論社　昭和13年11月30日　1円50錢。梅原龍三郎。〈第5回配本〉

創作ノート／私の小説ノート。

蝶々館〈エピグラフ　アンリイ・ド・レニエ〉／

春淺〈エピグラフ　ヴエルハアレン〉。

39
附録・林芙美子寫眞帖（その五）。

従軍記『**戦線**』朝日新聞社 昭和13年12月25日 1円。著者自装。

〈口絵に藤田嗣治の芙美子肖像画と肖像写真〉

戰線《一信～二十三信／附記》／漢口戰従軍通信／漢口より歸りて／無題詩。

後記〈十二月十二日記〉。

注・本編のうち「七信」は、菊池寛編『現代文章規範』（非凡閣、昭和14年9月）に「叙事文」の好例として摘録された。

40
従軍記『**北岸部隊**』中央公論社 昭和14年1月1日 1円。

〈口絵に現地撮影写真数葉／著者直筆陣中日記の図版〉

北岸部隊《九月十九日～十月二十八日》。

〈巻末に無題のあとがき…十二月二日記〉

注・収録された従軍日記のうち9月25日付けに、ドイツの詩人リリエンクローンの「穂中の死」が引用され、結びの10月27日と10月28日の2日分は、木村毅編『支那紀行』（昭和15年）において「漢口」と題して摘録された。

41
再刊詩集『**生活詩集**』六藝社出版 昭和14年1月28日 1円50銭。
序　─昭和十四年一月版─〈原色版口絵 自画像〉
ボクの素描……一章／ボクの心／茄子の唄／巡禮者／歴史／ボクの素描／奴隷／生活／火花の鎖／静心／身邊雑記／疲れた心／〈原色版挿絵 花〉／灰の中の小人。
心境風景……心境風景／歸郷／熱情／お釋迦様／鶏／赤いマリ／アルジャントユウ。〈原色版挿絵 風景〉
こひうた……虚しきもの─京都なる有髪の尼章子さんへ─／臺中に遊ぶ／基隆水望／涙／はたちのころ／憶ひ出のアルバム／こひうた／約束／〈原色版挿絵 卓子〉／花／渡世上手／モンパルナス／子供／手紙／孤獨／本屋〈本屋の賣り子をしてゐた記憶から〉／雀／序文／掌草紙／吾がサンタモニカ／日常／口笛／凱旋門から／心／空家／旅／私のギヨヱテ／面影／河風／道／音信／遺書／友達／家族／メロン／電車／或日／距離／壁／習慣／思ひ／雷／徒爾／花。
注・第二詩集9『面影 ボクの素描』の再刊・廉価版。装幀・造本も変更。初版はフランシス・カルコ JÉSUS LA CAILLE の造本を真似たものだから、この序文でカルコの名が削除された。収録作品に異同はない。

42
選集『**林芙美子長篇小説集**』**第6巻** 中央公論社 昭和14年2月1日 1円50銭。梅原龍三郎。〈第6回配本〉
創作ノート〈野麥の唄と日本の薔薇〉。
野麥の唄〈エピグラフ プラアテン〉／日本の薔薇〈エピグラフ 讀人不知〉。

附録・林芙美子寫眞帖（その六）。

43 **現代名作兒童版『兒童 泣蟲小僧』** 日本文學社 昭和14年5月17日 80銭。

泣蟲小僧…章題《こほろぎ／澁谷のお家／勘三叔父さん／雨の日／拾つたハンドバック／尺八を吹く男／再び澁谷のお家へ／金魚鉢とシャツ／うつくしい夜／アパート／なつかしい中野／學校／殘された啓吉／蝶々の夢》。

注・巻末に編輯代表の新屋敷幸繁による解題。現代名作兒童版は児童向けに著者または別作家がリライトしたシリーズ。シリーズには樋口一葉原作・村松定孝作『兒童 たけくらべ』、夏目漱石原作・平林彪吾作『兒童 吾輩は猫である』、鶴田知也作『兒童 コシャマイン記』などがある。『兒童 泣蟲小僧』は、改造社版にはない章題を新たに付した完成度の高い作品。［新宿歴博 K-25］

44 **短篇集『昭和名作選集 清貧の書』** 新潮社

昭和14年5月28日 1円。

序〈五月十日〉。

清貧の書／市立女學校／飯／牝鶏／花の位置／足袋と鶯。

解説 本多顕彰。

45 **長篇『波濤』** 朝日新聞社 昭和14年7月5日 1円80銭。

序〈昭和十四年六月十日記〉。

波濤。

46 **紀行集『私の紀行』** 新潮文庫 昭和14年7月21日 50銭。

序〈昭和十四年七月〉。

西比利亞の旅／巴里まで晴天／巴里／巴里案内／皆知つてるよ／巴里を歩く／佛蘭西の田舎／下駄で歩いた巴里／ひとり旅の記／マルセイユより横濱までの勘定書／一瞬の歐洲の旅／住んでゐた街／摩周湖紀行（北海道の旅より）／樺太への旅／私の好きな奈良／下田港まで／大島行／三津行／秋の杭州と蘇州／ソヴェートの冬／哈爾濱散歩／戸隠山／ナポリの日曜日／丹後丹波路／外國の想ひ出／旅つれづれ／北京紀行。

注・改造社23『林芙美子選集』第7巻収録36篇のうち27篇を採録。

47 **随筆集『心境と風格』** 創元社 昭和14年11月20日

1円50銭。

生きる日の爲に／輝かしき追憶（詩三篇）《輝かしき追憶／凧／トールバットの法則》／仙臺／摩周湖紀行／舞臺稽古／魚の合唱（詩四編）《病床日記／魚の合唱／ギリシャ詩／慰安》／相撲／田舍がへり／南京／頃日感想／膳所／商人と百姓／金／私の仕事／若き少尉をたづねて／私の文學生活／着物雑考／日常の生活／私の先生／月夜（詩）／こほろぎの日記／生命（詩）／東京生活／古い覺帳について／繪と遊ぶ／愛情／香々／鳥（詩三篇）《鳥／思ひ出／

山脈》／京都／文學・旅・其の他／庭／人生の修行／思ひ出／魚／私の料理／事變の想ひ出／女の世界／輸出映畫／夜櫻／花／私の頁。

あとがき〈下落合にて〉。

注・「私の料理」の初出は不明。

48 **長篇『決定版 放浪記』** 新潮社 昭和14年11月21日 1円20錢。装幀・有島生馬／挿絵・織田一麿。

はしがき〈昭和十四年十一月〉。

決定版 放浪記…放浪記以前／〈本編〉／無題の後記。

注・改造社版とは異なる新潮社版「放浪記」の出現。「はしがき」において、著者は「今度決定版として出版するにあたり、不備だつた處を思ひきり私は書きなほしてみた」と述べたが、実際には前作までの伏せ字「××」をブランクに置き換え、再検閲により平林たい子の元夫である山本虎三の名が新たに「××」の伏せ字にされた。同書も誤植多き異本。ここで校閲をもらした誤植（佐藤春夫の作品名「車窓殘月の記」→「東窓殘月の記」）は、今日でも補正されていない。

49 **選集『林芙美子長篇小説集』第8巻** 中央公論社 昭和14年11月25日 1円50錢。梅原龍三郎。〈第7回配本〉

創作ノート（憂愁日記に就いて）。

憂愁日記〈エピグラフ ヴインデルバント〉。

附録・林芙美子寫眞帖（その七）。

注・著者の「創作ノート」によれば、書きためていた日記に手を入れた書き下ろし。パリ到着の昭和6年末から帰国後の2年間に亘る日記風の小説。自作の作中詩が34篇、引用詩が11篇も織り込まれ、作中詩だけでも1巻の詩集に匹敵する。同書では時局柄、シベリア鉄道乗車の際、廣田弘毅宛ての機密文書を託された体験を省いて、パリ到着日を1ヶ月も遅らせ、昭和8年9月に中野警察署に逮捕された体験は省かれた。東峰書房71『日記』（昭和16年）において、随筆として加筆再編集される。

50 **短篇集『蜜蜂』** 創元社 昭和14年11月30日 1円50錢。装幀・青山二郎。

鳩／旅館のバイブル／石鹸／杜鵑／明暗／黄鶴／泉／帯廣まで／月夜／枯葉。

あとがき〈下落合にて〉。

51 **長篇『一人の生涯』** 創元社 昭和15年1月28日 1円50錢。

一人の生涯。

あとがき〈下落合にて〉。

注・「一人の生涯」の初出は『婦人之友』（昭和14年1月号～12月号／6月号休載）連載。休載もあり未完であったが、同書において加筆して完結。本書の作中詩も31篇に上り、1巻の詩集に匹敵する。

52 **選集『林芙美子長篇小説集』第2巻** 中央公論社 昭和15年2月21日 1円50錢。梅原龍三郎。〈第8回配本〉

創作ノート（女の部屋に就いて）／（壽司に就いて）。

女の部屋〈エピグラフ グレエグ〉／

壽司〈エピグラフ リルケ〉。

附録・林芙美子寫眞帖（その八）。

注・「女の部屋」の原題は『サンデー毎日』連載の「女の愛情」。改造社30『林芙美子選集』第6巻に収録した「女の愛情」を改題して本書に再録した。著者は「創作ノート」で改題の事実は述べたが、理由は明かしていない。

53 **短篇集『青春』** 實業之日本社 昭和15年3月26日 1円50錢。装幀・初山滋。

紅襟の燕／月寒／勿忘草／谷間からの手紙／青春／はなたばとらむね／少女來訪／光射す日／ともだち／私は泣かない／白い手套／晩春／人形聖書。

あとがき〈昭和十五年二月〉。

54 **短篇集『惡闘』** 中央公論社 昭和15年4月17日 1円80錢。装幀・木下孝則。

桶と生姜／惡闘／歯車／春のみづうみ／濡れた葦／河は靜かに流れゆく／運命／大學生／就職／玄關の手帖《小さい就職／黄昏／鷺の歌》／若き船出／温泉宿。

55 **短篇集『女優記』** 新潮社 昭和15年8月13日 1円40錢。装幀・高田力藏。

序〈昭和十五年八月〉。

女優記／命あればかかるすまひの／心／大阪の雁／鼈／馬乃文章／婦人記者／芍藥／多摩川／一つの縁／行雁。

注・「命あればかかるすまひの」の初出原題は「女ごころ」『週刊朝日』昭和13年1月1日号。

56 **選集『林芙美子短篇集 上巻 風琴と魚の町』** 實業之日本社 昭和15年11月19日 1円50錢。装幀・島崎鷄二。

〈口絵 コクトオ描画の著者肖像〉

風琴と魚の町／クララ／舞姫／習性／大學生／母娘／耳輪のついた馬／屋根裏の椅子／霰の降る日。

風琴と魚の町 ノート。

注・「舞姫」の原題は「蘭蟲」『日の出』同年10月号。博文館76『女の復活』（昭和18年）において「蘭蟲」として再録。尾崎書房100『舞姫の記』（昭和22年）において「舞姫の記」に再改題。

57 **選集『林芙美子短篇集 中巻 織女』** 實業之日本社 昭和15年11月25日 1円30錢。装幀・島崎鷄二。

〈口絵 著者近影〉

狹きふしど／鴛鴦／夫婦／初雷／散文家の日記／小家庭／藤の花／花火／赤子。

織女 ノート。

58 **選集『林芙美子短篇集 下巻 葡萄の岸』** 實業之日本社 昭和15年11月26日 1円50錢。装幀・島崎鶏二。
〈口絵 著者による墨絵と墨書／月夜の蟹は寂しいな ひとりしづかに泡を吹く 月夜の蟹は寂しいな〉
一時期／小さい花／清修館挿話／葡萄の岸／就職／黄昏の席／川／獅子の如く／蜥蜴。
葡萄の岸 ノート。
注・「蜥蜴」の初出原題は「とかげ」『オール讀物』昭和13年5月号。

59 **中篇集『七つの燈』** むらさき出版部 昭和15年12月15日 1円90錢。装幀・脇田和。
七つの燈／遠い湖。

あとがき〈昭和十五年師走〉。

[新宿歴博 K-136]

60 **短篇集『魚介』** 改造社 昭和15年12月20日 2円。
装幀・佐野繁次郎。

魚介／運命／幸福の彼方／花庭／霙の驛／遠い朝／愛情／名流夫人。

注・「名流夫人」の初出は不明。「花庭」の初出原題は「愛らしき庭」『日の出』昭和12年12月号。

61 **長篇『十年間』** 新潮社 昭和16年1月23日 1円60錢。
装幀・猪熊弦一郎／装画・硲伊之助。

「十年間」前書〈昭和十六年春〉。

十年間。

62 **随筆と詩『随筆』** 秩父書房 昭和16年1月30日 1円60錢。著者自装。
滿洲—冬の滿洲紀行／友情の行列／父を語る／空想飛行／兵隊の詩（詩）／愛する馬よ（詩）／戰前の巴里／孤獨な紡錘（詩）／玄關の手帖（詩）／青粥の記／若い作家Ⅰ・Ⅱ／螢（詩）／墓石（詩）／憤怒の麥（詩）／柿／哀傷歌（詩）／磯邊の蟹（詩）／文學的自叙傳／冥心（詩）／山川賦（詩）／聚首（詩）。
「随筆」あとがき〈下落合にて〉。
注・「滿洲—冬の滿洲紀行」は「凍れる大地」『新女苑』昭和15年4月号の改作。「戰前の巴里」は「巴里の思ひ出」『改造 時局版』昭和15年7月2日号。「若い作家Ⅱ」は「窓の向ふから」『文藝首都』昭和8年2月号の改題。「柿」の原題は「柿の實」『新潮』昭和9年9月号。

63 **中篇集『七つの燈』**《改訂版》むらさき出版部 昭和16年2月1日 1円90錢。
七つの燈／遠い湖。

あとがき〈昭和十五年師走〉。

注・奥付によれば59の改訂版だが改作の形跡は見当たらず、異装本と言うべきか。

64 **長篇集『薔薇』**利根書房 昭和16年2月5日 2円。
薔薇／女の日記。

あとがき〈昭和十六年早春〉。

注・「薔薇」は「日本の薔薇」の改題。初出時の小見出しが抹消され全30節の付番に変更された。併載の「女の日記」は初出時から小見出しはなく、「女の日記」の体裁にあわせた可能性はある。

65 **短篇集『歴世』**甲鳥書林 昭和16年2月20日 2円。
装幀・脇田和。

歴世／人生賦／鶯／隣人／山中歌合／日常／山の教師／風媒／季節。

66 **短篇集『歴世』**《限定百部特製版》甲鳥書林 昭和16年2月20日 5円。装幀・脇田和。〈布装・高級和紙〉
歴世／人生賦／鶯／隣人／山中歌合／日常／山の教師／風媒／季節。
注・65の普及版と異なり、著者のペン書き直筆詩稿が貼付された。百部全てを実査することはできないが、現存本のそれぞれの詩稿は別作品。百部全ての詩稿が異なるとすれば、「百人一首」ならぬ「一人百首」のような趣向かも知れない。用紙・造本も特製版にふさわしい豪華版。［かごしま近代文学館］［日本大学芸術学部］が直筆詩稿貼付の原本を所蔵している。

67 **選集『新日本文學全集第十一巻 林芙美子集』**改造社 昭和16年2月28日 1円50錢。装幀・佐野繁次郎。
〈口絵・著者近影と直筆色紙の図版／巷に來れば憩ひあり 人間みな吾を慰めて 煩悩滅除を歌ふなり〉

放浪記／歯車／市立女學校／泣蟲小僧／濡れた葦／河は静かに流れゆく／女性神髄／黄鶴。

作品について。

年譜。

注・第1巻横光利一集から第26巻火野葦平集にいたるシリーズの1冊。改造社版であるにもかかわらず、収録された「放浪記」は、昭和14年の新潮社版48『放浪記』が底本。なおかつ石川啄木の歌までが抹消された。

68 **短篇集『魚介』**《限定50部》改造社 昭和16年3月31日 非売本。
魚介／運命／幸福の彼方／花庭／霙の驛／遠い朝／愛情／名流夫人。
［新宿歴博 K-40］

69 **長篇童話『啓吉の學校』**紀元社 昭和16年7月5日 1円50錢。装幀・黑崎義介。
はしがき〈昭和十六年七月〉。

啓吉の學校。

注・紀元社のPR誌『紀元』第3号に林芙美子著『日本イ

ソップ物語』の近刊予告があるが、刊行された形跡はない。著者の短篇童話集は、戦後の105『童話集／狐物語』まで実現しなかった。

70
短篇集『初旅』 實業之日本社 昭和16年7月12日 1円70銭。装幀・佐野繁次郎。

初旅／黯爾／怖ろしき日／梅雨／みれん／追憶／浅草暮し／おつね／小間使の言ひ分／獨身者の風／無名作家R氏の辯／姉の日記。

注・「黯爾」の初出原題は「氷河」『週刊朝日』昭和12年8月2日号。『初旅』は著者にとって公式に発禁処分を受けた唯一の単行本。『昭和書籍・雑誌・新聞発禁年表』、城市郎著『発禁本 書物の周辺』参照。

71
随筆集『日記 第一巻』 東峰書房 昭和16年10月12日 2円。著者自装／挿絵・山下大五郎。

〈口絵 著者近影〉・自序〈詩稿〉。

日記。

注・自序の詩の原題は「雁の來る日」『文藝』同年9月号。49『林芙美子長篇小説集』第8巻「憂愁日記」は〈昭和6年〉「十二月二十三日」からの日記体だが、同書には「十二月十六日」から「十九日」までの日記を加筆。

72
長篇『川歌』 新潮社 昭和16年12月16日 2円。装幀・高岡徳太郎。

自序〈昭和十六年初冬〉。

川歌…小見出し《二階住ひ／あだ花／新生活／水／歯車／雨雲／西方浄土／葉櫻／一つの經驗／夢は枯野を／紫草／軒借り／戦ふ良人／北の國／痛手／お化け／蜜柑の葉／霜夜／子供の幸福／杳かな愛》。

73
随筆集『日記 第二巻』 東峰書房 昭和17年6月17日 2円30銭。著者自装。

自序〈昭和十七年夏〉。

日記〈第二巻〉。

旅つれづれ…〈私の好きな奈良／三津行／戸隠山／旅つれづれ／旅行手帳／法師温泉／木曾川と白帝城〉。

注・49『林芙美子長篇小説集』第8巻「憂愁日記」は〈昭和8年〉「十二月二十四日」の日記で結ばれたが、同書には改造社刊30『林芙美子選集』第6巻収録の各種随筆が追録された。

74
短篇集『雨』 實業之日本社 昭和17年12月1日 1円80銭。装幀・青山二郎。

序〈詩稿〉。

雨／婚期／秋果／幸福の彼方／風媒／運命の旅。

75
長篇『田園日記』 新潮社 昭和17年12月25日 1円80銭。装幀・高岡徳太郎。

田園日記…小見出し《足迹／青春／郷愁／町子／めぐりあ

ひ／蟻合戦／北の國へ／倶知安／雨夜／哀樂園／迷ひの巷／初戀／小さい住居／秋のけはひ／職業婦人／實行／新しき土地／小石の心／人の生活／若い夫婦／抒情歌／遭逢譜／最後への道／精神の虹／女の美學》。

76 **短長篇『女の復活』**博文館 昭和18年7月25日 2円30錢。
裝幀・佐野繁次郎。
序〈昭和十七年晩秋　下落合にて南へ發つ日〉。
女の復活／流恨／蘭蟲／南の女。
注・「序」に従えば、南方派遣前にまとめられていたようだが、実際の刊行は帰国後。「南の女」の初出は不明。

……『女の復活』以降、戦争末期から戦後の再出発までの2年6ヶ月、単行本は刊行されなかった。……

77 **長篇『女の日記』**八雲書店 昭和21年4月5日 18円。
裝幀・中川一政。

序〈昭和二十一年二月〉。

女の日記。

女の日記に就て　創作ノート。

注・「序」は書き下ろし。「女の日記に就て 創作ノート」は34『林芙美子長篇小説集』第5巻「創作ノート」の再録。

78 **長篇『稲妻』**飛鳥書店 昭和21年5月30日 13円50錢。
稲妻に就いてのノート。

稲妻。

79 **短篇集『散文家の日記』**實業之日本社 昭和21年6月15日 10円。
狹きふしど／鴛鴦／夫婦／初雷／散文家の日記／小家庭／藤の花／花火。

80 **短篇集『風琴と魚の町』**鎌倉文庫 昭和21年6月25日 15円。
風琴と魚の町／婚期／黄昏の席／春のみづうみ／桶と生姜／就職／運命／市立女學校／惡闘／一時期。

あとがき〈昭和二十年十二月十五日〉。**注**・「あとがき」の日付から、昭和20年中に準備されていたことが分かる。

81 **短篇集『旅情の海』**新潮社 昭和21年8月5日 15円。
裝幀・丸茂文雄。

旅情の海／なぐさめ／放牧／雨／吹雪／浮き沈み／鄕愁／フローベルの戀／旅人／筆がき—瀧澤馬琴—。

注・この短篇集において、「旅情の海」「なぐさめ」などの戦後執筆作品が初めて収録された。

82 **短長篇『泣蟲小僧』**あづみ書房 昭和21年9月15日 9円。裝幀・西澤笛畝。
泣蟲小僧／追憶／人生賦。

あとがき〈昭和二十一年三月〉。

83 **改造社名作選『放浪記 前篇』**改造社 昭和21年10月10日

15円。装幀・中川一政。

放浪記（前篇）。

あとがき〈昭和二十一年七月〉。

注・改造社版2『放浪記』初版本に施された伏せ字の多くを復元した。著者生前に刊行された「放浪記」としては最も優れた改訂版だが、伏せ字のすべては復元できず、章題と各章設定年次も復元していない。この改造社名作選シリーズは、他に横光利一『旅愁』全4巻、石坂洋次郎『若い人』全2巻がある。

84 **短篇集『愛情傳』** 美和書房 昭和21年11月10日 15円。著者自装。

愛情傳／少年／泉／雨雲／明暗／郷愁。

注・「泉」は初出・初版に施された伏せ字を復元した。

85 **短篇集『女優記』** 日本社 昭和21年11月10日 15円。

序〈昭和二十一年八月二十一日〉。

女優記／心／一つの縁／多摩川／婦人記者／芍薬／行雁。

86 **短篇集『うき草』** 丹頂書房 昭和21年12月5日 20円。装幀・川端康成。

べんたう／うき草／雁が音／夜の橋／初旅／流星／かもめ／帯廣まで。

注・「雁が音」の初出原題は「父を語る」『婦人公論』昭和15年5月号。「夜の橋」の初出は不明。「かもめ」は「愛情傳」『新生日本』昭和21年7月号の抄録版。

87 **長篇『女の青春』** 太白書房 昭和21年12月10日 18円。

女の青春。

注・初出原題は「女の愛情」『サンデー毎日』昭和12年連載。52『林芙美子長篇小説集』第2巻収録作の題名は「女の部屋」。『女の青春』はたんなる再改題ではなく、GHQ検閲に触れる描写を改作したがための改題。戦前作に挿入された出征の歌「天に代りて不義を討つ／忠勇無雙の我が兵は」が、「雨降りお月さん雲の中／お嫁にゆきたし傘はなし」に差し替えられている。なお作品掉尾に「女の幸福終」の語があり、書名について版元も混乱している。［編者蔵］［新宿歴博 K-51］［日大芸術学部］

88 **改造社名作選『續放浪記』** 改造社 昭和21年12月15日 15円。装幀・中川一政。

續放浪記。

注・83『放浪記 前篇』と同じく、昭和5年の初版本に施された伏せ字の多くを復元した。作中に引用された詩集1『蒼馬を見たり』収録作の伏せ字も復元しており、第一詩集の考証にも資する改訂版。

89 **随筆集『婦人の爲の日記と随筆』** 愛育社 昭和21年12月25日 12円。装幀・小林尚。

日記に就て（1）／日記に就て（2）／日記に就て（3）

／昔の日記／詩に就てのかたちとこゝろ／婦人と讀書／童話の世界／船橋の魚／婦人の良識／浮浪兒に就て／京都の家／美しい家／女性よからだを作れ／落魄の味。

注・「日記に就て（1）（2）（3）」は、ＮＨＫラジオ「婦人の時間」放送原稿。［ＮＨＫ番組確定表］によると、放送は昭和21年5月7日・5月14日・5月21日。同じく「婦人と讀書」がＮＨＫ「婦人の時間」昭和21年8月26日放送原稿。同じく［ＮＨＫ番組確定表］によると、同年11月7日に芙美子が出演しているが演題は不明。同書に収録された「婦人の良識」が同日放送原稿の可能性はある。ただし［ＮＨＫ番組確定表］に演題がない以上断定はできず「作品目録」には掲出していない。「浮浪兒に就て」の初出原題は「浮浪兒」『文藝春秋』同年10月号。

90

短篇集『旅館のバイブル』大阪新聞社東京支社　昭和22年2月1日 15円。装幀挿絵・猪熊弦一郎。

旅館のバイブル／石鹸／夜福／牝鷄／足袋と鷺／牡蠣／幸福の彼方／秋果。

91

短篇集『牡蠣』新文藝社　昭和22年3月15日 70円。

装画・坪井甚喜／カット・寺田竹雄。

牡蠣／枯葉／運命／葡萄の岸／魚の序文／泉／二等車。

注・「二等車」の原題は『婦人公論』昭和14年3月「悪闘」。「枯葉」は初出の伏せ字を一部だが復元した。

92

長篇『人間世界』永晃社　昭和22年3月30日 50円。

装幀・中川一政。

人間世界…章題《愛する人達／あぢさゐ／女の財産／うきぐも／初奉公／眼なし達磨／小雀／波まくら／屍の歌／別天地／旅のお方／暗い花／道づれ／寢物語／夜の雨／雉の聲／りんだう／壺中の顔／新しき出發》。

注・文泉堂版全集第15巻は、同書の第1章にあたる「愛する人達」だけを注記なく採録し「人間世界」の作品名まで抹消した。全19章の長篇のうち18章を抹消した上に作品名まで抹消した編集は理解できない。

93

選集『林芙美子選集』萬里閣　昭和22年4月10日 60円。

放浪記〈抄録〉／風琴と魚の町／泣蟲小僧／鷺／朝夕／吹雪／雨。

自作に就て〈昭和二十一年五月〉。

生と詩の作家―林芙美子の文學―　板垣直子。

注・問題の多い版本。本書第Ⅰ部第1章を参照されたい。

94

短長篇『一粒の葡萄』南北書園　昭和22年5月25日 35円。

装幀挿絵・松本俊介。

一粒の葡萄／指／少年／泣蟲小僧。

注・収録作4篇はいずれも童話に分類できる。大人のための童話集と位置づけることもできる。

95

長篇『女の青春』川崎書店　昭和22年6月15日 45円。

女の青春〈エピグラフ クレヱク〉。
注・87『女の青春』の異装本。版元が東京の太白書房から札幌の川崎書店に替わりエピグラフを加筆。［編者蔵］

96
短篇集『淪落』関東出版社 昭和22年6月20日 45円。
装幀・伊東深水。
淪落／雪の町／あひびき／河沙魚／ボルネオダイヤ／雷雪。
あとがき〈昭和二十二年四月二十四日〉。

97
絵本『ふね』壽書房 昭和22年8月1日 13円。
画・長谷川露二。［プランゲ文庫］
注・壽書房によるシリーズ絵本。同シリーズにおいて著者は他に130と137に後掲する2冊の絵本を刊行した。

98
随筆集『創作ノート』酣燈社 昭和22年8月20日 68円。

著者自装。

口絵・ジャン・コクトオによる芙美子像のペン画／口絵説明文・コクトオ。

ノートに寄せて〈昭和二十一年七月〉。

第一部…創作ノート1・2・3・4・5・6／古い覺帳／私の文學生活／文學的自叙傳。

第二部…フランシス・カルコ印象記／コクトオ／コクトオに會ふ／コクトオの映畫／心境と風格／自作案内／文學・旅・その他／ノワイユ夫人／美しい編輯／感想／一つの構成。

第三部…私は小説を書く／童話の世界／書翰に就いて／西鶴／二葉亭／讀書遍歴。

私の著書目録。

注・第一部「創作ノート」は『林芙美子長篇小説集』各巻に収録した「創作ノート」の再録。「古い覺帳」は『文藝首都』昭和8年11月号「古い覺え帖について」に施された伏せ字を復元した。「私の文學生活」は『改造』昭和12年8月号発表作だが、同書の収録作にはGHQ検閲による削除がある。「ノワイユ夫人」の原題は「涼しき隠れ家」『令女界』昭和8年8月号。「一つの構成」の原題は「キュリー夫人の映畫」『改造』昭和21年4月号。

99
短篇集『青春』文生社 昭和22年9月5日 90円。

紅襟の燕／大學生／假寓早々／月寒／勿忘草／青春／少女來訪／光射す日／ともだち／私は泣かない／晩春／人形聖書／小さい花。

あとがき。

［編者蔵］［新宿歴博 K-167］

100
短長篇『舞姫の記』尾崎書房 昭和22年9月15日 80円。
装幀・小磯良平。
舞姫の記／寝雪／とかげ／七つの燈。
注・「舞姫の記」初出原題は「蘭蟲」『日の出』昭和15年10月号。

101 **短長篇『雁』** 扶桑書房 昭和22年9月20日 60円。
装画・青山二郎／扉絵・著者。

雁／ボナアルの黄昏／雨。

注・「雁」は『大阪日日新聞』連載〈昭和21年10月22日～12月27日〉。初出時の小見出しは省かれた。

102 **長篇『一人の生涯』** 玄理社 昭和22年9月25日 65円。
一人の生涯。

103 **長篇『放浪記』** 新潮文庫 昭和22年9月25日 45円。
装幀・川端龍子。
放浪記。
解説 板垣直子。
注・底本は48新潮社『決定版 放浪記』。ここにおいて、改造社版83『放浪記』88『續放浪記』と新潮文庫103『放浪記』が初めて併売された。本書第I部第1章参照。

104 **短長篇『夢一夜』** 世界文學社 昭和22年9月30日 50円。
装幀・佐藤美代子。

作家の手帳／夢一夜／麗しき脊髄／なぐさめ／放牧。

あとがき〈昭和二十二年六月三十日夜〉。

注・ここに収録された「夢一夜」は『改造』に発表された第1章のみ。第2章・第3章は雑誌『人間』に書き継がれ、全3章は後掲の147『林芙美子文庫／松葉牡丹』に収録される。

105 **童話『童話集／狐物語』** 國立書院 昭和22年10月25日 50円。装幀挿絵・林義雄。
狐物語／鶴の笛／龜さん／蛙／ひらめの學校／美しい犬／梟の大旅行／繪本／クララ／おにおん倶樂部。
注・著者にとって初めて実現した短篇童話集。「ひらめの學校」「梟の大旅行」の初出は不明。

106 **随筆『巴里の日記』** 東峰書房 昭和22年11月20日 60円。
装幀・伊藤憲治／挿絵・荻須高德。

巴里の日記。

注・71東峰書房刊『日記 第一巻』のうち、パリから帰国途中の5月31日までの抜粋。

107 **長篇童話『お父さん』** 紀元社 昭和22年12月20日 40円。
装幀挿絵・黒崎義介。

お父さん。

注・「お父さん」の初出は『少國民の友』昭和21年1月号～10月号までの9回連載〈6月号休載〉。

108 **長篇『うず潮』** 新潮社 昭和23年2月10日 85円。
装幀挿絵・硲伊之助。

うず潮。

109 **中長篇『ヴヰナスの牧歌』** 照國書店 昭和23年2月15日 75円。
ヴヰナスの牧歌／七つの燈。

110 長篇『十年間』玄理社 昭和23年3月1日 85円。
十年間。

［日本近代文学館］［新宿歴博 K-170］

111 長篇『宿命を問ふ女』尾崎書房 昭和23年3月20日 130円。装幀・小磯良平。
宿命を問ふ女。

注・「宿命を問ふ女」の原題は「波濤」『東京朝日』連載。GHQ検閲に触れる描写を抹消・改作したことによる改題。本書第I部第5章参照。［編者蔵］［新宿歴博 K-68］

112 長篇『南風』六月社 昭和23年4月20日 90円。
装幀・硲伊之助。

南風。

113 長篇集『或る女の半生』美和書房 昭和23年4月30日 120円。
或る女の半生〈エピグラフ アンリイ・ド・レニエエ〉／春箋〈エピグラフ ヴエルハアレン〉。
注・「或る女の半生」の初出原題は「蝶々館」『福岡日日新聞』連載。「春箋」は「春浅譜」と同作。

114 短篇集『暗い花』文藝春秋新社 昭和23年5月20日 90円。
装幀・佐藤泰治。

暗い花／夜の蝙蝠傘／崩浪亭主人／ひろひもの／接吻／うづしほ／太閤さん／幕切れ／雪の町／あひびき。

あとがき〈昭和二十三年四月〉。

115 文庫版『女の日記』永晃社 昭和23年6月5日 80円。
女の日記。
［新宿歴博 K-171］

116 短篇集『風琴と魚の町』鎌倉文庫 昭和23年6月20日 150円。
風琴と魚の町／婚期／黄昏の席／春のみづうみ／桶と生姜／就職／運命／市立女學校／悪闘／一時期。

あとがき。

注・80『風琴と魚の町』の異装本。

117 短篇集『淺草ぐらし』實業之日本社 昭和23年7月15日 130円。装幀・佐野繁次郎。
淺草ぐらし／小間使の言ひ分／黯爾／怖ろしき日／梅雨／みれん／獨身者の風／無名作家R氏の辯／姉の日記。

118 長篇童話『田舎の風はきんいろの風』湘南書房 昭和23年7月20日 90円。装幀挿絵・鈴木信太郎。
はしがき〈昭和二十三年春〉。

田舎の風はきんいろの風。

風の秋（詩稿）—あとがきに代えて—

注・同書は69『啓吉の學校』の改作・改題版。GHQプレスコードに沿った改作。

119 長篇『川歌』近代出版社 昭和23年9月10日 160円。

装幀・岡村夫二。

川歌…小見出し《二階住ひ／あだ花／新生活／水／歯車／雨雲／西方浄土／葉櫻／一つの經驗／夢は枯野を／紫草／軒借り／戰ふ良人／北の國／痛手／お化け／蜜柑の葉／霜夜／子供の幸福／杳かな愛》。

120 **長篇『女の日記』** 蜂書房 昭和23年9月15日 120円。
女の日記。

121 **紀行集『三等旅行記』** 方向社 昭和23年9月15日 120円。
シベリヤの三等列車／パリーまで晴天／下駄で歩いたパリー／フランスの田舎／パリー案内／パリーの片言／ひとり旅の記／屋根裏三昧／三等船室雜話／牡蠣を食ふ話—ジャン・コクトオの映畫「詩人の血」—／一瞬の歐洲の旅〈カルコと語る／プウライユの微笑〉／ナポリ小景／ソヴェートの冬／マッチと酒に寄せて／パリーを歩るく／皆知つてるよ／或大學生の記憶／マルセイユより横濱までの勘定書／ハルビン散歩／秋の杭州と蘇州。
注・改造社6『三等旅行記』（昭和8年）の再刊だが、GHQ検閲により廣田弘毅の名が削除された。

122 **長篇『人生の河』** 毎日新聞社 昭和23年10月1日 100円。
装幀挿絵・脇田和。

人生の河…小見出し《二重人格／女の魂／花蔭／暗い宿／女の歌える／別れの表情／改宗者／流木／水の上／河口の燈》。

あとがき〈一九四八年秋〉。

123 **長篇集『野麥の唄』** 尾崎書房 昭和23年10月1日 160円。
装幀・小磯良平。

野麥の唄／戀の石。

注・「戀の石」初出原題は「古い風新しい風」『新風』（昭和22年9月・10月合併号～23年5月号）連載。

124 **長篇『十年間』** 玄理社 昭和23年10月10日 150円。
十年間。
注・110『十年間』の異装本。［日本大学芸術学部］

125 **短篇集『淪落』** 関東出版社 昭和23年11月1日 85円。
装幀・中谷泰。

淪落／雪の町／あひびき／河沙魚／ボルネオダイヤ／雷雪。

あとがき。

注・96『淪落』の異装本。装幀画家が伊東深水から中谷泰に交替。

126 **短篇集『青春』** 實業之日本社 昭和23年11月25日 140円。
装幀・三輪鄰。

紅襟の燕／狹きふしど／假寓早々／月寒／勿忘草／青春／少女來訪／光射す日／就職／春のみづうみ／クララ／婚期。

127 **短篇集『姉妹』** 有楽出版社 昭和23年12月10日 170円。

装幀・豊口堯平。

姉妹／婦人記者／遠い朝／川／名流夫人／牡丹／一つの縁。

128 **選集『林芙美子文庫／清貧の書』** 新潮社 昭和23年12月25日 230円。装幀・宮本三郎／題字・川端康成。〈第1回配本〉
清貧の書／牡蠣／女優記／散文家の日記／石鹸／足袋と鶯／月夜／朝夕／葡萄の岸／盲目の詩。

あとがき〈昭和二十三年十一月〉。

注・著者生前最後の選集。以下昭和25年10月まで全10巻。詩を挿入した「あとがき」もまた1篇の作品。

129 **長篇『放浪記 第三部』** 留女書店 昭和24年1月20日 160円。装画・小泉清／扉絵・木村荘八。
放浪記第三部…肺が歌ふ／十字星／第七初音館／泣く女／冬の朝顔／酒眼鏡／パレルモの雪／土中の硝子／神様と糠／西片町／ガラテヤ。

あとがき〈昭和二十三年師走〉。

注・『日本小説』連載全12回のうち11回分が同書に収録された。この「あとがき」に、引き続き『日本小説』において第四部に相当する続篇発表の意思が示されたが、昭和23年10月号を最後に中断した。後の144『林芙美子文庫／放浪記Ⅱ』において最後の1章を書き下ろし、留女書店版に収録しなかった連載12回目とあわせて収録した。したがって「放浪記／第三部」には全12章の雑誌連載、全11章構成の留女書店版、全13章分の新潮社版の3種が存在する。本書第Ⅰ部第1章参照。

130 **絵本『まいごのあひる』** 壽書房 昭和24年1月20日 30円。画・長谷川露二。［プランゲ文庫］

131 **選集『林芙美子文庫／放浪記Ⅰ』** 新潮社 昭和24年2月15日 240円。〈第2回配本〉
第一部。

第二部。

あとがき。

注・同書において従来の「正続編」「前後編」の呼称が「第一部・第二部」に変更された。「第三部」が成立したためである。48『決定版 放浪記』に施された伏せ字につき、103新潮文庫版『放浪記』において一部の復元がなされたが、同書において再び「××」の伏せ字が施された。「××」の伏せ字が施されたのは平林たい子の元夫山本虎三の名。本書第Ⅰ部第1章参照。

132 **中篇集『泣蟲小僧』** 文藝春秋新社 昭和24年3月1日 120円。
市立女學校／泣蟲小僧。

あとがき〈昭和二十四年一月〉。

133 **長篇『妻と良人』** 尾崎書房 昭和24年3月20日 200円。

装幀・小磯良平。

妻と良人。

注・「妻と良人」の初出は『中京新聞』昭和23年4月23日〜9月26日までの152回連載。

134 **長篇**『**女性神髄**』養徳社 昭和24年3月25日 130円。
女性神髄。

135 **選集**『**林芙美子文庫／晩菊**』新潮社
昭和24年3月30日 220円。〈第3回配本〉
吹雪／荒野の虹／雨／放牧／麗しき脊髄／水仙／あひびき／河沙魚／旅情の海／夜の蝙蝠傘／晩菊。
あとがき〈昭和二十四年三月〉。

136 **長篇集**『**人形聖書**』湘南書房 昭和24年4月20日 120円。
装幀・高井貞二。

〈扉の次に、著者直筆稿「花のいのちは　みじかくて　苦しきことのみ　多かりき。」が図版で掲げられている。

人形聖書／花のいのち。

注・「花のいのち」は「遠い湖」『新女苑』昭和13年連載の改題。

137 **絵本**『**だっくちゃん　おいたのまき**』壽書房 昭和24年5月20日 35円。画・長谷川露二。［プランゲ文庫］

138 **長篇**『**第二の結婚**』主婦と生活社 昭和24年5月25日 150円。
装幀・杉山健一／カット・硲伊之助。

第二の結婚。

あとがき〈昭和二十四年五月〉。

139 **選集**『**林芙美子文庫／女の日記**』新潮社
昭和24年6月10日 230円。〈第4回配本〉
女の日記／筆がき—瀧澤馬琴—。
あとがき〈昭和二十四年五月〉。

140 **選集**『**林芙美子文庫／風琴と魚の町**』新潮社
昭和24年8月15日 230円。〈第5回配本〉
風琴と魚の町／市立女學校／人生賦／枯葉／フローベルの戀／山中歌合／帶廣まで／明暗／魚の序文。
あとがき〈昭和二十四年七月〉。

141 **選集**『**現代長篇小説全集第7巻**』春陽堂
昭和24年11月15日 130円。装幀・恩地孝四郎。

うづ潮／妻と良人／雁／晩菊。

注・春陽堂による、1作家1巻のシリーズ選集。

142 **短篇集**『**牛肉**』改造社 昭和24年11月25日 230円。
牛肉／下町／道づれ／三つ南瓜／退屈な霜／うなぎ／ラ・シセーヌ／羽柴秀吉／トランク／骨／椰子の實。

あとがき〈昭和二十四年十一月〉。

注・「ラ・シセーヌ」の初出は不明。

143 **絵本**『**家なき子**』新潮社 昭和24年11月28日 140円。

絵・須田壽。〈原作 エクトル・マロ〉

家なき子…小見出し《ルミの家／ビタリス一座／おかあさんとおわかれ／ルミのべんきょう／白鳥丸／花咲く二ヶ月／おおかみ／ジョリカール／パリーの町へ／おじいさんの死／あらしの日／牝牛／なつかしのロンドンへ／なつかしい人たち／十年のあと》。

附録…グラビア／ミレーの名画。

附録…ただ一つの道 文・木内髙音／絵 松山文雄。

附録…フキの下の神さま 文・黒田外喜男 原作宇野浩二。

「家なき子」を推す 辰野隆。

144 **選集『林芙美子文庫／放浪記Ⅱ』**新潮社
昭和24年12月15日 240円。〈第6回配本〉
まへがき／放浪記 第三部／巴里の日記。
あとがき〈昭和二十四年十月十四日〉。
注・この「第三部」に『日本小説』連載第12回「新伊勢物語」と書き下ろし1章分が加筆されたが、章題は省かれた。

145 **長篇集『或る女の半生』**〈平和確立版〉美和書房新社
昭和24年12月20日 98円。
或る女の半生／春箋。
注・収録作品は113美和書房刊『或る女の半生』と同じだが、新社による新装〈平和確立版〉シリーズの1冊。同書の帯によると同シリーズ〈平和確立版〉『愛情傳』が刊行されたようだが、原本を実査できず注記にとどめる。
［かごしま近代文学館］［新宿歴博 K-101］

146 **長篇『宿命を問ふ女』**尾崎書房 昭和25年1月15日 200円。
装幀・吉原治良。

宿命を問ふ女。

注・111の異装本。［新宿歴博 K-182］

147 **選集『林芙美子文庫／松葉牡丹』**新潮社 昭和25年2月5日 230円。〈第7回配本〉
松葉牡丹／白鷺／夢一夜／クロイツェル・ソナタ。

あとがき〈十月十三日〉。

148 **選集『林芙美子文庫／魚介』**新潮社 昭和25年4月25日
260円。〈第8回配本〉
魚介／歴世／髄／追憶／杜鵑／耳輪のついた馬／なぐさめ／暗い花。

149 **長篇『槿花』**実業之日本社 昭和25年6月5日 250円。
装幀・田村泰二。

槿花。

注・「槿花」の初出は『中部日本新聞』連載 昭和24年1月18日〜6月22日。

150 **選集『林芙美子文庫／泣蟲小僧』**新潮社

昭和25年6月20日　250円。〈第9回配本〉
泣蟲小僧／稲妻。
あとがき〈昭和二十五年六月〉。

151 **長篇『放浪記』** 中央公論社 昭和25年6月30日 220円。
装幀・岡鹿之助。

放浪記…第一部／第二部／第三部。

注・「放浪記」の刊行史に照らすと改造社と新潮社の間に中央公論社が割り込んだ版本。本書第Ⅰ部第1章参照。

152 **絵本『フランダースの犬』** 新潮社 昭和25年7月25日 140円。
絵・初山滋。〈原作 ウイダア〉
フランダースの犬…小見出し《捨てられた犬／胸から胸へ／ネルロの秘密／かわいらしいアロア／さびしいネルロ／一つの道へ／風車の火事さわぎ／クリスマスのころ／むなしい希望／天使昇天》。
附録…にんぎょうと犬（トルストイの作品から）
文・平塚武二／絵・脇田和。
附録…のら犬（アンドレイエフの作品から）
文・平塚武二／絵・脇田和。
附録…グラビア（名高い像）。

153 **絵本『アンデルセンどうわ』** あかね書房
昭和25年9月20日 130円。

装幀・くまだごろう／挿絵・ますやまきょうこ。

にんぎょのおひめさま／マッチうりの少女／おやゆびひめ／ひうちばこ／はくちょうものがたり／あるおかあさんのはなし／あかいくつ。

注・同書には、画家・日向房子による挿絵改訂版（昭和26年8月15日）もある。［大阪府立図書館蔵］

154 **選集『林芙美子文庫／夜猿』** 新潮社 昭和25年10月20日 270円。〈第10回最終配本〉
牛肉／下町／トランク／骨／ボルネオダイヤ／鴉／夜猿／軍歌／めかくし鳳凰／上田秋成。

あとがき〈昭和二十五年八月〉。

注・「あとがき」において著者は「もうあと、一冊、この選集のなかに、私の詩や、小篇をあつめたものを出版して貰ふことになつてゐる」と述べたが実現しなかった。

155 **絵本『アルプスの山の娘』** 新潮社 昭和25年11月10日 140円。絵・須田寿。
アルプスの山の娘…小見出し《赤いえりまき／山の小屋／やぎ飼い／小さい仲間／たのしい学校／さびしいおじょうさん／おともだち／白いパン／おばあさん／ふしぎな夜／やまがえり／教会への道／山へきたお医者さま／デルフリの村／幸福はきっとくる》。

アルプスの山の娘について…古谷綱武。

スイスに旅して…高橋健二。

156
長篇『茶色の眼』朝日新聞社 昭和25年11月25日 180円。
装幀・木村忠太。
茶色の眼。
「茶色の眼」あとがき〈一九五〇年十月〉。
注・『婦人朝日』連載時の作品名は「茶色の目」。初刷りに記された装幀画家名「本村忠太」は誤植。2刷りで訂正された。

157
長篇『新淀君』讀賣新聞社 昭和25年12月10日 350円。
装釘装画・江崎孝坪。
新淀君…章題《吹雪野／北の庄／から騒ぎ／楚歌愁々／落城の前／北の庄落城／陰陽師普元／嫉妬／長夜の夢／晩春の琴／夏の鏡／秀吉の茶道具／深夜の茶會／花咲く夜／女の支配力》。
注・同書に収録されたのは『月刊讀賣』昭和24年1月号〜25年9月号連載の21回分。『讀賣評論』昭和26年2月号〜4月号に連載された3回の続篇は単行本未収録。

158
長篇『あはれ、人妻』六興出版社 昭和25年12月15日 220円。装幀・古茂田守介。
あはれ、人妻。
注・『山陽新聞』等連載時の作品名は「あはれ人妻」。

159
長篇『冬の林檎』新潮社 昭和26年1月25日 220円。
冬の林檎。

160
絵本『アンデルセンどうわ 白鳥物語』あかね書房 昭和26年3月10日 130円。絵・日向房子。
白鳥物語。
あとがき。

161
短長篇『一人の生涯 その他』改造社 昭和26年3月15日 300円。装幀・佐野繁次郎。
槿花／人生の河／一人の生涯／市立女學校／牛肉／羽柴秀吉／泣蟲小僧。

162
長篇『繪本猿飛佐助』新潮社 昭和26年3月30日 210円。
繪本猿飛佐助…小見出し《山の虹／出發の日／蓑蟲歌／雪の舞／天に雲無く／殘された者／再會／石割りの術／きらめく星／初陣／善政／時鳥の頃／火／孤獨な渦／喜雨／一つの限界／道づれ／二人の美人／峠越え／武藏野／夕焼け富士／箱根の決鬪》。**注**・未完。

163
短篇集『晩菊』河出書房市民文庫 昭和26年3月30日 60円。装幀・猪熊弦一郎。
水仙／晩菊／河沙魚／放牧／あひびき／麗しき脊髄／荒野の虹。
解説 三島由紀夫。

164
長篇『浮雲』六興出版社 昭和26年4月5日 350円。
装幀・岡鹿之助。
浮雲〈エピグラフ シェストフ〉。

165
あとがき〈一九五一年三月三日〉。

童話『四年生のための林芙美子文芸童話集』三十書房 昭和26年5月15日 180円。装幀・野間仁根／挿絵・緑川廣太郎。

おとうさんの童話／キャッチャー／くろだい／らんちゅう（詩）／キツネものがたり／ツルのふえ／カメさん／美しい犬／風の秋（詩）／ラビットクラブ。

解説 與田準一。

注・同書は、107『お父さん』118『田舎の風はきんいろの風』の2著から與田準一が抜粋した編集版。採録作品名も與田が考案したものがあり、著者の単行本として掲出するには難があるが、生前刊行本のため参考図書として掲出する。

166
短篇集『林芙美子傑作集』新潮文庫 昭和26年7月15日 90円。

河沙魚／ボルネオダイヤ／晩春／骨／下町／牛肉／松葉牡丹／軍歌／めかくし鳳凰／夜猿／上田秋成。

解説 田宮虎彦。

167
短篇集『折れ蘆』新潮社 昭和26年7月18日 200円。装幀・岡村不二。〈著者自選の注記あり〉

折れ蘆／冬の海／大阪城／自動車の客／浮洲／金絲雀／天草灘／童話／あぢさゐ／瀑布。

168
遺作集『漣波』中央公論社 昭和26年7月20日 250円。装幀・宮本三郎／肖像撮影・竹田正雄。

漣波―或る女の手記―／女家族／菊尾花―新方丈記―。

あとがき 川端康成〈二十六年七月〉。

169
絵本『アンデルセンどうわ 人魚のお姫さま』あかね書房 昭和26年9月25日 130円。絵・熊田五郎。

人魚のお姫さま。

あとがき〈一九五一年二月〉。

注・「あとがき」日付から生前の企画書として掲出する。

［長野県立図書館］

170
遺作『めし 附春淺譜』朝日新聞社 昭和26年10月10日 320円。装幀・木村忠太。

作者の言葉〈『朝日新聞』昭和26年3月29日掲載〉

めし…小見出し《遊覧バス／日常／雨風／妻は何で生きるか／ジャンジャン横丁／愛情の性質／立志傳／誘惑／野鳥》。

春淺譜。

あとがき 川端康成。

〈2018年5月31日現在〉

未完の放浪―あとがきにかえて

林芙美子が昭和26年6月28日に急逝したことで、未完に終わった連載作品は7点ある。まるで憑かれたような長篇同時多発執筆中にたおれたのである。この間に、「浮雲」だけは同年4月に全18回で完結した。


「新淀君」『月刊讀賣』昭和24年1月号〜昭和25年9月号／『讀賣評論』昭和26年2月号〜4月号。

「眞珠母《しんじゅも》」『主婦之友』昭和26年1月号〜8月号。

「漣波―或る女の手記―」『中央公論』昭和26年1月号〜7月号。

「女家族」『婦人公論』昭和26年1月号〜8月号。

「めし」『朝日新聞』昭和26年4月1日〜7月6日。

「菊尾花―新方丈記（前）」『中央公論／文藝特集第8号』昭和26年6月25日。

「雷鳥（前章）」『別冊文藝春秋／第22号』昭和26年7月3日。


このうち「新淀君」については説明が必要であろう。従来は『月刊讀賣』昭和25年1月号〜10月号までの10回連載と理解されてきた。『文藝年鑑』の誤記を引き写してきたからだ。実際には同誌の昭和24年1月号から21回連載して一度中断し、『讀賣評論』に場所を移して3回連載したものの、再度中断して未完に終わったのであった。よって、後者に発表した3回分は単行本化されていない。そもそも『月刊讀賣』昭和25年10月号に著者の作品はない。

美貌の戦争未亡人の主人公を、長崎出身という設定にした「眞珠母」は、著者が初めて長崎原爆の惨禍に踏み込んだ長篇なのだが、他の絶筆作品とは異なり、未完のまま単行本化されていない。長崎は、短期間とはいえ著者が実際に暮らした地だから、原爆の惨禍を自らの長崎体験に引き寄せて描く構想があったと思われる。著者は前年の昭和25年4月、長崎を訪れて浦上天主堂などを丹念に取材した後、屋久島に足を伸ばした。「浮雲」が佳境に入った時期から開始された連載である。「浮雲」のゆき子の虚無的な人物像とは異なり、我が子を育てるために敗戦日本を生き抜こうとする主人公でもある。長崎原爆に踏み込んだ作品でありながら、未完のまま終わったことに加え、単行本化すらなされなかったことは何としても惜しまれる。

著者急逝により未完に終わった作品は、誰に責任を問うわけにもゆかないが、著者の文業を概観すると、著者の責任ではなく中断され、未完のまま終わった作品が多数ある。代表作「放浪記」の第四部が、東京裁判終局時に中断されたことは本書の第I部で述べたとおり。他にも幾つかの中長篇作品が、種々の理由により中断を余儀なくされ、書き継がれず未完に終わっている。

「南風」『婦人公論』昭和12年6月号~昭和13年10月号〈17回・未完〉。

「檜」『新興婦人』昭和12年7月号~10月号〈4回・未完〉。

「灯のつく家」『婦人倶樂部』昭和14年1月号~6月号。〈5回・未完〉。

「瀧澤馬琴」『文藝』昭和17年1月号・4月号・6月号〈3回・未完〉。

「スマトラ―西風の島―」『改造』昭和18年6月号・7月号〈2回・未完〉。

「生活譜」『新女苑』昭和18年9月号～11月号〈3回・未完〉。

「南の田園」『婦人公論』昭和18年9月号・10月号〈2回・未完〉。

「吾亦紅」『女性ライフ』昭和23年8月号～昭和24年6月号〈10回・未完〉。

「絵本猿飛佐助」『夕刊新潟日報』外2社　昭和25年6月12日～11月28日〈全170回〉。


長篇「南風」の連載中断は、言うまでもなくペン部隊の動員による。「橇」の中断は昭和12年の日中戦争に際し大毎・東日従軍記者としての派遣によるものと思われるが、掲載誌『新興婦人』そのものの現存誌が少なく、雑誌自体の廃刊が理由かも知れない。『新興婦人』の版元は大毎・東日。ペン部隊から帰国後の「灯のつく家」の中断は、著者の過労だと思う。「瀧澤馬琴」の中断は南方派遣による。戦後『新創作』(昭和21年7月号)なる新興雑誌に書き継がれたが、その続稿は見当たらない。「吾亦紅」の中断は、掲載誌『女性ライフ』自体の中断によると思われる。「絵本猿飛佐助」は表面的には完結して単行本化もなされたが、新聞連載最終回に、著者病気による休止との断り書きが付された。快癒したら再開する意思もあったようだが、現実には再開されなかった。

南方派遣の体験に基づく「スマトラ―西風の島―」と「南の田園」を掲載した雑誌は、それぞれ改造社と中央公論社。横浜事件の影響か否かは分からないが、著者はこの直後に養子泰を迎えて翌年に疎開する。

長篇「南風」と「絵本猿飛佐助」は、未完ながら単行本化されたことで作品に接することは容易だが、その他の作品の殆どは単行本に収められず、埋もれたままである。

本書第Ⅱ部第11章で取り上げた著者最後の詩業連作詩「マルタプウラア」は未完の作品とは言えないが、版元が組み違えたまま、まっとうな作品に修復もされず著者の詩業から洩れてきた。著者が切望してやまなかった、第三詩集がついに実現しなかったことを思えば、これも未完の詩業と言えるだろう。

重ねて述べるが、代表作「放浪記」も、その漂流に終止符が打たれたわけではない。未完ではなく完結した作品なのに、単行本化されずに埋もれた作品もある。南方派遣により中断を余儀なくされた長篇童話「宗六の日記帖」は、帰国後の昭和18年9月号から『少國民の友』において再開され、翌年4月号まで12回で完結したのだが、もはや単行本化する條件がなく、埋もれたままである。これは戦時下の童話という面で、終戦直後は単行本化が難しいだろうとは思うが、作品そのものが埋もれたままでは戦時下における著者の文業評価ができない。これに対して、『西日本新聞』（昭和23年8月11日～12月9日）に連載された長篇「河童物語」は、完結した戦後作なのに、単行本化されなかったことが不思議である。他に新屋敷幸繁が監修した『兒童・泣蟲小僧』（日本文學社、昭和14年）は児童向けにリライトした作品だが、原作よりも完成度が高いのに省みられることなく埋もれている。

さて林芙美子の全文業に光をあてる作業は、筆者一人で完結できるものではない。本書第Ⅲ部「文業目録」も完全ではない。初出不明作はなお多数あり、他にも新聞・雑誌に埋もれた作品はあろう。筆者の気力と体力が続く限りは、その基礎研究作業は継続したい。新資料、新知見があれば是非とも御教示をお願いして、ひとまず筆を擱くこととする。

主な参考文献・雑誌記事（順不同）

瀧澤敬一著『第六フランス通信』岩波書店、１９４９年。

宇治土公三津子《うじとこみつこ》著「走馬燈、廻れ廻れ――友谷静栄と林芙美子」『駱駝』第47号～第53号。

中脇紀一朗編『木山捷平資料集』清音読書会、２０１０年。

砂川哲雄著『八重山から。八重山へ。――八重山文化論序説』南山社、２００７年。

新屋敷美江《しんやしきみえ》編『新屋敷幸繁全詩集』ロマン書房発売、１９９４年10月。

鈴木武雄著「ある独学数学者の軌跡――第七高等学校教授小野藤太」『数学教育研究』第42号。

坂口博著「謎の海賊詩人・金城陽介」『敍説』Ⅱ-09号、２００５年1月6日。

青木澄夫著『放浪の作家安藤盛と「からゆきさん」』風媒社、２００９年3月。

望月雅彦編著『林芙美子とボルネオ島――南方従軍と「浮雲」をめぐって』ヤシの実ブックス。

大谷渡著『炎のジャーナリスト　北村兼子』東方出版、１９９９年。

高橋治男著『プーライユと文通した日本人――大屋久壽雄のこと』中央大学人文研、２００８年。

大屋久壽雄著（鳥居英晴編）『戦争巡歴』柘植書房新社、２０１６年9月。

五味百合子著「大屋ムメ」『続々社会事業に生きた女性たち』ドメス出版、１９８５年。

上笙一郎・山崎朋子著『光ほのかなれども／二葉保育園と徳永恕』朝日新聞社、１９８０年。

林海音著（杉野元子訳）『城南旧事』新潮社、１９９７年。

福岡井吉編『増補　昭和書籍・新聞・雑誌発禁年表』明治文献資料刊行会、昭和56年。

澤　龍編『ＧＨＱに没収された本』サワズ出版、２００５年。

『楠本寛遺稿追悼集』同書刊行委員会、昭和16年。
『猪狩満直全集』同全集刊行委員会、1986年。

ご協力いただいた個人（アイウエオ順）

石瀧豊美氏　石田博彦氏　浦野利喜子氏　大泉淵氏　勝村誠氏　久保卓哉氏　黒川洋氏　樽見博氏
甑島瓦氏　クラブ ダミティエ

主な資料源・協力機関

新宿歴史博物館　かごしま近代文学館　草野心平記念文学館　土屋文明記念文学館　日本近代文学館
神奈川近代文学館　大阪府立図書館　大阪市立中央図書館　吉備路文学館　沖縄県立図書館
NHK放送博物館　日本コロムビア　法政大学大原社会問題研究所　石川武美記念図書館
市川市文学ミュージアム　小学館編集総務局資料課　日本大学芸術学部図書館　明治大学生田図書館
東京農大図書館　東京外語大図書館　東京芸大図書館

本書に関連する筆者の既出稿

『日本古書通信』2015年5月号〜8月号「幻の詩誌『南方詩人』目次細目」。
『日本古書通信』2015年10月号〜12月号「さまよへる放浪記」。
『日本古書通信』2016年1月号〜12月号「放浪記探検余録」。
『日本古書通信』2017年1月号〜12月号「林芙美子拾遺」。
『文學界』2017年4月号「秘められた「浮雲」の成立史」。
『文學界』2017年7月号「葛藤する敗戦文学」。

ナ行

ハ行

サ行

タ行

カ行

人名索引

（林芙美子と第Ⅲ部の人名は省く）

廣畑　研二（ひろはた・けんじ）
1955年生まれ。東京都立大学法学部卒。日本近代史研究者。
特高警察資料史、政治裁判資料史、移民史など。
『水平の行者　栗須七郎』新幹社　2006年。
『林芙美子　放浪記　復元版』論創社　2012年。
『甦る放浪記　復元版覚え帖』論創社　2013年。
『大正アナキスト覚え帖』アナキズム文献センター　2013年。ほか

林芙美子全文業録　―未完の放浪―

2019年6月15日　初版第1刷印刷
2019年6月28日　初版第1刷発行

著　者　廣 畑 研 二
発行人　森 下 紀 夫
発行所　論　創　社
東京都千代田区神田神保町2-23　北井ビル
tel.03（3264）5254　fax.03（3264）5232　web.http://www.ronso.co.jp/
振替口座　00160-1-155266
装幀／宗利淳一
印刷・製本／中央精版印刷　組版／フレックスアート
ISBN978-4-8460-1769-9　